L'étincelle

Roxane Maffre

L'étincelle

Nos interdits #1

hachette
ROMANS

Hachette Livre, 58 rue Jean Bleuzen, 92170 Vanves.

Chapitre 1

ANNA

Ce matin-là, il fait entièrement jour lorsqu'une musique criarde provenant du rez-de-chaussée m'extirpe de mon sommeil. Après de longs étirements, je me résous finalement à sortir du lit et cours lever le store de mon Velux, derrière lequel je découvre un soleil radieux. C'est tout ce qu'il faut pour me redonner le sourire. En vitesse, j'enfile une robe de chambre, je passe les doigts dans ma crinière blonde et descends quatre à quatre jusqu'à la cuisine. Là, au beau milieu de la pièce, je découvre ma mère, un torchon sur l'épaule et une poêle à la main. Son corps entier se trémousse sur le rythme d'une chanson populaire que diffuse notre petite radio. Discrètement, je me faufile derrière elle pour la prendre dans mes bras et elle sursaute.

— Anna, bon sang ! Tu m'as fait peur !

Sans se départir de son sourire, elle m'enlace de son bras libre et m'embrasse affectueusement le front. Elle irradie la pièce de sa présence. Ses cheveux sont relevés en queue-de-cheval, comme la plupart du temps, et elle est encore en pyjama, la joue droite couverte de farine.

— Oh, et j'oubliais… dit-elle en baissant le volume. Joyeux anniversaire !

Je lui rends le clin d'œil qu'elle vient de m'adresser et fais une petite danse sur place pour lui montrer que je suis ravie d'avoir passé le cap des dix-neuf ans.

— Bon, alors, qu'est-ce qu'on fait aujourd'hui ? J'ai posé mon après-midi exprès pour qu'on s'organise un truc entre filles, ça te dit ? On pourrait aller se promener, il va faire beau. Sinon, y a toujours le ciné… Ah oui, et il y a aussi cette nouvelle exposition dans le centre qui m'intéresse…

— Hum…

Distraite par l'odeur émanant de la poêle, je jette un coup d'œil par-dessus son épaule et découvre ce qui ressemble fortement à une crêpe.

— Tu sais quoi ? dis-je en essayant de lui arracher l'ustensile des mains. Je pensais plutôt rester ici. On peut très bien rester en pyjama et se regarder des films dans le salon ! Tant qu'il y a des crêpes à manger toute la journée, ça me va !

Elle fait une petite moue dubitative avant de m'éloigner des plaques de cuisson d'un coup de hanche.

— Ah ah… Attends, j'ai comme un trou de mémoire, Anna… Rappelle-moi, tu as quel âge aujourd'hui ? Cinq, huit, dix ans… ?

— Hilarant ! En tout cas, j'suis assez grande pour faire ça…

Cette fois, c'est moi qui la pousse gentiment et lui vole la crêpe en mettant directement les mains dans la poêle. Je l'enfourne immédiatement, ignorant la légère brûlure que cela me procure sur la langue, et j'ai encore la bouche pleine quand je lui en réclame une autre. Face à mon entêtement, mais surtout parce que ce jour fait de moi l'autorité suprême dans la maison, elle renonce à ses plans et nous monte des plateaux remplis de victuailles jusqu'à ma chambre, où nous déjeunons et papotons le reste de la matinée.

Ce que j'aime vraiment, les jours d'anniversaire, c'est exactement cela : ne rien faire, pouvoir traîner à la maison en toute tranquillité. Pour un petit éventail de temps, je m'octroie un répit bien mérité et j'ignore devoirs et autres tâches obligatoires auxquels je me soumets dans l'année. La seule chose qui demeure vraiment planifiée sur mon agenda, c'est mon rencard annuel avec Allison, ma meilleure amie. Chaque année, depuis presque huit ans, celle-ci tente de me surprendre avec une de ses idées farfelues pour mon anniversaire. Quand c'est elle qui vieillit, je lui offre un bijou, un grigri souvenir, et je la laisse tranquille. Elle, non, évidemment... Et, bien souvent, ça n'entraîne rien de bon.

En attendant son appel, qui arrivera vite, j'en suis sûre, je passe la majeure partie de ma journée au lit, terrassée par la flemme. Tandis que j'enchaîne film sur film, maman à mes côtés, les heures défilent à toute vitesse et s'animent des différents messages de mes proches qui célèbrent, chacun à sa manière, l'anniversaire de ma naissance.

Sasha : Joyeux anniversaire, blondie ! (Comme tu vois, je n'ai pas oublié, cette année...)

J'espère sincèrement que ta journée sera à la hauteur de ce message... C'est-à-dire extraordinaire ! Surtout, reste comme t'es : trop sérieuse et trop sensible, c'est comme ça que jtm ! ++

Paul : HA ! Ma nièce préférée a 19 ans ! On fête ça bientôt ? En attendant, fais pas de bêtises et utilise des préservatifs ! Je t'aime fort. Paulo

Allison : C'est moi, le boulet... Je me suis encore endormie avant minuit comme une grosse nulle. Quoi qu'il en soit... JOYEUX ANNIVERSAIRE ! J'imagine que tu es encore sous ta couette, bien au chaud... Mais ne rêve pas trop, j'ai des plans pour ce soir ! Je t'appelle dans l'aprème pour te dire ce qu'il en est, alors fais pas ta marmotte !

Mamie Lucie : Joyeux anniversaire de la part de tout le monde, Anna chérie !

On pense fort à toi en ce beau jour et on aimerait être à tes côtés pour fêter ce bel événement. De gros baisers. Mamie et Papy

Rosalie M. : HB voisine de cours !
PS : as-tu fait le devoir de latin pour lundi ?

Maman : Tu es en train de rater le film…

***

Vers 15 heures, le coup de fil tant attendu d'Allison me sort de ma léthargie. J'émerge, seule dans mon lit, et je décroche du bout des doigts.

— Hum… Oui ?

— Joyeux anniversaire !

J'éloigne aussitôt le téléphone de mon oreille. Sa voix est reconnaissable entre mille : légèrement cassée et stridente sur la fin.

— Qu'est-ce que tu fais de beau ?

— Oh, plein de choses, là…

— Ouais… Ça, ça veut dire rien du tout. Mais ça change dès ce soir, ma gazelle, car je t'emmène faire la fête !

— On avait dit un ciné ou un resto…

— Ouais et pourquoi pas un karaoké aussi ? Fais-moi confiance, ce soir tu vas t'amuser.

— Si c'est nul, promets-moi qu'on rentre tôt.

— OK, ça marche, mais tu verras, tu me remercieras plus tard ! Je passe te prendre vers 20 heures, habille-toi et fais-toi belle… ou essaye en tout cas ! Bisous !

Dans un même souffle, elle termine sa phrase et met fin à la conversation comme elle le fait toujours, dans la précipitation. Quant à moi, ce n'est qu'aux alentours de 19 heures que je commence réellement à m'activer. Je prends une douche, me shampouine les cheveux, les barbouille d'un masque et même d'un démêlant, histoire qu'Allison ne me reproche pas de ne pas faire d'efforts. Après un léger brushing qui a finalement cassé la moitié de mes racines, j'enfile une chemise simple et un jean noir que j'accompagne de bottines plates et je cours à la salle de bains tenter de me maquiller.

Voilà ce que je redoutais le plus. Après avoir passé une demi-heure sur mes cheveux et un quart d'heure sur ma tenue, je me retrouve désormais dans l'incapacité de réussir à me maquiller convenablement. Mon fond de teint est beaucoup trop clair, ma poudre trop sombre, mon mascara, lui, déborde sur ma paupière et, pour couronner le tout, je n'arrive pas à cacher le petit bouton qui émerge sur mon front ! Agacée, j'ai à peine le temps de me parfumer que j'entends maman ouvrir à Allison, dont la voix grimpe petit à petit jusqu'à la porte de ma chambre.

— *Damn girl !* Ce que tu peux être jolie quand tu le veux bien !

Elle finit de m'observer et me serre dans ses bras, laissant son parfum fleuri envahir la pièce.

Allison et moi ne sommes pas amies pour rien. Sûre d'elle, engagée et extravagante, elle est tout ce que je ne suis pas. Vivant au gré de ses envies, elle tire toujours le meilleur de chaque situation. Depuis le collège où elle m'a sortie des griffes de pestes superficielles, nous sommes restées inséparables. Mon père étant absent de mon existence, sa mère de la sienne, nos vies se sont simultanément liées le jour de notre rencontre. Depuis, nous partageons le goût de la nourriture trop grasse, trop sucrée, trop salée, celui du beau temps, des soirées de *binge-watching* et des confessions jusqu'à pas d'heure sur l'oreiller.

— C'est le haut que je t'ai passé la semaine dernière, ça ? fait-elle en le touchant des doigts. Il te va pas trop mal !

Dans sa bouche à elle, c'est un vrai compliment... Toutefois, à côté de la sienne, ma tenue fait un peu tache. Sa robe couleur pastel est canon. Associée à une veste en jean et à des bottines à talons, elle constitue une tenue bien sage au regard de ce que mon amie porte d'habitude.

— Bon, alors, je t'explique grosso modo la situation, annonce-t-elle en s'assoyant sur mon lit. Quelqu'un a dit à Sasha qu'une grosse fête se déroulait en ville ce soir, chez un ami d'un ami de son cousin. Comme elle sait que c'est ton anniversaire et qu'on n'avait encore rien prévu, elle a demandé à Charles de demander à son ami s'il pouvait demander à celui qui organise la fête si on pouvait venir... Mais pas de réponse. Alors on n'aura qu'à y aller de nous-mêmes, retrouver Charles et son ami et se faire passer pour leurs amies.

— Quoi ? Quel ami ? J'ai absolument rien compris, recommence.

— Minute papillon. Je disais... Le cousin de Sasha, Charles, tu sais, le grand brun tout sec qui voulait sortir avec moi en cinquième ? Bref, ce gars-là traîne avec des gens qui étaient au lycée Bel-Air. L'un d'eux organise une soirée chez lui et beaucoup de gens y seront. Il paraît que ça va être dingue, avec genre des attractions dans le jardin, des fumigènes et tout le tralala !

— Des gens de Bel-Air ? Qu'est-ce qu'on va faire là-bas ?

— On se présentera en tant qu'amies de Charles et ça passera crème. Je ne sais pas si tu réalises, mais celui qui organise la fête, c'est Stanislas Djovik !

— Stanislas quoi ?

— Tu te fous de moi ? Stanilas Djovik, le mec dont tout le monde parle tout le temps, celui qui organise les plus grosses soirées, le fils richissime d'un chef d'entreprise hyper *famous*. Plus communément, le rêve sur deux pattes de toutes les filles de notre génération. Si ce n'est même de tous les mecs…

Sa tête s'incline progressivement sur le côté, signe qu'elle est en train de dériver.

— Allison… ?

— C'est moi ! Ah oui, je disais… C'est ton anniversaire, je t'ai promis qu'on s'amuserait et cette soirée est l'occasion rêvée. C'est gratuit, dans une immense maison chauffée, avec des jeunes de notre âge, de l'alcool, de la bouffe à volonté, de la bonne musique et la possibilité de rencontrer des nouvelles têtes !

— Hum.

Bien que ses arguments paraissent tentants, je devine à son sourire malicieux qu'elle compte boire jusqu'à en oublier mon nom et danser toute la nuit dans les bras du premier inconnu. En plus de cela, le lycée Bel-Air et le lycée Paul-Eluard sont en compétition depuis toujours. La légende veut que chaque rencontre sportive entre les deux établissements se termine en bagarre générale et arrestations, c'est pour ça qu'on n'a jamais été habituées à traîner avec des gens de là-bas. Même si, en tant que fille, je n'ai jamais eu aucun souci avec ça, je n'ai pas envie de me retrouver au milieu de confrontations ridicules…

Et pourtant, encore une fois, je cède à son caprice.

— À une condition.

— Tout ce que tu veux !

— Justement… Je veux que tu restes avec moi toute la soirée, c'est-à-dire : tu ne me refiles pas à un de tes copains pourris, tu ne me laisses pas rentrer toute seule et surtout tu te contrôles sur la boisson.

— Hum. Ça fait plus d'une condition…

— Allison !

— OK ! D'accord. T'as gagné, capitule-t-elle.

Chapitre 2

Nous arrivons devant la maison en question vers 21 heures. La porte d'entrée est déjà grande ouverte et la musique s'entend malgré les vitres fermées de la voiture de ma meilleure amie. Dans le jardin, dont la pelouse manque cruellement d'entretien, un couple de jeunes à moitié nus est en pleine dispute, tandis qu'un peu plus loin des filles dansent au milieu d'un cercle formé de garçons. De nombreuses bouteilles vides sont disséminées un peu partout dans l'herbe. Mais, jusque-là, pas d'attractions ni de fumigènes…

Allison se gare à quelques mètres du perron. Nous entrons ensuite sans difficulté dans l'immense demeure où se tient ladite fête. La première chose que l'on constate est évidemment la foule, qui danse, hurle, boit, fume et fait bien d'autres choses dans le vaste espace devant nous. La musique est trop forte pour mes oreilles. Je n'ai qu'une envie, déjà : sortir en courant. Mais Allison m'entraîne un peu plus loin dans cette jungle.

Les murs blancs de la maison s'élèvent très haut et donnent sur un plafond lumineux où des poutres en bois sont apparentes. De là où je me trouve, cette hauteur est presque vertigineuse. Aucune forme quelconque de décoration n'habille les murs. Les meubles sont modernes et les pièces épurées. Hormis les centaines de déchets matériels et humains qui s'y trouvent, on peut voir en ce lieu un certain charme.

Voyant que je me perds dans mes pensées, Allie me prend par la main et m'emmène dans le salon principal. À l'exception de quelques visages familiers, je n'ai jamais vu de près ou de loin la majorité des invités, qui profitent de cette soirée une bière ou une cigarette à la main. Aucun ne nous arrête en chemin pour nous demander ce qu'on fait là, on est comme transparentes... Ce qui n'est pas du tout le cas du groupe de filles bien éméchées qui dansent debout sur les canapés. Elles rebondissent dessus sans se préoccuper du fait que leurs verres se déversent sur le cuir. Ça me hérisse le poil. J'aimerais trouver la force de leur demander de descendre et de faire attention mais, par manque d'assurance, je me résous au silence. Quel gâchis... À côté de ça, Allison semble ravie ; elle salue toutes les personnes qui passent près de nous et fait la bise à nombre d'inconnus. Elle est ici comme un poisson dans l'eau.

Alors que nous continuons notre progression, une voix masculine nous interpelle et recouvre toutes les autres. Le temps semble se suspendre tandis que nous nous tournons pour découvrir à qui elle appartient.

— Je ne crois pas vous connaître, toutes les deux.

Je le repère immédiatement dans la foule. Ses yeux marron sont posés sur moi, tirant vers le rouge à cause de l'alcool qu'il a probablement absorbé. Bien loin de ressembler à ceux qui l'entourent, il arbore un look grunge, presque débraillé, avec ses cheveux mi-longs, sa veste en cuir et ses boots destroy.

— On est des amies de Charles ! annonce fièrement Allison, comme si cela faisait une différence.

De toute évidence, notre interlocuteur n'en a rien à faire. Il continue de me dévisager avec un air très sérieux.

— Alors les rumeurs sont vraies... Charles a des amies.

Allie se force à sourire, mais moi je fronce les sourcils et croise les bras sur ma poitrine. Charles est, dans mon souvenir, quelqu'un de très gentil. Se moquer de lui alors qu'il n'est probablement qu'à quelques mètres de là n'a rien d'amusant.

— Je suis Allison, intervient une nouvelle fois ma meilleure amie. Et elle, c'est Anna.

— Heureux de l'apprendre.

— Stanislas, je présume ?

Ce dernier a un mouvement de recul.

— Je peux savoir d'où tu débarques pour poser une question pareille ?

Allie a les joues rouge écarlate. Elle n'ose plus rien dire tout d'un coup.

— Non, parce que s'incruster à ma soirée est une chose, mais ne pas savoir qui je suis en est une autre.

— Écoute, on est simplement venues ici pour boire, comme tout le monde. On ne cherche pas d'ennuis.

Les mots sortent de ma bouche avant même que je le réalise et le mensonge qu'ils forment amuse immédiatement Stanislas.

— Mais c'est qu'elle parle !

— Oh oui, elle parle. Elle aime lire aussi. Elle étudie les lettres, d'ailleurs… Anna est une personne très sérieuse… Un peu trop parfois. En fait…

— Allie !

Ses yeux se tournent à peine vers moi avant qu'elle reprenne sa tirade :

— On est là pour fêter son anniversaire. Charles nous a parlé de ta soirée et on s'est dit que ça pourrait être sympa d'y faire un tour. Anna aime bien les fêtes de ce genre… J'ai pas raison ?

C'est du Allie tout craché, ça : paniquer devant un garçon qui lui fait un minimum d'effet. Alors que je m'apprête à abonder dans son sens pour la sortir de cette impasse, un groupe de filles se met à hurler quelques mètres plus loin et attire tous les regards de l'assemblée.

Seuls les yeux de Stanislas restent concentrés sur nous. *Sur moi, en particulier.*

— Quoi ? demandé-je, irritée.

— Rien.

— Alors pourquoi tu me regardes comme ça ?

— Pour rien.

Quand les cris se font plus forts, l'hôte de la soirée nous tourne le dos pour s'éloigner et Allison en profite pour se positionner face à moi, les lèvres tremblantes.

— Tu crois que j'ai encore fait une boulette ?

— Qu'est-ce que tu racontes ?

— Je sais pas, j'ai paniqué ! Mais c'était lui, t'as vu... Le gars dont je t'ai parlé !

— Oui, oui, j'avais bien compris...

— Il est beau gosse, hein ?

— Pas mon genre.

— Ça m'aurait étonnée. Moi, il me plaît.

— Et moi je veux rentrer.

Elle fait les gros yeux et me tire sur le bras.

— Tu déconnes, j'espère. On n'a encore rien fait ! Allez, Anna, décontracte-toi un peu. Tu ne vas quand même pas faire ta coincée ce soir ? Tu l'as très bien dit toi-même : on est là pour boire... Alors buvons !

Sitôt dit, ma meilleure amie s'élance en direction du buffet et m'abandonne dans le salon. Malgré ce que j'ai prétendu face à ce Stanislas un peu plus tôt, je ne suis pas ce qu'on pourrait appeler une grande buveuse. J'apprécie, certes, un petit verre de vin ou deux quand l'occasion se présente, aux côtés de maman, mais rien d'autre. Le moindre excès me rend malade et je préfère bien souvent garder le contrôle sur mon corps.

Alors que je me retrouve seule au beau milieu de la foule, je réalise que la fête a soudain perdu tout son charme. Rapidement, la maison devient étouffante et le regard des invités sur moi, oppressant. Je considère la possibilité de rentrer pendant une seconde, avant de renoncer à laisser Allie toute seule dans ce milieu hostile. S'il le faut, j'attendrai...

De son côté, mon amie a trouvé un garçon avec qui enchaîner shot sur shot. Elle multiplie les verres en riant, se moquant totalement du qu'en-dira-t-on. De temps en temps, elle me fait des grands gestes pour que je la rejoigne, mais je l'ignore, préférant la regarder de loin. C'est surtout elle qui avait besoin de boire, ce soir, finalement...

Après quelques minutes à errer dans le salon, je choisis de m'asseoir dans un coin relativement vide de la pièce, près de ce qui semble être une salle de bains. D'ici, j'observe les autres filles danser sans complexe, les cheveux lâchés, le T-shirt relevé... Elles ont toutes les mains baladeuses, le regard aguicheur. Leurs gestes et intentions sont explicites. Ça me fascine de les voir dans cet état jusqu'à ce qu'Allison se joigne à elles et oublie tout de mon existence. Malheureusement, c'était prévisible...

Lassée, je me relève et me dirige vers la cuisine. Je commence à avoir soif. La pièce dans laquelle j'arrive est gigantesque et magnifique. Au milieu trône un îlot sur lequel sont affaissées trois filles complètement ivres. L'une d'elles a le visage plongé dans l'évier et semble vomir tripes et boyaux. L'odeur est à pleurer.

J'avance tout doucement afin de les éviter et je vais vers les placards. Je n'ai aucune envie de demander à ces filles où me procurer un verre, alors je me mets à tout fouiller.

— Ça va, je ne te dérange pas ?

Je sursaute et pousse un cri en me retournant.

— D'abord tu t'invites chez moi et ensuite tu me voles... Ce n'est pas très sympa.

C'est encore ce Stanislas, les cheveux ramenés en arrière, cette fois.

— Qu'est-ce que tu cherches ? demande-t-il en s'approchant.

— Un verre.

Il fait quelques pas sur ma droite et se penche pour ouvrir un placard que j'avais manqué. Ce faisant, le bas de son T-shirt se soulève et j'ai à peine le temps d'apercevoir le début d'un tatouage rouge orangé dans son dos.

— Là, me dit-il avec un demi-sourire en sortant deux verres. Anna, c'est ça ?

Ses yeux marron-rouge me scrutent tandis que son nez fin se plisse légèrement. Il n'attend pas ma réponse et s'éclipse vers un buffet où il trouve une bouteille d'eau plate.

— C'est le diminutif de quelque chose ? fait-il en revenant.

— Non.

Son regard est fixé sur le verre qu'il me tend. Nous buvons quelques gorgées en silence avant que ma curiosité habituelle refasse surface.

— Comment tu savais que je voulais de l'eau… et pas de la vodka, ou… du whisky comme tout le monde ?

Il lève enfin les yeux vers moi et me dévisage comme si j'avais dit quelque chose de stupide.

— Sans te vexer, tu ne m'as pas l'air d'avoir une grosse descente. Et le coup du « On est là pour boire », je n'y crois pas une seule seconde.

— Dommage, parce qu'on est vraiment là pour boire. Enfin… pour qu'Allison boive et que moi je la regarde.

Il éclate d'un rire puissant qui résonne jusqu'à ma cage thoracique.

— Waouh, dit-il, tu sais aussi sourire ?

Je fronce les sourcils et ravale aussitôt la grimace qu'il a prise pour un sourire avant de me racler la gorge. Lui relance la conversation sans se départir de son air moqueur.

— D'où est-ce que tu viens ?

— D'ici, dis-je. Je suis à la fac d'Emoria.

Le fait qu'Allie et moi soyons deux anciennes d'Eluard est un point que j'omets volontairement… Juste au cas où.

À la suite de ce petit échange, quelques minutes passent sans que ni lui ni moi ne reprenions la parole. Il se contente de nous resservir à boire et contemple le sol de ses yeux sombres. Ce n'est qu'après un long moment, comme de nouveau ramené à la réalité, qu'il remarque la fille vomissant un peu plus loin dans son évier.

Probablement pour faire bonne impression, il hausse le ton et ordonne aux deux autres d'aller la coucher dans une des chambres à l'étage. Les noms de Marion, Chloé et Tiphaine désignent les trois créatures à demi dénudées qui s'exécutent sous les ordres de Stanislas.

Au début, ça me fait rire… Et puis après je réalise que cela signifie que je vais devoir me retrouver seule face à lui. À la seconde même, mon estomac se serre.

— Tu sais… C'est également mon anniversaire aujourd'hui. D'où la grande fête bien arrosée…

Je hoquette de surprise. C'est la première fois que je rencontre quelqu'un né le même jour que moi.

— Bon anniversaire, alors.

— Toi aussi.

Je m'accorde un petit sourire.

— Ta maison est très… très jolie.

— C'est celle de mon père, en fait.

Parents divorcés ?

— Et tu as des frères et sœurs ?

Je ne sais pas trop d'où sort cette question, mais sa réponse met du temps à arriver. Il semble presque hésiter.

— Non, j'suis fils unique. Et toi ?

— Pareil.

Il y a quelque chose qui cloche chez lui, mais je ne sais pas encore quoi. Je le sens juste dans son regard, sa posture.

— C'est quoi le tatouage que tu as sur le dos ?

— Des flammes.

— Des flammes rouges ?

— C'est ça.

— Pourquoi ?

— Pourquoi quoi ?

— Pourquoi des flammes ?

Il fronce les sourcils et détourne le regard en évitant soigneusement de me répondre. *Alerte, sujet sensible ?*

— Anna ! Mon Anna à moi, mon amiiiiiiiie ! Je t'ai cherchée partout !

Ces cris assourdissants, c'est Allison, qui arrive jusqu'à moi en titubant. Elle zigzague quelques secondes et s'écroule dans mes bras, l'haleine chargée.

— Tu es saoule, annoncé-je sans grande surprise. Et tes cheveux… Beurk, c'est quoi, ce qu'il y a dans tes cheveux ?

— Oh, ça va… Figure-toi que je te cherchais et…

Je ne saurai jamais la suite. Sa voix s'éteint tandis qu'elle se redresse et se précipite au-dessus de l'îlot. Son sourire se transforme en grimace quand, d'un basculement sur ses pieds, elle finit la tête dans l'évier, là où baigne déjà la bile d'une autre fille.

Avec un profond soupir, je me penche au-dessus d'elle pour lui tenir les cheveux et lui caresser le dos doucement, tandis que, derrière moi, une ombre s'échappe. C'est Stanislas qui fuit la pièce. Qui nous fuit nous deux, par la même occasion.

Et, étrangement, ça ne m'étonne même pas…

Chapitre 3

Après avoir débarbouillé Allison dans la cuisine, je prends la décision de la ramener à la maison. Il serait stupide de la laisser moisir ici plus longtemps. Mais, n'ayant pas le permis et n'étant pas assez suicidaire pour la laisser conduire, je commence à me faire à l'idée qu'on va devoir rentrer à pied…

Alors que je récupère le manteau de ma meilleure amie, l'hôte de la soirée réapparaît comme par magie et me demande les clés de la voiture qui nous a amenées ici.

— Tu n'es vraiment pas obligé de faire ça, dis-je en voyant immédiatement où il veut en venir.

— Je ne suis pas le genre de connard à laisser deux nanas rentrer seules à pied la nuit, contrairement à ce que tu t'imagines.

— Et moi, je ne peux pas te laisser conduire alors que tu as bu.

— Je tourne à l'eau depuis le début de la soirée.

— La couleur de tes yeux dit autre chose…

— Ça, ça n'a rien à voir.

S'il le dit… Je le remercie poliment et l'ammène jusqu'à la Peugeot 206 d'Allison, que je porte à bout de bras. Sans trop réfléchir, je l'installe sur la banquette arrière et monte à l'avant pour lui laisser la place nécessaire. Stanislas, lui, grimpe derrière le volant et prend les commandes comme s'il avait toujours conduit cette voiture. Tandis qu'Allie comate derrière nous, je le guide jusque chez moi par des indications très brèves. Je ne suis pas tout à fait à l'aise près de lui.

— Alors ? demande-t-il après quelques minutes.

— Alors quoi ?

— Qu'est-ce que tu as pensé de la soirée ?

— Eh bien…

— Sois honnête.

Il esquisse un petit sourire tout en gardant les yeux sur la route.

— Du peu que j'en ai vu, c'était… pas mon genre.

— Attends… On parle bien de la soirée, hein ?

Je me tourne vers lui et l'observe pincer les lèvres. Il a un air moqueur.

— La soirée, oui.

— Tu préfères les trucs plus intimistes ?

— Exactement.

— Ça ne m'étonne pas.

J'aimerais lui demander ce qu'il entend par là, mais les mots ne sortent jamais. Une fois de plus, un silence pesant s'installe entre nous. Il dure jusqu'à ce que l'on arrive dans les environs de mon quartier, puis Stanislas le rompt à nouveau :

— Et Charles ?

A-t-il toujours cette stupide manie de poser des questions qui te font penser que tu ne comprends rien à la langue française… ?

— Charles ?

— C'est vraiment votre ami ?

— C'est le cousin de Sasha, une très bonne amie. Il est gentil et…

— Oui, oui, je le connais. C'était juste pour rire.

Je me concentre à nouveau sur la ligne d'horizon et prie mentalement pour que ce trajet finisse au plus vite.

— Au fait, je serai à l'Angle dans la semaine. Tu sais, le bar à la devanture rouge, dans le centre. Ça t'intéresse ?

— Qu'est-ce qui m'intéresse ?

— Bah, tu sais… de venir boire un coup.

— Ah.

Plus imprévisible, tu meurs.

— Stanislas, comment te dire…

— Stan. Appelle-moi Stan.

— Stan, reprends-je, tu as conscience qu'on ne se connaît pas du tout, hein ?

Il s'arrête devant un feu et se penche vers moi, une main sur le volant, l'autre sur mon dossier.

— Quel meilleur moyen pour apprendre à se connaître que d'aller boire un verre pas cher dans un endroit où la musique est plutôt bonne et propice à la discussion ? Et il peut s'agir d'eau dans ce verre, pas forcément d'alcool…

— Mais pourquoi tu voudrais apprendre à me connaître ?

— Pour rien, laisse tomber. Oublie. C'était juste une idée.

— Oui mais…

— Mais quoi ? À trop réfléchir, tu vas finir par saigner du nez.

Il pouffe en appuyant sur la pédale d'accélération et me cloue le bec au passage. Je retrouve alors le premier sentiment que j'ai eu à son égard : de l'animosité.

— J'ai du mal à comprendre ce que tu me veux, dis-je subitement. On a parlé cinq minutes en tout et pour tout. OK, tu m'as servi à boire et je t'ai demandé si tu avais des frères et sœurs, mais ça s'est arrêté là.

— Je dirais plutôt dix minutes. On a parlé au moins dix minutes si tu comptes les petites présentations dans le salon, puis l'épisode cuisine et enfin là, maintenant, dans la voiture.

— Cinq, dix, du pareil au même !

Il va me rendre dingue.

— Tu sais que tu es psychorigide, comme fille ?

— Mais je t'emmerde.

J'hallucine !

— Quoi ? Je dis juste la vérité, t'es un peu coincée. Je t'ai proposé d'aller boire un verre parce que tu me semblais cool… Mais, clairement, je me suis trompé.

— Tu ne sais absolument rien de moi. Ce n'est pas parce que je t'ai accordé dix minutes de mon temps que tu peux te permettre de me juger, c'est clair ?

— Oh, oh, oh. On se calme. Je viens de te dire que je te trouvais cool au début. C'était un compliment…

— Seulement ça, c'était après m'avoir dit que j'étais psychorigide à m'en faire saigner du nez. Je n'ai pas oublié.

Il éclate de rire.

— Quoi encore ?

— Oh rien…

Je n'ai pas le temps de répliquer que j'aperçois ma maison, dont les lumières sont éteintes, au coin de la rue.

— Arrête-toi.

— Oh, ça va, je m'excuse, je ne le pensais pas !

— Non, arrête-toi, on est arrivés.

Il ralentit doucement et se gare juste devant l'allée, les yeux rivés sur la façade. Sans dire un mot, je sors et réveille Allison, qui me grogne dessus. À son tour, Stan descend de la voiture et me lance les clés.

— Merci pour le retour, lui dis-je simplement, encore énervée.

— Pas de souci.

Il glisse les mains dans ses poches et nous tourne le dos sans un regard de plus, entamant la route à pied. *Quel lunatique !* Je l'observe quelques secondes avant de me résigner à entrer chez moi. Plus vite je serai couchée et mieux ce sera.

Alors que je tourne la clé dans la serrure, j'entends des pas précipités dans mon dos.

— Eh, Anna !

Je fais demi-tour et adopte un air agacé.

— Quoi, encore ?

— Ne me prends pas pour ce que je ne suis pas, dit-il, légèrement essoufflé.

Il s'approche un peu plus et soutient mon regard.

— Qu'est-ce que c'est censé vouloir dire ?

— Simplement que les gens ont l'habitude de me coller sur le dos l'étiquette du méchant garçon… dit-il à une voix basse. Mais je ne le suis pas. J'ai juste… du mal à le prouver.

Perplexe, je me contente de hausser les épaules. Sur l'une d'elles, Allison marmonne des paroles incompréhensibles et se met à baver. *Il ne manquait plus que ça.* En soupirant, je me retourne vers Stan, qui se tient maladroitement sur le trottoir, les mains dans les poches.

D'accord… Il n'a pas l'air *si* méchant que ça, maintenant que je le vois frissonner dans la rue. Il ne ressemble même plus vraiment au mec grognon qui nous a accueillies à la fête. Mais je ne sais pas… Il y a quand même quelque chose qui cloche chez lui. Son univers diffère en touts points du mien, je ne vois aucune compatibilité entre nous. Et je reste persuadée qu'il est du genre à garder de nombreux secrets que les gens tueraient pour découvrir…

C'est peut-être pour cette raison que je lui dis la chose suivante :

— Il va falloir que je la couche si je ne veux pas qu'elle ruine ma chemise – qui est la sienne, soit dit en passant… Après ça, je te laisse cinq minutes – je dis bien cinq et pas dix – pour essayer.

— Essayer quoi ?

— De me prouver que tu n'es pas un méchant.

Son regard s'illumine. Sans un mot, il se précipite derrière moi et me suit jusque dans l'entrée. Tandis que je pose les clés, il observe attentivement l'intérieur de chez moi, ce qui me met extrêmement mal à l'aise. Ici, c'est petit et modeste, à des années-lumière de son palace.

C'est ce que j'aimerais lui dire mais, une fois de plus, rien ne sort. Je me résigne au silence et j'aide Allison à monter une à une les marches de l'escalier, laissant Stan au rez-de-chaussée. Je hisse mon amie jusqu'au lit et la borde, l'embrassant sur le front avant de refermer délicatement la porte derrière moi. Je me dirige ensuite vers la chambre de ma mère et tends l'oreille pour vérifier qu'elle est bien endormie… Et c'est le cas.

En redescendant, je trouve Stan assis dans la cuisine, la mine fatiguée.

— Les gens chez toi ne risquent pas de s'inquiéter de ton absence ?

Il lève les yeux au ciel.

— T'en fais pas pour ça.

Je m'installe alors en face de lui sans parvenir à le regarder dans les yeux.

— Plutôt sympa, ta maison.

— Elle ne ressemble pas du tout à la tienne.

— Je vois bien.

Pour la première fois depuis qu'il est près de moi, je découvre l'odeur de son parfum. C'est assez étrange puisque c'est toujours la première chose à laquelle je fais attention chez une personne, habituellement. La sienne est cendrée, avec des notes d'orange mêlées à des effluves de tabac et d'alcool.

— On fait un jeu ?

Je redresse immédiatement la tête.

— Je te demande pardon ?

— Un jeu. Tu sais, pour détendre l'atmosphère, rire un peu…

Il me fait un clin d'œil, et cette fois je peine moi aussi à dissimuler l'ombre d'un sourire.

— Allez, un petit Action ou vérité. C'est bien pour apprendre à se connaître.

— Euh… d'accord.

— Super. Alors, tu choisis quoi pour commencer ?

— Vérité, dis-je derechef.

— La sécurité avant tout… Bon. La brune, c'est ta copine ?

Il désigne l'étage de son index, comme pour m'indiquer de qui il parle.

— Oui, ma meilleure amie, réponds-je. À moi. Action ou vérité ?

— Vérité.

— Tiens, tiens.

Il sourit.

— Tu es quelqu'un de très étrange.

— Ce n'est pas une question, ça…

— Non. Ma question est : comment ça se fait ?

— J'aime sortir de l'ordinaire, si tu veux tout savoir. Action ou vérité ?

— Vérité.

— Encore ? Tu n'es pas très marrante.

— Désolée de te décevoir. La réponse est *oui, encore*. À mon tour.

— Eh, ce n'était pas ma question !

— Tant pis pour toi ! Action ou vérité ?

Je souris franchement, maintenant… Il n'est pas si détestable, finalement.

— Je t'accorde une vérité, parce que tu sembles en raffoler. Quel est ton plus grand secret ?

Il fait moins le fier, tout d'un coup. Ses yeux dérivent vers le sol, où il semble chercher sa réponse pendant de longues secondes. Et puis, son regard se pose à nouveau sur moi.

— Je te l'ai déjà dit. Je suis un gentil.

— Non, ça ne compte pas, ça.

— Pourtant personne ne le sait.

Son regard s'assombrit.

— Action ou vérité ?

— Action, réponds-je cette fois.

— Dis-moi si ta copine est célibataire.

— C'est plus proche d'une vérité que d'une action, ça ne compte pas.

Il glisse une mèche de ses cheveux derrière son oreille et fait craquer ses doigts un à un.

— Allez ! De toute façon, tu t'attendais à quoi comme action ? « Lèche le sol » ?

Il s'esclaffe et c'est moi qui lève les yeux au ciel, cette fois.

— Elle ne voit personne en ce moment.

Alors que je m'apprête à lui poser une question à mon tour, il frotte ses deux mains l'une contre l'autre et se lève. Instinctivement, je recule d'un pas. Je m'attends à ce qu'il s'approche de moi mais, dans les premières secondes, il se contente de m'observer avec attention. Et puis, sans prévenir, il me dépasse et ouvre la porte d'entrée.

— Il se fait tard. Maintenant qu'on a discuté plus de dix minutes, serais-tu d'accord pour me retrouver à l'Angle lundi soir ?

Pour être honnête, je déteste ce bar. Avec Allie, on a toujours considéré qu'il accueillait surtout des pochtrons.

— D'accord, m'entends-je pourtant dire.

— Cool. J'y retourne.

Il s'arrête sur le seuil et reste immobile pendant une seconde. Au beau milieu de mon entrée, un sourire sincère aux lèvres, il se retourne pour me faire un clin d'œil.

— Joyeux anniversaire, Anna.

Il claque la porte derrière lui avant que je ne puisse répondre quoi que ce soit. En une fraction de seconde, il a disparu. *Et, étrangement, ça ne m'étonne même pas…*

Chapitre 4

Lorsque je me réveille, il pleut des cordes et ça résonne dans toute la maison. En ouvrant un œil après l'autre, je découvre Allison, allongée en étoile de mer sur mon lit, ronflant la bouche ouverte et m'écrasant de son bras gauche. Sa chevelure châtain s'étale sur les deux oreillers et la couette est entremêlée à ses longues jambes. Je suis sur l'extrême bord du lit, prête à dégringoler, alors, avant qu'elle ne puisse me mettre un énième coup de poing, je me lève. En passant devant le miroir de ma chambre, j'aperçois avec effroi l'état dans lequel sont mes cheveux mais également mon visage blême et mes yeux cernés.

Les souvenirs de la veille affluent par centaines et je frissonne en me remémorant toutes les règles que j'ai brisées en fin de soirée. *Ne jamais monter dans la voiture d'un inconnu. Ne jamais inviter un inconnu chez soi. Ne jamais accepter le rendez-vous d'un inconnu…*

Je me demande si à dix-neuf ans cela tient toujours… Car c'est bien le cap des dix-neuf ans que j'ai passé hier. Et pourtant, j'ai l'impression d'être Phil dans *Un jour sans fin* et de revivre continuellement la même chose. Jour après jour. La marmotte en moins. Des années qui se ressemblent, une routine qui s'installe et une sensation de manque qui perdure…

Après m'être débarbouillée, je farfouille dans les tiroirs de ma commode à la recherche d'un pull et d'un jogging sans me méfier du bruit que je fais. En dehors de maman et d'Allie qui m'ont déjà vue en sous-vêtements, je ne supporte pas d'exhiber mon corps à la vision de tous, y compris dans ma propre maison. Une fois ma tenue trouvée, j'attrape un élastique et me fais une sorte de chignon dont certaines mèches me tombent dans la nuque.

En bas, les rideaux sont ouverts et laissent entrer le jour. L'horloge digitale du four affiche midi. Maman est donc déjà partie. J'aperçois son mot posé soigneusement dans mon bol, comme elle a l'habitude de le faire tous les matins.

Partie au travail. On fête mieux que ça ton anniversaire ce soir entre nous !

Bisous à ma grande fille chérie et à sa copine ronfleuse qui m'a réveillée ce matin... :)

J'enfile ses chaussons qui traînent près de la table à manger et je laisse échapper un bâillement. En repensant à hier, à Stan assis juste là, je ris bêtement. J'ai l'impression d'être toujours plus vulnérable en soirée. On pourrait me promettre la lune que j'y croirais... Or, si tout cela était arrivé en pleine journée, je n'aurais jamais accepté qu'un inconnu nous raccompagne et entre dans ma maison.

Ah, Anna... Tu as encore des progrès à faire de ce côté-là...

Au bout de deux heures, après avoir déjeuné et m'être mise devant la télévision, j'entends les lourds pas d'Allison se précipiter dans l'escalier.

— Anna ?

— Salon !

En tournant la tête j'aperçois ma meilleure amie, la mine fatiguée et boudeuse, courir jusqu'à moi. Elle se jette sur le canapé et se blottit contre mon corps. Son mascara a coulé tout le long de ses joues et il faut avouer qu'elle ne sent pas la rose...

— Je ne bois plus jamais. C'est fini.

Il en faudra plus pour me convaincre.

— Ce mal de crâne ne vaut pas la vodka que j'ai ingurgitée hier. J'ai encore en bouche le goût du v…

— Merci, Allie. Je me passerais bien des détails, la coupé-je en faisant la grimace. Tu te souviens de tout, cette fois ?

Elle plisse les yeux et retrouve son air taquin habituel.

— Non, de rien… Sauf du fait que tu as accepté qu'un parfait inconnu nous raccompagne jusqu'ici, tiens ! Selon les rumeurs, ma meilleure amie se serait laissé charmer d'un simple battement de cils…

Elle pouffe et me donne une pichenette sur le front.

— OK, redescends de tes grands chevaux, lui dis-je en croisant les jambes. Je te rappelle que, sans moi, tu ne serais pas rentrée saine et sauve. Et d'ailleurs, cet inconnu, que tu sembles connaître bien mieux que moi, m'a demandé si t'étais célibataire. Donc oublie l'histoire du battement de cils, c'est toi qu'il veut.

— Quoi ? crie-t-elle en bondissant du canapé pour se retrouver debout en face de moi. T'as répondu quoi ?

— J'ai dit oui.

— Et alors ?!

— Bah rien. Après il est parti. Et il voudrait qu'on se voie lundi soir… À l'Angle.

— Que tous les deux ?

Elle paraît déçue.

— On ne sera jamais que tous les deux dans un bar où personne n'a envie de passer la soirée… Et puis, il m'a posé la question juste après avoir demandé si tu avais un copain, donc tu es incluse dans le lot.

Elle sourit, soulagée, et revient s'asseoir près de moi.

De tout temps, c'est Allison qui a toujours été la plus courtisée de nous deux. Au lycée, particulièrement, elle a multiplié les relations sans importance avec des garçons de tous âges et de tous types qui lui couraient après. Elle ne s'est jamais contentée de ce qu'elle avait, il lui en fallait toujours plus…

C'est donc cela qui m'amène à me demander ce qui lui plaît autant chez Stan. Peut-être est-ce son côté mystérieux, ou ses cheveux mi-longs à la Orlando Bloom dans *Pirates des Caraïbes*… ? Quoi qu'il en soit, je refuse de croire qu'il s'agit de son sourire de charmeur à trois francs. Moi-même, j'y demeure insensible.

Tout l'après-midi, nous papotons ainsi de choses et d'autres jusqu'à ce qu'elle décide de rentrer pour se doucher et récupérer un peu de son sommeil perdu. Me retrouvant seule, j'en profite pour finir les quelques devoirs à rendre cette semaine, en commençant notamment par celui de latin, dont j'envoie les réponses par texto à ma voisine de cours, Rosalie, qui me les demande sans cesse depuis le début du week-end.

Vers 17 heures, je m'habille et tire mes cheveux dans une queue-de-cheval stricte. Mon cours de danse commence dans une heure et il faut que je me dépêche. Après avoir rangé comme je le pouvais ma chambre, j'attrape mes affaires et je ferme la maison pour courir prendre mon bus.

Quand mon père a quitté maman, du jour au lendemain et sans aucune explication, je n'avais que cinq ans. À l'époque, la chose fut bien plus dure à encaisser pour elle… Dès son départ, elle a cherché à combler le manque, à m'occuper l'esprit, dans la crainte que je ne me réveille un jour en réclamant la présence d'une figure paternelle. Pensant donc bien faire, elle m'a inscrite à un cours de danse classique pas très loin de la maison et m'a presque obligée à le suivre durant des années. Au début, je pouvais y aller jusqu'à trois fois par semaine, pour lui faire plaisir. Plus j'avais l'esprit concentré sur mes progrès et plus cela la mettait en joie.

Mais, avec l'âge, l'école et tout ce qui va avec, j'ai commencé à décrocher. Petit à petit, je me suis mise à sécher les cours de pointes et à favoriser les sorties avec Allie… Elle-même me tannait pour que j'arrête.

Aujourd'hui, la danse ne représente pour moi rien de plus qu'une habitude, presque une lubie. Le temps d'une à deux heures par semaine, le dimanche et parfois le vendredi, je dissocie corps et esprit pour permettre à ma mère de souffler. Après tout, je lui dois bien ça…

Lorsque le cours hebdomadaire s'achève, je ne reste pas longtemps à discuter dans les vestiaires car c'est à moi que revient la charge du dîner le dimanche soir. Quand on s'est retrouvées toutes les deux, maman a également dû prendre un emploi et s'est d'abord vu embaucher à droite à gauche avant de devenir infirmière dans une petite clinique. Aujourd'hui, c'est son emploi du temps chargé qui nous permet de vivre correctement. Et, malgré de nombreuses absences, elle trouve toujours le moyen de passer un peu de temps en ma compagnie. C'est principalement pour ça que j'essaye d'être là pour elle, comme elle a pu l'être pour moi toutes ces années.

À mi-chemin entre l'école de danse et chez moi, le bus s'arrête pour la première fois. Et croyez-moi, c'est plutôt rare pour un dimanche à Emoria, petite ville de quatre mille habitants. C'est un jeune homme en tenue de sport qui monte. Sa capuche de sweat-shirt, rabattue sur sa tête, m'empêche de distinguer clairement son visage. J'entends simplement sa respiration, forte et régulière, lorsqu'il part s'asseoir quelques sièges devant moi.

Après quelques minutes de trajet, le chauffeur s'arrête naturellement à mon arrêt, sans que j'aie besoin de me signaler. À vrai dire, je suis tellement occupée à observer le second passager que j'en oublie de descendre.

— Hum… mademoiselle ? Vous descendez là, d'habitude, déclare le conducteur en se tournant vers moi.

Honteuse, je me précipite à l'avant du véhicule, tout en essayant de jeter un coup d'œil discret à mon inconnu. À ma grande déception, celui-ci a le visage collé à la vitre, les yeux fermés, et semble dormir…

Je remercie donc le chauffeur à la hâte et saute sur le trottoir avant de lever la tête une dernière fois.

Alors que le bus redémarre, deux yeux bleus se posent sur moi à travers la vitre, et j'en oublie presque de respirer pendant quelques secondes.

C'est drôle... J'aurais juré qu'il dormait !

Quand j'arrive à la maison, maman est au téléphone dans la cuisine et, vu le ton qu'elle emploie, il doit s'agir de ma grand-mère au bout du fil. Amusée, je défais mes baskets et tente d'écouter les bribes de la conversation.

— Non, m'man, elle vient juste de rentrer... Mais puisque je te dis qu'elle l'a reçu !... Mais oui... Oui. Non... Bon...

Une fois près d'elle, je découvre une carte et un bouquet de roses blanches sur le comptoir.

— Oui oui, je lui dirai... Embrasse papa... Oui, d'accord ! Allez, ciao !

Elle raccroche et me prend aussitôt dans ses bras.

— Ma chérie... Ça va, c'était bien, la danse ?

— Oui, ça a été. Et toi, ta journée ?

— Je te passe les détails.

— D'accord. C'est de la part de qui, tout ça ?

— La carte, de mamie, elle est arrivée hier. Et les fleurs, de moi, dit-elle en souriant.

— Pour moi ?

— Pour ton anniversaire. Ça... et puis aussi ça. On n'a pas encore eu le temps de le fêter correctement...

Elle me tend alors un petit paquet bleu qui fait du bruit quand je l'agite.

— Qu'est-ce que c'est ?

— Eh bien ouvre, et tu verras.

Je m'exécute. Le papier cadeau est trop bien plié pour qu'il s'agisse d'un paquet fait maison. J'espère qu'elle ne s'est pas ruinée… Avec précaution, je fais tomber une première, puis une seconde couche avant d'avoir dans les mains une boîte noire, rectangulaire. À l'intérieur, j'y découvre quelque chose de brillant ; il s'agit d'un collier en argent avec un petit pendentif en forme de cœur.

— Maman…

— Ça te plaît ?

— Oui, bien sûr, il est magnifique !

Elle sort le collier de son écrin et me le porte au cou. Le contact de l'argent froid sur ma peau me fait frissonner.

— Je n'avais pas d'idée pour le pendentif, alors j'ai juste pris un cœur…

— C'est très bien, lui dis-je en l'embrassant sur la joue.

— Comme ça, tu m'auras tous les jours avec toi.

Sur ces mots, je la prends à nouveau dans mes bras et plonge le visage dans ses cheveux blonds. Elle sent le shampoing au miel, son préféré, celui dont le parfum m'a apaisée dans les pires moments… À cet instant, j'ai l'impression d'être redevenue une petite fille, une enfant hors d'atteinte car protégée par un amour inconditionnel.

C'est donc ensemble que nous préparons le repas de ce soir, avec, au menu, des tagliatelles à la crème. Sa spécialité ! Au milieu du repas, alors que je suis en train d'engloutir ce qu'il reste de mon assiette et que maman me raconte des petites anecdotes du boulot, son visage se fige, comme marqué par un souvenir fulgurant. Sérieuse, elle me demande alors :

— Au fait, Anna… qui est Stan ?

Chapitre 5

Je manque de recracher ce que j'ai dans la bouche.

— Pardon ?

— Qui est Stan ?

Je sens mes joues rougir presque immédiatement.

— Comment est-ce que…

— Il a laissé un message sur le fixe tout à l'heure.

Son regard s'adoucit et elle se met à me sourire malicieusement, comme si l'éventualité qu'un garçon me harcèle lui faisait plaisir.

— Un message ?

Comment s'est-il procuré notre numéro ?

— Oui, il a dit qu'il annulait demain soir parce qu'il avait « d'autres plans », fait-elle en mimant des guillemets.

Et de quel droit a-t-il appelé chez moi ?

— Alors, me presse-t-elle, c'est qui ?

— Personne.

— Il est mignon ?

— Maman.

— Quoi ? s'exclame-t-elle, prenant un air innocent. C'est le genre de questions qu'une mère a le droit de poser à sa fille de dix-neuf ans. Et depuis ce qui s'est passé…

— Je ne le connais presque pas, la coupé-je.

— Bon… Je veux juste que tu fasses attention.

— Bien sûr que je fais attention ! Ils ne sont pas tous comme Matt, tu sais.

Elle fronce aussitôt les sourcils. C'est un sujet difficile pour moi, mais aussi pour elle. Et je n'ai aucune envie de l'aborder plus longtemps.

— Je te fais confiance, Anna... C'est juste que, avec ce nouveau collier, j'ai peur que tu ne crées des émeutes !

Je lui accorde un sourire pour la rassurer sur la question, mais au fond de moi je fulmine. Je maudis intérieurement ce Stanislas Djovik...

***

En arrivant à la fac le lendemain, je retrouve Sasha adossée à l'entrée du bâtiment, sa veste en jean fétiche sur le dos et des écouteurs dans les oreilles. Lorsque je crie son nom, elle tourne le visage vers moi et me fait immédiatement de grands yeux.

On est ensemble depuis le lycée, elle, Allison et moi. Notre trio infernal ne serait rien sans son légendaire caractère et son franc-parler. Elle n'hésitera jamais à dire ce qu'elle pense ou à faire remarquer que quelque chose ne lui plaît pas, et je l'admire beaucoup pour ça. Et puis, cerise sur le gâteau, elle est brillante, animée d'un génie qui touche très peu de personnes.

Alors que je m'approche, elle soupire délibérément et lève les yeux au ciel pour ajouter à la scène un soupçon de tragédie. Je sais par avance qu'elle va me parler de Stan et de la soirée avec Allison. La malice dans ses prunelles vertes me le confirme.

— Anna, Anna, Anna...

— Pour te servir...

— Heureusement qu'Allison est là pour me raconter tes cachotteries !

— Quelles cachotteries ? Je n'ai absolument rien à cacher ! Ce n'est pas moi qui finis la tête dans l'évier à 22 heures…

Bras dessus, bras dessous, nous entrons dans le grand bâtiment en briques rouges et empruntons un escalier sur notre droite pour parvenir au deuxième étage. Le lundi, les couloirs sont noirs de monde. Je suis donc à la hâte mon amie, qui me tient par la main et envoie balader la plupart des étudiants qui s'aventurent sur son passage.

Je me souviens de notre première année au lycée, lorsque Allison et Sasha ne pouvaient pas se supporter. Deux filles au caractère fort, deux grandes bouches, deux charismes indomptables : ça faisait rapidement des étincelles. Moi, je me retrouvais bien souvent au milieu de tout ça, ne sachant que faire, attendant vainement qu'elles en finissent et trouvent un terrain d'entente.

Et aujourd'hui, voilà le résultat : rien ni personne ne pourrait nous séparer !

Une fois assise dans la petite salle où se déroulera notre TD de littérature, Sasha ne peut s'empêcher de se tourner vers moi une dernière fois pour me poser des questions.

— Alors, raconte, c'était comment avec môôssieur Djovik ?

« Stan. Appelle-moi Stan. »

— Étrange, je dirais.

— Allison m'a dit que vous deviez vous voir ce soir à l'Angle.

Je hausse les épaules et fais mine d'écouter le cours. Alors qu'elle continue de s'agiter près de moi, je lui explique en chuchotant qu'il a finalement annulé hier soir en m'appelant sur le fixe. Je ne sais pas si c'est par précaution ou parce qu'elle ne peut tenir sa langue dans sa poche, mais elle se met subitement à me dire tout ce qu'elle sait sur lui.

Premièrement, elle le connaît par le biais de Charles, son cousin, qui serait apparemment allé en cours avec lui au collège. D'après diverses recherches, ses parents seraient bel et bien divorcés et il serait effectivement fils unique. Par ailleurs, elle m'apprend qu'il a toujours vécu chez son père, seulement parce que celui-ci est toujours en voyage à l'étranger – selon les rumeurs, Stan ne serait pas très famille. Il organiserait ainsi des fêtes un week-end sur deux. On dit également que, depuis qu'il a son bac, il se trouve des petits boulots dans le coin pour ne pas dépendre de la fortune de son père. « C'est admirable », me glisse Sasha, pour se moquer. Plus étonnant encore, on le dit célibataire quoique récemment aperçu avec une certaine Tiphaine – « que personne n'apprécie vraiment ».

À l'évocation de ce prénom, je me souviens des trois filles ivres dans sa cuisine et de son ordre à deux d'entre elles de coucher ladite Tiphaine dans un des lits à l'étage.

Mon amie passe ainsi les minutes qui suivent à me décrire combien il est *intelligent* et combien tout le monde le trouve *cool*. Elle m'indique aussi qu'il traîne toujours avec les mêmes personnes : son meilleur ami et la copine de celui-ci, à l'Angle le plus souvent, le bar où il m'avait donné rendez-vous. Ils auraient tous les trois grandi ensemble…

Alors qu'elle se met à me parler de son entourage, sur lequel ses recherches ont été moins concluantes, les autres étudiants éclatent de rire dans la salle et nous coupent en plein échange. La voix du professeur résonne alors enfin jusque dans nos oreilles :

— Mais peut-être que les deux demoiselles du fond vont nous faire l'honneur de répéter cette thèse… ?

***

À l'heure du déjeuner, puisque Sasha doit aller récupérer ses petits frères en garderie, je propose à Allison de me retrouver dans le centre-ville. Avec mon anniversaire, j'ai mis un peu d'argent de côté et j'aimerais qu'on s'offre un petit resto entre copines.

Elle arrive seulement quelques minutes après moi, vêtue d'une longue robe noire par-dessus des collants et chaussée de Doc Martens. Ses cheveux bruns sont relevés dans une queue-de-cheval brouillonne et ses yeux verts sont légèrement maquillés. Elle ne cherche même pas à être jolie, elle l'est naturellement. À tel point que j'ai l'impression de faire tache dans ce petit bistrot, le Central, qu'elle m'a elle-même conseillé.

— Oh là là, c'est vraiment de la folie pour se garer ici, on se croirait à Versailles ! Tu as déjà commandé ?

Elle se penche pour m'embrasser sur la joue et s'affale sur sa chaise.

— Pas encore, je viens d'arriver. Mais j'ai déjà des trucs à te raconter… Tu ne devineras jamais qui a laissé un message sur mon fixe hier !

— Qui ça ?

— Le Stan de l'autre soir.

— Stanislas Djovik ! fait-elle, sous le choc. Qu'est-ce qu'il te voulait ?

— Tu connais ma chance, à ce moment-là j'étais bien évidemment à la danse et c'est maman qui a écouté le message en premier. Dedans, il dit qu'il annule notre rendez-vous de ce soir et qu'il est désolé, bla-bla-bla…

— Merde alors.

— Comme tu dis.

— Il explique pourquoi ?

— Il aurait d'autres plans… Mais ça m'est égal. De toute façon, je ne le sentais pas, ce type. Ce qui m'embête, c'est surtout que ma mère ait entendu son message ! Après quoi, j'ai eu droit au speech sur Matt, bien sûr. Enfin, tu la connais…

— Moi, ce que je trouve flippant, c'est qu'il ait trouvé ton numéro, ajoute mon amie en pouffant.

Je lève les yeux au ciel en guise de réponse, tandis qu'elle s'enfonce dans son siège et croise les bras. Quelque part, je la sens frustrée de ce revirement de situation. Je crois qu'elle espérait secrètement le revoir ce soir.

Au même moment, la sonnerie de mon téléphone me sort de mes pensées et je dois presque me plier en quatre pour le trouver dans mon sac. Trois fois, la mélodie retentit sans que je puisse l'atteindre, comme si cet objet de malheur s'amusait à jouer à cache-cache avec moi ! Alors que je mets la main dessus et remarque qu'il ne s'agissait que de mon opérateur, un serveur demande à Allison si nous sommes prêtes à commander.

Quand je relève la tête, le souffle court et les joues rouges, je tombe nez à nez avec deux grands yeux bleus que je reconnais immédiatement. Ils sont disposés sur un visage tout à fait symétrique, au-dessus d'un nez fort et de lèvres pleines. Quand je prends un peu de recul, je remarque que ce visage appartient à un corps imposant, arborant une tenue de travail gris foncé.

Maintenant qu'il ne porte aucune capuche, je peux clairement voir ses cheveux blond foncé, presque châtains, coupés court sur son crâne. Aucune expression ne passe sur ses traits réguliers. Il est là, debout devant moi, indéchiffrable.

— Euh… monsieur ?

Il tourne aussitôt la tête pour écouter Allison qui l'interpelle.

— Je prendrai un plat du jour.

Il note quelque chose sur son petit carnet blanc et me refait face.

— Et pour vous, mademoiselle ?

Sa voix est douce, neutre. Je me perds dans son écho…

— La même chose, s'il vous plaît.

Sans le moindre commentaire ou sourire, il acquiesce et disparaît en cuisine.

— Il a ses règles, tu crois ?

— …

— Anna, tu m'écoutes ?

Quand je me retourne vers elle et fais oui de la tête, de retour sur terre, ses yeux glissent sur mon décolleté.

— Mais dis-moi, c'est nouveau ça !

Sans attendre ma réponse, elle se jette sur mon cou pour examiner le cadeau d'anniversaire de ma mère et s'émerveille avec toute une flopée d'hyperboles. Distraite, j'en profite pour chercher des yeux le serveur. Le fait de le recroiser ici, après l'épisode du bus, tient presque du miracle. Or, après plusieurs minutes d'attente insoutenables, c'est dans les mains d'une jeune femme qu'arrivent nos assiettes… Les yeux bleus ont bel et bien disparu et ne reste alors qu'un saumon mi-cuit accompagné de sa purée de pommes de terre. Heureusement, la qualité du repas parvient à m'occuper l'esprit assez longtemps pour que j'oublie les deux échecs de cette journée : les bizarreries de Stan et la disparition de mon inconnu aux yeux bleus.

À 19 heures, mon cours d'anglais s'achève et signe la fin de ma journée. Je suis lessivée, j'ai le dos en compote et une sérieuse envie de me changer les idées. Et le pompon, c'est qu'il se met à pleuvoir des cordes. Immédiatement, Sasha et moi nous mettons à courir. Mon amie se dépêche de m'abandonner pour retrouver son scooter magique qui la conduira en un éclair jusque chez elle, tandis que je devrai attendre le bus, comme la plupart des élèves. Or, sur le chemin qui me mène à l'arrêt, je suis aveuglée par les litres d'eau qui tombent du ciel et percute quelqu'un par inadvertance.

Je n'ai – *malheureusement* – pas besoin de lever les yeux pour comprendre de qui il s'agit. Sa voix grave suffit à me paralyser.

— Surprise ?

Chapitre 6

QUELQUES HEURES PLUS TARD…

La musique m'enivre. Je saute sur les *boum* de la basse, lève mes bras vers le ciel alternativement comme si personne ne pouvait me voir. Je ferme les yeux pour mieux ressentir les vibrations et mon corps se laisse complètement aller, réchauffé par les rayons lumineux projetés depuis le plafond.

Je suis en train de perdre la tête, mais j'adore ça. Je ne sais plus rien faire d'autre que danser, encore et encore, tandis que les battements de mon cœur accélèrent. C'est tellement différent de mes cours de classique, de la rigidité de mon professeur, de la technique attendue…

Quand j'ouvre les yeux, ma vision est trouble. La chanson que le DJ passe ralentit avant de repartir très brutalement.

On est collés les uns aux autres, on transpire, on hurle, on a l'air de bêtes sauvages, mais personne ne s'en préoccupe, alors pourquoi le devrais-je ? Je tape des pieds tellement fort qu'ils me brûlent. La douleur remonte jusque dans ma colonne vertébrale, mais j'en tire plus de bien que de mal. C'est tellement agréable. Tellement euphorisant. Je souris comme une enfant, j'en suis sûre. Mon corps se déchaîne, peu importent les mouvements, peu importent les paroles, j'ai l'impression que mes pieds décollent. Tout le monde rit autour de moi. La musique nous rapproche et on saute encore, toujours plus haut.

Soudain, une main se pose sur mon épaule, mais je n'ai pas envie de m'arrêter pour autant, je veux continuer à danser jusqu'à épuisement… Ce que je fais… Jusqu'à ce qu'elle revienne me serrer le haut du bras pour m'inviter à me retourner.

— Tiens, c'est de l'eau.

Stan, d'un sourire gêné, me tend un gobelet en plastique.

— Merci, crié-je dans son oreille.

Je crois qu'il me répond, mais je n'entends rien. Lui ne danse pas, il se contente de me regarder d'un œil moqueur tandis qu'autour de nous tout le monde saute sur le rythme.

— Quoi ? hurlé-je.

— Je ne savais pas que tu pouvais danser !

Je lui réponds en remuant les épaules pour ne pas perdre le feeling. Son rire se fait d'autant plus fort quand je renverse la moitié de mon gobelet en levant mon bras en l'air. Une moitié qui se déverse sur nos têtes instantanément. Prise d'un fou rire incontrôlable, je ne parviens pas à formuler des excuses correctes, mais ça lui est égal. Il me sourit toujours. Et j'aime ça.

Et puis la mélodie change trop vite, brisant la chaîne d'énergie formée dans la salle. Le tempo est moins soutenu et peu à peu les danseurs se dispersent. Stan en profite pour me prendre par le bras et m'aide à atteindre un fauteuil.

— Tu t'es amusée ?

— Beaucoup !

— Super, dit-il en laissant traîner son index sur mon épaule. Maintenant, il va falloir qu'on rentre, il se fait tard.

— Oh… Déjà ?

Son sourire parvient à réchauffer l'intérieur de mon corps. Alors que je m'apprête à me lever, ses doigts glissent pour remettre en place la bretelle de mon débardeur qui était en train de tomber. Son geste nous surprend tous les deux. Gêné, il se racle la gorge et dit :

— Tu as cours demain et je ne veux surtout pas être responsable de ton échec universitaire.

Je fais un geste de la main pour lui signifier mon indifférence et regarde ma montre. Il est minuit passé. Je ne suis jamais sortie si tard en ville un soir de semaine. Pourtant je suis bien avec lui. Cela va bientôt faire cinq heures, maintenant. Cinq heures que j'ai accepté de le suivre, que je lui raconte des bêtises, que je bois plus qu'il ne faut et que je danse… Cinq heures de totale insouciance…

— Petit joueur, dis-je.

Les mots sortent de ma bouche mais je n'ai plus de contrôle sur eux.

— OK, party girl, cela ne fait que me confirmer qu'il est grand temps qu'on rentre. Le deal est terminé !

Il se lève, me soulève à deux bras et m'escorte jusqu'à sa voiture. Après quoi, il m'installe à l'arrière en prenant soin de m'attacher puis rejoint le volant. Et, dès lors que le véhicule démarre, je sombre dans les souvenirs de cette soirée…

***

— *Surprise ?*

Pincez-moi, je rêve…

— *Stan ?*

— *Anna ?*

Et en plus il ose sourire !

— *Qu'est-ce que tu fais là ? Comment est-ce que tu as su que j'étudiais ici ?*

— *Chaque chose en son temps. Je suis là pour te voir.*

— *Ah oui ? Moi qui croyais que tu avais d'autres plans pour la soirée…*

Il garde le silence tandis que mes cheveux dégoulinent et me collent aux joues.

— Stan, tu m'as entendue ?

— Tu ne veux pas monter ? Qu'on discute au moins à l'intérieur...

Il me désigne sa voiture garée derrière lui. Elle est entièrement rouge, pimpante, trop voyante à mon goût. Alors que je m'apprête à lui dire que je prends le bus, celui-ci démarre sans moi au coin de la rue et disparaît avant même que je ne puisse réagir.

Résignée, je sors mon téléphone de ma poche pour regarder quand est le prochain passage, mais la batterie meurt sous mes yeux.

Est-ce que j'ai vraiment le choix maintenant ?

Soupirant, je décide de le suivre jusqu'au véhicule et me dépêche de refermer la portière derrière moi. À l'intérieur, je retrouve l'odeur d'orange que j'avais reconnue dans son parfum. La voiture est propre, rien ne traîne. Il n'y a ni déchets, ni CD, ni fringues, ni paquets de chewing-gums.

— Avant que tu ne m'assailles encore de questions, dit-il en ajustant le rétroviseur, sache que je tiens toutes mes infos de ton copain Charles. C'est donc lui le traître dans l'histoire...

Et ça le fait rire (encore).

— Par « toutes mes infos », Anna, je veux dire : ton nom de famille, qui m'a aidé à trouver ton numéro de téléphone dans l'annuaire, mais également ta fac et l'heure à laquelle tu finis le lundi.

Est-ce que je suis censée m'inquiéter ?

— Maintenant que j'ai ton écoute, Anna Occelli, reprend-il d'un ton fier, je veux aussi t'annoncer que j'ai annulé mes plans pour ce soir. Je veux qu'on sorte.

— Et qui a dit que je voulais sortir avec toi ?

Ma dernière repartie ne fait qu'accentuer son air machiavélique.

— Je te propose un deal : pour me faire pardonner mes mauvaises manières, je t'emmènerai où bon te semble. Tu n'auras qu'à choisir

l'endroit et on ira. Comme ça, je passe un peu de temps en ta compagnie et toi, tu passes une super-soirée. On y gagne tous les deux.

Ça y est, je suis complètement perdue. Je ne comprends ni ce qui se cache derrière cette proposition ni ce qu'il attend de moi.

— C'est une blague ?

— Pourquoi je me moquerais de toi ?

— La vraie question c'est : pourquoi tu ne le ferais pas ?

Il se penche vers mon visage, le bras sur mon dossier, exactement comme il l'a fait lorsqu'il m'a raccompagnée après sa soirée.

— Écoute, je cherche à faire les choses bien. Je veux apprendre à te connaître. Si tu me laisses passer la soirée avec toi, je ferai en sorte de ne pas te décevoir. Deal ?

La pluie frappe fort contre les vitres et le toit de la voiture. Autour de nous, le parking de l'établissement se vide peu à peu. Je ne comprends pas ce qui se passe à l'intérieur de sa tête, de la mienne. Tout se brouille et m'empêche d'y voir clair. Et pourtant, des mots se forment sur le bout de ma langue et luttent pour sortir. Ils luttent à tel point que, bientôt, je n'arrive plus à les retenir.

— Le Grand Bleu, tu connais ?

— La boîte de nuit ? me demande-t-il, surpris.

— Oui. C'est là que je veux aller. Deal ?

***

Une voix basse chuchote des mots incompréhensibles à quelques centimètres de mon oreille. Je bats des paupières et sors de ma rêverie.

— On est presque arrivés.

Je suis allongée de tout mon long sur la banquette arrière, ma tête tourne.

— On est presque arrivés où ?

— Chez toi.

Je me redresse sur les coudes et me hisse afin de m'asseoir correctement. Tout n'est pas encore très clair…

— Je peux te poser une question ? me demande-t-il à voix basse.

— Hum…

— Pourquoi avoir choisi ce lieu ?

Ne comprenant pas tout de suite où il veut en venir, je fronce les sourcils et m'appuie sur le siège de devant.

— Le Grand Bleu, précise-t-il alors en me regardant dans le rétroviseur.

— C'est l'endroit où mes parents se sont rencontrés.

Comme si cela avait du sens, il acquiesce et arrête la voiture devant un feu rouge.

— Je peux te poser une question, moi aussi ?

— Bien sûr.

— Pourquoi voulais-tu me revoir ?

Stan met quelques secondes avant de répondre. Après s'être frotté vigoureusement la nuque, il annonce de but en blanc :

— Je te trouve intéressante. Pas comme les autres.

Hum… Je le connais, ce discours.

— Intéressante quand j'ai bu, peut-être…

— Ne sois pas bête.

— Tu ne sais rien de moi.

— Raison de plus.

Un silence s'installe et m'enferme dans mes pensées. J'ai du mal à imaginer que je me sois laissée aller à ce point ce soir. Il faut croire que Stan a réussi à me mettre en confiance comme personne auparavant. Et pourtant ce n'était pas gagné. J'avais presque un sentiment de rancœur à son égard depuis la découverte de son message vocal.

Pour une raison que j'ignore, je lui en voulais de m'avoir subitement fait faux bond.

Mais, lorsqu'il s'est garé devant la boîte de nuit, après une heure de trajet, je crois que tous mes a priori se sont envolés. Il n'a posé aucune question sur mes parents, sur ma vie amoureuse ou sur Allison. Il s'est contenté de parler de choses sans gravité, à propos de lui, de moi, de la manière dont on s'était rencontrés… Le temps de cette soirée, il a réussi à me prouver qu'il était bel et bien le gentil qu'il avait prétendu être la première fois, qu'il pouvait être attentif, raisonnable… humain. Il a capté mon attention.

Alors, à seulement quelques rues de chez moi, je décide de tenter une nouvelle approche.

— Peut-être est-ce parce que je ne bois jamais autant ou parce que j'ai passé un bon moment… Quoi qu'il en soit, Stan, je tenais à te remercier pour ce soir. Je ne m'étais pas amusée comme ça depuis longtemps. À vrai dire, je n'avais surtout pas *dansé* comme ça depuis longtemps… Tu as raison, tu n'es pas le méchant que tout le monde croit que tu es. Et je suis contente que tu aies réussi à me le prouver ce soir.

Encore sous l'effet des trois mojitos qu'il m'a gracieusement offerts, je ponctue ma déclaration d'un petit rire gêné, légèrement ridicule.

Dans n'importe quel film sentimental, le garçon – ici interprété par Stan – aurait alors regardé la fille – moi, en l'occurrence – avec un sourire timide au coin des lèvres, avant de lui baiser chastement la joue. Dans un murmure, il lui aurait souhaité bonne nuit avec tendresse et, émoustillée, la jeune fille serait rentrée chez elle des papillons plein le ventre. Une musique mielleuse serait alors venue signer le happy end tant attendu par des spectateurs impatients, laissant place au générique de fin et à la tombée du rideau…

Or, dans la réalité, *notre* réalité, la scène n'a rien de comparable. Le garçon – Stan, donc – ne répond en rien aux codes du héros romantique. Et la fille – toujours moi – n'a rien d'une petite minette attendrissante. Non… Ce qui se passe, dans la vraie vie, est totalement différent.

Immédiatement, les traits de Stan changent, ses mains se crispent sur le volant. Pendant de longues secondes, il reste immobile, les épaules rentrées en avant et les yeux fermés. Et puis, d'un bond, il finit par se retourner vers moi, le regard dur.

Avant même qu'il ouvre la bouche, je ressens un pincement au niveau de la poitrine.

— Tu crois que je plairais à Allison ?

La question plane un moment avant d'arriver jusqu'à mon cerveau.

— Allison… Tu crois que je lui plairais ? répète-t-il, très sérieux.

Le scénario idéal part en fumée. Sans ciller, je soutiens son regard, attendant une explication qui ne viendra jamais.

C'est quoi cette histoire ? Une blague ? Une caméra cachée ? Si Allie lui plaît tant que ça, pourquoi s'est-il donné tant de mal avec moi, ce soir ? Pourquoi est-il venu jusqu'à la fac pour me trouver, m'attendrir à coups de paroles mielleuses et de regards tout doux pour finalement m'annoncer ça ?

Eh bien, Anna, peut-être parce que, encore une fois, tu t'es fait avoir.

Vexée, je bredouille des mots inintelligibles pour répondre à sa question et détourne vivement le regard. Je suis en train de servir de crash test… Je n'en reviens pas, ça m'arrive encore.

Sans attendre plus longtemps, je me détache et sors de la voiture en trombe, marmonnant un « Je suis malade, je rentre » pour fuir son regard oppressant. La tête sur le point d'exploser, je fouille mes poches d'une main tremblante à la recherche de mes clés. Je n'arrive pas à croire qu'il m'ait fait boire pour me retourner les idées. Tout ce cirque, notre sortie, ses paroles bidon, sa pseudo-gentillesse… tout cela n'était que pour Allie ?!

Ma bêtise me suit jusqu'à ce que je referme la porte derrière moi et s'insinue dès lors dans l'ensemble de mon corps.

Quelle conne !

Lui n'a même pas cherché à comprendre ce qui se passait. Dès que je suis rentrée, la voiture a redémarré et disparu dans l'obscurité de la nuit.

Quand je pense que j'ai servi d'appât… Mais quelle conne, quelle conne pas possible je suis ! Je déteste ça !

Je jure à voix haute et me précipite dans les toilettes pour vomir toute ma colère. *Je savais bien que j'avais ça en réserve…* Celle-ci a un goût amer, âpre, dans ma gorge. *Souffle, Anna, souffle.* Je ne connais que trop bien cette sensation de mal-être. Je l'ai vécue avec Matt, trop de fois déjà.

J'aurais dû davantage me méfier. *Il n'est pas méchant… Non, il n'est pas méchant, idiote, tu t'es juste fourvoyée sur ses intentions !* J'aurais dû comprendre tout de suite. J'aurais dû voir qu'il s'intéressait à Allie, pas à moi. Qu'est-ce que je m'imaginais à sortir aussi tard le soir avec un garçon que je n'avais vu qu'une fois… ?

Oh ! Et maman… Je n'ai pas prévenu ma mère. Je me suis tellement laissé entraîner, de verre en verre, que j'ai oublié de la prévenir. Paniquée, je me rue à l'étage et me précipite vers sa porte, sur laquelle je découvre un petit mot collé à la Patafix.

Je risque d'être de garde ce soir.

Il y a des pizzas dans le congèl'.

Je t'aime !

Sans prendre le temps de me démaquiller ou de me laver les dents, je cours jusqu'à ma chambre, m'écroule sur la couette tout habillée et plonge dans un profond sommeil.

Chapitre 7

Plus d'une semaine a passé depuis cette soirée et je n'ai toujours rien dit à ma meilleure amie. Stan, de son côté, n'a jamais daigné m'appeler ou revenir me chercher à la fac. Et c'est tant mieux.

Avec le temps, ma colère à son égard s'est muée en une sorte d'indifférence. J'ai mis mon ressentiment de côté pour me concentrer sur des choses plus importantes. Après tout, ce n'était qu'une rencontre parmi d'autres, une simple erreur de parcours.

J'ai bien assez de choses à côté qui me permettront de l'oublier : mes amies, la fac, le reste… Je n'ai certainement pas besoin qu'un garçon aux manières prétentieuses s'immisce dans ma vie pour tout retourner. Désormais, c'est sur mes études que je me concentrerai. Ça sera ça et rien d'autre. Enfin, je l'espère…

Le mercredi qui suit, le bus que j'emprunte pour rentrer des cours s'arrête à un feu rouge non loin du centre-ville. Perdue dans la lecture d'un roman difficile sur lequel je devrai faire un exposé dans les jours à venir, je ne remarque pas tout de suite la silhouette qui avance au pas de course sur le trottoir d'en face. Ce n'est que lorsque le véhicule redémarre que je lève les yeux, comme attirée par un magnétisme provenant de l'extérieur.

Et c'est mon inconnu que je découvre derrière la vitre. Le mystérieux petit *x* de mon équation non résolue.

Happée par son visage, je me redresse immédiatement et cours à l'avant du bus pour demander au chauffeur de s'arrêter. Celui-ci marmonne qu'il n'est pas question de stationner au beau milieu de la rue et m'indique qu'il s'arrêtera, comme convenu, au prochain arrêt. Je dois donc prendre mon mal en patience, tandis qu'un nœud d'excitation se forme dans mon estomac. Peut-être vais-je enfin mettre un nom sur ce visage si familier…

Dès que le bus s'immobilise, je saute au-dehors et tourne la tête dans tous les sens. Au vu des circonstances, il n'y a pas trente-six mille possibilités. Il s'est probablement dirigé vers le Central, où je l'ai croisé la dernière fois avec Allie. Or, quand j'arrive sur la terrasse en bois par laquelle on accède au café-restaurant, je n'aperçois que des serveuses. Comme elles sont toutes occupées, je prends l'initiative de m'asseoir à une table à l'abri du vent et continue de jeter des regards indiscrets à toutes les personnes qui déambulent près de moi.

À cette heure de l'après-midi, l'endroit est encore plein, les commandes fusent dans tous les sens. Si mon inconnu s'était trouvé dans les parages, je pense que je l'aurais vu… Déçue, je jure silencieusement contre ma curiosité maladive et mon impulsivité tenace et me lance dans la lecture de la carte.

Étant donné l'heure, je ne vais certainement pas prendre un plat. J'hésite plutôt entre une boisson chaude et un goûter… Toutefois, lorsque mes yeux tombent sur « fondant au chocolat », mon cerveau s'active et me somme d'être raisonnable si je veux continuer à rentrer dans mon jean slim…

— Bonjour, vous avez choisi ?

Cette voix, c'est celle d'une jeune serveuse très avenante, un bloc-notes et un stylo à la main. Une étiquette indique *Lia* au-dessus de sa poitrine.

— Je vais vous prendre… un chocolat chaud, s'il vous plaît. Mais sans sucre !

Elle m'offre un sourire de connivence, ramasse la carte et disparaît en faisant rebondir ses cheveux blonds sur ses épaules.

Au même moment, à ma droite, un couple s'installe à une table et s'esclaffe sans retenue. Deux rires se mêlent : l'un est aigu et dynamique, l'autre grave et rocailleux. L'homme, qui en impose par sa carrure, a le regard plongé dans celui de sa compagne, une jeune femme très grande et très fine dont les joues rosissent de plus en plus. Celle-ci profite de leur hilarité pour se pencher et embrasser tendrement son compagnon. À la vue de la réaction de celui-ci, je devine qu'il s'agit là d'un premier baiser et cela me redonne immédiatement le sourire.

Voilà, Anna, tu l'as ta preuve que toute relation n'est pas vouée à l'échec. Certaines marchent. Il suffit d'ouvrir les yeux...

— Bonjour.

Bam. Je m'enfonce si fort dans ma chaise que mon cœur s'écrase dans ma poitrine. Et mon sursaut est tellement brusque que celui qui s'adresse à moi recule d'un pas. Lorsque je redresse la tête, je me retrouve emprisonnée entre deux billes couleur azur.

C'est lui. Mon inconnu. Il se tient devant moi, dans son uniforme gris, les cheveux plaqués en arrière. Et il me sourit... Tandis que moi, je demeure immobile, la bouche grande ouverte.

— B... bonjour.

Je me ressaisis trop tard, il a déjà tourné la tête vers la serveuse, Lia, qui avance vers nous avec ma commande sur un plateau.

— J'm'en charge, Léo !

Léo ?! Submergée par la découverte de ce prénom secret, je me mets à balbutier des paroles incompréhensibles. Pour ne rien arranger, mon inconnu disparaît sans un mot et me laisse avec sa collègue.

— Voilà pour vous.

Elle se penche pour me servir et mes yeux rencontrent à nouveau l'étiquette accrochée à sa tenue de travail. *Lia.* S'agit-il d'une coïncidence ? Est-ce la coutume ici que d'engager uniquement des serveurs ayant un prénom de trois lettres commençant par L ?

Ou s'agirait-il d'un frère et d'une sœur ?

En vérité, tous les signes sont là : le nom, les cheveux blonds, les yeux bleus, le sourire… Tout laisse à croire que ces deux créatures, presque divines, sont liées par le sang et des atomes.

L'esprit une nouvelle fois embourbé, je remercie platement la jeune fille et engloutis la boisson chocolatée tout en ne quittant jamais les deux serveurs des yeux. De là où je suis assise, je peux très bien les observer, complices, vaquer à leur travail. Je remarque aussi facilement qu'ils n'hésitent pas à se lancer des petits regards, à rire ensemble ou à se chamailler devant les clients, ce qui confirme peu à peu mon hypothèse.

Physiquement, tous deux ont été gâtés par une nature généreuse. Léo incarne le gendre idéal et Lia la petite sœur que l'on rêverait tous d'avoir. Lui est captivant. Elle transpire de douceur. Et même leurs tâches semblent magnifiées par leur présence. Je ne suis pas la seule à les regarder. Ce duo étincelant en fait rêver bien d'autres autour de moi, mais qui peut les blâmer ? On est loin des prises de tête à la Stanislas Djovik. On est loin des soirées en boîte décidées sur un coup de tête. Et je suis certaine qu'on est loin de son arrogance surdimensionnée…

Léo choisit bien sûr ce moment pour tourner la tête et me surprendre en train de le regarder. Du mieux que je peux, j'essaye alors de poser mes yeux derrière lui, prétendant avoir un intérêt soudain pour le mur. J'ai le visage en feu, mais c'est trop tard, il m'a repérée et sourit de là où il est.

— Vous désirez autre chose ? me demande Lia en revenant vers moi.

— Non, ça va, merci, je vais juste prendre l'addition.

— Très bien !

Mon téléphone se met à sonner dans la poche de mon manteau et je décroche aussitôt.

— Allô ?

— Mais t'es où ?! crie Allie dans le combiné.

— Euh… Là… Je bois un chocolat dans le centre-ville, pourquoi ?

— J'étais sur le point d'aller chez toi ! Mon Dieu, Anna, c'est Stanislas !

Je perds aussitôt mon sourire. Je prends une longue respiration pour canaliser la colère qui refait surface à l'évocation de ce prénom.

— Quoi, Stanislas ?

— J'ai croisé Charles dans la rue en sortant de cours ! Il m'a dit qu'il faisait une soirée samedi puisque c'est toujours…

— … un week-end sur deux, oui, je sais. C'est pour ça que tu appelles ?

— Ça ne te dit rien ?

— Comment ça, ça ne me dit rien ? As-tu déjà oublié comment ça s'est passé pour toi, la dernière fois ?

— Justement, je ferai gaffe cette fois. Je suis pas conne… En plus, j'ai bien envie de le revoir.

Qu'est-ce qu'elle me fait, là ?

— Envie de le revoir ? Pourquoi ?

— J'en sais rien, je l'aime bien, il est mignon… Et c'est toi-même qui m'as dit qu'il avait demandé si j'étais célibataire !

Je pince les lèvres avec force pour ne pas m'énerver devant tous les clients.

— Pour moi, c'est non, Allie. J'ai déjà quelque chose de prévu…

— Oh… fait-elle, déçue.

— Mais toi, vas-y si tu y tiens. Je veux juste que tu me promettes de faire attention à ta consommation d'alcool.

— Tu es sûre ?

— Certaine.

— Parfait !

La colère retombe aussitôt pour laisser place à l'écœurement… *Comment fait-il pour s'immiscer dans ma tête chaque fois que je l'en chasse ?*

— Bon, Anna, faut que j'te laisse, le feu va passer au vert, je te rappellerai parce que je veux aussi ton avis sur la tenue que je vais porter. Bisouuuuus !

— Bis…

Je n'ai pas le temps de terminer ma phrase qu'elle raccroche. Il n'en fallait pas plus pour me mettre en rogne. Je me retrouve piégée. Je ne peux rien dire à Allison de ce qui s'est passé la semaine dernière. Elle ne comprendrait pas… Et, même si elle comprenait, elle croirait que Stan me plaît. Et c'est vraiment la dernière chose dont je veux qu'elle se convainque…

Comme si je n'avais pas encore eu ma dose, je vois Léo arriver près de ma table, l'addition dans les mains. Avant que je ne puisse le remercier, il s'installe sur la chaise me faisant face et je me noie aussitôt dans ses yeux.

— Je vais commencer à croire que tu me suis, dit-il en osant un petit sourire taquin.

Je me retourne pour vérifier que c'est bien à moi qu'il parle, mais il n'y a personne dans mon dos.

— Je ne vous… tu… Enfin, qu'est-ce qui te fait croire que je te suis ?

Il éclate de rire, et rayonne au sens propre du terme.

— Je plaisante. C'était une manière pas vraiment subtile de dire que je t'avais déjà vue.

— Oh… Euh… Ah…

Je n'arrive plus à prononcer autre chose que des voyelles pour un temps.

— C'est la deuxième fois que je m'aventure ici, parviens-je à dire, hésitante. J'aime beaucoup le coin.

— Ouais, le quartier est top. Et tu tombes à pic, aujourd'hui c'est la maison qui offre.

Qui offre ?

— En quel honneur ?

— Disons à quelle condition, plutôt, me sourit-il. Reviens ici dans peu de temps en échange.

À nouveau, je ne suis que voyelles…

Faut dire que je suis vraiment nulle pour décrypter ce genre de choses. Est-ce que je lui plais ? Est-ce qu'il me trouve jolie ? Est-ce qu'il a remarqué que j'étais venue pour lui ?

Ne sachant plus quoi ajouter, je fais la chose la plus stupide qui soit : je me mets à ricaner. Vous savez, ce rire qu'on utilise pour combler un blanc mais qui rend la situation encore plus gênante ? Eh bien, c'est ça. Je suis en train de tout gâcher. Mais cela ne l'empêche pas de sourire. Et puis ses dents… Quelles dents ! L'alignement parfait et la blancheur Colgate sont au rendez-vous. Un peu plus et je le croirais génétiquement modifié…

— D'accord, m'entends-je dire.

— Vraiment ?

— Je ne peux pas refuser un chocolat gratuit.

Un tant soit peu surpris par ma réponse, il se lève, tout en gardant l'addition dans les mains, et esquisse une petite révérence avant de repartir vers les cuisines. Après quoi, je me sens toute légère. Ce petit ascenseur émotionnel m'a redonné le sourire et l'envie de croire aux gens.

Chapitre 8

— En conclusion, je dirai que cet extrait nous dévoile les intentions fondamentales de l'auteur.

— À savoir… ?

— Euh… À savoir, dépeindre une société ravagée par une crise politique et sociale de grande envergure.

— Hum hum. Bien, vous pouvez aller vous rasseoir, mademoiselle Occelli.

Les mains moites, je récupère mon dossier sur le bureau du professeur et retourne à ma place avec un profond sentiment d'échec. Je viens de rater le seul devoir qui pouvait remonter ma moyenne ce semestre, celui sur lequel je travaille depuis des semaines. Et tout ça pourquoi ? Parce que je n'ai pas respecté le mantra que je m'étais imposé quelques jours plus tôt, à savoir : me focaliser uniquement sur les études.

— Comme vous l'aurez compris, j'attends bien plus de votre part en ce qui concerne les exposés oraux, annonce sèchement mon professeur de littérature comparée. Lire l'œuvre et la commenter en surface, comme Mlle Occelli l'a fait, ne suffit malheureusement pas. J'exige une analyse en profondeur, une recherche minutieuse de détails concrets. Et cela vaut pour chacun d'entre vous !

Sentant le regard oppressant de mes camarades sur ma petite personne, je baisse la tête et gigote nerveusement sur ma chaise. J'ai comme l'impression que l'on a réglé le chauffage à son maximum aujourd'hui. La température grimpe, grimpe et grimpe encore, tandis que je perds mes moyens et commence à suffoquer.

Dès que la sonnerie retentit, je me précipite à l'extérieur de la classe sans même aller réclamer ma note. Depuis mon réveil ce matin, j'ai le cœur au bord des lèvres. Nous sommes, *certes*, vendredi et c'est, *certes*, déjà le week-end… Mais cela fait aussi quatorze ans jour pour jour que mon père est parti.

Et, chaque année, c'est la même chose. Il arrive une date à laquelle mon corps réagit de manière très singulière. Sans s'accorder avec ce qui se passe dans ma tête, il se rigidifie et m'empêche de penser correctement. Je deviens légume. Je ne suis pas triste, parce que je le refuse, mais je suis exténuée par un poids qui persiste. Stress, questions, doutes… Ils refont tous surface une fois dans l'année, deux semaines après mon anniversaire, en plein début de printemps. Son départ marque un vide. Trois cent soixante-quatre jours par an, j'en fais abstraction. Mais, aujourd'hui, j'en suis incapable.

Une fois chez moi, je file directement dans ma chambre et me précipite sous la couette pour me couper du monde. Je sors uniquement le bras pour pouvoir attraper mon vieil iPod Nano qui traîne sur la commode et enfiler mes écouteurs. Comme ça, je me sens déjà plus en sécurité, loin du jugement des autres, de leur pouvoir fulgurant à me faire du mal. Ici, je suis en parfait contrôle.

Bien sûr, beaucoup d'images refont surface lorsque je laisse défiler les musiques aléatoirement. C'est le but, après tout. J'ai ce besoin intime d'extérioriser un bon coup avant de pouvoir passer à autre chose. Et, de la sorte, tout me revient dans un même flot : le silence de mon père, les larmes de ma mère, ses cris, ses nuits sans sommeil, son incompréhension.

Je serre les dents en revoyant son visage quand elle m'a dit qu'il était parti. J'ai cette boule dans la gorge qui est douloureuse, qui me gêne. Je voudrais crier pour qu'elle disparaisse, mais je n'en ai pas la force. Alors j'augmente le son pour que l'écho résonne dans mon thorax, je ferme les poings et enfonce mes ongles dans la paume de mes mains.

Cette douleur physique, dont l'origine est bien réelle, n'est pourtant pas aussi forte que celle que je ressens en repensant à lui. Je le déteste d'être parti, d'avoir fichu le camp sans prévenir, en me laissant derrière, en *la* laissant derrière. C'est surtout ça qui me rend dingue, qu'il ait pu lui faire ça à elle… Ma mère.

La musique change subitement et de nouvelles images me reviennent. J'ai froid, tout d'un coup. Tout mon corps frissonne. Me recroquevillant un peu plus, je fronce les sourcils et laisse tomber quelques larmes sur le drap… Je me revois moi, il y a quelques années, dans la cuisine, en train d'essayer d'éteindre les flammes qui ont jailli dans la poêle où cuisait mon omelette… Et je vois maman, qui rentre du travail, exténuée, les yeux bouffis, et qui arrange mes bêtises. En y repensant, j'ai cette moue bizarre collée au visage, la bouche plissée. J'essaye de m'essuyer les yeux, mais ça coule encore. Et encore. Et encore…

Je déteste cette vulnérabilité qui m'assaille et prend possession de mes membres quand je repense à ces années. Ma mère ne m'a pas élevée de la sorte. Cette gamine de dix ans qui chouine dans son lit, ce n'est pas moi. Moi, je suis plus forte que ça, j'ai appris à l'être. Et je préférerais largement réserver mes larmes à un con qui déciderait de me quitter, comme l'a fait Matt.

Oui, je me souviens encore des mots qu'il m'a assénés sur le seuil de sa porte, il y a deux ans : « Tu es incapable d'aimer, Anna. Malgré tes efforts, tu n'arrives qu'à t'attacher. Mais ça… ça ne suffit pas. Ça ne suffira jamais. Tu cherches un père, pas un copain. Et maintenant je ne veux plus être ni l'un ni l'autre. »

J'ai longtemps eu le sentiment que Matt m'avait quittée comme l'avait fait mon père. Brutalement. De manière tout à fait lâche.

Comme s'il avait, lui aussi, fini par se rendre compte qu'il n'avait pas la carrure adéquate pour me supporter et qu'il s'en foutait.

Il faut avouer qu'avec Matt, ça a toujours été explosif... Lors des rares moments de crise avec ma mère, c'est chez lui que je me réfugiais. Lorsque je manquais d'affection, de signes d'amour, c'est auprès de lui que j'allais les réclamer. Et, paradoxalement, quand c'est avec lui que ça n'allait plus, lorsque je craignais de le voir me quitter, je faisais tout pour le pousser à bout, le rendre jaloux et tester son amour.

Pourtant, c'est mon amour à moi qui n'allait pas. Lors de notre premier rapport, de ma toute première fois, j'ai éclaté en sanglots. Bien sûr, il a tout de suite imaginé m'avoir fait mal et s'est arrêté. Mais ce n'était pas ça. Je n'avais pas mal comme ça, pas à cause de l'acte en lui-même en tout cas, mais à cause du contact. Un contact proche avec un homme, qui unit à la fois la force et les sentiments. Un contact bouleversant, pour moi...

Aussi, j'ai remarqué très vite que ça ne fonctionnerait pas. Notre couple prenait racine sur un déséquilibre. On croyait s'aimer très fort, mais on se détestait. On cherchait sans cesse à se dominer l'un l'autre. Jusqu'au jour où il a fini par gagner.

Après une énième dispute sans intérêt, il a claqué la porte de ma chambre pour aller en soirée et a bu jusqu'à ne plus pouvoir tenir debout. Le reste se résume en une fille, tout aussi éméchée, qui a accepté de le faire se sentir comme un homme pour un soir et qui a pris une photo de leur rapport comme symbole de victoire. Le cliché a fait le tour d'internet et la trahison était telle que je ne pouvais plus le croiser dans les couloirs du lycée sans me jeter sur lui pour l'injurier.

Durant cette courte et intense période, mes pires démons ont refait surface et m'ont plongée dans un état de colère incommensurable. Face à mon comportement, ma mère et Allison se sont plusieurs fois entretenues pour tenter de m'aider. Il a alors été décidé que je passerais les vacances d'été suivantes chez mes grands-parents maternels. Là et seulement là, happée par leur rythme de vie, j'ai commencé à oublier, à aller mieux. Et, finalement, la vie a repris son cours.

***

À 9 heures, ma courte nuit s'achève par la sonnerie entêtante de mon téléphone portable. Je tâtonne dans le noir pour l'attraper.

— Mmh… Oui ?

— Debout, on est samedi !

— Je dors le samedi, Allison.

— Rendez-vous dans deux heures dans le centre-ville pour du shopping intensif. Je n'ai rien trouvé à me mettre pour ce soir.

— Ce soir ?

— Je vais chez Stan, tu as déjà oublié ?

— Non, bien sûr que non.

Mais j'aurais préféré…

— Bon, alors habille-toi vite, tu vas m'aider à choisir.

— On se rejoint où ?

— Chez Baxi. Sois à l'heure.

Et, comme à son habitude, elle raccroche avant même que je ne puisse répondre.

Il me faut de sacrés efforts pour sortir du lit et descendre jusqu'à la cuisine pour prendre un petit-déjeuner. Mes gestes sont nonchalants, mon corps est fatigué. Sans beaucoup d'entrain, je prends une douche brûlante, j'enfile mon habituel jean et un gros sweat à capuche avant d'attacher mes cheveux en une simple tresse. Une fois prête, j'attrape mon sac à main et choisis d'emprunter le vélo de ma mère. Faire un peu d'exercice me fera sans doute du bien aujourd'hui…

Mais Allie est en retard, une fois de plus. À cette heure, les rues sont déjà bondées et les boutiques pleines. Beaucoup de filles sortent notamment de chez Baxi les bras chargés de sacs. Depuis qu'on se connaît avec Allison, c'est notre spot préféré pour faire des achats vestimentaires. Même si nos goûts diffèrent à tout point de vue, je continue de la conseiller quand elle me le demande et vice versa. Étrangement, elle reste persuadée que de belles choses peuvent découler de nos désaccords. C'est un peu ça, notre marque de fabrique.

Dix minutes plus tard, la voilà qui arrive, toute fraîche et pomponnée. Ses cheveux ont été bouclés, ses lèvres et ses yeux maquillés. Elle porte même une tenue neuve qui lui fait une poitrine incroyable et des jambes interminables. Tout excitée, elle m'enlace brièvement et me tire aussitôt dans la première boutique.

On déambule dans les rayons, on se met à chercher sur tous les étalages, on essaye, on fouille, on repose… Rien ne lui va, rien ne lui plaît. Alors on recommence, on change de magasin, on tente plusieurs styles, différents étages et toujours rien… J'ai beau aimer cette fille de tout mon cœur, cela ne change rien au fait que, déterminée comme elle l'est à trouver une tenue pour ce soir, elle me rend dingue ! Allie incarne pourtant la fille idéale. Bien dans son corps et dans sa tête, elle peut se permettre de porter n'importe quel vêtement sans jamais faire tache. Elle a tout pour elle. Et même ça, ça ne suffit pas…

Tandis qu'elle essaye une robe que j'ai pris soin de choisir, je m'octroie une pause et m'installe dans un des fauteuils installés devant les cabines pour écouter de la musique. Avant même que je m'en rende compte, *Once I Was Loved* de Melody Gardot se lance dans mon iPod et mon cœur se serre. Comme c'est l'une de mes chansons préférées et que ses paroles me renvoient à beaucoup de souvenirs, j'augmente le son et me laisse emporter, oubliant pour un temps tout ce qui m'entoure.

I don't remember when I was young,

I don't recall the day when I first saw the sun,
But what I am certain, what is enough,
Is just to remember that once…
Once I was loved.
I still surrender to troubles unknown,
No use pretending all the troubles ain't my own…
But what I am certain, what is enough,
Is just to remember that once…
Once I was loved.

— Mademoiselle ?

Ramenée brutalement à la réalité, je découvre qu'une vendeuse s'est approchée de moi, les mains sur le cœur. Elle me regarde avec un océan de pitié dans les yeux et je ne comprends pourquoi que lorsqu'elle me tend un mouchoir en papier. Alors, j'écrase mes larmes du revers de la main et lui offre un sourire hypocrite pour qu'elle me laisse tranquille.

— Tadam… !

Au même moment, Allison sort de la cabine, les yeux brillants. Non pas parce qu'elle aussi a pleuré mais parce qu'elle semble enfin aimer ce qu'elle porte. Et je la comprends, cette robe est à tomber.

— Ce n'est pas mon style habituel, mais je sais pas… Elle est bien, non ?

— Oui, c'est celle qu'il te faut, lui dis-je en tentant de contrôler ma voix.

Et, apparemment, ça fonctionne puisqu'elle m'offre un sourire triomphant et retourne en cabine se rhabiller.

— Tu es bien sûre de ne pas vouloir venir ce soir ? me demande-t-elle alors que nous nous dirigeons vers le parking où sont stationnés mon vélo et sa voiture.

— Certaine, merci. Tu m'appelleras ?

— Quand ça ?

— Une fois arrivée.

— Pourquoi ?

— Juste fais-le, d'accord ?

Elle fronce les sourcils, suspicieuse, avant de se pencher pour m'embrasser sur la joue.

— Entendu.

***

Vers les 21 heures, maman est appelée en urgence à la clinique et doit renoncer à regarder avec moi la fin de l'adaptation d'*Orgueil et Préjugés* à la télé. Elle claque la porte au moment même où Darcy déclare ses sentiments à Elizabeth Bennet, contre toute attente.

Ennuyée par la tournure que prennent les événements et par le comportement de l'héroïne, j'éteins finalement la télé et me décide à traîner un peu sur internet. Je passe en revue des dizaines de magasins de fringues en ligne sans jamais valider mon panier, écoute ma playlist habituelle en boucle tout en essayant de battre mon record personnel sur l'application Tetris de mon portable.

Toujours sans nouvelles d'Allie depuis notre séance shopping, j'active un réveil à 23 heures, dans l'éventualité où elle se déciderait enfin à m'appeler. Elle a promis qu'elle le ferait. Alors j'attends. Je prends une douche, me lave les dents et range ma chambre pour m'occuper l'esprit. Car, après tout, je ne sais pas ce qui me fait le plus peur à l'heure qu'il est… Qu'elle boive tellement qu'elle ne puisse plus rentrer chez elle. Qu'elle boive mais décide quand bien même de faire le trajet de retour en voiture. Ou simplement qu'elle se fasse raccompagner comme la première fois…

Le cerveau en ébullition, je me mets à faire les cent pas dans les dix mètres carrés de ma chambre. J'ai bien du mal à calmer l'anxiété qui me ronge. Avec mon imagination débordante, plusieurs scénarios catastrophe me passent par la tête. Et aucun, je dis bien aucun, ne me ramène ma meilleure amie en un seul morceau…

À 2 heures du matin, l'attente devient ingérable. Je n'ai toujours aucune nouvelle et cela m'empêche de dormir. Je sais qu'Allison est une grande fille et qu'elle peut se montrer responsable, mais la simple présence de Stan à cette fête pourrait suffire à lui faire perdre la tête. Inquiète, je reprends mon téléphone et déroule la liste de mes contacts dans l'espoir de trouver quelqu'un qui pourrait me rassurer. Tous les numéros enregistrés appartiennent à des membres de ma famille ou à des amis de la fac. Des personnes qui n'ont, en somme, rien à voir avec cette histoire…

En arrivant à celui de Sasha, j'hésite une seconde. Elle m'a prévenue qu'elle ne serait pas là du week-end, mais il se pourrait tout de même qu'elle connaisse…

Oh.

Un contact que je n'avais encore jamais vu est enregistré sous celui de mon amie. Et il est récent… Le souffle court, je le sélectionne et tombe sur un sourire enjôleur. Sous la forme d'un selfie, dans une pièce très peu éclairée, je découvre Stan, le regard fixé sur l'objectif. Tout y est : son numéro, la photo instantanée, ses coordonnées… Tout ce qui constitue de nouvelles traces de cette fameuse soirée… Cet imbécile a probablement dû les enregistrer quand je dansais au Grand Bleu. *Cela ne fait que confirmer mon avis sur sa personne…*

Toutefois, je reste un moment immobile, le doigt en suspens au-dessus de son numéro. L'espace d'une seconde, je me demande si… Non. C'est une idée stupide. Il ne mérite pas que je l'appelle…

Exaspérée, je me lève et jette le téléphone sur le lit. Je ne vais tout de même pas passer la nuit à me faire un sang d'encre, merde ! Il faut que je prenne une décision. Si dans une demi-heure Allison ne m'a toujours pas contactée, je prendrai les mesures qu'il faut : j'appellerai Stan.

Tic tac.

Plus le temps passe et plus le stress monte. Suis-je vraiment obligée de faire ça, après tout ?

Tic tac.

Je pourrais très bien retourner me coucher, m'endormir paisiblement et retenter de l'appeler demain. Que peut-il arriver de grave entre-temps ?

Tic tac.

Surtout que je n'ai jamais aimé téléphoner. Je déteste devoir laisser un message, parler sans voir l'interlocuteur…

Tic tac.

Quand je pense qu'elle avait promis de m'appeler en arrivant…

Tic tac.

Je jure devant mes peluches et le poster de Leonardo DiCaprio qu'elle va me le payer…

Tic tac.

Cette fois, ça y est. La demi-heure est passée. Et ma décision est prise.

Chapitre 9

— Allô ?

— Stan ? fait une petite voix tremblante qui ressemble beaucoup à la mienne.

— Quoi ?

— C'est Anna.

— Occelli ?

— Elle-même. Écoute, je n'ai aucune envie de m'attarder, mais Allison devait m'appeler en arrivant chez toi et elle ne l'a pas fait. Je n'ai pas de nouvelles depuis cet après-midi et ça m'inquiète vraiment. Est-ce que tu peux simplement me dire si elle va bien ?

— Attends.

Un silence pesant remplace le son de sa voix. Ce n'est pourtant pas le moment de me mettre en attente… Dans l'expectative, les battements de mon cœur s'affolent et je n'entends bientôt plus que le son de ma respiration saccadée.

— Anna ?

Je soupire de soulagement en reconnaissant la voix d'Allison.

— Allie, tu vas bien ? Pourquoi tu ne m'as pas appelée, bon sang ? J'étais en train de devenir folle !

— Oh, du calme, tout va bien. Ça m'était sorti de la tête, désolée… Qu'est-ce que tu fais encore réveillée à cette heure ?

C'est une blague ?

— La soirée est terminée depuis un moment, reprend-elle, un sourire dans la voix. Mais Stan m'a *gentiment* proposé de rester dormir. Tu sais… parce que j'ai un peu bu, tout ça…

— Tu comptes vraiment passer la nuit là-bas ?

— Bah oui. Apparemment cette histoire de couple avec Tiphaine, c'est du vent… fait-elle en étouffant un rire.

Les sens en alerte, je change d'avis quant à ma première idée de lui cacher ce qui m'est arrivé avec Stan.

— Il faut absolument que je te dise quelque chose d'abord, Allie… Tu m'entends ?

— Non, pas vraiment. Et il va falloir que je raccroche de toute façon, ça attendra demain… Euh, après-demain. Enfin, le jour qui arrive après aujourd'hui, quoi.

Je l'entends rire.

— Malheureusement, ça ne peut pas attendre ! J'ai préféré te le cacher jusque-là, mais je suis déjà sortie avec Stan, lâché-je alors d'une traite. Je ne t'ai rien dit parce que je pensais que ça n'avait aucun intérêt, mais, maintenant que tu t'apprêtes à dormir chez lui, il faut que je t'en parle… Allie, ce mec n'est pas pour toi. Ce n'est pas quelqu'un de bien, il est… Il n'est pas net.

J'ai beau tendre l'oreille, ma meilleure amie ne produit plus aucun son à l'autre bout de la ligne. Elle me laisse carrément dans un silence étrange. Pourtant, je vois bien qu'elle n'a pas raccroché puisque le temps de la conversation défile toujours sur mon écran.

— Dis-moi, Anna, qu'est-ce que tu en sais, si je suis net ou pas ?

La voix rauque de Stan me fait sursauter. Prise de court, je trébuche contre ma chaise de bureau et tombe les fesses sur le sol.

— Je… je ne m'attendais pas…

— Oh, je t'en prie, garde tes excuses pour un autre.

Face à son ton glacial, je demeure paralysée.

— Ben, ça alors… Tu as perdu ta langue ?

— …

— C'est dommage. Je croyais dur comme fer que tu étais différente… Mais faut croire que je me suis trompé.

Les mains tremblantes, je m'apprête à raccrocher lorsque sa voix grave retentit une nouvelle fois :

— Dis-moi, qu'est-ce qui te pousse à empêcher ta meilleure amie de me voir ? De l'envie ou de la jalousie ?

Le choc m'empêche de formuler une réponse cohérente.

— Tu es comme toutes les autres, en fait… Tu vois une grande maison, une belle voiture, beaucoup d'argent et, immédiatement, tu me catalogues. Tu ne cherches pas à comprendre, tu émets des jugements sans réel fondement, tu te bases sur des préjugés.

— Stan…

— Je n'ai pas fini. Moi aussi je peux le faire, tu sais. Je peux t'expliquer précisément ce que j'ai pensé de toi la première fois. Je peux te passer au crible sans le moindre filtre, sans la moindre retenue. Écoute donc ça… Tu ne supportes pas qu'on puisse te dire non, qu'on puisse te rejeter. Tu es habituée à avoir tout ce que tu veux. Tu es le cliché même de la petite fille pourrie gâtée, à qui les parents ont tout légué. Tu es le centre de leur univers, celui de tes amis, à l'école aussi.

— Tu ne sais pas de quoi tu parles ! m'écrié-je alors, submergée par l'émotion.

— Exactement. Je ne sais rien de plus que l'image que je me suis faite, que mes a priori ont forgée. À partir de ça, je ne vois qu'une jolie fille en chemisier, qui ne boit pas d'alcool devant ses proches et qui se vexe à la moindre critique. Je vois une coincée qui ne sait pas s'amuser.

Plus il parle et plus je serre le téléphone dans ma main.

— Mais si je vais plus loin, reprend-il, si je mets de côté tous les petits parasites de ce genre, je vois autre chose, j'y arrive… En réalité, je vois quelqu'un qui fait passer ses proches en premier, qui a besoin de se défouler mais qui n'y arrive pas complètement. Je vois quelqu'un qui se laisse dicter sa conduite, qui va là où on l'entraîne sans afficher la moindre opposition. Quelqu'un qui manque sérieusement de piment dans sa vie. Qui a du mal à accorder sa confiance. Quelqu'un qui s'est bâti une carapace si dure qu'il faudrait un putain d'ouragan pour la briser. Voilà ce que je vois, avec un peu d'efforts, Anna.

Tremblante, je pince les lèvres de toutes mes forces pour ne pas craquer et parviens à dire :

— Tu as faux sur toute la ligne, Stan. Tu ne me connais absolument pas, tu ne sais rien… Tu me parles de préjugés et d'idées reçues, mais regarde-toi. Tu possèdes tous les critères du pseudo-mec mystérieux, prétendant être sûr de lui mais intérieurement mal dans sa peau. Et si ce n'est pas la vérité, alors ça m'est égal. À vrai dire, je n'ai aucune envie de savoir la vérité à ton sujet. Elle ne m'intéresse pas ! En revanche, si tu te permets de faire le moindre mal à Allison, si tu lui assènes ne serait-ce que la moitié des méchancetés que tu m'as balancées, je te promets que je ferai tout mon possible pour te rendre la pareille. Peu importe l'heure, peu importe son état, je débarque chez toi dans la minute pour la récupérer et te botter les fesses au passage.

Je termine cette tirade vidée de tout mon souffle. Ce n'est pas dans mes habitudes de proférer de telles menaces. C'est la première fois que j'emploie des mots si virulents. Mes joues sont brûlantes et je sens mon cœur battre jusque dans mes tempes.

— Vraiment, tu ferais tout ça pour moi ? ricane-t-il. Eh bien, Anna, dans ce cas, je t'attends.

Sur un rire sec, il raccroche et je reste interdite. Qu'entendait-il par « je t'attends », au juste ?

Les minutes passent et je n'arrive pas à me convaincre de laisser tomber. Je n'ai aucune confiance en ce type et le simple fait d'imaginer Allie à ses côtés me donne maintenant la nausée. Et s'il comptait vraiment lui faire du mal ? S'il était aussi agressif avec toutes les filles qu'avec moi ?

Comme je n'ai pas de voiture et pas non plus la possibilité de prendre le bus à cette heure tardive, le seul moyen d'aller chercher Allison serait de partir à pied. Or, il n'est pas question de quinze petites minutes de marche, mais d'au moins une heure pour rejoindre la demeure de Stan.

Fait chier.

Je tourne en rond dans l'espoir de trouver une solution miracle, mais rien ne me vient. Il fait nuit noire, il n'y a pas un chat dehors et il s'attend à ce que je traverse tout Emoria simplement pour lui donner raison. C'est de l'ordre de la folie ! Et imaginons que je le fasse… Que se sera-t-il passé avant que j'arrive ? Que se passera-t-il après ?

Lorsque l'image de ma meilleure amie et de sa nouvelle conquête se forme dans mon esprit, une douleur me vrille l'estomac. C'est une bouffée d'angoisse qui me coupe la respiration. Je ne vais pas pouvoir y aller, je suis comme paralysée par la situation. Sans prendre le temps de réfléchir, je sors alors en courant de ma chambre et me rue vers la salle de bains.

C'est là, quelque part, je le sais. Je vois maman s'en servir tous les ans…

Bingo !

Je trouve la petite boîte en carton dissimulée derrière une trousse de toilette et sors une pilule de la plaquette en plastique qu'elle contient. Très vite, je l'introduis dans ma bouche et avale le tout avec une gorgée d'eau. Une fois que c'est fait, je retourne dans ma chambre et m'allonge dans mon lit, j'éteins mon téléphone et je ferme les yeux.

Je sais que c'est la manière la plus lâche qui soit de tourner le dos à une difficulté, mais tant pis. Ce soir, c'est la facilité que je choisis. Et il ne faudra attendre que quelques minutes pour que le comprimé fasse effet…

***

Quand j'ouvre les yeux, il fait encore nuit, mais la lumière émanant de ma lampe de chevet me brûle la rétine. J'étais pourtant persuadée de l'avoir éteinte hier soir… Alors que je me redresse, des frissons me parcourent, je suis tout étourdie.

— Content de voir que tu es en vie.

Je sursaute en agrippant les draps.

Le souffle court et les yeux ronds, je découvre Stan assis à califourchon sur ma chaise de bureau, à quelques mètres de moi. La joue posée contre son poing, il soutient mon regard avec l'expression la plus indéchiffrable qui soit. Je n'en reviens pas qu'il soit là !

— Comment es-tu entré ?! demandé-je, folle de rage, tout en contrôlant le volume de ma voix pour ne pas réveiller ma mère.

— Avec les clés, répond-il en sortant un trousseau de sa poche et en le faisant tournoyer autour de son doigt d'un air désinvolte.

— Mais comment…

— Allie m'a dit que tu cachais toujours un jeu sous le paillasson.

Je me crispe sous la couette. Lentement, je tends le bras vers la montre qui traîne sur ma table de nuit et regarde l'heure. 4 h 58. Il est complètement taré !

— Qu'est-ce que tu fais ici ? Et de quel droit…

— Du calme, me coupe-t-il en se redressant subitement. Je viens juste m'assurer que tu vas bien.

— Tu ne peux pas débarquer chez moi comme ça, Stan !

L'intéressé roule les yeux et vient s'agenouiller près de mon lit. Je remarque alors qu'il est tout en noir : de son habituel blouson en cuir à ses baskets usées. *Et il faut avouer que ça lui va bien…*

— T'as raison, j'te dois des excuses… Mais toi aussi, miss. C'était pas très sympa ce que tu m'as dit au téléphone tout à l'heure.

Je retire ce que j'ai dit, ça ne lui va pas bien du tout ! Argh ! Si seulement j'avais la force nécessaire pour lui asséner une droite dans la figure.

— Tu le méritais, réponds-je simplement à la place. J'peux savoir ce que tu as fait d'Allison ?

Son sourire habituel refait surface.

— Tu me parles comme si j'étais un serial killer…

— Vu que tu rentres chez moi par effraction à 5 heures du mat', on n'en est pas loin, je pense.

Alors qu'il s'apprête à répliquer, un gémissement aigu nous parvient depuis la porte de ma chambre. C'est Allison, dans sa robe toute neuve, un grand verre d'eau dans la main.

— Bon sang, Anna, ce que je me suis inquiétée !!

Sans attendre, mon amie vient déposer le verre près de moi et me saute au cou. Je remarque tout de suite que son parfum fleuri habituel a laissé place à une forte odeur de bière.

— On a cru qu'il t'était arrivé quelque chose de grave !

— Pardon ?

— À cause de ton appel ! Après que Stan t'a convaincue de nous rejoindre, on pensait te voir débarquer dans l'heure… Mais tu n'es jamais arrivée !

Hein ?

— C'est moi qui me suis inquiétée, Al, tu devais m'appeler !

Elle détourne le regard et adopte une moue agacée.

— T'es pire qu'une mère, des fois…

Hallucinée par sa réaction, je m'apprête à répondre que j'avais toutes les raisons de m'inquiéter quand Stan me devance :

— Qu'est-ce que c'est que ça ?

Suivant son regard, Allie et moi tombons pile sur la boîte de somnifères de ma mère qui traîne près de mon oreiller.

— Du paracétamol, je mens aussitôt.

Si mon amie fait mine de me croire, Stan, lui, secoue la tête pour me montrer qu'il a très bien compris la situation. Se redressant, il dépose les clés de chez moi sur ma commode et pousse Allie vers la sortie.

— On devrait y aller.

— C'est une bonne idée, oui.

— Tu m'attends dans la voiture, Allison ? J'en ai pour une minute, je vais… pisser.

J'hallucine.

Mon amie acquiesce et vient tout de même m'embrasser avant de se volatiliser. Menteur comme il est, Stan attend simplement qu'elle ait claqué la porte d'entrée avant de revenir sur ses pas pour me faire face.

— Écoute, Anna, je ne vais pas y aller par quatre chemins : je suis sincèrement désolé si tu penses que je suis vraiment tel que tu m'as décrit tout à l'heure. Mais, si tu comptes te braquer chaque fois que je vois Allison, ça ne va pas le faire.

— Je ne…

— Et oublie les somnifères. C'est un médoc pour adultes, pas une sucrerie.

Je serre les dents pour m'éviter de crier mais parviens tout de même à lui cracher :

— Quel est ton putain de problème ?

— Si tu savais…

Sans un bruit, il vient s'asseoir sur le bord de mon lit et ancre son regard dans le mien.

— Tu devrais partir, lui dis-je, le cœur battant.

— Pas tout de suite.

Il reste silencieux quelques secondes puis finit par rouvrir la bouche, sans me quitter des yeux :

— J'ai été con.

Ai-je bien entendu ?

— Ce n'était pas dans mon intention de te mener en bateau. Je ne cherchais pas à te faire croire que tu me plaisais pour ensuite me caser avec Allison, ce n'est pas du tout… Enfin… je ne suis pas comme ça.

Surprise, je le laisse poursuivre sans intervenir.

— Et je ne pense pas non plus que tu sois une petite fille pourrie gâtée et une coincée. Je t'ai dit tout ça sous l'effet de la colère. Mais, en attendant, on s'est vraiment inquiétés de ne pas te voir débarquer chez moi après ton appel. Tu semblais si… déterminée. J'étais persuadé que tu viendrais. On ne se serait pas permis d'entrer chez toi si tu avais répondu au téléphone. On a cru qu'il t'était arrivé quelque chose sur le chemin…

À moitié touchée par ses mots (mais seulement à moitié), je me redresse et adopte un air plus assuré.

— Je n'arrive pas à comprendre ce qui se passe dans ta tête, Stan. Ni même à saisir dans quel monde tu vis. Mais dans ce monde-ci, *le nôtre*, ça ne se fait certainement pas de rentrer chez une fille qu'on connaît à peine à 5 heures du matin. Ça ne se fait pas de jouer avec ses nerfs en étant d'abord exécrable, puis ensuite super gentil et pour finir complètement bizarre ! Je ne suis pas un jouet sur lequel tu peux expérimenter toutes tes humeurs et idées… Et Allie non plus.

— Ce n'est pas comme ça que je vous considère.

— Tant mieux ! Parce que je pensais vraiment ce que j'ai dit à propos de te botter les fesses ! Je t'assure que je peux très bien me passer d'un mec prétentieux qui pense pouvoir se mettre les deux meilleures copines dans la poche.

— Donc c'est réellement comme ça que tu me vois ? soupire-t-il.

— Disons que jusqu'à présent tu ne m'as pas prouvé le contraire.

Il me dévisage sans trouver le moindre mot à ajouter et mes joues se mettent à rosir. Cette proximité est loin de me plaire. Je n'arrive toujours pas à réaliser qu'il est venu jusqu'ici, qu'il s'est inquiété et qu'il s'est même excusé… *Tout ça pour moi.*

Chapitre 12

C'est marrant comme l'atmosphère change dès lors qu'il prononce ces quelques mots. En un instant, j'oublie mon nom, l'alphabet français et la raison de ma présence dans cette voiture.

— Je dois dire que ça m'a un peu vexé, ajoute-t-il, toujours en souriant.

Je me décompose.

— Je… euh… J'avais beaucoup.

— Quoi ?

— À faire, je veux dire. J'avais beaucoup à faire… Des devoirs, la fac. Euh… tout ça…

Il éclate de rire.

— Tu peux me le dire si tu n'en avais simplement pas envie.

— Non, non, ce n'est pas ça ! Je voulais revenir, mais je n'ai pas eu le temps.

— Bon. En tout cas, je suis content de t'avoir revue ce soir.

Mon cœur se met à danser la valse.

— Moi aussi.

Fiou… Son sourire apporte tellement de chaleur dans l'espace restreint de la voiture que mes joues se mettent à rosir. *Je suis vraiment une fille fragile.*

Bien sûr, lui n'arrange rien. Alors que je me penche entre les deux sièges de devant pour lui indiquer le chemin jusque chez moi, il tourne

Alors que je suis sur le point de lui demander moi aussi de me pardonner, la porte de ma chambre s'ouvre à la volée. Les cheveux ébouriffés et emmitouflée dans un peignoir, ma mère ouvre grand les yeux et grommelle :

— Je peux savoir ce qui se passe ici ?

Chapitre 10

Les jours qui suivent ne sont pas tout à fait roses à la maison… Mais je devais m'y attendre. Jusque-là, je n'avais encore jamais présenté de garçon à ma mère. Pas même Matt. En fait, je crois que la présence de Stan dans notre petit cocon l'a profondément choquée. Dès qu'il est parti rejoindre Allison, elle a sauté sur l'occasion pour réitérer son speech sur les intentions divergentes qu'avaient les jeunes gens de notre âge. Elle est même allée jusqu'à appeler Paul, mon oncle, pour le convaincre de me faire la morale à son tour. Chose qu'il n'a, bien évidemment, pas prise au sérieux du tout. Il est quand même venu et, après m'avoir gracieusement offert une boîte de préservatifs (en m'affirmant qu'il s'agissait là d'un cadeau d'anniversaire tardif), il est parti en me faisant promettre de l'appeler, lui, au cas où je tomberais enceinte.

Merveilleux.

À la fac, les choses ont été tout aussi compliquées, mais pour des raisons bien diverses. Je m'étais persuadée que j'allais retrouver une Sasha suspicieuse et en quête de réponses quant à la fameuse soirée que j'avais passée auprès de Stan et Allison, mais ça n'a pas du tout été le cas. Contre toute attente, c'est Rosalie Montigny, ma voisine de latin, qui nous a préoccupés pour le reste de la journée. Enfermée dans les toilettes du premier étage, celle qui devait se présenter à mes côtés pour le premier exposé du semestre a refusé catégoriquement d'en sortir lorsque je suis venue la chercher. Elle pleurait à chaudes larmes contre la porte de la cabine, criant des paroles incompréhensibles pour la plupart et se mouchant bruyamment dès qu'elle en avait l'occasion.

J'étais vraiment mal à l'aise. Pire, je paniquais à l'idée de rater mon oral.

N'ayant aucune autre solution pour sortir de cette impasse, c'est vers Sasha que je me suis tournée. Il faut dire que mon amie connaît bien Rosalie, cette jolie rousse aux yeux verts, aux lèvres constamment soulignées d'un gloss très rouge, dont les jambes sont interminables et la poitrine cinq fois plus généreuse que la mienne. En réalité, ce n'est pas la première fois qu'on la retrouve dans les toilettes de la fac depuis le début de l'année… puisque ce n'est pas la première fois que son copain va voir ailleurs. Trois, si mes comptes sont exacts. Trois, depuis leurs six mois passés ensemble.

C'est principalement pour cette raison que nous avons « sympathisé ». J'ai tendance à me soucier des filles qui ont vécu la même chose que moi. Comme si le fait de me savoir dans le même moule me rassurait. Ce qui est profondément débile. Mais je n'y peux rien, quand Rosalie se réfugie dans les WC pour une peine de cœur, je m'implique. Et je m'implique *bien*.

En effet, il nous a fallu presque trois heures pour réussir à la réconforter ce jour-là, et le restant de la semaine pour la convaincre de passer à autre chose. Autant dire que la bonne note que je visais en latin m'est passée sous le nez.

Sasha n'en pouvait plus. Du genre solide et autoritaire, mon amie n'a pas l'habitude de larmoyer sur la perte d'un garçon. À vrai dire, je ne l'ai jamais connue entichée de qui que ce soit. J'aimerais être un peu comme elle, quelquefois… Plus forte. Car, si je déteste qu'on s'immisce dans ma vie sans mon accord, si je déteste dépendre de quelqu'un comme me retrouver prisonnière de ses choix, je suis pourtant la reine de ce genre de situation.

Prenons ce soir, par exemple… Il est 21 heures, je suis en legging à pois et col roulé devant le bar le plus réputé du quartier et j'ai une sérieuse envie d'aller au petit coin. Tous ces facteurs n'ont, semble-t-il, aucun point commun. Et, pourtant, ils font de moi la fille un peu naïve que je ne suis habituellement pas.

Si je suis là, c'est à cause de Stan. *Bien sûr.* C'est lui qui m'a contactée, il y a précisément une heure, alors que je m'apprêtais à dîner avec ma mère.

Stan : Je serai à l'Angle, ce soir. Allie aussi. Passe nous voir. Pour elle.

Monsieur n'est probablement pas coutumier des textos. Il est clair qu'un brin de chaleur en plus n'aurait pas été de trop pour briser la glace.

Si j'ai passé la semaine à les esquiver, lui et ma meilleure amie, c'est principalement parce que je leur en voulais du coup qu'ils m'ont infligé samedi dernier. J'ai eu du mal à digérer. Et, malgré tout, j'ai beaucoup réfléchi. Je ne veux pas qu'un gars comme lui trouve le moyen de nous éloigner, Allie et moi.

C'est pour ça que je me retrouve là, statufiée, à quelques centimètres de l'entrée de l'Angle, le bar auquel Stan m'a conviée. Là où je me trouve, se mêlent des effluves de cendre froide et de cocktails pas chers. Ce lieu bondé offre tout ce que je fuis généralement : des ivrognes et de la musique criarde.

Mais, ce soir, je suis là pour Allison. Je respire donc un grand coup et j'entre.

L'endroit grouille de monde, de petites fourmis qui s'affairent dans la grande salle, qui boivent, crient, chantent et m'empêchent d'y voir clair. Jusque-là, aucun signe de mon amie. Tandis qu'un groupe bruyant s'affronte sur une partie de billard à ma droite et qu'un autre danse de manière assez effrontée sur ma gauche, je me décide à avancer jusqu'au bar principal.

— Mam'zelle a commandé ? s'enquiert alors rapidement un serveur d'un certain âge.

Je réponds non de la tête et, dans le doute, vérifie que le texto de Stan indiquait bien la date de ce soir.

De toute évidence, ils ne sont pas encore arrivés.

— Pourriez-vous m'indiquer les toilettes, s'il vous plaît ?

Le barman rit dans sa barbe grisonnante et m'indique le fond de la salle sans un mot. Je le remercie platement et poursuis ma route en me faufilant entre les corps. Une fois sur place, je me pince immédiatement le nez. Le lieu est à l'image du bar : sombre et délabré. Une forte odeur d'urine s'en dégage. *J'adore.*

Je me dépêche de faire ce pour quoi je suis là et sors presque aussitôt, dégoûtée. En ouvrant la porte, je bouscule quelqu'un qui me renverse gracieusement sa pinte sur le dos et ose me faire les gros yeux.

— C'est pas vrai !

Je m'apprête à l'engueuler quand, avec la force de ses gros bras, il m'écarte. Je fulmine. Mon pull mouillé devient poisseux et sent la bière. Cette soirée s'annonce décidément pire que la précédente !

Alors que je cherche désespérément à m'échapper, mes yeux tombent sur un groupe qui s'attable, quelques mètres plus loin. Je repère immédiatement Allison parmi eux, campée sur les genoux de Stan.

C'est drôle… Tandis que je l'imaginais… je ne sais pas, moi… un tant soit peu attristée par la distance que j'ai installée entre nous cette semaine, la voilà toute joyeuse, à écouter les messes basses, semble-t-il hilarantes, de celui qui lui sert de fauteuil.

Les pieds collés au sol, j'observe la scène sans moufter. Qui sont-ils, tous ces gens qui les entourent ? Et pourquoi ai-je été conviée ?

Face à cette effusion de rires, de paroles incompréhensibles et de regards entendus, je me sens totalement déplacée. De trop. Je n'éprouve rien d'autre qu'une sensation bizarre dans le ventre, comme lorsque l'on a faim et que l'on sent notre organisme nous crier : « Mange ! » Alors qu'en l'occurrence ce serait plutôt : « Pars ! »

Mais rien n'y fait, je poursuis ma contemplation sans esquisser le moindre pas supplémentaire. Et, quand je m'y attends le moins, la voix grave de Stan s'élève :

— Enfin ! Trois fois que je l'appelle et tombe sur sa messagerie, c'est pas trop tôt !

Prise d'un sentiment de panique, ce n'est que lorsqu'une jolie métisse arrive à leur table que je comprends qu'il ne s'adressait pas à moi. Elle porte une robe noire assez courte, mais pas vulgaire, et ses cheveux sont relevés dans un chignon net. Je demeure immobile tandis qu'elle se penche pour faire la bise à Stan.

— Je te jure, ma belle, si tu es encore responsable de son retard, je te le ferai payer !

A-t-il vraiment dit « ma belle » ?

Aussitôt, une autre silhouette, suivant la nouvelle venue, sort de la foule. Celle d'un garçon. Il a les doigts liés aux siens, mais, de là où je me trouve, une colonne m'empêche de distinguer son visage. Dès qu'il s'approche de la table, Stan se jette dans ses bras d'une manière virile et je peine à déglutir.

Il y a quelque chose qui me paraît familier dans l'apparence de ce jeune homme. Je ne saurais dire quoi… Prise d'un élan de courage, je me décale pour l'observer et, cette fois, ma respiration se coupe pour de bon.

Je porte une main à ma bouche pour m'empêcher de hoqueter. Quand le couple s'assoit à la table, je reconnais le visage du nouveau garçon. Les yeux bleus, les cheveux blonds, le sourire et les fossettes…

Tout cela associé au regard complice de Stan. Au rire de la jolie métisse. Et à la surprise d'Allison, qui semble, à son tour, le reconnaître…

Je.

Me.

Liquéfie.

Il n'y a qu'à moi que ce genre de chose arrive. Qu'avec moi que cela pouvait se produire… Stan, Allison et maintenant Léo ! Les trois grandes inconnues de mon équation. Les trois principales raisons du trou noir qui prend possession de mon cerveau ces derniers temps.

C'est une blague ! Une blague pas drôle du tout !

Il m'en faut peu pour retrouver ma mobilité cette fois et, aussitôt, je me presse de trouver la sortie. J'avance pas à pas pour tenter de m'extirper du bar sans que personne me voie.

Je n'arrive pas à le croire.

« Il traîne toujours avec les mêmes personnes, m'avait dit Sasha. Son meilleur ami et la copine de celui-ci, à l'Angle le plus souvent. » Et merde ! Il fallait que ça tombe sur Léo…

Légèrement tremblante, je m'arrête à quelques mètres de la porte pour essuyer mes mains moites sur mon legging. Je ne sais pas quoi penser de tout ça. D'Allie, qui n'a pas l'air de m'attendre, de Stan, qui sait très bien dissimuler son caractère infâme lorsque je ne suis pas là, et de Léo… Léo, qui tient la main d'une fille qui ne me ressemble en rien.

Je suis blessée. À croire que j'enchaîne les situations de ce genre. Matt, Stan, le copain de Rosalie Montigny et maintenant ça…

Alors que je me retourne une dernière fois, captivée par cette scène qui me pousse pourtant à fuir, Stan fait de même. En un instant, son regard s'ancre au mien. Il me voit, prend conscience que je suis là, que je suis venue. Et moi, je me retrouve à nouveau coincée. *Prise au piège.*

Tandis que tous les autres poursuivent leurs petites conversations, gesticulant plus qu'il ne faut en attirant l'attention de beaucoup de personnes dans le bar, Stan et moi restons immobiles. Nous nous regardons de loin, en silence, sans échanger le moindre signe.

Un éclat de voix provenant du bar nous fait subitement sursauter. Comme ramené à la surface de l'eau après avoir été trop longtemps immergé, Stan cligne des yeux et m'adresse un petit sourire.

Mal à l'aise, j'ai d'abord un peu de mal à bouger avant de simplement hocher la tête pour lui montrer que je l'ai bien vu. Ses lèvres remuent, mais je ne parviens pas à deviner ce qu'il dit. Toutefois, je le comprends très bien lorsque tous les regards du groupe se tournent vers moi.

Tout va bien, Anna. Ça va aller.

Face à l'intérêt soudain dont je suis l'objet, j'ai pour réflexe de glisser une mèche de cheveux derrière mon oreille et de contracter tous mes orteils dans mes baskets. Ce n'est que lorsque Allison se met à agiter le bras dans ma direction que je commence à avancer. À seulement quelques mètres, elle crie mon nom et Léo se retourne.

Rien ne va plus à partir de là.

Quand mes yeux rencontrent les siens, je perds le peu de contrôle que je m'étais forcée à conserver et la tension dans mon ventre réapparaît. En bien plus de temps qu'il ne faudrait, j'arrive devant la table où tous semblent m'attendre et ma meilleure amie me prend dans ses bras.

C'est comme si l'on avait retiré d'un coup toutes les piles servant à me faire fonctionner. Je ne réponds plus de rien.

Mon regard quitte alors celui de Léo pour tomber sur Stan, qui se lève à son tour et m'obstrue la vue. Sans que je lui en ai donné la permission, il pose la main sur ma taille, se penche vers moi et frôle ma joue de la sienne.

Un nœud se forme aussitôt au niveau de mon cœur.

— Merci d'être venue, Anna.

Chapitre 11

L'alcool glisse lentement de mes lèvres à ma langue et le liquide se met à brûler mon organisme. Je viens d'avaler mon quatrième shot consécutif de vodka-caramel et j'ai la tête qui tourne. « Tu verras, ça passe tout seul ! » m'a facilement convaincue l'une des filles du groupe il y a quelques minutes. Tu parles, j'ai l'impression d'avoir absorbé du dissolvant…

Finalement, la promesse que je m'étais faite de ne pas boire sous une quelconque forme d'impulsion s'est rapidement envolée. Envolée aussi la volonté de bien faire les choses ce soir, et d'avertir Allie qu'elle ferait mieux de s'éloigner de Stan.

Sous l'effet de quelques verres et de la musique diffuse que crachent les enceintes, je me sens étrangement bien. Enfin… mieux que ce à quoi je m'attendais, plutôt.

Après que Stan m'a remerciée d'être venue jusqu'à lui, je me suis littéralement échappée. J'ai filé en direction du bar, où un amas de danseurs ivres se sont mis à former une barrière assez imposante pour l'empêcher de me rejoindre.

Ah, Anna… Qu'est-ce que tu peux être bête parfois !

Quelle idée que de sortir un samedi soir pour assister à ce genre de scène… C'est tout ce dont je manquais, tiens ! Stan, d'un côté, qui – je ne sais pas comment – fait rire ma meilleure amie aux larmes et Léo, de l'autre, qui zyeute dans ma direction toutes les cinq secondes alors même que celle qui semble être sa copine est à côté. Ça ne pouvait pas être pire.

Enfin… tout est relatif.

Alors que je lève le doigt pour indiquer au barman de me resservir, comptant mentalement le nombre de pièces qu'il me reste pour payer mes consos, deux mains s'emparent de mes hanches. Je fronce les sourcils en me retournant et en découvrant un jeune garçon dans mon dos, le regard vitreux et les gestes maladroits. Comme il colle son torse au mien, j'étouffe un rire et m'éloigne d'un pas rapide.

Et puis quoi encore ?

Une fois libre, je trouve un coin isolé où je me mets à danser. Non pas comme à mon cours de classique, mais comme j'en ai envie : en remuant les épaules et le bassin, en fermant les yeux et en balançant la tête dans tous les sens. J'en profite car je sais que, une fois que l'alcool aura quitté mon organisme, je ne pourrai plus rien faire contre le mal-être que j'ai ressenti en apercevant Allie sur les genoux de Stan et la main d'une autre fille dans celle de Léo.

Tandis que la musique se fait de plus en plus forte, le bar se remplit et se transforme rapidement en boîte de nuit. C'est drôle, je ne savais pas que l'Angle offrait un espace dansant aussi enivrant. Naturellement, mes mouvements se font plus intenses, je prends mes aises et garde les yeux fermés. Je me laisse aller.

— Anna.

Non. Elle n'est pas disponible pour le moment, veuillez revenir plus tard.

— Anna !

Qu'est-ce que vous ne comprenez pas dans « non » et « plus tard » ? Alors que j'ouvre les paupières, agacée, j'aperçois Allison plantée devant moi les bras croisés.

— Tout va bien ?

— Pourquoi ça n'irait pas ? rétorqué-je en souriant.

— Tu m'en veux encore ?

— T'as fini avec tes questions ?

Elle soupire et m'attrape les mains.

— On en reparlera quand tu seras sobre, mais si c'est à propos de l'autre fois… je suis désolée.

Je continue de danser en faisant mine de n'avoir rien entendu.

— Écoute, Anna, je ne me sens pas bien.

Cette fois, je m'arrête.

— Qu'est-ce qu'il y a ?

— Je… euh… Il faut que j'aille aux toilettes.

— Tu vas vomir ?

— Je ne sais pas, j'ai sûrement avalé un truc pas net. Est-ce que tu peux me rendre un service ?

— Tu veux que je te tienne les cheveux ? proposé-je en pouffant.

Son regard s'assombrit aussitôt.

— Non. Je veux que tu fasses en sorte que Stan ne vienne pas me chercher. Je ne veux pas qu'il pense que je suis une petite nature, OK ?

— Si tu reviens quelques semaines en arrière, à mon anniversaire plus précisément, tu réaliseras peut-être que c'est déjà le cas, Allie.

Cette fois, je suis allée trop loin, je le vois dans ses yeux. Sans me laisser le temps de m'excuser, mon amie tourne les talons et file. Je reste clouée sur place.

Bravo, Anna.

Au moment même où je m'élance pour la rejoindre, quelqu'un attrape ma main et me tire dans le sens inverse. Sous la force de cette poigne, je me retourne et, dans la pénombre, je peine à discerner les traits de celui qui m'embarque, mais je comprends qu'il s'agit d'un homme. D'un homme grand et baraqué.

Comme un pantin, je me laisse donc entraîner jusqu'au milieu de la piste avant que l'on m'attire d'un coup sec. L'homme, auquel je donnerais la trentaine, agrippe alors mes doigts violemment et me colle contre son corps.

— Doucement !

J'essaye de reculer, mais évidemment cela ne fait qu'accroître son envie de me serrer contre lui. Le gaillard m'offre alors son plus beau sourire et se met à se dandiner contre moi.

— S'il vous plaît, je demande alors, en tentant une nouvelle fois de me dégager.

— Quoi, tu ne t'amuses pas ?

— Je n'aime pas qu'on me colle comme ça !

Prenant ce que je lui dis au pied de la lettre, il s'écarte un chouïa mais s'amuse néanmoins à poser ses mains sur mon fessier. *Houlà.* Je veux bien rigoler cinq minutes, mais il y a des limites. Comme si ce geste m'avait insufflé une décharge électrique, je me recule d'un coup sec et vient heurter une surface dure.

— Un problème ?

Gloups : c'est le bruit que font ma gorge et celle de l'armoire à glace avec laquelle je danse en reconnaissant le grain de voix de Stanislas Djovik.

— Nan, mon gars. On danse, c'est tout.

— Drôle de façon de danser.

J'ai un nœud qui se forme dans l'estomac en me retournant. Stan se tient juste derrière moi, les poings serrés le long de son corps. Il fixe mon partenaire dans les yeux tout en s'adressant à moi :

— Anna.

— Stan ?

Il parle en ayant les mâchoires contractées.

— Tout va bien ?

— Mais oui, ça va, répond pour moi le grand gaillard en m'attrapant par la main et en me ramenant vers lui.

Avec force, et m'entraînant à sa suite, il se fraye un passage dans la direction opposée tout en marmonnant :

— C'est Anna ton petit nom ? J'aime beaucoup.

Même pas en rêve.

Je m'apprête à le congédier quand son dos vient brutalement rencontrer mon nez. L'imbécile s'est arrêté en plein milieu du chemin.

— T'es un rapide, toi.

À nouveau posté face à nous, Stan sourit pleinement, cette fois.

— Je crois que tu n'as pas bien compris. Elle ne veut pas de toi.

— Parce que tu penses qu'un petit con l'intéresserait davantage ? réplique le balèze.

Je hausse aussitôt les sourcils, décidément très étonnée par la tournure que prend la situation.

— Waouh… Dois-je vous rappeler que je suis là ?

Les deux garçons tournent alors le regard.

— Je dé-teste quand les gens font ça ! Je sais parler. Alors, pour répondre à vos questions : oui tout va bien, et non, je ne veux pas qu'on prenne mes fesses pour un tam-tam.

Quelqu'un se met à rire mélodieusement, mais il ne s'agit ni de Stan ni de l'imbécile aux gros bras. J'ai à peine le temps d'inspirer que mon inconnu aux yeux bleus se matérialise devant moi, une main enfoncée dans la poche avant de son jean.

— Un souci, Stan ?

— Absolument aucun.

Les deux copains se sourient et je roule les yeux. Il ne manquait plus que ça, tiens. La situation en deviendrait presque comique.

— Et ils sont deux maintenant… Allez, j'abandonne, annonce le géant à qui l'on n'a pourtant rien demandé. Je suis venu ici pour m'amuser, pas pour me battre. Je vous la laisse !

Et, sur ces mots, il prend la poudre d'escampette.

— Bouffon.

De mieux en mieux, cette soirée ! Après les grandes retrouvailles et une danse qui n'en valait pas la peine, je me retrouve finalement prise en sandwich entre les deux garçons que j'aimerais le plus éviter. Génial !

— Où est passée Allison ? demande Stan en desserrant les poings.

Je me tourne vers lui en essayant au mieux d'éviter le regard de Léo, vrillé sur moi.

— Aux toilettes, elle n'en a pas pour longtemps.

— Tu ne veux pas aller voir ? Ça fait un moment qu'elle est partie.

Je plisse les yeux. Depuis quand est-ce qu'il la couve comme ça ? J'ai dû manquer un épisode. Face à mon absence totale de réaction, il me lance un regard en biais et soupire.

— Comme tu veux. En attendant, je te présente Léo. Léo, Anna.

J'ose lever les yeux vers le principal intéressé mais je suis très vite renversée par une vague bleue. Ses pupilles se dilatent considérablement lorsqu'il croise mon regard et mon cœur bat de l'aile.

— En fait, on s'est déjà rencontrés, dit-il en souriant.

— Oui, une ou deux fois.

La surprise s'affiche très clairement sur le visage de Stan, qui se met à nous observer d'un drôle d'air. Quand Léo s'apprête à reprendre la parole, il le coupe dans son élan :

— Il faut vraiment que tu parles à Allison, Anna. Elle s'en veut pour l'autre soir.

Ses mots me piquent le cœur, mais je n'apprécie pas du tout le ton presque autoritaire qu'il emploie.

— Tout va bien, je ne lui en veux pas, déclaré-je alors en mentant.

— Tant mieux.

Je ne peux pas m'empêcher de lever les yeux au ciel, à nouveau. Avec la lucidité qu'il me reste, je fais volte-face et marche vers la table où se trouve le groupe. La jolie métisse qui est venue avec Léo a les yeux rivés sur son téléphone et remarque à peine ma présence lorsque je m'assois près d'elle. En revanche, elle hausse le bout de son nez dès que Léo vient s'installer, seul, entre nous. J'ignore difficilement les frissons qui viennent chatouiller mes bras.

— Le monde est petit, me glisse-t-il à l'oreille, sans se départir de son sourire amical.

— En effet.

— Si j'avais su que tu connaissais Stan…

Il s'arrête lorsqu'il se remémore que sa petite amie est toujours à nos côtés et plonge la tête dans son verre. Encore une fois, je me retrouve avec un puzzle à recomposer.

— Hey ! Tu es Anna, c'est ça ? demande justement sa copine en s'apercevant que je suis là.

— C'est ça.

— Salut, moi c'est Naomi !

Elle me tend sa main et sourit d'une manière sincère. Si, en plus d'être jolie, elle est gentille et polie, alors je suis fichue… Pas étonnant que ce soit avec une fille comme elle que se retrouve Léo.

— Tu connais Stan depuis longtemps ?

— Non, pas vraiment. C'est grâce à Allie que je l'ai rencontré.

— Oh, Allison, la brune qui est avec lui ? fait-elle en désignant le couple qui se dirige vers nous, main dans la main.

J'acquiesce en déglutissant, tandis que ma meilleure amie écarte Léo pour s'asseoir près de moi. Elle sent bon. Elle a dû se reparfumer lorsqu'elle était aux toilettes. J'espère qu'elle va mieux.

Sans mot dire, elle joint ses mains froides aux miennes sous la table et le poids dans mon estomac s'envole.

— Je suis vraiment désolée, chuchote-t-elle.

Et c'est tout ce que je voulais entendre.

En même temps, Stan s'installe en face de nous et pince les lèvres pour dissimuler un sourire. Je ne pensais pas lui faire plaisir si facilement…

Allie me présente aux autres, Stan relance la conversation. La soirée reprend son cours comme si j'avais toujours fait partie du groupe. Tous se mettent à débattre sur des sujets qui me paraissent lointains.

J'ai à nouveau la tête dans les nuages, ne me sentant pas tout à fait à ma place à cette table. D'un côté, j'ai vraiment hâte de quitter cet endroit et de me libérer de toute la tension accumulée dans la soirée. J'ai hâte de pouvoir prendre un Doliprane contre la migraine qui pointe déjà le bout de son nez et de me laisser emporter par le sommeil.

Mais, d'un autre côté, j'ai peur. Peur de quitter la bulle, étrangement réconfortante, que forme ce groupe si différent de moi. Peur de ne jamais pouvoir y entrer à nouveau. Peur d'y perdre ma meilleure amie au passage. Et qu'elle entraîne avec elle, loin de moi, Stan et Léo.

— Je vais y aller, dis-je alors en me redressant.

— Déjà ?

J'ignore le léger pincement que j'éprouve quand je réalise que ce petit mot vient de la bouche de Stan.

— Il faut que j'attrape le dernier bus.

Mais un jour j'aurai mon permis. Je ne perds pas espoir.

— Moi aussi, faut que je rentre, annonce Léo en accompagnant mon mouvement. Je te raccompagne ?

Je reste coite.

— Je peux la ramener, sinon, propose Allie à son tour.

— Non, vraiment ça ne me dérange pas. Je dois déposer Naomi chez sa sœur, donc je ne suis pas à ça près.

De plus en plus folle, cette soirée !

Bientôt, tous les regards se posent sur moi, dans l'attente d'une réponse. Je n'ai plus qu'à faire plouf-plouf dans ma tête… ou alors à accepter de laisser un peu d'intimité à ma meilleure amie et à sa nouvelle conquête qui me regarde d'un air mauvais.

Mon choix se fait rapidement : je me lève et réponds au sourire de Léo en essayant de paraître le plus naturelle possible. Naomi, de son côté, se penche pour faire la bise à tout le monde et nous rejoint, toute guillerette.

En esquissant un premier pas vers la sortie, j'offre un dernier regard entendu à Allie, qui m'envoie un bisou puis tourne la tête vers Stan. Ce dernier, les cheveux à moitié devant les yeux, a perdu toute trace de sourire. Il se contente de me dévisager avec une expression indéfinissable alors que je m'éloigne aux côtés de son meilleur ami.

Dans quel genre de mauvaise rom com suis-je encore tombée ?

— Allez, on y va.

Je n'adresse pas un regard supplémentaire aux personnes que je laisse derrière moi en suivant Léo et Naomi. Et, pour autant, j'ai de nouveau cette sensation désagréable au creux du ventre. Peut-être parce que je suis en train de réaliser qu'Allison va passer la nuit avec Stan. Peut-être parce que je me retrouve en compagnie de mon inconnu aux yeux bleus au moment où je m'y attendais le moins. Ou peut-être tout simplement parce que, au fond de moi, j'ai cru l'espace d'une seconde que des mecs comme eux pouvaient s'intéresser à moi, quand ce n'était pas du tout le cas.

N'importe qui aurait envie de piquer une crise à ma place, mais moi, bien au contraire, je garde mon calme et me contente d'étouffer un rire nerveux contre ma paume en franchissant la porte du bar.

Je peux remercier les quelques verres que j'ai ingurgités plus tôt…

En bonne poire que je suis, j'accompagne le couple *(trop)* parfait *(pour être vrai)* jusqu'à la Peugeot noir métallisé de Léo et monte à l'arrière, pour laisser la place du copilote à Naomi. Le trajet se fait ensuite dans le plus grand silence. C'est gênant. Les seuls bruits proviennent du moteur et des autres automobilistes que nous croisons en chemin. Ni lui, ni elle, ni moi ne prenons jamais la parole.

Et puis, soudain, la voiture s'arrête et Naomi embrasse Léo sur la joue. Elle se retourne pour me dire qu'elle est ravie de m'avoir rencontrée et rentre chez elle en me laissant seule avec monsieur Océan. *Panique à bord !*

Sentant mon malaise, Léo zyeute dans le rétroviseur et m'offre son plus beau sourire.

— Bon, maintenant qu'on n'est que tous les deux, tu m'expliques pourquoi tu n'es jamais revenue me voir au Central après ton chocolat chaud ?

la tête et, pendant une fraction de seconde, fixe son regard sur ma bouche. Frénétiquement, j'essuie la moiteur de mes mains sur mon legging et me rassois.

Finalement, la façade de ma maison se dévoile à l'angle de la rue que nous prenons et m'indique que notre petite parenthèse prend fin.

— C'est là, j'annonce, à moitié rassurée.

Il acquiesce et se gare sur le trottoir d'en face. J'ai comme une impression de déjà-vu, de flash-back de la soirée pendant laquelle j'ai rencontré Stan. Soupirant, je laisse s'évaporer ma frustration. Contre toute attente, Léo sort du véhicule et vient ouvrir ma portière en me tendant la main.

— Y a une protection enfant, dit-il en me gratifiant d'un clin d'œil.

Quand mes doigts rencontrent les siens, je me crispe. Mes jambes deviennent tout d'un coup très lourdes. Mais lui ne fait mine de rien. Il prend même le temps de glisser délicatement le pouce sur mes phalanges avant de me relâcher.

— Merci beaucoup de m'avoir ramenée. C'est très gentil.

— Ça m'a fait plaisir, répond-il en souriant davantage.

Ne sachant trop comment lui dire au revoir, je me contente de lui tourner le dos pour rentrer chez moi en faisant bien attention de marcher droit. À quelques mètres de la porte, je l'entends me suivre. *C'est drôle, il fait exactement comme Stan.* Je fais volte-face.

— N'oublie pas de revenir me voir au travail, Anna. On sait jamais, il se peut que la maison fasse de nouveau une offre sur les boissons chaudes…

Incapable de dissimuler l'immense sourire qui se plaque sur mon visage, je me retourne et disparais à l'intérieur. Il me faut bien une longue minute, le dos contre la porte, pour assimiler ce qui vient de se passer. Pas juste avec Léo, mais pendant toute cette soirée.

Une fois couchée, je ferme les yeux sans effort, mais je n'arrive pas tout de suite à dormir. Trop d'informations circulent dans ma tête. Trop d'images, de paroles, de sons et d'odeurs se bousculent.

Allie et Stan. Stan et moi. Léo et Naomi. Léo et moi… J'ai comme l'impression que je risque d'assister à ce genre de situation bien plus souvent que je n'en ai envie.

***

J'arrive en cours, le matin qui suit, avec d'énormes poches sous les yeux, ce qui attire aussitôt la curiosité de Sasha. En quelques mots, j'élabore alors un résumé de la soirée, en omettant volontairement tous les sentiments contradictoires qui ont fait surface.

Tandis que j'évoque le couple Léo-Naomi, mon amie lève les yeux au ciel et ne peut s'empêcher de me donner son avis :

— Soit le mec est un connard qui joue sur plusieurs tableaux, soit leur couple ne marche plus depuis longtemps.

Léo n'est pas un connard, pensé-je immédiatement sans pourtant le dire.

— Tu sais, on voit ça chez beaucoup de vieux couples : l'un et l'autre s'apprécient, se respectent et, par habitude, ils restent ensemble. Mais, à la longue, aucun des deux n'est vraiment amoureux.

— Tu sais, toi, depuis combien de temps ils sont ensemble ?

— Pas vraiment. Charles m'a toujours plus parlé de Stan que de Léo. Je crois même que mon cousin fait une petite obsession… Quoi qu'il en soit, c'est une relation de longue date.

Me voilà avancée…

— D'ailleurs ! s'excite-t-elle subitement comme si elle venait de se souvenir de quelque chose, je l'ai eu au téléphone l'autre soir. Il paraît que Stan va organiser une fête prochainement.

— Et… ?

— Ce sera une *grosse* fête. Pas le genre qu'il organise un week-end sur deux, mais le genre de vraiment *grosse* fête. Et, apparemment, il aurait missionné Charles pour qu'il ramène le plus de monde possible. Du coup, quand mon cousin a entendu ça, il s'est tout de suite dit : *Cool, j'inviterai Sasha et ses copines.* Mais figure-toi que non. À la seconde où Charles vous a mentionnées, toi et Allison, Stan lui a ordonné de ne pas vous parler de cette soirée. Bizarre, hein ? Bon, bien sûr, puisque Charles m'a tout dit et que, moi, je ne sais pas tenir ma langue… Enfin voilà, quoi.

— Attends, attends… Quoi ?

— Ben oui, Anna. Tu sais bien que je n'ai jamais pu garder un secret. Je n'aime pas passer par quatre chemins, moi, je suis…

— Non, non, la coupé-je. Je voulais dire : comment ça, Stan ne voulait pas qu'on le sache ?

— J'en sais rien. J'imagine que, puisque Allie a fini malade la dernière fois, il cherche à éviter que le même scénario ne se répète… De toute manière, il vaut mieux qu'on n'aille pas à ce genre de fête – si tu vois ce que je veux dire…

Elle hausse les épaules en riant et se concentre à nouveau sur le cours. En réalité, je ne vois pas du tout ce qu'elle veut dire. Je ne comprends même pas pourquoi Stan voudrait nous garder à l'écart. J'ai comme un mauvais pressentiment à son sujet, encore une fois. Et cette information ne me rassure en rien alors qu'Allie ne m'a toujours pas donné de nouvelles depuis hier soir.

Je dois attendre 19 heures avant qu'elle se décide à m'appeler. Et je laisse passer trois sonneries – parce que je suis vexée – avant de décrocher.

— Allô ?

— C'est moi ! Ça va ? Tu as bien dormi ? Tu es bien rentrée hier soir ?

— Concrètement, Allie, si je réponds au téléphone, c'est que oui.

— Oh… Toi, tu boudes.

— Je boude pas, je suis juste fatiguée.

— Ouais, tu dis toujours ça. Bon, j'm'excuse de ne pas t'avoir appelée. J'étais avec Stan…

Tiens donc…

— OK.

— C'est tout ? Il n'y a rien d'autre qui t'intéresse ?

— Comme quoi ? réponds-je un peu froidement.

— Je sais pas, moi… comme par exemple savoir si oui ou non…

— Allie, s'il te plaît.

— Bon, si tu insistes… Je pense qu'on est ensemble ! dit-elle en criant de joie dans le combiné.

— Tu *penses* seulement ?

L'humour : mon autodéfense immunitaire préférée…

— On n'est pas des gosses, on ne l'a pas dit à voix haute. Mais les gestes comptent plus que les mots, non ?

— Je sais pas.

— Quoi qu'il en soit… hier soir, après ton départ, Stan était fatigué, alors je l'ai raccompagné chez lui. Il était tellement coincé, tu aurais dû voir ça ! Il n'a pas osé m'embrasser. Du coup, c'est moi qui l'ai fait.

— Ah oui, réponds-je en essayant tant bien que mal de masquer ma déception évidente.

— Et qu'est-ce qu'il embrasse bien, Anna. Je sais que c'est cliché de dire ça, mais bon sang, j'ai rarement connu pareil baiser. Quand il est parti, il m'a dit qu'il m'appellerait pour qu'on se voie dans la semaine. Du coup, j'attends. Je suis tout excitée !

Je vais vomir.

— D'accord.

— D'accord ? C'est tout ce que tu trouves à dire ?

— Désolée, je t'ai dit que j'étais fatiguée.

— Tu ne l'aimes pas, c'est ça ?

Je cogne mon front contre le mur de ma chambre.

— Non, c'est pas ça. Il est… sympa. Mais…

— T'inquiète pas, je sais ce que je fais. Et puis, pour le moment, il n'y a rien de sérieux, on verra comment ça évolue. Mais toi, parle-moi de toi. Tu es rentrée avec Léo…

— Oui, il m'a déposée.

— Et… ?

— Et rien. Il sort avec Naomi, tu le sais.

— Oui, mais tu as vu comme moi qu'il t'a bouffée des yeux toute la soirée. Et pareil la fois où on l'avait vu au Central. Je me disais bien que quelque chose clochait, cette fois-là…

— Tu dis n'importe quoi.

Si on pouvait rester sur le sujet de Stan, finalement, ça me plairait bien.

— Comment ça, n'importe quoi ? Il s'est précipité pour te raccompagner. Stan m'a fait les gros yeux quand vous êtes partis, histoire de dire : *Laisse-les s'amuser un peu.*

— Stan ?

S'il pouvait arrêter de jouer au yoyo avec mon cœur…

— C'est son meilleur pote. Il doit forcément savoir ce que Léo a dans la tête, te concernant. Si tu veux, je lui tirerai les vers du nez pour avoir plus d'infos la prochaine fois !

— Bon, Allie, je dois te laisser… Je vais dîner, prétends-je.

— OK. Bonne soirée, passe le bonjour à ta mère.

— Et toi à ton père.

Encore une fois, le bip qui vient couper notre conversation me ramène à la réalité. J'ai du mal à me dire que Stan et Allison sont officiellement… Enfin, qu'une histoire commence entre eux. Pour de bon.

J'imaginais Stan comme un loup solitaire évitant tout type de relation sérieuse. Je l'imaginais comme le bad boy au sale caractère de toutes les séries, le mec sans attache. Et si en fait il se révélait être tout l'opposé ? Et s'il était en réalité très attaché à ma meilleure amie et qu'il comptait changer la donne pour elle ?

Peut-être que je regarde trop de films…

Ou peut-être qu'au fond de moi je suis simplement un peu jalouse. Peut-être aurais-je moi aussi aimé capter l'attention de Stan comme Allison l'a fait.

Chapitre 13

Je ferme les yeux et la mélodie au piano annihile tout le reste. Dans un même souffle, je positionne bras et jambes afin d'exécuter un double tour fouetté. Avant de réaliser un énième déboulé, je me courbe en arabesque et tente de tenir la position. Dès que la musique se met à chuinter, je m'élance alors pour un saut de biche et m'immobilise pour la pose finale.

— Pas mal, Anna. Sophie, c'est à toi.

« Pas mal. » C'est mieux que rien, je suppose. Je retourne très vite vers la barre et observe avec attention les autres danseuses qui s'élancent une à une pour exécuter la variation imposée. Notre professeur organise une audition pour le spectacle de fin d'année dans un mois et tout le monde est plutôt stressé. Moi, ça m'est égal, je sais que je ne serai pas prise. De toute façon, ça ne m'intéresse pas. Alors que toutes les filles révisent les pas dans leur coin, je prends le temps d'aller regarder l'heure sur mon téléphone portable. Il reste dix minutes de cours et mon cœur s'affole.

Pourquoi ? Eh bien parce que j'ai eu la bonne idée d'aller rendre une petite visite surprise à Léo après la répétition. Oui, j'ai décidé de sauter le pas. Après tout, lorsqu'il m'a raccompagnée de l'Angle, l'autre jour, c'était son ultime requête…

J'ai eu trois jours pour y réfléchir et me faire à la pensée que je ne peux en rien changer ce qui m'arrive. Je dois apprendre à contrôler mes émotions, à savoir dire oui sans tergiverser pendant des heures.

Allison est avec Stan, Léo avec Naomi, et moi je vais être leur amie. Rien de plus.

Ça sonne crédible ?

C'est drôle, mon pincement au cœur revient aussitôt que j'aperçois Léo au fond de la salle, dans sa tenue de serveur. Il va jusqu'à une table où s'est installé un couple et engage la conversation avec lui sans me remarquer.

Tant mieux, j'ai tellement couru après le cours de danse que je dois être rouge et transpirante. Je ne suis pas contre un petit temps de répit. Mes vêtements commencent à me coller à la peau, alors que lui est toujours aussi beau. C'en est presque énervant.

Lorsqu'il s'apprête à repartir vers les cuisines, il détourne un instant le regard et celui-ci vient se poser sur moi. Il suspend alors son mouvement. Ses lèvres s'entrouvrent et ses fossettes se creusent davantage lorsqu'il me sourit. J'adore !

S'essuyant les mains sur le torchon qui est coincé dans sa ceinture, il s'avance vers moi mais s'arrête à un mètre, hésitant quant à la manière de me saluer. C'est donc moi qui fais le premier pas :

— Salut !

— Salut, Anna.

— Je ne te dérange pas ?

— Non, pas du tout, je finis mon service dans cinq minutes. Tu veux quelque chose ?

— Un chocolat chaud, s'il te plaît, dis-je en essayant d'être naturelle, alors que j'ai répété mentalement cette phrase toute la journée.

Ses joues s'empourprent presque immédiatement. Je m'installe à une table libre tandis qu'il disparaît, tout gêné.

L'enseigne du café-restaurant semble toujours très chaleureuse de l'extérieur. Et, à l'intérieur, il est impossible d'être déçu. L'ambiance y est familiale, le décor intimiste. Des photographies en noir et blanc envahissent les murs et apportent au lieu une touche de modernité. Tout invite à se sentir à l'aise.

Quelques instants plus tard, il revient une tasse à la main et une petite assiette dans l'autre. Lorsqu'il pose le tout sur la table, je découvre une part de gâteau, semble-t-il au chocolat, posée dans l'assiette. Léo prend alors une chaise à la table d'à côté et s'installe en face de moi. À la manière dont il se tient et me regarde, je devine qu'il a déjà repris confiance en lui.

— Il faut que tu goûtes ça, c'est magique.

Je souris de plus belle, à cause non pas de son charme, mais de la familiarité avec laquelle il me parle. Comme si nous avions toujours été amis.

Sans trop de précautions, j'attaque le fondant à la petite cuillère et laisse un « Mmh » m'échapper, ce qui provoque chez lui un petit rictus.

— T'avais raison, c'est trop bon, dis-je en m'essuyant les coins de la bouche du bout des doigts.

— Cadeau de la maison !

Je soupire en secouant la tête.

— Tu vas finir par te faire virer, si tu continues comme ça.

— Aucune chance, je connais bien le patron.

— Permets-moi quand même de refuser… À moins que tu n'aies un autre chantage à me faire, annoncé-je avec malice.

— Il se pourrait bien, en effet.

Les battements de mon cœur s'accélèrent. Il ne rate aucune miette de ma dégustation puisqu'il a les yeux vrillés sur moi, ce qui me met plutôt mal à l'aise.

— Ma sœur va arriver pour me remplacer, ça te dit de te balader un peu ?

J'acquiesce aussitôt. Peut-être un peu trop vite d'ailleurs, mais tant pis… En ce vendredi soir, rien ne m'accapare, je peux bien m'accorder une heure ou deux en sa compagnie. « Ma sœur », a-t-il dit. J'avais donc raison. Je me lève avec empressement et regarde Léo délaisser sa tenue de travail pour enfiler un sweat à capuche gris. La jolie blonde du nom de Lia me salue au loin alors que je sors du Central, escortée de son frère dont la main vient se plaquer sur le bas de mon dos.

— Je vais t'emmener dans mon coin préféré de la ville, clame-t-il fièrement.

Et je me dissous.

Nous marchons côte à côte en direction du sud pendant quinze bonnes minutes. Léo a retiré sa main de mon dos, mais ce n'est pas grave. Je connais chaque rue de cette ville, chaque rond-point, chaque feu par cœur, mais, en sa présence, je pourrais tout aussi bien me perdre. Même si le silence qui s'installe entre nous est agréable, mon anxiété refait très vite surface et je retrouve le besoin inconditionnel de parler.

— Ça fait longtemps que tu connais Stan ?

— Un bon petit moment, oui. C'était en sixième, je venais d'emménager à Emoria et un grand match de football était diffusé sur une chaîne du câble. Tous les garçons les plus cool de l'école avaient rendez-vous chez un certain Stanislas pour le voir sur écran plasma. J'ai été invité par hasard et c'est comme ça que je l'ai rencontré. On a tout de suite accroché.

Lorsque Léo termine sa phrase, je remarque que le décor commence à changer autour de nous. Nous empruntons un chemin sinueux, fermé au sommet par un grillage noir dans lequel un petit passage a été découpé. Léo se rapproche alors de quelques centimètres et pose à nouveau sa main dans mon dos. Je frémis tandis qu'il donne un léger coup de pied dans la ferraille pour dégager le trou. Nous passons l'un après l'autre dans l'ouverture étroite.

— Rassure-moi… tu ne vas pas me tuer ici, hein ?

Il se marre, sans me répondre.

— Vous avez l'air proches en tout cas, Stan et toi.

— C'est un peu comme un frère, mais tu dois comprendre puisque tu as Allison.

— Oui, c'est vrai.

Alors que nous poursuivons notre ascension, une odeur de sève remplit mes narines et j'ai un sentiment de déjà-vu.

— Il me semble d'ailleurs qu'ils commencent tous les deux à bien s'apprécier. Il faudrait peut-être garder un œil sur eux, tu ne crois pas ?

J'acquiesce de la tête sans prononcer le moindre mot.

— Hum. Et de ton côté ? demande-t-il. Y a quelqu'un sur qui je devrais garder un œil ?

Sa question me fait fondre, je dois l'avouer. Et son manque d'assurance soudain n'arrange en rien l'attraction qui électrise déjà nos deux corps.

Nous sommes maintenant arrivés à l'orée d'une forêt de pins que je pense reconnaître. Si c'est elle qui aboutit sur la plus belle vue sur la ville, alors c'est là que maman m'emmenait souvent quand j'étais petite. Léo m'a fait découvrir un bon raccourci.

— C'est-à-dire ? Tu veux savoir si j'ai un copain ?

— Euh… ouais. Ça ou autre chose, je sais pas, fait-il en se grattant nerveusement la nuque.

— Eh bien non. Je suis un peu réservée sur les bords, alors, à part Allie et une amie à la fac, je ne fréquente pas tant de monde que ça.

— Vraiment ? J'aurais parié que tu étais une de ces filles très populaires.

Je perds un peu de mon sourire.

— « Populaires » ?

— Je ne veux pas dire ça dans un sens péjoratif. Je t'imaginais juste entourée de plein de gens. Inaccessible, quoi.

— Loin de là. Mais je ne suis pas une huître non plus ! Disons que je préfère la qualité à la quantité.

Il s'esclaffe pour mon choix de mots et descend légèrement sa main dans mon dos. Je suis immédiatement parcourue d'une volée de frissons.

À mesure que l'on avance dans la forêt, des centaines d'odeurs nouvelles me parviennent. Celle des arbres, bien sûr, mais également celles de l'herbe humide, de la mousse. Le paysage est atypique. Je suis assez surprise que ce soit son endroit préféré.

Encore une fois, la chaleur me monte aux joues alors que nous demeurons silencieux depuis quelques minutes. J'ai soudain peur de marcher bizarrement ou de respirer trop fort. Alors, pour pallier tout ça, je me remets à parler :

— Naomi est une fille très gentille.

Non ! Je ne sais pas non plus où je suis allée chercher ça.

— Oui, elle est adorable.

Outch !

— Je la connais depuis l'enfance et je sais que je pourrai toujours compter sur elle.

Double outch !

Il s'arrête brièvement et me lance un regard amusé. Tendant ensuite le bras sur sa gauche, il soulève des branches et m'indique d'avancer. On se faufile alors dans les hautes herbes et, après quelques pas, le sol s'incline en une pente aiguë.

C'est avec émerveillement que je redécouvre la vue plongeante. Du haut de la falaise où nous nous tenons, on peut apercevoir les deux villes voisines en surplomb, dont les premières lumières scintillent.

C'est impressionnant. Comme si nous étions au sommet du monde.

— Waouh, lâché-je simplement.

— Je me disais que ça te plairait.

Léo m'indique alors un banc, sur lequel nous nous assoyons en silence. Je ne sais pas trop quoi faire de mes mains, de mes bras. J'en viens à compter le nombre de secondes qui s'écoulent entre chacune de mes respirations.

Je suis une vraie parano…

— Tu sais que je ne t'avais jamais vue, dans le coin avant. Tu ne viens pas du lycée Bel-Air ?

Sa question me fait rire. J'avais oublié ce petit détail.

— Non, on vient d'Eluard avec Allie. Concrètement, je suis en train de pactiser avec l'ennemi, là.

Il éclate de rire à son tour.

— La première fois qu'on a rencontré Stan avec Allison, j'avais peur qu'il ne nous jette dehors à cause de ce détail.

— Ce n'est pas son genre.

— Je sais bien.

— Tu l'aimes bien ?

— Non, j'ai dit : « Je sais bien. »

— Oui, j'avais compris. Mais ma question, c'est : « Est-ce que tu l'aimes bien ? »

Je le dévisage sans comprendre.

— Stan, tu l'aimes bien ?

— Pourquoi ? demandé-je, tout de suite sur la défensive.

C'est une question piège ?

— Je ne sais pas, tu m'as posé beaucoup de questions sur lui.

Mince.

— Je ne le connais pas vraiment, mais, puisqu'il est avec ma meilleure amie maintenant, je suppose qu'il faut que j'apprenne à l'apprécier.

— Qu'est-ce que je disais ? Tu m'as l'air bien trop soucieuse du bonheur des autres pour ne pas être populaire, me sourit-il, détendant automatiquement l'atmosphère.

Nos gênes communes disparaissent peu à peu et il en profite pour glisser vers moi sur le banc. Au début, je me retiens de respirer, mais, comme à mon habitude, le silence pesant me submerge et j'explose, alors qu'il était doucement en train d'approcher sa main de la mienne :

— Depuis quand vous êtes ensemble, Naomi et toi – si ce n'est pas indiscret ?

Ridicule, Anna. Ridicule au plus haut point.

— Hum… fait-il en se raclant la gorge, ça faisait cinq ans.

Cinq ans ?! Mais attendez…

— « Faisait » ?

— Ouais, on s'est séparés il y a maintenant deux semaines. À part Stan, personne n'est au courant.

— Mais samedi soir, à l'Angle…

— Nous sommes restés en bons termes. On a toujours été amis et on ne veut pas que ça change. Mais nous sommes d'accord qu'il faut que l'on apprenne à grandir chacun de son côté.

Sa révélation me scie sur place. Je ne sais si j'arriverai à cacher ma satisfaction égoïste encore longtemps.

— Je suis désolée.

— Ça ne nous rend pas malheureux, c'est juste un gros changement dans notre quotidien, mais c'est pas plus mal.

Il tourne enfin le visage vers moi. Nous sommes extrêmement proches à présent.

Je lui souris sincèrement. Non pas parce que j'ai de la peine, ou au contraire parce que je bouillonne d'excitation, mais parce que je suis touchée de sa confiance. Il s'est ouvert à moi sans demander quoi que ce soit en retour, sans avoir la moindre idée derrière la tête.

À nouveau, il ose alors une approche de sa main vers la mienne. Je ne bouge pas, je ne dis rien, je fais simplement mine de regarder ailleurs. Mais, cette fois, ses doigts trouvent les miens. Il enveloppe ma main de la sienne et je respire calmement.

— Je viens ici quand ça ne va pas, chuchote-t-il. Avec cette perspective, peu importe ce qui me tracasse, tout s'évapore. En un simple regard, cette immensité me donne de l'allant, de l'assurance. J'ai le sentiment d'être grand, au-dessus de tout, d'avoir le contrôle des choses.

Ses doigts se resserrent autour des miens. Je ne sais pas ce qu'il pense, je ne sais pas pourquoi il se met à me confier tout ça, mais je suis bien. Là, comme ça, je suis infiniment bien.

— Tu sais, Anna, j'ai vraiment envie de faire durer cet instant. Je ne suis pas pressé que tu t'en ailles.

— Il n'y a aucun risque, dis-je simplement en posant la tête sur son épaule.

— Non, *pas pour l'instant…*

Chapitre 14

Mon pied droit tape sur le rythme de *Daddy Lessons* de Beyoncé, qui se lance dans mes écouteurs, tandis que je ferme les yeux et laisse mon menton acquiescer avec vigueur. Bientôt, mes doigts se mettent même à battre la mesure sur le manche à balai que je tiens dans les mains, comme si c'étaient eux qui jouaient du saxo. Je sautille, guillerette, d'une pièce à l'autre, un sourire plaqué sur les lèvres, balayant les sols du premier étage plus qu'il ne faut, tout en remuant les fesses avec frénésie.

Je deviens folle.

Depuis que je suis rentrée de mon *plus ou moins* rendez-vous avec Léo, c'est comme si je ne me contrôlais plus. Il faut que je bouge, que j'agisse. Et le ménage semble être la meilleure des solutions. Pour tout dire, je n'ai jamais autant astiqué ma chambre ! Je nettoie, je jette, je range. Je fais le tri dans mes cours – comme si c'était le moment – et je prends même le temps de me créer un nouveau planning pour le mois d'avril à venir. Comme une gamine de douze ans, j'inscris également au feutre rouge les trois lettres composant son prénom sur mon agenda, sur la page d'hier. Ce sont mes lettres préférées, à présent.

Après avoir fini les poussières, je m'attaque aux vitres. Et que ça brille ! Mais, contrairement à ce qu'avait sous-entendu Stan le soir de notre rencontre, je ne suis pas psychorigide. J'aime simplement les choses bien faites, bien nettes et en ordre. Particulièrement lorsque quelque chose – ou quelqu'un – vient bouleverser mon petit univers.

Bon, d'accord, cela fait sans doute de moi quelqu'un d'un tantinet maniaque. Mais psychorigide, *non.*

De son côté, au rez-de-chaussée, ma mère s'active également. Cela fait maintenant deux heures qu'elle cuisine pour demain, pour notre réunion de famille annuelle. Une ou deux fois par an, depuis une dizaine d'années, un dimanche midi, maman invite notre famille et celle d'Allison à déjeuner. Elle est à la fois ravie et paniquée à l'idée de ce repas. Comme s'il s'agissait de l'évaluation de l'année ! Toutefois, je lui en suis vraiment reconnaissante. Ce repas est une excellente occasion de tous nous réunir.

À l'approche de l'événement, elle est tellement de bonne humeur qu'elle est allée jusqu'à me proposer d'inviter, je cite, « quelqu'un de spécial à mes yeux ». En disant cela, je pourrais parier qu'elle pensait à Stan. Depuis qu'elle l'a rencontré dans ma chambre, un dimanche à 5 heures du matin, elle ne cesse les sous-entendus. Elle est persuadée qu'il s'agit de mon petit ami…

Si tu savais, maman…

Peut-être qu'Allison va l'inviter, elle, étant donné qu'ils sont ensemble désormais… C'est comme si, moi, j'invitais Léo. Non, en fait, cela n'a rien à voir. Léo et moi ne sommes pas ensemble. Pas encore. Enfin, je crois.

Il faut dire que tout s'est passé très vite hier soir. Peut-être même trop vite. Il a pris ma main, m'a demandé de rester auprès de lui, m'a raconté comment il avait eu son travail de serveur… Il m'a également avoué que lui et Stan avaient vingt et un ans et non mon âge, comme je l'imaginais. Il m'a parlé de sa complicité avec Lia, sa sœur, de l'amour fou qu'entretiennent ses parents, des études qu'il a décidé d'arrêter à mi-parcours, des amis qui l'entourent…

Et, bien sûr, il m'a parlé de Naomi. Avant d'être sa petite amie, elle a d'abord été son amie tout court. Une amie avec laquelle il passait toutes ses journées, aux côtés de Stan. Du collège au lycée, les trois garnements ont fait les quatre cents coups. Ce n'est que lorsque l'heure de la puberté a sonné que Léo et elle se sont mis à éprouver plus qu'une simple amitié. À l'heure qu'il est, seuls Stan et moi-même sommes au courant de leur rupture. Léo craint encore la réaction de sa famille, qui s'était attachée à la jeune fille.

De quoi me mettre à l'aise…

Pour autant, je ne me sens pas encore tout à fait prête pour la remplacer dans le cœur du beau blond. Il est évident que quelque chose se passe entre nous (surtout de mon côté), mais je ne peux pas encore définir quoi. C'est assez trouble…

Perdue dans mes réflexions, je n'entends pas le signal de mon téléphone. Ce n'est que le deuxième, cinq bonnes minutes plus tard, qui me tire de ma rêverie. Les deux textos viennent d'Allison.

Allie : OMG, Anna ! Daniel est rentré plus tôt que prévu !

Allie (cinq minutes plus tard) : Youhou, tu dors ? J'ai dit : Daniel is back !!!

Anna : Oh mon Dieu !! C'est génial ! Ça veut dire qu'il vient demain au dîner ?

Allie : Un peu, mon neveu ! Il m'avait trop manqué, bon sang ! Et qu'est-ce qu'il est devenu beau !

Anna : C'est grâce à l'air londonien, ça, je parie ! J'ai trop hâte de le revoir ! PS : j'ai des choses à te raconter…

Allie : Dis-moi !!

Anna : Pas maintenant, j'te raconte demain au déjeuner !

Allie : OK ! Je te laisse, on va rattraper le temps perdu ! Jtm fort +

Anna : D'acc, je t'aime aussi !

Je suis si heureuse ! Daniel, le frère adoptif d'Allison, qui était parti travailler à Londres pendant deux ans, est enfin de retour ! Ce grand gaillard au rire grave a toujours été mon frère de cœur, notre protecteur à toutes les deux.

Maria Wallace, leur mère, est assistante sociale et voyage énormément entre l'Inde, l'Afrique et la France. Lorsqu'elle a rencontré Daniel, petit métis camerounais, orphelin de seulement deux ans, elle s'est immédiatement lancée dans une procédure d'adoption et l'a accueilli comme son premier enfant, alors même qu'elle était enceinte d'Allison.

Suite à cela, le désir de Maria de voyager et de sauver d'autres enfants n'a fait que grandir. Très vite, il a même pris le dessus sur l'éducation de Daniel et Allison. Si bien que, aujourd'hui, elle ne rentre plus en France qu'une fois tous les deux mois…

Cette situation a longtemps pesé sur toute la famille, à tel point que la relation qu'entretient Allie avec sa mère est maintenant quasi inexistante. Comme moi, il lui manque un parent. Et, comme chez moi, ce manque est à l'origine de tout un tas de comportements…

C'est lorsque nous sommes entrées en seconde, Allison et moi, que Daniel nous a annoncé son départ pour Londres, une larme au coin de l'œil. Ce jour-là, alors que sa sœur avait claqué la portière de sa voiture pour se précipiter dans les bâtiments de notre nouveau lycée, il m'a retenue par le bras.

« Promets-moi que tu prendras soin d'elle… et de toi aussi », m'avait-il demandé.

J'espère avoir respecté sa consigne. Du moins pour le cas d'Allison…

***

Aux alentours de 21 h 30, après une journée plus qu'épuisante, je reçois un coup de fil de Sasha, qui avait jusque-là pour habitude de ne me téléphoner qu'en cas d'urgence – règles, garçons ou révisions de partiels. « La convention des 3 », comme on l'appelle.

— Quelle est l'urgence ? demandé-je en décrochant.

— Je pars en mission !

— Tu veux dire que tu vas faire l'armée ?!

— Mais non, débile ! Je vais chez Stan en mode incognito.

— Chez Stan ?

— Pour sa grosse fête ! Tu sais, celle où il ne voulait pas nous voir…

— Pourquoi tu y vas, dans ce cas ?

— Pour l'espionner, pardi ! Je vais m'infiltrer chez lui grâce à l'aide de Charles pour découvrir la raison de tant de mystères.

J'ai comme un mauvais pressentiment, là…

— Et tu t'attends à quoi, au juste ? Une Skins party ?

— Je préfère y aller pour être fixée. T'imagines si ta meilleure amie sortait avec ce genre de mec ?

Je ferme les yeux et grimace en me figurant ce scénario se réaliser pour de vrai. En aucun cas je ne voudrais que Stan ou Léo participent à ces fêtes vulgaires.

— Bon, finis-je par concéder, ne te fais pas trop remarquer et surtout tiens-moi au courant dès que tu peux.

— Yes, c'est noté ! À toute, biloute !

Je préfère passer outre à l'appellation qu'elle me donne en raccrochant.

Bon sang, Sasha… Je suis persuadée que tu vas t'attirer des ennuis. Pire, que tu vas nous en attirer, à Allison et moi ! Je suis tout de même la mieux placée pour savoir qu'il ne faut pas embêter Stanislas Djovik. Autrement, il vous le fait payer dix fois plus cher.

« Tu ne supportes pas qu'on puisse te dire non, qu'on puisse te rejeter. Tu es habituée à avoir tout ce que tu veux. Tu es le cliché même de la petite fille pourrie gâtée, à qui les parents ont tout légué. »

Ces quelques mots sont encore inscrits au fer rouge dans ma mémoire. Il m'est totalement impossible d'oublier cette nuit.

Alors, à côté de son meilleur ami, Léo est véritablement un ange. Attentif aux autres, patient, généreux… Il a un cœur gros comme ça. Et c'est vrai que j'ai cru l'espace d'une seconde qu'il allait m'embrasser, hier soir. Il faut dire que le décor autour de nous prêtait grandement à confusion, on se serait cru dans un film. Et puis il y avait sa main qui caressait la mienne, ses mots qui glissaient sur ma joue avant de trouver du sens dans mon esprit.

« Je ne suis pas pressé que tu t'en ailles.

— Il n'y a aucun risque.

— Non, *pas pour l'instant.* »

Qu'est-ce qu'il a voulu dire par là ?

Pense-t-il que je vais me lasser de lui à peine après l'avoir rencontré ? Ou pense-t-il qu'il va me briser le cœur et que mon unique souhait sera de m'échapper ?

Tant de questions qui persistent et n'auront jamais de réponse…

À moins que…

Sans réfléchir, je ressors mon téléphone, m'allonge à plat ventre sur mon lit, respire un bon coup et recherche le contact portant le nom de Léo. Ça va faire vingt-quatre heures qu'on ne s'est pas parlé.

Je peux bien lui envoyer un message sans qu'il pense que je le harcèle… non ?

Moi : Coucou Léo, c'est Anna, tu vas bien ?

Pfff. Je peux mieux faire, c'est certain. J'efface les caractères et je recommence.

Moi : Hey ! Qu'est-ce que tu fais ce soir ?

Oulàlà, non, il va croire que je veux déjà le revoir.

Moi : Hey, c'est Anna. La nuit commence à tomber et je vois de ma fenêtre les étoiles… Ça me rappelle la bonne soirée que j'ai passée hier :)

J'ai rien de plus flippant ? Simple, Anna. Fais simple…

Moi : Hey !

Voilà ! Ça, c'est bien. Court mais authentique. Ça signifie tout et rien à la fois… Allez, j'envoie !

En attendant une réponse de sa part, je m'occupe en me mettant du vernis. Cela fait des mois que je porte mes ongles courts, rongés et moches. Maintenant qu'ils ont pris une forme et un aspect à peu près corrects, je peux me permettre une fantaisie. Allons pour du rouge. Ou du noir, tiens ? Non, ça va faire gothique… Bon. Bleu foncé, alors ? Quoique… Bleu, c'est plus le genre d'Allie. Allez, marron. Marron, c'est neutre, c'est simple.

Va pour le marron.

Après avoir appliqué la première couche, je déverrouille mon smartphone mais celui-ci n'affiche aucun message, ni de Sasha ni de Léo. C'est donc parti pour la deuxième couche…

Après quoi, toujours rien. Je pose donc du top coat et souffle sur le haut de mes ongles pour qu'il agisse *encore* plus vite. Mais toujours rien. Pas de nouvelles. Après tout, s'ils sont tous à la fête de Stan, peut-être ne regardent-ils pas leurs téléphones…

Une heure plus tard, je décide d'appeler Sasha mais tombe immédiatement sur sa messagerie. Ça m'aurait étonnée… Je n'ai plus qu'à me lancer un film, histoire de patienter. Mais quel genre ? Drame, comédie, romance ou film d'action ? Hum… Le choix est vite fait.

Une nouvelle heure passe, puis deux, puis vient la fin de mon film et le début de ma fatigue. Je lâche l'affaire. Je glisse mon portable sous l'oreiller et m'entoure de ma couette. À 2 heures du matin, cependant, mon téléphone vibre une fois.

Sasha : Anna… C'est tout sauf ce à quoi je m'attendais…

Chapitre 15

Quand je descends l'escalier et que j'aperçois ma mère dans la cuisine, je comprends. Elle est en train de se mettre une pression pas possible pour terminer le repas, s'activant à droite, à gauche et grognant à mi-voix lorsque quelque chose ne lui convient pas. Elle est encore en pyjama, les cheveux relevés dans un chignon banane fait à la va-vite. Ses mains tremblent lorsqu'elle bat les œufs en neige dans un récipient en verre.

Tout comme moi, ma mère a tendance à stresser facilement. J'avance donc timidement dans son dos, sans qu'elle le remarque, et je me glisse derrière elle. Mes bras l'entourent par la taille et je pose mon front sur le haut de sa colonne vertébrale pour tenter de l'apaiser. Elle suspend alors son geste et je peux – enfin – l'entendre souffler.

— Tout va très bien se passer, maman.

Elle se retourne à mes mots, brisant notre étreinte, et me regarde droit dans les yeux. Elle lève la main vers mon visage et vient caresser ma joue.

— Si j'arrive à finir ce fichu gâteau au chocolat à trois étages, sans doute.

Elle inspire à nouveau, comme pour se remotiver, et s'y remet. En m'écartant d'elle, je passe devant le four et j'y aperçois mon reflet. Je ne boucle jamais mes cheveux habituellement, sinon ça gonfle au niveau de mes racines et je ressemble à un caniche. Mais, aujourd'hui, mes ondulations semblent naturelles et tombent assez joliment sur ma nouvelle tenue. Maman a insisté pour que je porte quelque chose d'un minimum élégant pour le repas, alors voilà… Un coup d'eye-liner et de mascara, une petite chemise blanche rentrée dans une jupe taille haute et des sandales plates, me voilà prête ! Avec un peu de chance, la température restera élevée toute la journée.

Aux alentours de midi, je commence moi aussi à paniquer, mais pour une tout autre raison. Sasha ne m'a pas donné de nouvelles depuis son inquiétant message et mon cœur n'a cessé de palpiter depuis.

« *C'est tout sauf ce à quoi je m'attendais…* »

J'avoue que trente scénarios me sont passés par la tête, allant de la soirée échangiste au fight-club en passant bien sûr par le coup classique des strip-teaseuses. Mon imagination ne cessera de délirer tant que je n'aurai pas de réponse… Et je veux ma réponse.

Comme si quelqu'un avait entendu mes prières, mon téléphone émet aussitôt un signal. Je soupire en constatant qu'il ne s'agit que d'Allison.

Allie : On est en chemin ! Papa a fait une salade… (mais vous n'êtes pas obligés d'en manger, je te rassure).

— Maman ! Ils arrivent ! crié-je à l'autre bout du salon.

Comme d'habitude, c'est leur famille qui sera là la première. Généralement, mes grands-parents arrivent avec dix à vingt minutes de retard, pour cause de « sacré trafic », et Paulo, lui, peut très bien n'arriver que pour le dessert.

Je commence à avoir vraiment hâte de retrouver Allison. J'ai décidé de tout lui raconter aujourd'hui, de la première fois où j'ai véritablement rencontré Léo (dans le bus) à ses aveux dans la forêt, jusqu'au message inquiétant de Sasha.

Ces derniers jours, j'ai cruellement manqué de l'avis de ma meilleure amie. Si je n'ai rien dit, c'est en partie parce que j'avais peur que son jugement ne soit altéré par sa nouvelle relation. Or, je veux être sûre à cent pour cent que je peux toujours lui faire confiance et que ce qui lui arrive avec Stan n'entame en rien notre amitié.

J'ai également hâte de revoir Daniel. Ces deux dernières années sans lui ont semblé durer une éternité. Ses précieux conseils m'ont manqué. Son rire, ses yeux tout verts et les stupides surnoms qu'il me donne également. Quant à leur père, je suis contente de le revoir. Il n'est pas du genre bavard, est un peu timide et efféminé par moments. Mais il a un cœur en pâte à sucre et est, comme ses enfants, un vrai nounours.

Dès que la sonnette retentit, maman pousse un cri. J'ai compris le message, c'est moi qui vais ouvrir. À peine l'ai-je fait que je sens mon corps décoller du sol et me retrouve la tête en bas, le sang me montant au crâne.

— Anna-bellissima ! crie l'énergumène qui me soulève sur son épaule.

Je reconnais d'emblée la voix grave et enrouée de Daniel, très fier de son coup, qui me promène ainsi jusque dans l'entrée de ma propre maison. Bien sûr, je suis hilare et, l'espace de quelques secondes, l'image de Léo et Stan disparaît de mon esprit. Il me transporte tel un vulgaire sac et s'amuse à me chatouiller les côtes.

Puis mes pieds retouchent le sol et l'univers se remet à marcher à l'endroit. Inévitablement, ma première idée est de contre-attaquer, mais toutes mes intentions partent en fumée lorsque je lève les yeux sur lui. Disparu, le jeune Dan tout maladroit que j'ai quitté sur le parking du lycée. Désormais, c'est un colosse qui me fait face, tant par sa taille que par sa musculature. Il a poussé comme une plante verte, mon Dani.

Il se tient devant moi, tout sourire, arborant un pantalon beige qui laisse apparaître la peau bronzée de ses jambes et un pull moulant noir.

Ses cheveux ont également drôlement poussé, formant des sortes de petites dreadlocks qui viennent tomber sur son front et surplomber ses yeux vert clair et ses légères fossettes.

— Qui êtes-vous et qu'avez-vous fait à mon ami d'enfance ?

— Ah ah, très drôle !

— Tu vois, c'est exactement ce que j'ai dit en le voyant, fait Allie en arrivant derrière lui.

Jusqu'ici, aucune trace de Stan...

Elle ferme la marche près de son père, qui porte un saladier dans une main et une bouteille de champagne dans l'autre. Ils affichent tous un large sourire communicatif. Ma meilleure amie me prend dans ses bras à son tour et je hume avec plaisir son parfum de printemps.

Au même instant, maman arrive dans l'entrée et accueille Daniel en criant des « Oh ! », « Quel beau jeune homme » et « Ça pousse vite ces choses-là », renouvelant les rires de l'assemblée. Alors que tout le monde s'est salué et se prépare à commencer à prendre l'apéritif dans l'attente des autres convives, Allie m'attrape par le bras et m'emmène discrètement dans la cuisine.

— Figure-toi que tu m'as laissée dans un suspense insoutenable, hier ! Alors, de quoi est-ce que tu voulais me parler ?

— Euh... après le repas, peut-être, c'est assez long.

Ses yeux se font tout ronds.

— À peine les invités arrivés, tu fais déjà des confidences, Anna, tonne la voix de Daniel dans mon dos.

— En deux ans, tu en as raté, des choses, souffle Allison, toujours dans l'attente d'une explication.

— Dis-moi tout, mon Anna-nas.

— Il n'y a rien à savoir... Et puis, c'est à toi de nous raconter ta vie à Londres, Dan. J'exige que tu nous révèles tout.

Tandis que je m'adosse au plan de travail, Allie reçoit un appel qui l'oblige à quitter la pièce. *Je pourrais parier qu'il s'agit de Stan...* Dan s'installe en face de moi, à califourchon sur une chaise de la cuisine.

Il a tellement changé en deux ans. Il a perdu les petites rondeurs au niveau des joues qui le rendaient si mignon et arbore désormais une mâchoire bien carrée. D'ailleurs, son corps entier est devenu bien carré...

— C'est bon, t'as fini de me reluquer ? sourit-il.

— Déso', Dani, tu es juste devenu presque potable pendant ton absence !

Il s'esclaffe.

— « Presque » ?

— Oui, presque.

— Quand je pense à toutes ces heures que j'ai perdues à la salle de sport... Tout ça pour t'entendre dire que je suis devenu « presque potable »...

Je ris à mon tour en lui donnant une pichenette sur le bras.

— Qu'est-ce que ces deux ans m'ont paru longs sans toi ici...

— Vraiment longs, ouais, fait-il en baissant les yeux.

Alors que son regard se voile, des souvenirs me reviennent par centaines. Je le vois dans la chambre d'Allison en train de ranger ses jouets un à un parce qu'il a perdu un pari. Puis je le vois dans la cuisine, en train de retirer méticuleusement les bouts de coquille d'œuf que j'ai laissés dans la préparation de notre gâteau au yaourt. Enfin, je le vois, il y a sept ans, assis sur la chaise à bascule près de notre porte d'entrée, en larmes. La fille dont il était fou amoureux venait de lui faire une crasse et il était là, échoué chez nous, comme si tout son monde s'était écroulé. Du haut de mes treize ans, j'avais passé une heure à l'écouter me raconter son histoire. Il semblait si jeune et vulnérable.

Ce jour-là, j'ai embrassé pour la première fois...

— Dis-moi, Anna, t'as pris soin de ma sœur pendant mon absence, hein ?

— Tu sais bien que oui.

— Et elle a un copain ?

Gloups, question piège.

Est-ce que je tente à nouveau le « Tu sais bien que oui » ?

— Euh…

— Ça veut tout dire ! Mais, t'inquiète, va, c'était juste pour t'embêter, j'veux pas vraiment savoir, dit-il en riant.

— Les jeunes, à table, tout le monde est là ! crie alors la voix de ma mère depuis la salle à manger.

Et effectivement, tous sont déjà attablés. Paul, exceptionnellement à l'heure, m'adresse un simple clin d'œil lorsqu'il m'aperçoit, avant de replonger dans sa canette de bière. Mes grands-parents sont là aussi et se lèvent aussitôt pour venir à ma rencontre.

Maman dit souvent que j'ai hérité de tous les bons traits de ma grand-mère et de tous les mauvais de mon grand-père. Je n'ai jamais vraiment compris ce qu'elle entendait par là…

— Anna, mon bel oiseau ! s'écrie mamie en me serrant dans ses bras. Il faut arrêter de grandir maintenant, regarde-toi, tu me dépasses d'au moins trois têtes ! As-tu apprécié notre carte pour ton anniversaire ?

Je réponds que oui, humant l'habituelle odeur de jasmin qui se dégage de ses cheveux grisés par le temps.

— Probablement parce qu'il y avait un billet à l'intérieur, rajoute mon grand-père dans sa barbe avant de m'embrasser sur le front.

Allison s'est assise en bout de table, face à ma mère, tandis que mes grands-parents s'installent côte à côte, faisant face au père de ma meilleure amie et à Paul. Il ne reste donc plus que deux places libres, l'une en face de l'autre, pour Daniel et moi.

***

— Comment se passent les cours, Anna ?

— Ça peut aller. Mes premiers examens d'avril se sont bien passés, donc j'ai de quoi souffler un peu pour un temps, réponds-je au père d'Allison en finissant mon assiette.

— Et toi, Dan, tu comptes faire quoi maintenant ? demande Paul le pointant de sa fourchette.

Le principal intéressé croque dans son morceau de pain et plante son regard dans le mien.

— J'ai trouvé un petit job pas loin de la maison, donc je vais essayer de me faire un peu de sous avant de repartir.

— À Londres ?

— Non, sûrement ailleurs.

Il rebaisse les yeux et les conversations reprennent. Comme toujours, le poulet basquaise de maman a fait l'unanimité et plus rien ne reste dans les plats. Avant d'attaquer le dessert, mes grands-parents, ma mère et le père d'Allie sortent tous les quatre dans notre petit jardin pour admirer les dernières plantations. Et, immédiatement, Paul en profite pour me taquiner :

— Alors, Anna, tu as utilisé les petits cadeaux que je t'ai laissés l'autre jour ?

— Lesquels ? Tu ne m'avais pas dit qu'il t'avait fait des cadeaux ! rouspète ma meilleure amie.

Je manque de m'étouffer en avalant de l'eau. Je sais très bien à quoi il fait référence. Et *non*, je ne m'en suis pas servie, je suis célibataire. Mais, bien sûr, les mots restent coincés dans ma gorge et le rouge me monte aux joues.

— Je lui ai offert une boîte de capotes, annonce fièrement mon oncle.

— Paul !

— Ben quoi ?

Allison pleure de rire, mais elle est bien la seule. En face de moi, Daniel fronce les sourcils tout en secouant la tête, l'air réprobateur.

— Alors, tu t'en sers, de ces cadeaux ?

Je suis sauvée in extremis par la sonnette de l'entrée. Je me lève en souriant malicieusement et m'échappe de la table pour aller ouvrir.

Contre toute attente, c'est Sasha qui se tient dans l'embrasure de la porte, le regard fatigué.

— Je peux entrer ?

J'acquiesce et je la guide à l'intérieur, où ceux que je viens de quitter sont toujours en train de rire. À la vue de Sasha, Allison change cependant d'expression et réalise que quelque chose se passe. Aussitôt les présentations faites, je bredouille de vagues mots d'excuse, j'attrape mes deux amies par la main et je monte nous enfermer dans ma chambre.

— Qu'est-ce qui t'est arrivé, Sasha ?

— À moi, rien, fait-elle en regardant Allie, mais il faut qu'on parle.

En quelques phrases, j'explique à ma meilleure amie cette histoire de fête dont nous avons été écartées et le texto inquiétant de Sasha. En même temps que je parle, je vois Allison froncer les sourcils et commencer à paniquer. Finalement, je me tourne vers Sasha pour avoir le fin mot de l'histoire.

— Je suis arrivée avec Charles vers 22 heures, quand tout le monde était déjà bien imbibé. Pour rester cachée aux yeux de Stan, je portais ma casquette *et* ma capuche. Je me suis installée dans le coin le plus bondé du salon pour me fondre dans la masse. Tout avait l'air absolument normal, il y avait les personnes habituelles et même des filles, y compris Naomi et Tiphaine. À un moment, Stan est arrivé de nulle part, comme s'il avait été absent toute la soirée, et est entré dans une pièce fermée à clé, suivi par Léo, Nathan Benin, Christopher Calzon et Naomi. Ils ont pris soin de vérifier que personne ne les suivait avant de refermer derrière eux.

— Pourquoi s'enfermeraient-ils tous les cinq ?

— Et qui sont Nathan Benin et Christopher Calzon ?

— Laissez-moi finir. J'ai demandé à Charles de monter la garde et de tenter d'écouter à la porte, mais aucun son ne passait. Au bout d'une heure et demie, ils sont tous sortis au compte-gouttes, sauf Stan et Léo. C'est là que je me suis dit que quelque chose clochait et que je t'ai envoyé le message, Anna. Quand ils ont fini par sortir, je crois… enfin, je ne suis pas vraiment sûre, hein… je crois avoir entraperçu Stan remplir un sac de billets… des centaines de billets.

— Pardon ?! s'étouffe Allie.

— Peut-être que je me trompe… ou peut-être que c'étaient des faux. Mais, quoi qu'il en soit, ce n'était vraiment pas net.

Je tombe complètement des nues. Pourquoi Stan, Léo et même Naomi seraient-ils impliqués dans une histoire d'argent ?

— Tu crois qu'ils viennent d'où, tous ces billets ? demande Allison.

— Aucune idée. Charles ne sait rien non plus. Mais quelque chose me dit qu'on ne devrait pas simplement aller leur demander. Autant d'argent… ça sent vraiment les problèmes.

Chapitre 16

Je déteste le lundi.

Je déteste encore plus le lundi quand j'ai vraiment mal dormi. Quand il pleut. Quand ma journée se déroule au ralenti. J'ai vraiment horreur de ça, le lundi. Et puis c'est comme si tout le monde s'était passé le mot pour m'enquiquiner aujourd'hui : mon professeur de linguistique, qui a choisi de m'interroger devant toute la classe sur une leçon que je n'ai visiblement pas bien apprise, la bibliothécaire, qui a confondu mon nom avec celui d'une autre et me harcèle pour que je rende un livre sur l'empire de Chine, et bien entendu Rosalie, ma voisine de cours, qui me lance des crayons dans la tête dans l'espoir d'obtenir mon attention.

— Youhou, Anna ! Tu dors ?

Sa voix nasillarde me fait grincer des dents.

— Psssssssssst ! Oh oh !

— Quoi ?! rugis-je en me retournant d'un bond.

— Waouh, quelqu'un est de mauvais poil, on dirait.

— Tu n'imagines même pas…

Rosalie se tient droite sur sa chaise, à quelques centimètres de ma table. Les cheveux tirés dans une queue-de-cheval impeccable, elle mastique un chewing-gum à la fraise dont l'odeur chimique est parvenue à se répandre dans toute la classe.

— Serait-ce à cause d'un certain Stanislas Djovik ?

Comment sait-elle ça, elle ?

— C'est le copain de ma meilleure amie Allison. Donc, je ne vois pas le rapport.

— Hum hum... fait-elle en entortillant un doigt dans ses cheveux.

— Et pourquoi cette question, d'abord ?

— Oh, je t'en prie, Anna. Ce n'est pas à un vieux singe que l'on va apprendre à faire la grimace.

Je roule les yeux.

Parfois, cette fille m'insupporte vraiment. Il lui suffit de retrouver un garçon avec lequel papillonner pour redevenir exécrable, comme avant.

— Je me disais bien qu'il y avait une petite ressemblance avec le gorille... me glisse Sasha, assise un rang derrière nous.

Rosalie, de son côté, fronce immédiatement les sourcils et s'avachit sur sa chaise. Voilà qui devrait la tenir à distance pour quelques minutes...

Si Sasha est intervenue, c'est parce qu'elle sait véritablement ce qui me tracasse. Elle se doute bien que l'inquiétude me ronge depuis la nuit dernière. Après avoir entendu son récit, nous avons d'abord tenté de comprendre, de trouver une explication plausible qui éclaircirait une telle histoire. Mais rien ne nous est venu.

Selon mon amie, il faudrait qu'Allie et moi agissions au plus vite pour découvrir la vérité en nous servant du lien qui nous unit respectivement à Stan et à Léo. Or, pour ma part, si l'on oublie les quelques confidences balancées à la va-vite sur un banc, ce lien est quasi inexistant. Je m'imagine mal envoyer à Léo un message lui demandant ce qu'il pouvait bien faire équipé de liasses de billets à la soirée de son meilleur ami. Tout cela n'a pas de sens.

— Va l'interroger en face, me chuchote Sasha lorsque Rosalie ne nous écoute plus.

— Sur son lieu de travail ? Alors même qu'il est au milieu des clients et près de sa sœur ? Mauvaise idée !

— Tu préfères attendre le jour où il sera envoyé en prison ?

— En prison ? Tu extrapoles ! Il ne sera jamais question de ça…

— On sait jamais.

Peu importe ce qu'elle a vu – ou pense avoir vu – samedi soir, je suis incapable d'imaginer Léo impliqué dans quelque chose de grave. Ça ne lui ressemble pas. Mais, d'un autre côté, Sasha a raison. Tant que je ne l'interrogerai pas, toutes mes journées ressembleront à des lundis…

— Bon d'accord.

— D'accord quoi ?

— Je vais le voir ce soir.

À peine ai-je prononcé ces mots qu'elle jubile sur sa chaise. Pour elle, il s'agirait presque d'un jeu, d'une énigme à résoudre. Peu importe l'issue, il semblerait que ça l'amuse. Alors que, de mon côté, la simple pensée que les choses puissent déraper me terrorise.

***

Mais quelle stupide idée j'ai eue.

Tout mon corps tremble, à cause tant de la basse température de ce lundi que de la vague soudaine de stress qui s'empare de moi. J'aimerais rebrousser chemin, rentrer chez moi en courant et ne plus jamais entendre parler de tout ça. Mais j'ai aussi besoin de savoir, d'être rassurée. J'ai envie de voir que Léo est à la hauteur de ce que j'espérais. Quelque part, j'ai besoin de ça pour m'autoriser à aller plus loin avec lui.

Heureusement, je connais par cœur le chemin qui mène au café-restaurant où il travaille. De chez moi, il faut simplement prendre le bus pour quelques arrêts et marcher une poignée de minutes. À l'angle d'une grande rue piétonne se trouve alors le Central, avec sa terrasse en bois.

À cette heure-là de la journée, il n'y a presque personne. Seules deux jeunes femmes discutent autour d'un thé à l'intérieur. J'hésite entre m'asseoir et aller chercher Léo directement en cuisine quand, soudain, une main se pose sur mon épaule.

C'est Lia, sa petite sœur. Elle ne porte pas sa tenue de travail mais une blouse fleurie sur un jean clair. À ses oreilles pendent deux grands anneaux, tandis qu'elle porte autour du cou trois ou quatre chaînes différentes.

— Anna, c'est bien ça ?

Je suis surprise que son frère lui ait déjà parlé de moi, mais ça me fait plaisir.

— Oui, c'est ça.

— Si tu cherches Léo, tu ne le trouveras pas. Exceptionnellement, il ne travaille pas aujourd'hui.

Tiens donc… Est-ce que cela aurait quelque chose à voir avec la soirée de samedi ?

— Tu sais où je peux le trouver ?

— Euh… je crois qu'il est occupé avec un autre job pour l'instant.

Un autre job ?!

Je dois prendre une longue inspiration avant de me calmer.

— Tant pis. Merci quand même.

Elle me sourit toujours lorsque je m'échappe du lieu aussi rapidement que j'y suis entrée. C'était clairement une mauvaise idée de venir jusqu'ici. À quoi je m'attendais, au juste ? Maintenant, je me retrouve avec l'esprit d'autant plus embourbé, c'est malin.

Alors que faire ? Attendre que les choses se tassent ou agir différemment ? Je crois que je ne supporterais pas d'attendre la moindre journée supplémentaire, malheureusement. Mon seul espoir repose donc sur la dernière personne que j'aurais voulu voir aujourd'hui…

Après un nouveau tour de bus, plus long pour celui-ci, je me retrouve devant cette grande porte sombre que j'ai déjà franchie il y a peu. Cette fois, je suis entièrement décoiffée et mon maquillage a coulé sous mes yeux. Je n'ai, par ailleurs, pas Allie à mes côtés pour m'inciter à entrer. Je dois donc faire abstraction de la situation pour toquer à trois reprises sur le bois, tout en inspirant un grand coup. Après quelques secondes, des pas se font entendre de l'autre côté. J'ai le cœur qui tambourine dans la poitrine tandis que la porte s'ouvre en grand sur un torse nu.

Je demeure interdite de longues secondes face à cette vue, avant de me reprendre et de lever les yeux pour rencontrer ceux de Stan. L'une de ses mains tient fermement la poignée tandis que l'autre frotte machinalement son front. Lorsque lui aussi réalise à qui il vient d'ouvrir, il se fige et reste stupéfait.

— Anna ?

— Euh… oui… Si je te dérange, je peux repasser plus tard.

— Non non, au contraire, je viens juste de me lever. Tu veux entrer ?

J'acquiesce et franchis le seuil en tentant de paraître le moins étonnée possible. Je crois l'avoir rarement trouvé si courtois, il faut dire…

— Je te sers quelque chose à boire ? demande-t-il en fermant derrière moi.

— Non merci, ça va.

— Même pas de l'eau ?

Je lui offre un sourire crispé en secouant la tête. Sans ajouter le moindre mot, il me précède jusqu'au salon, où il me laisse en plan pour monter deux par deux les marches de son escalier jusqu'à disparaître à l'étage. C'est stupide, mais ça me donne l'impression qu'il est parti cacher une fille…

Me retrouvant seule, je décide d'aller m'installer sur l'un des canapés. Une fois assise, je me rends compte que je ne sais pas du tout comment aborder le sujet « Léo » avec Stan. En réalité, je suis venue ici sur un coup de tête, sans le moindre plan. Je ne suis même pas censée savoir qu'il organisait une fête samedi… La seule carte que je peux encore tenter avec lui est celle de la sympathie. Bien que je n'en aie aucune envie…

— Alors… en quoi puis-je t'aider ? dit-il en ressurgissant dans la pièce.

Il a enfilé un T-shirt noir afin de cacher son corps à mes regards indiscrets. *C'est sûrement mieux ainsi…* En attendant ma réponse, il fait quelques pas et s'appuie contre le mur, soutenant mon regard de ses grands yeux marron.

— Je suis venue m'excuser.

Oui, la carte de la sympathie va assez loin chez moi…

— T'excuser ? fait-il, surpris, en croisant les bras.

— Je n'ai pas été très… aimable avec toi ces dernières semaines.

— Parce que je t'ai emmenée en boîte alors que c'était Allison qui m'intéressait ?

— Non ! réponds-je un peu trop vite, les joues rouges. Enfin… Non. Je t'en voulais de m'avoir fait croire que tu allais lui faire du mal, le soir où vous avez débarqué chez moi à l'improviste.

— Dans ce cas-là, je comprends. J'ai été un peu débile.

— Je dirais même beaucoup… Mais ma réaction n'était pas juste pour autant. Tu es avec Allie et je ne veux pas que notre lien parasite votre relation. Donc, je m'excuse.

Il fronce à peine les sourcils avant de se reprendre immédiatement :

— Je m'excuse aussi, dit-il, me prenant au dépourvu.

Pour ne pas arranger les choses, le voilà qui vient s'asseoir à mes côtés sur le canapé, laissant tomber son bras sur le dossier, derrière moi.

— Tu te réveilles tard, pour un lundi, ne puis-je m'empêcher de lui faire remarquer.

— Ce n'est pas habituel.

— Tu as eu une nuit difficile ?

— Un peu courte, mais rien d'anormal.

— D'accord.

Un silence s'installe et n'arrange en rien mon anxiété grandissante. Ne pouvant soutenir une seconde de plus ces deux cercles marron qui me fixent intensément, je baisse les yeux sur mes genoux et remarque qu'ils tremblent.

— Tu sais que tu as de très beaux yeux ? dit-il en chuchotant presque.

Je redresse la tête et le dévisage d'un air mauvais.

— Qu'est-ce que tu racontes ?

— J'ai toujours aimé les yeux bleus. Je trouve ça rassurant.

Mais qu'est-ce qui lui arrive ?

— Les miens sont gris, en réalité.

— N'importe quoi. Ils sont aussi bleus que cette table est en verre, fait-il en la pointant du doigt, devant nous.

Je ne vois pas du tout où il veut en venir…

— En plus d'être rassurants, ils ont quelque chose d'infiniment doux. Comme si un seul regard pouvait suffire à rendre les choses meilleures. Plus belles.

— Stan… ?

— Toi et Léo, dit-il brusquement en changeant de sujet.

— Quoi ?

Si son but est de me retourner le cerveau, c'est gagné.

— Toi et Léo, vous avez ce regard-là.

Mais encore… ?

— Il te plaît ?

Je n'arrive même pas à savoir s'il s'agit d'une question ou d'une affirmation.

— En tout cas, *tu* lui plais. C'est lui qui me l'a dit.

Flop. C'est le bruit que fait mon cœur lorsqu'il sort de ma poitrine pour glisser jusqu'au sol, où il vient s'écraser.

— Même si j'adore Naomi... je comprends tout à fait pourquoi, poursuit-il en se rapprochant presque imperceptiblement de moi.

Aussitôt, mes joues virent du rose au cramoisi et mon corps tout entier se contracte, comme sous l'effet d'un coup. Sans ajouter le moindre mot, Stan approche son visage du mien et je n'arrive plus à reculer. Je suis bloquée face à lui.

À quel moment la situation a-t-elle dérapé à ce point ?

Je n'ai jamais voulu que ce genre de chose arrive. Ce n'est pas pour lui que je suis venue ici mais pour Léo. Avec Stan, c'est toujours ou tout chaud ou tout froid et ça m'agace au plus haut point. Il ne sait pas ce qu'il veut, il se contente d'aller où bon lui semble, quitte à faire n'importe quoi avec n'importe qui.

Et malgré tout... Malgré tout, il m'est presque impossible de me lever de ce canapé pour essayer de fuir. Postée près de lui, je parviens même à sentir son souffle sur mon nez. Et c'est mauvais signe. Je ne devrais pas remarquer ce genre de détail. Je ne devrais pas remarquer que ses cheveux, qui lui tombaient autrefois sur les épaules, ont été raccourcis de quelques centimètres. Je ne devrais pas non plus remarquer que son T-shirt bâille légèrement dans cette position et laisse apparaître un petit peu de sa peau.

Ce qui m'arrive est stupide et entièrement hormonal. Je ne devrais pas baisser ma garde pour si peu. Surtout qu'il s'en rend compte. Il voit bien que cette proximité me rend toute bizarre, que ce n'est pas normal ! Et, comme pour aggraver les choses, le voilà qui suçote sa lèvre inférieure, sans me quitter du regard.

Bordel, Anna, réveille-toi avant qu'il ne soit trop tard !

Je n'ai pas envie de ça, je n'ai pas envie de ça, je n'ai... Le voilà qui s'approche davantage. Je peine à respirer. Je ne sais plus trop comment on fait, à vrai dire. Tout mon self-control part en fumée. Un peu comme mon amitié avec Allison. Ou ma relation avec Léo. Au point où j'en suis, juste au bord du précipice, je suis en train de tout perdre.

Et pourquoi ? Pour un simple baiser, le seul fait de toucher Stan comme Allie a pu le faire. Pour braver l'interdit et dire merde à toutes les règles que je me suis imposées depuis que je le connais…

— Je confirme, tes yeux sont bien bleus, dit-il d'une voix grave.

Et il recule aussitôt, brisant le lien invisible qui flottait dans l'air et qui tenait en apesanteur nos deux corps l'un en face de l'autre. Il recule si violemment que ma tête tourne et que tous mes sens s'affolent. J'ai l'impression d'être un bambin à qui l'on arrache une tétine.

Encore une fois, j'ai laissé mon imagination partir bien trop loin. Je me tiens là, près de lui, tremblante et hébétée. Le pire dans tout ça, c'est qu'il continue de me regarder, un léger sourire en coin, comme s'il était fier de l'effet qu'il avait créé en moi. Comme s'il avait voulu vérifier quelque chose dont il commençait à douter.

Merde, Anna, vraiment merde. Putain, même. Putain, Anna. Voilà, putain de merde.

— Je vais me chercher à boire, dit-il en se levant.

C'est ça, barre-toi, oui.

Cette fois, mon souffle part en cacahuète. Il a clairement du mal à se réguler après cet épisode. Ça me rend dingue. J'ai honte d'avoir imaginé ne serait-ce qu'une nanoseconde qu'il allait m'embrasser et que j'allais apprécier cela. J'ai honte d'avoir pu ressentir un petit quelque chose au fond de l'estomac pour Stanislas Djovik.

Je mérite mieux que ça, quand même. S'il cherche une fille avec qui jouer, qu'il aille chercher ailleurs !

Alors qu'un mal de crâne s'empare de moi, la sonnerie entêtante de mon téléphone portable résonne. Je ne fais même pas attention au nom qui s'affiche sur l'écran avant de répondre.

— Quoi ?

— Coucou, Anna… C'est Léo.

Je me frappe le front avec la paume de la main.

— Pardon, j'ai cru que ça serait quelqu'un d'autre…

— Ce n'est pas grave. Je te dérange ?

— Non, non, pas du tout, dis-je en lançant un regard à Stan, qui revient vers moi, un verre d'eau à la main.

— Lia m'a dit que tu me cherchais. J'étais en train de bosser avec mon père, mais maintenant je suis libre…

Avec son père…

Stan se rassoit face à moi et me dévisage, perplexe.

— Pour tout te dire, je trouve que ça fait une petite éternité qu'on ne s'est pas vus. Tu sais… depuis la dernière fois, dans la forêt… Pour être honnête, tu commences même à me manquer. Mais juste un petit peu, hein. Tu me manques un tout petit peu, dit-il en riant doucement à l'autre bout du fil.

Chapitre 17

Stan ne me quitte plus du regard. Ses doigts serrent avec force le verre qu'il tient dans sa main.

— Il n'y a personne chez moi : Lia passe la soirée ailleurs et mes parents s'offrent des petites vacances. Ça te dirait de venir dîner ?

— Euh…

— À moins que tu ne sois occupée. Je ne te dérange pas, j'espère ?

Alors qu'il s'agit bien de mon Léo au téléphone, je ne peux toujours pas me résoudre à décoller mon regard de celui de Stan. Il y a quelques secondes encore, j'étais prête à me jeter sur ses lèvres. Mais je suis perdue. Je pense Léo, je mange Léo, je vis Léo depuis notre rapprochement dans la forêt. Il n'y a pas un instant pendant lequel ses yeux bleus quittent mon esprit. Et pourtant, c'est chez Stan que je suis. Car avec Stan c'est différent. Il n'agit que par contradictions, il joue avec mes nerfs et, pourtant, il y a ce truc… ce nœud dans mon estomac chaque fois que je suis près de lui.

— Anna ?

— Oui. Enfin non, tu ne me déranges pas.

— Alors c'est d'accord pour ce soir ?

Je patiente une seconde supplémentaire avant de lui donner ma réponse, comme si ce choix crucial dépendait davantage de la personne en face de moi. Personne qui se lève d'un bond en me toisant et disparaît dans la cuisine sans un mot, sans un signe qui m'aurait signifié de rester.

S'il faut faire des choix ce soir, alors voilà quel est le mien : Léo. Peut-être aurai-je enfin les réponses à toutes les questions que je me pose, à ses côtés…

— C'est d'accord.

— Super ! Tu veux que je vienne te chercher chez toi ?

— Non, ce n'est pas la peine. Je suis en ville pour l'instant, mais je me débrouillerai.

— Très bien, alors je t'envoie mes coordonnées par texto, viens quand tu veux.

Et nous raccrochons.

— *En ville*, hein ? lance Stan depuis la cuisine.

Je fais quelques pas pour le rejoindre et le retrouve posté contre l'îlot en granit. *Là où tout a commencé…*

— Oui, je…

— Ne t'en fais pas, je ne lui dirai rien.

— Je ne voulais pas qu'il s'imagine des choses…

Avec son index crocheté, Stan m'indique de me rapprocher.

— Des « choses » ?

— Oui, dis-je tout en m'avançant, des choses avec toi.

— Parce que je représente une menace ?

Il prononce ces mots presque en riant, à seulement quelques centimètres de moi, désormais.

— En quelque sorte.

Cette fois, il se redresse et fait un pas supplémentaire, venant coller ses orteils aux miens.

— J'aimerais savoir une chose… chuchote-t-il tout en balayant du regard les contours de mon visage. À quel point est-ce que tu l'apprécies ?

— Je…

Ne. Peux. Plus. Parler. Stan est en train de me caresser la joue. Je ne sais pas d'où est sortie sa main, mais le fait est qu'elle se trouve à présent sur ma joue, mon menton, mon cou. Ce contact me lance une décharge fulgurante dans l'ensemble du corps. Il est à la fois très fort et très doux. *Une nouvelle contradiction…*

C'est la première fois que Stan me touche ainsi.

— Autant que tu apprécies Allison, réussis-je à articuler d'une voix mal contrôlée.

Un sourire apparaît sur son visage. Ai-je déjà dit que celui-ci était réconfortant ? Réconfortant au point d'annihiler toute pensée, au point de me faire oublier le temps qui défile.

C'est la guerre à l'intérieur de mon esprit. Des bombes explosent partout, des cris fusent. Deux camps luttent sans merci : l'un voudrait que Stan me loue ses sentiments pour Allison tandis que l'autre voudrait qu'il me loue ses sentiments à mon égard. Je n'arrive pas à élucider lequel des deux sortira en premier le drapeau blanc…

De son côté, Stan continue de me scruter, sans quitter son sourire immuable. Partout où ses yeux passent se déclare un incendie sur mon visage. Le front, le nez, la nuque. Ce n'est pas une chaleur agressive, c'est une chaleur qui fait du bien. *Stan me fait du bien…*

Et puis comme ça, sans prévenir, son pouce glisse sur mes lèvres. Je ne bouge plus. Ce geste, infiniment doux, se montre tout aussi impatient. Totalement imprévisible. Mais je le laisse faire. Je le laisse me brûler les lèvres de son doigt. Je le laisse s'attarder sur mon arc de Cupidon, puis juste là, au centre de ma bouche. Lorsqu'il y exerce une très légère pression, celle-ci s'entrouvre et son doigt en profite pour écarter délicatement ma lèvre inférieure.

Je vois rouge, me voilà fiévreuse. Je m'étais promis de ne pas craquer, or, désormais, plus aucune promesse ne tient. Avec ce geste, il a abattu toutes mes frontières, toutes les limites que je m'étais imposées. C'est comme si, dorénavant, je voulais craquer. Je voulais qu'il touche mes lèvres des siennes. Je voulais qu'il comble cette faim qui me tord l'estomac chaque fois qu'il m'approche. Je le veux maintenant, avant que la perspective des conséquences ne ressurgisse à nouveau et m'empêche d'atteindre mon but.

— Anna.

— Oui ? dis-je contre son doigt.

Son regard se verrouille au mien.

— Je vais te citer la réplique d'un de mes films préférés. Je veux que tu l'écoutes attentivement et que tu essayes d'en comprendre le sens, d'accord ?

— Euh… d'accord.

Il inspire et prend mon visage en coupe, délaissant mes lèvres.

— « Parfois… Parfois on s'interdit de faire ce qu'on a envie de faire… pour que les autres comprennent qu'on en a envie. »

Le temps se suspend. J'ai beau me répéter ces quelques mots dans ma tête, je ne comprends pas tout de suite leur sens, je ne vois pas où il veut en venir.

Sans me laisser le temps de répondre quoi que ce soit, Stan baisse les yeux et retire brusquement ses mains de mon visage. Tandis que je demeure pantelante, lui se redresse et s'écarte en direction de l'entrée d'une démarche contrôlée. Dans un silence pesant, il tourne la poignée et ouvre la porte avant de se retourner.

— Tu ferais mieux d'aller le rejoindre. Il t'attend.

Mais… qu'est-ce qui lui prend ?

Sa voix est devenue glaciale, antipathique, ignorante de l'intimité qui nous liait quelques secondes plus tôt. Est-ce que j'ai raté quelque chose ? Est-ce que je devais déchiffrer un sens caché à sa phrase ? Est-ce que c'est de ma faute ?

De toute évidence, la déception me foudroie. J'ai l'impression d'avoir fait du surplace. Est-ce que ce sera toujours ainsi entre nous : une tension, un désir qui ne viennent que de l'ambiguïté et des secrets ?

Ma première résolution est de rester et d'aller refermer cette porte d'un grand coup de pied. De lui prendre la main et de la reposer sur mes lèvres, dans l'espoir que la scène se répète et trouve une meilleure fin… Mais, lorsque j'aperçois le regard noir qu'il me lance depuis l'entrée, lorsque je le vois serrer les poings et persévérer dans l'idée de me mettre dehors, je perds toute envie de rester. Je me retrouve aussi bête que la fois où il m'a laissée chez moi après la soirée au Grand Bleu. Après m'avoir dit qu'Allison lui plaisait.

Allison.

Mon Dieu. Je ne devrais même pas être là, je ne devrais pas lui faire ça. Ni à elle ni à Léo, qui m'attend chez lui. Je suis venue ici pour avoir des réponses, pas davantage de questions à déchiffrer. Il faut que je m'en aille. Tout de suite.

Sans attendre, je rassemble toute la dignité qu'il me reste et me lève à mon tour. Je me dirige d'un pas déterminé vers la porte et sors, sans un mot, de l'immense demeure. *Et il ne me retient pas. Il ne me retient pas. Il ne me…*

— Anna !

Je fais immédiatement volte-face, même si je déteste l'effet qu'opère encore sa voix sur mon corps.

— Je suis désolé. Je ne cherchais pas à… Enfin… Je ne veux pas de tout ça ! finit-il par dire, excédé.

Cette fois, c'est moi qui le dévisage d'un regard dur.

— Je ne sais pas ce que je veux, en réalité. Peut-être… peut-être que j'aimerais qu'on soit simplement amis.

Amis ? Mais des amis ne se regardent pas de la sorte, bon sang ! Ils ne se touchent pas comme ça, ne se rendent pas complètement dingues l'un l'autre !

— J'aimerais qu'on reparte à zéro. On oublie ce qui s'est passé.

Parce qu'il imagine que c'est simple ?

Je lutte de plus en plus fort pour garder toutes ces pensées pour moi. Hors de question de le laisser croire que je lui appartiens, que c'est lui qui a l'ascendant. S'il veut qu'on soit amis, alors nous le serons. Rien de plus. Rien de moins. Deux amis. Plus rien.

J'acquiesce.

« Parfois on s'interdit de faire ce qu'on a envie de faire pour que les autres comprennent qu'on en a envie… »

Après quoi, je tourne les talons et marche le plus vite et le plus loin possible. Jusqu'à ce que la maison disparaisse complètement derrière moi. Jusqu'à ne plus du tout sentir son regard me transpercer le dos. Jusqu'à oublier tout ce qui vient de se passer. Oublier tout depuis le début, comme il me l'a demandé.

En faisant ça, je lui montre que mon choix est fait. Il est définitif. C'est la sûreté, la confiance et la stabilité que je choisis. C'est Léo que je choisis, tout en espérant qu'il soit capable d'éteindre le feu que son meilleur ami a allumé en moi ce soir.

***

Il est environ 20 heures lorsque j'arrive devant chez lui. À seulement six stations de bus de chez Stan, il vit dans un quartier qui n'a absolument rien à voir. Du dehors, la maison est plus petite, plus conviviale. Le salaire que gagnent ses parents n'apparaît pas aussi évidemment que chez son ami. Un portail marque une première entrée que je franchis sans trop réfléchir. Après quoi, je suis des dalles en pierre le long d'un immense parterre de fleurs, dans un jardin magnifique. Alors que la nuit tombe et que la température commence à descendre, l'atmosphère qui se dégage de cette maison est très chaleureuse.

Pendant tout le trajet en bus, j'ai fait le vide dans ma tête. Il s'agissait d'établir des règles, une marche à suivre quant à ce rendez-vous avec Léo. Rien de tout ce qui s'est passé avant ne doit venir interférer dans mes intentions.

J'ai choisi Léo.

J'ai choisi Léo.

J'ai choisi Léo.

Mais je ne dois pas pour autant oublier la raison première de ma venue ici. Je ne dois en aucun cas me laisser submerger par la situation. Ni même par Léo, son sourire, ses yeux bleus, ses fossettes, son…

La porte s'ouvre et interrompt mes pensées, créant un courant d'air qui fait voler mes cheveux. Devant moi se trouve un Léo tout sourire, portant un simple T-shirt blanc et un jean foncé légèrement serré. Alors que je m'apprête à parler, il se précipite vers moi et m'enferme dans ses bras. Je reste tétanisée face à tant d'affection, légèrement mal à l'aise. Et puis, il se met à me soulever du sol et à me faire tournoyer dans les airs. Alors je me détends et laisse même échapper un rire franc. *Il sent bon le savon et le déodorant pour hommes…*

Lorsqu'il me repose, ses doigts viennent se lier aux miens et, toujours sans un mot, il me tire à l'intérieur. Il m'emmène ainsi jusque dans le salon et se retourne vers moi, les yeux pétillants.

— Bonsoir.

— Bonsoir, lui réponds-je, sentant le rouge me monter aux joues.

— J'espère que tu as faim. Je suis nul en cuisine, mais je sais tout de même faire des pâtes. Les meilleures carbo de la ville, même. Ça te tente ?

— C'est parfait.

Il me sourit. Je lui souris. Puis il lâche ma main et crée en moi un petit vide qu'il vient aussitôt combler en m'attrapant le visage. Sans ajouter quoi que ce soit d'autre, il franchit un pas supplémentaire et pose son front contre le mien, sans jamais quitter son sourire.

C'est étrange. Il a posé ses doigts exactement là où Stan les a mis quelques minutes plus tôt, mais je peux déjà sentir mon cœur palpiter d'une tout autre manière.

— Je ne veux pas te faire peur en allant trop vite. Je sais bien qu'il y a peu de temps que je me suis séparé de Naomi et qu'il y a encore plein de choses que j'aimerais découvrir à ton sujet. Mais je ne peux pas m'en empêcher. Dès que je te vois, je dois me retenir très fort pour ne pas te toucher. Et là, ce soir, je t'avoue que j'ai un peu de mal.

Doucement, il vient poser ses lèvres sur mon nez et observe ma réaction. Ce geste devrait me surprendre et sans doute me gêner après ce qui s'est passé plus tôt avec Stan… Mais il est exécuté si gentiment, si tendrement, que toute angoisse de ma part s'évapore instantanément. Je me surprends une fois de plus à rire, tandis qu'il enfouit son visage dans mon cou.

Le temps d'une minute, il a réussi à me faire oublier Stan, l'argent, les mystères et les mensonges. Le temps d'une minute, il m'a rendue légère, m'a retiré toute forme de doute, toute forme de stress. Et j'adore ça.

— Tu n'as toujours rien dit, me fait-il remarquer.

— Parce qu'il n'y a rien à dire. Je me sens bien…

Je sais que ce que je dis efface tout ce qui a pu arriver avec Stan précédemment. En franchissant cette porte, j'ai pris la décision de me lier à Léo comme je n'aurais jamais pu me lier à son meilleur ami. C'est lui que j'ai choisi.

Je choisis Léo…

Celui-ci me regarde, à la fois surpris et soulagé, avant de reculer légèrement. Ses yeux me demandent alors la permission. La permission d'aller plus loin, de faire ce petit pas supplémentaire qui viendra tout changer. Et, à présent, je n'ai pas la force de le lui refuser. Alors je souris, tends le cou et avance timidement les lèvres.

Il se jette sur ma bouche avec douceur et envie. Le baiser est lisse, simple, enfantin et, pourtant, crée en moi des milliers de picotements de mes talons jusqu'au sommet de ma colonne vertébrale. Ses lèvres sont fraîches, généreuses et câlines. Il s'autorise même à ouvrir légèrement sa bouche contre la mienne pour que nous respirions le même air.

Soudain, nos gestes se font plus rapides, nos baisers plus intenses lorsqu'il glisse sa langue sur la mienne et colle son torse contre ma cage thoracique. J'en profite pour plaquer mes mains sur sa nuque et pour l'attirer vers moi un peu plus. Ses doigts à lui caressent chaque centimètre de mon visage avant de venir se placer dans le bas de mon dos, où il exerce une légère pression pour m'approcher davantage de lui.

Sa langue est toute douce. Elle enveloppe la mienne et la caresse aussi sensuellement que délicatement. J'ai l'impression de lui appartenir. J'avais oublié la sensation que pouvait créer un premier baiser. Celui de Léo n'a rien à voir avec celui que j'avais partagé avec Matt, mon premier copain. Il est beaucoup plus tendre, plus expressif, plus… réel.

Lorsque nous manquons tous les deux d'oxygène, Léo brise très lentement notre lien par de plus courts baisers sur mes lèvres, mes joues, mon front et mon cou, où il s'attarde.

— Merci, me surprends-je à chuchoter dans son oreille.

— Merci à toi.

Nous restons ainsi de longues minutes, au cœur de la pièce, enlacés, profitant de l'instant pour mieux nous découvrir. Et, comme si notre étreinte nous avait collés l'un à l'autre, nous finissons par nous accroupir, puis nous asseoir à même le sol. Ses jambes sont pliées de chaque côté de mon corps et les miennes relevées et serrées contre mon torse. Il joue avec les mèches de mes cheveux, caresse mon visage comme s'il essayait de mieux le saisir et, de temps en temps, s'arrête pour simplement m'observer.

***

— Quel est ton animal préféré ?

— Hum… J'aimerais dire le chien, mais je suis fascinée par les singes !

— Ha ! Je savais que tu allais me surprendre plus d'une fois… Ta couleur préférée ?

— Alors ça… J'en ai aucune idée.

— Mais c'est pourtant la plus simple de mes questions ! Réfléchis bien. Quelle couleur aimes-tu porter, voir, colorier ?

— Ça fait longtemps que je ne colorie plus, Léo, dis-je en riant. Je les aime toutes autant !

— Bon, alors ton film préféré ?

— *Pearl Harbor* avec Ben Affleck !

— Connais pas.

— Mais si ! C'est un classique, tu dois forcément connaître.

— Je ne suis pas très films, en fait.

— Oh… Qui n'aime pas les films, franchement !

— Je le vis bien, dit-il en souriant.

Du bout des doigts, il me lance une miette de son morceau de pain sur le front et nous repartons tous les deux dans un fou rire.

J'ai passé une excellente soirée. Une soirée aussi inimaginable que cohérente. Une soirée sans encombre, sans galère, pleine de sincérité et de bienveillance. Une soirée comme je peux en vivre avec Allie, le week-end, devant un bon film avec une énorme pizza savoyarde. Ici, ma meilleure amie a été remplacée par Léo, le film par nos confidences et la pizza par le plat de pâtes. Il n'y a jamais eu de blanc, de moment gênant ou d'indélicatesse de sa part.

Il n'y a plus eu de baisers aussi. Léo s'est montré pudique, mais dans le bon sens du terme. Il veut prendre son temps et bien faire les choses, prolonger le plus possible ces sentiments de début de relation. Et ça me convient.

Lorsqu'il se fait tard, Léo décide de me ramener en voiture et le trajet commence dans le silence. Il n'y a plus besoin de mots à présent. Tout réside dans nos sourires, timides mais constants. Dehors, un vent fort souffle dans les arbres et les lumières de la ville défilent à toute vitesse. Cette atmosphère si particulière me berce d'une sensation d'invincibilité. Quelque part, j'ai le sentiment que cet instant est décisif, qu'il va caractériser tout ce qui suit. Nous deux, c'est et ce sera cela : un trajet calme et agréable en voiture. Pas d'éclats. Pas d'incendie.

Pas de Stan.

— J'ai vraiment du mal à croire que ce soit ton meilleur ami.

— Qui ça, Stan ?

Et merde. J'ai parlé tout haut.

— Oui, Stan.

— Pourquoi ça ?

— Vous êtes complètement différents, à tous points de vue.

— Pas tant que ça…

— Si, je t'assure. Regarde… Il est brun, tu es blond. Il semble toujours en colère, tu es toujours de bonne humeur. Il est comme le feu et tu es comme…

— Tu nous as passés au peigne fin, dis donc, remarque-t-il en souriant.

— Surtout toi, m'empressé-je de dire, gênée.

— Mais tu as raison en un sens, on est très différents. Stan a vécu des trucs difficiles. Le divorce de ses parents l'a vraiment affecté. Quand je l'ai connu, ils étaient encore ensemble. J'ai donc assisté progressivement à la déchéance de leur couple, aux disputes, même, quand j'étais présent chez eux, aux abus de son père… Stan m'a toujours dit qu'il le détestait parce qu'il avait fait fuir sa mère. Mais, au fond, je pense que c'est faux. Comme tous les enfants, Stan aime son père. Il éprouve juste beaucoup de colère à son égard…

Je reste silencieuse pour le laisser finir, mais mon cœur se serre dans ma poitrine.

— Alors, à côté de ça, moi j'ai une vie de rêve. Mes parents s'aiment, je m'entends bien avec ma sœur, tout roule. Mais, avec Stan, on se ressemble bien plus que tu ne peux le croire. Faut dire qu'on a toujours tout fait ensemble. On a toujours agi pareillement et pourtant, aujourd'hui, regarde le résultat… C'est moi qui me retrouve à bosser au Central pour me faire des sous parce que je n'ai pas réussi à avoir mon diplôme. Pas Stan. Lui, c'est un petit génie, il l'a toujours été. À tel point que les cours ne lui servaient plus à rien au bout d'un moment. Alors il a arrêté. T'imagines ? Arrêté ! Et monsieur choisit aujourd'hui de travailler de son côté pour ne pas dépendre de la fortune de son père, c'est plutôt admirable.

— Et sa mère, il ne la voit plus ?

— Non. Elle s'est beaucoup repliée sur elle-même après le divorce. Elle a fini par se reconstruire, ailleurs, avec un autre mec.

Je mets un long moment à assimiler tout ce qu'il vient de me raconter. Le divorce des parents de Stan, la nouvelle vie de sa mère, les cours qu'il a arrêtés… Même si l'image que je me faisais de lui approchait de ça, je vois bien à la manière dont en parle Léo qu'il y a encore un tas de choses à découvrir à son sujet… Mais pas ce soir. Ce soir, j'ai choisi Léo. C'est sur lui que je dois me concentrer.

— Tu accepterais de me dire… pourquoi tu t'es séparé de Naomi ? demandé-je alors d'une voix peu assurée.

— On s'est disputés très fort pour une futilité et, après quelques minutes à se hurler dessus, on s'est regardés comme des cons et on a ri. On en était arrivés à ce point, celui où on continue à avancer à tâtons dans le noir alors que l'interrupteur se trouve juste à côté.

J'acquiesce, mais au fond je ne vois pas de quoi il veut parler. Je n'ai jamais connu ça, moi.

— La décision était mutuelle.

La voiture s'arrête sur ces mots. Nous sommes devant chez moi.

Il se détache et se penche vers moi. Je ne peux pas m'empêcher de fermer les yeux. Je suis prête à me faire embrasser, prête à me laisser submerger par ces sentiments nouveaux, différents de ceux que j'ai éprouvés pour Matt, différents de ceux que j'ai ressentis pour Stan, différents de tout ce que j'avais pu imaginer.

Toutefois, ce ne sont pas mes lèvres, mais ma joue qu'il vient embrasser. Il s'y attarde un quart de seconde avant de me susurrer « Bonne nuit » au creux de l'oreille. J'ouvre alors les yeux et je lui adresse un petit sourire en sortant de la voiture, essayant de masquer tant bien que mal ma déception.

On va prendre notre temps.

C'est mieux ainsi.

Chapitre 18

Je touille et retouille mon thé, me fais une queue-de-cheval, puis la défais. Je tape du pied sous la table puis finis par croiser les jambes. Je me mordille l'intérieur de la joue et cogne mes ongles contre le plateau en verre. Puis je me frotte vigoureusement le nez, sans véritable raison, avant d'entortiller un doigt dans mes cheveux. J'avale une gorgée de mon thé, puis une deuxième, refais ma queue-de-cheval, touille encore, tapote la cuillère sur la tasse et recommence.

— Bon, c'est bon, Anna, maintenant parle, dit Allison en agitant sa main devant moi.

— Hein ?

— Accouche, on va pas y passer la nuit, m'ordonne Sasha à son tour.

J'inspire un grand coup et fixe alternativement mes deux amies dans le blanc des yeux. Il faut que je choisisse à qui je vais faire face pendant que je parlerai. Il ne faut pas que ce regard me déstabilise ou me gêne, ni qu'il me fasse oublier ce que je suis venue leur raconter.

— Quand tu veux, fait Sasha en haussant les sourcils, impatiente.

Ça sera Allison alors…

— Voilà… J'ai…

— … mes règles ?

— Merde, Sasha, laisse-la tranquille ! Détends-toi, Anna, raconte-nous, m'encourage ma meilleure amie.

— J'ai… embrassé Léo.

J'ai dit ça précipitamment en fermant les yeux, comme si je craignais de voir leur réaction en direct. Pourtant, aucune d'elles ne prononce le moindre mot. Quand j'ose alors ouvrir un œil, puis l'autre, je découvre que mes amies me dévisagent d'un air totalement indifférent.

— C'est tout ? C'est ça qui te met dans cet état-là ? dit finalement Sasha en se renfonçant dans son siège.

— J'ai aussi cru qu'il était arrivé quelque chose de grave.

— J'ai embrassé Léo, répété-je. Ça ne vous choque pas plus que ça ?

— Pourquoi, ça devrait ?

— Oui. Enfin… je ne sais pas, c'est juste… Je croyais…

— On n'est pas couchées, moi j'vous l'dis…

— Sasha ! siffle Allie en la regardant d'un air mauvais.

— Désolée…

— C'est super, Anna, reprend ma meilleure amie. On est vraiment contentes pour toi. Mais par rapport à la soirée de Stan… il y a du nouveau ? Vous avez parlé de l'argent ?

Je me sens bête. Il y a une heure de cela, j'ai convoqué d'urgence mes deux amies pour discuter de *ce qui s'est passé*. De cette chose stupide que j'ai faite hier soir. C'est simple, je suis persuadée que je n'aurais jamais dû l'embrasser, c'était beaucoup trop tôt. Trop tôt alors qu'il venait de rompre avec son premier amour, mais surtout trop tôt après ce qui était arrivé avec Stan juste avant.

Alors je me sens bête. Tellement bête d'avoir ressassé la scène en boucle dans ma tête alors que j'aurais dû me concentrer sur plus important. Et notamment l'origine de cet argent…

— Je n'ai rien dit à ce sujet…

En face de moi, de l'autre côté de la grande table de la salle à manger des Wallace, Allison soupire.

— T'as bien fait. S'il y a vraiment quelque chose à découvrir à ce sujet, alors il faut qu'on se débrouille. Sinon, on risque de se les mettre tous les deux à dos.

— Moi, perso, je m'en fous, râle Sasha de son côté.

— Oui, mais toi, tu fais comme nous, un point c'est tout.

Je ne peux m'empêcher de rire. Et j'incite ainsi mes deux amies à faire de même. Depuis le temps, on a l'habitude de voir Sasha jouer le rôle de la rabat-joie. Celui d'Allie est d'être l'amie entraînante, toujours de bonne humeur. Et mon rôle à moi c'est de tout remettre en question… Bien entendu.

— Quand est-ce que tu le revois ?

— Je ne sais pas, j'attends qu'il m'appelle.

— Pourquoi tu ne l'appelles pas toi ? demande Sasha.

— Parce que ce n'est pas comme ça que ça marche, répond Allie à ma place en levant les yeux au ciel, c'est au garçon d'appeler en premier.

— On est en 2017, quand même.

— Avec Stan, c'est comme ça que ça s'est passé. J'ai attendu qu'il m'appelle.

Elle me gratifie d'un clin d'œil de connivence qui me tord l'estomac.

— Ah, parce que toi et Stan, vous représentez le modèle type en termes de relation, peut-être ? Je croyais qu'il t'ignorait, balance Sasha sans le moindre filtre.

Un voile traverse alors le regard de ma meilleure amie.

— Qu'est-ce qui s'est passé ?

— Rien… Justement. On a eu une conversation très bizarre hier soir, au téléphone. Il était complètement à côté de la plaque, ne répondait à aucune de mes questions. J'ai senti que je le dérangeais, alors je lui ai dit de me rappeler dès qu'il serait libre… Mais il n'a pas rappelé. Ce qui est étrange, parce que je pensais sincèrement que nous deux, ça roulait, tu vois. On a… fait tout ce qu'un vrai couple ferait. Et pourtant, il continue à avoir un drôle de comportement de temps à autre. Il est comme absent.

Cette fois, c'est moi qui me renfonce dans mon siège. Et si leur coup de fil remontait au moment où j'ai quitté la maison de Stan ? C'est tout à fait probable. Mais que dois-je en penser ? Que c'est moi qui ai mis Stan dans cet état ? Que c'est à cause de moi qu'il était distant avec Allie ? Non. Je me surestime. En aucun cas je ne serais capable de le perturber autant…

— Tu cherches à disparaître sous la table, Anna ?

Je reconnais aussitôt la voix masculine qui m'interpelle. Elle est chaude, grave et lasse à la fois. Nous nous retournons toutes les trois pour observer Daniel entrer dans la pièce et s'installer avec nous. Il porte un T-shirt blanc faisant ressortir la couleur de sa peau et un jean plutôt foncé. En s'assoyant près de sa sœur, il l'embrasse sur le sommet de la tête et me gratifie d'un grand sourire.

— Puisque je n'ai jamais eu l'occasion de le faire, Dani, je te présente Sasha. Sasha, Daniel, mon frère… une fois tous les deux ans, annonce Allie en retrouvant le sourire.

Les deux concernés se toisent brièvement et je remarque avec amusement que Sasha laisse son regard traîner quelques secondes sur les bras musclés du frère de ma meilleure amie.

— Par contre, Dani, on était en train de discuter, alors…

— Vous parliez de moi ?

— Non, désolée.

— Alors ça va, je peux rester !

Il m'adresse un rapide clin d'œil. Tandis que je lui donne un léger coup de pied sous la table, mes deux amies plongent leur nez sur leurs téléphones respectifs. À croire que mon histoire avec Léo vient de passer à la trappe. C'est dommage, je n'étais pas encore arrivée au moment où je leur expliquais que je regrettais ce baiser…

Sasha est la première à relever la tête brusquement.

— Faut que j'y aille, Charles m'attend dehors. On en rediscutera plus tard, mais réfléchissez vite à un plan, les filles. Je vous fais confiance.

Elle se lève de sa chaise d'un bond, ramasse sa veste en jean et disparaît. Au moment où la porte claque, je sursaute et pose la main sur mon cœur. Daniel vient alors mettre la sienne sur mon épaule, qu'il presse. Ce geste nous a suivis toute notre enfance ensemble, avec sa sœur. Il a toujours servi à nous rassurer les uns et les autres.

— Est-ce que tu m'en veux si moi aussi je te laisse cinq minutes, Anna ? demande Allison, un sourire aux lèvres. Stan est en train de m'appeler. Il faut que je réponde…

— C'est qui, Stan ? lance Daniel en me lâchant l'épaule.

Sa sœur quitte la pièce sans répondre.

— Une connaissance.

— J'ai tendance à m'en méfier, justement, des connaissances…

Je secoue la tête.

— C'est une autre connaissance qui t'a offert ce collier en forme de cœur, d'ailleurs ?

— Non, ça, ça vient de ma mère, gros bêta.

— Je préfère…

— C'est ça… dis-je en riant.

Il m'observe, un sourire attendri aux lèvres, avant de poursuivre :

— Tu ne devineras jamais qui j'ai croisé à Londres.

— Qui ça ?

— Anaïs.

L'évocation de ce prénom ne percute pas tout de suite. Mais, en voyant la grimace qu'il fait par la suite, je me souviens alors des insultes, des larmes et de la colère qu'a engendrées ce nom pendant de nombreux jours.

— Anaïs… Qu'est-ce qui s'est passé ?

— Rien. J'ai même pas ressenti le moindre petit pincement. Elle m'a dit qu'elle bossait pas très loin de l'endroit où on s'est vus. Et elle m'a proposé qu'on aille prendre un verre un de ces quatre. Comme quoi, l'ironie du sort…

— Ta première peine de cœur, lui rappelé-je en souriant.

— Je vois plutôt ça comme ton premier vrai bisou, oui.

Ses mots me font monter le rouge aux joues et enclenchent aussitôt le processus infernal qui rend mes mains moites. Je suis d'autant plus mal à l'aise que les souvenirs de ce jour me reviennent peu à peu…

SEPT ANS PLUS TÔT

Je n'arrive pas à croire que maman ait encore oublié. Dix fois. Dix fois je lui ai répété de m'acheter la robe en tulle bleue et non la rose. La rose, c'est celle qu'a choisie Allison. Si elle apprend que j'ai la même, je suis fichue. Il faut que je la prévienne, que je lui dise que c'est maman qui s'est trompée et pas moi.

Je cours de l'étage au rez-de-chaussée, attrape la clé de l'antivol de mon vélo, enfile mes tennis et me précipite à l'extérieur. Alors que j'arrive sur le perron, des bruits de reniflements me parviennent. Ils sont accompagnés de petits gémissements. Je tourne la tête sur la droite et découvre Daniel, assis sur la chaise à bascule, la tête dans ses mains, le corps tremblant.

Je n'ai jamais vu Daniel pleurer. Quand je vais chez eux, il est toujours en train de se disputer avec sa mère. De nombreuses fois, je l'ai entendu claquer la porte et partir en pleine nuit. En fait, je l'ai plutôt toujours vu comme étant du genre solitaire et aventurier. En plus il s'est percé l'oreille gauche il y a une semaine, persuadé que ça faisait plus dur à cuire. On n'a pas arrêté de se moquer de lui avec Allie.

— Daniel ?

Le frère de ma meilleure amie lève la tête vers moi et me fixe de ses billes vertes trempées. Son corps a cessé de trembler, mais les larmes continuent de couler sur ses joues.

— Est-ce que ça va ?

Une nouvelle fois, pas de réponse. Il se contente de me regarder avec ses yeux tristes. Qu'est-ce qu'il faut que je fasse, maintenant ? Partir prévenir sa sœur ? Essayer de lui parler ? Faut dire que je ne suis pas très douée lorsqu'il s'agit de parler à des garçons, même lorsqu'il est question de Daniel.

Finalement, je décide de m'aventurer près de lui. J'ai l'impression d'approcher une bête sauvage tant j'avance prudemment, un pas après l'autre. Une fois arrivée à son niveau, je m'agenouille en face de lui et j'approche lentement ma main de son visage.

Je n'ai jamais aimé voir les gens tristes. Depuis que papa est parti, entendre ma mère pleurer est devenu ma hantise. Alors, avec trois doigts j'essuie gauchement le torrent qui se déverse sous son œil et tapote maladroitement son épaule.

— Tu veux en parler ?

Mes mots lui arrachent son premier sourire.

— Tu ne peux rien y faire, m'assure-t-il en se frottant les yeux.

— Ça ne coûte rien d'essayer.

Il me regarde toujours dans les yeux lorsqu'il se redresse et passe une main sur ses cheveux courts.

— Ma copine a cassé. Elle sort avec mon meilleur ami.

Ma première réaction est de rire, mais très vite je me retiens. Dan, le grand costaud, est là devant chez moi, à pleurer la perte d'une fille ! Je me ressaisis rapidement et tente d'oublier qu'il s'agit là d'un garçon de quatorze ans pleurant face à une gamine de seulement douze ans.

— Dans ce cas-là, ce n'est plus ton ami.

— T'as tout compris, dit-il en riant avec amertume.

— Et la fille, elle est jolie ? Elle vaut la peine que tu pleures ?

Ma question lui fait froncer les sourcils. Il me regarde, indécis, et laisse passer quelques secondes avant de répondre :

— Y a sûrement plus jolie. Elle était surtout gentille.

— Oui mais ça, des filles gentilles, il y en a plein, tu sais.

— Comme toi ?

Je lui rends son sourire et pose ma main sur son épaule en la pressant. Lui aussi est gentil. Allie a de la chance d'avoir un grand frère.

— Figure-toi que je n'ai jamais eu de petit copain. Mais au moins, je ne pleure jamais, déclaré-je fièrement.

— Jamais jamais ?

— Presque jamais.

— Donc ça veut dire que tu n'as jamais eu de bisou ?

— Et alors ? Allie a voulu me montrer comment on mettait la langue une fois, mais je trouve ça dégoûtant.

— Ça n'a rien de dégoûtant, au contraire, m'affirme-t-il, soudain bien plus sûr de lui.

— Alors pourquoi est-ce que j'ai jamais vu tes parents le faire ?

Il s'esclaffe et se remet à pleurer, mais cette fois-ci de rire.

— Mes parents sont plus vieux, plus chiants. Mais je te promets qu'un vrai bisou, quand il est bien fait, c'est top.

— Je suis pas convaincue.

— OK, miss Je-sais-tout, laisse-moi te le prouver dans ce cas.

Daniel se redresse d'un coup et se penche pour se retrouver à ma hauteur. Les yeux plissés, il scrute mon visage minutieusement.

— Bon ! déclare-t-il en tapant ses deux paumes l'une contre l'autre. Tu es assez jolie, on devrait pouvoir faire quelque chose.

Il essuie une dernière fois son visage avec le tissu de sa manche et m'attrape par le bras.

Une heure plus tard, je me trouvais sur le perron de la maison voisine où habitait Sebastian Coppa, le garçon le plus populaire de l'école. Suivant les conseils – ou plutôt les ordres – de Daniel, je m'étais aventurée chez mon voisin, je l'avais complimenté sur sa nouvelle coupe de cheveux, son pantalon et sa collection de cartes Pokémon. Et finalement, je m'étais fait embrasser. Un baiser accompagné d'une vague de salive mentholée dont le Sebastian en question s'était fièrement félicité par la suite.

— J'arrive pas à croire que je me sois laissé faire comme ça, dis-je en riant à un Daniel plus âgé, plus barbu et qui ne pleure plus.

— Au moins, tu avais réussi à faire sécher mes larmes de crocodile.

C'est vrai. Quoi que j'aie pu penser de lui ce jour-là, Daniel sera toujours le grand frère que je n'ai jamais eu, le grand sensible qui pleurait sur ma chaise à bascule, à la recherche d'une oreille attentive.

— Ah, Dani… Ce que tu m'as manqué !

— Toi aussi, Anna Montana… Toi aussi !

Alors que nous nous sourions comme les deux enfants que nous étions il y a sept ans, des pas précipités se font entendre depuis la véranda. Allie arrive en trombe dans la salle à manger, le souffle court. Je remarque immédiatement que ses mains tremblent.

— Qu'est-ce qu'il y a ?

— C'est Stan, dit-elle, haletante.

Mon cœur se serre et j'envoie immédiatement valser la chaise sur laquelle j'étais assise jusqu'alors pour m'approcher d'elle.

— Quoi, Stan, qu'est-ce qu'il s'est passé ? demande Daniel à son tour, inquiet du comportement de sa sœur.

Ma meilleure amie inspire un grand coup et plonge son regard apeuré dans le mien.

— Lui et Léo sont à l'hôpital.

Chapitre 19

L'air vient à manquer dans mes poumons. Je cours comme une dératée depuis de longues minutes. Je ne pensais pas ressentir quelque chose de si fort un jour. Pas pour des garçons que je ne connais qu'à peine. Et pourtant me voilà à l'entrée de l'hôpital de la ville, la nuque trempée de sueur et le cœur battant à tout rompre.

« Ils vont bien, m'a répété ma meilleure amie. Ils vont bien, ce n'est pas eux le souci. Non. Le souci, c'est Naomi, l'ex-petite amie de Léo, la meilleure amie de Stan. C'est elle qui a été retrouvée inconsciente dans la rue. C'est grave », m'a-t-elle dit aussi.

Le pourquoi du comment est encore flou. La seule chose que je sais, c'est que Léo et Stan sont très inquiets. Ils sont à son chevet depuis plusieurs heures déjà et ne parviennent pas à se résoudre à partir. Je les comprends. Je ne peux même pas imaginer ce qu'ils ressentent à ce moment précis.

Qu'a-t-il bien pu se passer ?

Allie et moi courons sans savoir où aller dans ce bâtiment immense. C'est dingue comme, ici, tout est uniforme. Les murs gris se prolongent à l'identique dans des couloirs immenses. Tous les gens font la gueule. Toutes les portes sont closes. Moi, je n'étais jamais venue à l'hôpital d'Emoria et ce, malgré le fait que ma mère y passe la moitié de ses journées, lorsqu'elle n'est pas réquisitionnée dans sa petite clinique privée. Je suis bien contente de ne jamais être venue ici auparavant. C'est bien trop lugubre, bien trop propre. Ça sent la mort. Oui, si la mort avait une odeur, alors je suis sûre que c'est comme ça qu'elle sentirait.

Bon sang, Anna, tu deviens dingue…

Une infirmière nous arrête en pleine course et demande à Allison ce que nous cherchons. Ses paroles ne parviennent pas à atteindre mon cerveau. Actuellement, il est en pause. Tant que je n'aurai pas plus d'informations, il le restera.

L'infirmière nous indique un ascenseur. Un numéro de chambre. C'est Allie qui me les désigne l'un après l'autre lorsque nous reprenons notre route. Une fois au bon étage, je dois puiser dans mes dernières ressources pour courir vers la chambre. J'entendrais presque mon sang palpiter dans mes veines.

Du coin de l'œil, Allie m'observe, à seulement quelques pas de la porte en question. Dans son silence, je lis une imploration. Elle veut que j'agisse en premier. Alors, je tourne la poignée et nous nous engouffrons dans la pièce.

C'est Léo que je vois tout d'abord. Il tient la main de Naomi, étendue livide sur un lit blanc. *Mon cœur souffre pour Léo.* Elle est endormie et semble pourtant avoir si froid. D'un seul coup, j'aperçois Stan, assis à l'écart dans un coin de la chambre. Il porte une large chemise noire sur un jogging délavé et une casquette à l'effigie d'un club de foot. Petits détails qui n'ont pas de sens, mais que, quand bien même, je prends la peine de repérer… Tout comme sa lèvre inférieure, qui est légèrement fissurée et d'où une goutte de sang séché perle. Le reste de son visage est fermé, illisible.

Soudain, la main chaude d'Allison se glisse dans la mienne, comme pour me dire : « Je suis là. Mais qu'est-ce qu'on fait maintenant ? »

Stan intervient à ma place :

— Léo. Elles sont là.

Le blond se retourne d'un bloc et la douleur n'est que plus forte. Son visage entier est bouffi par les larmes et la fatigue. Sa bouche est brisée dans une moue inquiétante et ses yeux… ses beaux yeux bleus… ses yeux sont méconnaissables.

— Merci d'être venues, dit-il seulement.

Je n'arrive pas à savoir s'il s'adresse à Allison ou à moi tant son regard se perd.

— Qu'est-ce qui s'est passé ? parvient à dire mon amie après un long silence.

— Un homme l'a agressée dans l'après-midi.

— Agressée ?

— Il a essayé de lui voler son sac à main. Elle a voulu se défendre.

Allie fronce les sourcils. *Comment un vol de sac à main a-t-il pu…*

— Il a tenté de l'immoler, dit Stan en me regardant droit dans les yeux.

J'ai un haut-le-cœur tandis qu'Allison étouffe un cri de stupeur et s'agrippe à ma main.

« Il a tenté de l'immoler. »

De la brûler.

De la tuer.

Tuer. Mort. Fin. Terminé.

J'ai la soudaine impression que je n'appartiens plus au même monde… Ou plutôt que, depuis que je fréquente Stan et Léo, le monde dans lequel j'ai été propulsée ne tourne pas rond. Là d'où je viens, personne ne se fait immoler. Là d'où je viens, tout est beaucoup plus simple, *il n'est pas question de mort.*

Pauvre Léo. Je ne l'avais encore jamais vu si triste. Je me libère alors de l'emprise de ma meilleure amie et m'avance vers lui. Quand j'arrive à son niveau, je pose délicatement ma main sur sa nuque et il expire un grand coup. Sans un mot, il l'attrape dans la sienne et me caresse la paume du bout des doigts. *Je suis là, Léo, je suis là.*

— Je vais prendre l'air.

C'est Stan qui a parlé. J'avais presque oublié qu'il était là... Il se lève et quitte la pièce sans même regarder Allison, qui reste penaude près de la porte. Une minute passe sans que quiconque bouge ou ose parler.

— Je... hum, je vais chercher des cafés, dit finalement mon amie en s'échappant à son tour.

Cette fois, le silence qui s'immisce dans la chambre est étouffant. Seuls les bips de la machine respiratoire de Naomi le percent. Je ne me sens pas à ma place. Après tout, Naomi est son premier amour et moi... Moi quoi ? Je suis quoi au juste ?

Une fois de plus et de manière si égoïste, je n'arrive à penser qu'à Léo. Léo et notre baiser. Léo et la vague de sentiments contradictoires qui me renversent chaque fois que je pense à lui. Alors que Naomi est là, allongée dans ce lit immaculé.

— Anna, murmure-t-il.

Je soupire de soulagement.

— Merci d'être venue.

— Si je peux faire quoi que ce soit...

— Rien pour l'instant. Il faut qu'on prenne le temps de discuter.

Mon cœur manque un battement.

— Je vais devoir m'occuper de Naomi un moment.

D'accord.

— Ce qui veut dire que je n'aurai pas le temps de penser à autre chose.

D'accord.

Il se tourne vers moi et plante son regard dans le mien. J'attends l'ultime coup de poing, presque impatiente d'en avoir fini.

— Ce qui s'est passé entre nous ne t'oblige à rien. Je comprendrais que tu veuilles... t'éloigner. Je ne veux en aucun cas être un poids pour toi.

— Je ne comprends pas, dis-je alors en retirant ma main de la sienne. Est-ce que tu… tu veux qu'on arrête ?

— Non, ce n'est pas ce que je veux. Mais je comprendrais que tu décides de prendre tes distances. Tu ne peux pas m'attendre éternellement.

Je m'accroupis pour pouvoir le regarder dans les yeux, les mains sur ses genoux.

— La vraie question est : veux-tu que je t'attende ?

Je ne sais pas vraiment d'où me vient cette détermination, mais le fait est qu'elle émane de moi, maintenant et ici, face à lui. Peut-être parce que les gens ont la stupide manie de me laisser tomber. De sortir de ma vie aussi vite qu'ils y sont entrés.

Mais là, c'est différent. C'est différent parce que j'ai décidé que je ne laisserais pas Léo faire comme tous les autres. Et ce choix, je l'ai fait à la seconde même où je me suis rendue chez lui.

— Oui. Je veux que tu m'attendes.

Je me maudis de sourire dans de telles circonstances, mais je n'y peux rien, je le fais. Ces quelques mots ont suffi à réchauffer mon cœur endolori jusque-là par un silence de plomb. Sans quitter ma main, Léo approche son visage du mien et se jette sur mes lèvres. Son geste me surprend. C'est un baiser empreint de fièvre, de force. Un baiser chaud et triste à la fois.

— Si c'est ça le prix de mon attente, dis-je en souriant, je vais me montrer très patiente.

Il m'embrasse à nouveau, lâchant Naomi pour glisser sa deuxième main dans mes cheveux. Des étincelles naissent au creux de mon ventre. Des étincelles tellement agréables… Léo pose alors ses mains sur ma nuque, faisant frissonner mon corps tant sa peau est chaude, et dépose un ultime baiser sur ma bouche. Toutefois, dès lors qu'il quitte mes lèvres pour se retourner vers Naomi, son air anxieux refait surface.

— Si je retrouve un jour celui qui a fait ça…

Sur ces mots, la porte de la chambre s'ouvre à la volée sur un Stan rouge de colère. Je me redresse aussitôt. Derrière lui, Allie excuse son comportement d'un sourire timide avant de nous distribuer des gobelets pleins de café. La nuit risque d'être longue.

— Tu devrais rentrer te reposer, lance Léo.

Le principal intéressé choisit de l'ignorer et va plutôt donner un énergique coup de pied dans la chaise sur laquelle il était assis quelques minutes plus tôt. Pris d'un élan destructeur, il arrache sa casquette et la balance au sol avant d'entamer une ronde de cent pas dans les petits vingt mètres carrés du lieu.

— Je comprends pas, dit-il alors. Je comprends pas.

— Stan… Pas maintenant, s'il te plaît.

Deuxième coup de pied, plus fort cette fois-ci, qui fait tomber la chaise par terre. Je lance un bref regard à Allison, qui, lisant dans mes pensées, s'avance immédiatement dans son dos pour l'encercler de ses bras. Elle se tient derrière lui, comme une force invisible empêchant le cratère d'exploser une fois de plus.

Léo a baissé le regard, préférant sans doute ignorer la colère de son meilleur ami, tandis que moi, je reste muette face à la scène. J'essaye tant bien que mal de rejeter tous les souvenirs qui me reviennent : Stan posant ses doigts sur ma bouche ou me laissant croire qu'il me toucherait de ses lèvres, Stan venant me surprendre à la fac avec un air amusé, ou assis à 5 heures du matin dans ma chambre avec un regard indéchiffrable.

C'est mon choix, après tout, de n'être rien de plus que son amie. On est loin d'être faits l'un pour l'autre, ça c'est évident. Trop de choses nous séparent, trop de choses n'auraient pas fonctionné. Je n'aime ni son ton autoritaire chaque fois qu'il me parle ni ses excès de colère. Sans compter ses sautes d'humeur qui m'horripilent. Je n'ai pas la carrure qu'a Allie pour porter ce genre de relation. J'ai besoin de stabilité, de quelqu'un de sain. Après ce qui s'est passé avec Matt, je ne veux plus souffrir. Je me l'interdis. Je comprends alors qu'Allison soit la seule capable de le canaliser, peut-être même la seule capable de le comprendre. Elle incarne le yin de son yang. Un rôle que je n'aurais jamais pu tenir.

Sous l'étreinte d'Allie, les muscles de Stan se décontractent. Il est beaucoup moins fort qu'il ne le prétend. En fait, il est comme nous tous ici, un enfant. Un enfant dont les parents n'ont pas été à la hauteur. Un enfant qui n'a jamais connu rien d'autre que cette grande maison vide, l'absence d'une mère et les déboires de son père.

Mais, quelque part, voir Stan de cette manière est aussi pénible que de voir Léo souffrir de l'état de Naomi. Il l'a dit lui-même, lui, il a sa famille, ses parents, Lia. Il a Stan et, maintenant, il m'a moi. Mais Stan, lui, même entouré de plein de monde, reste seul. Il reste ce garçon violent, à l'humeur changeante, celui que ne parviennent pas tout à fait à comprendre les autres – moi comprise. Finalement, je suis peut-être soulagée que le choix de Stan se soit tourné vers Allie. Elle a tout ce que je n'ai pas, et tout ce que j'ai, mais en mieux. Elle est parfaite pour lui.

Stan, qui se retourne enfin, prend ma meilleure amie dans ses bras. Et il la serre fort contre lui, évacuant toute la pression des derniers instants. Cette image me retourne le cœur. Elle me touche autant qu'elle me blesse, je n'arrive pas à comprendre pourquoi.

Loin d'être surprise par sa douceur soudaine, Allie prolonge leur lien en lui embrassant les joues l'une après l'autre et puis les lèvres. Ça y est, alors. Il lui appartient. Tout comme j'appartiens à Léo.

Ces quelques minutes de répit prennent fin lorsqu'une femme aux cheveux courts grisonnants entre dans la pièce à son tour. Étant donné sa tenue bleu pâle, longue et à la coupe droite, je présume qu'il s'agit d'un médecin. Elle nous regarde un à un avant de repérer Léo, près du lit, et décide de s'adresser à lui :

— Bonsoir. Je suis le docteur Marchais, c'est moi qui me suis chargée de Naomi à son arrivée aux urgences. Vous devez être Léo Pradel.

Il acquiesce et lui serre la main.

— Je ne sais pas tout à fait ce que les infirmières ont pu vous dire, mais sachez déjà que l'état de Naomi s'est stabilisé. Étant donné la gravité des brûlures que nous lui avons découvertes au niveau du bras gauche, une opération a été nécessaire dès son arrivée. Celle-ci s'est très bien passée. Naomi ne devrait donc pas tarder à se réveiller à présent.

Tous, nous soupirons de soulagement.

— En plus de son traitement, Naomi devra impérativement porter ses bandages pendant quelques semaines. Cela ne devrait toutefois pas handicaper ses gestes du quotidien. Une infirmière viendra la voir pour tout lui expliquer en détail, le moment venu. L'idéal serait qu'un membre de sa famille soit présent à ses côtés lors de son réveil.

— Ses parents sont en chemin.

— Bien. Veillez à ne pas faire trop de bruit pour ne pas la brusquer. Et prévenez quelqu'un du service dès qu'elle émerge.

***

Vers 1 heure du matin, je suis réveillée par le vibreur de mon téléphone portable. Tout le monde a trouvé le sommeil dans la chambre. Léo est assis sur une chaise, la tête sur le matelas de Naomi. Stan a laissé sa place à Allie et dort à même le sol, tandis que je me suis assoupie sur un siège près de la porte.

Sans prendre le temps de vérifier la provenance des appels et messages en absence qui s'affichent sur mon téléphone, je sors de la chambre et me dirige vers la cafétéria, tout en appelant ma mère.

— Anna, c'est toi ? demande-t-elle d'une petite voix.

— Oui, maman, tout va bien, je suis à l'hôpital.

— À l'hôpital ? Qu'est-ce qui s'est passé ?

— Je vais bien, mais une… euh… une amie a eu des problèmes de santé… assez graves.

— Quelle amie ?

— Tu ne la connais pas.

— Anna, tu as cours demain. Personne d'autre ne peut rester avec elle ?

— Non… Ses parents habitent loin et ont de la route à faire avant d'arriver.

— Bon. Rentre dès que possible, je n'aime pas te savoir là-bas toute seule.

— Je ne suis pas toute seule, Allie est là aussi.

— D'accord. Mais rentre quand même très vite ! Je me suis vraiment inquiétée, t'as vu l'heure ?

— Oui, je suis désolée, je me suis endormie.

— Ce n'est pas grave… Appelle-moi s'il y a le moindre souci. Je te fais confiance !

Après lui avoir promis d'être prudente, je raccroche et soupire un grand coup. Je déteste avoir à lui cacher la vérité. Mais, en même temps, comment lui expliquer que je me retrouve, à 1 heure du matin, à dormir dans la chambre d'hôpital d'une fille que je n'ai vue qu'une fois dans ma vie et qui n'est autre que l'ex-petite amie du garçon qui me plaît ?

Fffiou.

Je suis exténuée.

Je supprime alors les appels en absence de ma mère sur mon smartphone et laisse mes yeux divaguer sur les deux messages qui m'ont été envoyés entre-temps.

Daniel, 23 h 54 : Vous êtes arrivées à l'hôpital ? Ça va ? Tenez-moi au courant.

Daniel, 00 h 32 : Si jamais tu as besoin, appelle-moi et je viendrai.

Ces marques d'attention provoquent l'apparition d'un petit sourire sur mes lèvres. Je sais que, malgré tout ce qui se passe d'étrange et de contradictoire dans ma vie, j'aurai toujours Daniel pour venir me sortir d'affaire. *Lui, il ne me quittera jamais.*

Une fois dans la cafétéria de l'hôpital, je glisse cinquante centimes dans le distributeur de boissons et j'attends que le café se prépare. C'est mon troisième de la soirée. Autour de moi, plusieurs personnes sont encore attablées. Les traits de la plupart d'entre elles sont marqués par la fatigue. Tout me ramène à une seule et même pensée, aussi étrange soit-elle : mon père.

Si ce dernier nous a abandonnées lorsque j'avais cinq ans, je n'ai jamais pu me résoudre à l'imaginer mort, comme voulait que je le fasse maman. En fait, je ne l'imagine pas tout court. Pour moi, il reste cet arrogant monsieur qui m'a fait pleurer toutes ces nuits. Ce visage sombre qui m'a dit au revoir au lieu d'adieu et qui est parti sans embrasser maman.

Alors oui, peut-être que, à cette heure-ci, il est quelque part en train de dormir confortablement dans un lit, ou peut-être qu'il est déjà en train de travailler. Peut-être a-t-il changé de métier. Peut-être a-t-il réussi à se reconstruire une vie ailleurs, comme l'a fait la maman de Stan.

Mouais.

J'ai du mal à le croire. Maman a toujours dit que mon géniteur était un homme froid, que souvent, lorsqu'il me portait dans ses bras, je me mettais à hurler sans raison. C'est d'ailleurs maman qui l'a abordé la première fois, alors qu'il sirotait seul une bière au bar du Grand Bleu. Maman dit toujours que ce sont ses mains qui l'ont attirée.

Je ne m'en souviens pas, moi, de ses mains. Je me souviens plutôt de ses grands yeux tristes. J'étais vraiment très petite lorsqu'il est parti, mais, dans ma tête, je le vois distinctement nous quitter avec un regard triste. Humide. Comme s'il contenait en lui toute la pluie qui était tombée sur la terre depuis l'origine du monde. Je le vois me regarder ainsi de très longues secondes. C'est la seule chose dont je me souviens. Comme s'il n'y avait eu que ça. Comme s'il n'y avait jamais eu de moments heureux…

J'ai plus longtemps vécu sans père qu'avec un père, alors il semble normal que son départ ne m'affecte pas autant qu'il le devrait. Ça marche par vagues. Quelques-unes tous les ans, en particulier à la date d'anniversaire de son départ. Contrairement à ce que m'avait reproché Matt, je ne pense pas rechercher de figure paternelle. J'ai été habituée à ne pas en vouloir, à ne pas en avoir besoin. Et quand, plus tard, mes enfants me demanderont qui est mon géniteur, je tenterai de leur expliquer que je n'en ai pas. Finalement, je n'en ai jamais vraiment eu.

Quand je retourne dans la chambre, une fois ma boisson consommée, rien n'est comme je l'avais laissé. Mes amis se sont réveillés et sont au chevet de Naomi, qui semble battre des cils. Lorsque je m'approche du lit à mon tour, Allie m'attrape la main une nouvelle fois. Ils sont tous silencieux, tous attentifs au moindre mouvement de celle qui se trouve dans le lit blanc. Et puis soudain, face à tant d'impatience, Naomi ouvre les yeux. Tout le monde semble retenir sa respiration.

Son regard balaye la pièce et je me sens mal à l'aise. On ne se connaît pas vraiment toutes les deux. Même si elle a été gentille avec moi, le soir de notre rencontre, elle reste celle qui, pendant cinq ans, est sortie avec le garçon qui me plaît. Elle doit probablement me détester dans l'immédiat.

Mais étonnamment, lorsqu'elle ouvre la bouche, ce n'est pas pour me demander de sortir. Quand elle ouvre la bouche, elle prononce une phrase simple. Une phrase qui glace aussitôt l'atmosphère.

— Tout ça, c'est de ta faute, Stan.

Chapitre 20

STAN

Le sang circule plus vite dans mon système et ma lèvre me brûle. Elle me brûle et me rappelle cet âpre goût qui a dansé sur ma langue. Elle me brûle et me renvoie à cet instant fatidique. À ce moment d'impact. Au choc de ce poing contre mes dents. Elle me brûle lentement. Elle me brûle. Elle me brûle.

Je n'ai pas peur.

La musique ne m'a jamais empêché de me concentrer sur la route. Alors je roule. Je roule vite et vois défiler ces lumières qui frappent les vitres de faisceaux jaunes. Je roule et ne pense à rien d'autre. Pas de père, pas de mère, pas de Léo, pas de Naomi pour me remettre sur le droit chemin. Je roule sans compter la vitesse et les kilomètres. Je dépasse une centaine d'autres voitures et continue. Je roule encore plus loin, m'échappant de ce lit blanc, m'échappant de cette voix accusatrice, m'échappant de leurs étreintes étrangères, m'échappant de ces yeux bleus lancinants. Je m'échappe, je m'épuise. Je roule.

Je n'ai besoin de personne.

Ils ont peur, mais pas moi. Je refuse d'avoir peur. Je me l'interdis. Pour elle. Pour lui. Pour moi. Pour ce connard de paternel. Je continue, je trace ma route. C'est un sillon. Il est sinueux, il est impraticable, mais je le dessine sans me retourner. J'accélère et le vent s'engouffre dans la bagnole. Je ne sais pas comment, je ne sais pas pourquoi. Le vent m'écrase, m'empêche de respirer, m'obstrue la vue. Je lève les bras en l'air. J'abandonne le contrôle, la dépendance, les limites. Je roule.

Je n'ai pas peur.

Je ne crains pas les appels de phares. Ce que redoutent les autres. La sonnerie incessante de mon téléphone portable. Je me détache. Je ne crains pas la vitesse. Je ne crains pas la route. J'ai confiance. Confiance en ma voiture. J'ai confiance en moi. Confiance en la mort. Je n'ai pas peur de la mort. Je n'ai pas peur du danger. Je roule.

Je n'ai besoin de personne.

Il doit s'agir du vent. Ou peut-être des lumières. Ce n'est pas moi, c'est autre chose. Je ne contrôle pas. Je ne contrôle plus. Je ne suis pas à l'origine de cette larme. Je ne suis pas l'auteur de ce cri. Je ne suis pas maître de ce frein. Je ne contrôle plus.

J'ai peur.

Ma tête me lance et me rappelle sans cesse mes conneries. Je ne veux plus savoir pourquoi. Je ne veux plus savoir qui. Je ne veux plus être le responsable. Le coupable. Je ne veux pas. J'ai peur. Oui, je crains, comme tous les autres. Je crains la mort des autres. Je crains l'énième perte. Je crains qu'*elle* ne parte. Je crains qu'*elle* ne reste qu'un souvenir. J'ai les jetons. Je suis trouillard, froussard, pétochard, lâche, dégonflé, petit joueur. Je suis un crétin sans limites.

Et j'ai besoin des autres.

J'ai besoin qu'on m'arrête, qu'on me dise stop. J'ai besoin d'appuis, de soutiens, de force. J'ai besoin de la limite des autres. J'ai besoin de ce coup de pied au cul. J'ai besoin d'un but, d'une ligne, d'un tracé. Sans quoi je ne suis rien. Avant, déjà, je n'étais rien. J'ai besoin de toi. De toi, Léo, mon frère. J'ai besoin de toi.

J'ai peur.

Peur de tout gâcher, peur de tout foirer, d'envoyer tout balader. J'ai peur qu'elle ne m'en veuille indéfiniment, peur qu'elle ne me pense réellement fautif. J'ai peur de mes bêtises, de leurs conséquences. J'ai peur de m'être arrêté sur ce bas-côté, de ne jamais pouvoir reprendre la route.

Et si c'était fini ? Si je n'avais plus les moyens ? Si je perdais ma place ?

Ma lèvre me brûle.

C'est un feu qui se propage. Un incendie qui me traverse. Une flamme qui danse. Je dois reprendre le contrôle. Je dois reprendre la route. Alors, je roule. Je m'attache. Je remonte les vitres. Je roule et je respecte les règles. Je suis le sillon d'un autre, la trace perceptible, compréhensible. Je ne cherche pas les emmerdes. Je roule.

Elle me brûle.

Je contrôle. Je contrôle malgré ces plaies ouvertes. Celle de ma lèvre, celle de mon cœur. Mon cœur. Un cœur qui bat, qui brûle. Un cœur qui me dicte et m'entraîne, m'enivre et me freine. Je suis le chemin, pourtant. Je roule dans le bon sens, sur la bonne route. Je n'ai plus peur. Je vais bien.

Elle me brûle.

Je vais arranger les choses. Remettre en ordre ce qui doit l'être. Je vais réparer mes erreurs, veiller aux excuses. Faire ce que je sais faire de mieux. Je vais me protéger. Je vais me protéger en les protégeant. Je vais changer la donne. Refaire les calculs. Être moins con, plus malin. Je ne peux pas m'arrêter maintenant.

Alors oui, elle me brûle, j'ai parfois peur, je suis constamment dans le besoin. Mais je vais y arriver. Je ne m'arrête pas devant l'obstacle, je le saute. Mon père n'est pas un obstacle. Léo n'en est pas un. Allison non plus. Anna, jamais.

La nuit s'achève. La nuit s'achève et j'ai atteint mon but. Je ne roule plus, mes phares sont éteints, les clés dans ma poche. Je cours jusqu'à ce lit blanc. Je m'élance et je tombe. Ce n'est pas le même. Pas le même lit blanc. Il s'agit d'un autre, moins inquiétant, mais il est vide. Je suis rentré. Je suis chez moi. Le jour va se lever et le sommeil va probablement me faire oublier.

ANNA

Au réveil de Naomi, ce nouveau monde dans lequel je vis désormais cesse de tourner. Les premiers mots qu'elle adresse à Stan nous laissent tous atterrés. Au début, on se dit qu'elle a encore la tête embrumée à cause de la morphine. Mais elle continue et répète inlassablement ces quelques mots, dénués de sens.

Le visage de Stan, quant à lui, est illisible. Il ne lui faut pas longtemps avant de ramasser ses affaires et de quitter les lieux. Léo ne cherche même pas à le retenir. À vrai dire, personne ne bronche lorsqu'il sort de la chambre. Pas même Allison.

Je ne sais pas si Stan a un rapport quelconque avec l'agression de Naomi. Cela m'étonnerait, mais il ne reste pas net pour autant. Il suffit de voir le regard que lui lance Léo lorsqu'il part.

Alors oui, c'est certain. Quelque chose cloche chez Stan et cela a probablement un lien avec cette histoire d'argent. Mais je me refuse de jouer au détective pour le moment. Je refuse de me mêler à ça. Pas après ce soir.

Dès qu'il quitte la pièce, Naomi fond en larmes. Encore une fois, je suis incapable de dire s'il s'agit d'un des effets de l'anesthésie. Léo tente tant bien que mal de la rassurer, de sécher ses larmes, et nous demande même de sortir pour pouvoir lui parler en tête à tête. Quelques heures plus tard, le docteur Marchais vient lui poser quelques questions. Deux officiers sont également présents pour prendre la plainte.

Il n'est que 3 heures du matin lorsque Allie et moi sommes à nouveau admises dans la chambre. Nous n'avons pas de nouvelles de Stan. Nous ne savons pas vraiment quoi dire, quoi faire. Mais Naomi prend la parole d'elle-même et nous raconte ce qui s'est passé.

Vers 17 heures, la veille, elle sortait pour déposer un colis à la poste quand un homme, qu'elle décrit comme grand et musclé, a d'abord tenté de s'emparer de son sac. Comme nous l'avait annoncé Léo, Naomi ne s'est pas laissé faire. Elle a tenté de se défendre, mais le voleur s'est mis à la violenter. Puis, voyant qu'elle résistait toujours, il l'a traînée dans un recoin plus sombre et lui a versé de l'essence sur le corps. Alors qu'il allait faire tomber son briquet allumé sur elle, des policiers qui avaient été alertés par des passants sont intervenus. L'agresseur a lâché le briquet dans sa fuite. Le feu a commencé à se propager. Heureusement, les policiers ont réussi à évacuer Naomi à temps.

Quand on demande à Naomi des explications concernant son accusation envers Stan, elle choisit de rester muette et détourne le regard. Toutefois, nous savons qu'elle ne l'a mentionné à aucun moment aux policiers.

Après quoi, nous attendons encore deux bonnes heures avant l'arrivée de ses parents à l'hôpital. Ces derniers habitent à six cents kilomètres. Dès qu'ils retrouvent leur fille, nous nous mettons d'accord pour rentrer. Il est déjà 5 heures.

Allie et moi passons la nuit chez Léo, à sa demande. Je pense qu'il ne supporte pas l'idée qu'il puisse nous arriver quelque chose en rentrant à cette heure. Donc, nous le suivons et ce n'est pas plus mal. Il laisse ainsi la chambre de ses parents à Allison et me propose celle de Lia. Au vu des circonstances, le fait qu'il ne me propose pas de dormir avec lui ne me gêne pas. Et pourtant je ne trouve pas le sommeil.

Je tourne, j'entortille les draps, je compte jusqu'à un million et j'abandonne. Je ne peux pas dormir. Je pense à Naomi, à Stan. Je pense à Léo, l'imaginant près de moi. Et c'est ainsi que le sommeil s'empare finalement de moi. En me faisant croire que Léo a toqué, qu'il s'est approché et s'est couché, remplaçant les draps.

UNE SEMAINE PLUS TARD

Me revoilà assise sur cette chaise en métal froid, me balançant d'avant en arrière, l'esprit libre. Je n'écoute plus le cours de littérature depuis un moment déjà. À quoi bon ? Quand je ferme les yeux, il n'y a qu'eux que je vois.

Tout souvenir survenu après cette nuit semble s'être désintégré, désarticulé de ma mémoire. Comme si rien d'autre n'était arrivé depuis. Comme si j'avais inconsciemment voulu ne garder que ce moment pendant lequel Stan, Léo, Allie et moi, nous nous tenions tous les quatre devant ce lit d'hôpital.

Et pourtant, les remontrances de ma mère qui ont suivi mon retour étaient bien réelles, ainsi que l'est le silence radio de Stan.

Je n'ai pas vu Léo.

Comme il me l'avait annoncé à l'hôpital, il a passé la semaine chez Naomi, veillant à sa guérison. J'étais souvent chez Allison, pour me vider l'esprit, pour fuir les conflits avec ma mère et pour parler de tout ce qui n'allait pas. Car, ces derniers jours, presque rien n'allait.

Le lendemain de l'agression, je ne suis pas allée à la fac. Après une courte nuit chez Léo, je suis rentrée, vidée de toute énergie, et c'est là que les problèmes ont commencé. Le soir même, à son retour du travail, ma mère était furieuse. Je crois ne l'avoir jamais vue dans un état pareil. Selon ses dires, mes nouveaux amis m'ont transformée. « Tu n'es jamais à la maison. Tu te retrouves à l'hôpital toute une nuit et tu ne me préviens qu'à 1 heure du matin ! Et puis, tu sèches les cours ! Qu'est-ce qui t'arrive ? »

Je sais qu'elle a raison d'une certaine manière. Je sais que, depuis que je connais Stan et Léo, rien n'est pareil. Je me mets à penser différemment. J'ai constamment peur qu'il n'arrive quelque chose de grave, constamment peur qu'ils ne disparaissent aussi vite qu'ils sont apparus.

J'ai peur que Stan ne revienne pas vers nous. Car, si mes sentiments sont majoritairement tournés vers Léo, je ne reste pas moins attachée à Stan, qui a souffert bien plus que nous cette dernière semaine. L'accusation de Naomi l'a rendu fou. Il reste cloîtré chez lui, n'autorisant personne à le voir.

Mais j'ai peur que Léo ne s'enferme également. Il est très inquiet de l'état de Naomi, qui pourtant s'améliore de jour en jour. Il se sent coupable. Stan se sent coupable. Tous se sentent coupables. Et pourtant, moi, je n'arrive à penser qu'aux deux garçons qui font vibrer mon cœur nuit et jour. De ça, je me sens coupable.

***

17 HEURES

Un sentiment de soulagement intense m'envahit dès que je franchis le portail gigantesque de l'université. C'est enfin les vacances et je compte en profiter au maximum. Devant moi, des centaines d'étudiants de la faculté d'Emoria prennent possession des rues piétonnes de la ville. Il fait beau et étonnamment chaud pour ce début de printemps.

Sasha sort à son tour, tapant dans les mains de quelques-uns de nos camarades avant de me sauter sur le dos. On est vendredi. Deux semaines de liberté s'offrent à nous. Et les réjouissances commencent dès ce soir.

19 HEURES

Je crois n'avoir jamais vu Sasha aussi stressée. Elle tourne en rond, frictionne ses paumes, lisse de ses doigts fins l'étoffe de sa nouvelle (et unique) robe. Ses longs cheveux noirs sont bouclés et coiffés dans un chignon élaboré, réalisé par sa mère. C'est la première fois en trois ans que je la vois sur des talons. Et son inexpérience se remarque. Elle trébuche toutes les cinq minutes, grimaçant un « Aïe » chaque fois qu'elle se redresse sur ses pattes.

Ce soir, nous mettons tous nos soucis de côté et nous profitons de la soirée. Voilà ce que j'ai dit à Allison pour la convaincre de participer au barbecue organisé par son frère. Tout comme moi, elle désirait passer sa première nuit de vacances dans son lit, devant un film niais et un kilo de bonbons au caramel. Mais il est temps de passer à autre chose.

Une semaine a passé depuis l'agression. Une semaine sans avoir un signe de Stan. Sans voir Léo. Une semaine comme avant, comme si rien de tout cela n'avait existé. Et ça continue ce soir. Ce soir, Stan et Léo vont aux oubliettes. Le temps d'une soirée, j'implore le ciel de me laisser en paix.

Quand la porte s'ouvre sur un Daniel hilare, une bière à la main, je sais déjà que ce moment autour d'un barbecue va me faire du bien. Il me serre dans ses bras, déposant un baiser sur mon crâne, et fait la bise à Sasha, qui se décompose. Les yeux du grand gaillard devant nous s'attardent quelques secondes sur le léger décolleté de mon amie avant de revenir sur moi. Il me prend la main et m'entraîne à l'intérieur. Une bonne trentaine de personnes sont présentes, parlent et rient fort, un verre à la main. « Faites comme chez vous », nous glisse Dani avant de s'en aller retrouver ses amis. Sasha le suit discrètement des yeux avant de m'indiquer la présence de quelqu'un de familier un peu plus loin.

Allez, Anna, tu peux y arriver. Il suffit de sourire. Le temps d'une soirée. Une seule.

Chapitre 21

Elle est reconnaissable entre mille.

Avec ses mèches châtains ondulées – légèrement plus claires sur les pointes –, sa robe en dentelle rouge – à la limite du provocant –, ses immenses boots noires – totalement destroy – et son visage mutin illuminé par l'écran de son smartphone, il n'y en a qu'une comme elle. Allison Wallace. Ma meilleure amie.

Ça ne pouvait être personne d'autre.

Je ne peux m'empêcher de sourire face à l'image paradoxale que renvoie celle que je côtoie depuis les bancs du collège. Elle n'a pas changé d'un pouce. Déjà quand je l'ai connue, Allie n'aimait pas qu'on la contrarie. Madame a toujours tout fait selon ses propres règles. D'ailleurs, sa règle de vie numéro un est « Ne jamais dire jamais ». Et la numéro deux, « Enfreindre la numéro un quand bon te semble ».

Alors oui, Allie a embrassé pour la première fois à huit ans, a bu sa première bière à treize, a eu son premier rapport à quinze et sa voiture à dix-sept. Allie a été grande avant les autres et surtout femme avant moi. Elle a toujours été celle qui rembarrait les garçons les plus orgueilleux. Celle qui collait ses chewing-gums sur la chaise de nos professeurs. Celle qui a enfermé un pion dans les toilettes des filles. Celle qui a craché sur le chauffeur de bus qui avait poursuivi sa route à son arrêt. Mais aussi celle qui a coupé les cheveux de Clémence, la plus belle de la classe en quatrième, pour que toutes les élèves se retrouvent à égalité.

Oui… Allison, c'est cette fille-là. Mais c'est surtout celle qui a lancé un grand coup de pied à une prétentieuse qui se moquait de la petite blonde et de son appareil dentaire en sixième. Celle qui a donné la main à cette petite blonde, qui l'a relevée alors qu'on l'avait fait trébucher. Allie est celle qui se moque du regard des autres. Celle qui m'a défendue. Celle qui n'a peur de rien.

Allie, c'est ma meilleure amie. Celle en face de moi, juste là, assise sur ces marches d'escalier, préoccupée par les messages d'un brun ténébreux qui se veut distant.

— Tu veux bien lui demander de te laisser tranquille cinq minutes ?

Ses jolies prunelles vertes se dirigent lentement vers nous avant qu'un sourire timide se dessine sur ses lèvres.

— Mon Dieu, Anna… chuchote-t-elle, ébahie. La fille à côté de toi, c'est qui ?

Il n'en faut pas plus pour que la jolie brune retrouve rapidement ses réflexes de petite brute : Sasha dresse aussitôt son majeur avant d'asséner à Allie un coup sur l'épaule. Cette dernière, hilare, descend à notre hauteur et, tour à tour, nous enlace.

— Plus sérieusement, Sasha, tu es belle ce soir. Et c'est le genre de compliment que je ne te fais pas d'habitude.

— S'il faut souffrir le martyre en étant perchée sur vingt centimètres pour être belle, alors je ne le resterai pas longtemps, moi j'vous l'dis ! répond Sasha en levant les yeux au ciel.

C'est faux. Elle n'a pas besoin de ça pour être belle, mais je préfère garder cette pensée pour moi pour éviter de l'enquiquiner. Sasha est même dotée d'une beauté rare, de ce genre difficile à décrire et pourtant incontestable. Ses yeux clairs sont de véritables petites ampoules à incandescence. Son corps fin et tout en muscles a été pensé pour être jalousé par plus d'une. Sans parler de sa chevelure brune brillante en toutes circonstances…

La vérité, c'est que Sasha a toujours été belle mais s'est aussi toujours cachée derrière un caractère grognon, presque à la garçonne. Elle a l'habitude de ne jamais toucher à ses cheveux, de ne jamais se maquiller, de ne jamais porter de robe, de ne jamais mettre de vernis… En somme de ne jamais faire comme Allison et moi.

Or, ce soir, j'ai comme l'intuition que tous les efforts qu'elle a produits visent un but bien précis. Je soupçonne un certain métis aux yeux verts d'être à l'origine de cette appréciable transformation. Et il faut dire que ça me fait sourire. L'idée d'une Sasha amoureuse est trop séduisante pour la laisser passer…

22 HEURES

La fête en l'honneur du retour de Daniel bat son plein. Des assiettes sales traînent sur les tables environnées de gobelets par dizaines. Filles et garçons dansent en criant à tue-tête les paroles des chansons les plus connues du top 50. La musique, chaude et tropicale, est même parvenue à propulser Sasha et Allison au cœur du dancefloor, ou plutôt du salon aménagé pour l'occasion.

Moi, je préfère rester en retrait pour les regarder. Je n'ai pas avalé la moindre goutte d'alcool. À croire que je perds mes bonnes résolutions uniquement lorsque Stan est dans les parages. C'est vrai… J'ai toujours détesté la sensation de me réveiller la boule au ventre, les cheveux collés sur les tempes et la langue pâteuse. Et pourtant, je me suis drôlement lâchée depuis que j'ai rencontré Stan. La première fois, au Grand Bleu, j'ai regretté mes verres de vodka-pomme lorsque j'ai vomi dans les toilettes en rentrant. La deuxième fois, j'ai regretté mes mélanges de gin et de tequila lorsqu'un beau blond a décidé de me raccompagner chez moi en voiture. Et j'aimerais sincèrement garder ma troisième fois pour plus tard.

— Alors, Anna-conda, tu ne danses pas ?

Daniel se tient dans mon dos et a glissé ces quelques mots à mon oreille dans le simple espoir de me faire sursauter. Lui n'a clairement pas évité l'alcool ce soir… Bien au contraire. Je l'ai vu perdre et reperdre au beer-pong face à une Sasha déchaînée.

— Non, ça va, lui dis-je en souriant.

Il fronce les sourcils pour se donner l'air sérieux mais pouffe avant de tenter de m'entraîner vers la piste.

— Allez, danse un peu… avec moi !

Je fais non de la tête, mais ne peux m'empêcher de rire en le voyant commencer à se déhancher. Il a un look totalement ridicule ce soir, mon Dani. Il porte une chemise hawaïenne jaune sur un bermuda en jean au bord tout effiloché. Et des tongs. Oui, des tongs ! Ça vous change vraiment un homme, Londres…

Et rebelote, le voilà qui me tire dans une autre direction, avec plus de force cette fois-ci, m'entraînant du salon à la cuisine puis jusque dehors, dans le petit jardin où est installée une longue table en bois sur laquelle nous avons tous auparavant dévoré des grillades. Sans prévenir, il me soulève sur son épaule, ignorant mes petits cris de souris, et me repose debout sur la table.

— Allez, Anna-stasia, maintenant danse !

Cette fois, je suis hilare. Je n'ai jamais vu Daniel dans cet état-là, les yeux rieurs, la bouche en cœur, les pieds qui remuent au rythme de la salsa qui vient d'être lancée. Il part seul dans une chorégraphie sans queue ni tête, le coude levé, la paume en l'air et les hanches se balançant de gauche à droite. Tandis que je tape dans mes mains, suivant le tempo qui s'accélère, lui ferme les yeux et tournoie sur lui-même. Il ne m'en faut pas plus pour changer d'avis. Très rapidement, je descends de la table et viens me caler entre ses bras, acceptant cette seule danse pour lui faire plaisir. C'était trop tentant.

Nous dansons tous les deux comme ça pendant de longues minutes, éclatant de rire à tout bout de champ. Il n'est pas si mauvais danseur et je m'étonne du peu de fois où je sens son pied écraser le mien. On improvise des pirouettes, des pas chassés, des pas de danse plus improbables les uns que les autres. J'ai mal au ventre de rire autant.

Quand la musique vient à changer trop brusquement, laissant la douce mélodie de *Such Great Heights* du compositeur Iron & Wine prendre le relais, les bras de Daniel se resserrent autour de ma taille. Devant mon regard désapprobateur, il me chuchote à l'oreille : « Un petit slow, et promis, après je ne t'embête plus. » Alors je me résigne à nouveau et pose la tête sur son épaule. Mon sourire n'a pas quitté mes lèvres.

La nuit est déjà bien entamée lorsque je ferme les yeux et écoute mon partenaire fredonner le refrain d'un troisième slow dans mon oreille. Je me laisse aller, à moitié endormie contre lui parce que je n'ai pas la force de faire autrement. Et puis, percevant la fatigue s'emparer de moi, Daniel me soulève et cale mes deux pieds sur les siens. J'ai l'impression d'avoir treize ans à nouveau… Les yeux clos, je m'abandonne presque entièrement aux deux grands bras qui me soutiennent. Je suis bercée par sa douceur et emmitouflée dans la confiance que je lui porte.

J'ai donc sincèrement du mal à le lâcher lorsque la musique s'arrête et est remplacée par quelque chose de plus entraînant. Ça le fait rire.

— Alors, comme ça, tu ne voulais pas danser, hein ?

— Hum…

Il m'embrasse sur le sommet de la tête avant de me glisser à l'oreille :

— Je crois qu'on a des spectateurs…

Sans me laisser le temps de comprendre quoi que ce soit, Daniel disparaît en direction du salon où une jolie brune l'interpelle. Lorsque je me retourne enfin, mon cœur fait un bond dans ma poitrine. Stan et Sasha se trouvent en face de moi, les sourcils froncés.

— On cherche Allison, me lance mon amie d'un ton froid. Tu ne l'aurais pas vue, par hasard ?

Je reste paralysée quelques secondes supplémentaires avant de secouer la tête.

— Bon. On va regarder à l'intérieur, alors.

Avant qu'elle ne puisse esquisser le moindre pas, je m'avance vers elle et tente de faire abstraction des yeux marron qui me scrutent sur le côté.

— Tu sais bien que Daniel est comme mon frère, lui chuchoté-je à l'oreille.

Elle baisse la tête brièvement avant de se reprendre et de lever les yeux au ciel.

— Bien, je vais voir si elle n'est pas dans sa chambre. Vous n'avez qu'à m'attendre ici, tous les deux.

J'écarquille les yeux autant que je le peux tout en lui attrapant la main. Il est hors de question qu'elle me laisse seule avec Stan. Hors. De. Question. Alors que mon regard l'implore, elle se défait de mon emprise en m'adressant un sourire malicieux. Non. *Non, non, non…* Et elle disparaît.

Je reste bouche bée face à ce coup de traître. Elle va me le payer cher ! Quand je pense que je ne me suis pas retrouvée en tête à tête avec Stan depuis qu'il a glissé son doigt sur mes lèvres… Depuis ce fichu moment que j'essaye vainement d'oublier !

— Salut.

Sa voix me hérisse le poil. Je ne tiens que trois secondes en le regardant dans les yeux avant de plonger la tête vers mes chaussures.

— Ça va ?

Qu'est-ce qui lui prend ? C'est moi qui devrais lui demander ça. On ne l'a pas revu depuis l'hôpital, depuis qu'il s'est muré dans le silence et la solitude. Et le voilà, les mains dans les poches, habillé de son habituel jean noir usé et d'une chemise blanche ouverte de trois boutons sur un torse dénué de poils, qui se tient devant moi, à me demander si ça va.

Face à mon mutisme, il décide de changer de sujet :

— Toujours avec Léo ?

Je tousse pour étouffer ma surprise. *Il est donc au courant…*

— Et toi, toujours avec Allison ?

Il rit. Et ça me fait tout bizarre à l'intérieur. Je regrette déjà ma repartie. Il va croire que tout cela m'importe. Que *lui* m'importe.

— Tu ne réponds à aucune de mes questions.

— Pas quand les réponses sont évidentes.

— Laisse-moi deviner… dit-il en s'avançant d'un pas. C'est oui pour les deux.

Je détourne le regard une fois de plus.

— C'est bien ce que je me disais.

Lorsque Allison et Sasha réapparaissent, je peux enfin souffler. Je serais restée un peu plus longtemps en sa compagnie, j'aurais commencé à dire des bêtises…

— Tiens, Stan, je te ramène ta dulcinée.

Ma meilleure amie a les yeux qui brillent. D'un pas lent, elle s'approche d'abord de moi avant de finir sa route dans les bras de Stan. Elle le serre de toutes ses forces, si bien que l'étreinte me semble étouffante. Particulièrement lorsque Stan soutient mon regard.

— Vous m'excuserez, les filles, commence Allie, mais je ne me sens pas de poursuivre la fête toute la nuit. Je pense que je vais partir avec Stan, mais rien ne vous oblige à rentrer chez vous, je suis persuadée que Daniel préfère que vous restiez, de toute façon !

Elle sourit particulièrement à Sasha, qui, elle, fait mine de n'avoir rien entendu.

— Tu es sûre ? demandé-je tout en lui lançant un regard inquiet.

Je n'aime pas la voir dans cet état.

— Certaine.

Après l'avoir prise dans mes bras, je l'observe sortir de la maison aux côtés de Stan. Il ne se retourne pas une seule fois pour dire au revoir.

La soirée s'est progressivement essoufflée à présent. Nous ne sommes plus que cinq. Cinq paires d'yeux fatigués. Cinq déchets affalés sur le canapé. Et puis, quand le couple que je ne connais pas part à son tour, ne laissant plus que Sasha, Daniel et moi dans le vaste salon, malgré la fatigue, nous décidons de nous activer tous les trois afin de remettre la maison en ordre avant le retour de la figure paternelle.

Entre-temps, Sasha a baissé les bras concernant Daniel. Elle n'a rien dit, n'a rien fait pour essayer de l'attirer à elle dès lors qu'Allison est partie. J'espère que je ne suis pas la cause de cette gêne. Je ne voudrais en aucun cas que ma petite danse de tout à l'heure la freine. Tout le monde sait qu'il est comme un frère pour moi, qu'il tient même parfois le rôle de psy, voire celui de père…

— Vous êtes de vraies championnes, les filles. Merci pour votre aide.

Sur ces mots, je ramasse le dernier gobelet par terre et le jette dans la poubelle.

— J'ai préparé la chambre d'amis ce matin, si vous voulez crécher ici. Pour ce qui est des fringues et des affaires de toilette, vous trouverez le nécessaire chez Allie sans problème.

Alors que j'acquiesce en lui souriant, Sasha se rue à l'étage. Amusée, je récupère mes affaires laissées au rez-de-chaussée et commence à grimper à mon tour.

— Anna ?

Je fais volte-face.

— T'as encore cinq minutes à m'accorder ? J'aimerais te dire quelque chose.

Il me désigne de son index le sofa marron, sur lequel nous allons nous asseoir. Je le regarde alors, attentive au moindre signe sur son visage qui pourrait le trahir.

— J'veux juste… Enfin… J'voulais savoir comment tu vas.

Qu'est-ce qu'ils ont tous à me poser cette question, ce soir ?

— Moi ça va, Dan… Mais toi, tu es sûr que ça va ?

Il laisse échapper un petit rire avant de planter ses yeux dans les miens.

— C'est juste que je n'ai pas vraiment eu le temps de te le demander depuis mon retour. Deux ans que j'suis parti et que je n'ai pas vu ta p'tite tête de blonde. Et, au dire d'Allison, je sais que j'ai raté pas mal de choses.

Soudain, son sourire disparaît et laisse place à une moue contrariée.

— Tu sais que si vous m'aviez raconté pour Matt…

Oh non.

— Je lui aurais cassé la gueule. Je serais rentré illico et lui aurais cassé la gueule, à ce petit con de…

— Dan, le coupé-je.

Il me scrute encore avec cet air grave, cette ride entre les deux sourcils, avant de me prendre la main.

— Tu l'aimais ?

À cela, je suis incapable de répondre.

Mathieu Leclerc, *Matt pour les intimes*, a ouvert en moi une plaie que je n'ai jamais trop su comment panser. Avec son corps d'athlète, son sourire enjôleur et ses bouclettes dorées, il a retourné le cœur de toutes les filles de seconde lors de son arrivée à Emoria. Mais je dois dire que c'est le mien qui en a le plus pâti.

J'ai été séduite en une fraction de seconde. Une fraction de seconde pendant laquelle il m'a souri, à moi, Anna Occelli, la petite intello du premier rang qui donnait ses réponses à toute la classe lors du contrôle de rentrée. Il m'a souri et je lui ai souri. C'est tout ce qu'il a fallu pour que, une semaine plus tard, il vienne m'embrasser dans les toilettes des filles. Mon deuxième bisou. *Celui dont je me souviendrai, hélas, toute ma vie.*

Je n'ai pas compris tout de suite ce que Matt me trouvait ou ce qu'il attendait de moi. Mais je refusais pertinemment d'écouter toutes ces filles qui médisaient à son sujet, Allison comprise. Toutes me mettaient en garde contre lui, mais je ne voulais pas les entendre. J'étais trop heureuse qu'un garçon m'accorde enfin de l'importance. Un garçon comme lui. Le plus adulé de tout le lycée.

Tout de suite, j'ai voulu me convaincre que Matt était drôle. Le plus drôle de toute l'école. De toute la ville. De toute la vie. Je ne lui trouvais aucun défaut. Il était parfait et cela me plaisait. Je l'ai donc suivi partout pendant des semaines, essayant tant bien que mal de me faire une place à ses côtés. C'était presque vital. Et puis, il n'a rien arrangé. Chaque fois qu'on se voyait, il m'embrassait comme je n'avais jamais appris à le faire. Il avait de l'expérience, de l'aisance, connaissait tout et tout le monde. J'étais émerveillée. Et, après quelques mois seulement, effrayée. Effrayée à l'idée que ce mirage ne dure pas, que Matt finisse par se lasser et m'abandonner. Je me réveillais tous les matins avec un nœud dans l'estomac. *Comment va se dérouler cette journée ? Quelle en sera l'issue ?* Bien vite, je n'étais plus Anna mais « la fille qui sortait avec Matt ». Ou que Matt sortait.

J'étais prête à tout pour le garder.

Pendant près de deux ans, j'ai vécu quelque chose que ma mère ne comprenait absolument pas. « On ne peut pas être amoureuse à seize ans, Anna ! » Ça m'a rendue folle. Comme si cet amour m'avait accablée d'une souffrance dont je n'arrivais plus à me débarrasser. Les autres le sentaient. Ça me collait à la peau. Plus je l'aimais, moins ça allait.

Et les choses se sont aggravées.

Après quelques mois de relation, il s'est transformé. Il s'est mis à revoir son ex-petite amie en cachette, à se rendre à des soirées sans moi. Paradoxalement, il précipitait notre relation, en demandait toujours plus… Jusqu'à m'enlever ma virginité dans la chambre de ses parents, un soir où nous nous étions disputés. Il m'a arraché ce trésor d'un claquement de doigts, dans une douleur rapide et un torrent de larmes. Pour lui, c'était une étape évidente dans notre histoire, pour moi, un contact troublant auquel je ne m'étais pas préparée. Après quoi, je n'ai plus jamais voulu qu'il me touche de la sorte. J'ai fait un blocage. Et ça, il n'a pas aimé. Il n'a pas aimé du tout.

Quelques mois plus tard, une nouvelle dispute a éclaté. Bien plus violente que les précédentes. Dans un accès de colère, il a claqué la porte et est allé se réfugier dans une soirée organisée par un des terminales du lycée. Encore aujourd'hui, j'ai du mal à mettre des mots sur ce qui s'est passé après. Je n'y étais pas mais, bien sûr, on me l'a raconté. *On n'a fait que ça…*

Des verres. Il était question de beaucoup de verres d'alcool. Et d'une autre fille. Plus jolie que moi, à ce qu'il paraît. Il n'a pas été fidèle. Voilà ce que certains m'ont rapporté. Matt en a bien profité cette nuit-là. La fille aussi : elle a pris une photo qui a été diffusée. En quelques secondes, ma fierté s'est envolée et mon cœur, brisé.

Oui, quelques secondes. *C'est tout ce qu'il lui a fallu.*

— Tu sais quoi ? dis-je à Daniel en reniflant. Je crois bien que je l'aimais, oui. Mais pas d'un véritable amour. D'un amour d'adolescente. D'un amour rempli de préjugés, de paraître et de mensonges. D'un amour que je finirai par oublier avec le temps.

C'est ça qu'il me faut, du temps. Du temps pour oublier tous ceux qui m'ont abandonnée…

— Je suis tellement désolé de ne pas avoir été là, Anna.

— Ça n'aurait rien changé.

Les yeux de Daniel se remplissent de pitié, mais je ne lui en veux pas. Je sais qu'il aurait fait n'importe quoi pour m'aider s'il avait été présent à cette époque-là.

— Promets-moi que le prochain sera un garçon bien, Anna, me chuchote-t-il. Promets-moi qu'il te méritera.

Le visage de Léo apparaît alors dans mon esprit. Il vient remplacer celui de Matt. *Et il était temps…* Mais, avant que je puisse répondre, celui de Stan apparaît également, plus brièvement. J'ai retrouvé le sourire.

— Je te le promets, Dan. *Je te le promets…*

Chapitre 22

STAN

Je me réveille en sursaut dans un noir abrutissant. Il est 5 heures du matin. Et j'ai encore fait ce rêve.

Près de moi, un corps emmitouflé dans la couverture émet de légers ronflements. J'oubliais que je n'étais pas seul. Une vilaine cicatrice s'étend sur le bas-ventre de celle qui occupe désormais mon lit, souvenir indélébile d'une appendicectomie qui se soulève au rythme de ses respirations. Malgré tout, elle reste belle. Bien plus que la plupart de toutes les filles réunies dans ce trou paumé. Et elle est maligne. Elle a tout compris. *Même si elle n'a pas vraiment eu le choix.*

Je n'avais pas la moindre idée du foutoir dans lequel je mettais les pieds en allant chez les Wallace hier soir. J'étais simplement venu chercher Allison, suite à notre petite dispute. Mais, bien entendu, il a fallu que je croise Anna. Habillée d'une petite jupe noire et d'un chemisier vert pastel, elle ressortait du lot, une fois de plus. *Sans même s'en rendre compte.*

J'ai adoré constater que ma présence la perturbait. Presque autant que j'ai détesté la façon dont elle m'a regardé par la suite. Comme si elle ne voulait pas de moi là-bas. Près d'elle.

Et sa petite danse a été une gifle… Je l'avais déjà vue faire au Grand Bleu, certes, mais là c'était différent. Elle dansait dans les bras d'un mec. Et pas n'importe lequel, puisqu'il s'agissait du frère de ma nouvelle copine. Celui qui n'a pas pointé le bout de son nez depuis deux ans et qui pense pouvoir accaparer Anna alors qu'elle est déjà prise.

Prise par mon meilleur pote, qui plus est. Un vieux romantique au cœur tout mou et aux phrases d'amoureux transi. Un grand blond aux yeux bleus, plus baraqué que moi mais pas plus beau, cela va de soi... Il est déjà fou d'elle. Il me l'a répété au moins cent fois. La première, c'était par texto. Un message désarticulé aux allures de délire alcoolisé. La deuxième, c'était lorsqu'il a dû m'avouer qu'il n'était plus avec Naomi depuis déjà deux semaines et qu'il comptait sortir avec Anna. Cette fois-là, je crois que je me suis énervé...

J'aime bien Allison, vraiment. Elle est détonante, jamais ennuyeuse. J'aime l'attraper et la coincer dans mes bras. J'aime quand elle laisse ses lèvres glisser dans mon cou, quand elle me fait ses petits yeux aguicheurs avant de m'embrasser. J'aime ce tout chez Allison, cette simplicité, cette facilité. Facilité qu'elle a tenté de remettre en cause cette dernière semaine, alors que ce n'était pas le meilleur moment pour ça...

Mais plus ça va, plus j'aime aussi Anna. Comment ne pas l'aimer, cette fille ? Elle est si belle. Si... Ah, je ne sais pas. Anna, c'est Anna. Aucun mot n'est assez fort. J'ai essayé pourtant... Essayé de m'éloigner. Mais je n'y arrive jamais très longtemps. Vient toujours le moment où sa présence... C'est comme si sa présence me manquait, en fait. Elle me manque souvent. Trop, parfois. Ce n'est pas normal. Je ne suis pas fan de ce sentiment-là. Anna est toujours présente dans un coin de ma tête. Comme une chanson dont on n'arrive jamais à se défaire. Sa voix, son aura, tout ce qu'elle dégage, diffuse, laisse derrière elle, je le sens. Sur moi, en moi, partout. Je ne sais pas comment le décrire. Tout ce que je sais, c'est que ça a commencé ce soir-là, chez moi, alors même que je la rencontrais.

Anna ne sait rien, bien sûr. C'est aussi pour ça qu'elle me fascine autant. Avec Allie, maintenant, c'est différent. Elle sait, elle a eu les réponses qu'elle voulait. La voilà mêlée à mes embrouilles... Je lui ai fait promettre de ne rien dire. Elle n'en a pas le droit, de toute manière. Sinon, ça sera la merde. Ça sera la merde si elle parle à qui que ce soit de ce que je lui ai raconté. Elle ne doit rien dire à Anna et à son autre amie surtout, puisqu'elles ont déjà des doutes...

Merde, j'ai été con de lui en parler...

Sans un bruit, j'attrape ma chemise qui traîne sur le plancher et je l'enfile ainsi que mon caleçon. Je jette un dernier coup d'œil à Allison et m'échappe au rez-de-chaussée. À l'aide de la télécommande, j'ouvre tous les volets et je laisse entrer les premiers rayons du soleil. La nuit est bel et bien terminée.

Une fois dans la cuisine, je me sors un verre et le remplis d'eau du robinet.

« Comment tu savais que je voulais de l'eau... et pas de la vodka, ou... du whisky comme tout le monde ? »

C'était ici, juste là, Anna m'a souri pour la toute première fois, pendant que Tiphaine vomissait son mal-être dans l'évier.

Tout savoir sur tout, avant tout le monde, c'est un truc qui me tient à cœur. Alors, quand elle a franchi le seuil de ma porte avec Allison, je suis tout de suite allé demander autour de moi qui elles étaient. Bizarrement, Anna n'était personne, juste « une fille que connaît Charles », « qui était à Eluard », tandis qu'Allison était déjà « celle qui est sortie avec X et Y », « celle qui a fait ça et dit tout ça ». Avant même de le savoir, elles s'étaient déjà mises à titiller mon esprit avec leurs contradictions. Avant même de le savoir, j'étais fichu.

Quelle idée d'avoir voulu tenter le coup avec Anna... Non, vraiment, c'était stupide. Autant je suis connu pour réfléchir au moindre de mes actes, autant mes débuts avec Anna ont été totalement catastrophiques. C'est simple, cette fille a le don de me rendre con. Elle n'a qu'à battre des cils et le tour est joué. Je dis n'importe quoi. Je n'arrive plus à penser correctement. Je deviens con ! Au point de lui balancer les répliques de mon film préféré… L'angoisse.

Pourtant, parfois il se passe un truc. Parfois, je crois apercevoir quelque chose d'infime. Une petite lueur dans ses yeux, un rien affolante. Cependant, chaque fois que ça arrive, je me retrouve obligé de faire machine arrière. Je flippe et pars comme un dératé dans la direction opposée. Je n'ai pas besoin d'une fille comme elle dans ma vie. Il faut que je m'en débarrasse.

Seulement, j'en suis incapable.

Ce qui me fait le plus chier, ce sont toutes les conneries que j'ai pu lui sortir. Je suis allé trop loin par moments et particulièrement lors de ce fameux coup de fil… alors qu'elle croyait parler à Allison. Y a des fois où je m'en veux vraiment d'être si impulsif, de toujours réagir au quart de tour. Je m'en veux aussi pour mes insultes, ma colère, mes menaces en l'air. Je m'en veux d'être si fragile lorsqu'elle est dans les parages. Comme la fois où nous nous sommes retrouvés tous les quatre à l'Angle, Allie, Léo, elle et moi. Quand j'ai compris que la fille dont m'avait parlé mon pote pendant une semaine était exactement la même qui habitait toutes mes pensées depuis des jours. Bien sûr, j'ai capté très vite qu'il avait craqué pour elle, ça m'a crevé les yeux.

Seulement les yeux.

— Stan ?

Merde.

— Oui ? réponds-je à Allie sans prendre la peine de me retourner vers elle.

— Tout va bien ?

— Je n'ai juste plus sommeil.

Discrètement, elle se faufile derrière moi et vient glisser ses paumes chaudes sur mon dos. Tout en me massant les épaules, elle s'amuse à parsemer ma nuque de petits baisers sensuels.

— Reviens te coucher, murmure-t-elle.

— Pas encore.

D'une main, elle m'oblige à lui faire face, me plaque contre le rebord de l'îlot en granit et commence à m'embrasser avec ferveur. Elle a enfilé ma veste en cuir, ma veste qui lui va si mal et qui lui tombe sur les cuisses, masquant partiellement sa nudité. Au moment où son bassin rencontre le mien, le bas de mon corps jusque-là endormi se réveille subitement.

— Allison…

— Hum ? fait-elle en déboutonnant ma chemise.

Je me laisse faire lorsqu'elle me l'enlève et la jette au sol. Elle plonge alors sur mes lèvres tandis que l'une de ses mains s'aventure vers le bas de mon ventre.

— Allie… dis-je une nouvelle fois pour essayer de l'arrêter.

Rien n'y fait. Elle glisse sa main entre mes jambes, m'arrachant un gémissement grave, et quitte subitement mes lèvres pour coller sa bouche derrière mon oreille. La sensation est plaisante. Mieux, désaltérante, fraîche.

— Anna…

— Quoi ?

Elle suspend son geste.

Merde. Putain de merde. Qu'est-ce que je viens de dire ?!

— Anna… et toi, ça va mieux ? Tu ne m'as pas dit si vous… Tu…

Je m'enfonce. Trois milles lieues sous terre.

— C'est quoi, cette question ?

Euh…

— T'es chelou. Bien sûr que ça va, finit-elle par répondre, avec tout ce qui s'est passé récemment, elle ne pouvait pas rester fâchée très longtemps. Et faut dire que c'est plutôt Léo qui lui occupe l'esprit maintenant. Pas moi.

Merveilleux…

— Comment il va, d'ailleurs ? me demande-t-elle en mettant un terme à nos étreintes.

— Il s'occupe toujours de Naomi.

— Tu crois qu'il l'aime encore ?

Je l'observe en fronçant les sourcils. Elle est en train de me soutirer des infos pour Anna, j'en suis sûr.

— J'en sais foutrement rien.

La réaction sur son visage est jouissive. Je me demande si sa meilleure amie aurait réagi pareillement.

— Je m'attendais à une réponse bien plus affirmée. Moi qui pensais qu'il était déjà fou d'Anna…

Son expression fait tilt et je l'écarte presque aussitôt pour lui tourner le dos et finir mon verre.

— Bon… Je vais me recoucher, moi.

Au moins elle a compris le message.

Dans un fracas, je lance mon verre dans l'évier et fais couler de l'eau chaude dessus, balayant l'image de Léo et Anna de ma tête.

Après quoi, je grimpe rapidement l'escalier et me précipite dans la salle de bains, où je m'enferme à double tour. Là, je m'accorde le droit de jeter un coup d'œil à mon reflet dans l'immense miroir. Je fais facilement dix ans de plus avec mon début de barbe et ma nouvelle coupe de cheveux. Sans parler de la plaie qui reste visible sur ma lèvre.

Un instant, je me retourne pour mieux observer les cicatrices sur mon dos. Celles faites de rouge et d'orange, d'une encre indélébile. Le genre de cicatrices qui me rappellent que ce que je fais est dangereux, vraiment con. Que je joue avec le feu. Finalement, je délaisse la glace et fais tomber mon caleçon au sol avant d'entrer dans la douche. L'eau qui en coule est brûlante, comme j'aime.

Encore quelques mois à tenir et je pourrai me barrer d'ici. Adieu cette ville, ses gens et ses problèmes. Je me demande si Léo va me suivre. Maintenant qu'il est avec Anna, ça me semble improbable.

D'ailleurs, il faudra lui dire adieu à elle aussi ; et puis à Allison, à Chris et Nathan. Je pense que je partirai sans rien dire, en fait. Pas besoin d'attache, pas besoin de mélodrame. Je partirai et ça sera tout. Et si Léo ne vient pas, alors je serai tout seul. Ça ne me fait pas peur. Je n'ai besoin de personne.

Je souris bêtement, me moquant de mes propres pensées qui se répètent et changent d'un jour à l'autre. Je suis comme ça, je n'y peux rien. Personne ne me changera.

Une fois parfumé, j'enroule ma serviette autour de ma taille et marche jusqu'à la chambre, trempant le parquet de mes pas humides. Allie ne dort pas, elle est assise en tailleur sur le lit, les yeux sur son stupide portable. Je ne dis rien tandis que je prends des fringues propres dans l'armoire et me change devant elle. Niveau pudeur, on a depuis longtemps dépassé le stade de la timidité.

— J'ai réfléchi, lance-t-elle dans mon dos.

Je lève les yeux au ciel en me passant du déo sous les bras.

— Ce n'est pas juste une pensée nocturne, c'est tout réfléchi : je veux faire partie de tout ça. Je veux t'aider.

Je m'immobilise en lâchant un petit grognement. Je ne suis vraiment pas d'humeur pour toutes ces conneries.

— C'est très sérieux, Stan. Je veux en faire…

— Arrête ! aboyé-je alors subitement. C'est pas pour toi, ces choses-là. Le sujet est clos, tu voulais savoir, tu sais. Mais tu dois arrêter d'en parler, maintenant.

— Mais, Stan…

— C'est clair ?!

Cette fois-ci, j'ai presque hurlé, lui arrachant une grimace d'effroi et un léger soubresaut. Elle me regarde encore avec colère, mais je m'en fiche. Je ne veux pas risquer quoi que ce soit en la faisant participer à notre histoire. Naomi m'en voudra toujours pour ce qui lui est arrivé et je n'ai pas besoin qu'elle s'y mette aussi.

— C'est simple, si tu m'exclus encore, Stan, j'en parle aux autres.

Elle a prononcé ces mots avec calme, tout en me défiant du regard. *Traîtresse.* Hors de moi, je me jette sur elle et la plaque contre le lit, envoyant valser son téléphone et coinçant ses poignets entre mes doigts.

— Je savais que c'était une erreur de t'en avoir parlé, Allison, mais fais gaffe. Tu ne diras rien à personne, sinon c'est à toi qu'il arrivera des merdes. T'as vu Naomi ? T'as vu son corps ? C'est ce que tu veux vraiment ? Finir brûlée vive dans le caniveau, c'est ça qui te tente ?

Ses yeux n'ont jamais paru si grands. Elle tremble sous mon corps et ses prunelles s'embuent rapidement de larmes. La voilà qui pleure maintenant.

— Je suis désolé.

Je me recule légèrement pour la laisser s'asseoir et lui caresse la joue avec le dos de mon index. Ce geste la fait sursauter. Je me sens con… Quand elle ouvre la bouche à nouveau, elle hoquette comme une enfant.

— Maintenant que je… je sais, Stan… je suis impliquée. Et je veux… veux simplement t'aider.

Soupirant, je lui attrape les cuisses pour la tirer à moi et pose mon front contre le sien.

— Si tu veux vraiment m'aider, Allison, ne raconte rien à personne. Tout ce que je fais doit rester entre nous. Sinon, les choses risqueraient de déraper. Et toi comme moi, nous ne le voulons pas.

Elle acquiesce.

— Je m'apprête à organiser une nouvelle soirée, repris-je. Une *grosse* soirée. Et je vais avoir besoin de monde. Je vais avoir besoin de beaucoup de personnes pour arriver à masquer ce qu'on fait. Est-ce que tu te sens capable de m'aider à organiser tout ça ?

Une lueur d'espoir traverse ses yeux.

— Bien sûr.

Le contraire m'aurait étonné.

— Bien. Je veux que tu invites toutes les personnes que tu connais et que tu leur dises que j'organise une soirée chic…

— Quel est le thème ?

— Comment ça, quel est le thème ? Là n'est pas la question.

— Toute bonne soirée a son thème, Stan…

— Bon, OK, d'accord. On n'a qu'à dire… casino. Le thème c'est le casino.

Je n'ai pas besoin d'en dire plus pour qu'elle comprenne où je veux en venir. Le thème du casino est celui qui nous facilitera le plus la tâche. Plus il y aura d'argent qui circulera à cette fête et plus il sera facile pour nous de dissimuler le nôtre… Avec un sourire complice, je lui vole un baiser et accepte son aide.

Ce soir, c'est elle qui a gagné.

Chapitre 23

ANNA

Encore quelques kilomètres et nous y sommes.

La tension est à son comble dans la petite Volkswagen.

Tandis que j'essuie frénétiquement mes mains moites sur ma robe, Allison, à ma gauche, zyeute son téléphone portable toutes les deux minutes. De son côté, Sasha n'arrête pas de se dandiner sur les sièges en cuir, gênée par le bustier un peu trop serré qu'elle a décidé de porter ce soir. Charles, son cousin et notre chauffeur privé pour l'occasion, a lui aussi revêtu sa plus belle tenue : un costard gris qui est un peu large au niveau des épaules et une paire de mocassins assortie.

C'est la première fois que je nous vois si chics. Ou bien ridicules, je ne sais pas. Il faut dire qu'aucun de nous n'est vraiment habitué à mettre ce genre de vêtements, pas même Allison, dont le style est pourtant bien hétéroclite.

Ça me fait me sentir bête. Je regrette d'avoir choisi cette longue robe rouge au décolleté bien trop plongeant, ça ne me ressemble pas. C'est beaucoup trop. Pourtant, je n'ai pas vraiment eu le choix. Aussi bien Stan que ma meilleure amie m'ont imposé de participer à la soirée « casino » que le premier organisait chez lui. Et on ne peut pas tout à fait dire que celle-ci commence très bien : mon maquillage surchargé s'est déjà fait la malle sous mes yeux tandis que les boucles que m'a soigneusement faites Sasha se sont ratatinées dans mon dos.

— Un petit sourire, les filles ? J'vous rappelle qu'on y va pour s'amuser, lance Charles derrière le volant.

S'amuser ? Non, je ne crois pas. Je fais surtout le déplacement pour voir Léo, moi. Voilà plusieurs semaines que je n'ai pas eu de ses nouvelles. Entre la convalescence de Naomi et le début des vacances scolaires, il n'a pas trouvé le temps de me voir, d'appeler ou d'envoyer un texto… Bref, depuis notre soirée à l'hôpital, c'est le silence radio le plus total.

Et mince, nous y sommes déjà.

Comme chaque fois que je me retrouve devant la porte de cette grande maison, j'ai la boule au ventre. Inutile, toutefois, de se poser trop de questions quant au déroulement de la soirée. Moins je me ferai d'idées et mieux je me porterai…

C'est Charles qui ouvre la marche et nous entraîne à l'intérieur, mes copines et moi étant bien trop mal à l'aise. Encore, Sasha, je peux comprendre : elle n'est pas friande des soirées de ce genre. Mais, pour Allie, c'est plus étrange. Elle voulait absolument qu'on vienne ce soir, et elle est pourtant la plus inquiète…

Arrête de te poser trop de questions, Anna. Contente-toi de sourire.

Je souffle un coup lorsque je découvre que la majorité des invités sont habillés comme nous. Occupant les trois quarts du salon déjà immense, la foule présente ce soir me rappelle celle qui m'étouffait à ma première venue ici.

Cette fois, c'est quelque peu différent. Je reconnais certains visages, des connaissances de Stan et Léo qui ont croisé ma route à diverses occasions depuis que je les fréquente. Eux n'ont pas la moindre idée de qui je suis, bien sûr. Je doute que les deux garçons aient beaucoup parlé de moi. Après tout, je ne sais pas moi-même ce que je représente pour eux. Une amie pour l'un, un peu plus pour l'autre ? C'est assez flou.

Plusieurs tables sont installées au cœur de la pièce principale. Des petits groupes se sont formés autour d'elles et participent à des jeux renvoyant au thème de la soirée : un poker a lieu sur ma droite, tandis qu'un black jack est lancé sur ma gauche. Je n'aurais jamais pensé que Stan puisse être à l'origine de ce genre d'idée. L'euphorie qui ressort de ces attroupements me donne presque le sourire. Ça boit, ça hurle, ça se bouscule. Tout le monde semble apprécier le moment, et il serait peut-être temps d'en faire autant…

Soudain, Sasha attire notre attention et tend son index vers une pièce adjacente. Je reste stupéfaite en apercevant Rosalie Montigny. La rousse aux jambes interminables rit aux larmes en compagnie d'un groupe de filles qui me sont inconnues. Toutes ont à la main une coupe de champagne.

— Qu'est-ce qu'elle fiche ici, celle-là ?

Je n'ai pas le temps de répondre à Sasha qu'une autre silhouette se profile près de la porte d'entrée. Mon cœur a un léger sursaut lorsque je vois Naomi. Vêtue d'un simple jean et d'un T-shirt noir, elle a les bras entourés de bandages et est escortée de Léo.

Mon Léo.

Lui aussi porte un costume, *bon sang…* Un pantalon noir, légèrement étroit, et une chemise blanche en partie cachée par un veston en velours assorti au bas. Je fonds littéralement sur place. Il est tellement beau… Voire plus que ça encore…

De là où je me trouve, il lui est presque impossible de me repérer. Mais c'est tant mieux. Je ne suis pas tout à fait prête à le retrouver, à faire face à Naomi. Je préfère l'observer discrètement dans mon coin. Ça m'évite ainsi de devoir paniquer pour rien.

Lorsque mes deux amies aperçoivent à leur tour le duo dans l'entrée, elles me lancent un petit regard interrogatif. *Non*, fais-je de la tête, *pas encore*. Elles comprennent très vite et Allie décide même de nous tirer, Sasha et moi, dans la direction opposée, vers une des tables.

— Un poker, ça vous dit, les filles ?

Je suis partante au début. Et puis ensuite je réalise qu'il faut boire en cas de défaite, alors je fais machine arrière. Je préfère laisser ma place aux spécialistes. Aussi, après avoir observé les premières minutes du jeu, je décide d'aller faire un petit tour. Bousculée de toutes parts, c'est finalement dans la cuisine que j'échoue.

Mauvaise pioche.

— Anna ! Waouh. Tu es juste… waouh.

Le rouge me monte aux joues lorsque Léo s'avance vers moi à grands pas. Sans prévenir, il m'attrape par la taille et me soulève dans une étreinte aussi douce qu'inattendue. Une centaine de petits papillons se mettent alors à battre des ailes à l'intérieur de mon corps. *Il m'a manqué…*

Lorsqu'il me repose, trop tôt à mon goût, je découvre qu'une autre personne se trouve dans la cuisine, derrière lui. Ce n'est pas Naomi, comme je l'aurais imaginé, mais Stan. *Car là où est l'un se trouvera toujours l'autre…* L'apparition subite de l'hôte de la soirée me trouble. Lui aussi a fait des efforts. Il est habillé tout en noir. De la chemise, dont les trois premiers boutons sont ouverts, au pantalon et aux chaussures. Je ne sais pas comment, mais cette tenue le rend encore plus beau que d'habitude. Presque…

Presque plus beau que mon Léo…

Je ferme les yeux aussitôt pour me chasser cette idée de la tête. Je délire. Léo et Stan sont tous les deux très beaux, point. Concentrant à nouveau mon attention sur le beau blond, je me jette dans ses bras et le serre le plus fort possible. La tête nichée dans son cou, je retrouve l'odeur de coton propre et de savon que j'aime tant.

— Tu es très belle, dit Stan de sa voix grave, derrière nous.

Je ressens tout plein de picotements dans le bas-ventre. Heureusement, Léo ne semble pas remarquer mon trouble et m'embrasse sur la joue en souriant.

— De ce côté-là, on est bien d'accord.

Je leur offre un sourire crispé en guise de réponse.

— Tu es là depuis longtemps ?

— Seulement depuis quelques minutes. Sasha, Allie et Charles sont en train de jouer dans le salon.

— Je savais que ces conneries leur plairaient, sourit Stan.

Et, encore une fois, ça me crée des étincelles dans le ventre.

— J'ai aperçu Naomi tout à l'heure, dis-je alors pour changer de sujet, comment va-t-elle ?

— Disons qu'elle fait au mieux, répond Léo.

Avant que je ne puisse dire quoi que ce soit d'autre, il glisse sa main dans la mienne et me chuchote : « Suis-moi. » Dès lors, il nous entraîne hors de la cuisine et trouve son chemin dans la maison, écartant la foule sans aucune difficulté. À tel point que nous nous retrouvons en haut de l'escalier en un rien de temps. Et, en un rien de temps supplémentaire, nous arrivons dans une salle de bains.

Avec un sourire complice, il ferme la porte à clé et vient se poster face à moi, devant la vasque. Par réflexe, je ferme les yeux lorsqu'il pose ses mains sur mon visage et m'attire à lui. Son baiser est fougueux. Il rattrape tout le temps que nous avons perdu ces dernières semaines et comble le vide qu'il avait laissé en moi.

Très vite, je me cramponne au col de sa veste et son corps se plaque contre le mien. Pour la première fois depuis des jours, je crois avoir trouvé ma place. Je crois avoir compris ce qu'il était pour moi. On a dépassé le stade de l'amitié, celui du « plus si affinités ». Là, les choses prennent tout de suite un tournant plus sérieux.

À bout de souffle, Léo fait un pas en arrière et me laisse redescendre sur terre dans une symphonie de respirations saccadées.

— Quand je te dis que tu m'as vraiment manqué, Anna…

J'éclate de rire avant de me caler à nouveau entre ses bras. Je m'y sens bien.

— J'avais peur que tu, t'imagines que je t'avais oubliée, dit-il en traçant des petits cercles dans mon dos.

— Non, je savais que tu t'occupais de Naomi…

— Et, maintenant qu'elle va mieux, tu es tout à moi.

Je ne peux m'empêcher de sourire en l'entendant. Bientôt je ne me retiens plus et l'embrasse à nouveau. Je mets toutes mes forces, toute mon âme dans ce baiser langoureux. J'inscris mon corps dans les courbes du sien, ressentant son cœur qui bat et ses muscles qui se contractent un à un.

Alors que la chaleur produite par l'étreinte commence à m'étourdir, Léo glisse lentement ses mains sous mes fesses et me soulève dans les airs. Il coince mes jambes de chaque côté de son bassin et je frissonne. Là, je perds toute notion du temps. Il est probablement en train de froisser ma robe et de bousiller ma coiffure. Mais, bizarrement, je m'en contrefiche. La seule chose qui m'importe, c'est lui. Lui et moi. Maintenant.

C'est vraiment fou ce que le simple contact de sa peau sur la mienne peut me faire ressentir. Je suis comme un cachet effervescent qu'on ficherait dans un verre d'eau. Je me dissous à une vitesse éclair. Ça pétille autour de moi. Tout s'affole.

On doit se faire violence pour se séparer l'un de l'autre. Désormais, nous sommes à bout de souffle. Toutes nos forces ont été annihilées dans ce dernier baiser.

— Il faut que je te dise, Anna… Je crois que je t'apprécie de plus en plus, lance-t-il entre deux respirations.

— De plus en plus… répété-je en souriant. Ça tombe bien car moi aussi, Léo. Moi aussi…

Alors qu'il s'apprête à me laisser goûter à ses lèvres à nouveau, son téléphone vibre bruyamment dans sa poche et l'oblige à briser notre lien.

— C'est Stan. Il veut que je le rejoigne pour faire quelques parties en bas… Ça te dit ?

— Hum… Non merci. Je vais… tenter de me recoiffer et j'irai retrouver les filles après.

Sans quitter son sourire, il tire ma main vers lui et l'embrasse très rapidement avant de disparaître.

Face à l'immense miroir rectangulaire accroché au mur, je découvre alors les dégâts que mes retrouvailles avec Léo ont causés. Petit un : il a mangé tout mon rouge à lèvres. Petit deux : c'est officiel, mes cheveux sont redevenus raides. Et petit trois : eh bien, on peut dire que je ne ressemble plus à rien !

Alors que je fouille dans mon petit sac à main à la recherche d'un élastique, mon téléphone vibre à son tour.

Sasha, 21 h 27 : T'es où ?

Je réponds « À l'étage » et me remets à chercher.

Deuxième vibration.

Sasha, 21 h 28 : OK, t'as une petite demi-heure pour trouver des indices quant à tout l'argent que j'ai vu l'autre fois. Ils vont commencer un poker. Go !

Quoi ?! Il est hors de question que…

Troisième vibration.

Sasha, 21 h 28 : Arrête de réfléchir, c'est maintenant ou jamais.

Je reste statufiée devant l'écran de mon téléphone durant de longues secondes avant de me ressaisir. Qu'est-ce qu'elle attend de moi au juste ? Que je tombe sur des lingots d'or et une affiche *Wanted* avec la tête de Stan dessus ? Cette histoire commence à me gonfler.

Bien résolue à lui montrer que toutes ses suppositions reposent sur un malentendu, je sors de la salle de bains et m'aventure dans le couloir. Il est désert pour l'instant. J'ai le choix entre quatre portes. Dans l'idéal, il faudrait que je tombe directement sur la chambre de Stan. *On va donc se le faire à la amstramgram.* En silence, j'entame la comptine en désignant de l'index chacune des portes alternativement avant de finir sur celle qui se trouve sur ma gauche. Je m'y aventure le plus discrètement possible, mais mauvaise pioche, il s'agit d'un bureau. Je zyeute très vite le lieu, au cas où se cacherait le moindre indice, puis rebrousse chemin. Déjà fatiguée par ce petit jeu stupide, je décide d'aller à la porte suivante.

Cette fois, je suis dans la pénombre la plus totale. Les fenêtres étant closes, je tâtonne pour trouver un interrupteur… En vain. Heureusement, j'ai mon iPhone sur moi. La lampe torche me permet alors de déceler un grand lit aux draps blancs, une petite bibliothèque mal rangée ainsi que l'entrée d'un dressing plein à craquer. Bon… On va dire que j'ai trouvé.

Immédiatement, je me précipite vers la bibliothèque et me mets à chercher. Quoi ? Je ne sais pas encore, mais je cherche. Stan possède tout un tas de livres sur le commerce et des questions économiques. C'est drôle, je ne le savais pas si érudit… À côté de ça, je trouve aussi pas mal de BD et de mangas dont les titres me disent quelque chose. Il n'a pas fini de me surprendre, ce gars-là.

Peu satisfaite, je décide ensuite d'aller fouiner du côté d'étagères installées près du lit. Mais la pièce est tellement vaste – et la puissance de mon éclairage tellement faible – que je dois m'y aventurer à quatre pattes pour ne pas risquer de me cogner contre un meuble. Je n'ai vraiment pas l'air maligne, comme ça. Sasha aura intérêt à me croire lorsque je reviendrai bredouille.

Bien entendu, encore une fois, je ne trouve strictement rien. J'ai beau fouiller partout, passer mes doigts dans les moindres recoins, c'est peine perdue. Sasha s'est monté la tête.

Avant de sortir, je jette quand même un coup d'œil vers le lit, mais c'est par pure curiosité. C'est ici qu'il dort et probablement que ma meilleure amie a déjà passé la nuit... L'idée me serre le cœur. Avant de comprendre ce que je suis en train de faire, je m'avance un peu plus et tombe par mégarde sur le matelas. Je me retrouve le nez sur l'oreiller, où une odeur orangée remplit mes narines. Inconsciemment, je ferme les yeux.

C'est mal ce que je fais, mais je ne peux pas m'en empêcher. Et je suis presque soulagée de me rendre compte que le parfum d'Allison ne s'y trouve pas. Je commence à devenir barge... Alors que je fais machine arrière, le vibreur de mon téléphone me fait sursauter.

Sasha, 21 h 46 : Ça fait 15 minutes qu'ils sont tous enfermés dans la même pièce que l'autre fois et personne ne remarque rien en bas ! Tu as trouvé des choses ?!

Anna, 21 h 46 : Non, RAS ! Cette histoire est stupide, je descends.

Sasha, 21 h 47 : Hors de question ! Je suis sûre de ce que j'ai vu ! Fais-moi confiance, Anna. Et continue de chercher...

Que cette fille est têtue !

Je m'extirpe du lit et remets la couette en ordre avant de partir à la recherche d'une source de lumière. Et il me semble que... BINGO ! Un long fil électrique court à même le sol près de moi et il est muni d'un interrupteur. Je me jette dessus et allume ainsi une lampe. Mes yeux peinent à s'accommoder au flash qui jaillit de l'ampoule et je mets quelques secondes avant d'y voir clair.

Les murs sont peints en blanc mais, en contraste, les meubles sont presque tous noirs. Je me rends compte que j'ai raté des étagères de l'autre côté du lit. Celles-ci contiennent une dizaine de porte-documents et tout plein d'enveloppes. J'en tire une au hasard et je l'ouvre. Rien de bien important sous mes yeux, il ne s'agit en fait que de relevés de comptes et de factures. Je la repose et j'en prends une autre.

Celle-ci est ouverte de manière grossière et contient une feuille de papier jaune froissée, pliée en deux. Alors que je la sors de l'enveloppe, une photo en tombe. J'y découvre le visage d'un petit brun aux yeux verts, la mine fatiguée et le sourire en coin.

Quelque chose me frappe dans ce portrait, mais je suis incapable de dire quoi. Mon téléphone vibre à nouveau, mais je ne prends pas la peine de répondre cette fois et m'attarde sur la photo. Le garçon porte un pull bleu foncé et est assis devant un fond entièrement vert. On dirait une photo de classe. Et je suppose que celui qui pose doit avoir quatre ou cinq ans.

La feuille jaune qui l'accompagne est vierge, aucun renseignement ne me permettra donc de savoir de qui il s'agit. Peut-être est-ce simplement Stan plus jeune… Mais, dans ce cas, pourquoi mettre la photo dans une enveloppe, sur une étagère comprenant des factures et relevés bancaires ?

Mon vibreur retentit, mais je l'ignore une fois de plus tandis que je remets le tout en place avant de piocher une autre enveloppe. Mon cœur se retourne quand je découvre qu'il s'agit d'une nouvelle photo du petit garçon, plus âgé, d'au moins trois ans. Il est assis sur un canapé, une télécommande dans la main, et a les sourcils froncés. Cette fois-ci, un mot est écrit directement derrière la photo.

Merci.

Bon… Tout ceci ne m'avance à rien et il vaudrait mieux que j'arrête de regarder des affaires si personnelles. Je remets tout en place et j'éteins la lumière lorsque j'entends des pas provenir de l'escalier. Mon cœur se met à tambouriner dans ma poitrine. Sans prendre le temps de respirer, je file me cacher dans le dressing et tire la porte sur moi. Avant que je ne puisse la fermer complètement, celle de la chambre s'ouvre en grand.

— J'peux savoir pourquoi tu me dis ça maintenant ?

C'est Stan. Cependant, je n'entends personne d'autre à ses côtés.

— Non, puisque je te le dis, crache-t-il froidement.

Il doit être au téléphone. De mon côté, je transpire à la simple idée qu'il puisse se tourner vers le dressing. Il faut dire que je meurs de chaud au milieu de toutes ces fringues. Quelle idiote j'ai été de venir jusqu'ici… Mon cœur va exploser.

— Très bien… Non… Il y a à bouffer de toute façon.

Sur ces mots, la porte claque et la voix de Stan s'atténue. Il est sorti. Et je suis toujours en vie…

Je respire une grande goulée, avalant tout l'air disponible dans l'espace réduit, et me précipite à l'extérieur du placard. Je tente d'être discrète au cas où il serait toujours derrière la porte, jusqu'à ce que mon portable se mette à sonner cette fois-ci. D'une main, je l'attrape et le projette à l'autre bout de la chambre avant de retourner en courant là d'où je viens.

Et le silencieux, Anna, tu connais pas ? Crotte, crotte, crotte !

Après ce qui semble être une éternité, je peux affirmer avec certitude que mon cœur est sur le point de lâcher alors que personne n'est revenu dans la pièce.

À demi soulagée, je sors alors de ma cachette et tente de récupérer le maudit iPhone. Celui-ci a l'écran rayé, affiche un appel manqué et trois messages non lus. *Ça s'annonce bien…*

Sasha, 21 h 52 : C'est la merde, redescends tout de suite !

Sasha, 22 h 03 : Stan nous met dehors ! Pars maintenant !

Sasha, 22 h 20 : On est tous dans la rue, t'es où ???

Je me mets à trembler. Le souffle me manquant, je me précipite vers la porte de la chambre quand soudain la poignée tourne devant mes yeux. Je plaque une main sur ma bouche pour m'empêcher de crier.

Cette fois, je suis cuite.

Chapitre 24

Je ferme les yeux, par réflexe, et reste immobile. J'attends le coup de grâce.

De toutes mes bêtises, celle-là restera sans doute la plus improbable. N'importe qui dans ma situation aurait trouvé le moyen d'en rire. N'importe qui, *sauf moi*. J'ai l'impression de me liquéfier sur place. Après un interminable silence, lorsque les battements de mon cœur parviennent enfin à se réguler, j'ouvre les paupières pour m'apercevoir que la poignée de la porte est inclinée, mais que la personne n'est pas entrée.

Je n'y comprends rien.

Les seuls sons qui me parviennent, en tendant l'oreille, sont un long soupir et quelques tapotements imprécis. Sans plus réfléchir, je me redresse et m'éloigne du seuil le plus silencieusement possible. J'arrive jusqu'au dressing alors que la porte demeure fermée. N'ayant plus la force de me cacher parmi les vêtements, je reste immobile derrière le battant.

Au moment où je commence à relâcher la pression, on entre dans la chambre. Mon cœur se serre dans ma poitrine lorsque je perçois un nouveau soupir. Je discerne des pas et puis le bruit de quelqu'un qui se jette sur le lit.

C'est forcément Stan.

Mon Dieu, faites qu'il ne s'endorme pas là. Pas maintenant. Pas en me laissant coincée dans son placard ! La complexité de notre relation ne me permettrait pas de sortir en prétextant une blague de mauvais goût. Nous ne sommes pas assez proches. Nous ne sommes rien du tout.

Ça y est, voilà que je me remets à paniquer. Je le sens dans mon corps, je le sens partout. Je vais exploser d'une minute à l'autre. Je n'entends plus rien de son côté. Peut-être qu'il dort déjà. Je préfère ne pas vérifier, pas tout de suite. *Bon sang, Anna, qu'est-ce que tu as fait ?* Un éclair me traverse l'esprit et je me précipite pour éteindre mon téléphone. *Il ne manquerait plus que ça, tiens !*

Sasha va paniquer aussi de son côté, c'est sur. Et Léo va croire que je suis partie sans lui dire au revoir. Quant à ma mère… Je serai probablement privée de sortie jusqu'à l'année prochaine. *Merde. Merde. Merde, Anna !* Et puis c'est vachement dur de se contenir dans si peu d'espace. Imaginons qu'il me trouve là, cachée comme une lâche dans son dressing. Dans ce cas-là, je dis quoi ? Je fais quoi ?

Je me déteste. Je me déteste de m'être fichue dans ce guêpier. Pire, je déteste Sasha de m'avoir poussée à venir à cette soirée. Léo de ne pas m'avoir forcée à descendre avec lui. Et Stan de dormir. Je les déteste tous.

Dix bonnes minutes sont passées depuis que je suis à nouveau cachée. Je commence à avoir des crampes. Il faut à tout prix que je m'assoie ou que je sorte de ce trou à rats une bonne fois pour toutes. Soudain, un soupir plus fort que les précédents se fait entendre de l'autre côté du mur. Mon sang n'a jamais circulé aussi vite dans mon système. Il s'agit plutôt d'un souffle, qui se démultiplie, fort et régulier à la fois.

Il dort.

Je me demande ce qui a bien pu lui passer par la tête pour organiser ce genre de soirée et finir par mettre tout le monde dehors avant 23 heures… Peut-être est-ce ma chance, après tout. Peut-être faut-il que j'agisse maintenant…

Mais, avant de foncer tête baissée, il faut que je réfléchisse. Si je sors de là et le réveille, je prends le risque de devoir l'affronter. Mais, si je reste, je ne pourrai pas sortir avant qu'il s'en aille. Et, dans cette situation, je risque de me retrouver enfermée ici pour un long moment… Quoi qu'il arrive, il finira par me croiser, c'est évident. Sauf si je parviens à m'échapper maintenant. *Sans le réveiller…*

Bien que n'étant pas croyante, je joins immédiatement les mains et prie n'importe qui, n'importe quoi de m'aider à me sortir de cette situation. Je ravale ma peur, me donne une tapette sur la joue et pince les lèvres pour me stimuler.

Allez, Anna, c'est maintenant ou jamais.

Prenant mon courage à deux mains, je sors du dressing en une fraction de seconde. Après quoi, je me règle en mode pilote automatique. Je suis en apnée. Stan est encore tout habillé, étendu à plat ventre sur sa couette. Son bras droit pend dans le vide tandis que l'autre est fermement agrippé à l'oreiller. Heureusement pour moi, son visage est tourné face au mur.

À pas de souris, j'avance tout doucement vers la porte. *Plus que six petits mètres.* Il ne ronfle pas, mais j'entends toujours son souffle alors que je continue sur ma lancée. *Plus que quatre mètres.* Un peu plus et je me faisais pipi dessus. Ma robe est fichue, Allie va me tuer. *Plus que deux mètres.* Mais pourquoi a-t-il mis tout le monde dehors ?

Stan et ses énigmes…

Plus qu'un mètre. Je m'arrête soudain. Il dort et je suis sur le point de m'échapper. Mais le visage de ce petit garçon aux yeux verts me turlupine. Stan a les yeux marron. Alors qui est-ce ? Et que nous cache-t-il ?

La curiosité et sûrement la folie me poussent à reculer d'un pas. *Merde, Anna, qu'est-ce que tu fais ?* La vérité, c'est que je ne suis pas sûre de vouloir sortir de cette chambre. Ce que je veux vraiment, au fond, c'est que Stan lève le voile, pour une fois, sur tous les mystères qui l'entourent.

Néanmoins, il faut que je disparaisse d'ici et vite si je ne veux pas m'attirer d'ennuis. Mais avant, je me promets intérieurement que je forcerai un jour Stan à me donner les réponses qu'il me doit. Tôt ou tard, je saurai.

Rassérénée par cette nouvelle conviction, je reprends mon chemin vers la porte, plus déterminée que jamais à sortir. Je ne pense plus à rien lorsque je tourne la poignée. Ni même lorsque j'ouvre le battant. Je ne pense plus à rien lorsque j'esquisse un premier pas en dehors de la chambre. *À rien.* Rien… sauf à la voix de Stan qui se met à résonner derrière moi :

— Anna ?

Je me fige. *Ce qui devait arriver arriva.* On peut officiellement dire que je suis cuite, cette fois.

— Anna, répète-t-il d'une voix lasse.

Ça m'oblige à me retourner. À présent, je lui fais face, penaude, le cœur au bord des lèvres. Lui s'est redressé et se tient maintenant assis sur le bord du lit, l'air surpris. « Je suis désolée » sont les seuls mots que je parviens à prononcer.

— Alors, tu es restée ?

— Oui… Non ! Enfin oui, mais…

— Tu ne devrais pas être là.

Ça, crois-moi…

— Mais ça ne me dérange pas.

Hein ?

— Comment ça ?

Un sourire fatigué illumine ses traits et je me retrouve tiraillée entre des sentiments contradictoires.

— J'aimerais que tu restes, dit-il les yeux mi-clos.

— Mais tout le monde est parti.

— S'il te plaît, Anna. Juste pour cette nuit.

Ses mots dressent les poils de mes bras.

— Je ne te demande rien de plus que de dormir ici. Tu n'es pas obligée de parler. Je veux juste… J'aimerais ne pas être seul.

Si je me pensais coincée dans le dressing tout à l'heure, dans quelle situation suis-je maintenant ?

Je ne vais tout de même pas passer la nuit ici. Ce serait purement illogique, à l'encontre de mes principes. Et puis, pourquoi resterais-je en compagnie de Stan ? Je suis avec Léo. Lui, avec Allie. Que je me retrouve cachée dans son placard un samedi soir ne fait pas de nous les meilleurs amis du monde. Non… Ça serait stupide.

— À l'heure qu'il est, ils sont probablement déjà tous rentrés, poursuit-il. Tu risques de te retrouver à la rue, toute seule et sans moyen de transport.

— Je pourrais très bien prendre le bus.

— Ou tu pourrais rester.

Je ferme les yeux, comme si je laissais les choses se faire sans vouloir en être témoin. Après tout, la partie est perdue d'avance. Je ne fais pas le poids face à Stan. Une force invisible finit toujours par me pousser vers lui. Quoi qu'il arrive.

— Stan, je te préviens…

— Ne t'en fais pas. Je vais rester de mon côté du lit, je ne te toucherai pas.

— Parce que tu t'attends à ce que je dorme dans ton lit ?!

Il m'offre une nouvelle fois ce sourire en coin qui me réchauffe le cœur et tend la main. Il tend la main comme quelqu'un qui voudrait se présenter. Comme quelqu'un qui voudrait recommencer à zéro, repartir sur de nouvelles bases. Mais, pour ce qui est de nous deux, c'est trop tard.

Est-ce trop tard ?

J'ai l'impression d'avoir trébuché. Oui, c'est ça, j'ai trébuché et je me suis rattrapée grâce à sa main. Main que je tiens dans la mienne à présent. Et, immédiatement, je retrouve la sensation de chaleur que j'avais éprouvée lorsqu'il avait remonté ma bretelle au Grand Bleu. La même que lorsqu'il avait posé son doigt sur mes lèvres.

C'est un sentiment étrange. Je ne veux pas qu'il m'embrasse ou qu'il me prenne dans ses bras. Je veux juste être en sa présence. Rester auprès de lui. Aussi paradoxal que cela puisse paraître.

Un énième sourire illumine son visage et il me tire jusqu'à son lit. Mais, lorsqu'il s'allonge, je recule instinctivement.

— Je vais dormir, Anna. Mais si tu préfères le sol…

Je m'assois sur le bord du matelas avant qu'il finisse sa phrase. *Dans quoi me suis-je encore laissé embarquer ?*

Stan est sur le flanc, les yeux tournés vers moi, tandis que je pose la tête sur l'oreiller en face de lui. Je dois me faire violence pour ne pas inspirer son odeur qui vient chatouiller mes narines quand je lui rends son regard.

— C'est le moment où l'on doit se souhaiter bonne nuit, il me semble.

— Bonne nuit, Stan.

— Bonne nuit, Anna.

***

Je me demande ce qui serait arrivé si le monde avait tourné différemment. Si j'avais connu Léo en premier et Stan par la suite. Si Léo m'avait rejetée et Stan emmenée dans la forêt de pins. Si c'était lui qui m'avait embrassée…

Serais-je là où j'en suis aujourd'hui ? Serais-je ici ?

***

Je me réveille difficilement, et dans une posture des plus compromettantes. Je suis à plat ventre, dans la position du crapaud, les jambes écartées. L'une est pliée et l'autre coincée sous la couette. Je grogne un petit moment puis me frotte les yeux pour les habituer à la lumière.

Le bruit d'un verre qui se casse me fait sursauter. Je ne réalise qu'alors où je me trouve. Le lit est vide. Stan a disparu. Et, malgré cela, rien n'a changé depuis hier.

Je me lève en trombe à la recherche de mon téléphone, que je retrouve sur le parquet. En l'allumant, je pousse un cri d'effroi à la vue des messages non lus. La plupart sont de Sasha et de Léo. Deux viennent de ma mère et un d'Allison. Je préfère ne même pas les lire. Je cours jusqu'à la porte dans l'espoir de m'enfuir à nouveau mais m'arrête dans mon élan en entendant de nouveaux sons.

Une conversation se tient au rez-de-chaussée, il s'agit de deux voix graves. De deux hommes. Mon cœur bat la chamade lorsque le visage de Léo surgit dans mon esprit. Si je descends et qu'il me voit, c'est la fin.

— Anna ?

La voix qui m'interpelle depuis le rez-de-chaussée appartient à Stan et pourtant son intonation n'est pas la même que d'habitude. Elle n'est pas dotée de son éternelle assurance.

Est-ce qu'il regrette ?

Je n'ai pas le choix, il faut que je descende maintenant. Ce sera un pas de plus vers la sortie. Je passe donc deux doigts sous mes yeux pour effacer l'excès de mascara qui aurait coulé et lisse une fois de plus ma robe avec mes paumes. Je dois avoir l'air d'une folle dans cet accoutrement. Je donnerais n'importe quoi pour pouvoir me brosser les dents et prendre une douche bien chaude…

Mais je vais devoir me contenter de ce que j'ai maintenant, à savoir le peu de dignité qu'il me reste et ce que je m'apprête à affronter au pied de l'escalier. Marche après marche, j'enfonce un peu plus les ongles dans le creux de mes mains. *Il va me falloir trouver une sacrée excuse auprès de Léo.*

J'arrive dans le hall et respire une seconde avant de passer le seuil de la cuisine, un grand et faux sourire aux lèvres.

Stan a enfilé un large T-shirt vert qui fait ressortir le marron de ses yeux. Le reste de son corps est caché par l'îlot derrière lequel il prend son petit-déjeuner. Et près de lui se tient un homme d'une cinquantaine d'années environ, les cheveux poivre et sel et le regard dur.

Pas de Léo en vue…

Devant nos airs dubitatifs, Stan prend la parole :

— Anna, je te présente mon père. Papa, Anna.

« Mon père » ?! Non mais sérieusement, Stan, tu crois que c'est le moment de me présenter à ta famille ?

Je ravale ma surprise et accepte l'immense main qui se présente à moi. L'instant d'après, je me fais broyer les phalanges. Son père n'a rien de chaleureux ni d'agréable, *étonnant.* Sans compter qu'il ne m'adresse pas un seul mot. Au lieu de cela, il me regarde de haut en bas pour finir par se tourner vers Stan.

— Alors ça y est, tu me présentes tes copines, maintenant ?

J'ai un mouvement de recul avant de tirer la tronche. Je n'apprécie pas d'être jetée dans le sac des « copines » comme ça.

— Anna est juste une amie.

« Amie », « source de problèmes », appelle ça comme tu veux.

C'est drôle, le père et le fils n'ont physiquement rien à voir. L'un est petit et bossu, l'autre musclé et élancé. Stan n'a vraiment rien à envier à celui qui lui a donné la vie.

— Toutes tes amies s'habillent comme ça ?

Non mais j'hallucine !

— Elle rentre de soirée.

Quoi ? Attendez une minute. Je me fais presque insulter par ton père et c'est la seule chose que tu trouves à dire ? Où est passée ton habituelle fougue, Stanislas ? Et comment ça, « Elle rentre de soirée » ? Aurais-tu quelque chose à cacher ?

Je tourne la tête pour dissimuler ma frustration et jette un coup d'œil vers le salon. Il semblerait qu'une petite fée ait agi très tôt ce matin pour tout remettre en ordre. Il n'y a plus rien qui traîne, c'est impressionnant.

— Bref, revenons à nos moutons, fait le père. Il me manque un dossier important, c'est pour ça que je suis là. Je suis persuadé de l'avoir mis dans ma sacoche avant de partir. Or, il n'y est plus à l'heure où je te parle.

— C'est parce que tu ne l'as pas vraiment pris. Tu l'as laissé ici, dans la cuisine. Je l'ai remis dans ton bureau en pensant que tu n'en avais pas besoin.

Le père baisse la tête et entreprend de se masser l'arête du nez.

— C'est quoi, ces conneries ? Tu sais que je ne veux pas que tu touches à mes affaires.

Le visage de Stan rougit et je me sens soudain très mal à l'aise.

— J'ai simplement pensé…

— Laisse tomber, je n'ai pas de temps pour ça.

Il disparaît dans l'entrée, attrape un trousseau de clés et enfile un long manteau noir au tissu soyeux.

— Au plaisir, Sarah.

Il claque la porte avant que je ne puisse le corriger et je peux enfin pousser le soupir que je retenais depuis mon arrivée dans la cuisine. Stan plonge la tête dans sa tasse de café et avale le tout sans un mot. Je ne l'avais encore jamais vu s'écraser devant quelqu'un.

— T'as faim ? demande-t-il.

— Non, je pense que je vais y aller, en fait.

Ma mère va me tuer…

— Si c'est mon père qui t'a fichu la trouille…

— Non, c'est pas ça… Je n'ai prévenu personne que je passais la nuit ici et je pense qu'il est temps que je rentre.

Il hoche la tête en silence avant de s'avancer d'un pas vers moi. Son regard insistant me fait reculer jusqu'à l'îlot en granit, dont l'angle me rentre dans le dos.

— Écoute, Anna… J'suis désolé pour cette nuit, je n'aurais pas dû te demander de rester. J'ai mis tout le monde dehors parce que mon père a appelé et a dit qu'il débarquerait dans la minute. Il n'est pas vraiment au courant pour… hum… les fêtes.

— D'accord.

— Je pense que j'avais simplement besoin d'un peu de compagnie.

J'acquiesce et je fais mine de comprendre même si la situation m'échappe. Je ne sais pas pourquoi, mais j'ai la vive impression que Stan craint son père comme personne d'autre. Et c'est cette même crainte qui l'a poussé à me demander de rester…

— Et désolé si je t'ai empêchée de passer la nuit avec Léo. Ça m'était sorti de la tête…

Sans trop réfléchir, je m'approche de lui et dépose un très bref baiser sur sa joue. Je sais qu'il est surpris, je le suis aussi, mais je ne trouvais pas de mot pour conclure tout ce qui était arrivé. Je savais juste qu'il fallait que je fasse quelque chose. Alors je l'ai fait. Lui reste immobile et me regarde tandis que j'enfile ma paire de chaussures.

Juste avant de sortir, je lui lance un dernier regard et remarque qu'il n'a pas bougé d'un pouce. De sa place, il me lance :

— La prochaine fois que tu voudras voir ma chambre, il suffira de me le demander.

Son habituel sourire en coin refait surface et je manque de défaillir. Depuis le début il savait. *Bon sang…* Je ferme la porte de l'immense maison et pars sans me retourner. Je file rapidement jusqu'à disparaître dans la rue suivante. Et, dès lors, je me laisse tomber sur le trottoir et m'assois en tailleur. Hors de question d'avancer plus loin dans cette tenue.

Quand je pense que j'ai passé la nuit chez Stan. Dans son lit. Près de lui. J'en ai des frissons sur tout le corps. Et me voilà en plein milieu de la rue, en tenue de soirée, le maquillage dégoulinant et les cheveux sales.

Il ne me reste donc pas trente-six mille solutions. Je ne vais pas appeler Léo ni Allie. Quant à ma mère, elle est sûrement au travail. J'ouvre alors mes messages non lus pour découvrir le sort qui m'attend.

Allie, 21 h 40 : T'es où ?

Sasha, 22 h 56 : Ton chéri n'a pas l'air rassuré…

Sasha, 23 h 02 : Anna, moi non plus je suis pas rassurée là, t'es où ?

Léo, 23 h 33 : Tu as disparu trop vite… J'aurais voulu passer plus de temps avec toi.

Maman, 23 h 35 : Tu rentres à quelle heure ?

Léo, 23 h 36 : Tu es bien rentrée ?

Sasha, 00 h 11 : Je viens de dire à Léo que ta mère était venue te chercher ! Oui bon je sais, pas très glam…

Sasha, 00 h 27 : Pour nous, la soirée continue chez Charles ! Please, dis-moi que tu es en vie quelque part.

Maman, 01 h 04 : Je m'inquiétais, tu sais ! Sasha m'a dit que tu n'avais plus de batterie, passez une bonne soirée entre filles, bisous.

Léo, 01 h 49 : J'avais prévu de te dire plein d'autres choses, comme par exemple te répéter que tu m'avais manqué ou te dire que je voulais passer toutes les vacances avec toi.

Sasha, 01 h 50 : Blondie, j'te fais confiance. Pas de bêtise irréfléchie cette nuit, OK ?

Léo, 01 h 52 : Si tu es d'accord, bien sûr…

Léo, 02 h 13 : Peut-être que tu dors déjà, dans ce cas-là, bonne nuit :)

Une boule de stress me retourne l'estomac. Sous la fatigue et l'énervement, des larmes commencent même à me piquer les yeux. *Je ne mérite pas Léo.* Excédée, j'envoie un simple « Viens me chercher » à Sasha, en lui précisant que je suis chez Stan, avant de craquer en plein milieu de la rue.

L'image est assez atypique. Imaginez-moi dans une robe rouge sale et froissée, coiffée de vestiges de boucles emmêlées et arborant un maquillage de zombie. Imaginez un torrent de larmes qui se déverse sur mon visage. Ça me donne mal à la tête. J'ai peur des conséquences de mes actes, de perdre Léo, de me disputer une fois de plus avec ma mère, de devoir affronter Allie, de revoir Stan…

Après une demi-heure, le scooter de mon amie passe devant moi et effectue un freinage sec à ma hauteur. Lorsqu'elle enlève son casque pour me voir de plus près, je comprends à ses yeux qu'elle a deviné.

Je suis en train de développer des sentiments pour deux garçons à la fois et elle le sait. Peut-être le savait-elle même avant moi.

Chapitre 25

LÉO

10 h 20. Mon service vient de commencer et je suis déjà en retard.

— Un café et un croissant pour la table 10, des œufs pour la 3, une assiette de pancakes pour la 7 et un chocolat pour la 4 !

Un chocolat.

Je ne peux m'empêcher de sourire au souvenir d'Anna. C'est fou ce que je peux penser à elle ces derniers temps. Son visage, ses yeux bleus, la note aiguë dissimulée dans sa voix, son tic de frotter ses mains sur son pantalon, de toucher son collier lorsqu'elle réfléchit, sa façon de me sourire lorsque je l'embrasse, de toujours écrire mon nom dans les messages qu'elle m'envoie…

Chaque fois que je m'aventure à la toucher ou à l'embrasser, mon corps explose en millions de petits bouts. Des petits bouts de moi qui se retrouvent éparpillés sous ses yeux. Mais, heureusement pour mon ego, notre dernier baiser a prouvé que je n'étais pas le seul à ressentir tout cela. Je sais que ça ne fait que quelques semaines, que c'est encore trop tôt pour mettre des mots sur notre relation, mais, chaque fois que je la vois, c'est pareil. Le même choc me revient en pleine figure. Et cette robe rouge qu'elle portait l'autre soir n'a définitivement rien arrangé.

— Bonjour et bienvenue au Central. Que désirez-vous ?

— Je vais prendre un café serré, s'il vous plaît.

— Un serré, je vous apporte ça tout de suite.

Je ne regrette rien de ma relation avec Naomi. J'ai grandi avec elle, je pourrais tuer pour elle… Mais, maintenant qu'il y a Anna, c'est différent. Beaucoup de choses sont différentes.

— Voilà votre café, dis-je au seul client qui s'est installé en terrasse. Vous désirez autre chose ?

— J'aimerais bien que tu t'assoies, oui.

Je marque un arrêt.

Quand je lève les yeux pour mieux voir à qui j'ai affaire, le visage qui me fait face ne me dit rien. *Serait-ce un Rad ?* Il remplit le rôle en tout cas ; il est grand et baraqué.

— Je travaille pour le moment, réponds-je, mais si vous avez quelque chose à me dire, vous pouvez le faire à 17 heures, après mon service.

— Ça ne prendra que quelques secondes.

Je fronce les sourcils…

— C'est promis.

… et me détends. Voilà qui me rassure quant à son identité. Un membre des Rad n'aurait jamais parlé de la sorte.

— Je vous écoute, mais faites vite, dis-je en m'assoyant en face de lui.

Mon interlocuteur attrape alors la tasse, égoutte sa cuillère et avale d'un trait la boisson chaude.

— Léo, c'est bien ça ?

Je ne porte pas mon badge, contrairement à la plupart des serveurs ici, donc quelqu'un a dû lui parler de moi.

— À qui ai-je l'honneur ?

— Daniel Wallace.

Ses lèvres s'étirent très légèrement, mais le nom ne m'évoque rien. J'accepte alors la main qu'il me tend au-dessus de la table et la serre avec force, lui arrachant cette fois un vrai sourire.

— Je suis venu ici pour te parler d'Anna.

Ma lèvre inférieure a un léger tressautement. Je sens que je ne vais pas aimer la suite de cette conversation.

— Tu vois, Annabella, je la connais depuis un bail. Je veille sur elle.

Annabella ?

— Je ne suis pas son frère, mais c'est tout comme. Elle m'est très importante et, de fait, nous n'avons aucun secret l'un pour l'autre. Étant donné que vous êtes plus ou moins ensemble maintenant, je voulais m'assurer que tu la méritais bien.

Il finit sa phrase en hochant la tête avant de sortir un paquet de cigarettes de la poche de son manteau.

— C'est une terrasse non-fumeurs.

Il grimace.

Ce gars-là a un sacré culot pour venir jusque sur mon lieu de travail afin de me dire ça. Comme si *moi*, j'allais faire du mal à Anna.

— Je ne sais pas qui tu es. Mais, si ça peut te rassurer, il est hors de question que quelqu'un fasse du mal à Anna, dis-je en haussant le ton. Je ne le ferai jamais.

Son sourire se crispe.

— Le problème, c'est que le mec avant toi avait dit exactement pareil.

Je m'enfonce dans ma chaise.

— Je ne cherche pas à te menacer, mec. Je veux juste que tu fasses très attention à tes actes. Anna mérite ce qu'il y a de mieux. On ne dirait pas comme ça, mais elle est vulnérable et bien trop douce pour se révolter. Elle s'est fait briser le cœur une fois et je veux veiller à ce que la chose ne se reproduise pas.

Cette fois, c'est moi qui souris. Je viens tout juste de comprendre ce que ce Daniel a derrière la tête.

— Je peux te poser une question ?

— Je t'écoute, dit-il en croisant les bras.

— Depuis combien de temps es-tu amoureux d'elle ?

Au vu de la tronche qu'il tire, je me dis que j'ai visé juste. Je n'aimais pas le ton qu'il employait pour me parler d'elle. *Comme si elle lui appartenait.*

— Ne t'imagine pas ce genre de chose, Léo. Je ne suis pas là par jalousie. Au contraire, je suis là parce que je sais qu'Anna t'apprécie déjà beaucoup.

— Et moi je te dis que ça crève les yeux que tu as des sentiments pour elle. Peut-être même autant que j'en ai moi. Le hic, c'est que je ne compte pas la laisser partir. Tout comme je ne compte pas lui faire de mal. Alors, si vous êtes vraiment si proches tous les deux, va falloir me supporter encore un moment et ravaler tes sentiments.

Il sourit de nouveau, mais cette fois je ne sais pas s'il s'agit de sympathie. Peut-être qu'il me déteste après tout, peut-être qu'il l'aime, peut-être qu'il n'en a rien à faire… Je ne sais pas.

— C'est exactement ce que je voulais entendre.

Il se lève et dépose la monnaie sous mon nez.

— Sans rancune, alors.

Et c'est tout ?

Son sourire s'élargit davantage lorsque je me lève à mon tour et l'observe ranger sa chaise contre la table. Après un simple hochement de tête, il disparaît aussi vite qu'il est arrivé et me laisse hébété sur la terrasse.

Ce n'est qu'après quelques secondes que j'éclate de rire. Je m'attendais à tout sauf à ça en fréquentant Anna. Je n'étais pas au courant de l'existence de ce Daniel. Mais j'ai été habitué à pire. On m'a plusieurs fois suivi jusque chez moi, menacé de mort. On a agressé ma copine, tabassé mon meilleur pote. Alors non, les mecs comme ça ne me font pas peur, ils me font rire. *Ce Daniel en particulier…*

— On peut savoir pourquoi tu rigoles tout seul ?

Lia me regarde d'un drôle d'œil lorsque je rentre dans la salle principale. Elle est en train d'éponger la surface du bar.

— Qu'est-ce que tu fais demain ? demandé-je en tapotant le comptoir avec mes paumes.

— Eh bien, je bosse ici. Comme *toi*.

Elle a le don de toujours sentir lorsque je veux lui demander un service, alors, sans plus attendre, je penche la tête vers elle et lui offre mon habituel sourire. Quand son regard plonge dans le mien, elle comprend mon manège et se met à soupirer.

— Qu'est-ce que tu veux ?

— Rien…

— Léo, accouche. J'ai du travail !

— Bon, OK. Tu veux bien prétendre que je suis malade demain afin que j'aie ma journée ?

Elle s'esclaffe et me donne un coup sur l'épaule.

— Hors de question.

— Allez, Lia, s'il te plaît ! Je te revaudrai ça, je te jure.

— Qu'est-ce que tu comptes faire à la place, de toute façon ?

— Inviter Anna à la maison, dis-je en souriant timidement.

Ma petite sœur soupire à nouveau avant de lever les yeux au ciel. Après un temps de réflexion, elle finit par sourire.

— OK, je te couvrirai… Seulement si tu me prêtes ta voiture ce week-end.

Je m'apprête à refuser lorsque le corps d'Anna dans sa robe rouge vient embrumer mon esprit. Je viens de me faire passer un savon par un mec qui voulait m'éloigner d'Anna, alors je peux bien prêter ma voiture à Lia pour avoir un moment avec elle. Docilement, je hoche la tête et lui tends mon petit doigt. Elle lâche un « Yes ! », tout excitée, avant de crocheter son auriculaire au mien.

Une chose est sûre, la visite fortuite de ce Daniel ne m'aura que davantage motivé à bien faire les choses avec Anna.

***

Aux environs de 20 heures, après avoir effectué quelques heures sup pour rattraper mon retard, je délaisse ma tenue de travail, salue un à un mes collègues, en leur lançant un « À demain » auquel Lia répond en levant les yeux au ciel, et quitte enfin le café-restaurant.

Une fois derrière le volant de ma voiture, je sors mon téléphone et appelle aussitôt le premier numéro de mon répertoire.

— Allô ?

— Je ne te dérange pas ?

Impossible de masquer la joie qui me submerge dès que j'entends sa petite voix dans le combiné.

— Euh… non… Bien sûr que non. Je… hum… Tu as passé une bonne journée ?

— Maintenant je peux dire que oui, lancé-je sincèrement, tout en omettant ma conversation avec son ami.

Une seconde de silence passe et je l'imagine en train de sourire comme moi.

— Qu'est-ce que tu fais demain ?

— Je ne sais pas. Enfin… probablement rien, je veux dire.

— Parfait. Ça te dirait de venir à la maison ?

Comme un ado de quinze ans, je sens mon pouls qui s'accélère et me mets à taper du pied dans l'attente de sa réponse.

— Bien sûr. Vers quelle heure ?

— J'ai quelques trucs à faire le matin, mais on peut se dire vers 14 heures ?

« Quelques trucs à faire » signifiant ranger la baraque avant qu'elle n'arrive…

— Très bien, j'y serai.

— Appelons ça un rendez-vous, alors, dis-je en souriant à nouveau.

Son rire cristallin résonne pour la première fois et ramollit tout mon corps.

— À demain, Anna, dis-je encore avant de raccrocher.

Je m'attache, j'allume le moteur et je démarre, sans que jamais me quitte mon sourire béat. *Anna sera mienne tout l'après-midi demain.* Il me tarde.

Le temps d'une journée, je vais pouvoir prétendre que je suis le petit ami idéal. Gentil, avenant, drôle, je ferai tout pour que ça marche. Le temps d'une journée, les règlements de comptes n'existeront pas. Les Rad non plus. Et l'agression de Naomi ne sera qu'un vague souvenir.

Chapitre 26

ANNA

Sasha dépose une tasse de thé brûlant dans mes mains et vient s'asseoir en face de moi sur son canapé. Elle semble inquiète. Depuis que nous sommes rentrées, j'ai préféré garder le silence. Sauf que, après avoir pris une longue douche et accepté le jogging et le sweat qu'elle a bien voulu me prêter, je suis maintenant en tête à tête avec elle. Les images de la veille commencent à affluer, et j'ai envie de tout lui avouer. Du soir où Stan est venu me chercher après les cours au moment où il a failli m'embrasser chez lui, et jusqu'à la nuit dernière… J'ai envie de tout lui dire d'une traite.

Alors je le fais.

Le problème, c'est que j'éprouve déjà des sentiments forts pour Léo. Il est indéniable qu'il est doté d'une beauté sans pareille. Mais il y a plus. Derrière ce visage d'ange se cache un cœur gigantesque qui déborde de gentillesse. Ce garçon est doux et attentionné. Quand je suis près de lui, je ne peux que me sentir bien.

Or, avec Stan c'est différent. Je ne peux pas continuer à mentir sur mes sentiments. Il se passe quelque chose lorsque je suis près de lui. C'est bien plus fort qu'une simple affinité. J'ai constamment sa voix dans la tête, ses mots dans les oreilles. Je revois sans cesse son doigt sur mes lèvres. J'arrive à ressentir cette même chaleur qu'il avait réussi à insuffler en moi ce jour-là. Je le revois également venir à mon secours à l'Angle, au moment où je l'appréciais le moins. Tout comme je le revois me demander de passer la nuit avec lui alors que je me cachais dans sa chambre…

Mais ces images ont un prix. Elles s'accompagnent toujours du visage rieur d'Allison. De son sourire lorsque Stan vient la chercher à la soirée de Daniel. De la manière dont elle le serre dans ses bras à l'hôpital. Ces images-là, j'ai du mal à les oublier…

— Anna ?

— Pardon… Qu'est-ce que tu disais ?

— Je disais que tu devais faire attention à Stan, murmure Sasha en prenant ma main avec douceur. Quoi qu'il ait pu te dire, quoi qu'il ait pu laisser paraître, on ne sait toujours pas s'il est digne de confiance. Cette histoire d'argent est assez grave. L'agression de Naomi, encore plus. Tu ne dois pas te laisser avoir.

— Et Allison dans tout ça ?

— Allison… Depuis qu'elle est avec lui… les choses ont changé. Si elle l'aime vraiment, on ne peut rien faire. Elle est assez grande pour prendre ses propres décisions. Mais je pense avant tout que tu devrais t'interdire de revoir Stan pendant quelque temps… Histoire de passer à autre chose.

Passer à autre chose…

— Vous ne pouvez pas continuer à aimer le même garçon, ajoute-t-elle si bas que je pense le rêver.

Elle a raison.

Pourtant, ses mots pèsent dans mon cœur.

Je vais devoir éviter Stan. Après avoir commencé à développer des sentiments pour lui et passé la nuit à ses côtés, je vais devoir l'éviter. Oui. Malgré toutes les questions qu'il me reste à lui poser, tous les mystères le concernant que je veux découvrir. Il le faut. Pour Allie.

Je vais l'éviter.

— Tu as raison.

— Et peut-être qu'avec un peu de temps tu ne ressentiras plus rien pour lui. Léo semble être quelqu'un de génial, Anna. Quelqu'un pour toi.

— Je sais…

Elle resserre ses doigts autour des miens avant de se pencher en avant pour me prendre dans ses bras. Le geste me surprend un peu au début. Avec Sasha, on ne se fait jamais de câlins. On essaye toujours de prétendre qu'on est des filles fortes. On se contente des mots et de quelques regards. Toutefois, dès lors que je sens ses mains se poser sur mon dos, des larmes obstruent ma vue.

Je ne pleure pas parce que j'apprécie deux garçons à la fois. Je pleure parce que, égoïstement, je pensais pouvoir tout avoir encore longtemps. Léo, Stan, Allie, tout ça sans conflit. Mais il faut savoir prendre des décisions. Et, en choisissant Allison, c'est Stan qui passe à la trappe. Peut-être que dans quelques jours, quelques mois, je réaliserai que ces sentiments n'étaient qu'illusion.

Peut-être qu'alors les choses se seront tassées et qu'il ne sera plus question d'argent et de secrets.

***

J'ai eu du mal à partir de chez Sasha ce jour-là. La nuit qui a suivi a été dure. Je tournais sous ma couette, dans l'impossibilité de m'endormir. Je n'arrivais pas à oublier.

De son côté, maman a étrangement été très compréhensive. Elle a cru aux différents mensonges qu'avait amorcés Sasha : la panne de batterie, le fait que je ne rentre que deux jours plus tard parce que je profitais de mes amies. Elle m'a prise dans ses bras, elle aussi, quand je suis rentrée, me murmurant un « Tu m'as manqué » qui n'a fait qu'alourdir la boule dans mon ventre.

Presque une semaine déjà que nous sommes en vacances, et j'ai l'envie bizarre de me replonger dans les cours et les devoirs. C'est peut-être pour ça que j'ai passé la journée à m'activer. J'ai classé mes cours, scanné les documents importants, dressé mes listes de tâches à effectuer, changé mes draps, fait mes ongles, barbouillé mon visage d'un masque à l'argile et je me suis étendue en pyjama sur mon lit pour geeker sur internet. Il n'y a que ça qui marche pour se changer les idées. Je passe en revue tous les réseaux sociaux, regarde les derniers soldes disponibles sur les sites de vêtements en ligne. Je suis en train de commander une paire de baskets lorsque mon téléphone sonne. Trop absorbée par l'écran de mon ordinateur, je ne prends même pas la peine de regarder qui m'appelle et décroche sans attendre.

— Allô ?

— Je ne te dérange pas ?

Mon cœur rate un battement lorsque j'identifie la voix de Léo.

— Euh… non… Bien sûr que non. Je… hum… Tu as passé une bonne journée ?

Je me donne une claque sur le front.

— Maintenant je peux dire que oui, fait-il d'un ton jovial.

Un léger sourire s'imprime sur mon visage.

— Qu'est-ce que tu fais demain ? demande-t-il alors plus sérieusement.

— Je ne sais pas. Enfin… probablement rien, je veux dire.

— Parfait. Ça te dirait de venir à la maison ?

Gloups. Demain. Demain, c'est tôt par rapport à aujourd'hui. Par rapport au brouillard que j'ai dans le cœur et dans la tête. Les choses ne sont pas encore claires pour moi, les choses…,

— Bien sûr. Vers quelle heure ?

J'ai parfois l'impression d'avoir une jumelle maléfique un brin masochiste.

— J'ai quelques trucs à faire le matin, mais on peut se dire vers 14 heures ?

14 heures. Demain. Chez Léo.

— Très bien, j'y serai.

— Appelons ça un rendez-vous, alors. À demain, Anna.

Je raccroche avec un large sourire. Que faire d'autre lorsqu'il est comme ça ? Lorsqu'il me donne l'impression d'avoir tant de valeur à ses yeux…

Contrairement à la veille, je m'endors très facilement cette nuit-là. Je m'endors persuadée que nous sommes tous, chacun, maîtres de notre destin. On naît, on meurt. Mais, entre les deux, tout réside entre nos mains. Un pas à droite plutôt qu'à gauche vous fera emprunter une rue que vous ne connaissez pas encore. Un oui à la place d'un non vous permettra de vaincre vos plus grandes peurs. Un sourire lorsque tout va mal vous incitera à réfléchir à la valeur de la vie. Un regard plutôt qu'un autre vous poussera à réaliser que les choses les plus belles ne se trouvent pas toujours là où on les attend. Grandir, c'est justement apprendre à franchir un pas de plus, à dire oui, à sourire, à regarder ailleurs.

Et j'aime me convaincre que cela signifie que j'ai grandi considérablement ces derniers temps.

***

Il est 14 heures tapantes lorsque j'arrive devant la maison de Léo. Pour notre premier vrai rendez-vous – si l'on peut appeler ça comme ça –, j'ai opté pour une jolie petite robe grise en coton, aux manches trois quarts, que je porte par-dessus des collants fins et des baskets basses. J'ai réussi à dompter ma crinière blonde pour en faire une haute queue-de-cheval et j'ai mis du mascara. Je suis à l'aise dans cette tenue et avec ce maquillage. Je ne veux pas avoir à me préoccuper de mon apparence en plus du reste.

14 h 01. Je préfère attendre au moins jusqu'à 14 h 06 pour sonner. Si je suis trop à l'heure, il va croire que je me suis précipitée. Et, si je suis en retard, il va croire que je m'en fiche. Oui, 14 h 06, c'est bien.

De fait, j'attends un peu bêtement, juste devant la porte, me balançant d'avant en arrière sur mes pieds et frottant mes mains l'une contre l'autre. Comme d'habitude, je suis stressée. Je lisse mes vêtements, remets une mèche de cheveux derrière mon oreille, tapote mes doigts sur mes cernes pour les estomper, j'humecte mes lèvres, je détends ma mâchoire, et finalement je respire un grand coup. Quand je suis fin prête, je sonne.

Léo ouvre aussitôt, comme s'il avait lui aussi attendu derrière la porte depuis 14 heures tapantes. Il porte un pull bleu foncé qui laisse dépasser un col de chemise gris et un jean simple. Comme la dernière fois que je m'étais aventurée chez lui, il se précipite pour me prendre dans ses bras et je me laisse faire en fondant sur son torse.

Des papillons me chatouillent le ventre lorsqu'il pose ses lèvres sur les miennes. Il me fait oublier toutes mes larmes et tous mes doutes. Il me lâche pour me laisser entrer et me gratifie d'un « Fais comme chez toi » que, bien évidemment, je ne prends pas au pied de la lettre.

Après quelques pas à l'intérieur, je constate que nous sommes seuls. Pas de Lia ou de parents à l'horizon. Nous sommes seuls. *Complètement seuls.*

— Tu es ravissante.

Je rougis immédiatement. Personne n'avait jamais employé ce mot pour me décrire. S'il m'aurait sans doute paru démodé dans la bouche de n'importe qui d'autre, dans la sienne, il me met en joie.

— Je te sers quelque chose à boire ?

— Non, merci.

J'aime, autant que je déteste, la timidité qui nous submerge chaque fois que l'on est ensemble. Ça me donne l'impression d'être une adolescente face au plus beau garçon de l'école…

Léo referme la porte d'entrée pour ensuite s'avancer vers moi, un sourire aux lèvres. Au beau milieu de son salon, il glisse ses mains sur mes joues et dépose un baiser délicat sur ma bouche.

— J'aurais voulu t'embrasser comme ça des millions de fois l'autre soir, mais tu as disparu sans prévenir.

— Je suis désolée, la batterie de mon téléphone était morte et ma mère est venue me chercher très tôt… réponds-je en utilisant les mensonges de Sasha.

— Le reste de la soirée n'a pas été aussi amusant. Mais aujourd'hui je t'ai pour moi tout seul et je compte bien en profiter.

À nouveau, il se penche vers moi sans lâcher mon visage et pose ses lèvres sur mon front, puis sur l'arête de mon nez, avant de les laisser glisser sur une de mes joues puis sur l'autre. Lorsque je sens leur moiteur dans le creux de mon cou, mon corps se transforme en chamallow géant. Ce n'est qu'après de longues minutes que je m'autorise à déposer mes mains sur son torse. Je les laisse grimper jusqu'à ses épaules afin de l'attirer au plus près de moi.

J'en veux plus.

Toujours plus.

Mon corps en redemande.

Lorsque Léo quitte mon visage pour faire danser ses mains sur mes hanches, je m'agrippe à sa nuque. Il repose alors ses lèvres sur les miennes et la pression qu'il y ajoute entrouvre nos bouches en synchronisation. Sa langue caresse la mienne. Son souffle chaud s'invite sur toute la surface de mon visage. Et c'est agréable.

Soudain, je suis comme happée par un immense trou noir. Je perds la notion du temps, du lieu, j'en oublie tout autour de moi, de ma venue ici jusqu'à mon identité, tandis que ses mains tirent très légèrement sur ma robe, en faisant remonter le bas sur ma cuisse. Nos mouvements sont doux mais de plus en plus gourmands. Il suspend alors ses gestes et plonge son regard dans le mien comme pour me demander la permission.

Lorsque j'acquiesce, sans vraiment savoir à quoi je m'abandonne, il glisse un bras sous mes jambes et me soulève du sol. Quelques secondes plus tard, j'atterris le dos contre une surface froide. Un canapé.

Mon corps entier frissonne lorsque l'une de ses mains s'aventure sous ma robe. Je suis rapidement en apnée, incapable de produire le moindre souffle. Et mon état ne fait que s'aggraver quand ses doigts passent d'une lenteur insoutenable de ma cuisse à la bordure de ma culotte. Mon dos s'arque presque aussitôt.

— Anna… murmure-t-il contre mes lèvres.

— Hum…

— Cette fois, c'est sûr… je t'apprécie vraiment beaucoup.

Je laisse échapper un petit rire alors qu'il remonte un peu plus la main et fait glisser un ongle autour de mon nombril.

— Ah oui…

— Oui, j'en suis sûr, confirme-t-il en me délectant d'une dizaine de petits baisers sur le visage.

Cependant, notre étreinte s'arrête net lorsque trois coups forts sont frappés à la porte d'entrée. Je sursaute dans ses bras et le questionne du regard.

— Bouge pas, je reviens.

Il embrasse une dernière fois mon front, l'air inquiet, avant de se relever pour aller voir de qui il s'agit. Je n'ai ensuite qu'une demi-seconde pour remettre ma robe en place et me redresser, l'air de rien. Dès lors, je suis horrifiée en entendant le prénom qu'il prononce.

— Je me suis dit que ça faisait longtemps qu'on n'avait pas passé un après-midi entre potes, fait le nouveau venu en soulevant le pack de bières qu'il tient dans une main.

Et puis, s'apercevant de ma présence tout en me déshabillant du regard :

— Oh… merde. Je ne savais pas que tu avais de la compagnie… Bonjour, Anna.

— Bonjour, Stan.

Ça ne pouvait être que toi…

Chapitre 27

Je reste bouche bée lorsqu'il entre dans le salon, une grande veste en jean sur le dos et un sourire niais au coin des lèvres.

C'est une blague ? C'est comme s'il avait réuni toutes les armes nécessaires pour mettre en péril mes plans pour le reste de la journée.

Après quelques secondes gênantes, son regard me quitte enfin pour mieux considérer mon *copain,* mal à l'aise dans l'entrée. Léo secoue alors la tête pour tenter de me faire comprendre qu'il n'a rien à voir là-dedans au moment même où son meilleur ami se jette virilement dans ses bras, envoyant valser dans son dos le pack de boissons alcoolisées.

Quant à moi, je reste interdite sur le canapé. Les membres encore flageolants, j'essaye tant bien que mal de dissimuler ce que Léo et moi nous apprêtions à faire un instant auparavant. Malgré tous mes efforts, mes joues me chauffent et mon souffle est mal assuré.

C'est le moment ou jamais de t'enfuir, Anna. Rappelle-toi ce que t'a conseillé Sasha…

À quelques mètres de moi, les deux amis bavardent à voix basse mais je n'arrive pas à comprendre le sujet de leur conversation. Tout ce que j'entends, c'est un bourdonnement étouffé. Puis, au bout d'un moment, Léo sourit enfin et semble se détendre. Lui et Stan s'approchent de moi et la réalité me rattrape à grands pas.

Souviens-toi de ce que tu veux.

— J'espère que je ne dérange pas.

Parce qu'il reste ?!

Je bouillonne.

— J'te dis que ça va, mec. On était juste en train de… hum.

— Lancer un film, ajouté-je.

J'ignore le rire mutin du brun tandis qu'il vient s'asseoir sur le canapé. Heureusement, Léo a été plus rapide et s'est installé près de moi.

— Ah oui, lequel ?

— *Inception*, répond à son tour Léo en se relevant pour réellement commencer le visionnage.

Je dois dire que je suis plutôt surprise. C'est l'un des rares films avec Leonardo DiCaprio que je n'apprécie pas… À vrai dire, je ne l'aurais jamais recommandé pour un après-midi romantique (transformé en après-midi entre « amis »).

Peut-être qu'il s'agit d'un choix stratégique, après tout. Peut-être que Stan va se lasser de ce blockbuster qui retourne le cerveau et finir par partir…

— Cool ! Ça fait longtemps que je veux le revoir ! s'écrie l'intéressé.

Évidemment.

Seul point positif de cette mascarade : me retrouver près de Léo. Une fois qu'il est rassis, sa main vient immédiatement se positionner sur ma cuisse, qu'il presse gentiment.

Je sais bien qu'il avait préparé quelque chose d'intime pour notre premier moment en tant que « couple ». Tout comme j'espérais qu'on puisse discuter de nous deux afin de savoir exactement où l'on se situait dans notre relation. Au lieu de ça, il a cédé à Stan et nous voilà tous les trois serrés sur le divan avec pour seul dialogue celui des acteurs…

Après une première heure de film, je n'en peux déjà plus. Je suis pour la première fois insensible aux charmes de mon acteur fétiche autant qu'aux conversations des deux garçons près de moi qui enchaînent les bières. Je profite donc de leur fascination pour le petit écran pour m'extirper du salon et rejoindre les toilettes.

Dès que je trouve la salle d'eau, j'envoie un message d'urgence à Sasha. Un simple « SOS. Stan a débarqué chez Léo » qui me laisse espérer avoir quelqu'un à qui parler si les choses tournent au vinaigre.

Épuisée, je laisse alors divaguer mon regard dans le petit miroir ovale qui surplombe la vasque afin de parcourir silencieusement chaque trait de mon visage. Chaque fois que je le fais, j'y décèle des « failles ». Ces petites choses, en soi insignifiantes, qui me font toujours regretter de ne pas avoir mieux appris à me maquiller au lycée. Prenons mon nez en exemple. Je le trouve trop long. Je voudrais le raccourcir. Et puis mes dents, elles ne sont pas alignées et ce, malgré le fait d'avoir porté des bagues. Quant à mon menton, il est trop court. Et j'ai déjà une petite ride entre les deux sourcils. Mes lèvres sont beaucoup trop fines…

J'aimerais pouvoir dire que je ressemble à ma mère… Seulement, c'est faux. Tout ce qui est là appartient à mon père. Et c'est ce reflet qui me renvoie tous les jours à la figure qu'il nous a quittées…

Je me perds…

J'ai pourtant pour habitude de croire au destin. De croire qu'une rencontre n'est pas fortuite. Que si telle ou telle chose arrive, c'est qu'elle devait arriver. Par là, je veux dire que, si mon père est parti, de même que Matt ensuite, c'est qu'il devait en être ainsi.

Stan aussi est parti, d'une certaine manière. Mais pas Léo. Jusque-là, mon inconnu aux yeux bleus est resté. Et c'est peut-être ça qui m'angoisse. De ne pas savoir quelle sera l'issue de cette relation, de ne pas savoir si je vais finir déçue. Ou, pire, si je vais le décevoir…

Ce qui m'embête, c'est que je suis certaine que la situation amuse Stan au plus haut point. Il doit aimer ça, me voir complètement désemparée face à lui, constater qu'il exerce un pouvoir magnétique sur l'ensemble de ma petite personne. Car entre nous, c'est bien connu, quand une fille craque pour un garçon, celui-ci a le don de le savoir. Tandis que, pour une fille, c'est toujours plus compliqué de percevoir s'il y a ou non une réciprocité.

Peu importe le degré de réciprocité chez Stan, il reste le dominant et moi la dominée pour la simple et bonne raison qu'il détient l'un de mes nouveaux secrets. À tout moment il pourrait décider de révéler que j'ai passé la nuit chez lui le soir de sa fête. Et si moi-même je n'arrive pas à saisir ce qui m'a poussée à le faire, je crains que personne d'autre ne le puisse.

On toque trois petits coups à la porte et je n'ai même pas le temps de sursauter qu'une tête apparaît dans l'entrebâillement.

— Ça va ?

Sa voix me réchauffe le cœur en un éclair. Il affiche un petit sourire poli lorsqu'il vient derrière moi pour m'enlacer. À nouveau, je soupire en sentant ses mains glisser sur mon corps. Elles se posent tout doucement sur mon ventre tandis qu'il me fait un léger baiser sur la joue.

— Tu veux que je lui demande de s'en aller ? chuchote-t-il.

— Non. Bien sûr que non. Plus on est de fous, plus on rit.

Il laisse alors vagabonder ses lèvres sur ma nuque.

Léo est un véritable nounours. Un garçon tout doux, attentionné et étonnamment patient avec moi. J'apprécie tous ses efforts. J'espère que j'arriverai à les lui rendre…

— J'aime ton parfum, marmonne-t-il contre ma peau.

— J'aime aussi le tien, réponds-je en me retournant pour lui faire face.

À nouveau, il m'est impossible d'ignorer la tension qui électrise nos deux corps. Et, en une même impulsion, nos bouches se télescopent, avides l'une de l'autre.

Ses lèvres sont froides et portent sur elles l'amertume de la bière tandis que sa langue réchauffe la mienne. Dans un élan sauvage, mes mains retrouvent leur chemin dans ses cheveux blond cendré.

Lorsqu'il mordille ma lèvre inférieure et passe un bras derrière mon dos pour m'attirer à lui, je laisse échapper un gémissement presque inaudible.

C'est lui, c'est moi, c'est l'intégralité de ces petites choses qui font que je me lève sur la pointe des pieds pour prolonger le plus possible notre baiser. Je veux qu'il sache ce qu'il me fait ressentir, je veux qu'il le sente. Je veux qu'il le comprenne au simple rythme de nos respirations communes, à la force de mon emprise.

— Je lui ai proposé de passer la nuit ici, chuchote-t-il d'un air coupable.

Je romps aussitôt notre étreinte.

— Son père est de retour et il ne supporte plus sa présence… Mais ça ne t'empêche pas de rester, au contraire.

C'est fou comme la température est redescendue, d'un coup. C'est déjà compliqué pour moi de passer l'après-midi entre les deux garçons qui me font chavirer le cœur, mais si je dois en plus de cela partager ma nuit avec l'un en sachant l'autre sous le même toit, je ne tiendrai pas.

Certainement pas.

— Je pensais qu'on serait tous les deux…

— Et ça sera le cas. Il dormira dans la chambre de Lia, et nous dans la mienne. C'est juste histoire qu'il ne revoie pas son père.

Nous. Il a dit « nous ».

Je suis vache quand même… Je me plains depuis tout à l'heure quand il essaye seulement d'être un bon ami pour Stan. N'est-ce pas sa plus grande qualité, après tout ?

Il ne me faut pas plus de deux secondes pour à nouveau céder à son regard d'enfant et lui adresser un dernier baiser sur la joue avant de retourner dans le salon, ma main liée à la sienne. Lorsque nous franchissons le seuil, Stan quitte l'écran des yeux un instant pour nous observer et ses yeux dévient un quart de seconde sur nos doigts unis. Je suis presque sûre d'apercevoir un semblant de grimace sur son visage.

S'il te plaît, ne gâche pas tout, l'implore le mien.

— Vous avez raté le meilleur moment, bande de nazes.

***

Je dois dire que la fin d'après-midi se déroule bien mieux que ce que j'aurais pu imaginer. Tandis que Léo se montre à la fois doux et tactile envers moi, Stan, lui, ne dit pas un mot et se concentre sur le film et ses bières. Pour le dîner, les garçons proposent de commander des pizzas, ce à quoi je ne m'oppose pas. La malbouffe ne peut pas faire de mal tant qu'elle est consommée avec modération. Et, ce soir, « avec modération » signifie une pizza par personne.

Raisonnable…

Notre film achevé et après m'être fait laminer dans une partie de bataille corse, je les écoute parler de longues minutes de personnes originaires de Bel-Air qui me sont totalement inconnues.

Durant cette conversation, les seuls mots que m'adresse Stan relèvent de l'ordre de la politesse : « Tu veux une part de ma pizza ? », « Je te sers à boire ? », « Tu es assise sur ma serviette… ». C'est donc avec un sentiment de soulagement intense que j'entends Léo proposer enfin que l'on aille tous se coucher. Tandis que les deux amis se souhaitent bonne nuit d'une manière quelque peu gênée, je fais mine de ranger notre bazar.

Je me demande si Stan pense au fait que je m'apprête à passer la nuit avec Léo. Je me demande si ça le contrarie. S'il ne voudrait pas…

Non, arrête. Oublie-le, Anna.

Une vive impression d'enfermement m'envahit lorsque j'entre dans la chambre de mon petit ami. Je l'ai pourtant déjà aperçue la première fois que je suis venue chez lui. Dans les tons bleus et blancs, elle est remplie d'affiches de sport et de groupes de musique en tout genre. Il y a peu de livres, mais beaucoup de photos encadrées de lui et sa sœur, du mariage de ses parents, et même quelques-unes de Stan, généralement en soirée.

Sans un mot, Léo ferme la porte derrière nous et retire le pull qui recouvrait sa chemise grise. Je dépose mes chaussures près de la porte et j'attends patiemment qu'il me dise quoi faire par la suite.

— Tu veux… un de mes T-shirts ? propose-t-il en en sortant un.

C'est un grand classique, mais j'adore ça.

J'acquiesce donc et attrape le vêtement qu'il me lance en souriant. Il enlève ensuite sa chemise, bouton par bouton. Si la température est remontée d'un cran, je reste toujours tétanisée à l'idée de cette intimité nouvelle. Je me retourne afin de retirer ma robe et me retrouve en sous-vêtements tandis que je l'entends faire tomber son jean.

Alors que je l'entends continuer de se dévêtir, j'enfile l'immense T-shirt blanc qu'il m'a prêté et je défais maladroitement mon soutien-gorge, toujours dos à lui. Je l'entends ensuite se glisser sous les draps et choisis de voir là le signe d'enlever mon collant, lui révélant mes jambes nues pour la première fois.

Lorsque je me retourne, il m'indique avec un sourire immense de le rejoindre en tapotant l'oreiller près du sien. Après m'avoir tendu la main pour m'aider à grimper à ses côtés, il plaque immédiatement son corps contre le mien et je frémis.

Je n'ai pas été proche d'un garçon de cette manière depuis Matt. Pourtant, avec Léo, la chose paraît simple, presque naturelle. Rassurée de constater qu'il porte encore un caleçon, je me laisse aller, blottie contre lui. Et sa douceur habituelle n'en est que décuplée. Il se met rapidement à parcourir mon visage de petits baisers tendres, à enrouler ses jambes autour des miennes.

Mon cœur bat à mille à l'heure lorsqu'il m'embrasse avec plus de passion, passant ses doigts dans ma chevelure. Nos corps se frôlent, se cherchent et se trouvent, comme s'ils s'appartenaient depuis toujours. Le moindre de ses faits et gestes me grise. Et il le remarque. Dès lors, ses doigts quittent mes cheveux pour glisser le long de mon dos avant de s'aventurer bien plus bas. De là, il s'immobilise pour murmurer contre mon oreille.

— Tu es belle.

Mon cœur se serre.

— Tu es si belle.

Et il dépose un énième baiser sur mes lèvres tandis que je caresse son torse du bout des doigts. À peine ai-je le temps de lui susurrer « bonne nuit » qu'il ferme les yeux et se laisse bercer par les bras de Morphée.

Je l'observe silencieusement quelques minutes avant de fermer les paupières à mon tour, bien loin de tous les tracas qui me pesaient ces dernières semaines. Je m'endors le cœur léger, dans les bras du garçon que *j'aime*. Je m'endors en ne pensant plus qu'à lui, qu'à moi, qu'à nous.

Je m'endors un sourire aux lèvres.

***

Quand j'ouvre les yeux, la pièce est toujours plongée dans l'obscurité. Je suis sur le dos, les bras en croix, tandis que Léo est sur le ventre, respirant la bouche ouverte. Je ne saisis pas immédiatement la raison de mon réveil soudain. Je plisse les yeux mais peine à percer l'obscurité de la chambre.

Après quelques secondes, j'aperçois Stan dans l'embrasure de la porte et je sursaute.

Il est immobile et me regarde droit dans les yeux, comme s'il voulait me dire quelque chose. Pourtant, aucun son ne sort de sa bouche. Il se contente de rester là, statufié.

Alors que je me redresse afin d'aller à sa rencontre, il m'arrête d'un simple geste, venant lui-même jusqu'à moi. Il s'assoit sur le lit et pince les lèvres. Dans un mouvement brusque, il m'attrape le visage et colle son front contre le mien, m'arrachant un petit cri de surprise. J'ai pour réflexe immédiat de tourner la tête vers Léo, mais celui-ci n'a pas bougé d'un iota.

Après quelques secondes, Stan pose un doigt sur ma bouche. Ce n'est pas exactement comme la première fois, il semble plutôt m'intimer le silence. Comme s'il m'implorait de garder secret ce qui va suivre… Le cœur en vrac, j'acquiesce contre mon gré, prisonnière du sort qu'il me jette, privée de ma propre volonté. Alors, et seulement alors, Stan retire son doigt, m'offre un regard des plus énigmatiques et se penche.

J'ai envie de le repousser. J'ai envie qu'il s'en aille, qu'il parte, maintenant, avant qu'il ne soit trop tard. Mais son visage n'est plus qu'à quelques centimètres du mien.

Lorsqu'il approche davantage et enfreint les frontières que je lui avais implicitement imposées du regard, mon cœur cesse de battre.

Chapitre 28

Je me réveille seule, à nouveau, transpirant sous une couette étouffante et des draps qui me collent à la peau. La place vide près de moi garde la trace du corps de Léo. Je prends quelques secondes pour y glisser les doigts tandis que mes yeux s'accoutument à la lumière du jour.

J'espère sincèrement avoir rêvé silencieusement cette nuit. Sinon, Léo aurait eu l'écho de mes hallucinations nocturnes concernant Stan. Chose dont j'ai maintenant honte, à mon réveil. J'ai dû manger trop de pizza hier, ça m'a retourné le cerveau. Je préfère l'oublier…

Je frotte mon visage machinalement et m'extirpe du matelas avec nonchalance. Je m'apprête à récupérer mon téléphone lorsque j'entends leurs voix feutrées à l'étage du dessous. La porte de la chambre, à demi close, ne me laisse percevoir que des chuchotements, et c'est ma curiosité, piquée au vif, qui guide mes pas à l'extérieur.

Je devine que Stan et Léo sont dans la cuisine. Alors que je commence à descendre l'escalier, ils ne remarquent toujours pas ma présence et leurs paroles me paraissent de plus en plus distinctes :

— Arrête, Stan, c'est stupide.

— Parle moins fort… Tu ne sais pas de quoi tu parles.

— Bien sûr que si, je le sais ! Pense à Naomi…

— « Pense à Naomi… » Mais tu te fous de ma gueule ? Ma vie, mes choix, Léo. Cette histoire me regarde, moi, avant tout. Je n'ai pas besoin de ton accord.

— Ne me dis pas ce genre de chose quand tu sais très bien que cette histoire me concerne autant que toi. Je suis impliqué depuis le début. Mais c'était une connerie d'impliquer Naomi et c'en est une autre d'impliquer Allison. Mec, c'est pas seulement ta copine, c'est aussi la meilleure amie d'Anna…

— Quel est le rapport ?

— La dernière chose que je veux, c'est qu'elle soit au courant. Ce qui est arrivé à Naomi m'a servi de leçon. Si jamais Anna venait à…

— J'ai pigé, ça va. Anna ceci, Anna cela. Rappelle-toi seulement notre deal, Léo. Ce qu'on fait passe avant le reste tant que nous n'avons pas amassé la quantité suffisante.

— C'est différent maintenant…

— Qu'est-ce que ça veut dire, ça ?

— Ça veut dire qu'on a eu assez d'argent ce mois-ci, Stan. Presque assez pour que tu n'aies plus à t'en soucier. Et presque assez pour que ça s'arrête. Pour que ça s'arrête enfin.

— Tout réside dans le « presque », justement… À croire que t'as les jetons, maintenant.

— Bien sûr que j'ai les jetons ! Ce qu'ils ont fait à Naomi n'était qu'un simple avertissement. Imagine qu'ils recommencent, cette fois-ci avec Allison, Lia, nos familles.

— Tu crois que je n'ai pas conscience de tout ça ? Pour quelle raison a-t-on commencé le trafic, à ton avis ?

— Stan… Je ne remets pas en question ce qui motive nos actes. Mais tu ne réalises pas l'ampleur de la chose. Aujourd'hui, ça nous dépasse.

— Rien ne me dépasse pour le moment, Léo. Je pense à ma mère tous les matins en me levant. Je sais que ce qu'on fait est stupide et dangereux. J'suis pas con. Mais je veux m'assurer que les choses sont rentrées dans l'ordre avant d'arrêter. Et c'est uniquement une fois que ce sera le cas que j'arrêterai. Alors, je partirai d'ici. Mais avant, il faut que…

Leur conversation s'arrête brusquement lorsque l'une des marches craque sous mon pas. Ma main est agrippée à la rampe, mon cœur s'emballe dans ma poitrine. J'aimerais m'enfuir, mais j'en suis incapable. J'ai presque aussi chaud que précédemment sous la couette. Et ma suée s'empire lorsque le visage de Léo apparaît en contrebas.

— Anna…

Je suis dans l'incapacité totale de réagir. Ma respiration est de plus en plus saccadée, plus difficile. *Bam ! Scratch ! Pan ! Bing !* J'ai l'impression d'être tiraillée de toutes parts. Lorsque la réalité frappe, elle frappe de plein fouet, vous pouvez me croire.

— Anna, répète-t-il alors plus fort.

Rien n'y fait. Je ne sais plus où je me trouve ni ce que je fais là. Je ne sais plus qui est ce blond devant moi, ni à qui il parlait. À qui il parlait de toutes ces atrocités. Je ne peux pas y croire.

Il tente de monter jusqu'à moi, mais je me retourne aussitôt et grimpe les marches quatre à quatre. Je cours jusqu'à la chambre et claque la porte derrière moi. Je récupère mon petit sac à main et fourre mon téléphone à l'intérieur avant d'enfiler mes baskets à même mes pieds nus. Je m'apprête à sortir quand Léo ouvre la porte.

— Attends, il faut qu'on discute.

Je secoue la tête et tente de le dépasser, mais il me rattrape par le bras.

— Laisse-moi partir, dis-je en tremblant.

— Tu n'es même pas habillée.

Ses mots me font baisser les yeux sur mon corps à moitié nu. Je ne porte que ma culotte et son grand T-shirt de la veille. Je sens son autre main frôler ma joue tandis que je me liquéfie, vidée de toute émotion.

— Ne pars pas, implore-t-il.

J'ai beau me concentrer sur sa voix, je ne le reconnais toujours pas. Cet inconnu qui se tient devant moi, les yeux brillants et le front suintant, n'est plus mon Léo.

Sa main se fait plus ferme lorsqu'il colle son nez au mien. Je résiste. Je résiste, mais mon cœur danse sur un fil qui chancelle.

— Qu'est-ce que tu as cru entendre ? ose-t-il me demander d'un ton serein.

— Je sais ce que j'ai entendu.

— Alors qu'as-tu entendu ?

— La confirmation de ce que je refusais d'admettre, craché-je en me dégageant d'un mouvement brusque pour me précipiter dans l'escalier.

En bas, dans la cuisine, Stan est indéchiffrable, les bras croisés sur la poitrine. Lorsqu'il m'aperçoit, ses yeux s'ouvrent en grand. Il parcourt rapidement mon corps du regard avant d'ouvrir la bouche pour parler. D'une main levée face à lui, je lui impose le silence.

Encore quelques pas et je serai sortie d'ici. Mais Stan avance vers moi lentement, et Léo approche dans l'escalier. J'ai le sentiment d'étouffer et pourtant je n'arrive pas à partir. Ma respiration se coupe et mes yeux se ferment d'eux-mêmes. Je reste tétanisée.

Quand les mains de Stan se plaquent de chaque côté de mon cou, j'ai l'impression de n'être jamais sortie de mon rêve. Je laisse alors tomber mon front sur son torse et me mords la lèvre pour ne pas me mettre à pleurer. Je serre les dents encore plus fort lorsque ses doigts caressent mon dos.

Le monde s'est-il mis à tourner à l'envers ?

Après quelques secondes d'immobilité, un gros bruit résonne derrière moi, comme si quelqu'un avait voulu frapper le mur. *Léo ?*

Je savais qu'ils cachaient quelque chose. Mais je n'imaginais pas un secret d'une telle ampleur. Je ne pensais pas qu'ils étaient la raison de l'agression de Naomi. Qu'est-ce que cela signifie ? Que je suis en danger auprès d'eux ? Qu'il va m'arriver la même chose ?

C'est un cauchemar.

À quoi s'attendaient-ils, au juste, en parlant de ça alors que j'étais à l'étage ? Pensaient-ils réellement que je ne les entendrais pas ? Ou ont-ils fait tout cela exprès ? Est-ce que je suis moi aussi un pion dans leur jeu malsain ?

La porte d'entrée claque violemment et je présume que Léo est sorti. C'est le monde à l'envers. C'est le beau blond qui devient virulent et incontrôlable tandis que son meilleur ami me réconforte. Enfermée dans ses bras, je tente de calmer ma colère tout en faisant abstraction de l'accélération des battements de mon cœur.

— Viens avec moi, finit-il par dire en me guidant jusqu'au salon.

Il me laisse m'asseoir sur le canapé et s'accroupit face à moi, les mains jointes et le regard tourné vers le sol. Je suis rouge écarlate, je le sens, mais cela n'empêche pas mes yeux de lui lancer des éclairs.

— Il faut que tu saches que Léo ne ferait jamais rien qui pourrait te blesser, Anna. C'est pour cette raison qu'il ne t'a rien dit.

Pour moi, ces mots sonnent comme une mélodie répétitive et commerciale qui s'évapore aussi vite qu'elle est jouée.

Allison me revient alors à l'esprit et je serre les poings malgré moi. « C'était une connerie d'impliquer Naomi et c'en est une autre d'impliquer Allison. »

— Est-ce qu'elle est au courant ?

— Qui ça ?

— Allie ! Est-ce qu'elle sait ?!

Mon ton le surprend, mais il se ressaisit et évite de me répondre en me posant une question :

— Et toi ? Que voulais-tu dire par « la confirmation de ce que je refusais d'admettre » ?

— Simplement que vous n'êtes pas très discrets.

Il se lève aussitôt d'un bond et approche son visage du mien. Il n'est plus question qu'il me réconforte, maintenant. Bien au contraire, une colère froide se lit dans ses prunelles.

— Donc Allison m'a menti, grogne-t-il.

— À quel sujet ?

Encore une fois, il baisse les yeux et se tait. J'ai envie de vomir à l'idée qu'elle ait pu être au courant. C'est impossible. Elle n'aurait pas pu me faire ça.

Stan se frotte le visage et fait les cent pas. Léo, quant à lui, n'est toujours pas revenu. J'ai l'impression que je me suis jamais levée, que tout ceci n'est que le prolongement de ma nuit et que, dans quelques instants, tout ce cirque sera fini. Malheureusement, ce n'est pas le cas. Nous sommes bien éveillés, tous. Et cette histoire d'argent est bien réelle.

— Je veux savoir exactement ce que vous faites et pourquoi, dis-je brusquement.

Stan relève alors la tête et fronce les sourcils. Je ne compte pas partir sans avoir mes réponses.

— Ça ne te regarde pas.

Petit con.

Cette fois, c'est moi qui vais vers lui. Je me redresse pour approcher mon visage du sien, le regard noir. Je pointe mon index sur son torse et appuie dessus de toutes mes forces.

— Je ne vais pas me répéter, Stan. Parle. Maintenant.

La rage fait trembler mes membres. Sans broncher, le brun soutient mon regard et avance même d'un pas, m'obligeant à reculer légèrement sans pour autant retirer mon doigt.

— Sinon quoi ?

Une chaleur sans précédent émane de son corps collé au mien. Il brûle autant que je fulmine. Il est hors de question que je me laisse marcher sur les pieds.

— Sinon je m'en vais… et je préviens la police.

Un rictus lui échappe et il approche davantage son visage. Je suis paralysée. Si je bouge ne serait-ce que d'un millimètre, ses lèvres rencontreront les miennes et le rêve de cette nuit se réalisera.

— Au fond de toi, Anna, tu sais très bien que ce n'est pas ce que tu vas faire.

Sa voix est grave, son souffle chaud sur ma bouche. Je perds déjà toute contenance.

— Et puis, reprend-il, ce n'est pas la peine de me mentir. J'arrive assez facilement à lire en toi.

— Ah vraiment ? murmuré-je.

— Vraiment, répond-il en adoptant le même ton. Je sais par exemple que ce que tu ressens pour Léo t'empêchera de faire quoi que ce soit qui puisse lui nuire… Aussi bien que ce que tu ressens pour moi t'empêchera d'aller voir la police.

Le choc de ses mots me fait ouvrir la bouche et les yeux en grand.

— C'est faux, crié-je.

— Ah oui ? Alors, dans ce cas, pourquoi trembles-tu ?

Je tente de reculer, mais il m'attrape les poignets. S'il continue comme ça, je risque de perdre la partie. D'autant que la tension évidente entre nos corps ne fait que s'intensifier.

Lorsqu'il penche la tête sur le côté et me sert son habituel sourire en coin, j'en profite pour renverser la vapeur.

— Laisse-moi te poser une question à mon tour, Stan. Qu'est-ce que ta mère a à voir avec cette histoire ?

Cette fois, c'est lui qui recule et me libère de son emprise. La colère est toujours visible sur ses traits, mais pendant une fraction de seconde j'arrive à lire dans son regard une once de douleur.

— Tu as raison, finit-il par dire, sur la défensive. Il vaut mieux que tu partes.

J'ignore le léger pincement au cœur que cela me provoque.

— Pas avant d'avoir mes…

— Va-t'en, j'ai dit !

Son cri me glace le sang. Il ne m'en faut pas plus pour prendre la poudre d'escampette. Je me fiche d'être à moitié nue, de l'état dans lequel je suis, il faut que je sorte. *Vite.* Mais, à peine ai-je franchi les dalles en pierre du jardin que Léo ressurgit, un bras tendu vers moi. Je ne peux alors ignorer que ses yeux sont humides.

— Anna, ne pars pas.

— Je n'ai rien à faire ici, dis-je en le contournant.

Je m'apprête à piquer un sprint lorsque sa voix lourde d'émotion me retient :

— Reste et je t'expliquerai tout !

Quand je me tourne vers lui, il essuie du revers de la main sa joue droite et avance pas après pas pour être à mon niveau.

Hier encore, je pensais avoir trouvé ce genre de garçon que ma mère appelle « la perle rare ». Je pensais ne pas le mériter, je pensais pouvoir lui faire confiance. Mais plus maintenant. Maintenant, je ne veux plus de tout ça, je veux simplement rentrer chez moi et oublier. Tout oublier.

— Laisse-moi au moins te raccompagner, implore-t-il.

Je me mets à rire, c'est nerveux. Il faut dire que la situation est dérisoire : lui, il pleure, moi, je suis en petite culotte, tout cela au beau milieu de la rue, alors que n'importe qui pourrait nous voir. Sans oublier cette merveilleuse histoire de trafic dont je ne connais ni les causes ni les conséquences…

— Anna…

Il se tient devant moi cette fois, tout en respectant une certaine limite de sécurité. Je m'en veux tellement d'être allée si vite avec lui. Je m'en veux d'avoir laissé Stan me retourner le cœur et le cerveau.

Au bord des larmes à mon tour, je décide finalement d'accepter la requête de Léo. Quitte à rentrer chez moi, autant le faire en gardant le peu de dignité qu'il me reste. Sans un mot, je me plante à la portière de sa voiture, attendant qu'il la déverrouille. Je grimpe ensuite sur le siège passager et m'attache tandis qu'il se met derrière le volant et démarre en trombe.

On roule un bon quart d'heure dans un silence complet. Le skaï est froid sous mes jambes nues et la température, bien qu'estivale, me fait frissonner. On a depuis longtemps dévié du trajet jusque chez moi pour une route sans fin bordée d'arbres, à des kilomètres du centre-ville.

Je n'ai même pas eu le courage de protester.

Après m'avoir jeté un rapide coup d'œil, Léo se décide finalement à freiner et gare la voiture sur le bas-côté. Ses larmes ont séché, son visage est dur et sa mâchoire contractée. Voyant que je suis prête à l'écouter, il respire un grand coup, se détache et se tourne vers moi.

— Essaye de ne pas m'interrompre.

Chapitre 29

Ses lèvres, que je trouvais hier encore si douces, se meuvent au ralenti en face de moi. J'ai beau me concentrer sur la tonalité des syllabes prononcées, je ne perçois que les battements de mon petit cœur crispé.

C'est fou comme Léo a perdu de son charme en si peu de temps. C'est comme si quelqu'un d'autre s'était approprié son visage, sa voix, ses gestes. Désormais, son air grave m'étouffe, sa gestuelle me gêne. J'ai envie de sortir de la voiture, mais je ne le fais pas. Il faut que je sache le fin mot de cette histoire.

À un certain moment, il ferme les yeux et se pince l'arête du nez. Puis il glisse sa main sur ma joue et je le laisse faire. J'ai le sentiment de ne plus m'appartenir. Ce geste ne me gêne pas tant que ça. J'y suis habituée.

Tandis que je garde le silence, il rejette tous les appels de Stan et se confond en excuses. Il dit d'autres choses encore, mais je ne retiens rien, tout s'enfuit. Ce n'est qu'après un long moment que je prends conscience du silence qui nous entoure. Il a terminé ses explications, mais je n'ai toujours pas trouvé quoi dire.

Il me regarde, je le regarde, mais aucun de nous ne parle. Ses lèvres sont pincées en une seule et même ligne droite. Ses yeux, habituellement si bleus, ont la couleur du fer. Une tempête est passée. Un orage a tout balayé. Et nous voilà tous les deux à nous toiser, face à face dans cet espace restreint.

— Dis quelque chose, finit-il par chuchoter.

Je ne peux pas, Léo.

Je ne peux pas car, si je parle, je risque d'envoyer tout balader. Dans mon cœur, tout est cassé, brisé, anéanti, fini, réduit en poussière. Soudain, tout semble trop petit, trop sombre, trop grave. Et pourtant, le pire reste à venir. Il vient lorsque mentalement je mets enfin un mot sur ce que je ressens. Neuf lettres qui scintillent dans mon esprit. Neuf lettres signant la fin de quelque chose qui n'avait pas encore de nom.

D-é-c-e-p-t-i-o-n.

Voilà ce à quoi je pense. Voilà ce que je vois.

La voiture redémarre sans que je m'en rende compte. Léo semble s'être fait à l'idée que je ne parlerai pas. Il me dépose en silence devant chez moi après m'avoir adressé un dernier regard plein de regret. Et puis il disparaît.

Quant à moi, je claque la porte dans mon dos, le corps tremblant, et monte une à une les marches de l'escalier jusqu'à m'effondrer la tête la première sur mon lit.

Je ne réalise pas les heures qui passent jusqu'à ce que maman finisse par rentrer et me réveille. Elle s'empresse aussitôt de me demander si ma soirée chez Allie s'est bien passée. Chose à laquelle je réponds par l'affirmative avant de l'écouter me raconter sa journée. Elle me parle alors d'un patient surexcité qui a refusé ses soins et a dû être sanglé. Elle me dit que la police est même passée la voir, qu'elle a beaucoup discuté avec un policier qu'elle trouvait très sympa. De fil en aiguille, je comprends qu'elle n'a pas du tout prêté attention à mes faits et gestes dernièrement. Elle s'est concentrée, comme à son habitude, sur son travail. La clinique. Les gardes. Les malades.

J'aimerais l'interrompre dans son beau discours pour lui parler de Stan et Léo, mais je n'en trouve pas la force. Je reste abrutie par la situation, encore enfermée dans le large T-shirt que m'a prêté le blond quelques heures plus tôt. À croire que je ne vais jamais me remettre de ce qu'il m'a avoué dans la voiture. À croire que je n'arriverai plus jamais à leur parler de la même manière. Je ne pourrai plus jamais agir innocemment. Pas quand mon petit ami et son meilleur copain sont à la tête d'un réseau de drogue.

« Stan a toujours été le mystérieux du groupe, et ça n'a fait qu'empirer avec le lycée. Il a attendu ses dix-huit ans pour tout me raconter… Il faut que tu comprennes que je ne banalise pas nos actes, bien au contraire. Mais les raisons qui nous ont poussés à faire ça me dépassent. Aujourd'hui, on essaye de se limiter à une fois par mois, mais parfois c'est plus… On prend l'excuse d'une soirée pour rassembler des gens chez Stan. On les occupe comme on peut avec les idées qui nous viennent le moment venu et comme ça on peut agir sereinement à côté. Ça peut paraître paradoxal, mais plus il y a de monde aux soirées que nous organisons, plus nos actions sont dissimulées.

Nous sommes cinq au total. Au début, Stan ne faisait confiance qu'à moi, mais bien vite il a compris qu'un réseau ne pouvait pas marcher si on n'était que deux. Nous avons donc rallié Chris et Nathan à notre cause. Tu as probablement dû les croiser… Stan est celui qui achète la marchandise, Nathan et Chris, ceux qui la vendent. Moi, je compte l'argent et supervise les transactions. Quant à Naomi, c'est généralement celle qui va déposer l'argent aux mains de ceux qui nous le réclament.

J'ai eu du mal à la garder à l'écart alors que nous étions… ensemble. Elle s'occupait de surveiller nos arrières. Quand Chris et Nathan se rendaient dans des coins plus ou moins chauds pour vendre, elle les suivait discrètement. Personne ne se méfie d'une fille. Pareillement, lors des soirées, elle montait la garde en quelque sorte. Si Stan n'était pas pour au début, elle a su lui montrer qu'elle pouvait grandement nous aider.

Je sais que tu vas me demander pourquoi on fait ça, Anna, et je ne pourrai pas te répondre. Du moins, ce n'est pas à moi de te le dire. C'est une affaire personnelle pour Stan… C'est donc à lui que tu dois poser la question. Mais sache juste que je ne t'ai jamais menti, ou que je n'ai jamais cherché à te blesser. Tout ce que je t'ai raconté est vrai. Tout ce qu'il y a eu entre nous est vrai, aussi.

Je comprendrais que tu ne veuilles plus me voir, je comprendrais que tu t'éloignes de nous. Mais, s'il te plaît, ne m'en veux pas de te l'avoir caché. C'était une façon de montrer que je tenais à toi.

Allez… Dis quelque chose. »

La suite, on la connaît. Je n'ai rien pu dire, alors il m'a raccompagnée.

Je ne sais pas ce que je dois faire de toute cette histoire. Je ne sais même pas où j'en suis dans ma relation avec Léo, Stan, Allison…

Le pire dans tout ça, c'est que Stan avait raison. Je suis coincée. Je ne vais certainement pas aller raconter tout ce que je sais à la police.

D'ailleurs, que sais-je vraiment ?

Malgré toute la colère qui m'habite en ce moment, je ne peux pas leur faire ça. Je ne peux pas non plus me tourner vers Allie, qui m'a déjà trahie, vers Sasha, car ça la mettrait en danger, ou bien vers ma mère, parce qu'elle nous ferait sans doute déménager sur-le-champ.

Tout cela est stupide.

Stan n'a pas essayé de me joindre une seule fois depuis que je suis partie. Il n'a pas cherché à me donner sa version de l'histoire. Je me demande même s'il est resté chez Léo, s'ils se sont disputés, s'ils s'en veulent d'avoir parlé. J'ai de plus en plus de mal à me les sortir de la tête. *Désormais, quelle est ma place ?* Je ne suis plus la petite amie ni même l'amie. Je redeviens l'Anna du premier jour, celle qui ne sait rien, ne connaît rien, celle qui se fait rembarrer dans une cuisine.

Il est 4 heures du matin et je n'ai toujours pas sommeil. Alors je me lève, j'ôte le T-shirt d'homme de même que mon sous-vêtement et me retrouve entièrement nue. Je marche jusqu'à la salle de bains, fais couler l'eau de la douche, attendant qu'elle soit chaude, et m'installe sous le pommeau. L'eau brûle mon visage. Mais je ne réagis pas. Ni à la douleur ni à la vapeur qui s'échappe de la cabine.

Je n'arrive toujours pas à y croire.

Je me mords la lèvre inférieure si fort que je sens le goût du sang sur ma langue. Je me mords si fort que les larmes que je retenais jusque-là tombent enfin. Eau chaude, eau tiède, eau douce, eau salée, tout se confond sur les courbes de mon corps. Je voûte le dos jusqu'à tomber à quatre pattes.

Qu'est-ce que j'ai fait ?

Je reste tellement longtemps ainsi que l'eau chaude s'épuise, comme moi, et devient froide. Je m'enveloppe alors du peignoir de ma mère et retourne dans ma chambre. Une fois dans mon lit, je suis enfin assommée par la fatigue.

Au réveil, je réalise un peu trop tard que Léo me manque. Sa douceur, ses lèvres, ses mots… Il me manque déjà, quoi qu'il fasse, quoi qu'il soit. Cette chose que nous avions créée, que nous avions polie et qui s'installait progressivement entre nous vient de voler en éclats. Et le plus bizarre dans tout cela, c'est que, ce matin, j'ai le sentiment que tout est de ma faute.

Je sors de mon lit et j'allume mon téléphone immédiatement, dans l'espoir d'y trouver un signe de sa part. Mais je n'ai aucun message ou appel en absence. C'est le vide complet. Et là, pour de bon, je commence à paniquer.

Et s'il leur était arrivé quelque chose ? S'ils s'étaient disputés un peu trop violemment ? S'ils avaient eu des ennuis à cause de moi ? Tant de possibilités morbides et de questions lancées dans le vide…

Ma tête va exploser et mon cœur se dissoudre si je reste ici sans agir. Alors je fais ce que je sais faire de mieux : je m'habille à la hâte, je sors de chez moi, j'attrape un bus et je prie pour ne pas me diriger droit dans la gueule du loup.

En réalité, le véhicule me dépose devant l'antre et non dans la gueule du loup. L'antre moderne et froid, technologique et sombre. L'antre où ont lieu les nombreuses soirées, les échanges d'argent, les réunions secrètes organisés par celui qui s'apparente désormais au grand méchant loup.

Je toque trois fois et j'attends patiemment. Car tout est une question de patience maintenant. À savoir, combien de temps supporterai-je ce poids dans mon ventre ? Combien de temps mon cœur balancera-t-il entre l'un et l'autre ? Combien de temps ma meilleure amie restera-t-elle dans l'ombre de ses mensonges ? Et combien de temps me faudra-t-il pour me remettre de cette histoire ?

— Qu'est-ce que tu fais là ?

Il s'est changé. Il porte un T-shirt orange sanguine dont les manches longues sont retroussées et un pantalon serré noir. Il a les yeux injectés de sang, la mâchoire plus carrée que d'habitude, les sourcils bas. En somme, il a un air terrifiant.

Il me faut alors rassembler tout mon courage et me redresser sur la pointe des pieds afin d'atteindre la hauteur de son regard transcendant.

— Il faut qu'on parle.

Aucune réaction. Il reste immobile, appuyé contre le chambranle de la porte. Sans attendre son autorisation, je me précipite dans l'entrée.

Là, je croise les bras sur ma poitrine et reste de dos. En tambourinant le sol de mon petit pied nerveux, je réalise que je n'ai absolument pas prévu de discours à déballer à Stan. Je sais simplement que c'était à lui que je devais parler. Car c'est lui le cerveau de l'histoire et également le responsable.

— J'ai toujours aimé la chute de tes reins, miss, mais, si tu veux parler, il va falloir assumer et me faire face.

Je m'exécute, fumant de colère, et constate son attitude de dépravé.

— Vas-tu pouvoir me comprendre et me répondre dans ton état ? osé-je.

— Vas-tu pouvoir arrêter de minauder l'espace de cinq minutes ?

Ça me cloue le bec. D'une main, il indique le canapé du salon, où nous nous assoyons l'un à côté de l'autre. Subitement, je n'ai plus envie de passer par quatre chemins, de réfléchir au sens de mes mots, de prendre des gants. Alors mes paroles se mettent à traduire ma pensée en un flot continu.

— Je me fous des autres, commencé-je, je me fous de ce qu'ils pensent, de ce qu'ils disent. Peu m'importent leurs regards, leurs pensées, peu m'importent leurs réactions, leurs messes basses. Depuis que mon père est parti, j'ai eu droit à tous les commentaires possibles et imaginables sur ma vie, mon physique, ma façon de parler, d'agir, jusqu'à ma façon de respirer. Tous les jours, je suis confrontée au regard des gens qui passent près de moi dans la rue, des proches que je côtoie. *(Je respire.)* Ce que je veux dire, c'est que tout cela me passe au-dessus de la tête. La seule chose qui me tient à cœur aujourd'hui, c'est ma famille. La famille que je me suis composée : ma mère, ses parents, mon oncle, Allie, Sasha, Daniel… et, je crois, Léo.

Mes mains se mettent à trembler.

— Je dis « je crois » parce que, entre nous, les choses se sont faites dans la précipitation. Tout est allé trop vite. Et pourtant j'ai vraiment des sentiments pour lui. Ils sont plus forts que tout ce que j'ai ressenti auparavant. Ils me font un peu peur aussi… Pourtant, ce sont eux qui me poussent à rester, à être là aujourd'hui, maintenant… *(Je respire, à nouveau.)* C'est pourquoi je refuse de rester une seconde de plus dans l'ignorance. Si je veux pouvoir accepter Léo, il me faut des réponses. Et tu es le seul qui puisses m'en donner. C'est toi qui es à l'origine de tout ça. C'est toi qui es à la tête de ce trafic. C'est toi qui en as les clés. Pas moi, pas même Léo. Et j'ai besoin que tu me dises la vérité. Je n'irai pas à la police. Je serai muette. Si tu me le demandes, je resterai même à l'écart de toi, de Naomi ou de toute autre personne impliquée ; je n'en parlerai pas, je ferai comme si je n'étais au courant de rien. J'ai juste besoin de savoir que je peux lui faire confiance. J'ai besoin de savoir que je peux être avec lui, que je peux l'aimer et l'être en retour sans aucune conséquence.

J'inspire, expire, inspire, expire… jusqu'à ce que mon souffle se régule complètement.

Lui me regarde sans ciller, ses prunelles sombres plantées dans les miennes. J'ai tout dit, de ce que je pense à ce que je ressens. C'est l'essentiel, je crois.

— Anna, Anna, Anna, dit-il alors amèrement.

Je réprime un frisson.

— Tu penses avoir une petite idée de ce que l'on fait, de ce qui se passe. Il t'a parlé d'un trafic, d'un contexte personnel sensible, d'un petit groupe d'amis, c'est bien ça ? Ah, si seulement…

Il avance vers moi tandis que j'agrippe l'accoudoir du canapé.

— Il est vrai que je suis le premier responsable de ce trafic et je l'assume. Pourtant, ton cher Léo y participe grandement tous les jours, par le simple fait de vivre. Crois-moi, si je pouvais tout arrêter d'un claquement de doigts, je le ferais. Mais tu es assez maligne pour savoir que ce n'est pas si facile. Alors je vais te répondre et mettre fin à ce tourbillon que tu as dans la tête. Et, Anna, je veux que tu m'écoutes attentivement parce que je ne me répéterai pas. *(Il plisse les yeux.)* Il est question de *drogue*. De drogue dure. Il est question de toute une organisation qui dépasse les cinq membres que tu penses connaître. Et, plus important encore, il est question d'une motivation qui a de la valeur. Ce n'est pas pour le pouvoir, l'argent, la rébellion. C'est pour sauver quelque chose qui m'est cher, à moi. Et à moi seulement.

Mon cœur bat la chamade.

— Tu me parles de sentiments, Anna, mais tu n'en connais pas la vraie valeur. Moi je sais, je sais ce que c'est que d'aimer malgré soi. D'un amour plus fort que tout. Je sais qu'il n'y a rien de plus vrai. C'est la raison même de mon combat quotidien ! Est-ce que c'est dangereux ? Est-ce que l'on prend des risques ? Oui. Évidemment. Mais qu'est-ce que cela peut te faire ? Tu sais très bien, au fond, que ce n'est pas pour ça que tu es venue jusqu'ici aujourd'hui. Si tu es là, c'est pour une seule raison. Elle se trouve sous tes yeux !

Je lâche un rire désapprobateur, mais il me coupe aussitôt :

— Il y a une tension que tu ne t'expliques pas, un frétillement inhabituel quand tu me vois, une musicalité nouvelle quand tu me parles. Ce n'est pas de la prétention, je le sais parce que je le sens aussi. Tu as beau préférer Léo, et moi Allison, ceci est indéniable. Et, tôt ou tard, c'est ça, et non pas notre affaire illicite, qui ruinera nos relations à tous. Alors, si tu veux mon accord, je te le donne. Aime Léo, sois au courant de ce qui se passe, reste à l'écart si tu le souhaites, mais ne te mens pas à toi-même. Tu sais qu'il peut arriver quelque chose de grave, tu sais que tu n'as pas ton mot à dire là-dedans et tu sais que, si tu choisis Léo, tu choisis le trafic, tu choisis Naomi, tu choisis Chris et Nathan… Tu me choisis moi. Et au fond, c'est ça qui te fait vraiment peur. Pas vrai, Anna ?

Mais qu'attend-il de moi au juste ? Que je prenne ma décision tout de suite, que je choisisse entre dénoncer le trafic et les perdre tous les deux ? Il s'attend à ce que je lui avoue la complexité de mes sentiments ? À ce que je cède à sa colère et à ses menaces ? C'est hors de question. S'il veut la vérité, je la lui donne volontiers. Rien de plus, rien de moins.

La simple vérité.

— La seule chose qui me fait peur, Stan, c'est toi.

Chapitre 30

LÉO

— Lâche-moi un peu ce téléphone et retourne travailler, lance mon boss depuis les cuisines.

Je ne peux pas m'en empêcher. Deux semaines sans nouvelles, c'est deux semaines de vide. Je ne peux plus supporter ce silence.

Mes yeux sont bordés de cernes noirs, mon corps est las, sans force, tandis que je range mon portable dans ma poche arrière et mets un torchon sur mon épaule. Mes journées sont longues et fatigantes. Je me traîne de table en table, des cuisines au bar, d'un pas nonchalant. Toutefois, je me suis infligé ça à moi-même, je ne peux donc que me blâmer.

« Il me faut du temps », a-t-elle dit.

Mais combien de temps encore ?

Elle avait tout. Du rire mélodieux au regard intense, des mains douces aux mots déstabilisants. Tout était là, rien que pour moi. Mais ce n'est jamais assez, ça ne sera jamais assez, pas vrai ? Il faudra toujours une petite poussière sur ma route qui me fasse dévier.

Quel con.

Je ne m'explique pas comment elle s'est glissée sous ma peau en si peu de temps. Mais le fait est qu'elle y est. Et elle me manque tellement aujourd'hui. C'est stupide, mais je m'attendais à un appel, un message, un mot, un clin d'œil, un signe, quoi, un truc qui me montre qu'elle a réalisé comme moi que ça faisait un mois. Un mois et quelques jours maintenant que je l'ai embrassée. Sans autorisation, sans préavis, sans le moindre scrupule, je l'ai embrassée et elle m'a embrassé en retour.

Mais rien.

Deux semaines de vide.

Je la comprends, après tout. Il faut probablement un certain temps avant de se dire : *Mon copain donne dans la drogue.* Même à moi, il m'aurait fallu du temps. Mais, face à la montagne qu'elle représente, celle dont l'ascension me donne le vertige, sur laquelle je me tue chaque jour dans le but d'atteindre le sommet, tout me paraît insurmontable. Comme si je n'allais jamais la retrouver, comme si elle n'allait jamais me revenir. Et je ne peux pas laisser cela arriver. Je ne peux pas me faire à l'idée que c'est fini. Pas maintenant. Peut-être même jamais.

Mais qu'est-ce que tu m'as fait, bon sang ?

Le pire était son regard. Son regard meurtri lorsqu'elle m'a demandé de la laisser partir. Son regard meurtrier quand je lui ai tout avoué.

Pourquoi n'ai-je eu droit qu'à un coup de téléphone me disant d'attendre quand Stan, lui, a pu te voir… ?

Je perds la boule. C'est à cause de ce foutu coup de foudre. De ce jour où j'ai posé mes yeux sur elle dans un bus que je ne prends jamais. Elle était inconnue, belle, mystérieuse et étourdie. Il y a eu une fraction de seconde, un rien, qui a fait que j'ai craqué, littéralement. J'étais en survêtement, je rentrais de mon footing, j'allais voir Lia et c'est elle que j'ai vue. Au fond du bus, elle a levé ses magnifiques yeux bleus vers moi et j'ai senti une vibration jusque dans ma colonne vertébrale.

Quand elle est revenue au Central, je pensais qu'elle ne se souvenait pas de moi. Mais j'ai lu sur son visage une surprise qui m'a terrifié. J'ai disparu et j'ai laissé Tanya, ma collègue, prendre le relais. Je ne pouvais pas faire autrement.

Stan m'avait parlé d'elle, mais à l'époque je ne savais pas que c'était *elle* !

Elle est bel et bien revenue au café-restau, quelques jours plus tard. Elle est revenue seule. Et à ce moment-là je ne pouvais plus me défiler. Il fallait que je lui parle. Même s'il y avait toujours Naomi dans ma vie. Même si tout était compliqué. Même si elle avait probablement toute une histoire derrière elle. Il fallait que je lui parle. Quand je l'ai fait, quand j'ai vu son sourire, quand j'ai à nouveau entendu sa voix, j'ai su.

Au fond de moi, j'ai su que j'étais fichu.

***

Il est 19 heures. Ma journée de travail touche à sa fin, mais mon second job, le moins légal des deux, débute maintenant. J'ai rendez-vous avec notre fournisseur dans une trentaine de minutes. Ce n'est pas toujours moi qui gère les rencontres avec lui, mais Stan est occupé. Il trouve que j'ai un bon sens des affaires. J'y crois moyennement. Je suis juste le plus tempéré du groupe, et ça peut être grandement utile lorsqu'on a affaire à quelqu'un comme James.

James n'est qu'un surnom, un code de plus dans ce monde de faux-semblants. C'est un grand dégingandé aux cheveux longs décolorés. Au premier abord, il semble un peu timide et perdu. Mais tout cela fait partie de son jeu. Devenu maître dans l'art de la manipulation, il sait mieux que quiconque comment se jouer des autres. Comment *doser* les informations. C'est un as en la matière. Bien que pas très futé, il est toujours prévoyant pour ne jamais être dans le besoin. Et on a vite remarqué qu'il savait garder en permanence une longueur d'avance.

Alors que le jour décline doucement, je me gare à deux rues de notre lieu de rencontre. On n'est jamais trop prudent lorsqu'il est question du trafic. Le rendez-vous a été donné dans un parc pour enfants en pleins travaux, à l'est de la ville ; choix qui pourrait paraître inapproprié mais qui est, au contraire, parfait pour l'occasion. À l'heure qu'il est, les ouvriers ont déserté le chantier pour nous laisser le champ libre.

J'attends de longues minutes face à la grille noire cadenassée, à faire les cent pas. Je suis venu en avance pour réfléchir aux éventuelles négociations à venir, mais je peine à effacer le visage d'Anna de mon esprit. C'est triste à dire, mais notre relation semblait avoir pris un nouvel élan depuis l'agression de Naomi. Comme si tout cela nous avait rapprochés. Or, depuis la grande révélation, c'est tout l'inverse qui s'est produit…

Soudain, on me hèle d'un sifflement aigu. C'est James, debout sur le toit du petit train, au beau milieu de l'aire de jeux, qui me fait signe. Il porte son habituel manteau noir, suffisamment long pour dissimuler la marchandise que j'attends.

D'un signe de la main, il m'indique de le rejoindre. Je tourne alors la tête de gauche à droite pour m'assurer que personne ne nous observe et saute par-dessus la grille qui me sépare du parc – les doigts dans le nez… ou presque.

— Ah, Léo ! lance-t-il d'une voix grave lorsque je m'avance vers lui.

Avant que j'arrive à sa hauteur, il se met à marcher dans la direction opposée, m'obligeant à accélérer le pas. Nous marchons quelques secondes en silence avant de nous arrêter à l'ombre d'un chêne gigantesque.

— Comment vont les affaires ?

— Bien, je suppose… réponds-je sans grande conviction, en shootant dans du gravier.

— J'ai appris pour votre pionne. Il ne s'agit pas de moi, je voulais que ce soit clair.

Je grimace en repensant à ce qui est arrivé à Naomi.

— On s'en doutait, dis-je, les lèvres pincées. On fera le nécessaire pour résoudre cette histoire.

— Bien… Maintenant, passons aux choses sérieuses.

Il zyeute derrière nous pour vérifier qu'on est seuls et m'ouvre son manteau.

— Ça devient très compliqué pour moi de vous fournir. À Londres, les jeunes tombent comme des mouches à cause de cette merde.

Il sort d'une poche intérieure quatre petits distributeurs de Pez à l'effigie de Superman qu'il me tend rapidement. J'ai un sourire amer.

— C'est rien qu'une touche d'humour, vieux, détends-toi. C'est ce qui fait tout son succès, après tout ! Et mon pognon par la même occasion…

Ça ne m'amuse pas qu'on utilise un jouet pour enfants pour diffuser cette drogue. Mais James a raison, c'est le seul moyen qu'on a de rester discrets. Heureusement, la ressemblance avec un Pez ne va pas bien loin. Au lieu d'un bonbon acidulé, c'est une pilule bleue que le client reçoit en appuyant sur la tête du super-héros. « Superman », qu'on l'appelle, à cause du célèbre sigle en forme de S gravé à sa surface. Ironie, quand tu nous tiens…

Bien sûr, la petite pilule ne renferme aucun sucre. Elle est composée d'ecstasy. D'une ecstasy si forte et douloureuse que les plus addicts en redemandent. Alors oui, James amasse une somme considérable en vendant ces choses-là. Leur rareté fait des ravages.

— T'as mes bonbons à moi aussi, j'espère, dit-il alors d'une voix pleine de malice.

Comment peut-il encore trouver le moyen de plaisanter ?

Docile, je sors à mon tour une enveloppe scellée de ma veste en jean et la lui remets.

— Le compte est bon.

— Oui, je vous fais confiance, répond-il en me souriant de ses dents jaunes.

Un frisson me parcourt mais je tente de l'ignorer. James ne me fait pas peur, il me terrifie. Face à lui et ses sbires, *Stan et moi ne sommes rien.*

***

La route semble interminable ce soir.

Alors que je ne suis plus qu'à quelques centaines de mètres de l'arrivée, un énième feu rouge m'arrête et un vieil homme traverse en titubant devant moi. Je l'observe avec un pincement au cœur lorsqu'une silhouette apparaît brusquement à ses côtés pour le soulever et l'aider à arriver sur le trottoir d'en face. C'est un jeune, au vu de sa morphologie.

Alors que le vieillard se confond en excuses, son sauveur part dans la direction opposée sans demander son reste. Ce n'est que lorsque son visage prend la lumière du lampadaire derrière lui que je reconnais les traits du Daniel qui était venu me voir au Central. Je me crispe, malgré moi. *Et si Anna ne m'avait pas rappelé à cause de lui ?*

Je secoue la tête et envoie valser mes pensées négatives. Je deviens jaloux, ça ne va pas. *Jaloux et con.* Avant qu'il ne puisse m'apercevoir à son tour, le feu passe au vert et j'appuie sur l'accélérateur. Des choses plus importantes m'attendent ce soir.

***

Je sonne deux fois à la porte de mon meilleur ami, mais personne ne m'ouvre. Étrange. Une musique assourdissante résonne pourtant à l'intérieur et me confirme qu'il est bien présent. Je martèle alors le battant de coups de poing jusqu'à ce que la musique baisse.

Victoire !

— T'en as mis, du temps ! dis-je avec un sourire lorsque Stan m'ouvre la porte.

Mais j'ai tout de suite un mouvement de recul. Il est dans un long peignoir blanc et a des chaussons dont j'ignorais l'existence.

— Tu organises une soirée pyjama et je ne suis pas invité ?

Il ne fait même pas semblant de rire. Ses yeux rouges et son haleine amère me confirment ce que je craignais : il est déjà saoul. D'une main, je l'écarte sur le côté, referme la porte à clé derrière moi et vais dans le salon, où des dizaines de bouteilles jonchent le sol.

— T'es complètement mort, remarqué-je, déçu.

— Et alors, Lucien ?... Louis... Euh... Lou... *Loup y es-tu*. Ça fait quoi ?

Il rit jaune avant de s'affaler sur le sofa, écrasant par la même occasion un carton à pizza vide.

— J'ai ta commande, Stan, mais je ne suis pas sûr que ce soit une bonne idée de te la confier ce soir.

— Dis pas de bêtises, Laurent. Je suis apte à tout. Waouh... C'était dur à dire, ça.

Mes nerfs commencent à lâcher. Comment peut-il se permettre d'être ivre alors que les jours de réception sont les plus dangereux ?

— Je sais à quoi tu penses, dit-il, mais, avant que tu ne me fasses la moindre réflexion, je veux t'assurer que tout va bien. Je. Vais. Bien.

— Je suis ravi, mais là n'est pas la question...

— Je vais bien, tu vas bien, il va bien, nous allons bien, vous allez...

— Stan, le coupé-je.

— Elles vont bien ! Elles vont à merveille, elles me l'ont bien fait comprendre...

— Mais de quoi tu parles ? crié-je en le secouant par les épaules.

— Naomi, Anna, Allison, ma mère, mon père, tout le monde va bien. Tout le monde va bien ! crache-t-il d'un air sinistre.

— Anna ? Tu as eu des nouvelles d'Anna ?

— Bien sûr. Je l'ai croisée chez Allison, tout à l'heure. C'était épique…

Mon cœur frémit. J'espère sincèrement qu'il n'a pas aggravé la situation.

— Qu'est-ce qu'elle a dit ? Elle a parlé de moi ?

— Tout doux, mon roudoudou, elle n'a fait QUE ça, parler de toi ! hurle-t-il cette fois.

— Et alors ? Stan ! Elle a dit quoi ?

Vlan !

Stan m'assène un coup sur la mâchoire. La surprise me paralyse tandis qu'il tombe sur les genoux, abasourdi. La douleur a beau me vriller l'estomac, c'est sur lui que je me concentre, fasciné par ce retournement de situation. Son corps se met à trembler. Il ne m'avait encore jamais frappé. Il n'avait encore jamais craqué de la sorte, sous mes yeux. Et soudain le voilà à terre, si misérable.

Que s'est-il passé ?

— Stan… tenté-je à nouveau, en posant la main sur son épaule.

— Désolé, murmure-t-il, toujours recroquevillé sur lui-même. Désolé…

Il renifle bruyamment et s'essuie le visage avant de reprendre son souffle. Ses yeux sont encore plus rouges que lorsque je suis arrivé.

— Qu'est-ce qui s'est passé, Stan ?

Il lève alors le regard et scrute ma mâchoire, une grimace à la bouche.

— Je suis un vrai connard, voilà ce qu'il y a ! J'ai tout foiré…

— C'est faux. Regarde ma tronche, tu n'as certainement pas foiré ton coup !

J'esquisse un sourire qu'il ne me rend pas.

— D'abord ma mère, puis Naomi, Allie. Et maintenant Anna… Je les fais toutes fuir, Léo. Les unes après les autres, soit je les perds, soit c'est elles qui me quittent.

Je ne saisis pas bien le rapport. Qui plus est, ce n'est vraiment pas son genre de pleurer pour une fille. Et que vient faire Anna dans cette histoire ?

— Arrête tes conneries. Tu n'as rien perdu, c'est juste…

— Ma vie est une impasse. À tenter de sauver une femme qui me déteste, à en aimer une sans pouvoir l'exprimer pleinement et à me mettre à dos toutes les autres… C'est ça ma vie, Léo. C'est *ça* et le trafic. La drogue, les prises de tête, mon père insupportable. Qu'est-ce que je gagne dans tout ça, moi ? Hein ? Qu'est-ce que j'ai à la fin ? Rien. Rien de plus que cette grande maison vide, mes bières et mes pizzas. J'appelle ça être un looser. Un connard. Un bon à rien. Si ça continue, je vais devenir fou et, qui sait, peut-être même finir par consommer ma propre marchandise, tiens !

Sans marquer la moindre forme d'humour, il se lève, attrape le sac contenant l'ecstasy et monte pesamment l'escalier.

— Rentre chez toi, me lance-t-il avant de claquer la porte de sa chambre.

Et me voilà une fois de plus à tenter de recoller les morceaux…

Chapitre 31

ANNA

QUELQUES HEURES PLUS TÔT

J'ai informé avant-hier mon professeur de ma décision d'arrêter la danse.

Vous me direz, c'est une bonne chose de faite, depuis le temps que je m'en plains. Mais tout de même… J'ai ressenti comme un pincement au cœur lorsque j'ai franchi la porte pour la dernière fois.

Il est devenu trop difficile pour moi de jongler avec toutes ces vies différentes. Dans l'une, je suis simplement Anna, jeune étudiante à la fac, danseuse une ou deux fois par semaine dans une compagnie régionale et baby-sitter tous les étés. Je suis bien tranquille dans une petite vie sans histoires, heureuse de faire mon bout de chemin sans dévier de ma route.

Or, dans l'autre, je suis la fille anxieuse et jalouse. La fille abandonnée par son père, larguée par son premier petit ami et désormais au milieu d'une existence où se diluent drogue, garçons et rivalités.

J'ai envie de tout remettre à neuf, de réparer mes erreurs.

Ces deux dernières semaines, j'étais bien, j'étais mieux, coupée du monde. J'ai pu me replonger dans des bouquins que j'avais mis de côté, passer mes derniers examens sans grande difficulté et même trouver un peu de temps à accorder à ma mère.

Ne pas se préoccuper de ce qui se passe du côté de Stan et Léo a été un réel répit.

Et c'est cela, je pense, dont j'ai réellement besoin avant de m'adonner à leurs sales affaires : reprendre mon souffle. J'ai besoin de me construire une nouvelle carapace. Sans cela, je ne tiendrai jamais face à ce qui m'attend. Il est hors de question que je sombre dans les soucis la tête la première.

Résolution n° 1 : vivre avec.

Toutefois, ce serait mentir que de dire que la mise à distance avec Léo ne m'a pas pesé. J'ai eu peur de le perdre, de m'éloigner de lui pour ne plus jamais revenir. J'ai eu peur de ce que pourrait lui dire Stan à propos de moi... De ce côté-là, je préfère encore fermer les yeux.

En attendant, j'ai pris la décision de ne pas faire de plus amples recherches sur ce qu'est un trafic de drogue. Un simple aller-retour sur Google Image me ferait regretter ma décision. Non, pour me changer les idées, j'ai plutôt foncé tête baissée dans les études. Sasha l'attestera. Alors que mon amie préparait tranquillement ses vacances en Inde, où elle va rejoindre sa mère le premier mois de l'été, j'apprenais, bille en tête, chaque ligne de chacun de mes cours.

Autre bizarrerie de ces quatorze derniers jours : je n'ai eu aucune nouvelle de ma meilleure amie. Pendant tout ce temps, elle n'a pas daigné m'appeler ou passer me voir. Or, maintenant que je sais qu'elle était dans la confidence pour le trafic, ça me rend dingue. C'est moi qui mériterais des excuses, après tout. Pas l'inverse !

Cependant, je connais Allison depuis bien trop longtemps pour la laisser tomber au premier coup bas. Je suis comme ça, j'y peux rien, j'aime Allie comme une sœur. Je suis prête à tout lui pardonner. Et c'est ce que je compte faire aujourd'hui.

Je sais que j'ai la fâcheuse habitude de tout garder pour moi jusqu'à imploser. Avec Allie j'avais quelqu'un sur qui compter, quelqu'un à qui je pouvais tout raconter. Oui, j'ai aussi Sasha… Mais ce n'est pas la même chose. Sasha est mon acolyte, qui m'aide à m'accrocher à mes études. Elle est celle qui ne va pas me poser de questions dans les moments difficiles et va préférer me changer les idées.

Disons que sur certains points… Allie est mon Léo et Sasha mon Stan.

C'est étrange comme j'ai besoin de cet équilibre dans ma vie, de cette dualité paradoxale. C'est aussi pour ça que je n'arrive pas à me défaire des deux garçons. Il me faut cette sécurité, cette protection, autant qu'il me faut cette folie et ce danger. Je sais bien que j'en demande trop, mais j'ai comme le sentiment que, sans cette balance, je ne serai jamais heureuse.

***

Je suis actuellement en chemin vers la maison des Wallace, la boule au ventre et les mains moites. Je n'ai pas prévu de tirade, comme à mon habitude. Je viens avec la modeste intention de discuter. J'ai simplement besoin de retrouver mon amie. Sans son soutien, je risque de dégringoler.

J'inspire un coup avant de taper à la porte.

Bon… Que dire en premier ?

— Anna ?

C'est elle.

— Je peux entrer ?

Si elle n'a pas l'air ravie de me voir, elle fait tout de même l'effort de se décaler pour me laisser entrer. Après quoi, elle se retourne pour me faire face, les bras croisés sur sa poitrine.

Alors voilà…

Je perds mes moyens. Face à son visage froid, je m'emmêle les pinceaux et j'oublie comment former une phrase correcte. Allie, de son côté, s'impatiente, la mine sévère. J'ai peur de rater le coche. Paniquée à l'idée de dire une bêtise, je choisis de la surprendre de la meilleure manière qui soit et lui saute au cou. Le temps de quelques secondes, je lui coupe la respiration comme la mienne l'a été durant ces deux semaines sans elle.

On dirait une moule accrochée à son rocher…

— Anna…

Ah. Je reprends espoir lorsque sa voix familière atteint à nouveau mes oreilles. Je me réfugie la tête dans ses cheveux, comme j'ai pour habitude de le faire avec ma mère.

— Bon, ça suffit, tu m'étouffes ! dit-elle subitement, agacée.

Je la lâche aussitôt.

— Désolée. J'ai l'impression de ne pas t'avoir vue pendant des mois…

— Ce n'étaient que deux semaines. Et crois-moi, parfois, ça ne fait pas de mal.

Elle m'observe comme si j'étais une inconnue, mais c'est elle qui a changé, pas moi.

— Je ne sais pas vraiment par où commencer, murmuré-je en baissant les yeux.

— Peut-être par ce que tu as fait ces deux dernières semaines.

— C'était ma période de partiels, réponds-je en fronçant les sourcils. Je travaillais.

— Et, pendant deux semaines, tu n'as pas trouvé un seul moment pour me donner de tes nouvelles ?

Son attaque est précise, incisive.

— Tu ne m'en as pas donné non plus, figure-toi.

— Et depuis quand on marche comme ça toutes les deux ? Depuis quand on doit attendre que l'autre appelle pour donner signe de vie ?

— C'est à toi qu'il faut poser la question, Allison. C'est moi qui suis là aujourd'hui, dis-je en reculant d'un pas.

Elle se met à souffler fortement par le nez avant de secouer la tête.

— Est-ce que tu as vu Stan pendant ces deux semaines ?

— Je te demande pardon ?

— Tu m'as très bien comprise.

Mon ventre se serre.

— Qu'est-ce qu'il vient faire là-dedans ?

— Je pense que tu le sais, rétorque-t-elle en reculant à son tour, histoire de mettre plus de distance entre nous.

— Je ne sais rien et je ne l'ai pas vu. Pourquoi crois-tu que je le verrais lui et pas toi ?

— Oh ça, je ne sais pas, Anna, peut-être parce que tu es la seule à ne pas réaliser qu'il en pince pour toi !

Cette fois, c'est pire qu'un coup de pied aux fesses. Pire encore que du jus de citron sur une coupure ou qu'un coup de soleil sous une douche brûlante. C'est pire qu'une piqûre de guêpe, qu'une brûlure de méduse. C'est pire que tout et on est là à se regarder, l'une et l'autre, en chiens de faïence, prêtes à se bondir dessus.

— Mais qu'est-ce que tu racontes ? finis-je par crier, tout en sentant ma voix se briser dans ma gorge.

— Pendant deux semaines, ni lui ni toi n'avez daigné m'appeler, venir me voir ou me faire le moindre signe. Drôle de coïncidence quand on pense qu'avant cette période il n'arrêtait pas de me parler de toi… Jusqu'à confondre nos deux prénoms !

J'ai l'impression d'avoir raté la dernière marche de l'escalier.

— Alors, je joue la carte de la fille stupide qui ne comprend pas, reprend-elle, au cas où je me serais fait de fausses idées. Mais, quand ma meilleure amie décide subitement d'arrêter de me parler à la même période que mon copain, je trouve tout cela flagrant !

— J'ignorais qu'il avait arrêté de te parler !

— Bon sang, Anna, arrête de faire l'innocente ! Tu sais que j'ai horreur de ces scènes de jalousie. Je veux une réponse sincère à ma question : y a-t-il oui ou non quelque chose entre toi et lui ?

Et le piège se referme sur moi.

Comment tout ceci a pu arriver si vite ?

J'ai vraiment été aveugle.

— Non, réponds-je alors avec assurance, bien sûr que non.

Il n'y a *rien*. Stan n'a jamais *rien* ressenti pour moi.

Allie soupire un grand coup avant de coller le bas de ses paumes sur ses yeux.

— Pardon, marmonne-t-elle. C'est juste que toute cette histoire…

— De drogue ?

— Tu es au courant ?

— Depuis peu…

— C'est Léo qui te l'a dit ?

— Non, j'ai surpris une de leurs conversations.

Elle fronce les sourcils, comme si elle s'apprêtait à me lancer une pique, puis se ravise.

— J'allais vous en parler… À toi comme à Sasha, mais…

— Mais tu ne l'as pas fait, la coupé-je, au contraire, tu l'as gardé pour toi et tu nous as vues nous en inquiéter, tu m'as vue me rapprocher de Léo, tout ça sans m'avertir.

— Stan m'a fait promettre de ne rien dire.

— Mais *nous* sommes tes amies, Allie ! Nous étions là bien avant Stan et nous serons là bien après lui. Ce n'est pas un secret comme les autres ! C'est grave, il est question de leurs vies et maintenant des nôtres : pense à ce qui est arrivé à Naomi.

— Je sais bien, c'est pour ça que je n'ai rien dit ! Vous mettre au courant, c'était vous impliquer, dit-elle en choisissant de s'approcher à nouveau.

— Tu parles comme eux.

— Mais c'est la vérité ! Je voulais justement vous éviter ce qu'a traversé Naomi !

Cette fois, la colère monte d'un cran et, malgré nos efforts, il est trop tard pour faire machine arrière.

— Avoue simplement que tu as voulu garder ce secret pour toi, Allie. Tu voulais avoir ce truc qui te rattache un peu plus à ton Stan bien-aimé que tu as tellement peur de perdre. Mais moi, ta meilleure amie, tu m'as tenue à l'écart. Pire encore, tu m'as reproché de voir ton copain en douce, par pure jalousie, alors que j'avais besoin de toi comme jamais. J'avais besoin de toi quand je l'ai appris. Mais tu n'étais pas là. Tu n'étais pas là parce que tu savais déjà et tu ne voulais rien dire !

Je peine à respirer. Mes membres tremblent et je regrette déjà le choix de mes mots, surtout en la voyant se décomposer devant moi. Je suis allée trop loin, je n'aurais peut-être pas dû. Mais je suis hors de moi et j'ai trop de peine pour rester silencieuse.

— Je me suis déjà excusée, fait-elle en fuyant mon regard. Je ne sais pas quoi faire de plus.

Les larmes me montent aux yeux. J'ai l'impression qu'elle est en train de se fermer totalement à moi.

— C'est tout, Allison ? C'est tout ce que tu trouves à dire, c'est lui que tu choisis ?

— Je n'ai choisi personne, c'est toi qui t'éloignes, répond-elle en baissant les yeux.

— Mais qu'est-ce que tu veux que je fasse d'autre ?

— Que tu me pardonnes !

Figure-toi que c'est ce que j'étais venue faire, Allie…

Bornées comme nous sommes, nous ne voyons même pas que nous luttons pour la même chose : notre amitié. Et pourtant, déjà, un océan nous sépare. Ce sera donc à celle qui se mouillera la première. Aussi, je m'apprête à me jeter à l'eau lorsque quelqu'un sonne à la porte et me coupe dans mon élan.

— Stan ?!

Il ne manquait plus que lui. À croire que monsieur a décidé de régler ses comptes le même jour que moi…

À la minute où il pose les yeux sur moi, son corps se crispe d'une manière si évidente que ma meilleure amie nous jette un regard noir.

— Je peux repasser à un autre moment, si vous voulez.

— Non, au contraire, entre, lance froidement Allie.

Son invitation relève du défi. Je sens qu'Allie jauge l'attitude que Stan et moi avons l'un envers l'autre et je déteste ça. Un moindre faux pas de ma part trahirait ma parole concernant Stan.

— Nous étions justement en train de parler de toi, reprend ma meilleure amie. Et notamment du fait que ni toi ni Anna ne m'ayez donné de nouvelles ces deux dernières semaines.

— Justement… j'espérais qu'on en discute. Seuls.

Je lève les yeux au ciel.

— Anna est mon amie, rétorque Allison, mauvaise, je n'ai pas de secrets pour elle.

Stan n'ose plus me regarder, ses yeux sont fixés sur le mur, derrière Allie.

— Il y a eu des complications avec… le groupe, dit-il après quelques secondes.

— Tiens donc. Et pourquoi cela ?

— Maintenant que vous êtes au courant, il faut garder un œil sur vous également.

Allie et moi hoquetons en chœur.

— Garder un œil sur nous ? Alors quoi, vous allez nous espionner maintenant ?

— De quoi avez-vous peur ? demandé-je à mon tour. Qu'on aille parler de votre petit trafic à tout le monde ?

Les yeux de Stan se posent à nouveau sur moi et je constate rapidement que sa carapace dure et rêche est de retour.

— Nous devrons simplement être plus vigilants à l'avenir.

C'est drôle… Alors que je me morfonds depuis des jours sur ma relation avec Léo, Stan vient clairement d'annoncer que leur seule préoccupation est et restera leur fichu trafic. Avant même que je ne puisse répliquer, Allie intervient, en parfaite interprète de mes pensées :

— Cette histoire commence à me fatiguer.

— On est deux.

— Je veux que vous partiez, maintenant, poursuit-elle.

Hein ?

— Pardon ?

— J'en ai ma claque de toutes ces magouilles ! crie-t-elle alors en faisant de grands gestes avec les bras. Si vous saviez comme j'en ai marre de vos mensonges à tous ! Et plus encore que vous n'arriviez pas à voir clair dans vos sentiments. Alors sortez. S'il vous plaît, allez-vous-en.

Stan et moi sommes sur le cul – il n'y a vraiment pas d'autre mot.

Face à notre surprise évidente, Allison nous attrape par le bras et nous tire jusqu'à l'extérieur en poussant un grognement exagéré. La porte claque avant que je ne puisse dire ouf et, en un rien de temps, nous nous retrouvons dans la rue.

J'y.

Crois.

Pas.

Ça me met en colère. Pire que ça, ça me rend folle. Je viens de me disputer avec ma meilleure amie pour une simple histoire de jalousie, alors que son petit copain dirige une organisation illicite et dangereuse. *Pincez-moi, je veux me réveiller de ce cauchemar.*

Stan, lui, reste immobile et préfère m'incendier du regard en silence.

— Quoi ?! finis-je par lui lancer à la figure.

— Tu penses qu'elle dit vrai ?

— De quoi tu parles ?

— De tes sentiments.

— Des miens ? Je te signale qu'il était question des nôtres. Et bien sûr que non, qu'est-ce que tu t'imagines ?

Stan fait un pas vers moi.

— Qu'est-ce qui s'est passé entre vous deux avant que j'arrive ?

— Ça ne te regarde pas.

Il s'avance encore, jusqu'à se retrouver juste en face de moi. Son corps me surplombe d'une tête et demie au moins, et de là-haut il doit probablement se trouver malin.

— Pourquoi n'as-tu donné de nouvelles à personne ?

— Alors quoi, c'est la grande inquisition ? Et puis comment sais-tu que je n'ai donné de nouvelles à personne ? Tu as parlé à Léo ?

La dernière question m'échappe. Elle me brûlait les lèvres depuis que je l'ai vu entrer chez Allison.

— C'est lui qui m'en a parlé.

— Et qu'est-ce qu'il a dit ?

— Est-ce vraiment important ?

— Mais bien sûr que oui ! m'écrié-je, plus énervée encore.

Il choisit ce moment pour me sortir son habituel sourire en coin (que j'aurais bien envie de lui faire bouffer, tout d'un coup).

— Tu adores ça, pas vrai ? lui demandé-je en croisant les bras.

— De quoi tu parles ?

— Foutre la merde partout où tu passes. Tu adores ça.

Il perd aussitôt son sourire.

Touché-coulé, Stan ! Pour une fois que je mets le doigt au bon endroit...

— Je n'y peux rien si elle croit que tu as des sentiments pour moi, clame-t-il.

Je pouffe de rire de manière grossière avant de décroiser les bras et d'enfoncer mon index au milieu de son torse bombé.

— Il va falloir que tu arrêtes avec ça, Stan. Ne comprends-tu pas ? Tu fous la trouille à tout le monde, tu es l'être le plus froid et le plus autoritaire que je connaisse. Tu casses tout sur ton passage sans même prendre en compte les conséquences.

Je fais un pas de plus.

— Je n'ai pas de sentiments pour toi, je n'en ai jamais eu. Mais Allison, elle, elle en a. Elle est peut-être même déjà amoureuse. Et tu es en train de tout gâcher. Tu es en train de tout casser, une fois de plus ! Alors fais-moi plaisir, Stan : ouvre les yeux. Ouvre-les bien grand.

J'exerce une dernière pression du doigt avant de pivoter et de prendre la direction opposée. Moi aussi, j'en ai ma claque de toute cette histoire.

— Ce n'est pas Léo que tu aimes, Anna, se met-il alors à crier, au fond de toi, tu le sais.

L'écho de sa voix parvient à faire trembler chaque parcelle de mon corps. Rassemblant tout mon courage, je me retourne alors une dernière fois :

— Tu te trompes, j'aime Léo… parce qu'il vaut bien mieux que toi.

Chapitre 32

STAN

Il fait nuit depuis longtemps déjà et l'affreux mélange martini-bière ne veut pas passer.

Je vois trouble, et me dirige vers ma chambre à tâtons. Malgré tous mes efforts pour oublier, l'empreinte est toujours là, dans les sillons de ma mémoire. Je ne pourrai pas l'effacer quoi que je fasse. L'image de cet ange allongé sur mes draps me hante.

Du dos de la main, j'intercepte l'interrupteur et je me brûle le regard instantanément. Si je n'ai plus la notion du temps, j'arrive cependant à retrouver un pourcentage correct de ma notion de l'espace. Je déambule plutôt aisément jusqu'au lit et m'y jette sans plus attendre.

Au diable les souvenirs !

Mes doigts caressent avec précaution le tissu, tandis que mes yeux s'attardent une fois de plus sur la place qu'elle a occupée. *Comme si c'était hier.* Ma bouche se met alors à trembler au rythme de mes respirations. Ce sont ses mots qui résonnent encore et toujours dans mon esprit. Ses mots tenaces. Ses mots perçants.

Elle me connaît par cœur.

Il suffit d'un rien. Un rien pour que je m'en veuille à mort de ses larmes, de ses cris, de ses maux. Je me demande sans cesse si elle sait… Si elle sait, au plus profond d'elle-même, que le feu de mes sentiments se propage à grande vitesse. Je ne peux rien y faire. C'en est presque cruel de sa part, mais le feu se propage et je ne trouve rien pour l'éteindre. Je ne cherche pas à l'éteindre.

À vrai dire, je repense à chaque seconde passée en sa compagnie. Je la revois dans ma cuisine. Je la revois me renverser son verre d'eau sur la tête en dansant. Je la revois souffrir de mes paroles. Je me revois souffrir des siennes.

De tout cela, c'est sans doute l'image de son dos qui me reste le plus intensément. De ses cheveux tressés sur son épaule. De son blouson kaki. De sa fureur quand elle choisit de me quitter.

J'aimerais défaire ce qui a été fait. Pour Allison et pour Naomi. Pour toutes ces personnes que j'ai laissées derrière moi depuis Anna. Si je pouvais revenir en arrière, alors c'est elle que je choisirais…

Dès le premier soir, je lui dirais la vérité sur ma famille, le trafic, mon tatouage. Je lui dirais que *psychorigide* veut en réalité dire structurée. Je lui dirais que j'ai justement besoin d'une structure, d'une base, que c'est d'elle que j'ai besoin. Au Grand Bleu, je lui dirais que je n'ai jamais vu quiconque danser de cette manière. Je la raccompagnerais et je l'embrasserais sur la joue en la quittant. Je détruirais à jamais les souvenirs de cette nuit où j'ai prétendu lui vouloir du mal. Cette nuit où je l'ai insultée sans réaliser l'ampleur de mes mots. Cette nuit, sans aucun doute, où j'ai installé cette distance entre nous.

Mais je ne peux pas, je ne peux pas revenir en arrière. Et c'est sûrement mieux ainsi. Anna mérite autre chose que cette vie-là. Ce qu'elle en voit aujourd'hui n'en est qu'un maigre échantillon. Mais moi, je sais. Je sais qu'elle n'est pas faite pour tout ça, pour subir ce qui va avec.

Parfois, je me demande : sait-elle ?

A-t-elle ne serait-ce que la moindre idée de ce qu'elle représente pour moi ?

Subitement, un éclair me traverse l'esprit et la réalité me frappe de plein fouet.

Je ne suis pas de ceux qui s'apitoient sur leur sort, qui regrettent une fille. Je ne suis rien de tout cela. J'ai assez pleurniché pour ce soir. Je choisis donc d'ignorer la douleur qui stagne dans ma poitrine et me redresse net, les paumes sur les cuisses. Je me hisse pour me retrouver debout et avance jusqu'à la fameuse étagère. Je trouve sans mal l'enveloppe et retourne m'affaler sur le matelas, téléphone à la main.

Je ne sais pas si ce sont l'alcool, la fatigue, les nerfs qui lâchent ou tout simplement ce sentiment de solitude accablant qui me poussent à composer le numéro écrit à l'encre rouge sur le haut de la lettre, mais je le fais.

Il est sûrement 3 heures passées. Ça sonne. Une, deux, trois, quatre, cinq fois.

— Allô ?

Tout bascule autour de moi.

— Allô ? répète la petite voix après des secondes de silence.

Je serre la mâchoire avant d'enfin prendre la parole.

— Jules ? murmuré-je.

— Qui c'est ?

Mince. Je ne m'attendais pas à ce piège-là.

— Pourquoi ce n'est pas ta maman qui répond au téléphone ?

— Elle dort ! chuchote le petit garçon un peu trop fort.

— D'accord… Et toi, tu ne dors pas ?

— La sonnerie de son téléphone m'a réveillé…

Je grimace.

Les mots me brûlent les lèvres, mais je ne les prononce pas.

— Pourquoi tu ne dors pas, toi ? me demande-t-il.

— Parce que j'ai trop d'images dans la tête.

— Maman dit qu'il ne faut pas regarder la télé avant de se coucher.

Un rictus me fend le visage.

— Ce n'est pas la télé, Jules. C'est autre chose.

— Comment tu connais mon nom ?

— Je connais ta maman, réponds-je sans réfléchir.

— Et tu connais mon papa ?

— Non.

— Tu es un ami de maman ? tente-t-il à nouveau.

— Non.

— Tu es de la famille de maman, alors ?

Je ferme les yeux, totalement démuni face à cette question.

J'aimerais pourtant lui dire ce que j'ai sur le cœur depuis toutes ces années. Il est l'oreille attentive que ma mère n'a jamais cherché à me prêter. Il est le correspondant si tangible que je n'attendais plus. Il est là, à l'autre bout du fil. Et moi je ne sais pas quoi dire.

— Quel âge as-tu aujourd'hui ?

— J'ai eu huit ans début janvier ! annonce-t-il fièrement. Et toi, t'as quel âge ?

— Vingt et un ans.

— T'es vieux. T'as presque l'âge de maman… Tu n'as que…

— Vingt ans de moins, finis-je le calcul pour lui.

— Voilà… Tu veux que je te dise un secret ?

— Je t'écoute.

— J'ai jamais parlé à un inconnu de vingt et un ans.

Son rire mutin résonne dans le téléphone tandis que je ferme les yeux.

— Jules ? dis-je après un instant.

— Oui ?

— Peux-tu garder un autre secret… pour moi ?

— Bien sûr ! répond-il aussitôt.

— Bien. Je m'appelle Stan.

— C'est ça ton secret ?

J'esquisse un sourire.

— Oui.

— C'est nul.

— Eh bien, désolé.

— T'en as pas un mieux que ça ? insiste-t-il en parlant toujours de plus en plus fort.

Pendant une fraction de seconde, j'hésite. J'ai peur de parler plus vite qu'il ne faut :

— J'ai un très gros secret. Un secret que personne ne doit savoir. Pas même tes parents ou ton meilleur copain. Pas même ton amoureuse.

— Je n'ai pas de p'tite copine, se défend-il.

— Es-tu capable de tenir ce secret, oui ou non ?

— Oui ! Dis-moi tout, Stan !

Depuis plus d'une minute déjà, les battements de mon cœur se sont accélérés.

Je sais que je vais le regretter. Dès la fin de ce coup de fil et tous les jours qui suivront… je regretterai.

— J'ai un petit frère de huit ans que je n'ai jamais rencontré.

Le silence qui suit ma déclaration me fait froid dans le dos. Je ne veux pas avoir tout gâché d'un claquement de doigts. Ce serait trop simple. Ce serait trop dur.

— Pourquoi tu ne l'as jamais rencontré ? finit-il par demander.

— Nous ne vivons pas dans les mêmes mondes.

— Il vit où, lui ?

— Très, très, très loin de là où je vis, moi.

— Est-ce qu'il sait que tu es son frère ?

— Non, murmuré-je.

— Pourquoi ?

— Parce que c'est compliqué.

Encore une fois, mon correspondant choisit le silence pour accompagner mes dires. Seule sa faible respiration me parvient. C'est comme une berceuse. Mes yeux se mettent à tanguer.

— Stan ?

— Oui, Jules ?

— Il faudrait que j'aille dormir maintenant.

— Moi aussi.

— Tu rappelleras ?

Mon cœur a un raté.

— On verra, Jules. On verra…

Son souffle résonne dans le téléphone.

— Alors… bonne nuit, conclut-il.

— Attends !

— Qu'est-ce qu'il y a ?

Je n'ai pas envie de raccrocher, Jules. Je veux rattraper le temps perdu, je veux entendre ta voix, je veux…

— Prends bien soin de ta maman.

— Promis, répond-il avant de mettre fin à la conversation.

« Promis. »

Me voilà seul à nouveau. Seul face au souvenir de ce coup de fil, face à cette petite voix fluette que je pensais ne jamais entendre un jour. Je laisse tomber le téléphone et fronce les sourcils pour empêcher ma vision de se brouiller.

Mais il est trop tard et l'inévitable arrive : mes pommettes s'inondent.

Je pleure très fort, comme un petit garçon replié sur lui-même, les genoux au menton. C'est un chagrin démesuré que je laisse couler sur mes joues. Mon corps a pris le dessus. Je ne peux rien faire d'autre qu'attendre. Attendre que passe le déluge. Attendre de me retrouver.

Et puis soudain, la pluie se met à cogner contre ma fenêtre. Le combo est parfait et synchronisé. Je reste ainsi, les paupières closes et humides, recroquevillé sur moi-même, dans l'espoir que ça passe.

Malheureusement, les heures passent et la douleur s'intensifie. C'est comme si on tapait au marteau sur mon torse, qu'on me griffait la poitrine avec des ongles acérés, qu'on me tailladait la gorge afin qu'il ne reste plus rien. Plus rien d'autre que Stan, mortifié sur son lit, accablé des coups que lui-même s'est donnés. Rien d'autre que ce petit garçon de vingt et un ans qui regrette ses gestes et ses mots.

Je suis ridicule.

Je parie que Léo ne pleure jamais, lui, qu'il fait toujours bonne figure.

Ce con a remis en ordre mon salon. Il a même nettoyé la cuisine, jusqu'à me remplir un verre d'eau qu'il est venu déposer sur ma table de chevet.

Léo est vraiment parfait. Par-fait.

Et c'est en étant parfait qu'il est parti rejoindre Anna. C'est avec cette perfection qu'ils vont se retrouver et pouvoir s'aimer sans l'ombre d'un doute. Parce que Léo a droit à l'amour, lui. Il a le droit d'avoir des parents qui s'aiment avec passion, d'avoir une sœur qu'il peut chérir et une petite amie prête à tout pour lui.

Je me relève de ce lit qui m'étouffe et récupère la clé dissimulée sur le rebord de la fenêtre. Je vais d'un pas décidé maintenant que j'ai dessaoulé vers le petit tabouret sur lequel je grimpe. J'attrape alors à son sommet le coffret scellé, je le pose au sol et j'y introduis la clé pour l'ouvrir.

Je ne sais pas ce qui me prend ni ce qui m'anime, mais ma tension est remontée d'un cran. Sans réfléchir, j'attrape le premier *jouet* qui me tombe sous la main. Ma poigne autour de l'objet se fait de plus en plus forte à mesure que j'avance vers la salle de bains. Une fois à l'intérieur, je verrouille la porte, même si je sais pertinemment que mon père n'aura pas l'idée saugrenue de rentrer chez lui cette nuit. Monsieur est trop occupé à faire le tour du monde…

Face au miroir, les choses se corsent. Mon reflet me donne la nausée. La tête du Superman que je tiens dans les mains semble même me sourire. « Tu t'apprêtes à faire une connerie, me dit-il, et tu vas le regretter. »

Ce à quoi je rétorque silencieusement qu'il a tort. Je n'ai plus de temps à perdre avec les regrets. Et je vais le lui prouver. Du bout de l'index, je tire sur la tête du Pez afin que sorte de sa bouche une petite pilule bleue sur laquelle est inscrit un S.

De nombreuses pensées se bousculent alors dans ma tête.

Je ne cherche pourtant pas la mort. Ni les ennuis. Je veux simplement oublier, tout annihiler dans mon esprit. Tout. Jusqu'à la moindre trace de rancœur. Jusqu'à ce que leurs visages disparaissent.

Naomi.

Léo.

Allison.

Jules.

Ma mère.

Mon père.

Et puis Anna.

Car c'est toi, Anna, qui m'as rendu ainsi. C'est toi qui m'as fait prendre conscience de la réalité des choses, qui m'as ouvert les yeux. C'est toi qui m'as donné envie d'apprendre de mes erreurs, de les corriger. C'est toi la raison de tout ce remue-ménage.

C'est toi, Anna, depuis le début.

C'est toi et ça sera toujours toi.

Quoi que tu dises, quoi que tu fasses, quoi que tu penses.

C'est toi.

Le petit bonbon acidulé commence à me picoter les doigts. Il suffirait d'y goûter pour être enfin débarrassé de ce poids. Il suffirait d'y goûter pour prouver à Léo que je n'ai pas peur. Que je suis conscient de notre histoire, de notre entreprise, de notre marchandise que je m'apprête à absorber. Il suffirait d'y goûter pour tourner la page. Il suffirait d'y goûter pour oublier. Pour t'oublier, toi, Anna.

Mais est-ce vraiment ce dont j'ai envie ?

Chapitre 33

ANNA

Je me réveille dans la même position que j'ai adoptée hier en m'endormant. La joue gauche collée au torse de Léo, je sens chacune de ses respirations me soulever le visage.

« Ce n'est pas Léo que tu aimes, Anna, au fond de toi, tu le sais. »

La phrase n'arrête pas de tourner en boucle dans mon esprit depuis des semaines. Il a tort, j'en suis certaine. Mais cela n'empêche pas la petite voix agaçante de venir me susurrer ces mots tous les soirs au moment du coucher. Même dans les bras de mon petit ami, les paroles de Stan ne m'ont jamais quittée.

Un dicton affirme : « Il faut savoir se quitter pour mieux se retrouver. » Pour Léo et moi, c'était vrai. Jusqu'à hier.

Je ne sais pas lequel, de lui ou de moi, a commencé à se dévêtir en premier. Je ne sais pas si j'ai tout de suite répondu « Oui » à la question « Tu en as envie ? ». À vrai dire, je ne sais même pas si l'éventuel retour de ma mère m'a inquiétée alors que Léo me jetait sur mon lit.

Les images sont floues.

Ce dont je me souviens plus clairement, en revanche, c'est qu'il en avait plus envie que moi. Je l'ai senti à la seconde même où il s'est mis à parcourir mon corps de baisers, quand il a frotté le bout de son nez contre ma joue ou quand il a finalement fait glisser ses doigts dans mes cheveux en me disant « Je t'aime » pour la première fois.

Sur le moment, je me suis sentie forte et confiante. Je me suis sentie protégée et aimée. C'est le genre de sentiments qui vous grimpent lentement le long du dos et qui s'accrochent dans votre nuque. C'est le genre de sentiments qui libèrent une vague de stimulants dans tout votre être. A priori ça rassure, ça réconforte. Surtout quand il s'agit de Léo.

Et pourtant, lorsque nos corps se sont unis, tout m'est revenu. La peur, la douleur, la crainte d'être touchée de la sorte par un homme. Mon silence, et le malaise qui s'ensuit. La question fatidique « Je t'ai fait mal ? » et la gêne que cela crée… Il s'est excusé mille fois, m'a promis d'être plus tendre à l'avenir, mais le problème n'est pas là. Le problème n'est pas lui. Le problème, c'est moi…

Après deux semaines de séparation, je retrouvais enfin mon Léo. Et tout était parfait. Je suis allée dîner plusieurs fois chez ses parents, qui sont exactement tels qu'il les avait décrits : joyeux, amoureux et épanouis. Lia a su aussi se montrer très avenante à mon égard. Tous ont été très accueillants…

De son côté, Léo a également passé pas mal de temps à la maison, mais uniquement lorsque maman était de garde. Est-ce bizarre de ne pas vouloir le présenter à ma mère tout de suite ? Avec tout ce qui se passe en ce moment, entre le trafic, Allie et les vacances d'été que l'on prépare, je ne me sentais pas d'aborder le sujet avec elle.

Jusque-là, donc, tout se passait bien. Aucune allusion au trafic n'était faite, les choses étaient relativement calmes de ce côté-là. Aucune allusion non plus à Stan ou à ma dispute avec Allison. Il était juste question de nous deux, de nous retrouver et de profiter de ces moments.

Malgré tout, dire que je n'avais pas senti le coup d'hier soir arriver serait mentir. La tension était palpable entre Léo et moi. Il m'attire, je l'attire, c'est évident. Et j'avais envie d'essayer. J'avais envie de croire que ça pouvait marcher, que ce qui s'était produit avec Matt n'était qu'un ratage, que c'était de sa faute à lui, pas de la mienne. Mais la paralysie a refait surface. Et j'ai repensé à mon père. J'ai repensé à ma mère. J'ai repensé à ce lien qui unit deux personnes. Un père et une fille. Un mari et sa femme. Une confiance mutuelle sans bornes qui, d'un claquement de doigts, peut être réduite à néant.

Je ne sais pas ce qui cloche chez moi. J'ai dit à Léo que mon père était parti. Cette révélation-là fut simple… Mais comment lui expliquer que, après ça, toute relation physique avec un garçon me paralyse ?

— Anna ?

Ses doigts chauds viennent caresser le haut de mon crâne tandis qu'il étire ses jambes sous les draps. La température ne cesse de grimper ces temps-ci et notre proximité n'arrange rien à la chaleur de ma chambre.

— Comment te sens-tu ?

Je lève les yeux pour rencontrer les siens. Leur bleu est grisant, même à 10 heures du matin et dans la clarté tamisée. Ses cheveux courts sont légèrement ébouriffés. Comme ça, on pourrait presque oublier le malaise qui nous a tenus éloignés l'un de l'autre.

— Ça va. Je… je suis désolée pour hier soir.

— Je t'ai déjà dit que ce n'était pas grave, me rassure-t-il avant de m'embrasser le front. Ta mère n'est pas rentrée ?

— Non, elle a dû passer la nuit à la clinique. Tu as faim ?

Il fait mine d'hésiter quelques secondes avant d'arborer un large sourire.

— J'ai toujours faim.

Il m'installe ensuite sur lui, à plat ventre, et entoure mon visage de ses mains. Quand ses lèvres viennent s'imprimer sur les miennes, tout est déjà oublié.

***

— Tu peux m'aider, s'il te plaît ?

— Bien sûr.

Je réunis mes cheveux sur mon épaule et lui offre mon dos nu. On ne peut s'empêcher un soupir commun quand sa main gauche se pose sur ma peau. Lentement, il glisse la fermeture jusqu'en haut et m'embrasse dans le cou.

De retour chez moi après avoir passé la journée dans le centre-ville, j'ai décidé de porter une petite robe blanche qu'il m'a conseillé d'acheter tandis que lui porte un T-shirt immaculé repassé à la perfection sur un jean noir.

— Tu es sûre de vouloir y aller ? Tu n'as pas l'air dans ton assiette, murmure-t-il à mon oreille.

— J'ai promis à Sasha de la voir ce soir.

— Et Allison ?

Je ferme les yeux un instant, avant de les rouvrir.

— Ça ne nous fera pas de mal de se voir et de discuter.

— Et moi ? Tu es sûre de vouloir que je vienne ?

Cette fois, je me retourne et glisse mes bras autour de son cou.

— Oh que oui. Sasha a insisté pour qu'on vienne accompagnées et ça sera plus facile si tu es là.

Il sourit et dépose un baiser sur mon front avant d'enfiler une paire de baskets.

Quand Léo est dans les parages, j'ai généralement l'esprit occupé. Et, dans ce cas, tout va pour le mieux… Toutefois, il arrive de temps à autre que mes pensées se tournent, malgré moi, vers un mystérieux brun aux yeux sombres. À des kilomètres de distance, il parvient encore à infiltrer mon esprit pour lui jouer des tours…

Aujourd'hui, par exemple, je ne peux m'empêcher d'y songer. *Sera-t-il présent ce soir, lui aussi ?* Depuis notre dernière entrevue chaotique, ni lui ni ma meilleure amie ne m'ont reparlé.

C'est d'ailleurs la raison pour laquelle Sasha nous invite tous ce soir. Elle espère sans doute nous réconcilier avant son départ en Inde. Seulement, elle ignore encore l'une des principales raisons qui nous ont poussées à nous disputer, Allie et moi, à savoir : le trafic. Les garçons m'ayant formellement interdit de lui en parler, j'ai dû garder ma langue dans ma poche du mieux que je pouvais ces dernières semaines…

La tâche n'a pas été si évidente.

— Prête ?

Je jette un dernier coup d'œil dans le miroir, j'enfile mes espadrilles, je ferme la maison et le rejoins dans la voiture.

***

— Quelle surprise, Anna est en vie !

Sasha rit à gorge déployée et vient entourer mes épaules de son bras. Elle est rayonnante ce soir. Le trait d'eye-liner sur ses paupières appuie l'émeraude de ses yeux tandis que sa combinaison bleu foncé épouse parfaitement les courbes de son corps. Elle fait aussi la bise à Léo et nous presse à l'intérieur, avant de filer vers la cuisine.

Je tente aussitôt de dissimuler mon malaise lorsque j'aperçois Allison assise dans la salle à manger familiale. Elle discute avec Daniel – invité de dernière minute, je suppose – tandis que nous avançons vers eux.

Probablement pour me soutenir face à Allie, Léo plaque sa main sur le bas de mon dos dès que le frère et la sœur lèvent les yeux vers nous. Dani, lui, se précipite vers moi avec un immense sourire.

— Léo, je te présente Daniel, le frère d'Allison, dis-je en me tournant vers mon petit ami.

Celui-ci serre vigoureusement la main du grand métis avant de le toiser du regard un instant. Allison choisit alors ce moment-là pour venir me prendre dans ses bras, timidement. Nous restons ainsi quelques secondes sans rien oser dire. Et puis elle se recule d'un air triste.

— Je suis désolée.

Parfois, cette simple phrase suffit. Ce soir, elle fera l'affaire.

— Je ne savais pas que tu avais un frère, Allie, dit soudain Léo, tendu comme un arc à mes côtés.

— Et moi, je ne savais pas qu'Anna avait un mec, rétorque Daniel en faisant rire Sasha qui vient de nous rejoindre.

C'est évidemment un mensonge, mais je me retiens de le dire. Je n'avais encore jamais rencontré le Léo jaloux. Ça m'amuse.

— Tout doux, les deux coqs, intervient alors l'hôtesse de la soirée. Il est hors de question de gâcher mon dîner !

Aussitôt demandé, aussitôt rectifié. La tension entre les deux garçons disparaît dès lors que nous nous assoyons tous à table.

Il semblerait que Sasha ait réussi à avoir la maison pour elle toute seule ce soir. On se croirait au restaurant : les petits plats sont dans les grands, le champagne que Léo a apporté trône sur la table et une musique d'ambiance allège l'atmosphère. J'aime énormément cet aspect-là de la personnalité de mon amie. Je profite que les garçons fassent connaissance pour aller l'aider en cuisine.

— Besoin de deux petites mains supplémentaires ?

— Entre, répond-elle en mettant une casserole d'eau à bouillir. Je vais apporter l'apéro et je reviens. Tu peux prendre un plat dans ce placard pour le poulet ?

J'acquiesce et je m'exécute. Sasha revient dans la minute qui suit.

— Daniel est un sacré vorace. Il m'a pratiquement arraché les toasts des mains !

Je souris.

— Et sinon… Ça a l'air d'aller avec Allie, tu ne trouves pas ?

— Pour l'instant oui, réponds-je en la regardant plonger du riz blanc dans l'eau bouillante. Au fait, je ne savais pas que Dani serait là ce soir.

— Ah… euh… Oui. J'ai décidé de l'inviter pour qu'on soit un nombre pair.

— Hum… Sans vouloir jouer à la matheuse, si Allie, Daniel, Léo, toi et moi sommes réunis ce soir, il y aura cinq couverts, Sasha.

Je termine ma phrase en avalant le fond de ma coupe de champagne.

— Prends-moi pour une cruche… J'ai invité Stan, figure-toi.

Je recrache aussitôt le liquide dans mon verre. Sasha m'offre alors son sourire le plus malicieux.

— Quoi encore ? pouffe-t-elle. Y aurait-il un souci avec lui aussi ?

— Tu sais très bien, Sasha… En ce moment, entre Stan et moi, les choses sont… bizarres.

— Tu veux dire que c'est toujours bizarre avec vous, dit-elle en arrosant le poulet de son jus.

Je la regarde faire tout en considérant ses mots en silence.

— Tu vas me manquer, cet été, déclaré-je alors subitement.

— Oh, Anna, y a pas de raison. Je pars un mois, pas toute la vie !

Je secoue la tête devant son refus catégorique de répondre à mon élan d'affection et lui donne un coup de hanche.

Lorsque nous retournons dans la salle à manger pour servir le dîner, les garçons font la gueule, chacun de son côté, tandis qu'Allie enchaîne les coupes.

— Si j'avais su, je n'aurais invité que Daniel, marmonne Sasha en s'assoyant en face de celui-ci.

— J'ai entendu, rétorque Léo.

— Pas de panique, ajoute à son tour Daniel, je lui ai simplement raconté comment s'était passé le premier bisou de notre chère Anna.

Je le fusille du regard. Le rouge me monte aussitôt aux joues. Mine de rien, je jette un coup d'œil au blond, qui me surprend en posant sa main sur ma cuisse. Lorsque Daniel aperçoit son geste, il explose de rire.

Ce n'était pas la bonne chose à faire. Ni une ni deux, Léo poursuit ses surprises en se ruant sur moi pour m'embrasser à pleine bouche. Ce n'est que lorsque résonnent les cris enjoués de mes deux amies qu'il se recule, satisfait.

Je ne sais pas ce qui s'est passé entre les deux garçons, mais il est sûr qu'ils ne seront pas les meilleurs potes à la fin du repas… Leurs chamailleries cessent cependant lorsqu'on sonne à la porte. Aussitôt, je broie la main de Léo sous la table.

Sasha va ouvrir tandis que je retiens ma respiration, par réflexe. Stan apparaît dans la salle à manger. Il est habillé tout en noir, de son blouson à ses chaussures. Ses yeux brillent, mais c'est à cause de l'éclairage qui lui fait face, et ses cheveux ont été coupés. Il a un bouquet de pivoines blanches à la main.

Mon petit cœur en prend un coup.

Si Sasha n'est pas du tout une fille à fleurs, elle le cache très bien ce soir en le remerciant, un grand sourire aux lèvres. Tout le monde se lève alors pour aller le saluer mais je reste assise, collée à ma chaise.

Cela peut-il éveiller des soupçons ?

Je m'en fiche.

Ma meilleure amie attend qu'il ait salué tout le monde avant de se jeter à son cou, signe que leurs conflits passés sont bel et bien derrière eux…

Et puis, soudain, *ses* yeux croisent les miens.

Un nœud se forme dans mon estomac. Stan ouvre la bouche pour parler mais se ravise très vite pour embrasser Allie sur la joue. La seconde d'après, il s'installe à table, souriant. Et, bien évidemment, c'est en face de moi qu'il s'assoit.

— Encore désolé, Sasha… Je pensais arriver plus tôt.

— Ça ne fait rien. Tu te débrouilleras avec Allie pour savoir pourquoi tu n'as pas de champagne, répond-elle en lui faisant un clin d'œil.

— Tiens… Allison aime le champagne ? Comme c'est étonnant…

Je reste sous le choc face à ce nouveau Stan.

— Tu ne m'avais pas dit que ton copain avait de l'humour, Allie, raille Daniel en scrutant le brun.

Ma meilleure amie sourit, gênée, tandis que Stan s'esclaffe.

— Ah, et si tu te poses la question, poursuit le grand frère, avant que tu n'arrives, nous étions en train de regarder les deux blondinets emmêler leurs langues.

Stan lève une seconde la tête vers nous avant de replonger son regard dans celui d'Allison. Pour se faire pardonner le manque de champagne, celle-ci attrape une bouteille de vin et lui remplit son verre au maximum.

Un vrai petit couple.

Léo, quant à lui, observe toujours Daniel de cet œil mauvais que je ne lui connaissais pas.

— Tout va bien ?

— Nickel, répond-il en caressant ma joue du bout des doigts.

Sasha revient alors à table avec le plat contenant la volaille découpée dans les mains.

— Qu'on fasse de la place pour le meilleur poulet qui soit !

Et puis plus bas :

— C'est le seul truc que je sais faire.

Avec un air ravi, elle pose le tout sur la table et nous invite à nous servir. J'ai beau essayer de sourire moi aussi, je n'y arrive pas. Le bonheur singulier que je lis sur le visage de Stan me consume.

***

— Tu vas dans quel coin en Inde ? demande Daniel en s'essuyant le coin des lèvres.

— Mumbai. On va peut-être faire les grandes villes comme Calcutta et New Delhi si on peut, mais faut déjà que ma mère s'organise.

— Et ton père, et tes frères et sœurs ?

— Mon père n'a pas de vacances et je suppose que les petits vont s'occuper ici comme chaque été… avec la piscine municipale et le ciné.

— Tu vas peut-être croiser notre mère, ironise Allie en roulant les yeux.

— Elle est en Inde en ce moment ?

— On a aucune idée de l'endroit où elle se trouve, rit amèrement ma meilleure amie.

— Et toi, Anna, tu vas faire quoi cet été ?

C'est à nouveau Daniel qui pose la question, et tous les yeux se tournent vers moi. Tous, y compris *les siens*.

— Je ne sais pas encore. Ma mère posera peut-être des vacances en août pour qu'on aille chez mes grands-parents.

— Tu ne pars pas avec Léo ? poursuit Dani.

Je sens du sarcasme dans sa question. Mon copain lève les yeux au ciel tandis qu'Allison jette un regard en biais à Stan.

— Pour l'instant, rien n'est prévu.

Tout le monde plonge le nez dans son assiette et reste silencieux quelques secondes.

Excepté Sasha, qui semble ravie de la cuisson de son riz, personne n'a vraiment l'air d'apprécier la soirée…

— En parlant de vacances, justement… commence Stan en ramenant l'attention à lui. Mon père possède une maison à environ deux heures d'ici dans les montagnes. Je sais qu'il n'y sera pas cet été et le coin est vraiment sympa. Si ça vous dit, on peut y aller tous ensemble, une fois que Sasha sera rentrée.

Allie en renverse son verre sur la table.

C'est une blague ?

— Je reviens, dis-je en me précipitant dans la salle de bains du rez-de-chaussée tandis que tout le monde tente d'essuyer le vin sur la nappe.

Si j'ai du mal à contenir mes émotions depuis l'arrivée de Stan, là c'est carrément l'implosion ! Comment pourrais-je passer des vacances à ses côtés quand sa simple présence à ce dîner me déclenche une crise d'angoisse ?

N'aurais-tu pas oublié quelque chose, Stan ? Un tout petit truc de rien du tout, trois fois rien, vraiment un détail. Quelque chose comme le fait que vous dealez de la drogue, ton meilleur ami et toi, par exemple ?

La colère me brûle les lèvres.

Quand je relève les yeux, face au miroir, je tombe sur le reflet de Stan, posté dans l'embrasure de la porte que j'ai bêtement laissée ouverte.

— Tout va bien ici ?

— Des vacances tous ensemble ? Sérieusement ?

Il avance d'un pas et ferme la porte derrière lui, enflammant toutes les cellules de mon corps.

— Je fais ça pour Allie et toi.

— Ah oui ? Depuis quand te soucies-tu de notre amitié, au juste ?

Il a un mouvement de recul.

— Peut-être que cela ne compense pas tout ce que j'ai pu dire ou faire dans le passé, Anna, mais je suis vraiment désolé.

— Pour quoi ? Le trafic, ou le fait de nous avoir éloignées l'une de l'autre ?

J'y vais un peu fort, j'en ai conscience, mais je ne peux pas m'en empêcher.

— Pour tout. Je n'avais pas l'intention de vous mêler à cette histoire, mon but n'a jamais été de vous blesser.

C'est sa manière actuelle de me regarder à travers le miroir qui me fait flancher. Ses prunelles sont ancrées dans les miennes.

— Pourquoi est-ce que tu me dis ça maintenant ? demandé-je.

— Parce que j'ai réalisé il y a quelques jours seulement que je regrettais tout ce qui s'était passé entre nous...

— « Nous » ?

— Nous deux, oui.

— Et qu'entends-tu par là ?

— Tu sais très bien ce que je veux dire.

J'essaye de ne pas y penser, mais son parfum acidulé à l'orange est présent dans toute la pièce. Je n'arrive pas à croire que Stan soit dans cette salle de bains avec moi. Pourquoi ce n'est pas Léo qui m'a couru après ? Pourquoi ce n'est pas Allison ?

— S'il te plaît, Anna, recommence-t-il en avançant prudemment. Accepte mes excuses et réfléchis à ces vacances, ça peut vraiment nous faire du bien.

Je me retourne alors, pour ne plus avoir à lui parler à travers le miroir.

— Que fais-tu du trafic ?

— Chris et Nathan sont assez grands pour gérer ça en notre absence, répond-il aussi sec.

À croire qu'il a réponse à tout.

Un silence plane alors quelques secondes avant qu'il ne reprenne la parole, d'une voix plus douce :

— Tu es... vraiment très jolie ce soir.

— C'est Léo qui a choisi ma tenue.

Il sourit à mes mots et baisse le regard. *Il ne réalise pas à quel point c'est dur pour moi d'être à la fois si proche et si loin de lui...*

— Pourquoi est-ce que tu m'as demandé de rester dormir avec toi la nuit de la fête ? demandé-je soudain.

— Parce que je ne voulais pas être seul.

— Tu n’étais pas seul, insisté-je, ton père était là.

— Ça revient au même.

— Pourquoi tu n’as pas demandé à Allie de rester, dans ce cas ?

— Ce n’était pas elle qui se cachait dans ma penderie.

Touchée.

Chapitre 34

STAN

J'ai senti le déclic, ce soir.

Cela n'a duré qu'une fraction de seconde, et pourtant je l'ai senti.

Je l'ai vue flancher, dans ses yeux, dans sa respiration, dans sa manière de se tenir debout.

— Je n'ai pas de comptes à te rendre, dit-elle malgré tout.

Elle lutte encore, c'est plus fort qu'elle.

— Pourquoi est-ce que tu n'arrêtes pas de sourire, ce soir ?

— Alors quoi, je n'ai plus le droit de sourire, maintenant ? réponds-je du tac au tac.

Elle soupire et me tourne à nouveau le dos, les mains en appui sur la vasque devant elle. Ses longs cheveux blonds légèrement ondulés tombent juste au-dessus de ses hanches, que je m'empêche de regarder.

Cette robe est un crève-cœur.

— C'est simplement que… – elle penche la tête en avant – … que je ne pense pas que ces vacances soient une si bonne idée.

— Pourquoi ?

Elle me scrute depuis le miroir. Sasha crie son nom à l'autre bout de la maison, mais nous n'avons clairement pas fini. La jolie blonde se met alors à se mordiller l'intérieur de la joue.

— Tu passes ton temps à insinuer qu'il y a un truc entre nous.

Et elle attaque. *Enfin.*

— Nous sommes simplement amis, Anna, dis-je en prenant soin d'insister sur l'adverbe.

— Ah oui ? Alors à quoi tu joues ? demande-t-elle en se retournant, agacée.

— Je ne joue pas.

— Argh ! grogne-t-elle en s'approchant à quelques centimètres de mon visage. J'en ai plus qu'assez de tes sautes d'humeur, Stan. Et ton petit numéro de ce soir ne marche pas avec moi.

— De quoi est-ce que tu parles ?

— Oh, tu sais bien, dit-elle en haussant la voix, le sourire en coin tout mignon, le bouquet de fleurs, les excuses. Non mais, depuis quand est-ce que tu t'excuses, toi ?

Je tente de rester absolument calme. Il faut que je le sois. Mais la voir s'agiter ainsi me rend nerveux. Tout chez elle me rend nerveux.

Une fois de plus, nos deux prénoms sont appelés mais restent sans réponse de notre part. Je change alors de tactique :

— Je ne fais que ça, Anna, m'excuser.

— Eh bien non… Ça ne te ressemble pas, ça sonne faux.

— Qu'est-ce qui sonne faux, au juste ?

— Que tu sois gentil ! explose-t-elle subitement en enfouissant son visage dans ses mains.

Il n'y a rien qui puisse me donner plus grande envie de l'embrasser.

C'est mal de dire ça ? J'm'en fous.

Qu'est-ce que j'aime la voir bouillonner de cette façon, à se rendre malade à cause de moi, à cause de mon caractère changeant, de mon humeur massacrante.

— Je me suis excusé, je fais tout pour rattraper le coup auprès d'Allison et tu as encore quelque chose à me reprocher… dis-je en feignant la lassitude.

Et je sens que ça marche.

— Je suis désolée, concède-t-elle alors. Peut-être que j'ai du mal à être ton amie.

— Raison de plus pour accepter ces vacances, Anna. On repartira à zéro.

Je sais qu'elle hésite, mais je suis à deux doigts de lui arracher un « oui ». Il faut qu'elle accepte. C'est pour elle que je fais tout ça.

Elle relève les yeux vers moi et soutient mon regard. Je sais qu'elle y cherche un signe de ma part, un petit quelque chose qui lui ferait refuser ma proposition, qui lui donnerait une bonne raison de s'échapper. Mais je ne lui donnerai pas cette satisfaction.

— Promets-moi une chose, demande-t-elle.

— Laquelle ?

— Que tu ne feras pas souffrir Allison. Intentionnellement ou non.

— Je le promets, dis-je aussitôt. Alors ?

— OK.

— OK ?

— Oui, c'est OK, répète-t-elle en croisant les bras sur sa poitrine.

Et, dans un accès de tendresse des plus incertains, je la prends contre moi.

D'abord surprise, elle reste quelques secondes immobile. Puis elle finit par répondre à mon étreinte en posant ses petites mains sur mon dos. Là, je pourrais parier qu'elle est en train de sourire comme moi. Je pourrais parier que, pour la première fois, elle s'accorde le droit de se laisser aller.

Je ferme alors les yeux, profitant de toutes les sensations qui me parviennent, profitant d'elle avant qu'on ne me l'arrache.

Malgré notre différence de taille, je baisse suffisamment le visage pour que nos deux joues se frôlent. Je ne pourrais pas dire si ça vient d'elle ou de moi, mais, le temps d'une microseconde, sa peau glisse sur la mienne et ses lèvres entrouvertes se retrouvent à quelques millimètres des miennes. Son souffle est court, comme le mien. Nous ne disons rien. Mais nous savons que le moindre geste de l'un de nous deux pourrait tout changer.

— Hum hum.

L'étreinte se brise et nous nous retournons, tous les deux gênés, face à Sasha, qui affiche un petit sourire moqueur.

— Juste pour info, chuchote-t-elle, vos chéris respectifs s'impatientent là-bas !

Anna, le visage rougi par la honte et probablement par notre rapprochement, se frotte les paumes sur sa robe avant de sortir de la salle de bains sans m'adresser un regard. Alors que je m'apprête à passer la porte, Sasha pose sa main sur mon épaule pour me retenir, perdant aussitôt son sourire taquin.

— Je sais pertinemment ce que tu es en train de faire.

— Et qu'est-ce donc ?

— Tu joues au ping-pong entre Allie et Anna.

— Au ping-pong ?

— Exactement, oui. Mais maintenant, il y a un point partout et la balle est au centre. Alors un conseil : réfléchis bien à ton prochain coup.

Elle me tourne le dos et disparaît.

Si habituellement, quand je joue, je déteste perdre, avec Anna et Allie c'est différent. Je sais d'avance que je suis parti perdant.

Je retourne dans la salle à manger en tentant malgré tout de dissimuler ma déception. Anna était à deux doigts de craquer, je le sais, je l'ai senti. Et, même si elle appartient clairement à mon meilleur pote, imaginer ses lèvres contre les miennes a tendance à vivement m'exciter.

Étrangement, nos *chéris respectifs* sont bien loin de s'impatienter. Allison est en pleine conversation avec Léo, qui rit, détendu. Personne, excepté ce Daniel que je ne porte pas très haut dans mon cœur, ne semble remarquer notre retour. Le métis baraqué a constamment ses yeux verts posés sur les courbes d'Anna. Peut-être que c'est ça qui foutait Léo en rogne au début du repas. Et peut-être se venge-t-il en s'en prenant à la petite sœur. *Qui, au passage, reste ma petite amie...*

Anna a repris sa place en face de moi et tente maladroitement de ne pas croiser mon regard. Ce petit jeu qui s'est installé entre nous commence à prendre une tournure intéressante. Et si elle craquait ? Et si finalement c'était moi qu'elle choisissait ?

— Alors, m'écrié-je, on va voter : qui est d'accord pour ces vacances ?

Sasha est la première à lever la main, suivie de près par Léo puis Anna. Dès que sa petite main s'élève dans les airs, Daniel dresse le bras pour signaler que lui aussi sera de la partie. La seule à ne pas se manifester, c'est Allie.

— Allison, fais pas ta difficile, tu ne peux pas être la seule à ne pas venir ! tâche de la convaincre Sasha.

Comme si elle cherchait une quelconque réponse dans mes yeux, elle m'observe un instant avant de lever sa paume pour la taper dans celle de son amie, devenue euphorique.

— OK, maintenant, place à l'alcool ! s'écrie la jolie brune.

***

Bien que les jeux se soient multipliés au rythme de nos fous rires, Allie a été insistante dès minuit passé pour m'inciter à partir. Sur la route, j'ai tenté de lui faire la conversation, j'ai abordé le sujet de sa mère, du retour de Daniel, j'ai aussi évoqué ce que l'on pourrait faire pendant ces vacances, mais elle a préféré rester silencieuse.

— Je croyais que tout était clair entre nous, lui dis-je en retirant mon blouson, une fois que nous sommes arrivés.

— Je suis simplement fatiguée.

— Tu n'étais pas fatiguée quand il était question d'amuser Léo à table.

Elle tourne vivement la tête vers moi et explose de rire.

— S'il te plaît, ne sois pas ridicule.

— C'est toi qui es ridicule, Allison.

— Ah oui, vraiment ? lance-t-elle en fermant la porte de la chambre derrière nous. Ce n'est pas moi qui ai rejoint Anna dans la salle de bains sans raison !

Elle baisse les yeux sous mon regard foudroyant. J'ai envie de lui asséner les mots les plus vils qui tournent en boucle dans ma tête mais je me retiens, simplement parce que je ne veux pas avoir à la récupérer à la petite cuillère. Et parce que j'ai promis.

Je lui indique de s'asseoir à côté de moi sur le bord du lit. Quand elle s'exécute, avec une moue boudeuse, je prends son visage entre mes mains et lui embrasse le front. Ses yeux retrouvent alors leur éclat et ses lèvres viennent s'écraser sur les miennes. Très rapidement, je lui retire le T-shirt gris informe qu'elle portait ce soir et pose mes doigts sur les agrafes de son soutien-gorge, que je défais en un rien de temps. Le train-train habituel.

Cette pensée machiste me fait sourire instantanément et elle pense que c'est l'effet que produit sa poitrine sur mes hormones. À son tour, elle soulève mon T-shirt et l'envoie valser au sol. Entre mes lèvres, elle lâche un rire rauque lorsque sa main entre en contact avec mon entrejambe. Puis elle plaque ses deux paumes sur mes épaules et me fait basculer sur le dos pour retirer ma ceinture. Sa descente vers mon érection est plus rapide que d'habitude. Je la laisse s'occuper de moi et s'imaginer me faire plaisir quelques minutes avant d'enfiler un préservatif et de la voir fondre sur moi.

Avec pour unique fond sonore nos respirations bruyantes et heurtées, nous couchons ensemble comme nous savons très bien le faire : sauvagement et sans sentiment. Pourtant, lorsqu'elle s'installe à califourchon sur moi et que je fais glisser mes ongles sur ses hanches, son visage se trouble et ce n'est plus Allie mais Anna que je vois.

C'est Anna qui se penche pour m'embrasser. C'est Anna qui murmure mon nom. Et c'est Anna qui me fait jouir.

***

La matinée qui suit passe relativement vite. Allie ne fait plus la gueule et est d'une humeur plus taquine que la veille. Quand 14 heures sonnent enfin, les garçons arrivent accompagnés de Naomi.

Chris débarque comme à son habitude décoiffé. Sa masse capillaire s'étend maintenant de son crâne à ses épaules en boucles brunes irrégulières qui lui cachent la moitié du visage.

Léo et Naomi se tiennent par la main et je ne peux m'empêcher de froncer les sourcils. Qu'en est-il d'Anna ?

La métisse passe près de moi sans m'adresser un regard. Nathan, qui clôt la marche, est le plus jeune de la bande. Il referme la porte d'entrée avant de cogner son poing contre le mien.

Nous allons nous asseoir autour de la table basse du salon, où nous attend Allie.

— Bon, c'est la première réunion avec Allison, alors soyez cool, ordonné-je. Léo ?

— Eh bien, comme je l'expliquais dans mes derniers messages, je suis allé voir James l'autre jour, au parc, afin qu'il me file la marchandise, reprend mon meilleur pote. Tout est planqué ici, le temps qu'on se mette d'accord. Mais, avant de parler affaires, il faut qu'on parle de Naomi.

Mon amie d'enfance, qui ne porte plus aucun bandage, lève les yeux à la mention de son nom. Sa peau garde encore les traces des brûlures qu'elle a subies et je ne peux m'empêcher de grimacer à cette vision. Nous ne nous sommes pas réellement parlé depuis ce qui s'est passé. Je sais qu'elle m'a plus ou moins pardonné, qu'elle comprend désormais que ce n'était pas entièrement de ma faute. Mais quand même. Ce n'est plus pareil entre nous. Je l'ai perdue pour de bon ce jour-là.

— Si vous êtes tous d'accord, continue Léo, Naomi se retire du trafic.

Nathan caresse la joue de la principale intéressée du bout des doigts avant de lui adresser un clin d'œil.

— Bien sûr, affirme-t-il aussitôt.

Chris et moi opinons de même.

— Et, comme Naomi nous était indispensable, il faut la remplacer. C'est pour ça qu'Allison est là aujourd'hui, expliqué-je.

Ma copine se crispe légèrement à mes côtés, mais tout le monde l'encourage en lui souriant. Nathan va même jusqu'à lui tendre son poing pour qu'elle signifie son intégration dans le groupe par ce geste. Naomi se lève et vient s'accroupir devant elle.

— Bon… Je te souhaite bien du courage avec ces quatre-là. Accroche-toi et tente de ne pas finir brûlée vive.

Si Chris explose de rire, le reste de l'assemblée garde le silence. Allie sourit par politesse avant de reporter son attention sur moi.

— On a récupéré deux dizaines de Superman, déclaré-je. Sachant qu'il y a douze pilules par Pez, ça fait en tout et pour tout deux cent quarante bonbons à distribuer.

— Le compte est bon ? demande subitement Léo.

— Le compte est bon. Mais vous savez comment ça fonctionne : on vend le plus possible à l'unité. Sinon, n'importe qui pourrait nous tracer…

— T'inquiète, on s'en occupe, annonce Chris.

— Ce n'est pas tout. Léo, Allie et moi serons absents pendant une semaine prochainement. Vous ne serez plus que tous les deux pour tout gérer. Si vous rencontrez le moindre problème, il faudra nous contacter immédiatement. Et je suis très sérieux là-dessus.

Nathan acquiesce tandis que Chris fronce les sourcils. Je lance à ce dernier un regard inquisiteur qui l'oblige à opiner à son tour.

— Après avoir vendu tout ce stock… ça sera la fin. Fini les fêtes, les réunions, déclaré-je.

Encore une fois, ils approuvent en silence et prennent en considération mes dires. La tournure que prend ce débriefing est très solennelle. Tant mieux. Il faut qu'Allison comprenne que tout ceci n'est pas à prendre à la légère.

Je répartis la marchandise équitablement entre Chris et Nathan, puis je les raccompagne, ainsi que Naomi, jusqu'à la porte d'entrée. Dans le salon, Léo détaille à Allie son nouveau rôle et je les entends piquer un fou rire. Quand je reviens, Allie me lance un regard furtif, comme pour vérifier que je les observe. Et, quand elle en a la confirmation, elle se remet à rire de plus belle.

Tu as beaucoup de choses pour toi, Allison. Mais tu n'es certainement pas Anna…

Chapitre 35

ANNA

On s'est donné un mois pour amasser la somme nécessaire au financement de vacances dignes de ce nom durant cet été. Allie a obtenu un poste de caissière dans le centre-ville tandis que j'ai pu assister ma mère à la clinique.

Pendant que Sasha nous envoyait des selfies aux couleurs orientales, à dos d'éléphant ou aux portes du Tadj Mahall, je préparais donc des seringues et nettoyais la salle d'attente. Heureusement, maman a rendu ces tâches bien plus agréables. Et j'ai eu l'esprit suffisamment occupé pour ne pas trop penser à Léo ou à son tyran de meilleur ami, ou encore à ce sombre trafic. En somme, j'ai été libre.

Et la meilleure dans tout ça, c'est que maman a rencontré quelqu'un ! Cela faisait plusieurs semaines que ses absences ou ses retours tardifs et répétés m'inquiétaient… pour rien. Toutes ces escapades n'étaient en fait dues qu'à une seule et même chose, ou plutôt personne : son nouvel amant. À la condition qu'elle rencontre Léo, elle m'a ainsi promis de me le présenter. Il fallait bien en passer par là un jour. Entre le beau blond et moi-même, c'est devenu sérieux et, bien que je n'aie toujours pas prononcé les trois mots magiques qu'il attend impatiemment, d'autres tout aussi précieux ont été dits.

Toutefois, cela ne m'empêche pas de ressentir une pointe de remords chaque fois que je pense à lui. Si notre relation est

– semble-t-il – idyllique, je marche toujours sur un fil avec Stan. Tout s'est accéléré et intensifié comme je ne l'aurais jamais imaginé ces derniers temps. Il devient difficile pour moi de trouver des raisons de le repousser lorsqu'il fait toujours plus d'efforts pour paraître… *sociable.* Je dois donc instaurer une sorte de périmètre de sécurité, qui me permet de le tenir assez à distance pour pouvoir vivre ma relation avec Léo au mieux. Car, en fin de compte, c'est avec lui que je suis, c'est lui que j'ai choisi – *c'est lui que… j'aime ?*

Une autre chose a participé à mon bonheur ce dernier mois : Léo m'a volontairement tenue à l'écart de toutes leurs sales magouilles. En réalité, il m'a même promis que tout serait bientôt fini et je le crois. Le trafic et ses conséquences ne seront alors qu'un lointain souvenir. Je n'aurai plus besoin de perdre du temps et de l'énergie pour cette histoire. Entre les matins où Léo doit précipitamment quitter le lit à cause d'un appel de Stan, les soirs où il vient me chercher en retard au travail ou encore les après-midi empreints de stress lorsque je le surprends en train de se disputer au téléphone avec Naomi… je n'en peux plus.

J'aime imaginer une vie sans cette affaire de drogue. J'aime penser que Léo m'accorderait plus de temps sans ça, que Stan sourirait davantage, que je ne tiendrais plus aucun mensonge face à Sasha.

Mais devine quoi, Anna ? Ce n'est pas ça, ta vie.

— Jambon blanc ou jambon de Parme pour le sandwich ?

— Hein, quoi ?

Allie me regarde, lassée.

— Tu veux quoi dans ton sandwich ?

— Désolée. Jambon de Parme.

D'une main, elle en attrape un paquet dans le rayon frais et le lance grossièrement dans notre caddie. C'est officiel, ce jour inscrit la date de notre grand départ en vacances. Voilà une heure maintenant que nous zigzaguons, Allie, Stan, Léo et moi, dans les allées de la grande surface où a travaillé ma meilleure amie. Nous nous sommes facilement réparti les tâches : les garçons doivent s'occuper des boissons et nous de la nourriture. Car, pour ça, on ne peut pas leur faire confiance.

Cette drôle de situation dans laquelle notre quatuor se trouve actuellement a déjà eu lieu plusieurs fois ces derniers jours. Que ce soit pour une soirée en *double date* (étrange au possible) ou une séance de cinéma, nous essayons de prétendre être les meilleurs amis du monde et profitons du moment avant que les garçons ne doivent nous quitter pour le trafic. Ces jours-là, tout roule… *ou presque.* Tandis que Stan tente du mieux qu'il peut de rester à sa place (celle qui se trouve juste à côté d'Allie, dans l'idéal), Léo, lui, reste fidèle à ce qu'il m'a montré de sa personnalité jusque-là. Il est aussi attentif que délicat, veillant toujours à ce que je ne manque de rien. En somme, c'est un vrai nounours.

Allie et moi arrivons à la caisse l'une derrière l'autre et sortons nos courses sur le tapis roulant. Comme pour les tâches, nous avons réparti le budget en quatre. Toutefois, ma meilleure amie a décidé d'user de ses charmes pour rappeler au caissier, son collègue, qu'elle travaille ici et qu'elle entend bien avoir un rabais sur le montant total. Chose qu'elle obtient sans mal et qui lui procure une satisfaction extrême.

Les garçons nous rejoignent rapidement ensuite et nous poursuivons notre flânerie dans la galerie marchande du centre commercial. L'ambiance est relativement détendue. Stan taquine Allie tandis que Léo passe son bras sur mes épaules afin de m'attirer vers lui. Quand je me blottis contre lui, il m'embrasse sur le front et nous reprenons notre marche, tout sourire.

Alors que l'on s'apprête à sortir, Allie constate subitement qu'il lui manque une paire de lunettes de soleil et retourne en courant en chercher une, en assurant que ça lui est vital. Nous patientons donc tous les trois, à seulement quelques mètres de la sortie. Léo me tient la main et Stan fait mine de regarder ailleurs.

C'est là que je *le* vois, près d'un stand de bijoux dans l'allée principale. Les cheveux plus courts, plus raides, les yeux rieurs.

Cela commence dans les jambes. Un picotement presque imperceptible, comme une légère faiblesse musculaire. Puis ça remonte jusque dans le ventre. C'est chaud et épars ; comme si je m'approchais trop près d'un foyer. Lorsque cela atteint ma poitrine, je sais que tout s'embrase. La chaleur possède désormais un caractère électrique.

J'ai l'impression de perdre pied, de sentir mes jambes se dérober. Ça a tout d'un étourdissement, à cette exception près que je ne tombe pas au sol. Je me campe sur mes guibolles tremblantes et dévisage le sujet de mon angoisse.

J'ai cette boule dans la gorge comme lorsque l'on s'apprête à pleurer. Mais je ne pleure pas. Je voudrais fermer les yeux et faire demi-tour. Or, c'est trop tard car il m'a vue lui aussi. Et son regard sur moi en dit long. Il me scie sur place. Et impossible pour moi de faire marche arrière.

— Anna ?

Mon prénom est prononcé de deux manières différentes et par deux personnes totalement opposées. Mon cœur penche pour l'une aujourd'hui tandis qu'il s'est autrefois épanché pour l'autre.

— Anna ? redit-*il* alors de cette voix cassée qui me retourne l'estomac.

Il s'avance vers moi avec un sourire de défi, s'éloignant par la même occasion de la jolie brune avec qui il discutait. L'espace de quelques secondes, il considère les doigts enlacés aux miens et celui à qui ils appartiennent, avant de me toiser, moi.

— Ça fait quoi ? Un an ? lance-t-il, enjoué, en passant sa main sur ma joue.

Lorsque Stan aperçoit mon mouvement de recul immédiat, il signale sa présence en toussant dans son poing. Bien loin d'être décontenancé par les deux murailles que constituent mon copain et son meilleur ami, *il* sourit encore plus largement et tend sa main vers eux.

— Où sont mes manières ?! Je suis Matt, le premier amour d'Anna.

Fumier.

Je jurerais presque entendre craquer les doigts de Stan derrière mon dos tandis que mon cœur s'écrase dans ma poitrine. J'ai beau déglutir et redéglutir, je manque de salive pour protester. Mais, à ma plus grande satisfaction, personne ne lui serre la main.

— Eh bien, eh bien, reprend Matt en zyeutant Léo avec dédain, je vois que tu as trouvé chaussure à ton pied, ma petite Anna.

— Et ça te pose un problème ? demande Stan, agacé.

Le rire de Matt, qui avait autrefois tant de douceur, est lourd et gras lorsqu'il se permet de lancer :

— Deux chaussures pour le prix d'une ! J'espère que t'arriveras à les garder, ceux-là…

— Allez barre-toi maintenant, lui intime Stan en haussant la voix.

— Quoi ? T'es aussi son chien de garde ?

— Si tu veux pas te manger mon poing dans la gueule, fous le camp.

J'ai le souffle coupé tandis que Matt ose rire à nouveau. Cette fois, cependant, il semble comprendre le message et recule avant de pivoter. Stan crache un « Pauvre type ».

Il n'aurait pas dû.

Alors que Matt repartait dans la direction opposée, il se ravise aussitôt, se tourne vers moi et revient à la charge. Il se penche à mon oreille et, laissant sa respiration glisser sur ma joue, me demande :

— Est-ce que tu chiales encore après une bonne baise, Anna ?

Crac est le bruit que fait sa mâchoire lorsque le poing de Stan s'abat dessus, comme promis. Matt tombe immédiatement au sol. Un filet rouge s'étend sur ses lèvres enflées.

Il a mal.

C'est enfin lui qui a mal.

« Espèce de fils de… », *bam*, un autre coup est parti, cette fois-ci de la part de Léo. Je reste stupéfaite face à cette scène de violence tandis que la main de Stan m'agrippe le poignet pour m'entraîner vers la sortie. Nous franchissons les portes, laissant derrière nous un Matt qui hurle de colère et un Léo qui se fait escorter par la sécurité.

Les choses se sont passées si vite que je n'ai même pas eu le temps de réaliser ce qui se déroulait sous mes yeux. Stan me serre si fort le poignet que j'ai mal. Quand j'arrive à me dégager de sa poigne d'un geste brusque, je cours me glisser dans les bras de Léo qui nous rejoint. J'ai l'air d'une enfant mais je m'en fiche.

— Qui c'est, ce connard ? rugit le brun.

— Mon… mon ex-petit ami.

Il secoue vivement sa main pour évacuer la douleur tandis que Léo me serre plus fort contre lui.

— Et on peut savoir quel est son problème ?

— Laissez tomber, dis-je, avant que Léo ne revienne sur cette histoire devant Stan.

Si j'ai accepté de me confier à mon petit ami sur le sujet, je n'ai aucune envie que Stan me voie comme la faible fille qui s'est fait jeter et humilier par son ex au lycée.

— Allons-nous-en, dis-je alors.

Au même moment, Allie arrive en courant vers nous, l'index dirigé vers le magasin dont elle sort.

— Est-ce que c'est Matt que j'ai vu là-bas, le visage en sang ?

Nous acquiesçons tous les trois tandis qu'elle met ses deux mains sur mes épaules, l'air horrifié.

— Ça va ? Qu'est-ce qu'il a fait ?

— Rien… rien. Il m'a juste provoquée.

Stan lâche un juron dans sa barbe lorsque mon ex réapparaît devant nous. Il a les yeux injectés de sang, les poings serrés et le visage déterminé par de macabres intentions. Il avance presque en titubant jusqu'à nous alors que Léo nous pousse, moi et Allison, derrière lui.

On se croirait dans un (très) mauvais film d'action.

— Oh ! On n'en a pas fini tous les trois ! hurle Matt.

Stan va tout de suite à sa rencontre et esquive un premier coup avant de le faire tomber au sol d'un croche-patte enfantin.

Mon cœur bat à tout rompre tandis que Matt se relève et décoche cette fois-ci un coup de pied dans l'entrejambe de Stan, qui s'affaisse sur les genoux en poussant un gémissement. Allie crie d'horreur quand les deux garçons roulent au sol dans un corps-à-corps. Léo, de son côté, tente par tous les moyens de les séparer, mais rien n'y fait, il se prend un coup à l'oreille et recule vers nous en titubant.

Aussitôt, les deux vigiles qui l'avaient escorté interviennent et réussissent à éloigner les deux enragés l'un de l'autre. Matt est méconnaissable tant il saigne et couvert de bleus. Stan, lui, a l'arcade sourcilière ouverte et un regard meurtrier. Son tempérament de feu semble avoir pris le dessus. C'est la première fois que je le vois dans cet état.

Quand mon ex-petit *ennemi* est enfin maîtrisé, les hommes de la sécurité l'emmènent alors qu'il hurle haut et fort : « Je vais te buter, connard ! Tu vas voir, c'est pas fini ! »

Les larmes me montent aux yeux lorsque j'aperçois les prunelles sombres de Stan me dévisager avec colère. Allison se précipite vers lui, mais il l'écarte. Il tente de récupérer son souffle, la main sur le capot d'un véhicule stationné juste à côté.

Mais que vient-il de se passer ?

Mon cœur est à deux doigts d'exploser tant je souffre de la violence à laquelle je viens d'assister. Il ne se remet à battre normalement que lorsqu'un vigile revient nous, après plusieurs minutes, afin de nous expliquer que Matt s'est enfui. Léo se renseigne alors auprès de lui pour s'assurer que Stan n'aura pas de soucis avec la police par la suite.

Pour toute réponse, l'homme nous conseille de partir au plus vite si on ne veut pas d'histoires.

Quand nous grimpons tous les quatre dans la voiture après avoir rangé les courses, la tension est palpable. Personne n'ose dire un mot. Je me contente de pleurer en silence, le front collé à la vitre, incapable de ravaler mes larmes plus longtemps. Je pensais ne plus jamais avoir affaire à lui. *Bêtement.* Je le croyais sorti de ma vie pour la simple raison que je l'en avais chassé.

— Ce n'est pas de ta faute, chuchote Allie en me caressant le bras. C'était inévitable.

Stan lance un bref coup d'œil dans son rétroviseur pour rencontrer mon regard. J'ai le sentiment qu'il m'en veut, comme si j'étais à l'origine de cette histoire, comme si j'avais fait exprès de croiser Matt, de nous mettre dans cette situation.

Avec les valises et nos dernières courses dans le coffre, nous poursuivons la route en direction de notre lieu de vacances dans une atmosphère des plus tendues. Si ma colère est redescendue et si mes larmes ont séché, je reste toutefois muette durant tout le trajet, avec pour unique réconfort la tête d'Allison endormie posée sur mon épaule.

Après une heure et demi d'autoroute silencieuse, nous empruntons des voies sinueuses à travers des vallées inhabitées. La végétation est de plus en plus dense à mesure que l'on avance. L'air frais traverse la voiture depuis les fenêtres grandes ouvertes, ce qui me calme et semble apaiser également mes compagnons. Et c'est dans une ambiance plus légère que nous passons la dernière colline qui nous mène jusqu'à la maison.

Une fois de plus, Stan prend le temps de me dévisager quelques secondes dans son rétroviseur. Le sang a séché sur son arcade, mais son air contrarié ne l'a pas quitté. J'aimerais le remercier pour ce qu'il a fait mais, une fois de plus, rien ne sort. Je me contente de détourner le regard.

Bien qu'immense, l'habitation où nous arrivons est pittoresque. Recouverte entièrement de lierre, la bâtisse surplombe un jardin luxuriant qui descend vers la rive d'un lac. Stan ralentit pour nous permettre de découvrir, ébahis, l'endroit. C'est tout bonnement incroyable. La forêt qui borde l'arrière de la maison semble tout droit sortie d'un tableau.

L'incident Matt est bel et bien derrière nous.

Nous jaillissons alors de la voiture, sortons nos valises et courons presque jusqu'à l'entrée. Sous nos regards pétillants, Stan glisse la clé dans la serrure et ouvre la porte.

— Waouh, lançons-nous à l'unisson, Léo, Allie et moi, impressionnés.

Chapitre 36

STAN

Elle est déjà debout quand je me réveille.

Assise en tailleur sur l'herbe, elle est immobile, en contemplation face au lac. Ses doigts entortillent machinalement les jeunes pousses de chaque côté de son corps. Elle n'a sans doute pas petit-déjeuné, la cuisine étant restée intacte depuis la veille. Peut-être n'a-t-elle même pas dormi cette nuit.

Je la regarde encore quelques secondes, dans l'espoir qu'elle se retourne et m'adresse ce sourire timide qu'elle a l'habitude de me présenter quand elle me voit ; en vain. Je décide donc de faire le tour de la maison, histoire de vérifier que tout est bien en ordre. Voilà huit ans que je ne suis pas venu ici et, pourtant, rien n'a changé. Le paysage est le même, les souvenirs sont les mêmes.

Je soupçonne même mon père de continuer à payer ce pauvre David pour venir tondre la pelouse, qui est telle que je l'ai vue la dernière fois. Et je ne peux retenir un léger rictus lorsque mes pieds nus entrent en contact avec le parterre végétal que j'aimais détruire étant petit. Cette maison est un coffre à souvenirs que je n'ai jamais osé rouvrir depuis le divorce de mes parents.

Je longe la façade est sous un soleil tapant, levant les yeux de temps en temps vers les sapins qui s'élèvent très haut au-dessus de ma tête.

Je pensais pouvoir y grimper un jour, du moins c'était ce que je disais à ma mère. Derrière une pierre descellée dans le mur, je récupère la clé qui ouvre la cave située plus bas, après un petit escalier. Bien sûr, cette pièce-là, elle, a changé. Mon père s'est dépêché de la vider de toutes les bouteilles de vin, une fois les papiers signés.

J'aperçois dans un angle, posée à l'envers, l'imposante barque qu'on avait tous les deux construite pour mes onze ans. Mes doigts caressent alors le bois très peu vieilli, s'arrêtant là où sont creusées mes initiales. Immédiatement, une multitude d'images me reviennent. J'aimais vraiment venir ici quand j'étais gosse : faire un foot dans le jardin, nager dans le lac, courir après les canards, regarder ma mère cuisiner. Tout semblait bien plus simple à cette époque.

La voix criarde de Sasha, que je n'avais pas entendue depuis maintenant un mois, résonne depuis l'entrée et me sort de ma rêverie, laissant là les bribes de mon enfance.

— Non mais c'est dingue, cette baraque ! Si j'avais su, j'aurais pris mon appareil photo !

Près d'elle, Daniel porte un gros sac de voyage sur le dos et siffle à la vue de leur résidence pour la semaine à venir. Maintenant qu'ils sont là, nous sommes au complet.

— Stan ! crie la brune en m'apercevant. Qu'est-ce qui s'est passé ?

Ah oui. Mon entaille sur le sourcil m'était sortie de la tête.

— Je vous expliquerai peut-être plus tard, dis-je en me penchant pour attraper sa valise. Vous avez fait bon voyage ?

Je ne sais même pas pourquoi je demande, je m'en fous.

— Ouais, celle-là a dormi tout le long du trajet, à cause du décalage horaire paraît-il… tacle Dan en serrant virilement ma main. Cette maison, c'est vraiment pas rien…

— Et attends de voir l'intérieur, lance une voix que je reconnais bien.

Allison débarque dans mon dos, un immense sourire aux lèvres. Elle laisse ses doigts frôler mon bras avant de bondir dans ceux de son frère puis dans ceux de Sasha. Tout ce petit monde me suit jusqu'au salon, où j'indique aux nouveaux venus de déposer leurs affaires. Et leur excitation ne fait qu'augmenter.

Tandis qu'Allison leur sert à boire, mes yeux divaguent vers la fenêtre qui donne sur le jardin et sur Anna qui n'a pas bougé d'un millimètre. Léo descend alors à son tour l'escalier et nous rejoint, frottant énergiquement son visage fatigué. Il semble n'avoir pas beaucoup dormi. *Peut-être se sont-ils disputés…*

— Bon alors, tu nous racontes pourquoi t'as cette gueule amochée ? me demande Sasha en prenant place sur l'un des canapés blancs.

Daniel fait de même après avoir salué Léo, et j'en profite pour indiquer du regard à ce dernier où se trouve Anna – avec un peu de chance, il réussira à la faire bouger.

Il me tape sur l'épaule pour me remercier et marche sans un mot jusqu'à elle.

— On est tombés sur Matt au centre commercial, commence Allie.

— Le Matt d'Anna ?!

— Lui-même.

— C'est lui qui t'a fait ça ? grogne Daniel en indiquant ma blessure.

— Faut croire. Il est allé trop loin avec Anna, alors je l'ai frappé. Les choses ont dégénéré et…

— Attends, attends, ne dis rien, me coupe Sasha en trépignant, tu l'as mis par terre en moins de deux, je parie ?

— Disons que je m'en suis mieux sorti que lui.

— Yes ! lance-t-elle, un large sourire aux lèvres, tandis que je passe mes doigts sur mon poing toujours endolori.

À côté de moi, Allison glisse sa main dans mon dos et pose sa tête sur mon épaule.

— Je peux savoir, maintenant, ce qui s'est passé entre eux ?

Ma demande casse automatiquement l'ambiance. Ils échangent tous les trois un regard gêné avant que Daniel ne se décide finalement à prendre la parole :

— Anna m'a raconté qu'ils étaient sortis ensemble au lycée, pendant la période où j'étais à Londres. L'histoire courte, c'est qu'il l'a trompée et a publié une photo de ses ébats sur internet avant même qu'Anna ne l'apprenne. Leur séparation a été un peu brutale de son côté…

Tout le monde détourne le regard à l'évocation de cet épisode, mais le mien reste fixé sur Daniel. J'ai du mal à croire que ce genre de mésaventure ait pu arriver à Anna. Ce mec a vraiment fait le con…

— D'ailleurs, où est ma blonde préférée ? demande Sasha en relevant la tête.

— Je suis là.

Nous nous retournons tous pour la découvrir debout aux côtés de Léo. Elle affiche un maigre sourire, mais je sais qu'il est faux. Sa voix était très faible, comme un murmure. Et, maintenant que je vois ses yeux, je suis certain qu'elle n'a pas dormi.

Tout le monde se lève pour la saluer, mais je reste assis sans réellement savoir pourquoi. La jolie blonde se jette au cou de Sasha et la serre fort contre elle, lui demandant comment s'est passé son séjour en Inde. Son regard passe ensuite de visage en visage avant de se poser sur moi une seconde. Je m'apprête à lui sourire quand elle dévie son regard vers Sasha à nouveau.

Il est clair que quelque chose ne tourne pas rond depuis l'altercation avec Matt et peut-être qu'elle m'en veut. J'ai été trop impulsif, je m'en rends bien compte. Mais je ne regrette pas d'avoir cogné. Pas après avoir entendu les conneries qu'il lui a sorties et les saletés qu'il lui avait faites.

Daniel, lui, sourit tellement qu'il pourrait avoir une crampe. Il se précipite pour prendre Anna dans ses bras et tout le monde, y compris celle-ci, fronce les sourcils. Sentant la gêne collective, il se recule et s'éclaircit la gorge.

— Bon. J'ai une idée, lancé-je soudain. J'ai une barque et quatre rames dans la cave, on peut prendre les sandwichs qu'on a préparés hier soir et aller déjeuner tous ensemble sur l'îlot au centre du lac. C'est juste à côté.

— À six dans une barque ? relève Sasha en faisant la moue.

— Ça peut être drôle. Qu'est-ce que vous en pensez ?

Les garçons acquiescent en chœur tandis qu'Anna hausse les épaules, toujours perdue dans ses pensées.

— Moi je préfère rester là si ça ne vous dérange pas, je suis encore un peu décalquée, déclare Sasha.

— Je vais rester avec elle, décide Allie. Je ne me sens pas de ramer non plus.

Je la dévisage de travers un instant. C'est quoi le problème avec mon idée d'activité ? Y a pire que de faire de la barque en plein été sur un lac, non ?

— Eh bien Anna sera la seule fille, alors, lance Daniel en souriant malicieusement.

Léo lève les yeux au ciel.

Si je les ai tous invités en premier lieu, c'était pour *elle*, clairement. Je n'apprécie pas vraiment Daniel et ne connais pas assez Sasha. J'espérais juste faire plaisir à Anna et me rattraper pour toutes les conneries que j'ai enchaînées. Mais, si je me coltine un Daniel amoureux toute la semaine, ça ne va pas le faire.

Nous allons tous nous changer et préparons un bidon étanche où nous mettons provisions et serviettes tandis qu'Allie montre sa chambre à Sasha. Je leur indique où sont rangés les jeux de cartes ainsi que les transats avant de porter notre embarcation à l'eau avec les garçons.

Un petit ponton sépare la terre ferme du lac et nous permet de monter dans la barque sans problème. J'ai répété cette opération des dizaines de fois dans le passé.

— Je propose qu'Anna monte à l'avant, dis-je en essayant de ne pas croiser son regard. Comme ça nous ramerons tous les trois à l'arrière. Nous n'avons pas besoin de quatre rameurs.

En réalité, ce serait plus facile d'avoir une autre paire de bras pour nous aider, mais je souhaite laisser Anna tranquille, et quelque chose me dit qu'elle aurait préféré ça.

Chacun à notre tour, nous sautons dans l'embarcation et saluons brièvement les deux filles accoudées à la fenêtre de la chambre de Sasha. Je n'ai perdu aucun réflexe. Malgré le nombre impair de rameurs, la barque avance à bonne allure sur une eau lisse et calme.

La légère brise qui vient rafraîchir nos visages est très agréable. Les cheveux au vent, Anna est assise face à nous. Encore une fois, elle demeure pensive, impossible à perturber.

Après une demi-heure, nous parvenons à l'îlot où tombent comme des mains géantes les mêmes saules pleureurs que dans mon enfance. Avec un cordage, j'attache la barque au poteau qu'avait planté mon père et nous descendons sur le bord sableux parsemé de cailloux.

— Dans mon souvenir, il y a une corde accrochée à l'arbre juste là-bas pour sauter dans l'eau. On peut manger ici dans une heure, histoire de pouvoir se baigner avant.

— Ah merde, on se baigne ? J'ai pas mon maillot sur moi, fait Daniel en grimaçant.

Qui va passer la journée au bord de l'eau et ne prend pas son maillot, sérieux ? Je le regarde de biais avant de retirer mon T-shirt et de le lancer dans notre embarcation. Léo fait de même et Daniel se résout finalement à se baigner en caleçon. *Trop facile.*

Anna, elle, reste immobile quelques secondes, les yeux rivés au tatouage qui s'étend dans mon dos lorsque je me déshabille. Quand je croise son regard, elle tourne aussitôt la tête et enlève à son tour ses vêtements. Et je ne suis certainement pas le seul à me rincer l'œil quand elle se déshabille.

J'ouvre la marche jusqu'à l'arbre muni d'une corde et retrouve l'installation intacte. Je grimpe habilement jusqu'à la branche à laquelle est nouée la corde et tire sur celle-ci pour vérifier la solidité du nœud. Sans prévenir qui que ce soit, je l'empoigne, prends mon élan et saute. Les sensations sont moins impressionnantes que dans mon enfance, certes, mais restent jouissives lorsque je lâche la corde et vole dans l'air une fraction de seconde avant de retomber dans l'eau froide.

Quand je remonte à la surface, des applaudissements unanimes me sont offerts et Anna sourit enfin. Je nage alors avec confiance et les observe sauter un à un pour me rejoindre.

À des dizaines de kilomètres de là, le trafic ne semble être qu'une mineure partie de ma vie.

La journée, ponctuée par nos rires, passe en un éclair et, lorsque nous remettons le pied sur le ponton, je ne regrette absolument pas d'avoir eu cette idée. Même Daniel m'a paru agréable en fin de compte, c'est pour dire. Quant à Anna, elle a réussi à se détendre et à profiter de l'instant, comme tout le monde.

Tandis que j'observe Allison cuisiner notre dîner en sirotant une bière, Sasha, Daniel et Léo ont démarré une partie de PlayStation sur l'écran plasma du salon. Leurs cris d'excitation me disent que les deux mâles ont enterré la hache de guerre.

— Quelqu'un veut bien aller chercher Anna ? crie Allison à la cantonade. Ça fait vingt minutes que je l'appelle pour qu'on passe à table… !

Je saute sur l'occasion.

Même si les choses sont toujours ambiguës entre nous, une petite discussion sur les récents événements ne nous fera pas de mal. Après avoir annoncé à Allison que je me chargeais d'aller chercher Anna, je pose ma bière sur le bar et grimpe quatre à quatre les marches de l'escalier.

Quand j'arrive au premier, je vois Anna au bout du couloir. Elle a les cheveux dégoulinants, signe qu'elle sort de la douche, et porte sur elle un T-shirt blanc légèrement transparent ainsi qu'un short en coton. Elle gigote étrangement, dos à moi, devant une porte. Je ne réalise qu'avec un métro de retard qu'il ne s'agit pas de n'importe quelle porte.

— Qu'est-ce que tu fais ?

Elle sursaute et se retourne immédiatement, l'air terrifié.

— Qu'est-ce que tu fais ? répété-je un peu plus fort.

— Je… hum… Cette porte est fermée à clé.

— Oui, et il y a une raison.

— Mais en passant j'ai senti comme une odeur de brûlé. Je crois que ça vient de l'intérieur.

Je serre la mâchoire et ferme les poings malgré moi. De toutes les personnes ici, il fallait que ce soit elle qui me dise ça.

— Ça vient pas de là. C'est Allie qui cuisine.

— Tu es sûr ? Parce que moi, je…

— Oui, Anna, je suis sûr.

Elle fronce les sourcils et retrouve cette expression blessée qu'elle a adoptée toute la matinée. Et je m'en veux déjà de lui avoir parlé sur ce ton.

— OK, répond-elle finalement.

— Et… hum… Allie m'a demandé de te dire que le dîner était prêt.

Elle passe à côté de moi en me frôlant à peine et s'apprête à descendre l'escalier quand je l'interpelle :

— Anna ?

— Quoi ?

— Est-ce que… ça va ?

Elle me regarde un instant, perplexe, avant de me sourire timidement.

— Ça va.

Un poids dont je n'avais même pas réalisé l'existence libère mon corps et je soupire de soulagement. Quand je m'apprête à aller dans ma chambre, elle me rappelle à son tour et revient vers moi.

— Je n'ai pas eu l'occasion de te remercier pour ce que tu as fait avec Matt… Personne ne s'est jamais battu pour moi comme ça, ni battu tout court d'ailleurs… Non pas que je pense que ce soit une bonne chose de se battre, hein ! Mais tu sais…

Un sourire prend place sur mes lèvres. Je la regarde comme un con, luttant intérieurement pour ne pas lui dire que je serai toujours là pour elle. Et elle finit par clore ce moment gênant en me souriant à nouveau et en disparaissant dans l'escalier.

Je passe le reste de la soirée à y penser.

À vrai dire, son visage me hante jusqu'au coucher. J'aurais dû lui demander ce qui n'allait pas ce matin. C'est le genre de truc que demande un ami, non ? Parce que je pense avoir besoin de m'acheter un guide pour ça. *Comment être amis pour les nuls.*

Quand Allie éteint sa lampe de chevet à mes côtés, nous plongeant tous les deux dans le noir, j'en viens même à me demander si je n'aurais pas dû écouter Anna quand elle m'a dit que ces vacances n'étaient pas une bonne idée. Cette journée s'est bien passée, mais comment sera demain ? Comment vais-je faire pour apprendre à être son ami et le petit ami d'Allison à la fois, quand les rôles devraient être inversés depuis le début ? Et comment vais-je faire pour vivre sept jours dans cette maison après tout ce qui s'y est passé ?

Particulièrement quand le simple souvenir des flammes dans la chambre de mes parents me laisse encore ce goût amer dans la bouche.

Chapitre 37

ANNA

Mon humeur maussade est en parfaite harmonie avec le temps de ce deuxième jour de vacances. La pluie bat contre ma fenêtre avec une force incroyable et je peine à croire que ma peau savourait encore hier les rayons du soleil.

L'euphorie de notre journée sur l'îlot est vite redescendue, et ce, chez tout le monde. Stan et Léo attendaient des nouvelles de Chris et Nathan ce matin, mais celles-ci ne sont jamais venues. Et le sujet est devenu légèrement tabou.

J'ai donc passé la majorité de ma journée ici à regarder les gouttes d'eau s'écraser contre la vitre, dans un crépitement incessant. Les secondes prenant facilement l'apparence de minutes et les minutes celle d'heures, je n'avais plus que deux options : descendre et me retrouver face aux autres, ou rester ici, à attendre que les nuages se dissipent et laissent le beau temps reprendre le dessus.

Ma décision a été arrêtée très vite.

Je m'occupe donc du mieux que je peux : le meilleur divertissement que j'ai trouvé consiste à observer scrupuleusement tous les détails autour de moi. En commençant par la chambre que je partage avec Léo pour la semaine, qui est beaucoup trop grande ; le double si ce n'est le triple de la mienne à Emoria. Et elle est propre, d'une propreté absurde, vraiment. Les murs sont blancs, comme les meubles, donnant à l'ensemble une empreinte aseptisée. Nous avons clairement hérité de la chambre d'amis de ce premier étage. Mais c'était le choix de Léo.

Le taux élevé de médisances dans mes propres pensées me fait rire. J'ai cette manie de remettre la faute sur les autres au moindre petit grain de sable sur ma route. Je n'y peux rien.

Il y a quelque part, dans une partie reculée de mon cerveau, un petit clignotant qui me rappelle sans cesse ce qui s'est passé au centre commercial. Tout reste imprimé dans ma mémoire et refuse de s'en échapper. Comme si les images étaient collées à jamais dans ma tête. Et plus j'y pense, plus je me demande comment on en est arrivés là ; et surtout, quel mauvais scénario nous interprétons. L'ex-petit ami furieux, qui revient à la charge un an après la rupture, menace le nouveau copain et se fait tacler par le meilleur ami de celui-ci. Un grand classique.

Et il y a le fait que nous nous sommes pour la première fois vraiment disputés avec Léo.

On dit qu'un couple qui ne se dispute pas est un couple qui ne s'aime pas. C'était donc peut-être son intention de me prouver son amour lorsqu'il s'est mis à me lancer tout un tas de reproches le soir de notre arrivée. Tout y est passé, de ma façon de lui parler ou de ne pas lui parler, de ne pas lui dire « Je t'aime » entre autres choses, jusqu'à mon indifférence lorsque nous faisons l'amour. Puis il m'a dit que j'étais lunatique et, je cite, « constamment à cran ». À croire qu'il se sentait menacé par ce qui était arrivé avec Matt. Comme si c'était ma faute.

Il faut se rendre à l'évidence. L'amour, c'est comme la cuisine : quand on est débutant, c'est incertain. Parfois ça marche et parfois ça ne marche pas.

— Je peux entrer ?

— Bien sûr.

Quand on parle du loup…

Léo pousse la porte déjà entrouverte et vient s'asseoir à côté de moi sur le lit. Je ne l'ai pas vu depuis le petit-déjeuner. Il porte maintenant son sweat-shirt gris habituel, celui qu'il me prête quand je viens dormir chez lui. Lorsqu'il pose sa main sur ma joue, ses yeux rencontrent les miens et je tente de lui cacher le fond de ma pensée. Il écarte une mèche de cheveux de mon visage et la place derrière mon oreille, déposant un baiser sur ma tempe.

Sa douceur inégalable reste la raison pour laquelle j'avais craqué pour lui en premier lieu. Je suis en rogne depuis cette scène avec Matt, ça, c'est évident. Mais, chaque fois qu'il me touche, une partie de moi s'apaise. Alors oui, parfois ça marche.

— Des nouvelles de Chris et Nathan ?

— Non. Je ne comprends pas ce qu'ils nous font.

— Peut-être qu'ils n'arrivent simplement pas à vous joindre.

— Je doute que leurs téléphones portables soient morts simultanément, me répond-il froidement.

Bon, parfois ça ne marche pas.

Sa réplique fait mouche et je me lève aussitôt, m'éloignant de lui. Quand il utilise ce ton, il n'y a pas moyen de riposter, je me sens toujours toute petite.

Je me poste alors face à la fenêtre qui donne sur le lac. Ce même lac qui, depuis ce matin, a perdu tout son calme. D'ici, j'aperçois l'îlot sur lequel nous sommes allés hier. Je n'étais entourée que de garçons, tous ayant un caractère bien trempé, et, pourtant, j'ai vraiment apprécié cette journée. Le plaisir de se baigner quand il fait beau reste insurpassable, peu importe la température de l'eau.

Je reste les bras croisés sur ma poitrine, boudant minablement dans mon coin. Car je ne peux tolérer que Léo me parle de cette manière. Autant j'avoue être imbuvable ces temps-ci, autant lui n'est plus le même. Comme si le garçon généreux et attentif que j'ai connu les premiers jours n'était qu'un mirage.

— Anna… Je voudrais qu'on arrête de se faire la gueule.

Même mon nom dans sa bouche ne sonne plus pareil.

— Depuis qu'on est là, tu n'arrêtes pas de m'adresser des reproches, marmonné-je avant de me retourner face à lui. Je n'ai rien fait de mal, pourtant.

— C'est pas toi, c'est à cause de ce putain de…

— Et depuis quand est-ce que tu parles comme Stan ? le coupé-je.

Il me regarde abasourdi et secoue vivement la tête. Nous restons tous les deux ainsi quelques secondes, face à face, attendant que l'autre dégaine une réplique assassine. Mais il sait très bien que ce n'est pas comme ça qu'il va me calmer, que ce n'est pas comme ça que je veux être calmée. Alors il place ses mains sur mes coudes et décroise mes bras pour venir se glisser entre eux.

— Excuse-moi. Je suis juste sur les nerfs par rapport au trafic.

— Oui, je sais. Mais les vacances servent aussi à se détendre.

Il répète les gestes qu'il a eus la première fois qu'il m'a embrassée : il me serre fort et balance son corps de droite à gauche dans un bercement relaxant, laissant ma tête prendre appui sur son épaule. Il absorbe ainsi toute ma colère.

— Il y a autre chose. J'ai besoin de t'entendre le dire, Anna. De savoir que tu le penses… Sinon j'ai l'impression de me faire avoir sur toute la ligne.

Je lève immédiatement la tête, piquée au vif par le choix de ses mots. *Suis-je si difficile que ça ?*

— Si je le dis maintenant ça n'a aucun sens, tu le sais très bien. Mais je suis coincée car, si je ne le dis pas, tu continueras à m'en vouloir et ce n'est pas ce que je souhaite… Quoi que je fasse, rien ne semble être jamais assez…

Il fait mine de ne rien entendre et resserre davantage ses bras autour de moi. Ses doigts viennent glisser sur mes hanches et il se penche pour coller sa joue à la mienne.

Malgré toute sa bonne volonté, ce geste qui me rappelle celui de Stan me paralyse.

— Dis-le… s'il te plaît, me chuchote-t-il à l'oreille.

C'est donc ça qui émoustille un garçon de vingt et un ans, après seulement quelques mois de relation ? Trois mots sans saveur que la nouvelle génération a réussi à banaliser ?

L'amour ne réside pourtant pas dans les mots mais dans les câlins, les attentions, les regards, c'est ce qu'a tenté de me dire un jour Allison. Et je doute que deux syllabes valent mieux que deux caresses. De plus, je n'ai jamais aimé ce que cela impliquait : une appartenance, une promesse, un espoir, un mensonge.

Alors ce qui suit est stupide, je vous l'accorde. Car, dans un élan plus moqueur que sincère, je cède et lui dis ces trois mots mécaniquement, froidement, comme il me les dit lui, comme tout le monde les dit, les dénaturant au plus haut point :

— Je t'aime.

Même si ces mots me piquent la langue, quelque part je me libère d'une emprise qui s'agrippait fermement à moi depuis trois mois.

Je sens grandir son sourire contre mon visage.

— Tu avais raison, déclare-t-il, ça n'a pas beaucoup de charme, dit comme ça. Mais, pour le moment, ça me va.

Il m'embrasse sur la joue et me tire la main jusqu'à me faire tomber sur le lit, près de lui. Je regrette d'avoir trouvé la réponse à ma question : *Oui, c'est bien ça qui l'émoustille.*

Après une sieste d'une heure et demie, nous descendons pour retrouver les autres dans le salon. Tous sans exception semblent préoccupés par leur téléphone portable. Daniel est étendu de tout son long sur le canapé face à la cheminée électrique, tandis que Sasha joue en ligne juste à côté. Allie est assise, une main plongée dans les cheveux de Stan qui est allongé, la tête sur ses cuisses, pianotant sur les touches de son smartphone.

En nous entendant arriver, c'est lui qui lève la tête en premier, posant son regard sur la main que Léo a glissée sur mon épaule. Malgré ça, ce qui me tracasse le plus, ce sont les excuses que je vais devoir fournir pour me faire pardonner mon caractère grognon depuis le début du séjour. Quand les mots s'alignent correctement dans ma tête, je m'éclaircis la voix et ouvre la bouche :

— Je suis désolée d'avoir été si froide hier.

Tous les yeux se lèvent vers moi en même temps. Il y a comme une gêne et personne ne dit plus rien. Alors, d'un geste amical, Daniel se redresse et me propose de m'asseoir près de lui. Léo s'empresse de venir se mettre à nos côtés. Et, en face de moi, Stan croise une fois de plus mon regard. Peut-être aurais-je plutôt dû m'excuser pour avoir tenté d'ouvrir cette porte fermée à clé hier. Peut-être qu'il m'en veut.

— Un jeu, ça vous dit ? demande subitement mon voisin en lançant un paquet de cartes sur la table. Moi, perso, j'en ai marre de tourner en rond dans cette maison.

Sasha attrape les cartes pour les distribuer devant nous.

— Un pouilleux massacreur pourrait être drôle ? J'ai une revanche à prendre sur toi, Daniel. La dernière fois, tu as eu de la chance.

Son sourire malicieux devient vite communicatif et dégèle l'atmosphère. Le parfum d'ambiance de cette fin d'après-midi est maintenant diffusé. Nous nous lançons tous les six, tête baissée, dans une dizaine de parties plus bruyantes les unes que les autres. Et tout le monde semble enfin se détendre. *Moi comprise.*

Le reste de la journée passe ainsi beaucoup plus vite. Mes mains souffrent affreusement de notre jeu, mais je garde le sourire lorsque la nuit tombe et que Stan apporte sur la table les bouteilles d'alcool qu'ils ont choisies lors de nos courses. Quand je me porte volontaire pour boire le premier shot avec lui, il passe ses doigts dans ses cheveux fins et me gratifie d'un clin d'œil.

— Je savais que tu préférais ça à l'eau, me chuchote-t-il quand j'avale d'un trait mon troisième verre.

Les mélanges s'enchaînent au rythme de nos parties de « ni oui, ni non » et de jeu du mime. L'atmosphère est beaucoup plus détendue et l'alcool y est pour beaucoup, évidemment. Daniel est tout guilleret, et Sasha commence à avoir du mal à parler correctement. Et je dois dire que ma vision se trouble plus d'une fois. Mais ce soir, l'alcool n'a pas ce côté dangereux et pervers que je lui trouve habituellement. Ce soir, il délie les langues et rapproche les cœurs. Il fait pleurer de rire Allison et donne le hoquet à Léo.

Après une dernière partie hasardeuse de bataille corse, j'ai la tête qui tourne pour de bon. Je n'ose même plus compter les petits verres vides alignés devant moi. De l'autre côté de la table basse, j'observe rapidement ma meilleure amie et Stan s'embrasser sur le canapé de manière plutôt osée. Je me décide alors à quitter la pièce.

— À nous deux, mon gaillard ! lancé-je à voix haute à l'escalier, que je rejoins en titubant.

Je pose les mains sur les marches supérieures, incapable d'y voir clair, et monte les deux premières comme si je gravissais un sommet. Je ne perds pas espoir pour autant et crapahute jusqu'à mi-chemin. Fière de mon ascension, je me retourne pour crier quelque chose qui finit noyé au fond de ma gorge lorsqu'un vertige me prend.

Peu importe. Je continue ma montée, toujours à quatre pattes, après avoir relevé les manches de ma chemise blanche pour ne pas les salir. Sait-on jamais !

J'arrive au premier étage complètement essoufflée, et il me faut une bonne minute pour reprendre ma respiration. Pourquoi ai-je décidé de monter, déjà ? Je tourne la tête comme pour trouver réponse à ma question et m'engage dans le couloir sans m'en rendre compte. J'ai l'impression d'être dans un bateau en pleine tempête, ça bouge encore et encore.

Dans un état second, je me retrouve vite à genoux devant la pièce interdite. Mon œil scrute par le trou de la serrure, comme si quelqu'un allait apparaître de l'autre côté. C'est drôle, non ? Toujours sous l'emprise de l'alcool, je suis saisie d'un fou rire incontrôlable et me mets à glisser sur le dos, jusqu'à me retrouver allongée sur le parquet. Je ris à m'en tordre les boyaux, sans aucune raison, sentant s'insinuer au coin de mes yeux deux larmes de crocodile.

Je ne sais pas combien de temps passe tandis que je bats des bras et des jambes pour tenter de me redresser, telle une tortue coincée sur le dos qui essaye de se retourner.

Les effets de l'alcool commencent à laisser ma vue en paix. J'en profite pour me concentrer et me remettre sur mes pattes. Je respire un grand coup, encore tremblante de mon accès d'hilarité, et tente de forcer la poignée.

La curiosité est un vilain défaut, je sais.

On dirait que le petit Jésus me punit lorsque je réalise qu'il est tout bonnement impossible d'ouvrir cette satanée porte. J'ai beau donner de légers coups de pied dedans, rien n'y fait. Un éclair de lucidité (ou de stupidité, appelez ça comme vous voulez) me traverse alors et je cours chercher une paire de ciseaux dans le bureau juste à côté.

Quand j'étais petite, je m'enfermais dans la salle de bains pendant des heures pour essayer le maquillage de maman, et elle finissait toujours par ouvrir la porte avec des ciseaux. Alors pourquoi ne pas piquer son idée des années plus tard ? Ne serait-elle pas fière de voir sa fille complètement saoule tenter d'entrer par effraction dans une pièce à l'aide de ciseaux ? Moi je crois que si.

J'écarte les deux lames de l'outil en métal et insère l'une d'elles dans le trou de serrure. Je tourne dans tous les sens avant de sentir l'ustensile rentrer complètement dans l'espace restreint. Je me redresse, regarde derrière mon épaule pour vérifier que personne n'est là et tourne une dernière fois la lame.

Un clic se fait entendre, me signalant que je suis venue à bout de la serrure. Une excitation sans précédent m'envahit et je pousse très vite la porte devant moi.

Un cri m'échappe toutefois dès que je découvre la chambre. *Ou du moins, ce qu'il en reste.* L'odeur de brûlé que j'avais sentie la veille était bien réelle. Elle envahit désormais mes sens. Ma respiration reste coupée face au spectacle macabre que j'ai devant les yeux.

C'est comme si la pièce avait entièrement pris feu et que personne n'y était venu depuis. Les murs sont noirs, le papier peint est en lambeaux sur le sol, les meubles sont en miettes. Et le tout me fait l'effet d'une douche froide ; il ne m'en fallait pas plus pour retrouver une grande partie de mes esprits.

J'avance tout doucement à travers les décombres, les bras en croix sur ma poitrine frissonnante. Je peine à reconnaître ce qui semble être un lit à baldaquin et une coiffeuse à moitié détruite. Il y a des cadres de photos vides au sol et des débris de verre près d'eux.

Est-ce que l'incendie qui a eu lieu ici était un acte criminel ? Est-ce que Stan en est l'auteur ? Est-ce que quelqu'un est mort ici ?

— Qu'est-ce que tu fous là ?

La question me parvient comme une décharge électrique. La voix qui la prononce irradie ma colonne verticale. Elle va jusqu'à me provoquer une douleur dans le haut de la nuque. Je me retourne au ralenti, les yeux exorbités de peur.

Stan se tient dans l'embrasure de la porte, le regard sombre. Sa mâchoire est si crispée que je sais immédiatement que je m'apprête à prendre un savon. Je crois qu'il ne m'a jamais autant effrayée.

— Fous le camp ! hurle-t-il à pleins poumons, me faisant trébucher sur moi-même. Dégage !

C'est drôle, je n'arrive plus à bouger tout d'un coup…

Devant mon immobilité, ses sourcils se froncent davantage et il franchit le seuil pour venir vers moi. Ses gestes sont pourtant très hésitants à mesure qu'il avance. Son regard reste fixé sur moi et ne dévie jamais sur la pièce qui nous entoure. Pensant qu'il s'apprête à me frapper, je ferme automatiquement les yeux et incline le visage sur le côté, pinçant les lèvres. Mais rien de tel ne se passe. Quand j'ouvre les yeux, il se tient à seulement quelques centimètres de mon visage, le souffle chaud et empreint d'alcool.

J'attends qu'il se mette à crier ou qu'il me prenne par le bras pour me faire sortir, mais encore une fois rien de tout cela n'arrive. Il me regarde avec un mélange de haine et de déception, cocktail Molotov inégalable. Je ne peux pas m'empêcher de me mordiller la lèvre inférieure, terrorisée.

Pourquoi ne parle-t-il pas ?

— Qu'est-ce qui s'est passé ici, Stan ?

Sa réponse ne viendra pas, je le sais. Il reste immobile, soutenant mon regard.

— Tu n'as rien à faire là, finit-il par cracher entre ses dents.

— Je voulais juste… Ma curiosité a…

— Tais-toi.

— Pardon ?

— Arrête de parler, Anna. Tu n'arranges pas ton cas.

Et *là*, il m'attrape par le poignet. Il me tire avec force vers la porte, la referme à clé et m'entraîne tout le long du couloir, avant de me jeter dans sa chambre. Il me force à m'asseoir sur le lit en me poussant et claque la porte derrière lui en y donnant un coup de pied brutal.

— Je vais être très clair et je ne vais pas me répéter, alors écoute-moi bien, menace-t-il en se positionnant face à moi. Ce que tu as vu dans cette pièce doit sortir de ta mémoire. Tu n'en parles à personne, surtout pas à moi, tu oublies, et surtout tu ne t'avises plus d'y remettre les pieds.

— Compte pas sur moi.

Oups. Les mots sont encore une fois sortis de ma bouche sans mon consentement, comme un joli dégueulis inattendu. Ils semblent l'étonner tout autant que moi.

— Qu'est-ce que tu as dit ?

— J'ai dit non. Il y a encore quelques heures, tu étais attentionné et gentil. Et là, le monstre sans cœur est de retour. Oui, j'ai vu la chambre que tu cachais. Et, oui, tu m'avais dit de ne pas y retourner. Mais ce qui est fait est fait. Alors, maintenant, explique-moi. Pour une fois, aie confiance et explique-moi ce qui se passe ici.

Il reste consterné, les lèvres entrouvertes et le souffle court. Ses yeux fixent toujours les miens, y cherchant la faille qui ébranlerait mon assurance. Mais je ne laisse rien paraître car j'en ai ma claque de tous ces mystères.

Il fait un pas de plus. *Il est si proche*. J'espère qu'il ne sent pas mon cœur battre à toute allure ; cela mettrait à bas le peu de dignité que j'essaye de conserver face à lui. Car, de là où il est, il me nargue, c'est évident.

— Si j'avais eu envie de te dire ce qui se passe ici, Anna, je l'aurais fait.

Je ne sais pas quoi dire après cela. Je ne sais pas quoi faire. Le goût de la vodka chatouille encore ma langue et je n'ai pas la force de crier. Mon Dieu, je ne voudrais même pas crier ! Car j'alerterais ainsi le reste du groupe. Et je ne veux pas qu'ils viennent. Je veux que Stan parle. Et le seul moyen pour obtenir qu'il me révèle la vérité est de le déstabiliser.

Dans un élan mal assuré, je viens poser ma main sur le bas de sa joue et il s'immobilise. Je compte trois petites secondes avant de laisser mon pouce voyager de sa mâchoire à son menton, sans jamais quitter son regard. Quand je sens que son attention m'appartient enfin, mon doigt glisse sur ses lèvres et je tremble. En exerçant une faible pression, je pousse légèrement sa lèvre inférieure vers le bas et j'inscris l'extrémité de mon pouce sur celle du dessus.

À ce stade-là, je ne sais pas lequel d'entre nous peine le plus à respirer. Mais cette action me permet de déceler sa propre faille. Je m'avance alors encore vers lui, ma bouche à exactement un centimètre de la sienne. Et mon visage s'incline brièvement pour pourvoir continuer à le dévisager, laissant nos deux mentons se rencontrer.

— « Parfois on s'interdit de faire ce qu'on a envie de faire pour que les autres comprennent qu'on en a envie. »

Et je recule aussitôt.

Je referme sur lui son propre piège.

Et ça marche.

Il a ce regard d'enfant, les yeux encore écarquillés, un trait d'incompréhension creusé sur le front. Une fraction de seconde, son visage s'est avancé vers le mien à l'instant où celui-ci s'écartait. Et désormais j'observe ce vide qui nous sépare, qui lui fait passer sa langue sur ses lèvres et chercher dans mes yeux la moindre explication. Il soupire finalement et détourne le regard, me faisant aussitôt regretter mon geste.

Je ne sais pas ce qu'il éprouve, mais en moi, à l'intérieur, tout explose. Les rôles se sont inversés. Il m'a enfin rendu ce que je lui avais confié quelques mois plus tôt : ma dignité.

Mon cœur en est tout retourné. Je viens de le prendre à son propre jeu et je l'ai vu craquer. Je l'ai vu redevenir le Stan que j'ai rencontré le premier soir, lorsqu'il m'a implorée de croire qu'il n'était pas ce qu'on prétendait qu'il était.

— C'est pour ça que tu veux tout savoir de moi, Anna ? sourit-il amèrement. Pour te venger de ce que je t'ai fait ?

Il n'est plus en colère, il est désemparé.

— C'est pour comprendre à qui j'ai affaire, plutôt. Comment est-ce que tu veux que j'aie confiance en toi, qu'on puisse devenir amis, si tu n'es que secrets et mensonges ? dis-je en m'avançant à nouveau, car le contact me manque déjà.

— Je ne t'ai jamais menti. Tout ce que je garde pour moi, c'est pour vous protéger. Pour te protéger, toi.

— Mais de quoi veux-tu me protéger, Stan ? Car, si c'est de toi-même, c'est peine perdue. Je ne te laisserai pas t'éloigner à nouveau.

— Tu ne sais pas de quoi je suis capable. Tu as vu ce que j'ai fait à *ton* Matt, tu étais là.

— Premièrement, ce n'est pas *mon* Matt. Et ensuite, je sais que tu es incapable de me blesser.

— Et à ton avis, pourquoi j'en suis incapable, Anna ?! lance-t-il en posant ses mains sur mon visage.

Mon cœur tambourine si fort dans ma poitrine que j'en ai mal. Je n'ai pas le souffle coupé, comme tout à l'heure, mais j'inspire et expire de plus en plus vite. Il me tient maintenant fermement entre ses mains. Il s'est avancé si vite que nos deux corps ont été projetés contre le mur. Rien d'autre ne compte autour de nous.

Sa chambre devient le théâtre de notre représentation. À cette exception près que nous n'avons pas d'audience. Nous sommes seuls, tous les deux. Et vulnérables.

— Donne-moi des réponses, pour une fois, l'imploré-je encore.

— Non. Je suis toujours en colère contre toi.

Avant que je ne puisse répondre, il vient coller son front brûlant contre le mien et ferme les yeux.

Il y a quelque chose qui pétille dans le bas de mon ventre, quelque chose qui tire jusqu'à mes pieds et qui paralyse mes mains. Ce quelque chose envoie valdinguer mon cœur de droite à gauche dans toute ma cage thoracique.

Je sais pertinemment que c'est mal. Je sais qu'il est avec Allison, que je suis avec Léo, qu'il est plongé dans un trafic de drogue et traîne un lourd passé derrière lui. Je sais qu'il existe encore un millier de secrets qu'il me cache. Je sais que son caractère est indomptable, qu'il est incertain. Je sais qu'il pourrait me briser, lui aussi. Je sais tout ça depuis le début, en réalité. Mais ce soir je m'en fiche. Ce soir, je me permets quelques secondes de liberté. Ce soir, je suis aussi lâche que mon père. J'en ai conscience et j'en ai envie. Après tout, je sais ce que je fais. Je suis avec Stan et j'ai confiance en lui. Peu importe où il m'emmène. Je crois que, ce soir, je le suivrais n'importe où.

Chapitre 38

STAN

Un tas d'idées perverses se bousculent dans ma tête.

Je voudrais l'embrasser. Là, tout de suite, maintenant, en la soulevant contre le mur, en tirant sur ses cheveux, en mordant sa lèvre, en plongeant dans son cou, en l'entendant murmurer mon nom. Je voudrais soulever sa robe, sentir sa chair sous mes ongles, l'entendre manquer de souffle, la voir perdre pied.

Mais je ne peux pas.

Pas maintenant, alors que mon haleine alcoolisée est un vrai repoussoir. Pas en cet instant, alors que je me retiens depuis des mois, alors que j'ai embrassé Allison. Pas comme ça, alors que n'importe qui pourrait nous voir, y compris mon meilleur pote.

Moi qui aime le risque, je ne me reconnais pas. *Elle est si proche.* Qui sait quand elle acceptera à nouveau de me laisser la toucher ainsi ?

Non, je ne peux pas lui faire ça. Je ne peux pas la pousser à tromper Léo ni tromper Allison. Elle finirait par le regretter. Et ce serait la pire chose qu'elle puisse me faire.

Je ne sais même pas si elle en a envie. Si elle le veut autant que moi. Si ce n'est pas l'alcool qui parle pour elle. Je ne sais rien et je me sens comme un con face à elle. Elle a réussi son coup. *Bravo, Anna.* C'est moi qui suis paumé, maintenant.

Quand j'ouvre à nouveau les yeux, je sais ce qu'elle se dit. Elle pense que je me défile ou, pire, que je n'ai pas envie d'elle. Elle pense que je regrette.

— Pourquoi es-tu si silencieux ?

— Parce que je ne sais pas quoi dire.

Elle me scrute en fronçant les sourcils et tente de se dérober.

— Non, pas dans ce sens-là ! dis-je en la rapprochant de moi à nouveau.

— Alors dans quel sens ?

Elle ose fixer ma bouche.

Et j'essaye de lui dire. J'essaye de former les mots qui lui expliqueraient tout. De mon caractère à mes actes. De ma froideur à ma réticence, jusqu'à mon envie brûlante de l'embrasser une bonne fois pour toutes.

Mais, à l'inverse, je me recule volontairement et glisse mes doigts de son visage à ses mains.

— Qu'est-ce que tu attends de moi, Anna ? Si tu espères que je me transforme en un gentil jumeau de Léo, ça n'arrivera pas. Je n'arrêterai pas le trafic pour toi. Je resterai exactement le même, en fait. Arrogant, agaçant, chiant au possible. Je ne me risquerai pas à changer, même si tu me le demandes.

— C'est exactement ce que je veux, Stan, dit-elle en dégageant ses mains des miennes. Je veux que tu arrêtes de passer pour un autre. Je veux que tu me fasses confiance, que tu me laisses percer ta carapace. Je ne cherche pas à te blesser... Je veux juste te comprendre.

Quand elle finit sa phrase, mes yeux font le yoyo entre son regard transperçant et ses lèvres. Nos mots sont à double sens et je reste un peu perdu. Est-ce qu'elle tente de défendre notre amitié ou cherche-t-elle, comme moi, à en avoir plus ?

Un baiser mettrait fin à tous nos doutes. Un baiser lui expliquerait mieux que des mots mes sentiments pour elle. Un baiser lui montrerait que je lui fais confiance.

Mais un baiser ne lui dirait pas ce qui s'est passé dans cette maison ou dans ma tête.

Alors je m'écarte d'elle à contrecœur et saisis le bas de mon T-shirt pour le retirer. Prise de court, elle détourne d'abord le regard, mais je lui attrape doucement le menton et l'oblige à me faire face.

— Regarde.

Je me retourne pour lui montrer mon dos nu et lui raconter mon histoire.

— Quand j'avais treize ans, un incendie a détruit la chambre de mes parents alors qu'ils y dormaient tous les deux.

Je marque une pause pour prendre une grande inspiration, puis, restant le dos tourné, je me lance :

— La fumée a d'abord réveillé ma mère, qui s'est empressée de me faire sortir de la maison. Je me souviens encore de ses cris... Mon père, lui, est resté pour tenter d'éteindre les flammes. Heureusement, le feu n'est pas allé au-delà de leur chambre et de cette partie-là du couloir. Je ne sais pas par quel miracle d'ailleurs, mais personne n'a été blessé. Après cet incident, mes parents n'ont pas arrêté de se disputer. Quelques mois plus tard, ils signaient les papiers du divorce.

Je pivote légèrement la tête pour voir si elle m'écoute toujours. C'est le cas.

— Ce que je ne savais pas à l'époque, c'est qu'il s'agissait d'un incendie criminel. Ce sont des gens, des personnes comme toi et moi, qui ont fait ça à ma famille... Tout ça à cause de mon père.

Ses doigts froids viennent alors se poser sur moi, retraçant les lignes imprimées à l'encre rouge sur ma peau. Je tente tant bien que mal de réprimer les frissons qui dévalent de mon échine.

— Mon père ne s'est pas fait que des amis pour parvenir à ce stade de sa carrière. En fait, s'il en est là, c'est avant tout parce qu'il s'est constitué un bon répertoire d'ennemis. La banque ne voulant pas lui prêter d'argent, il s'est tourné vers une bande de connards aux pratiques radicales qui ont endetté ma famille jusqu'au cou. Ce sont eux qui ont mis le feu à la chambre de mes parents. Cela tenait lieu de simple avertissement quant à ce qu'ils pouvaient faire si mon père ne les remboursait pas à temps… Mais mon père n'avait plus d'argent, tout était passé dans son entreprise.

Comme si Anna devinait ce que je m'apprête à lui dire, elle pose une main sur mon épaule et m'intime de me retourner pour que je la regarde.

— Ma mère n'a pas supporté la situation. Elle voulait partir et m'emmener avec elle… Mais mon père s'y est opposé. Faut que tu comprennes que ma mère n'est pas la méchante dans cette histoire, c'est juste qu'elle avait quelques soucis à cette époque, elle aussi… Elle buvait beaucoup, voyait d'autres hommes. Elle faisait tout pour s'écarter des menaces que subissait mon père… C'est donc le juge qui a tranché : je devrais rester avec mon père jusqu'à ma majorité.

Elle fronce les sourcils, mais ne m'interrompt pas.

— Elle est partie et je ne l'ai jamais revue depuis. Je reçois seulement des lettres, de temps à autre, où elle me parle d'elle, de sa famille, la mienne… Le pire, Anna, c'est qu'en grandissant j'ai appris que mon père avait refusé de rembourser ses dettes, et ce, malgré les menaces qui lui étaient faites. Il refusait parce qu'il n'en avait pas les moyens. *Du moins c'est ce qu'il disait.* Un jour, mon père a reçu une lettre que je lui ai subtilisée. Ceux qui l'avaient écrite disaient avoir retrouvé ma mère. Et ils menaçaient de s'en prendre à elle si mon père ne leur filait pas l'argent. Je savais qu'il n'allait rien faire, qu'il allait la laisser entre leurs mains aussi facilement qu'il l'avait laissée partir. Il fallait que j'agisse, tu comprends ? Je ne pouvais pas rester les bras croisés.

Cette fois, ses yeux s'écarquillent et elle pose une main sur sa bouche. Je poursuis :

— En troisième, j'ai acheté de quoi me défoncer à un mec qu'on appelait James dans le quartier. On a beaucoup discuté ce jour-là.

Je me suis dit que ce gars avait tout compris. Plus tard, à dix-sept ans, lorsque les Radicaux qui en voulaient à mon père se sont mis à multiplier les menaces, je suis retourné le voir et je lui ai dit que je comptais créer mon propre business. Je lui ai demandé son aide. J'espérais toucher un maximum d'argent.

Je détourne le regard, incapable d'affronter plus longtemps le jugement que je peux lire dans le sien.

— Au début, James a refusé de me fournir, de peur que son propre commerce ne soit menacé. Alors on a passé un marché. Je lui achète seulement de la drogue dure, chose que lui-même n'arrive pas à vendre, et je la refourgue deux fois plus cher que son prix initial. Comment je m'y prends ? Au début, comme tous les autres : je vais dans la rue, à mes risques et périls. Après quoi, je divise les recettes en deux parts, une pour James et une pour moi. Et tout le monde est content. Je comptais ainsi amasser une bonne somme d'argent très vite pour rembourser ce que mon père devait. Je pensais devenir millionnaire en un mois et pouvoir sauver ma famille… Clairement, j'avais vu trop de films.

Anna croise alors les bras sur sa poitrine, et ça me donne l'impression qu'elle cherche à se protéger de moi…

— La vérité, c'est que les dettes de mon père s'élevaient bien au-delà de ce que j'imaginais. J'ai alors tenté de contacter les mecs qui lui en voulaient. Je leur ai promis de leur rendre leur argent intégralement au nom de mon père s'ils me laissaient du temps. Ils m'ont menacé de représailles bien plus graves si je ne respectais pas le deal, mais j'étais persuadé que j'y arriverais. Quand j'ai compris, trop tard malheureusement, que j'aurais besoin de bien plus de temps, j'ai paniqué. J'étais tout seul, je n'avançais pas, je ne vendais rien.

— Alors tu as demandé à Léo de t'aider, suppose-t-elle en hochant la tête.

— Oui. Je savais que je pouvais compter sur lui aveuglément. Je lui ai juste dit que ma famille avait des dettes que j'essayais de régler en dealant. Rien de plus. Je ne voulais pas l'inquiéter davantage. Il s'est d'abord énervé. Il ne voulait plus me parler. Ça a duré deux mois… Et puis il a changé d'avis, je ne sais pas pourquoi… À nous deux, nous avons convaincu Chris et Nathan de nous aider. Ils étaient toujours fourrés ensemble et une rumeur traînait comme quoi Chris avait déjà dealé. Ils ont tout de suite accepté, à condition de pouvoir taper dans la caisse une fois de temps en temps. Une sorte de routine s'est installée et Naomi nous a rejoints. À partir de là, je me suis mis à organiser des soirées chez moi afin d'attirer le plus de clients, Chris et Nathan se chargeant de vendre la drogue, Léo de tout surveiller. Et ça a marché…

Anna est partie s'asseoir sur le lit, s'éloignant de moi. Les bras toujours croisés sur la poitrine, elle me fixe droit dans les yeux.

Peut-être attend-elle une conclusion heureuse à tout ce merdier. *Comme s'il y en avait une…*

— Tu te demandes sûrement pourquoi je me suis mis torse nu… C'était pour te montrer ça, dis-je en désignant mon dos. Je me suis fait tatouer le jour de mes dix-huit ans. Pour me rappeler de quoi ils sont capables, pour ne jamais oublier pourquoi je fais ce trafic. Et pour ne pas oublier qui je suis.

Elle baisse les yeux sur ses genoux maintenant, décroisant ses bras et frottant nerveusement ses mains sur son jean.

— Léo m'a dit que le trafic serait bientôt fini. Est-ce que ça signifie que tu as réussi à rembourser entièrement la dette ?

— James a trouvé un produit extrêmement rare et très demandé. On l'appelle la drogue Superman parce qu'elle est bleue et marquée d'un S. Cette drogue est tellement nocive qu'on n'en parle même pas dans les journaux télévisés, de peur d'attiser la curiosité et d'inciter à la consommer. Avec ça, nous arrivons enfin au terme du remboursement. Nous aurions pu le régler plus tôt si nous n'avions pas connu un contretemps.

— Quel genre de contretemps ?

— Un contretemps dans ton genre.

Je passe une main sur ma nuque, légèrement mal à l'aise.

— Le soir de mon anniversaire, on devait effectuer une transaction. La police grouillant dans les rues, nous avons décidé qu'elle aurait lieu directement chez moi, d'où la grosse fête organisée à la dernière minute. C'était un moyen de noyer le poisson. James était là. C'était très risqué de notre part et…

— Et quoi ? s'impatiente-t-elle.

— Je t'ai rencontrée. Quand j'ai vu dans quel état était Allison, j'ai pas réfléchi, je me suis dit que je devais t'aider. James ne nous a donc rien filé ce soir-là. Il est reparti avant que je revienne chez moi. J'ai interprété ça comme le signe qu'il fallait faire une pause. Nous n'avions plus de menaces depuis plusieurs mois et je pensais pouvoir arrêter tout ça. Mais j'ai gardé cette décision pour moi.

— Puis Naomi s'est fait agresser… dit-elle en réalisant que toutes les pièces du puzzle s'assemblent enfin.

— Terrible piqûre de rappel, n'est-ce pas ? Et ils ont décidé de taper fort en utilisant à nouveau le feu comme arme. J'étais hors de moi. Et Naomi m'en voulait. J'ai donc avoué à Léo la pause que j'avais décidé de prendre et qui était la cause de ces représailles. J'ai ensuite accéléré le processus et organisé la soirée sur le thème du casino. Des billets circulaient, ainsi que des faux, tout ça pour dissimuler nos actions. James était présent et attendait son dû. Mais mon père a débarqué sans prévenir et j'ai paniqué. La suite, tu la connais.

Elle continue de regarder par terre, l'air frustré, comme si elle enregistrait avec un léger retard tout ce que je viens de lui raconter.

— Ton père n'est pas au courant ?

— Non. À mon avis, il pense que les mecs qui lui en veulent, les « Rad », comme on les appelle, ont tourné la page. S'il apprenait ce que nous faisons, il tenterait sans doute de s'y opposer.

— Pourquoi n'avez-vous pas prévenu la police dès le début ?

— Et qu'est-ce qu'on aurait dit ? Que mon père a longtemps blanchi de l'argent pour le compte de ces mecs et qu'il s'attend à ce que l'État vienne à son aide, qu'il le protège financièrement ?

— Mais penses-tu sincèrement qu'ils vont arrêter de s'en prendre à vous une fois que vous les aurez remboursés ? Qui te dit qu'ils ne vont pas continuer indéfiniment à vous courir après ?

— Rien. Je sais très bien que nous nous balançons sans filet au-dessus du vide, Anna. Mais c'est notre meilleure carte. Il ne nous manque presque rien pour qu'ils nous laissent tranquilles. Pour que ma mère soit protégée. Après ça, je m'en irai. Je disparaîtrai de cette ville et je ficherai la paix à Léo, Chris, Nathan, Naomi et vous tous. Je te le promets.

Elle secoue vivement la tête, se relève et vient vers moi.

— C'est là que je ne te suis plus, Stan. Pourquoi vouloir partir et tout abandonner derrière toi ?

— Il y a toujours l'éventualité qu'ils tentent de s'en prendre à moi. Je ne veux plus faire courir de risques à personne.

— Et moi dans tout ça ? demande-t-elle en haussant le ton. Qu'est-ce que tu fais de moi ? D'Allison ? De toutes ces choses contradictoires que tu nous dis à toutes les deux, auxquelles tu nous fais croire ?

Je ferme les yeux un instant.

Pourquoi les choses les plus simples sont-elles les plus difficiles à dire ? Je viens de lui révéler tout ce que je gardais caché jusque-là, de mon passé jusqu'à mon avenir incertain, elle sait tout.

Mais, au fond, ce n'est pas réellement ça qu'elle voulait savoir. Et ce n'est pas réellement ça que je voulais lui dire…

— Il y a des choses… Je ne peux pas, Anna.

Elle s'avance un peu plus et pose ses mains sur mon visage avec douceur. Elle m'implore avec le bleu pénétrant de ses yeux, avec ses cheveux d'ange qui lui tombent à moitié sur le visage, avec ses lèvres roses qui attisent ma convoitise…

— Si tu es capable de toutes ces choses que tu m'as racontées… alors tu es bien capable de ça, Stan.

Je savoure ce moment pour poser mon regard là où je ne devrais pas. Sa poitrine palpitante s'offre à moi, mais c'est son cou qui m'attire tout particulièrement. C'est là que je voudrais poser mes lèvres en premier, *avant de la dévorer entièrement.*

Depuis le premier jour, elle me fait cet effet-là. Et, depuis le premier jour, je me bats contre de vieux démons. Depuis le premier jour, je lui mens, je l'éloigne, je la balade, simplement pour ne pas blesser son cœur, pour ne pas heurter ce petit cœur que je sais fragile, qui bat à quelques centimètres du mien, juste là. Parce que, si je me refuse à prendre son cœur, elle ignore que le mien lui appartient déjà. Il lui appartient depuis que je l'ai vue danser au Grand Bleu, complètement éméchée. Il lui est même entièrement soumis depuis qu'elle est arrivée dans mon salon avec cette robe rouge à la limite de la provocation, depuis qu'elle a accepté de dormir près de moi, avec cette même robe, mes yeux errant sur la courbe de ses hanches tandis qu'elle dormait. Depuis des mois, elle possède mon cœur tandis que je ne fais que rêver de posséder le sien.

Sur ces pensées, la porte s'ouvre avec fracas derrière nous et fait sursauter Anna.

— Oh.

Sasha, encore elle, bien sûr, nous regarde d'un œil mauvais en entrant dans la chambre sans y avoir été invitée. Elle s'empresse de fermer la porte derrière elle et croise les bras maladroitement.

Me détachant d'Anna, j'attrape mon T-shirt laissé sur le sol et l'enfile à toute vitesse.

— Non, non, j'vous en prie, ne vous arrêtez pas pour moi, sourit la brune sournoisement.

— C'est pas…

— « C'est pas ce que tu crois », c'est ça ? dit-elle en coupant Anna. Je serais curieuse de savoir ce que c'est, alors.

— Nous étions en train de parler.

— Et il enlève souvent son T-shirt pour te parler, lui ?

— Sasha…

— Ne vous inquiétez pas, je m'en vais, fait-elle en rouvrant la porte. J'tiens juste à vous dire qu'on n'a plus d'alcool en bas. Et c'est pas cool. Et aussi que je pense que vous ne devriez pas faire ça… Ni Allie ni Léo ne le méritent. Et je ne suis même pas sûre que vous le méritiez vous-mêmes.

Sur ce, elle tire sa révérence et claque la porte derrière elle en hoquetant. *C'était juste ce qu'il nous manquait, tiens.*

Une minute de silence s'étire entre Anna et moi. Une minute de flottement désagréable qui signe la fin de notre temps de parole, mais également de notre rapprochement. Je la regarde toujours, mais elle évite de me faire face désormais. Il y a quelques secondes encore, j'aurais pu l'embrasser. Et maintenant nous reprenons nos distances.

— Je crois qu'il vaudrait mieux qu'on redescende nous aussi, murmure-t-elle en évitant mon regard.

Quand elle s'avance pour sortir, je la retiens par le bras et la tire un peu vers moi.

— Tu dois me promettre de ne rien dire. À personne.

— Je ne dirai rien, je te le promets.

Je ne sais pas quoi faire. Est-ce que je dois l'embrasser ou me retenir alors que j'en meurs d'envie ?

Son regard rencontre le mien très brièvement avant de se diriger vers le sol. Elle m'évite encore. Et ça fait mal. Je la lâche alors, puisqu'elle semble résolue à descendre. Pourtant elle hésite et se retourne une dernière fois vers moi.

— Stan ?

— Oui ?

Demande-moi de t'embrasser.

Demande-moi de te garder avec moi dans cette chambre.

Demande-moi de te serrer dans mes bras.

Demande-moi de te retenir.

— Pourquoi est-ce que tu es avec Allison ?

Ce n'est pas la question à laquelle je m'attendais. Je tente alors de formuler un premier mensonge. Comme si j'espérais reprendre le dessus après notre échange. Mais comment lui mentir après lui avoir tout avoué ?

Je ne peux pas faire ça.

Alors, je dis la vérité. Une vérité pure et dure, profonde, gardée secrète jusque-là. Une vérité que seule elle peut comprendre désormais.

— Pour que tu t'interdises d'être avec moi.

Chapitre 39

ALLIE

— Oh merde ! Les serviettes !

Je me redresse d'un coup, l'esprit toujours noyé dans les centilitres d'alcool ingurgités. Mes cheveux me collent au crâne, m'indiquant qu'il me faudra un nouveau shampoing, et vite. Et puis mon haleine…

Je plie le bras pour me hisser sur mes jambes. Oh, oh. J'avais oublié que je devais faire face aux quinze centimètres de talons sous mes pieds endoloris. Je lâche un hoquet imperceptible, presque un rot, que je tente de cacher avec ma main. Mais c'est trop tard, il est sorti et montre bien que j'ai dépassé les limites d'une consommation raisonnable.

J'agite mes poignets par habitude, alors que je ne porte aucun bracelet, avant d'aller secouer le corps endormi de Léo. Il est le seul encore présent dans la pièce. Il s'est écroulé après un ultime shot de tequila et une défaite au Uno et est étendu à même le sol, ronflant la bouche ouverte.

— Léo, les serviettes, dehors !

Rien n'y fait. Je me redresse et tente une attaque du talon, enfonçant la pointe juste au-dessus de sa côte droite. Le coup est fatal.

Il se met sur les coudes aussi sec, marmonnant des mots qui n'ont aucun sens. Je le regarde patiemment s'adapter à la lumière de la pièce avant de tirer sur sa manche.

— Les serviettes vont être trempées, viens m'aider, s'te plaît !

Sans attendre sa réponse, je cours comme une dératée à l'extérieur de la maison. Je galère clairement une fois arrivée sur le petit chemin d'herbe qui me sépare de là où sont étendus les serviettes et le linge. Il s'agit de courir en plantant mes talons dans de la terre transformée en boue par la pluie. Celle-ci a bien sûr décidé de repointer le bout de son nez à 3 heures du matin !

— Occupe-toi du linge, je m'occupe des coussins et du reste, me lance Léo en me rejoignant sous la pluie.

Il est vite trempé. Alors que je m'apprête à me moquer de son apparence – bien que la mienne ne doive pas être plus glorieuse –, je me ravise en le voyant s'activer pour m'aider.

C'est vrai que, malgré l'heure, la farandole de bouteilles descendues et le torrent d'eau glaciale, l'observer est plutôt agréable. Même s'il est à l'opposé de mon genre d'homme, et donc pile le genre qu'apprécie ma meilleure amie, il reste très attirant.

— Bah alors, tu fais quoi ?!

Ah oui, c'est vrai.

J'ôte les pinces à une vitesse folle et je les envoie valdinguer par terre avant de prendre le linge mouillé sur l'épaule. Quand il pleut ici, ça ne rigole pas du tout.

Et, bien sûr, personne n'est là pour nous aider ! Stan et Anna sont partis se coucher il y a déjà des heures et Daniel et Sasha étaient absents à mon réveil… C'est à moi, la personne la moins habile du monde, de ramasser le linge de la communauté avec un pauvre Léo que j'ai réveillé dès son début de nuit.

Une fois la tâche terminée, je cours derrière lui me mettre à l'abri sous l'auvent à l'entrée de la maison. Mes escarpins sont couverts de boue et je traîne sur moi des litres d'eau.

— Si on entre maintenant, on va tout salir ! hurlé-je pour couvrir le bruit de la pluie.

— Ouais, je sais… On peut aller poser le linge à la cave, je sais où est la clé !

Je hoche la tête et le suis. Nous nous prenons des torrents d'eau à mesure que l'on avance. Léo aussi est trempé, il secoue ses cheveux vivement en m'indiquant le chemin.

Soudain, il s'arrête devant moi et cherche à tâtons sur le mur à nos côtés, avant de récupérer une petite clé rouillée. Nous nous engouffrons ensuite dans le petit escalier qui mène à une porte qu'ouvre Léo.

Une fois celle-ci refermée, la pluie est assourdie et un silence presque complet tombe sur nous. L'endroit, éclairé par un soupirail, est assez sombre. L'odeur, ici, est très singulière. On y sent à plein nez des effluves de vin alors qu'aucune bouteille ne semble se trouver là. Léo appuie sur un interrupteur et nous y voyons tout de suite plus clair. Aussitôt, je pose le linge à même le sol et frotte vigoureusement mes bras frissonnants. Me voyant tremblante, Léo plaque son bras sur mon dos pour le frictionner.

— Tu sais qu'il n'y a rien qui réchauffe plus que la chaleur humaine ? me dit-il en riant. Nous serions deux soleils à nous tout seuls.

Sans trop réfléchir, je me retourne et je me jette dans ses bras, me pressant contre lui pour diffuser un maximum de chaleur entre nous. D'abord un peu surpris, il hésite avant de m'étreindre en retour.

Mais la température ne monte pas beaucoup. Son gros pull gris est trempé et n'assèche en rien mes mains.

— Tu veux pas retirer ton pull ? À lui seul, il pourrait nous noyer tous les deux !

Il rit à ma blague mais hésite encore. Je lui désigne alors du menton toute l'eau qui en dégouline, formant une flaque à ses pieds. Il se résigne, l'enlève très vite et se retrouve torse nu dans mes bras.

Bon, j'avoue que cette image peut paraître un peu inconvenante à quiconque rentrerait dans la cave à ce moment-là. Mais le froid qui m'envahit m'incite à serrer davantage Léo contre moi. Et je ne regrette absolument pas mon idée géniale. Je me sens très vite beaucoup mieux.

Après quelques minutes, nous restons simplement dans les bras l'un de l'autre, sans plus se frotter, simplement figés par ce qui reste du froid. Comme je suis plus petite que lui, c'est très agréable de poser mon visage contre son torse. C'est comme un gros oreiller douillet sous ma joue.

— Ça va mieux ? murmure-t-il.

— Beaucoup mieux !

Il se recule alors et me lâche mollement, comme à regret.

— Tu penses qu'on en a pour combien de temps avant que la pluie cesse ? demandé-je en recommençant à me frictionner les bras.

— Aucune idée. Ça peut très bien durer dix minutes comme une heure.

— Chouette. Remarque, je n'ai jamais été enfermée dans une cave, saoule, avec un garçon torse nu.

— Il faut une première fois à tout, rit-il.

— C'est ce que je dis à Stan quand je veux tenter de nouveaux trucs au lit. Avec cet argument, il ne peut pas me dire non !

Alors que je pars dans un fou rire, Léo baisse les yeux et se racle la gorge.

— Quoi ? J'ai dit quelque chose qui te met mal à l'aise ? Tu préfères ne pas savoir ce qu'on fait au lit, c'est ça ?

— Non, non, c'est pas ça. Enfin si, un peu…

— C'est quoi alors ? Je suis sûre qu'Anna a aussi son lot de phrases cultes pendant les câlins.

Il baisse les yeux.

— Elle ne t'en parle jamais… de nous deux, je veux dire ? me demande-t-il, un peu penaud.

— Pas ces derniers temps, non… Mais, si tu veux m'en parler, n'hésite pas. On n'a rien d'autre à faire, de toute façon.

Pour l'inciter à la confidence, je m'assois par terre en tailleur et l'invite à faire de même. Une fois qu'il m'a rejointe, je m'approche un peu de lui et pose ma tête dans le creux de ma main.

— Je me dis que, si je t'en parle, je ne trahis pas Anna puisque tu es sa meilleure amie, pas vrai ?

— Mais oui. Vas-y, dis-moi tout, ça ne sortira pas de ces quatre murs. Parole d'honneur.

— OK. Alors voilà – il se tortille dans tous les sens, comme un gosse –, avec Anna, ça va pas trop ces derniers jours. J'ai le sentiment qu'elle en veut au monde entier.

Ça, mon pote, j'avais remarqué…

— Comme si je n'étais plus suffisant pour elle. Enfin… elle ne m'avait jamais dit « Je t'aime » jusqu'à tout à l'heure.

— Et toi, tu le lui avais dit ?

— Je le lui dis sans arrêt ! C'est ça, le problème. Je lui montre constamment que je l'aime, mais elle ne fait rien.

— Tu sais, commencé-je en soupirant, la seule relation qu'a eue Anna ne lui a pas vraiment servi d'exemple. On l'a manipulée, trompée, humiliée… C'est normal qu'elle se montre réticente.

— Oui, mais comment je peux savoir si ses sentiments sont sincères s'il n'y a plus aucune intimité entre nous ?

— Quand vous êtes tous les deux… enfin je veux dire… euh… au lit, elle est satisfaite ou non ?

— Clairement, non.

Oups ! Je sens que je m'aventure sur un terrain glissant, là.

— Et… ça vient d'elle ou de toi ?

Il fronce les sourcils.

— Je ne pense pas que ça vienne de moi.

Ça a le mérite d'être clair.

— La seule solution, c'est de lui en parler. Il faut savoir ce qu'elle aime, ce qu'elle aime moins, voir ce qui la dérange. Peut-être que tu crois que c'est elle le problème quand en réalité c'est toi.

— Ouais, j'ai essayé de lui parler, mais elle se ferme. Parfois, j'ai l'impression qu'elle se confie davantage à Stan qu'elle ne me parle à moi...

Je ne peux m'empêcher de rire en levant les yeux au ciel quand il me dit ça.

— Quoi ?

— Oh, rien.

— Si, je vois bien à ton rire que tu as quelque chose à dire.

— J'ai juste appris à me faire à l'idée que Stan et Anna étaient plus proches qu'ils ne le laissaient paraître.

— Comment ça ? insiste-t-il en se rapprochant davantage.

— Ben, ouvre les yeux. Stan et Anna, malgré leurs disputes multiples, sont bien plus complémentaires qu'on ne le sera jamais avec eux.

— Qu'est-ce que tu essayes de me dire ?

— Rien de plus que ça. Au début, moi aussi, ça m'énervait. Mais après je me suis convaincue que je n'avais rien à craindre. Stan m'a choisie moi quand il pouvait la choisir elle. Et elle t'a choisi toi quand elle pouvait le choisir lui. Qui sait, si ça se trouve, nous sommes encore plus complémentaires qu'eux deux... Ce que je veux dire, c'est qu'ils s'entendent à des niveaux qu'on ne comprendra jamais. Faut s'y faire.

Quand je finis ma phrase, le silence nous envahit à nouveau. Mais, cette fois, il est complet car la pluie a cessé. Nous nous redressons alors tous les deux et nous observons étrangement.

Je sais qu'il réfléchit à mes paroles. Mais je pensais que c'était évident pour tout le monde. Enfin, je veux dire, Stan n'est pas discret et, même si Anna le cache mieux que lui, ça reste plutôt visible.

En même temps, j'ai le sentiment qu'il y a quelque chose de très spécial chez Léo. Quelque chose qui le rend peut-être un peu naïf, un peu vulnérable. *Et il a un regard très doux…*

Peut-être qu'il a simplement besoin d'un coup de pouce, d'un petit regain de confiance.

Je décide de mettre ça sur le dos de l'alcool, de la fatigue, mais aussi sur le fait que nous sommes enfermés dans cet espace restreint pour m'avancer très rapidement vers lui. Je lève le visage et m'approche encore pour faire ce qu'il semble me demander implicitement.

Mais il tourne la tête.

— Euh, houlà. Pardon. Désolé, dit-il, très gêné.

— Non, non, c'est moi… Je pensais que tu en avais envie.

— Ne te méprends pas, je te trouve très jolie et très bien… Mais j'aime Anna. Je l'aime vraiment. Et tu devrais aimer Stan, peu importe qui est complémentaire de qui. Moi, je ne peux pas changer mes sentiments.

— Je comprends, ce n'était pas… Enfin… On devrait peut-être y aller, maintenant qu'il ne pleut plus.

Il se contente d'acquiescer et se précipite vers la porte, son pull trempé sous le bras, laissant au sol le tas de linge.

Bon, ce qui est sûr, c'est qu'il aime Anna, alors le problème ne vient pas de là.

Je sors à mon tour et tente d'oublier ce petit épisode maladroit de ma part. Je ne sais pas pourquoi j'ai fait ça. C'est vrai, quoi, je n'ai jamais trompé Stan et je n'ai jamais voulu le faire. Même quand je le soupçonnais d'avoir des sentiments pour Anna…

… même si j'en suis toujours et en serai sans doute éternellement jalouse.

J'aurais aimé ça, dans une autre vie, avoir le gentil garçon. J'aurais aimé ça, ouais, qu'on m'aime vraiment comme Léo aime Anna. Ou qu'on soit tendre et patient avec moi, comme il l'est lui. Après tout, ce n'est pas de sa faute à lui si Anna n'est pas folle du sexe. Il faut bien qu'elle ait un défaut.

Quand je rentre dans la maison, en prenant soin d'enlever mes escarpins, Léo est déjà monté se coucher. Mais je ne suis pas fatiguée, pas après cette douche froide. *Et je parle bien de la pluie…*

Peut-être que Dani aura envie de discuter. Il est toujours partant pour me donner des grandes leçons de vie, celui-là. Je défais donc mes chaussures, grimpe l'escalier en me soutenant au mur et j'atteins en deux temps trois mouvements l'étage. Sa chambre est sur la gauche, je crois. Je manque de trébucher quelques fois dans le couloir, je l'avoue. L'alcool me fait tanguer et, quand je repère sa porte, je suis tout de suite plus rassurée. Je tourne la poignée et…

— OH MON DIEU !

— Allison, dégage !!

La vision d'horreur m'assomme et je tombe pour de bon cette fois. Je n'ai pas vraiment le temps de ramasser mes esprits jetés à la volée. Car là, sous mes yeux, devant moi, dans la chambre, dans le lit, Daniel, mon frère, et Sasha… *Sasha !!*

— Sors de là ! gronde mon frère.

Sa voix stridente est mêlée aux gémissements de mon amie… de *MON* amie ! La tête me tourne. Depuis quand est-ce que… Et pourquoi… ? Je déguerpis plus vite que la lumière et cours me réfugier dans la chambre de Stan. Je ne viens pas de voir ça, c'est pas possible. Beurk, saleté, yark !

Moi qui pensais qu'il en pinçait pour Anna, lui aussi. Et moi qui pensais que Sasha n'aurait pas de relation avant ses trente ans… C'est le monde à l'envers, le ciel qui s'effondre sur ma tête. Je n'avais jamais vu mon frère… Et alors, maintenant que j'ai bien l'image en tête, je ne vous raconte pas. Quelle horreur, ils auraient pu prévenir, dire quelque chose, quoi. Mettre un écriteau « On baise » sur la porte. Cette vision répugnante aurait pu m'être épargnée, bon sang.

C'est encore pire que de voir ses parents à l'œuvre ; ce genre de truc ne devrait même pas être possible. C'est en frémissant encore de cette vision cauchemardesque que je réalise le silence qui règne dans la pièce et par conséquence l'absence de Stan. Devant moi, le lit est vide. Il n'est pas couché. Ou, du moins, pas couché ici.

Il ne manquerait plus que ça.

Je sors de la chambre, déjà bien remontée, et me dirige vers celle de Léo et Anna. Ou de Stan et Anna, je ne sais pas encore. Je ne me gêne même pas pour toquer et ouvre la porte en grand, tout de suite frappée par le noir complet. En ajustant ma vision, je remarque cependant ma meilleure amie et Léo couchés dans le lit.

Merde. Où est passé l'autre con ?

Je sors de cette troisième chambre et avance dans le couloir en direction de la salle de bains commune, quand j'entends sa voix. Elle provient du bureau de son père, mais elle reste discrète, presque chuchotée.

« Je sais, je suis désolé… Non, pas la peine, c'est à toi que je veux parler… J'arrive pas à dormir… Je voulais te rappeler depuis un moment déjà, mais je n'ai jamais eu l'occasion… J'ai beaucoup pensé à toi, tu sais… Oui, j'aimerais bien, seulement je ne peux rien te promettre, je t'ai déjà dit que c'était compliqué… C'était un bâillement, ça ? Va te coucher, je rappellerai un autre jour… Oui, je te le promets… Toi aussi… Bonne nuit. »

J'avance et ouvre immédiatement la porte pour me retrouver face à lui. Il a les yeux fatigués et brillants, les cheveux complètement en vrac, et il porte toujours ses vêtements de la journée.

— Qui c'était ?

— Ça ne te regarde pas.

Il semble en colère.

— Qui c'était, Stan ?!

— Quelle partie de « Ça ne te regarde pas » ne comprends-tu pas ? me dit-il froidement en passant à côté de moi.

Je tente d'attraper son bras, mais il m'esquive et quitte la pièce. Alors je fais ce que je sais faire de mieux, je lui cours après.

— Un seul mensonge ou secret de plus et…

— Et quoi ?! hurle-t-il en se retournant, sans égard pour tous les dormeurs de la maison.

Il me regarde avec des yeux pleins de colère, ceux qui me font toujours peur, ceux qu'il a montrés face à Matt, ceux qu'il me montre à moi, pour que je la ferme.

— Et c'est fini, dis-je en tremblant.

Des larmes me brûlent déjà la vision. Mais l'alcool me donne ce regain de force qui me manque habituellement.

Derrière Stan, je vois Léo sortir de sa chambre en se frottant les yeux. Il reste à distance, prêt à intervenir, mais je lui fais un signe de la tête pour le rassurer.

— Ce soir n'est pas le bon soir pour m'énerver, Allison.

— Ce n'est jamais le bon soir pour ça, Stanislas ! dis-je en hurlant à mon tour. Et depuis quand c'est toi qui décides ? Si j'ai envie de t'énerver, alors je t'énerve, OK ? Qui était-ce au téléphone ?

— Qui crois-tu être ? me demande-t-il en pouffant, brisant net tout mon courage.

Je reste muette face à sa repartie et décide que j'en ai assez. S'il veut se battre, moi je jette les armes. Je le contourne et me précipite dans l'escalier, dépassant Léo sur mon chemin. Je dévale les marches et me précipite dans un des canapés, où je me réfugie, et laisse couler toutes les larmes que je retenais.

L'alcool, les sentiments, les vacances, Stan et toute cette fichue maison ne feront jamais bon ménage. J'en ai par-dessus la tête qu'il m'utilise comme un pantin quand bon lui semble. Qu'il aille voir ailleurs – il n'attend que ça, de toute manière.

— Allie ? Allie, regarde-moi, s'il te plaît, me dit une voix quelques minutes plus tard.

J'aimerais que ce soit Stan.

— Allie, sèche tes larmes, il ne le pensait pas.

Mais ce n'est pas lui. Et ce n'est plus lui que j'ai envie de voir de toute façon, ce n'est plus lui que j'ai envie d'excuser, ce n'est plus lui que je veux supporter.

Je me retourne alors. Je suis secouée de soubresauts, j'ai le nez qui coule et la nuque encore humide de la pluie. En face de moi, pourtant, les deux yeux bleus qui me regardent sont pleins de tendresse. Ils sont rassurants, ils sont ceux que je voudrais pouvoir trouver tous les jours, ceux que je voudrais pour moi et rien que pour moi.

Alors je le fais. Je le fais sur un coup de tête : je me redresse, j'attrape l'encolure du T-shirt qu'il a enfilé et je l'embrasse.

Chapitre 40

LÉO

Allison n'est plus là. Partie, envolée, disparue. Stan m'a annoncé ce matin qu'elle avait pris un taxi dès la première heure pour rentrer chez elle.

J'ai encore du mal à y croire.

Alors que je ressasse les événements de la veille dans mon esprit, Anna descend l'escalier, une chemise de nuit sur le dos. Elle n'a rien dit depuis que je lui ai annoncé la nouvelle. Le regard inquiet, elle se met à observer les dégâts de notre petite fête : bouteilles vides, jeux de cartes éparpillés, taches de vin… Tout y est.

Tout, si ce n'est sa meilleure amie.

— C'est la merde, me glisse Stan, appuyé contre le dossier du canapé, près de moi.

— C'est sûr.

— Je voulais te demander… Il s'est passé quelque chose cette nuit avec Allie ? Enfin, je veux dire, après notre dispute ?

Je détourne le regard afin qu'il ne puisse pas y lire tous mes remords et j'aperçois ma petite amie en train de remonter l'escalier.

— Euh… non, rien. Elle était juste fatiguée.

Il hoche la tête et passe une main sur sa nuque. C'est son tic depuis le collège. Chaque fois qu'il est stressé ou sur le point de mentir, il fait ça.

— Et Anna… comment elle l'a pris ? demande-t-il en suivant mon regard.

— Pas très bien. Allie ne lui a donné aucune nouvelle non plus.

— Je vois…

Alors qu'il se frotte maintenant vigoureusement la nuque, des flashs de la soirée me reviennent. Je n'attends pas une seconde de plus pour partir à la suite de la jolie blonde. Je la trouve assise sur le bord de notre lit, exactement comme elle l'était hier quand nous nous sommes disputés. Ses doigts s'agrippent nerveusement à la couette.

— Toc, toc, dis-je, comme un con en entrant. Est-ce que ça va ?

— Pas vraiment, répond-elle sans quitter des yeux la fenêtre donnant sur le lac.

— Tu veux en parler ?

Je m'assois derrière elle et pose le menton sur son épaule. Quand je la touche, elle a un mouvement de recul très bref avant de finalement se détendre.

— Je n'arrive pas à comprendre pourquoi elle est partie sans prévenir… Et j'ai peur que ce ne soit de ma faute.

Je glisse mes bras sur son ventre pour la rapprocher un peu plus.

— Pourquoi tu penses ça ?

— Je sais pas… C'est juste… Elle a dit quelque chose quand je suis montée me coucher, hier soir ?

— Non.

Je veux m'arrêter là, mais les mots sortent tout seuls :

— Stan est monté aussi, un peu après toi… Vous avez discuté ?

Je sens son corps se crisper sous mes bras, alors qu'elle fait non de la tête.

— Il me semble qu'il est directement allé se coucher.

Et il me semble que tu es une très mauvaise menteuse.

Peu de temps après qu'ils se sont tous les deux rendus au premier, des bribes d'une vive discussion ont résonné jusqu'à nous sans qu'on en comprenne toutefois le sens. Sasha s'est donc proposée pour aller voir ce qu'il en était et est revenue en nous disant que Stan et Anna s'étaient disputés un petit moment dans le couloir avant que chacun regagne sa chambre.

— OK, réponds-je pourtant à Anna.

Je ne veux pas savoir pourquoi ils se sont fâchés. Mais cela me fait penser que je ne suis peut-être pas le seul responsable du départ d'Allison, finalement.

Un peu plus loin, des rires aigus jaillissent du couloir. Anna se lève immédiatement et sort de la chambre, avec moi toujours derrière elle. L'espace d'une seconde, on croirait entendre Allison... Mais ce que nous trouvons est bien plus... surprenant. Sasha, les joues rouges, quitte la chambre de Daniel, hilare, avec une veste de jogging trois fois trop grande pour elle sur les épaules. Le grand métis, lui, la suit de près, ses doigts emmêlés aux siens.

— Qu'est-ce que...

— Oh, oh, fait Sasha, les yeux écarquillés.

À ses côtés, Daniel se met à sourire timidement.

— On s'apprêtait à vous le dire.

— De quoi tu parles ? fait Anna, incrédule, en le fusillant du regard.

— Eh bien...

— Peut-être un autre jour, Dani... implore Sasha, les joues rouge écarlate.

Anna ouvre grand la bouche en comprenant ce qui se passe et j'esquisse un sourire.

— J'aime pas quand les choses sont pas claires, reprend Daniel en secouant la tête. Alors voilà, on est... Enfin, on a...

— Vous êtes ensemble, conclus-je à sa place. Depuis combien de temps ?

— Depuis que je suis rentrée d'Inde, dit Sasha en jetant un regard inquiet à son amie.

J'aimerais éclater de rire. Pas parce que cette révélation est drôle, mais parce qu'elle signifie que je me suis fourvoyé depuis le début sur Daniel. Ce con ne m'a jamais démenti quand j'avançais qu'il était amoureux d'Anna, et cela dans le seul but de me faire chier. C'est malin… foutrement malin…

Anna, elle, n'arrive pas à sourire. De but en blanc, elle déclare qu'Allie est partie et un silence sinistre s'abat sur nous. *Belle entrée en matière.*

— Comment ça « partie » ? demande Daniel en lâchant la main de Sasha.

— Elle est rentrée ce matin.

— Pourquoi ?

— Eh bien, c'est une bonne question !

Il sort aussitôt son portable de sa poche, regarde l'écran, tape dessus puis le porte à son oreille. Nous attendons tous les quatre sans mot dire, mais il finit par écarter le téléphone de son visage.

— Elle est sur messagerie. Je vais appeler mon père pour voir si elle est chez nous. Vous pensez qu'elle est partie comment ?

— Elle a envoyé un texto à Stan ce matin pour l'informer qu'elle avait pris un taxi. C'est tout. Depuis, elle ne répond à personne.

Le couple en face de nous hésite une seconde avant de se séparer. Daniel retourne dans sa chambre et Sasha se résigne à nous suivre. Alors que nous descendons l'escalier, j'entends les deux filles chuchoter dans mon dos :

— Tu m'expliques ?

— Plus tard… Mais relax.

— Allison est partie !! Pas de quoi être relax !

Anna pousse un profond soupir. C'est rare de les voir toutes les deux se prendre la tête. Ne voulant pas les déranger, je vais dans la cuisine pour rejoindre Stan, qui s'affaire encore à ranger notre bazar de la veille. J'attrape un sac-poubelle pour l'aider.

— Tout va bien ? me demande-t-il en jetant un œil aux deux filles.

— Ça va… Je te raconterai.

Il s'immobilise quelques secondes avant de poser sa main sur mon épaule, les sourcils froncés.

— Et toi ? ajoute-t-il.

— Moi, quoi ?

— Ça va ?

— Ouais, dis-je en dégageant doucement mon épaule.

— Tu me le dirais sinon, hein ?

Je l'interroge du regard.

— C'est juste… J'ai l'impression que tu fais la gueule depuis ce matin. Je me demandais si… si ça avait un rapport avec Anna.

Je lâche mon sac-poubelle.

— Pourquoi tu me demandes ça ?

— Pour rien. D'habitude, quand tu fais la gueule, c'est par rapport à elle, c'est tout.

Je le dévisage avec un drôle de sentiment avant de secouer la tête et de le laisser là où il est pour retrouver Anna. Je n'ai pas oublié ce que m'a confié Allison hier à propos de mon meilleur pote. Et le fait qu'elle se soit disputée avec lui avant son départ n'arrange rien. J'ai l'impression qu'on me cache quelque chose, que je suis le seul idiot à ne pas m'en rendre compte, et ça me rend dingue.

— Elle est à la maison, annonce Daniel en nous rejoignant, l'air soucieux. Et elle ne veut ni me parler ni envisager de revenir ici.

— Alors, qu'est-ce qu'on fait ?

— Moi, je rentre, tranche le métis. C'est ma sœur et vous êtes ses amis… Ça n'aurait aucun sens que je reste ici alors qu'elle n'est pas là. J'espère que vous comprenez.

— Autant qu'on parte tous, dans ce cas, déclare Stan en s'approchant du groupe. Vous savez comme moi que ça ne sera pas pareil sans Allie ici, alors autant rentrer. Quoi qu'il arrive, on pourra toujours revenir si jamais elle change d'avis.

Tout le monde semble d'accord.

— C'est décidé alors, on retourne à Emoria aujourd'hui, acquiesce Daniel. Il y a de la place dans ma voiture, je peux te ramener en plus de Sasha, Anna. À moins que tu ne restes avec Léo et Stan ?

— Je reste avec eux, répond-elle sans hésiter.

Je souris à sa réponse et viens glisser mon bras dans son dos, mais, une fois de plus, elle se crispe. Son regard se tourne très brièvement vers Stan avant de trouver le sol. Je ravale ma jalousie en resserrant mon étreinte et en l'embrassant sur la tempe. Si elle est bizarre, c'est sûrement à cause de notre dispute. *Rien d'autre.*

— Je vais aller faire mon sac, me chuchote-t-elle.

Elle redresse la tête, comme pour m'embrasser, mais finalement pose sa bouche sur ma joue avant de disparaître.

***

Lorsque Stan ferme la grande maison à clé, on pourrait presque lire du soulagement sur son visage. Il lance un dernier regard au lac puis, les mains dans les poches, se dirige vers les voitures.

Machinalement, je lui propose de conduire. Nous avions convenu qu'il ferait l'aller et moi le retour. Toutefois, je suis légèrement surpris en le voyant accepter sans rechigner. J'ai du mal à lui piquer le volant, généralement… Alors que je fais le tour du véhicule pour aller m'installer, Stan, lui, pose son sac sur le siège du copilote et grimpe à l'arrière aux côtés d'Anna. J'essaye tant bien que mal de me dire que c'est par galanterie.

La BMW de Daniel se met à gronder devant nous. Bien qu'il prenne de l'avance, il ne me faudra que quelques minutes pour le rattraper.

***

Cela va faire une bonne heure maintenant que nous avons pris la route et perdu de vue la voiture de Daniel. Jusque-là, le trajet a été des plus silencieux. Anna, perdue dans ses pensées, est assise juste derrière moi, le visage tourné vers la vitre, tandis que Stan, lui, se tient le plus éloigné possible et regarde également ce qui se passe de son côté de la route.

Afin de combler l'absence de paroles, je mets la radio. Étant donné notre localisation, il me faut plusieurs minutes avant de capter une station, mais pas de chance, la première que je trouve diffuse une chanson d'Adele dont la tonalité est larmoyante.

Je déteste Adele…

… Eh oui, je sais, je suis le seul.

Alors que je m'apprête à chercher une autre station, Anna se penche en avant pour poser la main sur mon bras.

— Non, laisse, s'il te plaît ! J'aime bien cette chanson…

Surpris par son geste et un peu ronchon, je fais ce qu'elle me dit et remets la main sur le volant sans protester. Des notes de piano commencent alors à envahir la voiture. Dès que les paroles retentissent, mon cœur s'alourdit.

I know you haven't made your mind up yet,
But I will never do you wrong.
I've known it from the moment that we met,
No doubt in my mind where you belong.

Je jette un coup d'œil à Anna dans le rétroviseur. Elle a fermé les yeux et posé son front contre la vitre. Je me demande à quoi elle pense, ce qu'elle ressent tandis que la mélodie nous enveloppe.

C'est sûrement à cause d'Allison. Je me concentre à nouveau sur la route.

I'd go hungry ; I'd go black and blue,
And I'd go crawling down the avenue.
No, there's nothing that I wouldn't do
To make you feel my love.

Je ne peux pas m'en empêcher, je regarde une nouvelle fois dans le rétroviseur. Derrière moi, Anna et Stan ont gardé la même posture. À cette exception près que ce dernier dévisage sans honte ma petite amie. Non, c'est plus que ça… Il la dévore du regard.

The storms are raging on the rolling sea
And on the highway of regret.
The winds of change are blowing wild and free,
You ain't seen nothing like me yet.
I could make you happy, make your dreams come true.
Nothing that I wouldn't do.
Go to the ends of the Earth for you,
To make you feel my love
To make you feel my love.

J'avale ma salive et redresse les épaules. Je ne sais pas pourquoi cette chanson leur fait cet effet-là. Je sais juste que ça ne me plaît pas. Ça ne me plaît pas qu'il la regarde de la sorte… Comme moi je la regarde parfois…

C'est moi qui devrais être à l'arrière.

Je serre les dents et j'accélère, dépassant une dizaine de voitures avant de ralentir à nouveau. Stan et Anna ne s'en rendent même pas compte. Je fais alors la bêtise de regarder une dernière fois dans le petit miroir au-dessus de moi.

Je freine sec en apercevant deux mains l'une sur l'autre sur le siège du milieu. Mon cœur fait une embardée. Je n'ai pas le temps de réaliser ce qui se passe qu'un concert de klaxons me pousse à mettre mon clignotant pour sortir sur l'aire d'autoroute qui se présente opportunément.

— On s'arrête ? demande Stan.

Ils sont à nouveau chacun de son côté, collés à la vitre.

Ai-je rêvé ce qui vient de se passer ?

— Hum… j'ai juste besoin de prendre de l'essence.

La musique cesse au moment où je me gare devant une pompe et une goutte de sueur me glisse dans la nuque. Je manque vraiment de sommeil…

— Je vais en profiter pour essayer de rappeler Chris, pendant ce temps, lance Stan en sortant de la voiture.

Dès qu'il disparaît, Anna pose ses doigts sur mon épaule et je sursaute.

— Ça va ?

— Ça va, réponds-je d'un ton grave.

Avant qu'elle ne puisse dire quoi que ce soit d'autre, je quitte l'habitacle à mon tour pour aller remplir le réservoir. J'ignore s'il manque réellement de l'essence, je n'ai même pas fait gaffe à la jauge. *Il faut que je me calme !*

Mes pensées sont subitement bousculées lorsqu'un véhicule de police, gyrophare en marche et sirène hurlante, arrive en trombe derrière la file d'attente. Le vacarme cesse aussitôt. De son siège, Anna se retourne pour voir la voiture, s'appuyant sur son dossier.

C'est un mec d'une quarantaine d'années qui en sort en premier. Il porte un uniforme sur lequel on peut voir briller POLICE dans le dos ainsi qu'une arme, bien visible au niveau de la ceinture. De là où il est, il m'a l'air assez grand et baraqué. Ses cheveux sont noirs, parsemés de-ci de-là de mèches grises qui lui donnent un air de gentil.

Soudain, il s'immobilise. Ses yeux effectuent une rotation à cent quatre-vingts degrés avant de se fixer sur quelqu'un qui entre dans la boutique de la station.

Alors qu'il se remet à marcher, une collègue, plus jeune et plus forte, sort de la voiture à son tour et tente de le rattraper. Elle trottine jusqu'à lui, légèrement essoufflée. Autour d'eux, tous se sont arrêtés pour les observer en action.

On dirait un film…

… jusqu'à ce qu'une portière claque près de moi et me fasse tourner le regard. Anna est sortie de la voiture et porte les mains à sa bouche. Tandis qu'elle pousse un cri qui me déchire le cœur, Stan, au loin, n'a pas le temps de pivoter vers elle que le premier flic se jette sur lui et lui fait une clé de bras. Le plaquant contre la devanture de la boutique, il écrase sa joue contre la vitre.

Je ne respire plus.

Tout se passe alors très vite : Anna et moi restons figés un moment. Puis elle se met à courir. Elle se rue sur eux en criant, pose sa main sur le policier pour pouvoir l'arrêter mais est tirée violemment en arrière par la collègue, qui intervient à son tour. C'est à ce moment que je m'élance pour tenter de retenir Anna avant que les choses n'empirent. Je l'attrape par le bras et la tire vers moi. Je la serre contre moi et m'immobilise. Je n'arrive pas à croire ce qui se passe. C'est irréel.

Stan a les yeux rouges, mais ne se débat pas. Quand le policier lui déclare la raison de son arrestation, je suis tellement sous le choc que je n'entends rien. Alors qu'Anna s'agite dans mes bras, j'ai l'impression que la scène se déroule au ralenti, que tous les sons extérieurs sont désormais réduits à néant. Je n'entends même plus le bourdonnement qu'émettent les gens regroupés autour de nous.

Soudain, mon ami se redresse et m'adresse un signe de la tête. Je comprends tout de suite son message silencieux. Avant qu'Anna ne fasse la moindre bêtise, je resserre mes bras autour d'elle. Mais elle ne cherche plus à s'enfuir, elle reste, comme moi, ébahie par ce qui est en train de se produire.

Stan, lui, demeure tout à fait calme, le regard maintenant rivé sur Anna. Il ne prononce aucun mot pendant qu'on l'emmène jusqu'au véhicule de police. La portière se referme sur lui avec un claquement sec et j'ai l'impression de recevoir une gifle. Anna me serre les bras. Les commentaires effrayés s'évaporent. La foule se disperse.

Et la voiture disparaît aussi vite qu'elle est arrivée.

Comme ça, en un éclair, *Stan est parti.*

Chapitre 41

STAN

J - 10

Il fait si froid...

... si froid et si sombre.

Les yeux clos, je me balance d'avant en arrière, assis à même le sol, sur un tapis de poussière. Je tape machinalement du bout des doigts sur mes jambes pliées, comme si j'allais pouvoir retrouver le rythme des secondes qui s'écoulent ici.

Pas très loin, quelqu'un a laissé un robinet ouvert. Les gouttes qui tombent à intervalles réguliers me montent à la tête. Je me sens sale, je me sens faible. Privé de liberté, je me sens privé de vie. J'ai l'impression d'avoir été réduit à la condition la plus basse. Je deviens dingue.

Pourtant, têtu comme je suis, j'ai refusé la visite du médecin à laquelle j'avais droit. J'ai refusé d'appeler un avocat. J'ai même refusé de téléphoner à un proche. « Je n'ai rien à déclarer. » Voilà ce que je répète inlassablement quand ils deviennent trop curieux. J'ai droit au silence, après tout. J'ai droit à une alternative. Il faut juste être patient, ne pas perdre l'esprit et ne pas paniquer.

Je serai bientôt dehors... Quarante-huit heures, ce n'est pas si long. J'ai déjà passé la première nuit... *Ou peut-être était-ce la seconde ?*

La seule chose claire que je peux énoncer en étant sûr de ne pas me fourvoyer est la suivante : je n'aurais jamais imaginé me retrouver là. Enfin si, au début peut-être, quand je provoquais les flammes du danger, quand je crachais sur le monde. Mais pas maintenant, pas comme ça, quand pour une fois je suis innocent.

Ils me l'ont dit en pensant m'énerver : c'est Chris qui m'aurait dénoncé. Chris. Mon pote. C'est bien la dernière personne que j'aurais pu soupçonner d'une telle trahison. Il s'est fait prendre la main dans le sac et il m'a accusé… Ce qui veut dire que ce traître se trouve quelque part ici, attendant patiemment sa sanction. Procès devant la cour ou simple amende, j'espère qu'il écopera d'une peine bien lourde. Parce qu'on m'a quand même traité d'addict. Moi. Addict. Merde ! Quand lui ne supporte pas de passer deux jours sans un rail.

Ce n'est pas en bouffant du Superman qu'on en devient un, salaud.

Et Léo dans tout ça ? Pourquoi n'est-il pas là avec moi ? Pourquoi ne lui a-t-on pas passé les menottes à lui ? Suis-je réellement le seul coupable ? Les flics me l'ont dit. Je deviens un suspect important dans leur affaire. Mais encore faut-il avoir des preuves. Et eux, j'en suis sûr, n'ont rien. Depuis mon premier interrogatoire, je sais qu'ils n'ont rien. De toute manière, ils n'ont pas le droit de tout foutre en l'air maintenant. Pas à dix jours de la dernière transaction. Pas à dix jours de ma liberté. Ça serait trop injuste, trop facile après tout ça. Je me sens déjà comme un oiseau auquel on aurait arraché les ailes : impuissant depuis ma cage en acier.

Heureusement que je suis tombé sur Mandarres et Carré, les deux policiers qui m'ont amené ici. Deux flics bien beaux que j'associe personnellement au bon et à la brute. L'un est droit dans ses bottes. Et l'autre galère pour porter la culotte. Deux poulets particuliers qui viennent alternativement me voir pour me donner à boire. Eh oui, parce que, en été, on nous donne de l'eau en garde à vue ! Le grand luxe, vous comprenez…

J'ai beau être cynique, je dois tout de même accorder un point positif à cette arrestation : la manière dont elle a eu lieu. Mieux que dans les séries américaines, j'ai carrément été plaqué contre une vitre. Je n'aurais pu rêver mieux pour ma première fois. Et il y avait du public en plus ! Prépubères, octogénaires, ouin-ouin sur roulettes, ils étaient tous présents pour me voir escorter. Tous, y compris Anna.

Ça, en revanche, j'aurais pu m'en passer.

Ça m'a fait mal de la voir se débattre. À tel point que je me suis demandé si c'était pour moi qu'elle luttait… ou pour elle.

La prison, ça donne l'occasion de penser, de ressasser des idées noires, d'être un brin mélancolique. Ça insère les pires conneries dans votre cerveau pour qu'elles vous hantent le jour comme la nuit. Malheureusement, il faudra attendre la sortie définitive de ce trou pour obtenir des réponses aux questions que je me pose. Est-ce que je sers de jouet à Anna ? Est-ce qu'elle s'intéresse à moi simplement parce que je suis « différent » ? Parce que j'ai un passé dangereux ? Parce que j'incarne le parfait bad boy de série B ?

Peut-être que c'est ça, en fait, la raison pour laquelle elle revient sans arrêt. Elle cherche à me saisir, à toucher du doigt ce qu'elle ne comprend pas, ce qui pourrait, le temps de quelques mois, la divertir de son Léo mou et gentil. Sa vie monotone et banale serait alors agrémentée par mon apparition. C'est ça, voilà. Je suis l'élément qui rend son quotidien plus attrayant. Et ce qui l'énerve sûrement le plus, c'est que je puisse disparaître un jour, que je puisse lui enlever cette excitation, cette curiosité-là.

J'ai raison, n'est-ce pas ?

J'aurais dû naître encore plus égoïste. Au départ de ma mère, j'aurais alors laissé mon père se démerder, j'aurais laissé Léo se faire prendre quand il trichait en cours, j'aurais laissé tout le monde faire n'importe quoi. Et éventuellement, un beau jour, j'aurais trouvé le moyen de mettre fin à ces conneries de la manière la plus lâche qui soit !

Pfff !

Mais qu'est-ce que je raconte…

La vérité n'a rien de ce récit larmoyant dont je me sers pour alléger ma conscience. La vérité est beaucoup plus simple, beaucoup moins lisse. La vérité, c'est que je suis un gamin perdu ; je me noie dans mes conneries à longueur de temps. Je le sais, c'est quasiment écrit à l'encre noire sur mon front : je suis con, connard, salaud, enfoiré, débile, immature, sans cœur, pourri gâté et j'en passe, parce que, si je devais faire la liste de toutes les insultes que j'ai reçues, j'en aurais pour la journée entière.

Ce qui m'effraye le plus dans cette histoire, c'est que je me tue à vouloir écarter de mon chemin la seule chose positive qu'il me reste. La seule chose qui me tient encore à cœur. Celle qui me donne envie de sortir d'ici…

Je me damnerais pour voir *son* sourire, là maintenant… Pour la voir baisser les yeux et se mordiller l'intérieur de la joue. Au lieu de ça, je dois me contenter du souvenir de sa main sur la mienne. C'est simple, mais cela suffit à raviver tout mon corps et me lance comme une migraine.

Il m'aura fallu quatre ans pour comprendre que je n'avais pas besoin de drogue, mais de quelqu'un comme elle. Oui, j'ai besoin d'elle… De cette raison déraisonnable qui se nomme Anna.

Je me frotte les yeux et les rouvre.

Il faut que je me fasse à la réalité. Celle où Anna ne m'appartient pas. Celle qui me retient prisonnier derrière des barreaux, seul avec ma colère et ma frustration. *Sans oublier Léo.* Mon cher meilleur ami, celui qui m'a toujours été fidèle, qui a toujours su me remettre sur le droit chemin…

… et que j'ai pourtant trouvé à galocher ma copine dans ma propre maison.

J'aimerais savoir quelle est ton explication ? Tu n'aimes plus Anna ? Tu aimes aussi Allie ? Et depuis quand ? Pourquoi ne m'as-tu rien dit ?

Qu'est-ce que tu cherches encore à prouver ? Que tu peux les avoir toutes les deux pour toi tout seul ? Réveille-toi, mon pote. Ce n'est pas un jeu.

Il ne me reste que dix jours pour rembourser la dette. En ce court laps de temps, je dois sortir d'ici, collecter l'argent manquant, m'excuser auprès d'Allison et d'Anna, réparer mes erreurs et partir loin d'Emoria. Sans oublier d'ajouter à ma liste : *attendre des explications de la part de mon meilleur pote…*

Ça risque d'être bien compliqué…

— Djovik !

C'est Carré, la fliquette, qui revient à la charge. Alors qu'elle s'approche de ma cage, je croise les bras sur mon torse.

« Quoi encore ? » aimerais-je lui demander. Mais, à la place, je ferme ma gueule et me relève difficilement. Rester autant de temps dans la même position n'est franchement pas agréable. Carré ouvre alors la grille, s'infiltre dans mon petit espace et me met les menottes à nouveau. *C'est vrai que ça fait mal, ça pince la peau et c'est gelé.*

La femme me fait avancer dans un couloir lugubre. Je passe ainsi devant de nombreuses cellules en gardant le silence… Jusqu'à ce que j'aperçoive Chris. Je bondis aussitôt sur la porte grillagée qui me sépare de lui et lui hurle une flopée d'insultes.

— Du calme ! m'intime la grosse.

Il me suffit de le regarder droit dans les yeux pour faire passer mon message : *Tu ne perds rien pour attendre.* Lui aussi semble complètement abruti par sa détention, c'est à peine s'il réagit en me voyant surgir. Là, dans ses vêtements sales, il ne ressemble à rien, il redevient le petit Christopher en manque, le jeune con qui m'a privé de ma liberté.

De force, cette fois-ci, Carré me pousse jusqu'à la salle d'interrogatoire et m'oblige à m'asseoir sur l'une des deux chaises disposées de part et d'autre de la table avant de s'éclipser. Et me revoilà à attendre tout seul, comme un con. Je ne sais pas combien d'heures se sont écoulées depuis mon premier passage dans cette salle. Je devine sans trop de difficultés que c'est encore Mandarres qui viendra me mettre à l'épreuve.

Et j'ai raison. Il débarque presque aussitôt, un stylo dans une main, de la paperasse dans l'autre.

Quand je l'ai vu au début, malgré la brutalité de l'arrestation, je me suis dit que je n'avais rien à craindre. Ce type a des yeux doux. Des yeux qui ne peuvent pas mentir sur sa personnalité, qui insistent sur son côté « gentil mais professionnel ».

— Tiens tiens, toujours là ?

Je rirais presque de sa vanne.

— Tu connais la procédure, dit-il en s'installant. Alors maintenant, j'aimerais que tu parles. Sinon, je ne vois pas l'intérêt de perdre mon temps avec toi.

Je reste de marbre. Il n'attend qu'une seule chose, que j'ouvre la bouche et me trahisse, mais ça n'arrivera pas. Je suis plus intelligent que ça.

— Si tu n'es pas prêt à me parler, Stanislas, alors c'est moi qui vais poursuivre… pour changer. Je te rappelle brièvement les causes de ta garde à vue : tu es suspecté d'appartenir à un réseau de trafiquants de stupéfiants et/ou d'en être un fidèle consommateur. Tu as été notamment dénoncé par Christopher Calzon, jeune chômeur résidant à… Emoria également, qui dit avoir obtenu soixante pilules d'ecstasy de ta poche. Il dit, et je cite, que tu es « le cerveau de tout ça, le bâtard qui fournit ».

Il grimace avant de reprendre :

— Et cela va faire maintenant quarante-deux heures que tu es là et que tu gardes le silence.

Quarante-deux heures, déjà ? C'est un bon point, cela veut dire que je serai bientôt dehors.

— Toutefois, étant donné qu'aucune preuve n'a été trouvée ou fournie pour étayer l'accusation, que tes analyses de sang n'ont révélé aucune trace de drogue mais une jolie dose d'alcool, enfin, pour ça, passons, et comme tu n'as aucune affaire criminelle quelconque épinglée à ton casier judiciaire, on est obligés de te faire sortir. Seulement voilà… il reste six heures officiellement. Et moi j'ai encore quelques questions. Je ne suis pas bête et je sais très bien que tu n'es pas blanc comme neige dans cette histoire.

Je me redresse et plonge mes yeux dans les siens.

— Je te propose un marché, annonce-t-il en frottant ses paumes l'une contre l'autre. Je te promets de ne pas écrire tes réponses sur ce petit bout de papier si en retour tu me donnes ta version des faits. Disons que je suis curieux… Pourquoi ne pas avoir cherché à te défendre ? Pourquoi avoir choisi le silence ?

Je hausse les sourcils, faussement surpris. Monsieur fait dans l'illégalité ou je me trompe ?

— Pourquoi est-ce que le petit Calzon te charge ? relance-t-il. Il t'aime pas ? Il est jaloux ? C'est une vengeance perso ? Tu lui as piqué sa copine ?

Cette fois, j'éclate de rire et le policier en face de moi se décompose. Il attend que mon hilarité retombe, reculant sur sa chaise et croisant les bras.

— Que diront tes parents de cette histoire, mon gars ? Tu y as pensé, au moins ?

Si je suis touché par la pique, je n'en laisse rien paraître et me contente de me pencher le plus possible au-dessus de la table, malgré mes menottes fixées à ma chaise, afin d'être au plus près de lui.

— Vous n'êtes décidément pas fait pour être flic, Mandarres.

Pendant une fraction de seconde, je le sens blessé par mes mots. Mais, très vite, son masque froid et professionnel refait surface.

— Et toi, tu n'es pas fait pour ce rôle de gros dur, Stanislas. Si tu ne commences pas très vite à être sincère avec toi-même, les choses tourneront au vinaigre, tu peux me croire.

Il se lève en poussant sa chaise et ne m'adresse pas un regard en partant. Je me retrouve à nouveau tout seul. Je n'aime pas ça, cette sensation de faire tout de travers et de ne pouvoir me raccrocher à rien.

Chute libre.

Carré entre à son tour dans la petite pièce, pose devant mes yeux la liasse de documents que tenait son collègue avant elle et détache mes menottes de la chaise.

— Mets ton nom et signe là et là, au-dessous, me dit-elle en me tendant son stylo.

Je lève les yeux au ciel et m'exécute, tout en prenant mon temps pour l'embêter. Une fois la paperasse écartée, elle me fait reprendre le chemin en sens inverse en direction de ma cellule mais opère une déviation de dernière minute vers l'accueil du commissariat.

C'est l'heure de sortir !

Derrière un guichet protégé par une vitre blindée, un policier me demande nom, prénom et date de naissance avant de régler les dernières questions administratives via un ordinateur.

Ensuite, il me tend un bac où je retrouve tous mes effets personnels : ma montre, un élastique, mes clés et mon portable. Le strict minimum. Mandarres réapparaît à ce moment-là. Il a cet air sérieux collé au visage, m'ignorant complètement lorsqu'il appose sa signature près de la mienne sur les documents. Dans ce même silence, il déverrouille mes menottes et me presse vers la sortie.

— Voilà… finit-il par dire, résigné. Tu es libre maintenant. Je te dirais bien adieu, mais quelque chose me dit qu'on va se revoir bientôt.

Je ravale un sourire moqueur, le cœur battant. Dans quelques minutes, je pourrai reprendre les choses là où je les ai laissées en arrivant ici. Dans quelques minutes…

— Au fait, gamin, me dit Mandarres en posant une main sur mon épaule, j'ai pris la liberté de téléphoner à l'un de tes proches pour qu'il vienne te chercher. C'est le contact d'urgence sur ton téléphone.

Je ne l'écoute même pas. Je pousse la porte avec au fond de moi un sentiment de liberté intense. *Tu peux me croire, Mandarres, je ferai tout ce qui est en mon pouvoir pour ne jamais remettre les pieds ici…*

Une fois cette frontière franchie, je suis d'abord ébloui par le soleil qui vient taper en plein dans mon iris. Il fait jour. Il fait beau.

Je suis libre.

J'avance, la main en visière au-dessus de mes yeux, lorsque quelque chose me percute de plein fouet. C'est un corps, d'abord, puis deux bras qui m'enserrent. J'entends des sanglots affolés. Sous le choc, je mets un instant avant de souffler et de réaliser que je ne crains rien.

La personne qui s'accroche à moi telle une moule à son rocher n'est pas mon contact d'urgence, mais Allison. Ma copine reste ainsi de longues secondes contre moi, avant de se reculer. Malgré tout ce qui s'est passé entre nous, la voir ici me réjouit à un point qui me surprend. *Elle m'avait manqué.*

Alors que je reprends tout juste mon souffle, Léo débarque et vient me prendre dans ses bras. J'essaye tant bien que mal de masquer ma réticence et je me contente de le remercier d'être venu.

— Mec… Je sais pas quoi dire. Je peux même pas imaginer ce que tu as vécu là-dedans…

— Te fatigue pas, lui réponds-je un peu froidement. Pour le moment, j'ai juste besoin d'air.

Il acquiesce, me tape une dernière fois dans le dos et s'écarte sur le côté.

C'est là que je vois Anna. Elle est venue, elle aussi. Elle se tient en retrait, tête baissée, dans une chemise blanche en coton et un pantalon marron. La lanière de son sac en bandoulière écrase une partie de ses longs cheveux blonds. Ça me démange, j'aimerais les lui dégager.

À cette distance, j'ai l'impression d'être à la fois tout près et très loin de cette figure idyllique. Comme si la prison avait bâti un mur entre nous.

Sans réfléchir, je me mets en marche. J'avance d'un pas déterminé, rien ni personne ne pourrait m'arrêter…

Lorsqu'elle lève enfin les yeux, mon cœur s'enfonce lourdement dans ma poitrine. Elle semble gênée d'être là, presque mal à l'aise.

Et je me jette sur elle, la prenant dans mes bras, humant son parfum, me perdant dans ces sensations qui me semblaient si lointaines.

— Stan… dit-elle dans un souffle empreint de surprise et de soulagement.

Je ne réponds pas, ni ne recule quand elle prononce mon nom. La mélodie dans sa voix m'incite à faire tout autre chose. Avec ma main droite, je balaye ses cheveux coincés sous la lanière de son sac puis glisse mes doigts sur son bras. Au même rythme qu'elle soupire, je pose délicatement mes lèvres sur sa nuque.

Là, serrant son corps tremblant, j'imprime un chaste baiser dans son cou, le premier que je lui donne. Sa peau est douce et j'en voudrais encore. Particulièrement quand je l'entends laisser échapper un gémissement presque inaudible. Sa poitrine tambourine contre la mienne et je manque de perdre le contrôle devant tout le monde.

C'est elle qui me rappelle à l'ordre en posant sa main sur mon torse pour m'écarter d'elle doucement. Ses joues sont roses et elle sourit enfin. Elle sourit avec un brin d'amertume dans le regard, les sourcils haussés.

Elle est tellement belle.

— Content de te revoir, lance amèrement Léo tandis qu'Allie fronce les sourcils.

Je souris à mon ami pour la première fois. Non pas pour les mots gentils qu'il a à mon égard, mais pour la façon dont il tente de s'affirmer à nouveau devant sa copine.

Maintenant que je suis libre, les choses vont changer. Je compte bien régler tout ce qui mérite de l'être.

Chapitre 42

ANNA

J – 10

C'est bien lui, juste là, les cheveux plaqués en arrière, les yeux cernés et les traits marqués. Mon cœur chavire.

Stan ne semble pas nous apercevoir tout de suite. Il avance, une main devant les yeux, un léger sourire aux lèvres. Sa chevelure aurait presque des reflets roux sous l'astre brûlant.

Il est beau, il l'est vraiment. Tout le monde ne sera pas d'accord sur ce point, mais sa beauté est indéniable pour moi, à ce moment. Elle l'est encore plus lorsque je pense à tout ce qu'il a vécu, à ce qu'il a dû endurer. À cette simple idée, mes yeux s'embuent.

Je choisis alors de baisser la tête et de rester dans cette posture quand Allie s'élance pour le retrouver. Stan n'émet aucun son lorsqu'elle se jette à son cou. Tout est silence autour d'eux.

Et puis soudain, quelque chose change. Je sens son parfum tout près de moi, je sens sa présence, *je sens*… Je sens qu'il est là. Lorsque je lève le menton, il se trouve à quelques centimètres de mon visage.

Il m'observe de la tête aux pieds. Et je le laisse faire.

Je n'ai pas le temps d'ouvrir la bouche pour le saluer car il s'agrippe presque aussitôt à moi. Un gémissement m'échappe quand ses bras se resserrent autour de moi. Il me tient si fermement contre son torse que j'oublie comment respirer l'espace d'une seconde.

Qu'est-ce qui lui prend ?

Consciente que Léo et Allison sont probablement en train de nous observer, j'essaye de lui signifier de s'écarter mais il n'écoute rien. Il glisse même ses doigts sur mon épaule et soulève mes cheveux coincés sous la lanière de mon sac.

C'est dingue, il touche encore cette épaule.

Je tremble comme une feuille. Mon cœur tambourine dans ma cage thoracique lorsque ses lèvres glissent sur mon cou. Intérieurement, je prends feu, son geste me grise d'émotions brûlantes. Ça ne dure qu'une fraction de seconde et c'est comme un rêve. Malgré le regard halluciné d'Allison, je sens cette irradiation monter de mon cou à la racine de mes cheveux. Il n'y a que lui et moi qui entendons mon nouveau gémissement, le corps abandonné dans ses bras.

Il n'y a que nous.

Quand il me relâche, un léger sourire parcourt ses lèvres et vient achever l'effet dévastateur de son geste sur ma petite personne.

Je suis cuite.

***

Le trajet jusqu'à la voiture de Léo se fait dans le plus grand silence. Nous avons quitté Stan et Allison quelques minutes plus tôt, à quelques pas du commissariat. Depuis, nous n'avons pas échangé le moindre mot. L'atmosphère entre nous est pesante. J'ai l'impression qu'il m'en veut autant que je lui en veux.

Ce sentiment s'accroît lorsque Léo monte à l'avant du véhicule et claque la portière avec fracas.

— Je t'avoue que j'ai de plus en plus de mal à me contenir, lance-t-il d'un ton excédé.

Tandis qu'il met la clé dans le contact et démarre en trombe, je me renfonce dans mon siège.

— Il y a… des choses… des choses que je vois, que je devine, qui m'agacent. Je sais que tu ne veux rien dire. Tu as peur de me faire du mal. Le problème, c'est que tu as peur de faire du mal à tout le monde. Mais, quelle que soit la façon dont les choses vont évoluer, c'est ce qui va se produire, Anna. Quelqu'un va avoir mal. Alors, autant aller droit au but maintenant.

Que faire ? Lui dire la vérité, toute la vérité, rien que la vérité ?

J'en suis incapable.

— De quoi tu parles ?

— S'il te plaît… Ne fais pas semblant, dit-il en quittant brièvement la route des yeux. Allison s'est déjà chargée de tout me dire.

— Quoi ?

Cette fois, je ne comprends vraiment pas.

— Elle m'a tout dit. Et, si tu veux savoir, le pire dans tout ça, ce n'est pas que ça se soit passé sous mon nez, nan… Le pire c'est que ni lui ni toi ne soyez capables de venir m'en parler.

— Léo, vraiment je ne…

Il freine brusquement – me faisant basculer sur la boîte à gants –, sans prendre le temps de changer de file ou de se ranger sur le bas-côté. Une douleur me pince au-dessus de la poitrine.

— Je suis fou de toi ! s'énerve-t-il subitement. Je suis amoureux, c'est plus que du simple « Je t'aime » balancé à la va-vite, ce sont des sentiments, de la tendresse, de l'affection. Je suis tellement amoureux que j'en suis devenu aveugle. Complètement aveugle.

Je le regarde, horrifiée, le cœur au bord des lèvres, des larmes au coin des yeux.

— Pourquoi tu ne m'as rien dit ? crie-t-il face à mon mutisme. Pourquoi tu ne m'as pas dit tout de suite que c'était lui ? Merde, Anna !

Je ne peux que le dévisager avec confusion. La situation m'échappe, une fois de plus. Je tente de me stabiliser sur le siège, mais ma poitrine me fait mal.

— Je ne…

— La vérité, Anna ! Je veux la vérité ! Tu l'aimes ? Tu l'aimes plus que moi ?

Sa question me coupe la respiration. Ma douleur dans la poitrine n'est rien comparée à celle que j'éprouve en le voyant et en l'entendant prononcer ces mots. Il m'effraye presque. Je reste complètement hébétée.

Et puis, je n'ai pas de réponse à sa question. Je n'en ai jamais eu et j'espère ne jamais en avoir. Dans cette fichue histoire, si je me mets à choisir, cela voudrait dire que j'en perds un. Et je ne veux pas, je ne veux pas, *je ne veux pas*.

— Je ne sais pas, murmuré-je en frottant le haut de mon torse.

— Comment ça, tu ne sais pas ?

— C'est juste que je n'en sais rien ! dis-je en plaquant le dos de mes mains sur mes paupières pour contenir les larmes.

Il appuie à nouveau sur la pédale d'accélération et la voiture s'élance. Nous roulons plus vite qu'il ne faut durant de longues minutes dans un silence de plomb avant qu'il ne se décide à aller se garer le long du trottoir, à un emplacement qui gêne la circulation.

Après avoir pris une longue inspiration, il se tourne vers moi, les yeux sombres.

— Est-ce que tu m'aimes, Anna ?

— Bien sûr que oui…

La spontanéité de ma réponse semble le soulager à moitié.

— Et si… si tu m'avais rencontré en premier… les choses seraient différentes ? Si Stan n'était pas là, si tu ne le connaissais pas ?

Là, c'est le coup de grâce.

Ses yeux bleu océan ne laissent transparaître que grisaille et tempête. En réponse à cette image pénible, les miens se noient dans des larmes aveuglantes.

Je secoue la tête de droite à gauche, décidée à ne pas ouvrir la bouche.

Comment dire au garçon que j'aime que mon cœur tangue entre deux ports ? Comment m'en sortir après ça ? Comment retrouver une ancre à laquelle me raccrocher ?

— Non, ça n'aurait rien changé, dit-il lui-même en soupirant.

J'ai tellement mal au cœur que je pourrais me mettre à vomir là, maintenant. Je ne pensais pas que ce serait si dur.

— Tu sais que tu vas devoir choisir, Anna, reprend-il pour m'achever. Je sais que c'est stupide d'avoir à te demander ça… mais je ne peux pas continuer à te partager avec Stan. C'est mon meilleur pote. Tu ne peux pas nous faire ça… Ah, ça y est, maintenant je m'en veux. Qu'est-ce que je suis con…

— Léo, ne dis pas ça. Je t'aime vraiment, je te jure…

— Mais aimer n'est pas suffisant, me coupe-t-il.

J'ai d'abord un mouvement de recul. Comme si ses mots venaient en réalité de ma bouche à moi. Mais ils sont bien les siens. Ils sont sortis directement de ses lèvres, directement de son cœur. Et ça fait beaucoup trop mal.

Parce que, quelque part, il a raison, aimer n'est plus suffisant.

Personne ne m'a jamais prévenue qu'on pouvait très bien avoir le cœur dévasté en se le brisant soi-même, qu'on pouvait aimer sans désirer, qu'on pouvait souffrir plus qu'on aime.

Je pleure de longues minutes tandis que ses yeux sont brillants d'émotion. Plusieurs automobilistes nous dépassent en klaxonnant, mais nous les ignorons. Le temps semble suspendu.

Et puis, il finit par poser sa main sur ma cuisse. Il la pose là et ne bouge pas. Qu'est-ce que ça veut dire ? Est-ce que l'on vient de rompre ? Est-ce que l'on vient de se laisser une seconde chance ? Est-ce qu'il me pardonne ? Ou est-ce qu'il me dit adieu ?

Puis il ôte sa main pour redémarrer et le souvenir de nos mots s'estompe. Pour faire semblant que les choses les plus dures ne nous touchent pas, nous devons paraître forts.

Nous restons silencieux jusque devant chez moi. La chaise à bascule près de l'entrée est immobile. Je la contemple un instant, comme si elle allait m'apporter de l'aide, du réconfort, comme quand j'étais petite. Mais elle reste figée, comme je le suis dans la voiture, comme je le suis dans ma vie.

— Passe une bonne soirée, me lance Léo lorsque je me décide à descendre du véhicule.

J'avais presque oublié le dîner avec ma mère et son nouveau copain. Léo devait se joindre à nous. J'imagine qu'il ne viendra pas.

— Tu fais quoi ce soir ? lancé-je malgré moi, presque dans l'espoir qu'il change d'avis.

— Hum… Je vais sûrement aider mon père au garage.

— OK.

Et il s'en va.

Est-ce que le vide qui m'entoure est palpable pour quiconque passe près de moi ? Est-ce qu'on peut deviner de l'extérieur le trou béant dans ma poitrine lorsqu'il quitte mon champ de vision comme il quitterait mon cœur ?

Je resserre la lanière de mon sac entre mes doigts et rentre chez moi. Je monte quatre à quatre les marches de l'escalier qui mène à ma chambre et tombe face contre la couette sur le lit. Je soupire dans l'oreiller qui sent encore le corps de Léo.

Il a dormi là cette nuit. Quand tout allait mal et qu'il n'y avait que lui pour me rassurer. Il m'a prise dans ses bras et on s'est endormis habillés. Peut-être était-ce la dernière fois. Peut-être que je viens de le perdre.

Mais qu'est-ce que j'ai fait ?

***

Bien entendu, je suis en retard. Je dois donc courir comme une dératée jusqu'à l'entrée du restaurant. Une fois arrivée à destination, je prends une minute pour me calmer et respirer avant d'avancer plus loin.

Je n'ai fait aucun effort de présentation. J'ai gardé mon pantalon informe et laissé mes cheveux lâchés. Je n'ai même pas tenté de me maquiller. Déjà en sueur dans mes vêtements, je m'essuie le front et frotte mes paumes contre mes cuisses. Je passe la pulpe de mes annulaires sous mes paupières humides, inspire un grand coup et adopte un sourire que j'espère naturel.

Ça va bien se passer.

Je vais y arriver.

Allez.

Je parcours la salle des yeux lorsqu'une main qui s'agite dans le fond attire mon attention.

Mon Dieu, ce que ma maman est jolie. Il y en aura au moins une ce soir qui aura prêté attention à son aspect… Pour l'occasion, elle porte une robe blanche sublime qui s'arrête juste au-dessus des genoux. Et ses cheveux, qu'elle a pris soin de boucler, sont réunis dans un chignon sophistiqué.

Je suis sacrément fière d'être sa fille.

— Anna, ma puce !

Je trottine jusqu'à elle et la prends aussitôt dans mes bras. J'avais tellement besoin de ça que je me laisse aller, la joue écrasée contre son épaule. Sa main caresse mon dos et vient se poser sur ma joue encore fraîche. À la manière dont elle me scrute, je comprends qu'elle devine qu'il s'est passé quelque chose.

Bien sûr, elle ne sait rien de ma double vie, des personnes qui m'entourent, du passage en cellule de Stan, du point mort de ma relation avec ma meilleure amie, de ma plus-ou-moins-encore-compliquée rupture avec Léo.

Elle sait simplement que je suis une jeune adulte qui ne passe plus beaucoup de temps à la maison.

— Je te présente Raphaël, l'homme dont je t'ai beaucoup parlé, sourit-elle avec des étoiles dans les yeux. Raphaël, voici Anna, ma fille… mon petit bébé.

Je me retourne en pouffant pour m'adresser à la figure virile à laquelle je n'avais même pas fait attention jusque-là. Mais mes mots restent coincés dans ma gorge.

Ce visage m'est familier. Pire, il est fraîchement inscrit dans ma mémoire à court terme. Je regarde ma mère pour qu'elle me dise que c'est une blague, mais elle semble absorbée par la présence dudit Raphaël.

— Tu te fous de moi ? lâché-je discrètement en levant les yeux vers le plafond.

— Pardon ?

— Euh… enchantée, dis-je à l'homme en lui tendant la main.

Il me la serre en me regardant droit dans les yeux, un léger malaise visible sur ses traits. Je le connais, maintenant j'en suis sûre, seulement lui ne me connaît pas.

Ma mère se rassoit alors et joint ses mains en soupirant. Je prends place entre eux deux.

— J'avais trop hâte de vous présenter. Anna a eu dix-neuf ans en mars. Je ne l'ai presque pas vue de l'été, mais je pense qu'elle s'est bien amusée. Elle était en vacances avec des amis.

Son copain sourit alors qu'elle enchaîne les anecdotes sur moi. Je garde le silence.

Décidément, cette journée est une blague qui n'a pas de chute.

— On vient tout juste de commander. J'ai pris des pâtes carbonara pour toi, ça te va ?

Je déglutis. C'est le plat que m'a préparé Léo le jour où il m'a embrassée pour la première fois.

— C'est… bien, oui, dis-je en plongeant mon nez dans mon verre d'eau.

— Mélissandre m'a dit que tu étais en fac de lettres, tente alors le nouveau copain de ma mère. Prête pour la rentrée ?

J'inspire trop fort par la bouche, et mon verre reste collé autour de mes lèvres. Pendant une seconde et demie, je lutte pour l'enlever et retrouver mon souffle. Quand j'arrive enfin à l'arracher de mon visage, le Raphaël en question me regarde d'un drôle d'œil.

— Euh… excusez-moi, il faut que j'aille aux toilettes.

Ma mère s'apprête à me suivre lorsque je l'arrête en posant simplement une main sur son épaule. Je jette ensuite ma serviette au sol, saisis mon sac et détale.

Je n'arrive pas à croire ce qui m'arrive…

Lorsque je prends mon téléphone, je suis toute tremblante. Là, tout de suite, je meurs d'envie de *lui* envoyer un message. Je veux avoir son avis. Je veux savoir le fond de sa pensée. Il me manque déjà. Si seulement je pouvais être avec lui au lieu d'être là.

Je tape les dix chiffres de mémoire et prends une grande inspiration. Je ne vais pas me contenter de messages électroniques. Je veux entendre sa voix.

Tout de suite.

Il décroche.

— Allô ? C'est moi… Anna.

Grand silence.

— Je t'appelle parce que… je suis au restaurant et… tu devrais être là avec moi.

Toujours pas un bruit.

— Je ne sais pas quoi faire, dis-je d'une voix pleine de tristesse en me laissant tomber sur le carrelage. Je ne sais pas quoi faire… Je suis perdue, Léo. Je suis complètement perdue. Je… je ne… je n'y arrive pas. Et il est là… le mec… le flic… le policier qui a arrêté Stan. C'est lui, le copain de ma mère. Je le reconnais ! Léo, aide-moi. Je suis perdue. J'ai besoin de toi. J'ai vraiment… Je suis désolée pour ce que j'ai dit tout à l'heure. Léo, s'il te plaît… Je t'aime, il faut que tu m'aides…

Le silence se prolonge et des larmes viennent me chatouiller les yeux. Trop c'est trop, aujourd'hui.

— Pourquoi ne parles-tu pas, Léo ? Ne te rends-tu pas compte que j'ai besoin d'entendre ta voix ? S'il te plaît, je veux juste…

— Anna, ce n'est pas Léo.

Mon sang ne fait qu'un tour. Je pourrais reconnaître *cette* voix entre mille.

— Anna, ce n'est pas Léo, répète-t-il d'une voix plus grave.

— Où il est ? demandé-je en retenant un gémissement. Pourquoi ne répond-il pas ?

— Parce que c'est moi que tu as appelé.

Je tressaille. Je mets immédiatement le téléphone devant mes yeux. Le nom de Stan est écrit en gras au-dessus du timer de la conversation. Ce n'est pas possible…

— Je… je ne…

— Ce n'est pas grave.

— Je suis désolée, je ne voulais pas…

— Anna, ce n'est pas grave.

Un nouveau silence prend place et je finis par pleurer, assise à même le sol. Le téléphone est sur mes genoux tandis que j'étouffe mes plaintes dans mes mains.

J'ai appelé Stan. J'ai composé instinctivement son numéro à la place de celui de Léo. Je n'en reviens pas. Je n'en reviens pas d'être pathétique à ce point.

Le temps défile toujours sur l'écran et Stan ne raccroche pas.

— Stan ? dis-je entre deux reniflements en tentant de contrôler ma voix.

— Oui.

— Comment tu vas ?

— C'est pas plutôt à moi de te poser la question ?

Je grimace en lançant un coup d'œil vers le grand miroir des toilettes. J'ai l'air d'un monstre.

— Le policier est là, lâché-je.

— Il est comment ?

— Grand, avec des cheveux un peu gris. Des yeux bleus…

— Non, je voulais dire, comment il est… avec toi ?

— Oh… Je ne sais pas trop. Ma mère l'aime bien, je crois. Il s'appelle Raphaël.

— Pourquoi tu pleures ?

Alors même qu'il ne peut pas me voir, je sens mes joues s'empourprer. J'ai honte de pleurer dans ces toilettes minables, mais encore plus de pleurer au téléphone avec lui.

— Je crois que Léo et moi c'est terminé, dis-je enfin, alors que mon cœur ralentit.

Il ne répond rien. J'en profite pour me relever et arranger mon visage. J'aurais dû apporter du fond de teint et du mascara. J'ai la tête d'un zombie.

— Pourquoi ?

Je me fige devant la glace.

C'est vrai, ça, Anna… Pourquoi ? Est-ce que je lui dis la vérité ou est-ce que je fais l'innocente ?

— Il pense que… il pense que j'en aime un autre.

Avec Stan, ça sera toujours la vérité. Même si c'est difficile. Même si c'est douloureux. Même si je risque de le regretter aussitôt.

— Et est-ce que c'est vrai ?

Je prends une longue inspiration.

— Je crois que oui.

— Tu as peur ? demande-t-il après un silence.

— Non. Je suis morte de trouille.

Chapitre 43

Il y a ce silence dont je me contente.

L'ambiance sonore du restaurant paraît s'être étouffée tandis que je tends l'oreille pour écouter sa respiration. Lui aussi semble profiter de cette pause. D'un accord secret scellé par notre mutisme, nous attendons ainsi quelques longues secondes, à prendre en considération ce que j'essaye d'admettre avec tant de mal.

Je me sens étrangement bien, étrangement à l'aise. Je sais qu'il est là, à l'autre bout du fil ; qu'il m'entend grâce à des ondes, à plusieurs kilomètres. Et j'aime cette idée. J'aime à penser que nous sommes liés par ces choses invisibles à l'œil nu, que notre lien ne tient qu'à notre bon vouloir.

Je pourrais rester des heures ainsi, la joue collée au téléphone. Mais je ne veux pas accaparer sa soirée, ni que ma mère se décide à venir me chercher. Alors, péniblement, j'attends l'instant parfait pour raccrocher. Je me demande durant quelques secondes si je dois lui dire que je le fais, ou si je mets simplement fin à la conversation, sans son accord.

La décision est vite prise.

— Stan ?

Son nom reste en suspens un instant, comme s'il s'était assoupi.

— Oui ? finit-il par dire tout bas.

— Je raccroche… D'accord ?

— D'accord.

— Pardon de t'avoir dérangé.

— Tu ne m'as pas dérangé.

— D'accord.

— Bonne soirée, Anna.

Ma réponse reste coincée dans ma gorge. Il met fin à l'appel et le silence de notre conversation me manque déjà.

Je remets le téléphone à sa place et passe une main dans mes cheveux. Je tire sur l'extrémité de la manche de ma chemise et passe le tissu sous mes yeux humides. Je souffle un grand coup et m'octroie un dernier regard à mon reflet fébrile avant de sortir de là.

Je me faufile entre les tables pour regagner la nôtre. Ma mère et Raphaël rient aux éclats parce que maman a renversé son verre dans son assiette de saint-jacques.

Mon cœur souffre de tant de bonheur.

— Oh, Anna… Tout va bien ? fait-elle en essayant de contrôler son fou rire.

— Oui, oui, ça va.

Je m'assois et lève les yeux pour le regarder, lui. Il n'a pas une tête de méchant, mais il n'a pas l'air d'un ange non plus. Il a un beau sourire éclatant. Mais, encore une fois, il n'est pas extraordinaire.

Je me tourne alors vers maman. Elle le dévisage avec des yeux pétillants, les lèvres légèrement tremblantes de son accès d'hilarité. Il y a quelque chose… comme une complicité évidente dans leur manière de se regarder, de se sourire.

Je pourrais très bien ne pas être là, ce serait pareil.

Elle semble tellement sûre d'elle. Et lui si attaché. Je suis jalouse de cette relation si naturelle. Bien trop jalouse.

— C'est pas possible… ça n'a plus aucun goût, rit maman de plus belle. Je vais voir avec le serveur si je ne peux pas changer de plat.

Elle se lève avec son assiette et disparaît, me laissant seule avec Raphaël. Je n'ose même pas le regarder dans les yeux. Son visage me renvoie au moment brutal de l'arrestation de Stan. Et je le déteste pour ça. À jamais.

— Alors… tu as passé de bonnes vacances ?

Il essaye de jouer au gentil, en plus.

— Oui, réponds-je en souriant. Jusqu'à ce que l'un de mes amis se fasse arrêter sans raison.

Oups. C'est sorti tout seul…

Il fronce immédiatement les sourcils et penche la tête vers moi.

— Arrêter ?

— Oui. On l'a arrêté alors qu'il était innocent.

— Généralement, la police n'arrête pas des gens sans raison… Je suis policier, d'ailleurs. Je ne sais pas si Mélissandre te l'a dit.

Je déteste comment il prononce son prénom. Comme si elle lui appartenait.

— Elle ne m'avait rien dit, mais je l'ai deviné, glissé-je en levant les yeux au ciel.

— J'ai la tête de l'emploi, c'est ça ?

— Non. Mais je vous ai vu l'arrêter.

Il se fige et me regarde d'un air sévère. Je me félicite silencieusement du petit effet que j'ai réussi à ménager.

— De quoi est-ce…

— Vous ne vous souvenez sans doute pas de Stan. Mais moi je me souviens de vous en train de le plaquer contre la vitrine de la boutique d'une station-service. Devant tout le monde. Sans raison. Violemment. M'envoyant paître quand j'ai essayé de m'interposer.

Il est droit comme un I, glacé par mes mots, gêné et mal à l'aise à son tour. Maman choisit ce moment pour revenir à sa place.

— Bon… Ils vont m'apporter une autre assiette, je dois juste patienter un peu.

Elle nous regarde tour à tour en souriant, mais s'arrête sur l'expression étrange de son petit ami qui continue de me dévisager.

— Raph, ça va ? T'es tout rouge.

Il déglutit et tourne les yeux vers elle pour tenter de la rassurer en lui offrant un mince sourire. Maman relance alors la conversation et happe Raphaël pour le restant de la soirée. Et je reste boudeuse sur ma chaise à attendre. À laisser refroidir mon plat. À penser à Stan. À penser à ma mère. À bouillir sur place.

Quand vient le dessert, et après avoir tenté de résumer ma vie en cinq minutes à cet inconnu qui n'en est plus un, la température semble être montée d'un cran de leur côté.

Je suis sûre que, si je regardais sous la table, je pourrais les voir en train de se faire du pied.

Beurk.

De toute façon, j'ai tenu ma part du marché. Je suis venue. J'ai souri. J'ai dit bonjour et merci. Maintenant je m'en vais.

— Maman ?

— Oui, ma puce ?

— Je peux dormir chez Allie ce soir ?

Mensonge.

Bien évidemment.

Elle réfléchit. Elle pèse le pour et le contre. Pour : elle aura la maison pour eux seuls toute la nuit. Contre : elle ne me verra pas de la soirée, si ce n'est de la semaine… pour changer.

— Hummphhh… OK. Mais je veux te voir demain à la maison. Faut qu'on aille t'acheter des fournitures pour la rentrée.

— Des fournitures ? Pour la fac ?!

— Et si ça me tient à cœur ?

Je cède face à sa volonté soudaine de me couver.

— OK, on verra… Je m'en occuperai.

Je me lève de ma chaise et elle semble surprise.

— Déjà ? Tu n'as même pas fini tes profiteroles !

— Plus faim.

Je l'embrasse sur le front et fais une bise maladroite à Raphaël. Je lance un « Merci pour le dîner » puis m'enfuis le plus vite possible.

Dès lors, tout devient brumeux. Dans ma tête. Dans mes yeux. Dans mon cœur.

Je me mets à courir à une vitesse folle pendant d'interminables minutes, sur le trottoir puis sur la route, zigzaguant entre les voitures, motos et autres véhicules. Je cours à en perdre haleine, j'en ai mal au cœur et aux jambes. Je cours toujours et saute par-dessus une barrière comme si ma vie en dépendait.

Parce que je veux partir, je veux oublier.

Je fuse et refuse de regarder derrière moi. Dans mon élan, je prends le premier chemin sur ma droite et traverse le fameux grillage noir. Je grimpe un peu plus dans la forêt sans perdre de vitesse. Je crois n'avoir jamais couru si vite. Et je continue. Je trébuche sur quelques branches, mais rien ne m'arrête, rien ne le pourrait. Pas maintenant. Jamais.

Je cours plus loin et plus haut encore, et ma vision se brouille. Oui, je crois que ça y est, je pleure. Ça recommence. Une tristesse nouvelle m'obstrue les yeux, m'empêche d'y voir clair. Et je suis obligée de ralentir, même si je n'en ai pas envie.

Aux abords d'une prairie dont les herbes sont hautes, je me mets à pleurer à chaudes larmes. Je me force à continuer.

Ne t'arrête pas tant que tu ne seras pas arrivée, Anna !

J'avance en poussant devant moi des quantités de feuillages et de branchages. J'y arrive. J'y suis presque, à cet endroit. Mon endroit. Notre endroit…

T'en souviens-tu ?

Et enfin, j'y suis. Je suis en haut de la falaise.

La vue, l'étendue sont devant moi. Tout est là. Les châtaigniers, la fraîcheur des pins, la sève collante sur les arbres, les herbes folles, les fougères. Je retrouve la pente aiguë. Et puis apparaît le banc. *Notre banc*. Celui sur lequel on s'était assis, la première fois. Celui où tu m'as raconté pour Naomi. Celui où, déjà, tu m'avais mise en garde, à mots couverts.

« Tu sais, Anna, j'ai vraiment envie de faire durer cet instant. Je ne suis pas pressé que tu t'en ailles.

— Il n'y a aucun risque.

— Non, *pas pour l'instant…* »

Tu avais raison, Léo. Je comprends maintenant ce que tu voulais dire.

Je pose mes doigts sur le bois usé et les laisse traîner sur le dossier où reposaient nos bras. La nuit est tombée il y a une heure et les lumières de la ville scintillent. D'ici, tout paraît plus petit. Ça aussi, tu l'avais dit, Léo. Tu avais dit qu'avec cette perspective tous tes soucis s'envolaient. Ce sont les miens que je cherche à faire disparaître à présent.

Après avoir récupéré mon souffle, je contourne le banc pour m'y asseoir. Je le fais presque timidement, comme s'il ne m'appartenait pas, en réalité. Comme s'il ne m'appartenait plus… Tout est silencieux. Même le vent n'émet aucun son.

Tu te demandes pourquoi je suis venue ici ?

Je suis ici parce que c'est l'endroit où tout a commencé. C'est ici que je me suis dit que quelque chose se passait dans mon cœur. C'est ici que j'ai cru tomber amoureuse de toi, Léo. C'est ici que j'en étais persuadée. Et c'est ici que je suis maintenant. Maintenant que tout a changé…

Si je suis là, c'est parce que j'aimerais avoir une réponse. J'aimerais trouver de l'aide. J'aimerais que tu me dises quoi faire. Pas le toi d'aujourd'hui. Le toi de ce jour-là, quand la nuit tombait sous nos yeux. Quand tu m'as pris la main. Quand je pensais que nous étions inatteignables. Quand j'étais si sûre de tout.

Parce que là je ne suis sûre de rien, figure-toi. J'ai beau repenser à toute cette vie, toute cette vie que Stan et toi avez créée. Cette vie qui a commencé en mars dernier. Il y a déjà plus de cinq mois. En cinq mois, regardez ce que vous m'avez fait. Regardez comme j'ai grandi. Vous m'avez forcée à dire adieu à mon adolescence tardive, à mon insouciance, à ma plénitude.

Je n'avais rien demandé. J'ai simplement suivi Allison. Et voilà que je me retrouve avec deux amours, trois – si ce n'est quatre – cœurs brisés et des milliers de pièces de puzzle à mettre en place. Qu'est-ce que je dois faire de tout ça ?

J'ai bien conscience que c'est à moi de choisir, de diriger mes pions, d'avancer quand on me tire en arrière. C'est à moi de prendre les grandes décisions et je déteste ça. Je déteste ces charges que vous m'avez assignées. Je n'en ai pas la carrure. Je n'en ai pas la force ni le courage.

Alors pourquoi moi ?

Tout a commencé ici.

Est-ce que c'est là que tout va se terminer aussi ?

Est-ce que c'est moi qui suis à l'origine de tout ça ? Est-ce que c'était ma faute ? Est-ce que je vous ai laissés faire ? Dites-moi. Je veux savoir. Au fond, c'est ça, je veux savoir. Savoir comment c'est parti, comment ça reviendra. Je veux voir comment ça va finir. Savoir si je vais souffrir. Si quelqu'un d'autre que moi va en pâtir. Je voudrais accélérer le temps et voir ce que la future moi aura fait. Qu'est-ce qu'elle aura fait pour se sortir de là ? Pour sécher ses larmes, pour réconforter son cœur et toutes les autres âmes qui peinent dans cette histoire…

Peut-être qu'une prière suffirait. Peut-être que je dois soudoyer quelqu'un, là-haut. Ou peut-être faut-il simplement que je respire. *Pour une fois.*

Oui, c'est ça, il faudrait que je respire, non ? Que je revoie ce qui s'est passé dans ma tête. Que je fasse confiance à ma mémoire. Que je comprenne pourquoi c'est si dur d'admettre des mots comme ça. Comprendre pourquoi j'en aime un, puis deux, puis plus rien. Comprendre ce qui a tout enclenché.

Je suis là, seule, assise sur ce banc froid. Et c'est comme ça que je vais me sortir de cette histoire. Ça dépend de moi, en fait. Oui, c'est ça, de moi et de personne d'autre. *Alors vas-y, Anna. C'est à toi.* À moi. *C'est ton tour.* Le mien. C'est à *nous* d'être grandes, ce soir. C'est à *nous* de trouver la solution. *Ferme les yeux, ouvre ton cœur.*

Allez, Anna !

Un petit effort.

Tu y es presque.

Allez.

Je ferme les yeux. Aussitôt, les lumières s'éteignent et je respire l'air frais qui m'enveloppe. Un léger frisson me chatouille la nuque, mais je n'ai pas peur d'avoir froid. Je serre les bras contre mon corps et laisse mon esprit divaguer. Je le laisse prendre les commandes. *Je le laisse aller.*

Me voilà envoyée dans le fin fond d'un souvenir qui m'est proche. Un souvenir vieux seulement de quelques heures. Je vois des lèvres. Non, je les sens ! Je les sens sur moi comme si la scène se répétait. Dans un creux, son souffle irradie ma peau. Il est doux de l'extérieur. *Il doit l'être de l'intérieur également, j'en suis sûre.* Ses doigts glissent sur mon corps comme sur les cordes d'une guitare. Je vibre de tout mon être et laisse l'atmosphère me happer tout entière. On me chuchote une berceuse.

C'est ta voix, Stan.

Elle survole mes formes et se diffuse jusque dans mes oreilles. Son parfum est simple mais rare. C'est contradictoire et semé d'embûches. C'est dur parfois et fort souvent. Mais c'est toi, Stan, *c'est toi.*

Quelques fausses notes se heurtent à mon épiderme. Il y a des secousses de haut en bas. Il y a de la casse. J'aperçois même des retours en arrière. Oui, certaines choses ne vont pas, certaines choses échouent, mais…

Il y a comme une lumière au fond de la voie. Elle brille faiblement mais elle brille, je la vois. Il y a également une multitude de cris, de larmes. Il y a des gros dégâts en perspective.

Mais il y a toi. Puis il y a moi. Ça, je le vois distinctement.

Il y a des regards qui touchent et des mains qui apaisent.

Il y a des mots qui caressent et des caresses qui parlent.

Il y a du vacarme partout où il y a du silence. Du vent partout où l'on met le feu.

Il y a même cette petite lueur qui persiste tout au bout du tunnel, je la vois elle aussi.

Certaines fois, ça pique. Je m'y attendais. On dirait des épines qu'on enfonce dans mon cœur, dans la paume de mes mains, dans ma tête. Un bourdonnement envahit mon crâne. Je suis essoufflée. Je manque de tomber, de me faire mal. Très mal…

Mais je laisse faire. Puisque au fond je m'en fiche. Oui, je crois que je m'en fiche. Je me fiche que ça fasse plus mal encore parfois, je me fiche que ça change tout là-haut dans ma tête comme au milieu dans mon cœur. Je me fiche des regards de travers, des mots malveillants, du brouhaha insipide. Tout cela, tout ce que je décris dans ma tête, tout ce tourbillon, c'est du réel, du concret. Et ça ne l'est qu'avec toi, Stan. Je m'en rends compte enfin.

Peux-tu le sentir aussi ?

De toujours à jamais, de toute ma vie, du premier jour à aujourd'hui, c'est la première fois que je sais. Je parle de savoir pour de bon. La première. Et c'est toi. C'est toi l'auteur de ce chaos. Celui qui inspire cette multitude d'images qui naissent dans ma caboche. Le créateur de ces sons, couleurs et goûts que je pensais connaître. Mais qu'en réalité, non. Puisque avec toi ça change. Tout change.

C'est perturbant…

Mais si je dois être honnête, puisqu'il le faut, puisque seule ma conscience m'entend, je vais te le dire. Je vais tout te dire. Écoute-moi bien, s'il te plaît. Je pensais que c'était une simple distraction, Stan. Je pensais que c'était l'attraction du diable sur ma petite personne faiblarde. Je pensais tout savoir. Je pensais savoir aimer. Je pensais être une fille qui se tenait droite dans ses bottes. Je pensais n'avoir aucun regret. Jamais.

Et puis, je pensais avoir oublié. *Quoi ?* Cette douleur. Celle qui est tatouée sur ma poitrine depuis ton départ. Celle dont l'aiguille s'enfonce plus loin dans ma peau quand toi, tu pars. Celle que tu ancres un peu plus chaque jour avec tes mots.

C'est de cette douleur-là que je parle. Cette douleur qu'une seule personne avant toi avait été capable de provoquer…

J'avais un papa, je te l'ai dit ?

Il était beau et fort, mon papa.

Il était comme toi, tu vois.

Mais mon papa est parti, Stan.

Et toi, tu ne peux pas me faire le même coup.

Tu ne peux pas, parce que j'ai vraiment l'impression de vivre quand tu es là. Je vis, je te le jure. Je suis entière, remplie d'un je-ne-sais-quoi. Et, quand tu t'en vas, je me sens comme un ballon qui se dégonfle. Au début, c'était bien discret. Maintenant, je ne le contrôle plus et ça me fait peur. J'en ai toujours eu peur, je crois.

Ça me terrorise, ça me terrifie. L'absence, le départ, la perte. J'y pose mon veto, tu vois ?

J'avais peur de ça depuis le début. Qu'on me blesse encore là où il ne faut pas. Le cœur, Stan. C'est lui qui dicte, pas moi. Et il me crie que c'est toi. Il hurle, *il s'époumone*. Même quand je ne voulais pas l'entendre. Même quand je ne le voyais pas.

Alors quoi ? Je dois faire comme si je n'entendais rien ?

Oui, c'est plus facile. Ça l'était au début. Je crois… C'est toujours plus simple de choisir ce qui ne fait pas peur. Et j'avais peur, je te l'ai dit. On m'a abandonnée une fois, puis deux, puis trois. Mon papa.

Puis encore Matt. Allie aussi, tu verras. Alors pourquoi pas toi ? Léo ne m'abandonnera pas, lui. Je le sais, je le savais, c'est comme ça.

C'est pour cette raison que je m'y suis accrochée.

On le sent, au fond, quand une alchimie se crée entre deux êtres. Enfin, je veux dire, le coup de foudre, celui dont tout le monde parle, il se révèle. Il est évidence, fulgurance. C'est pour ça que tout le monde veut le vivre au moins une fois. C'est pour avoir l'occasion d'être sûr, d'être serein. De savoir pour l'autre comme on sait pour soi. De voir que la force de l'un fait la faiblesse de l'autre. D'en être persuadé !

Tant que tu ne sais pas, tu es dans l'entre-deux. Dans ce *putain* d'entre-deux. Tu es, ou tu penses être, comme moi qui suis noyée dans un trop-plein d'eau. Perdue entre deux maillons disjoints. Pourtant, les effets de ce coup de foudre, de ce coup de massue sur l'organe majeur de mon corps, je les sens. Au fond de moi, ça tourne, ça brûle, ça pince, ça ne s'arrête jamais. C'est un orchestre, une symphonie, un concert à lui tout seul. Ça ne veut jamais se taire.

Tu veux savoir ce que ça dit ?

Non, ne me demande pas, je ne le sais pas moi-même. Mais quand j'ouvre les yeux. Moi. Anna. *Toi, là.* Quand j'ouvre les yeux à nouveau, je vois. Je vois que je me trompe. Et une petite voix me hurle de persister, elle me crie de continuer à chercher, d'essayer de mieux y voir.

Vois, avant qu'il ne soit trop tard, me dit-elle. *Vois* que tu fais fausse route. *Vois* que tu l'as, ton amour, ta certitude. Tu l'as juste *là.* Pas loin. Il est au bout de tes doigts. Tu peux l'atteindre. Allez. Saisis-le.

Voilà.

Tu vois ? Tu te trompais depuis le début, Anna. Tu l'as maintenant. Ton amour. Ton entièreté. Tu l'as. C'est donc à *ton* tour, maintenant. C'est à *toi* de faire en sorte que ça marche. C'est *toi* qui peux faire le choix de le retenir ou de le laisser partir. Certes, c'est difficile. Ça le sera toujours, qu'est-ce que tu crois ? Mais, c'est ton choix. Il t'appartient.

Alors qu'est-ce que ce sera ? *Qui* est-ce que ce sera ?

— Qui est-ce que je choisis ?

Est-ce que le dire à voix haute aide ? Non, pas vraiment. Il faut que je me concentre à nouveau. Réfléchis, Anna. Pense… Demande-toi pour qui bat si fort ton cœur, là, dans ta poitrine. Pour qui ton estomac se retourne. Pour qui tu perds tous tes moyens. Pour qui tu es capable d'apprécier autant le silence que les cris. Pour qui tu vois bleu, rouge, vert, de toutes les couleurs de l'arc-en-ciel. Pour qui ton monde perd tout son sens. Pour qui tu es perdue aujourd'hui.

Quand tu te demandes tout ça, est-ce que tu le vois ? Est-ce que tu *le* vois, Anna ?

Je crois que oui.

Et ce n'est pas si douloureux que ça. Le fait de voir et de savoir ne fait pas mal. C'est l'ignorance qui me détruisait. Maintenant je sais.

Je l'ai eu, ce *putain* de coup de foudre. Je l'ai eu dès que je l'ai vu. Il y avait tout à refaire, tout à rebâtir, tout à réapprendre. Il y avait des milliers de questions auxquelles je voulais des réponses. Mais il y avait aussi des preuves que c'était *toi*. Des papillons dans le ventre, par-ci, par-là. La chaleur qui monte aux joues chaque fois que tu passais. Un pincement au cœur quand j'entendais ton nom.

Oui, il y avait tout ça. Mais tout ça était paralysé par la peur. La peur du non. La peur de l'abandon. La peur du rejet. J'avais peur de toi. Et je te voulais.

Voilà où ça m'a menée. Sur une route sans fin, sans but. Dans les bras d'un garçon plus doux et plus facile. Dans les bras de quelqu'un qui aurait pu m'apporter tout le bonheur du monde. Mais l'aurais-je trouvé, moi, ce bonheur, même si on me l'avait servi sur un plateau d'argent ? Non. Bien sûr que non. Parce que ce n'était pas *toi*.

Et parce que maintenant tu te doutes que le cœur a ses raisons que la raison ignore.

Je t'appartenais déjà. Avant même d'avoir ton avis et, plus important encore, avant d'avoir le mien. Avant tout ça, avant tout et n'importe quoi, en réalité. J'avais ton cœur plaqué sur le mien. J'avais le mien accroché au tien.

Alors fini, le rêve éveillé. Finis, les mensonges. Finie, la course à tout ce qui s'oppose à toi. Finis, les aveuglements. Fini, de courir après le temps. Fini, de regarder en arrière. Fini, de réfléchir au trafic. Fini, de penser à la mort et au danger. Fini, d'avoir peur. Maintenant je sais ce que je veux, et, ce que je veux, c'est ne plus jamais en douter.

Ces derniers mois, j'ai donné deux fois mon cœur.

Mais on ne me l'a pris qu'une seule fois.

C'était une erreur, c'étaient *des* erreurs. Mais, même en sachant ça, je n'arrive pas à blâmer mon cœur. Je ne pourrai jamais blâmer mon cœur de *t'aimer*. Pas maintenant que je le sais.

Oui, je l'ai pensé, tu as vu ? J'ai pensé ces trois petits mots, je les ai associés à ton nom. Tu voulais la vérité ? La voilà.

Je t'aime.

Je t'aime, je t'aime, je t'aime.

Et plus encore.

Je voudrais le crier pour que ça sorte de ma tête et puisse t'atteindre. *Alors je le fais.* Je me lève et monte sur le banc, j'essuie mes larmes et porte mes mains de chaque côté de ma bouche.

— Je t'aime ! Tu entends ? Je t'aime ! Toi, Stan ! Toi !

Je t'aime…

C'est dingue. Et bête. Et merveilleux à la fois. Ça l'est parce que je le sais. J'en suis sûre. Je le vois, je le sens, partout à l'intérieur, partout. J'avais raison en venant ici. Léo aussi avait raison. Et même si c'est dur, même si cela me brise le cœur… Il m'a aidée à y voir clair, lui aussi. *Il m'a aidée à te trouver.*

Je reste debout un moment, sur ce banc. Au-dessus du monde. Au-dessus de ce monde que je comprends désormais. Qui ne me fait plus peur. Non, plus peur du tout !

Comme je me trompais… Ce n'était pas une question de choix. C'était une question d'écoute. Il fallait que je tende l'oreille. Il fallait que je fasse confiance à mon cœur. Il me disait depuis le début que je préférais le feu. Il me disait depuis le début que je préférais la gravité. Il me disait depuis le début que je lui appartenais…

Tout comme il me disait depuis le début que j'étais fichue. Que j'étais amoureuse. Encore. Ou pour la première fois.

J'aurais dû écouter mon cœur.

On ne peut pas se battre contre ce qu'il pense.

On ne peut pas se battre contre une évidence.

C'est lui qui m'a guidée jusqu'à toi, la première fois, Stan.

Et c'est lui qui me guide à toi maintenant.

Chapitre 44

STAN

J - 9

Décidément, il n'y a rien de plus con que l'amour.

— Amoureux, j'te dis. J'suis a-mou-reux !

C'est profondément débile.

— Tu m'écoutes ? L'amour, j't'en parle avec un grand A, moi…

Ça transpire le ridicule.

— Et toi… t'es un sacré con !

Ça me donne envie de pleurer parfois…

— Connard !

… ou de rire.

J'esquive un coup sur la droite, un uppercut mal placé, et il tombe au sol.

— J'vais te défoncer, grogne-t-il.

Je t'attends.

— Bouge pas…

Je ne bouge pas.

— Je te hais !

Wahou, à ce point ?

J'ai rarement vu Léo dans un état pareil. Il me fait pitié, il a dû dépenser une fortune pour se la mettre, probablement à l'Angle.

— Tu veux savoir…

Il titube, le doigt levé en l'air, un sourire niais sur la gueule.

— Je suis déçu… genre… déçu grave.

Pauvre gars.

— J'rigole pas. Toi t'es là… et tout… Mais j'rigole pas.

Oui, ça se voit.

— Tu m'as piqué ma meuf, tu sais.

Aïe ! Là, ses mots piquent un peu.

Il se redresse, perd son sourire, ferme les yeux et reste immobile un moment, le dos voûté, les bras ballants. Il est près de 5 heures du matin et il serait mieux dans son lit à cuver.

— Mais PARLE ! Parle, bordel, qu'est-ce que t'as à répondre à ça ?

Et le revoilà qui me frappe. Le torse cette fois-ci. Il tapote comme une fillette, il s'épuiserait si je ne le maintenais pas en arrière.

Je sens son corps ramollir, se vider du peu d'énergie qu'il lui reste. Mais il ne s'arrête pas.

— Stanislas de mes deux… J'te jure… Comment c'est possible ? J'pensais que t'en avais tellement rien à foutre. J'pensais que t'étais indifférent…

Il lutte si fort que ça me fatigue pour lui. J'ai l'impression d'être face à un clodo qui perd la boule. J'ai l'impression d'être impuissant. Comme si quelque chose ne marchait plus. Comme si on était en train de perdre le fil.

— C'est pas juste.

Et il lâche prise, s'écroulant dans mes bras sans préavis, le front contre mes pectoraux. Et c'est l'avalanche. Des larmes, de l'eau salée, des torrents sur mon T-shirt. Il pleure, il chouine, il morve, il lâche tout.

Je m'y attendais. Je m'y attendais depuis un moment déjà. Mais je ne pensais pas que ça serait si douloureux pour lui. Pour moi.

Je passe mes mains dans son dos et tente maladroitement de le réconforter.

On est potes depuis toujours, mais la proximité c'est pas notre truc. On fait les fiers, on ne s'embrasse pas à tout bout de champ. Mais je sens qu'il en a besoin, là, maintenant. Parce qu'il a passé la nuit à me maudire dans son coin. Parce qu'il a passé la nuit à boire. Parce qu'il a décidé de me réveiller un dimanche. Parce qu'il chiale dans mes bras.

Soudain, ses doigts agrippent mon T-shirt. Il tire dessus et lâche un énième sanglot plein de soubresauts. Il pleure comme si sa sœur était morte. Il pleure comme s'il avait tout perdu.

Et ça me tue.

— Léo, arrête-toi.

Il ne m'écoute pas. Il est simplement dans mes bras parce qu'il est exténué, non pas par affection. Je sais qu'il me déteste. Il a de quoi. Moi aussi je me déteste pour cette situation.

— Viens, lui dis-je en le traînant vers le canapé, on va s'asseoir.

J'ai failli embrasser Anna dans cette pièce... Mieux vaut ne pas lui parler de ça.

Léo tombe comme une masse sur les coussins et plonge son visage dans le creux de ses mains. Je ne sais plus quoi dire.

— J'veux... j'veux juste savoir pourquoi, dit-il en reniflant.

Laisse-moi réfléchir...

Je l'ai vue en premier.

J'ai ressenti cet amour en premier.

Mais je t'ai laissé l'avoir.

— Ça ne s'explique pas, réponds-je.

— Bien sûr que si, ça s'explique. Tu la trouves canon ou tu l'aimes ?

Il me gave.

— J'aime personne comme ça, tu le sais très bien.

Il lève la tête, les yeux rouges, et grince des dents. Il semble retrouver un minimum de contenance.

— T'es toujours dans le déni, c'est pas croyable. J'te demande si tu veux te la faire ou si tu as mal au bide chaque fois qu'elle sourit. Si tu la trouves simplement bien fichue ou si tu penses qu'elle pourrait briller dans la nuit tellement elle est resplendissante à tes yeux. Si t'aimes ses seins, ses fesses, la courbe de ses hanches… Ou si tu pourrais rire à n'importe laquelle de ses blagues, même la plus nulle, simplement pour lui faire plaisir.

Est-ce que c'est ça, l'amour ?

— C'est bon, j'ai pigé.

— T'as pigé ? T'as pigé quoi, au juste ? Qu'on est tous les deux amoureux ? Ou que, bien que je le sois moi, toi, tu n'as aucun scrupule à vouloir la mettre dans ton lit ?

Le coup part tout seul. Une petite gifle gentille sur sa joue déjà boursouflée par les larmes. Il ne réagit pas.

— J'ai pigé qu'on était dans la merde, craché-je en m'écartant de lui. Mais c'est pas ce que je voulais. J'y peux rien, j'avais pas prévu ça.

— Quoi, « ça » ? Anna ? Que tu tombes amoureux ? Qu'elle soit ma copine ? Que je souffre comme un con ?

J'ai envie de le frapper encore mais je me retiens. Je dois prendre sur moi, au prix d'un immense effort. Il faut que la tension redescende.

— Ça fait mal, hein ?

— Ta gueule.

Je n'ai plus envie de l'entendre. Je me lève et fais les cent pas dans le salon.

Cette situation est tellement dérisoire. Il y a quelques semaines, c'était moi, ici, tout seul, à pleurer comme un con, l'alcool se diffusant dans mes tissus. Maintenant c'est lui. Et c'est pire.

— Avant qu'il n'y ait Anna… c'était nous deux contre tout, chuchote-t-il.

C'est pire quand il dit ça.

— Je suis tombé amoureux d'elle alors même que j'étais avec Naomi. J'ai tout laissé tomber. Mais pas toi.

— Je sais.

— Et j'ai voulu arrêter le trafic. Je te l'ai dit, ça me saoulait. J'étais prêt à tourner la page.

— Je sais.

— J'allais enfin rentrer dans le droit chemin. Ça s'annonçait bien comme ça.

— Je sais.

— T'étais mon putain de meilleur pote, mon frère.

Là je me tais. Parce que c'est dur… C'était réciproque. Léo a toujours été mon protégé. Je lui ai presque tout donné. Et là, c'est comme si je lui reprenais tout sans même le prévenir.

— J'pourrais me venger, t'sais ? Mais au fond, même si je le voulais, j'crois que j'y arriverais pas.

— T'embête pas, t'as déjà une amorce, lui balancé-je en riant jaune.

— Comment ça ?

— Ah… Alors moi je suis un connard, mais toi, tu n'assumes pas, c'est ça ? Je ne l'ai pas trompée, ma copine, moi.

Devenant rouge écarlate, il crispe la mâchoire et m'incendie du regard.

— Quoi ? Tu pensais que je ne savais pas ? Figure-toi que vous n'étiez pas discrets. Chez moi en plus. Quel culot… lancé-je en feignant d'être offusqué.

— Ferme-la !

Vlan, un coussin dans la gueule !

— Monsieur me donne des leçons sur ce qu'est l'amour et sur ses nobles sentiments envers Anna alors qu'il fait du rentre-dedans à sa meilleure amie. C'est propre, ça, bravo !

Il se lève d'un bond et me pousse contre le mur avec force. Plongeant son poing sur le cadre photo au-dessus de ma tête, il envoie valdinguer des quantités de morceaux de verre sur ma nuque.

Pas grave, j'aimais pas ce cliché de toute façon.

— T'es un putain d'abruti, Djovik.

— Et toi, un putain de coincé.

— En attendant, *j'ai couché* avec la plus belle !

Quel enfoiré !

— J'suis sûr que ça te rend dingue de le savoir, Stan. J'suis sûr que t'aurais voulu être à ma place depuis tout ce temps. Mais nan. Nan. Parce que c'est moi qu'elle a choisi.

J'aimerais lui répondre que c'est faux avec certitude.

— Anna m'aime, Stan. Tu peux rien contre ça.

— J'ai pigé.

— Hein ?

Il semble aussi surpris que moi d'avoir pointé du doigt la vérité.

— Elle me l'a dit.

— Comment ça ?

— C'était à toi qu'elle voulait parler… Mais en fait c'était moi.

— Sois plus clair ! insiste-t-il en me cognant à nouveau contre le mur.

— Hier soir. Elle m'a appelé par erreur, pensant avoir fait ton numéro. Et elle a dit qu'elle t'aimait.

Ses yeux se voilent et il me lâche immédiatement, l'air déboussolé. À nouveau il a une courte absence, il se perd dans un vide profond, sinistre. Puis il esquisse un rictus. Il se marre doucement, ensuite son rire devient peu à peu dément, au point qu'il me lâche pour taper dans ses mains. Il parvient toutefois à articuler :

— Je crois que c'est toi, le plus pathétique dans l'histoire, Stan…

Je suis perdu, là.

— Tu vois pas ce qui se passe ?! Tu vois pas qu'elle se ment autant qu'elle nous ment ? Elle est exactement comme toi, en fait. Elle ne pense qu'à elle. Elle choisit la voie facile. Elle a peur. Elle veut être confortée par un mec gentil qui prend soin d'elle. Elle est comme toi, elle voit pas les choses en face. Et moi, elle me mène en bateau depuis le début. J'ai sacrifié plein de trucs pour ses beaux yeux. J'ai perdu ma copine et mon meilleur pote pour elle. Alors que depuis le début c'était toi qu'elle avait dans la tête.

Ta gueule. Ta gueule. Ta gueule.

— Elle t'a appelé toi, pas moi. Tu vois pas ce que ça veut dire ? Faut être aveugle.

Arrête.

— Et t'es là à attendre que ça passe. T'es là à me laisser débarquer chez toi, te casser la gueule sans rien dire. Tout ça parce que t'es le faux méchant de l'histoire. T'es le mec qui a un bon fond. T'es celui que les filles adorent au cinéma. Et moi, je suis le looser qu'on va oublier au générique. Tout ça parce que t'es un putain d'ange, Stan.

— Dis pas n'importe quoi.

— C'est vrai ! Même dans l'acte le plus égoïste de ta vie, tu restes le plus beau, le meilleur. Même en étant un bâtard comme tu l'as été, tu restes celui qui aura tout fait pour tout le monde. T'auras sauvé ta mère, ton père, t'auras sauvé Anna, Naomi… Tu m'auras sauvé, moi. Et pour ça, bah ouais, pour ça tout le monde te respecte. Moi compris.

À mon tour de le pousser. J'inverse nos positions et plaque mon coude contre sa gorge. J'ai le sang qui palpite dans mes veines, les yeux brûlants, le cœur qui s'arrache de ma poitrine.

— Qu'est-ce que tu crois, putain ?! Que j'm'en tire mieux que les autres ? Que j'suis content de ce qui m'arrive ? Toi, ouvre les yeux, Léo. J'ai rien pour moi. J'ai plus de mère, quasiment plus de père, plus de frère, plus de copine, plus de meilleur pote, plus d'avenir, plus de dignité. J'ai que dalle. Je suis allé en taule. En TAULE. T'imagines même pas ce que c'était. Toi t'as tout. T'as toujours tout eu. La famille en or, la copine idéale. Et tu trouves encore le moyen de te plaindre ? Tu m'dégoûtes. Tu m'dégoûtes parce que tu n'as même pas réalisé ce que je ressentais dès le début. T'as pas cherché à comprendre, t'as pas vu l'effet qu'Anna me faisait. T'as pas vu que j'essayais de changer. T'as rien vu.

— Je te déteste ! hurle-t-il.

— Mais moi aussi, putain, moi aussi !

Et j'ai plus de souffle. Lui m'observe les sourcils froncés. Je crois que je chiale un peu. Et je crois que lui aussi.

Je peine à reprendre mes esprits tant je me suis épuisé avec mes propres mots. On se toise encore, mais cette fois à un mètre de distance. Trop de haine a été jetée. On doit garder un espace entre nous.

Mes yeux coulent mais je ne m'essuie pas la face. Lui pleure en silence. Il finit par baisser le visage et prend l'apparence d'un gosse. Rien ne tourne rond dans ce putain de monde. Et on est là, comme deux bêtas. Je peux pas le voir dans cet état plus longtemps.

Je m'avance alors et le prends dans mes bras. Je le fais avec ce qu'il me reste de tact. Et il semble accepter cette proximité. Je serre les poings autour de son cou, lui dans mon dos. On pourrait presque s'étouffer. Mais ce sont nos larmes qu'on étouffe en un seul geste.

Drôle de manière de commencer sa journée, bon sang…

— Tu sais, commence-t-il en reniflant, t'es toujours mon frère. Une fille ne peut pas changer ça. Rien n'peut changer ça.

Ma raison me dit de l'engueuler pour parler d'elle comme d'une simple fille. Mais mon cœur est tellement meurtri que je me tais et le serre plus fort encore.

— J'aurais dû faire les choses autrement… Mais toi aussi, Stan. Toi aussi, tu as ta part de responsabilité là-dedans.

— Je sais.

— Et arrête avec cette réponse.

— Je suis désolé.

Dire « Je t'aime » à une fille relève sûrement de l'exploit pour des mecs comme nous. Mais alors dire « Je suis désolé » de cette manière et le penser… Je crois que c'est encore plus terrible. La fierté se met difficilement de côté, ces derniers temps.

— J'vais t'en vouloir encore longtemps.

— Je sais. Enfin, j'veux dire, moi aussi.

On renifle en chœur. *Comme c'est mignon.* Et pathétique. Et triste. Et froid. Mon cœur est froid.

— J'ai quitté Allison, annoncé-je de but en blanc avant de me reculer, l'air tout con.

— Quand ça ?

— À ma sortie.

— Je suis désolé.

— Pfff. Fais pas semblant. T'as la voie libre maintenant.

— Dis pas d'conneries.

— T'as raison. J'préférerais que tu ne la touches pas.

Léo se marre.

— Est-ce que je peux t'en demander autant avec Anna ?

Encore un silence. Un silence gênant.

Il a toujours les yeux brillants, mais adopte un air sérieux en croisant ses bras devant lui.

— J'veux pas l'savoir s'il se passe quelque chose entre vous, OK ? J'veux pas l'savoir. J'peux pas.

Je déglutis.

— Respectez au moins ça.

J'acquiesce comme un lâche et baisse les yeux à mon tour.

— On dirait que j'ai vite dessaoulé.

— On dirait, ouais.

C'est vachement dur de mettre un terme à un moment pareil. On s'est disputés, frappés, embrassés. On a pleuré, crié, tout cassé. Et pourtant, maintenant que la tempête est passée, quelque part, ça va un peu mieux. Seulement un peu.

Je crois pas aux fulgurances amoureuses bidon. Je crois pas à tout ça, moi, parce que je suis un réaliste. Et parce que j'y arrive pas. Quelque part, ça passe pas.

Quand je repense à Allison au début de notre relation, je me dis que c'était tout sauf un coup de foudre. Elle était là, j'étais là. C'est tout. S'il n'y avait pas eu Anna, il n'y aurait pas eu Allie. C'est con, mais c'est ainsi.

— Ça te dérange si je dors ici quelques heures ? J'veux pas rentrer chez moi dans cet état.

— Pas de souci.

Il m'adresse un dernier regard entendu avant de faire la moue et de disparaître dans l'escalier.

Dans la minute qui suit, j'attrape la pelle et la balayette, je ramasse notre foutoir et retire mon T-shirt trempé par ses larmes. Je me dirige vers le dressing du bas et tire de là un matelas gonflable de secours, complètement miteux. Je le traîne sur la terrasse, j'installe une couverture dessus et je retourne dans la cuisine. Je mets la main sur une bonbonnière et j'ouvre le couvercle. À l'intérieur, je trouve mon paquet de Winston et un briquet américain que j'embarque.

Il est 6 heures. Le soleil se lève.

Je suis allongé de tout mon long sur le matelas. J'avais envie de fumer. Pas pour passer mon stress ou pour me pourrir la santé, juste pour fumer. Pour apprécier la chaleur dans mes poumons, l'odeur piquante, la fumée brumeuse.

Et, à regarder le soleil se lever progressivement, des couleurs orange apparaissant à l'horizon, je dois dire que je suis bien. Je suis juste bien. Je profite. Je savoure ces quelques heures de répit. Ces moments d'exaltation. *Le calme après la tempête.*

On dirait qu'il n'y a que moi. C'est ça. Il n'y a que moi, le torse légèrement frissonnant dans la brise, devant l'apparition des premiers rayons dans le ciel. J'ai même l'impression de voir Anna dans le soleil.

Il n'est pas très haut et pourtant il éblouit déjà. Il est chaleureux. Il m'embrasse comme si j'étais son fils. Il me prend comme je suis, posé là sur la couverture. Il prend son temps, me regarde, apprend à me connaître. Et je le toise, j'essaye de le saisir. J'essaye de m'y accrocher.

Mais il me brûle les yeux. Il me brûle la peau.

Comme Anna.

Anna est un soleil qui ne cesse jamais de briller. Elle ne s'en rend pas compte, bien sûr. Je mettrais ma main à couper qu'elle pense être une lune froide et dure. Si c'est le cas, elle se trompe. Enfin, je veux dire, pour que Léo et moi en soyons dingues... Il y a bien une raison.

En fait, non. Il y en a plusieurs.

Elle a des yeux bleus perçants. Mais doux. Très doux. Son sourire est le genre à faire un peu mal au cœur tellement il est sincère. On pourrait écrire un bouquin sur le sujet. J'ai toujours l'impression que ses mains ne sont capables que de caresses. Ses doigts fins ont le don de tout améliorer, ils manient avec agilité chaque chose qu'elle touche.

J'aime la façon dont elle s'attache les cheveux machinalement. Elle les noue et dénoue, tirant les mèches sur sa nuque, remontant le tout et tournant, tournant, tournant encore jusqu'à former une sorte de chignon déséquilibré. Je ne pensais pas pouvoir m'extasier autant devant la coiffure d'une fille. Mais Anna n'est pas une simple fille, on a déjà établi ça.

Il y a des moments pendant lesquels elle perd le fil de sa pensée. Ses yeux se voilent et restent perdus sur une partie de mon visage. Elle peut passer de longues minutes comme ça, jusqu'à ce que la réalité la rattrape. Là, elle affiche son air frustré avant de reprendre contenance.

Du moins, c'est ce que j'ai vu d'elle le premier soir. Elle n'était pas la plus jolie fille dans la maison. Mais c'est elle que je voyais, personne d'autre. Elle ne m'appréciait pas vraiment, je crois. Je lui faisais peur. J'étais arrogant et chiant. J'étais celui qui recevait. C'est jamais un bon rôle, ça. On s'en fout toujours, du mec qui organise la soirée. Il passe généralement la nuit à faire la police, à contrôler que personne ne s'étouffe dans son vomi, comme Tiphaine dans ma cuisine.

Elle ne savait même pas qui j'étais, en fait. Elle avait été obligée de venir. Elle s'en fichait. Moi pas.

Elle avait quelque chose d'hypnotisant, quelque chose d'indescriptible sur lequel je ne pourrai jamais mettre de mots. Un truc qui se dégageait d'elle quand elle regardait les autres invités danser, quand elle prenait connaissance des lieux. Dans sa façon de sourire par politesse, de voir au-delà de ce qu'on lui donne à voir, toujours, constamment.

C'est même plus de l'ordre d'un problème de maths, cette nana, c'est pire. Elle est tellement compliquée qu'on se dit qu'elle est simple, finalement. Simple dans sa façon d'être compliquée. Elle est très douce et, d'un moment à l'autre, sans prévenir, elle va être franche et dure. Elle l'a été plusieurs fois avec moi, déjà. Mais ce qui me revient le plus souvent en mémoire, c'est que je suis entré chez elle à 5 heures du matin pour la découvrir endormie dans son lit, une boîte de somnifères sur sa table de chevet.

Parfois, aussi, je songe à son père. C'est Allie qui m'a tout dit à son sujet. Avant ça, je ne savais pas. Je ne m'y attendais absolument pas. J'étais con.

Mais son père l'était encore plus.

Je ne peux même pas imaginer ce qu'elle a dû penser quand je l'ai traitée de petite fille pourrie gâtée. Ça me donne envie de tout casser rien que d'y repenser.

Quel con !

Je crois que, au fond, Anna m'a bouleversé. Bouleversé comme personne avant. D'où mon attachement absolu, total, inextricable. Le pire dans tout ça, c'est qu'elle m'a bouleversé sans le vouloir, sans s'en rendre compte. J'en suis presque le principal coupable...

Allie se débrouillait bien, pourtant, dans son rôle. Elle était généreuse, elle était toujours là. Mais pas une seule fois je me suis dit que ça marcherait. On avait un mode de vie insoutenable, on ne pouvait pas tenir comme le couple qu'elle espérait. Le sexe, l'alcool, les embrouilles. C'était nocif. C'était trop, tout le temps.

Et moi je suis toujours pareil. Le cul entre deux chaises. J'avoue à Anna mon histoire. J'avoue à demi-mot mes sentiments. Allie la jalouse, pète un câble et se barre. Anna est là. Et je me fais embarquer.

J'ai le chic pour me foutre dans la merde, comme on dit.

Sans oublier qu'il y a Léo. Léo, ce con, je l'aime pour de vrai. Je crois bien que je l'aime plus que tout. Je pourrais mourir pour lui demain, comme je pourrais tuer pour lui s'il me le demandait.

Parce que c'est Léo, c'est comme ça.

Et pourtant, il y a Anna... Et, pour Anna, c'est pareil. Je crois que je pourrais finir en asile. Simplement pour ne plus la voir triste. Parce que, quand elle est triste, tu n'es pas seulement triste avec elle. Tu es complètement déchiré de l'intérieur. Tu as envie de te mettre des baffes, de hurler. C'est l'effet Anna. On y succombe tous un jour ou l'autre. Et à côté, moi, eh bien je suis perdu. J'ai encore neuf jours pour me démerder. Pour organiser une ultime soirée, pour récupérer l'argent. Tout ça sans avoir les flics sur le dos. Sans avoir Mandarres sur le dos.

Je l'avais presque oublié, celui-là.

Quand je pense qu'il sort avec la mère d'Anna... Quel merdier ! Et moi, je fais quoi dans tout ça ? Je veux dire, une fois que j'ai remis l'argent aux mains des Radicaux, je fais quoi ? Je continue à vivre ma vie normalement, j'oublie le trafic et je reprends mes petites études ? Ou est-ce que je pars comme je l'ai dit ? Est-ce que je me tire d'ici ?

Quoi que je décide, je veux pouvoir profiter de ce soleil-là encore quelque temps. Juste pour ressentir cette chaleur si particulière au creux de mon estomac.

Juste une dernière fois.

Chapitre 45

LÉO

J – 9

Il faisait jour lorsque je me suis réveillé. Et on était le même jour. On était le même jour et j'étais le même mec, une part de dignité en moins, l'orgueil un peu bousculé et le cœur affaibli.

Elle arrive au Central avec le même chemisier bleu que lorsque je l'ai embrassée pour la première fois. À croire qu'elle l'a fait exprès, tout ça pour me narguer.

On était le même jour et j'étais au même endroit. Mon téléphone indiquait 16 heures et trois appels manqués de Lia. Je me souviens de m'être retourné sur le dos afin de me lever. Mauvaise idée, évidemment. J'ai alors tenté de me stabiliser en m'accrochant à la couette, mais, comme si une force invisible avait tenté de me repousser, je suis tombé à même le sol. J'ai lâché un juron dans ma barbe de trois jours et je me suis redressé en cognant mes tempes avec mes poings. La torture de la gueule de bois…

Le monde va mal.

Enfin… Surtout le mien.

J'ai remonté mon jean sur mes hanches et enfoncé mes doigts sur mes paupières closes pour dissiper la douleur. J'ai tenté de m'habituer à la lumière perçante à travers la fenêtre, mais je me suis vite échappé.

Elle s'est même maquillé les yeux. C'est une blague.

Stan était assoupi dehors sur un matelas gonflable et j'en ai profité pour m'en aller sans un mot. J'ai récupéré ma voiture dans un sale état. Le pare-chocs avant était défoncé et il me manquait un rétro. L'habituel doux bruit du moteur semblait amplifié et complètement dégueulasse quand j'ai démarré. Séquelles de mon état d'ébriété de la veille…

Quand je la vois, de la table où je l'attends, l'océan de douceur devient océan de douleur.

En quelques minutes, je me suis retrouvé sur la route sans vraiment réaliser le chemin que j'empruntais. Anna était partout dans mon esprit. Je me suis donc garé et je l'ai appelée, parce qu'il le fallait. Je suis tombé sur sa boîte vocale. Alors j'ai laissé mon message, un peu maladroit et bancal mais assez clair pour qu'elle me rejoigne une heure plus tard.

Et elle est là maintenant.

Elle avance dans son joli chemisier, les joues rosies par la température estivale, les mains jointes devant elle. Elle a un sourire timide. Je n'arrive même pas à le lui rendre. Je reste de marbre tandis qu'elle s'assoit en face de moi. Ma tête me lance encore, mais je tente de faire bonne figure. C'est elle que j'ai appelée, quand j'aurais pu aller me confier à ma sœur. C'était le moment, il me semble.

Malgré tout, les secondes qui suivent sont les plus longues de ma vie. On se toise et elle continue de sourire, presque en s'excusant d'être là, d'être partie, d'être revenue. Et ça me ronge un peu plus. Parce que, avant tout, je suis comme tous les autres cons amoureux et blessés ; je prétends avoir déjà tourné la page.

Sa bouche se met à trembler, alors que je n'ai rien dit. Ça lui prend comme ça, sans crier gare. Elle se mordille la lèvre inférieure pour se calmer mais, lorsqu'elle baisse le regard, je suis atteint par son émotion soudaine. Alors je fais le premier pas et lui tends la main. J'attrape ses doigts fins entre les miens et elle tourne les yeux sur le côté.

— Ce n'est pas toi qui devrais pleurer, lui dis-je en souriant.

Je voulais la faire rire, mais c'est un échec cuisant. Elle ose enfin me faire face et retire sa main de la mienne pour la poser sur ma joue. Et je crois que je ne savoure même pas son geste. D'ailleurs, elle le sent et laisse sa main retomber.

Pourquoi ça me fait mal comme ça ?

— Je ne t'ai pas appelée pour te quitter... Parce que, assurément, je n'en suis pas capable. Mais je devais t'avouer quelque chose.

Elle se penche en avant, murée dans un silence maintenant dérangeant, et je poursuis :

— J'ai embrassé Allison la veille de son départ. Chez Stan. Enfin... c'est elle qui m'a embrassé en réalité. Mais je n'ai pas cherché à la repousser.

Je ne sais pas si elle le savait déjà, mais elle se contente de serrer la mâchoire et de s'appuyer contre le dossier de sa chaise. Elle passe sa main sous son œil humide puis se redresse.

Autour de nous, les clients sont relativement bruyants en cette fin d'été. Il y a beaucoup de jeunes et la musique ambiante est joyeuse, contrastant avec la gravité de notre rendez-vous. Si elle n'a pas fait exprès de porter cette tenue, moi, j'ai fait exprès de l'inviter ici.

— Tu veux un chocolat chaud ?

Et c'est un deuxième flop. Cette réplique, que je n'avais pas prévue, ne semble lui faire ni chaud ni froid. Pourtant, je voudrais qu'elle parle, je voudrais qu'elle m'engueule, qu'elle me dise qu'elle est jalouse. Alors je m'obstine.

— Ou une part de gâteau au chocolat, peut-être ? C'est une tuerie et il paraît qu'il est recommandé par un serveur plutôt mignon...

Ça dure une fraction de seconde, mais elle sourit à nouveau. Elle sourit et puis son regard se voile. La tempête est de retour.

Alors que je m'apprête à me lever pour lui en chercher une part en cuisine, elle se redresse et se jette sur moi. Elle m'enlace désespérément et je n'essaye même pas de lui résister. On reste ainsi au milieu des gens. Personne ne nous prête attention et nous, on se croit seuls au monde.

Pourquoi ça me fait autant de bien ?

Peut-être simplement parce que je retrouve mon Anna… Qui n'a jamais vraiment été mienne, en fin de compte.

— Je suis tellement désolée, lâche-t-elle alors. Je ne saurais jamais te le dire comme il faut, mais je suis vraiment désolée… pour tout. Sincèrement, Léo… je suis désolée.

Je caresse ses cheveux et lutte contre la sensation difficile que me procure sa poitrine collée à mon torse. Son souffle caresse mon cou et ses joues humides frôlent les miennes, qui sont complètement sèches.

C'est inattendu mais c'est Anna, alors je l'accepte… Même si ça sent la fin, même si ça fait mal.

— Je voulais tellement t'aimer, Léo… T'aimer comme tu mérites de l'être…

— Arrête, ne dis pas ça… c'est pire.

Je ne fais pas exprès d'être froid, j'essaye juste de me protéger. Mon cœur me dit de ne pas la laisser partir quand ma tête me dit de me détacher. C'est aussi contradictoire que le froid que je sens dans mon cœur. C'est un froid givré qui me compresse le corps, qui pique. C'est le genre de froid qui cherche de la chaleur tout en étouffant le feu.

— Je ne regrette rien de ce qui s'est passé entre nous. Si je devais recommencer, je ferais tout pareil, continue-t-elle.

— Moi, je ne recommencerais pas… À quoi bon se mentir une seconde fois, Anna ?

— Léo…

— Tu nous mentais à tous les deux quand tu disais m'aimer.

Elle se tait et me lâche immédiatement. Je ne l'ai jamais vue si fragile. Cette Anna est en totale opposition avec celle qui est entrée sûre d'elle dans le Central.

— S'il te plaît, ne me déteste pas. Je ne veux pas te perdre.

J'ai presque envie de rire tellement ses propos font cliché. Ça a tout l'air d'une rupture comme les autres. Et ça me fait mal de penser ça, parce que, même dans la séparation, nous sommes banals. Nous n'avons rien d'extraordinaire.

— Anna, tu ne peux pas me perdre… lui dis-je en prenant son visage dans mes mains et en déposant un baiser sur son front. C'est moi qui vais te perdre, pas l'inverse, tu le sais.

— Alors pourquoi j'ai l'impression de souffrir plus que toi ? chuchote-t-elle.

— C'est toujours ce dont les personnes en tort essayent de se convaincre.

Une ride disgracieuse marque son mécontentement sur son front et elle me dévisage avec une certaine méfiance. Elle renverse la vapeur immédiatement.

— Tu me dis ça comme si je t'avais trompé.

— En quelque sorte, oui, c'est ce que tu as fait !

Cette fois-ci, je suis en colère. Je n'arrive plus à le cacher.

— Je n'aurais jamais embrassé Stan !

— Si tu en avais eu l'occasion, si, ne dis pas le contraire !

— Alors quoi ? Tu insinues que je suis une menteuse, manipulatrice, sans cœur, qui ne t'a jamais porté le moindre intérêt ?

Le ton étant monté, deux trois têtes se tournent vers nous, alors je lui attrape la main et l'entraîne à l'extérieur, subitement soucieux du regard des autres mais surtout du sien. Je nous isole à l'arrière et plonge les mains dans les poches de mon jean. Je ne veux pas que cette scène évolue en dispute, au risque de nous faire ressembler davantage aux couples standards.

En face de moi, elle croise les bras sur sa poitrine et tape le sol machinalement avec ses sandales blanches. On s'obstine tous les deux à maintenir une apparence relativement calme quand à l'intérieur nos sens s'échauffent.

— Mets-toi à ma place, Anna. Le coup du meilleur ami, c'est sûrement le pire.

— Merci, je crois m'en être bien rendu compte !

— Mais ne mélange pas tout ! me mets-je à crier cette fois.

— Non, tu as raison ! Moi je n'ai PAS embrassé ton meilleur ami… Même quand j'en avais la possibilité.

Je serais parti sans un mot de plus si cette dispute était l'énième d'une vie de couple déjà mouvementée. Mais ce n'est pas le cas. Et je ne peux pas me résoudre à partir maintenant. Alors je hurle :

— Mais moi je n'aime pas Allison, je t'aime toi ! Tu comprends ça, ou il te faut un dessin ?!

Elle se fige et tente un début de protestation peu concluant. J'aime bien avoir le dernier mot en général. Mais là je ne ressens aucun sentiment de victoire sur elle. Au contraire, je suis en train de tout perdre. J'aimerais lui dire que ça me fait mal, mais je ne montre rien.

— Alors OK, tu as gagné. Voilà mon erreur, Léo, je te le dis et je m'en excuse. J'ai eu des sentiments pour Stan très tôt, si ce n'est tout de suite. Mais je ne le savais pas moi-même. Je n'ai jamais cherché à développer ces sentiments. Je n'ai jamais souhaité te faire du mal. C'est moi qui t'ai couru après, je te le rappelle. Je suis revenue te voir. J'ai…

— Tu es en train de chercher des excuses pour soulager ta conscience. Écoute… Je ne veux pas dire que tout est de ta faute. Je veux simplement rendre les choses plus simples pour nous deux. Je t'ai prévenue, je ne serai pas capable de te quitter. Je ne prononcerai pas ces mots, même si c'est « pour mon bien ». J'ai toujours un minuscule espoir que tu n'y arriveras pas toi-même et que tout s'arrangera. Tu as vu à quel point je suis désespéré ? À quel point je tente de m'accrocher au moindre espoir ? C'est ridicule, tu ne le mérites même pas.

— Pourquoi tu dis ça ? demande-t-elle, tandis que des larmes coulent sur son visage.

— Parce que c'est plus facile de mentir.

J'ai les yeux humides aussi, mais je me contiens. Je suis un grand garçon. J'ai surtout assez pleuré hier.

Elle s'avance vers moi et me prend à nouveau dans ses bras. Ce geste tellement doux et tellement fort me rappelle à quel point elle m'a manqué ces derniers jours. Je la serre le plus possible contre moi, plongeant mon nez sur toutes les parcelles atteignables de son corps et m'imprégnant une dernière fois de son parfum.

— Je t'aime.

Ça m'échappe. Et je le regrette immédiatement. J'ai l'air con et tous les mots que j'ai dits à Stan la veille tournent en boucle dans mon esprit. Je leur en veux à tous les deux. Je ne sais pas si l'amitié de Stan m'importe plus que l'amour d'Anna dans l'immédiat, je suis à nouveau perdu. Je voudrais tout avoir, tout retrouver.

Je m'agrippe à son cou alors qu'elle demeure silencieuse.

— Mais il faut qu'on se sépare.

C'est bien moi qui prononce ces mots. C'est moi, putain. Ça y est. Je lui ai dit. C'est sorti et ça ne pourra plus jamais rentrer. Je viens d'y mettre un terme, c'est fini. Pour de bon. « Je t'aime mais il faut qu'on se sépare. » Tout a été dit, on ne peut plus revenir en arrière.

— C'est mieux ainsi.

Et j'insiste, j'enfonce le clou. Je sais qu'elle sait. Elle se doute que je faiblis. Elle reste près de moi et je répète incrédule ces trois derniers petits mots comme pour qu'ils s'impriment. Je la sens trembler dans mes bras ; le soleil se couche et l'atmosphère change. En un clin d'œil, je m'enlève une épine du cœur et n'en soulage qu'une partie.

Quand elle lève les yeux, ce n'est pas pour me dire que j'ai fait le bon choix, au contraire. Elle monte sur la pointe des pieds et plaque ses lèvres contre les miennes. *Bon sang que ça m'avait manqué*. Ça ne dure qu'un temps très court, très fort. C'est juste sa bouche posée sur la mienne, c'est juste son cœur qui se détache du mien, son adieu.

Et, lorsque le lien se brise, ça fait exactement comme quand on arrive au bout d'un bon livre. On se dit : *Quoi, c'est déjà fini ?* Mais on repense à ce qu'on a lu, ce qu'on a découvert. On garde le bon et on jette le mauvais. Pendant quelques minutes, on se mettrait presque à sourire parce que c'était beau. *Le peu qu'on a vécu semblait réussi.*

Alors je me mets à chialer. Autant faire tout ce qu'il ne faut pas d'un coup. Je pleure mais je ris quand même lorsqu'elle pose ses mains sur mes yeux pour se cacher à moi. Elle rit aussi, légèrement, avant de s'écarter et de me lâcher. Puis elle me scrute, le visage incliné, les sourcils arqués. Et je lui offre un premier sourire sincère parce qu'elle est belle et que je ne peux pas m'en empêcher.

— Je n'aurais jamais pu le dire moi-même si tu ne l'avais pas fait, m'avoue-t-elle en pinçant les lèvres.

— Il faut savoir choisir entre ce qu'il y a de bon pour nous et ce qu'on veut vraiment, je pense.

— Moi, je pense que je t'aimerai toujours, Léo, mais d'une façon qui ne te suffira jamais.

J'acquiesce bêtement car c'est déjà la fin et, quoi qu'on dise pour enjoliver les choses, eh bien, c'est la fin. C'est douloureux, peut-être plus encore parce que je n'ai pas de réelle raison de la blâmer. Parce qu'elle n'y peut rien d'un côté si elle aime mon meilleur pote. Et, quoique mon envie de l'embrasser à nouveau me démange les lèvres et me torde le ventre, je me retiens. Justement parce que c'est la fin.

— Je crois que c'est le moment de se dire au revoir.

— Au revoir, mais pas adieu, hein ? demande-t-elle en posant sa main sur mon bras.

— Au revoir seulement, oui. Tu reviendras forcément prendre un chocolat chaud, je te connais.

Cette dernière phrase me pince le cœur, mais la douleur n'est pas aussi vive que tout à l'heure. Comme quoi, ça commence à partir. Le processus inverse s'enclenche. Elle retire sa main, m'offre un dernier sourire et se retourne. Elle marche au ralenti devant moi. Je m'autorise à balader les yeux sur ses courbes une dernière fois, sur sa taille de guêpe et ses hanches souples, sur ses fesses et ses jambes fines moulées dans son jean.

Anna a tout pour elle, et je l'avais elle pour moi. Malheureusement, je vais devoir apprendre à rendre ce que j'ai emprunté, à donner ce que j'ai considéré comme acquis et à me faire à l'idée que je ne pourrai jamais le reprendre.

Il aura fallu une heure, rien de plus, pour effacer quelques mois d'amour et de caresses, pour conclure une histoire que j'espérais être la bonne.

Alors qu'il faut des mois, des années pour arranger un conflit entre deux États, quelle que soit sa gravité, il faut en revanche une heure pour mettre fin à une simple histoire d'amour entre deux personnes. Penser à ça fait grandement relativiser les choses.

Pourtant ça fait toujours mal.

Je reste quelques minutes dehors, face à cette rue droite qui traverse la ville, qui mène à la forêt, qui mène aux frontières, à la falaise d'Emoria. Et, quand le soleil a totalement disparu, je retourne dans le café-restaurant. J'aide mes collègues malgré mon congé et assiste même à la fermeture plus tard dans la soirée.

Je ne sais pas trop sur quel coup de tête ou coup de folie, je sors mon portable de ma poche et compose un numéro que je connaissais par cœur auparavant. Je démarre ma voiture, le téléphone collé à l'oreille, et dépasse les premiers feux sous les bips de la sonnerie. Je pense raccrocher quand un cliquetis m'indique que mon correspondant a décroché.

— Léo ? Tout va bien ?

Sa voix me réchauffe le cœur. Je freine et m'arrête pour laisser passer un piéton vêtu de noir que j'ai failli ne pas voir. Caché par une capuche, il me remercie d'un bref signe de la main.

— Oui, ça va, je suis désolé de t'appeler si tard… Je me suis dit que ça faisait un moment.

— Tu sais que tu peux toujours m'appeler.

— Je sais, oui.

— Je suis contente de t'entendre… Tout se passe bien ? Enfin, je veux dire, à propos du trafic ?

Je m'apprête à répondre quand je suis arrêté par le regard du piéton, qui s'est arrêté en plein milieu du passage. Lorsqu'il baisse sa capuche sur son dos, mon souffle se coupe et je le reconnais aussitôt. Sans réfléchir, j'appuie sur la pédale d'accélération et fonce, le forçant à bondir pour m'éviter. Mes pneus crissent et mon cœur s'arrête.

— Léo ? Léo, tu es là ?

— Ouais, désolé. Je dois te laisser, Naomi, je te rappelle quand je peux.

— Euh… OK…

Je raccroche et jette le téléphone sur le siège passager. Mes mains sont crispées sur le volant et les kilomètres s'enchaînent alors que je dépasse les limitations de vitesse. Je fonce sans jamais regarder dans le rétroviseur, jurant tout seul dans ma bagnole.

Je ne pensais certainement pas revoir ce fantôme-là de sitôt.

Chapitre 46

ALLIE

J-4

Je ne me suis jamais sentie si vivante.

Boum clap, boum clap, boum clap. Ma tête dit non dans un mouvement répétitif, mon cœur vibre sur la basse électrisante et mes doigts tremblent suivant le rythme de ma danse. Je suis faite de feu. J'accueille la sueur dans ma nuque comme une offrande, m'exaltant de cette sensation de perte de contrôle inouïe et totalement singulière. Je n'ai besoin d'aucun souffle, seulement de la force concentrée dans mes pieds martelant le sol. Autour de moi, clignotements et autres flashs animent la pièce. Du rouge, du noir, de l'alcool, des corps. Tout se mêle et se présente sous le même angle. On vit pour le moment, on ressent chaque pulsation, chaque cri.

J'incline le visage et laisse glisser mes mains sur mes joues, les yeux clos. Je caresse mon décolleté puis mon nombril. Ma descente tarde sur mes hanches. Je sais y faire avec un coup de bassin hors du commun. Je m'en fous d'être vulgaire, j'adore ça : sentir mon corps en symbiose totale.

Le regard des garçons comme celui de quelques filles me frôlent. Je suis en parfaite harmonie avec la musique. Mon corps a le contrôle, mon esprit fume. Une cuisse se faufile entre mes jambes et gêne le temps d'une seconde ma représentation. La chaleur naissante dans mon bas-ventre n'est que de courte durée. Le morceau de chair disparaît sous un « Dégage de là, toi » que j'ignore royalement avant de bondir vers le centre de la salle. En moins d'une minute, j'use de mes bras pour me hisser sur l'un des podiums surchargés. J'en pousse la première venue en prenant sa place et c'est parti.

J'enroule ma jambe autour de la barre en fer et rien ne m'arrête. Je suis souple et sexy, j'en profite. Je tourne, je tente quelques pirouettes et me retrouve en grand écart dans les airs. *Merci à la vodka.* Les gens hurlent autour de moi, ça me booste. Je vole et ne me préoccupe pas de la chute. Je vole et respire la liberté. Alors je crois que je danse plus intensément d'un coup puis descends finalement de mon estrade pour retrouver la proximité des êtres de sang.

Une jolie rousse m'agrippe les mains et danse avec moi. Une petite couronne en plastique et un bandeau en tissu *future mariée* m'indiquent qu'elle profite de sa dernière soirée avant le grand saut en enfer. Elle bondit comme une gamine sur le tempo qui s'emballe. Je ne la connais pas, elle ne me connaît pas, mais le cadre nous lie d'une amitié fictive. Je me marre intérieurement. Je suis vivante. J'aime ça.

Je jette mes membres d'avant en arrière, sautant de plus en plus vite, tournoyant au milieu de ces monstres qui m'entourent. Tous sont faits de liquides chauds et ignorent, comme moi, l'étendue des réels dégâts.

Quelqu'un me tire à nouveau par le bras mais, cette fois-ci, je suis contrainte de m'arrêter dans mon élan.

— Oh la relou ! T'écarte pas de nous, on t'a dit !

— T'es pas ma mère.

Et je repars, sous le regard hautain d'une Sasha devenue bien sage, bien chiante.

Je ne suis ni saoule ni sobre. C'est l'état intermédiaire tellement grisant qui me soulève du sol et me fait tout envoyer chier avec légèreté. J'ai appris un nouveau pas que je compte bien refaire ce soir. Je m'éloigne un peu pour retrouver mon indépendance et je lance mes épaules en arrière puis sur le côté, twistant sur la voix entraînante de Benny Benassi. Je suis lascive et je kiffe. D'autant qu'un mignon petit brun vient me coller. Il a une sacrée couche de gel dans les cheveux et une petite sacoche en bandoulière très ringarde, mais il suit mon rythme et plaque son bassin contre mon fessier. Aucune subtilité dans cette boîte, simplement du fun.

Adieu, l'Allison gentille et rigolote. Place à la folle qui sommeille en moi. Je secoue mes cheveux humides dans sa figure et lève pouce, index et auriculaire en l'air devant lui. Je hurle « SATISFACTION ! » en me retournant, avant de le gifler d'un baiser mordant. Il répond en enserrant mes hanches de ses grandes mains, tout en gardant la cadence du tube de l'Italien. Je ne lève les cils que lorsqu'il quitte mes lèvres pour la ligne de mon cou. Et je jubile devant le spectacle qui se tient sous mes yeux.

J'ai qui je veux, quand je veux, où je veux.

OK, Stan ?

Plus loin, Sasha est en train de se faire engueuler par mon extraordinaire grand frère. Ce soir, il semblerait que les deux guimauves aient décidé de jouer les parents poules. Ils me couvent. Daniel est furax quant à mon attitude. Il arrête chaque mec qui ose poser la main sur moi, et Dieu sait que ça fait beaucoup. Mais cette fois, Sasha l'a arrêté dans son élan, je ne sais trop pourquoi. Ils me regardent éberlués tandis que je m'éclate. Chacun sa vie.

Le couple battrait-il de l'aile à cause de moi ?

Impossible, me répond la douce caresse des doigts de mon frère sur la joue de mon amie pour la rassurer. *Pfff, ils me dégoûtent.* Incapables de montrer une quelconque empathie envers ma peine. M'en fous, pas besoin d'eux. J'ai l'autre là, pour moi toute seule.

— Tu viens ?

Le mec n'en croit pas ses oreilles. Il acquiesce, et je lui prends la main, profitant de l'inattention de mon escorte pour l'entraîner vers les toilettes. On traverse le hall et claque la porte blanche derrière nous. Les basses sont étouffées mais toujours présentes. Le gringalet me pousse d'une main contre la rangée de vasques posées sur un plan en marbre et, me cognant le bas du dos, je gémis de douleur. Adieu, la petite fille innocente au cœur brisé.

— C'est chicos ici ! siffle-t-il en déboutonnant son jean.

En un tour de main, il soulève ma robe moulante à paillettes et baisse son caleçon à ses chevilles. Le simplet se transforme en vrai forcené, et la douce Blanche-Neige en réelle marionnette. Il m'attrape vulgairement et me propulse sur le plan entre deux vasques, éteignant en quelques secondes ma libido. Il avait un petit côté mignon, mais devient vite repoussant lorsqu'il agit de la sorte.

— Vas-y mollo, j'suis pas une barbie non pl…

— Ta gueule.

Oh.

Il m'enfonce sa langue dans la gorge et me fait rapidement taire. Sur ma jambe nue se dresse son membre plutôt banal, qu'il se met à entreprendre tout seul, sa bouche toujours collée à la mienne.

Ses doigts se mêlent à ma chevelure et il cogne mon crâne contre la glace dans un lourd crissement. J'ai l'impression de suffoquer sous ses gestes hâtifs et brutaux. Très vite, je comprends que je suis en train de perdre le contrôle. Je tente de lui donner un coup de genou, mais il écarte celui-ci d'une main et en profite pour envoyer l'autre se perdre entre mes jambes. Je ne sais pas qui hurle ensuite – ma petite personne endolorie ou mon partenaire – lorsque son visage se fracasse contre l'un des robinets.

— Fils de…

Et vlan, un coup de pied au cul – cul qu'il a nu – le renverse, le faisant chouiner. Quand je redescends de mon second podium de la soirée, Sasha me prend par la main et me sort de la pièce avant que je ne puisse voir Dani foutre une raclée au pauvre type recroquevillé en chien de fusil.

— T'es ingérable !

J'ignore le reproche.

On traverse la foule qui se trémousse et on se faufile entre les deux grands vigiles pour pouvoir sortir.

— Y a un petit brun avec un sac en bandoulière qui s'enfile des rails dans les toilettes, leur lance-t-elle en prenant une voix affolée.

Les deux gaillards se lancent un simple regard avant de rejoindre le cœur de la boîte. Un Daniel rouge au possible nous rattrape et plaque sa main dans mon dos pour me pousser vers l'extérieur. J'examine du coin de l'œil son poing avant de retrouver mon attitude exécrable. Je me défais de son emprise et j'accélère le pas. On marche ainsi le long de la route pentue qui mène à l'entrée d'Emoria. Ils en profitent pour en rajouter une couche tous les deux :

— Depuis quand tu entraînes des mecs dans les toilettes, Al ? Faut te reprendre sérieusement en main, parce que je ne vais pas te laisser courir des risques pareils.

J'ignore à nouveau le sermon.

— Il était franchement pas très sain, ton mec, en plus. T'aurais pu te choper une MST ou autre chose, insiste la brune à mes côtés.

Je sais que c'était complètement stupide mais j'avais besoin de sensations, de danger. Tout comme j'ai besoin de faire descendre ma pression artérielle dans l'immédiat. Je souffle et j'inspire très vite pour évacuer mon stress, mais je ne parviens pas à sortir cette image de mon esprit. Celle d'un Stan aux yeux brillants qui m'annonce froidement devoir me quitter. Celle d'un garçon que j'aime qui m'apprend qu'il quitte la ville. Qu'il me quitte moi et tout ce qu'on avait entrepris jusque-là.

— Elle est loin, ta voiture ?

— On y arrive, me répond froidement mon frère, plus qu'agacé par la situation.

En effet, la petite Citroën blanche apparaît après quelques mètres et accueille nos trois derrières. Sasha allume immédiatement la clim, bien familiarisée avec le véhicule familial, tandis que Dani pousse déjà sur la pédale.

— Je te préviens, on rentre.

— Quoi ?! On avait dit quatre bars !

— Tu t'écoutes deux minutes ? Si tu crois que je vais jouer au chaperon toute la soirée pour qu'au final tu te fasses violer dans les toilettes d'une boîte, c'est hors de question. Ça t'a pas suffi ?

Non. Je voulais voir jusqu'où je pouvais aller.

Je grogne et tape dans le dossier de son siège avant de m'enfoncer dans le mien, boudeuse. C'est injuste. Ce soir, on avait dit qu'on s'amuserait. J'ai clairement pas fini de m'amuser, moi.

Sasha pose sa main sur la cuisse de mon frère pour tenter de le calmer et je n'en crois pas mes yeux. Où est passée mon amie guerrière et indépendante, toujours là pour critiquer les couples mous du genou et pour me soutenir dans ma débauche ? À la place, je me retrouve avec un frère à cran et une amie (la dernière qu'il me reste) entièrement sous sa coupe. Un virage supplémentaire et mon cœur tombe dans mon estomac comme du plomb.

— Arrête-toi, je vais vomir.

— Retiens-toi.

— Comment ça, « retiens-toi » ? Ce n'est pas une blague, Dan, je vais vomir. Gare-toi !

Il hurle de frustration et freine sec, envoyant mon front taper contre son dossier. Je n'ai presque pas le temps de pousser la portière que je me vomis dans la main et sors de l'habitacle en toute hâte.

Mes boyaux se tordent et entraînent l'alcool à quitter mon corps tandis que j'entends quelqu'un – probablement Daniel – donner un coup de pied dans la carrosserie. « Merde, fait chier, putain. »

Quelle soirée alors… Sasha est aussi dehors.

— Dan, calme-toi.

— Comment tu veux que j'me calme ?! Elle m'rend dingue !

— C'est pas de sa faute. Mets-toi à sa place…

— Justement, Sasha ! Jamais je ne me laisserais aller à ce genre de conneries, moi ! Ça crève les yeux qu'il a une pierre à la place du cœur, ce type !

Mon menton se met à trembler aussitôt. Je refuse de croire que Stan est le monstre que tout le monde décrit… malgré tout. Il ne sait simplement pas comment s'y prendre avec les gens. Il n'a pas su s'y prendre avec moi.

— Elle n'a plus quatorze ans, répond mon amie. Elle est grande et sait se gérer toute seule. Si elle a besoin de noyer son chagrin dans l'alcool et les mecs, qu'elle le fasse. Elle réalisera plus tard que ce n'était pas la meilleure solution pour passer à autre chose.

Je m'essuie la bouche et crache un dernier coup sans perdre une miette de leur altercation. À croire que sortir avec mon frère a rendu Sasha beaucoup plus mature et responsable. Elle me défend devant lui tout en me donnant une leçon par-derrière. Sacrée petite femme.

— Je ne vais pas laisser ma sœur se rendre malade pour un mec.

— C'est pas lui, c'est l'alcool ! protesté-je à mon tour en me retournant. Je finis toujours par vomir, je suis connue pour ça. C'est d'ailleurs à cause de ça que j'ai permis à Anna de faire plus ample connaissance avec Stan…

Ils me regardent avec pitié maintenant. J'ai gagné. Je redeviens la faible Allie qui s'est amourachée du mauvais garçon. Ils me saoulent tous autant qu'ils sont.

Je lève la tête et constate que nous sommes à deux pas de l'Angle et ça me pince le cœur. J'ai l'impression d'être tout près de lui. Et pourtant je n'ai jamais été plus loin. Je remonte dans la voiture et m'attache cette fois-ci. Dehors, je les observe tenter de se calmer un moment avant qu'ils ne me rejoignent. Sasha choisit le siège près de moi, comme pour me surveiller de plus près, tandis que mon frère redémarre plus calmement.

— Je suis au courant pour Stan, me chuchote-t-elle alors à l'oreille.

Quoi ? Impossible. Tout bonnement impossible.

— De quoi tu parles ?

— De la drogue… Je sais tout.

Ma respiration se coupe tandis qu'elle se penche un peu plus pour se cacher de mon frère.

— À vrai dire, je sais même plus de choses que toi.

Je la regarde dans les yeux, complètement abasourdie par ce qu'elle me déclare sans aucune gêne. Je n'ai parlé à personne de leur secret. Seule Anna est au courant et je suis certaine de n'avoir fait aucune gaffe. C'est impossible.

— D'ailleurs je suis plutôt vexée que vous ne m'ayez parlé de rien. C'est quand même moi qui vous ai fait part de cette histoire d'argent en premier lieu.

Je projette ma main sur sa bouche pour lui intimer le silence. Un peu plus et elle criait que mon cop… ex-copain était un trafiquant de drogue.

— Je les ai entendus, marmonne-t-elle contre mes doigts.

— Où tu veux en venir ?

— Oh, fais pas l'innocente maintenant, ça va. J'ai entendu Stan et Anna en parler quand nous étions dans sa maison face au lac. Tu sais, la veille de ton départ. Anna était montée et Stan avait disparu lui aussi. Quand je suis allée chercher Anna à l'étage, je les ai entendus à travers la porte de sa chambre. Tu sais que, toi et Anna, je vous aime exactement de la même manière. Mais c'est justement parce que je tiens à toi que je te dis ça, Allie. Oublie Stan. Pour de bon.

— Je ne comprends pas…

— Tu ne devrais pas te donner tant de mal pour quelqu'un comme lui. Il est… il est ce qu'il est. On ne peut pas le changer. Je l'ai entendu dire à Anna la réelle raison de toute cette histoire. Et…

— Quoi ? la coupé-je.

— Il a dit que, s'il était avec toi, c'était simplement pour qu'Anna l'oublie. Tu te rends compte ? Un mec qui dit ça doit être complètement fou. Ou aveugle. Aveugle face à tout ce qu'il perd.

Je ne comprends toujours pas. Je pensais qu'ils s'étaient disputés ce soir-là. Je pensais qu'Anna ne savait rien de plus que le strict minimum sur le passé de Stan. Je pensais surtout être la seule à partager quelques-uns de ses secrets.

Je pensais qu'il m'avait quittée parce qu'il partait.

— Quelle est la raison exacte de toute cette histoire ? demandé-je.

Sasha vérifie à nouveau que Daniel est concentré sur la route avant de poursuivre, sa main posée sur la mienne :

— Stan doit de l'argent à des mecs. C'est tout ce que j'ai réussi à comprendre. Et c'est lié à son père, je crois. Quoi qu'il en soit, Allie, il me semble que Stan est une cause perdue. Il ne peut pas te convenir.

— Et pourquoi pourrait-il convenir à Anna ? m'emporté-je cette fois.

— Je n'ai pas dit qu'il le pourrait ! C'est juste que…

— Accouche.

Son regard dédaigneux en dit long sur ce qu'elle pense de ma réplique cinglante qui est d'habitude sienne. Néanmoins, elle se penche à nouveau et hésite avant de m'avouer :

— Je pense qu'ils s'aiment bien tous les deux depuis le début.

Cette fois-ci, je voudrais vomir mes sentiments, le trop-plein de sentiments que j'ai si longtemps accordés à ce garçon qui m'a brisé le cœur il y a de ça une semaine. Ça fait tellement mal d'aimer quand ce n'est pas réciproque que je pourrais comprendre tous ceux qui meurent de chagrin. En réalité, ils meurent de cette douleur qui naît dans l'estomac et qui te coupe la faim, la soif, l'envie.

Je le déteste de s'être joué de moi. Et je déteste Anna d'être ce qu'elle est.

Pour la première fois, je crois, Sasha me prend dans ses bras et m'embrasse sur le crâne. Elle berce mon corps d'avant en arrière tout en me laissant craquer. Et rien ne m'arrête. Je perds autant d'eau que je perds de morceaux de mon âme, tous vagabonds, tous fuyant cette douloureuse vérité.

J'ai mal et je voudrais que la terre entière l'entende. Parce que je n'ai rien demandé. Je suis simplement tombée amoureuse. À croire que c'est la pire erreur à commettre. Pourtant Daniel et Sasha sont heureux. Ce sont bien les seuls. Mes parents ont souffert de l'amour, ceux d'Anna aussi, ainsi que ceux de Stan. On vient tous de familles où l'amour est devenu un enfer et où il faut apprendre à s'en échapper.

Je pensais être belle. Je pensais être drôle. Je pensais avoir de l'esprit.

Je pensais tout cela jusqu'à ce que je rencontre Stan et qu'il me donne envie de tout envoyer bouler. Il me donnait l'impression de n'être qu'une tache au milieu du monde. Et c'est généralement ce qui me poussait à l'aimer davantage, à vouloir lui plaire.

— Sasha, je te dépose ou tu dors à la maison ?

— Si ça ne te dérange pas, je pense que je vais rester avec Allison ce soir.

Il lui lance un drôle de regard dans le rétro, l'air de dire qu'il aurait bien aimé passer plus de temps avec elle. Tiens, tiens, maintenant on se dispute Sasha. C'est une première pour elle. Je savoure silencieusement cette petite victoire. J'ai vraiment besoin d'elle, là.

— Mmh… OK, je vais prendre une douche tout seul, alors.

Je ne peux pas m'empêcher de penser que, si les choses avaient été différentes, ce serait Anna et non Sasha près de moi. Mais Anna a fait le choix de me poignarder dans le dos de la pire des façons. Et je crois que je n'arriverai jamais à lui pardonner. Amie pour la vie, tu parles, oui !

— Si je peux me permettre sans que tu m'envoies chier encore une fois, Al, tu mérites mieux.

Cette phrase de mon frère résonne dans mon esprit comme un réveil que l'on oublie d'éteindre. Et si c'était faux ? Et si je méritais quelqu'un de torturé comme Stan parce que c'est ce que je suis au fond ? Vais-je réellement l'oublier et me faire à l'idée qu'il aime mon amie, ma sœur, celle qui me comprenait mieux que quiconque ?

Je ne crois pas. En fait, je suis sûre que non.

— C'était inévitable, Allie, me dit-il avec un brin de sérieux dans la voix cette fois-ci.

— Tout comme c'était inévitable que je perde Anna.

***

Je ferme les yeux avec un sentiment des plus inconfortables. Celui d'être rejetée, d'être méprisée. Et, malgré la douceur exceptionnelle de Sasha, qui quitte finalement ma chambre pour aller rejoindre Daniel, un trou se creuse dans ma poitrine. J'ai mal et ça ne part pas. À vrai dire, je ne veux pas que ça parte, c'est la seule chose qui rend encore cette histoire vraie. Cette douleur me permet de dire que tout cela a eu lieu.

En fait, j'aimais l'idée qu'il m'avait quittée à cause de son départ. C'était quelque part contre sa volonté. *Je déteste savoir qu'il m'a quittée pour retrouver Anna.*

Si ça sautait aux yeux de tout le monde qu'ils s'aimaient, je suis restée aveugle un très long moment. Pour moi, ils sont incompatibles au possible. Ils ne pourraient jamais s'entendre. Ils ne se sont jamais entendus, d'ailleurs. Pourquoi la douce Anna finirait-elle avec le dur Stan ? Pourquoi aurait-elle droit à cette aventure ?

C'est injuste. L'amour est une sacrée connerie.

Et on me dira qu'il faut du temps, que je rencontrerai quelqu'un de mieux. On me dira que je l'oublierai vite, que je verrai cette période de ma vie comme une simple passade dans les années à venir.

Mais moi je refuse. Je refuse de tourner la page. Je refuse de laisser mes restes à Anna. Et, plus important, je refuse de me laisser briser le cœur une seconde fois. Ça fait trop mal. Même si Stan m'a habituée à la vie dure, dénuée de toute passion et de toute attention, personne ne m'avait préparée à une vie sans lui.

Voilà ce qu'a été son plus grand pouvoir – et celui dont j'ai manqué : *savoir se rendre indispensable.*

Chapitre 47

STAN

J - 2

Et voilà.

Je déballe sur le tapis roulant mes dizaines de Leffe et m'attire une fois de plus le regard sarcastique de « Claudine », l'aimable caissière du supermarché. Ça va bientôt faire une semaine que je débarque tous les jours ici pour m'approvisionner de la sorte. Pour m'en vouloir autant, elle doit penser que je suis mineur ou que je ressemble beaucoup à son fils – une connerie dans le genre.

Une fois de plus, elle arque les sourcils pour marquer sa désapprobation quand le prix salé s'inscrit sur l'écran devant elle.

— En carte, s'il vous plaît, dis-je m'arrachant un sourire.

Elle claque la langue avant de me tendre la machine.

Gentille, Claudine. Gentille.

Les minutes semblent s'égrener de plus en plus vite. J'accélère ma foulée dehors, une légère brise soulevant le haut de mon T-shirt, avant de biper le déverrouillage de ma voiture. Alors que j'ouvre la portière pour m'engouffrer à l'intérieur, un sifflet aigu attire mon attention.

Je lève les yeux et découvre trois costauds en blouson de cuir, la sucette au bec, qui me reluquent quelques véhicules plus loin. L'un d'eux me fait un rapide signe de la tête et dégaine un briquet qu'il actionne avec malice. Les flammes ondulent quelques secondes, puis plus rien.

Sacré connard !

Les chiens de Malony (le chef des Radicaux) me suivent à la trace depuis la fin de ma garde à vue. Ils veillent à ce que je ne manque pas de poster mon dernier gros chèque. J'ai jusqu'à demain selon l'accord que nous avons passé. Après, il sera trop tard, ils effectueront un nouveau raid chez moi et les choses tourneront au vinaigre. J'ignore pourtant leur relance et démarre, les mains cramponnées au volant.

Je joue gros ce soir, bien plus gros que d'habitude. Et j'ai du retard à rattraper en termes de soirées. J'ai vu James hier qui m'a fourni son lot, un beau sourire aux lèvres. Il pensait ne jamais avoir de nos nouvelles, celui-là. J'avoue que l'idée m'a traversé l'esprit une bonne centaine de fois ces derniers jours.

La douceur d'une fuite, loin.

Mais partir avant de régler le trafic m'aurait laissé un goût amer dans la bouche. Alors je reste. Je reste jusqu'à demain pour livrer le dernier chèque. Et après j'me barre.

Qui dit chèque dit généreuse somme, le meilleur moyen de se faire rapidement de l'argent en vendant une drogue dure de la sorte étant d'organiser une grosse soirée. Je sais que c'est contre nos principes. Ce n'est pas notre éthique à nous, ça. On avait l'habitude de laisser la responsabilité à Nathan et Chris de vendre de leur côté puis de nous filer les bénéfices sous la couverture d'une foule joyeuse et agitée. Mais je n'ai plus le temps et je n'ai plus Chris. C'est moi qui vais devoir vendre cette fois et l'idée ne me réjouit pas plus que ça. Je ne me qualifierais pas de dealer pour autant, je n'en ai jamais été un. Disons que je suis plutôt un passeur. Je suis le pion intermédiaire qui franchit les frontières sans jamais se faire attraper… ou presque.

J'ai réussi à tenir à l'écart Léo, Anna et Allie afin de ne pas devoir leur parler de ce que j'organisais. Ce n'était pas aussi difficile que je l'aurais cru, même si Allie m'en veut toujours, que Léo est un peu distant et qu'Anna... Anna est un sujet que je préfère éviter.

Je ne peux pas avoir à veiller à leur sécurité ce soir, j'ai trop à gérer de mon côté. Et Malony est partout ces temps-ci : il a des pitbulls postés à chaque coin de rue pour me suivre, m'observer. Une fois la dernière transaction effectuée, une fois mon père lavé de tout soupçon, je pourrai me barrer et dire adieu à toute cette merde.

Je me précipite dans la cuisine et commence à ouvrir les bouteilles d'alcool rapportées par Nathan ce matin, ainsi que les bières que j'ai achetées au supermarché. Il y en a un paquet. Ça pète de partout, ça mousse et je me demande si la sauce va vraiment prendre.

Je l'espère.

J'ai trois mille cinq cents euros à trouver auprès d'une grosse trentaine de personnes en une soirée. Si je veux retomber sur mes pieds, il faut que chaque invité laisse la modique somme de cent vingt euros sur le comptoir, soit l'équivalent de dix cachets chacun. Quasi impossible à réaliser... Les festivités commençant à 20 heures, je dois impérativement m'activer à présent.

Comme je suis incapable de tout gérer tout seul, j'ai demandé à Nathan de venir. Je le suspecte toujours d'avoir aidé Chris à se servir dans la marchandise et peut-être même d'avoir participé à mon accusation. Mais il reste le seul à savoir vraiment comment tout cela fonctionne et j'ai besoin de lui si les choses tournent mal. Car ce soir, ce ne sont pas les turbulents habitués de notre génération qui occuperont mes canapés, ce seront les gros clients, ceux qui sont assez timbrés pour acheter du Superman et se défoncer avec.

Je devrai veiller à ce qu'ils ne consomment pas chez moi, sous peine d'avoir à nouveau les poulets sur le dos, pour plus cher cette fois. C'est qu'il paraît que cette drogue est un hallucinogène sacrément puissant, que son délai d'action après la prise est plus long encore que celui de l'ecstasy. Nathan m'a expliqué qu'il avait vu Chris pendant une de ses crises et que ce n'était pas beau à voir. L'euphorie des premiers instants rappelle l'état d'ivresse, mais les visions qui suivent sont bien plus dévastatrices.

Bonne nouvelle, mon père est en déplacement à Tokyo tout le week-end, ce qui veut dire qu'il ne sera pas là pour assister à ma petite fête ni pour me voir partir. Non pas qu'il soit capable de me retenir, mais il trouverait sans aucun doute des arguments pour me faire culpabiliser de laisser la maison vide.

Une fois les derniers préparatifs chiants terminés, je me précipite à l'étage pour faire mes valises. Je ne sais pas encore où j'irai après tout ça, si je me débrouillerai seul ou si j'essayerai de trouver de l'aide du côté de mon parrain dans la capitale. Je sais simplement que j'ai besoin de prendre l'air et surtout de m'éloigner de la source de mes souvenirs, de cette ambiance malsaine qui m'entoure chaque fois que je pénètre dans cette maison. J'ai vraiment envie de repartir à zéro, de laisser de côté ces histoires qui ont pourri toute ma vie.

Je serai capable de bien faire les choses ailleurs si j'en ai la chance. J'en suis sûr.

Peut-être devrais-je laisser un mot à Léo… ou à Anna. Je n'ai jamais été bon pour écrire… Je ne suis même pas sûr de trouver suffisamment de mots pour remplir le blanc du papier. Je n'ai jamais su combler les vides, de toute manière, alors rédiger un message d'adieu me semble de l'ordre du superficiel. Viendra le temps des explications une autre fois.

19 heures sonnent et je suis fin prêt. J'ai décidé de garder mon habituel style de mec mystérieux, calqué sur les gars que j'ai croisés un peu plus tôt. Blouson en cuir, T-shirt noir et jean sombre. Je ne veux pas que les clients pensent s'approvisionner chez un bobo.

Je suis donc assis sur l'un des canapés, dont le revêtement est assorti à ma tenue, et patiente les poings serrés. Nathan ne devrait pas tarder, ce n'est plus qu'une question de secondes.

La porte s'ouvre effectivement avec fracas sur un Nathan mortifié. Il est encore plus paniqué que moi à l'idée de cette soirée. Sa petite taille et ses cheveux dressés lui donnent un air de lycéen.

— T'en as mis du temps pour arriver !

— Mec, ils sont partout ! dit-il, affolé, en fermant la porte.

— Qui ça, « ils » ? Les Rad ?

— Ouais, ça fait dix minutes que je tente de les semer. Ils foutent la trouille, sérieux.

Il suspend sa veste à l'entrée et lance un regard circulaire à la pièce.

— Ça va le faire, lui dis-je en me levant pour aller vers lui. Ça va le faire et rien ne va foirer. Ça ne peut pas foirer, Nat, tu le sais.

— Je sais, je sais.

— J'ai besoin d'avoir une confiance aveugle en toi ce soir, mais tu peux toujours partir si tu ne le sens pas. Tu as le choix.

— Je sais, répète-t-il, je reste et tu peux me faire confiance. Je ne suis pas Chris.

J'acquiesce et souffle un grand coup. Je m'apprête à lui rappeler les consignes de la soirée quand la sonnette de l'entrée résonne dans toute la maison. J'ignore mon cœur qui tambourine dans ma poitrine et je pars ouvrir.

Que le spectacle commence.

***

Je n'ai jamais vu autant de monde dans mon salon. L'électro en fond sonore a envahi chaque parcelle de la maison et la marée humaine se déchaîne sur les verres, en attente de la marchandise. Moi, je n'ai bu qu'une vodka pure pour me réveiller. Je ne peux pas me permettre d'être saoul et ça m'agace. Tout serait bien plus facile avec un peu plus d'alcool dans le sang.

Nathan est parfait dans son rôle. On a écoulé un bon tiers de notre stock et, jusque-là, personne n'a osé se camer ici. Je suis relativement serein quant au déroulement de la soirée. J'avoue tout de même avoir encore du mal à accrocher le client avec mon speech sur la vente privée que nous organisons là de manière très exceptionnelle. Mais il faut que je mette les points sur les « i » : après ce soir, plus jamais.

— Mec, si ça continue, on va devoir faire ça dehors. Il n'y a presque plus de place en bas, me lance un Nathan tout stressé.

— Nan, pas question, on ne peut pas sortir et risquer que tout le monde nous voie. On reste là et, si ça dégénère, on restreint les entrées.

— OK, alors je vais gérer qui entre et qui sort, occupe-toi de vendre à ceux-là, là-bas, si tu peux.

Mince. Voilà qu'il me confie le groupe le plus chiant. Deux mecs et deux nanas déjà bien éméchés qui se chauffent sur l'un des canapés, prêts, j'en suis sûr, à partir en plan à quatre dès que la lumière sera plus faible. Ils ont déjà acheté pour six cents euros et Nathan veut que j'insiste encore.

Stressé, je fais craquer mes phalanges et passe une main sur ma nuque avant de m'aventurer vers eux. La petite blonde en robe verte, plutôt pas mal, lève immédiatement la tête et me fait un grand sourire.

— Stan, c'est ça ? Moi c'est Ophélie. Mais appelle-moi Ophé. J'adore ta baraque. J'aime surtout ton canapé. Ça te dit de t'asseoir près de moi ?

Je souris et tente de m'installer dans les trois centimètres libres qu'elle me propose. Inévitablement, je me retrouve coincé entre son parfum sucré et l'accoudoir. Ses longs cheveux me claquent le visage chaque fois qu'elle tourne la tête. Elle glisse sa main sur ma cuisse, sans demander mon avis, et exerce une légère pression dénuée d'ambiguïté avant de se pencher à mon oreille.

— J'ai envie… Je peux ?

— Désolé, mais j'suis pas intéressé.

— Nan, t'as pas compris. J'aimerais me poudrer le nez… C'est toi qui fournis ?

Merde. Elle a glissé son visage dans mon cou et remonte dangereusement sa main sur ma jambe. Il faut que je la fournisse, mais je suis persuadé qu'elle s'enfilera la pilule devant mes yeux.

— Combien tu en veux ?

— Trois. Tu me les donnes et on n'en parle plus.

— Tu as de la monnaie sur toi ?

— On peut s'arranger…

Et elle plante ses lèvres au coin des miennes, les doigts définitivement là où il ne faut pas. Je la repousse sans violence et fais non de la tête.

— Je peux pas.

— T'es maqué ?

— Non.

— T'es gay ?

— Euh… ouais.

— Étonnant… Mais ça explique tout !

Elle grince des dents et retire immédiatement sa main de mon entrejambe. Tout en soupirant, elle finit quand même par plonger les doigts dans son soutien-gorge à la recherche de billets.

— J'ai jamais de chance, fait-elle en se tournant vers son voisin de gauche.

J'attrape l'argent qu'elle me donne sans grande attention et sors de ma poche un distributeur de Pez à l'effigie du super-héros. Ne sachant plus comment m'y prendre avec elle, je lui tape sur le bras et le lui tend. Elle observe l'objet un instant avant de basculer la tête de Superman et d'en sortir trois cachets. Alors qu'elle les fait jouer entre ces faux ongles, la porte d'entrée s'ouvre à la volée en cognant contre le mur.

— STAN !

J'ai à peine le temps de reconnaître la voix de Nathan qu'il finit projeté contre le sol, un poing dans la figure. Des cris se mettent alors à fuser et mon cœur s'arrête.

Un groupe de mecs débarque au milieu de la foule et commence à semer le bordel. Ils sont cinq, dix, plus, je n'arrive pas à compter. Parmi eux, je reconnais immédiatement Chris, qui fonce sur moi, un sourire malsain aux lèvres.

— Tu t'souviens d'moi, enflure ?!

Je n'ai pas le temps de réagir qu'un coup me fend la lèvre, me faisant perdre l'équilibre. Quand je me relève et m'apprête à riposter, deux types me retournent les bras et m'empêchent de bouger. Le sang bouillonne dans mon système.

— On fait une p'tite fête et on ne m'invite pas ? J'suis déçu, reprend Chris en appuyant son doigt sur ma lèvre.

Je ne comprends pas, tout se déroule trop vite. Je tente par tous les moyens d'envoyer chier les deux mecs qui m'immobilisent, mais sans résultat. Chris, lui, semble prendre énormément de plaisir à me voir dans cet état.

— Comme j'suis pas un bâtard, je t'ai apporté un cadeau. Tu dois t'en rendre compte, j'ai des amis assez importants qui m'ont aidé à m'en sortir. Et je ne suis pas rancunier. Je ne te tiens pas rigueur du fait que tu m'aies laissé en garde à vue tandis que tu t'accordais un bain de soleil. Mais tu vois, Stan… Tous ne sont pas aussi bons que moi. N'est-ce pas, Matt ?

Un mec s'avance et son visage met un moment avant de me revenir. C'est l'ex d'Anna. Le type du centre commercial. Et il n'a pas l'air commode. Un cercle se forme autour de nous. Personne n'ose s'interposer, Nathan est couché au sol, inconscient, et je suis maintenu. Si ça dégénère, je ne pourrai rien faire.

— Coucou, fils de pute, me lance Matt, des étincelles dans le regard. Tu m'as pas oublié non plus, j'espère ? Je t'avais promis de revenir te voir. Tu sais, de revenir te saigner.

— Nan, aucun souvenir, parviens-je à dire en soutenant son regard.

Il a un sourire de pervers dégueulasse et un look de premier de la classe. Ses cheveux sont coiffés en arrière, lui donnant un air de petit-bourgeois insupportable. Je crache immédiatement devant ses pieds.

Mauvaise idée. Il balance son poing dans mon ventre, me coupant aussitôt la respiration. Alors que je me plie en deux, il attrape mes cheveux et tire mon visage vers lui avant de me cogner l'arcade. Je crois que je crie à ce moment-là, terrassé par la douleur qui me traverse.

— Tu n'aurais pas dû t'approcher d'Anna, mon pote. Après ce soir, tu n'auras plus rien.

Et un nouveau coup part, c'est ma mâchoire qui claque. Un mélange amer de sang et de bile se faufile à travers mes lèvres boursouflées et je regrette déjà cette idée de soirée.

Je ne réalise plus vraiment ce qui se passe pendant un temps… Jusqu'à ce que j'entraperçoive la blonde de tout à l'heure qui part en courant. « Que personne n'appelle les flics ou ça risque de chauffer ! » crie un mec à l'intention de toutes les personnes fuyant la maison.

Je suis fichu.

— Alors dis-moi, de toi ou de l'autre blond, qui a fourré Anna le premier ?

La colère se transforme progressivement en une rage puissante. Je contracte tous mes muscles un à un.

— Apparemment pas toi, continue-t-il avant de sortir un cutter de sa poche arrière.

Là, je réalise la merde dans laquelle je me suis mis. Il n'y a plus ici qu'eux et moi, Nathan étant toujours à terre, inconscient. Aucun des clients ne se risquera à prévenir la police et personne ne viendra nous aider.

Nous sommes seuls.

Je suis seul.

— Que ce soit bien clair entre nous, mon gars, j'suis pas un violent… J'suis un fou. Un fou capable de te saigner à blanc, là, tout de suite, chez toi.

À ces mots, il prend mon menton entre ses doigts et pose la lame sur ma joue. Je suis immobilisé de tous les côtés et mes forces s'amenuisent. La peur me tord l'estomac. J'aurais dû écouter Léo et arrêter le trafic il y a longtemps.

— Mais on peut s'arranger.

— J'vois pas comment, grogné-je, la voix altérée.

Il glisse le cutter sur ma pommette et je sens le froid entrer en moi. Ça brûle et ça pique à la fois, à tel point que j'ai l'impression qu'il m'arrache un morceau de peau.

— Si tu nous files tout ce qu'il te reste de ton stock, on s'en va et on te laisse tranquille.

— Comme si la drogue t'intéressait, arrivé-je à dire, à moitié sonné. T'es plutôt du genre quatre-quarts au goûter, toi, j'me trompe ?

Le cutter disparaît de ma joue et vient se planter dans ma cuisse. Je hurle.

— T'es pas en position de jouer au plus con, j'te rappelle.

Je suis essoufflé, tant par la terreur que par mes sens en éveil qui font fonctionner avec plus de mal mes poumons. Je ne suis qu'un bloc de douleur.

— J'ai tout vendu.

Il s'esclaffe et tous ses acolytes l'imitent.

— Tu sais quoi ? J'ai une nouvelle idée. Je vais appeler Anna et lui demander ce qu'elle en pense.

Il finit par éloigner son cutter et je grogne, fiévreux :

— Arrête…

— Arrête quoi ? On pourrait s'amuser avec elle le temps que tu te décides à nous dire où est ta came ! dit-il en posant sa chaussure sur l'emplacement de ma blessure, au niveau de la cuisse.

— N'a… n'appelle pas.

Ma tête commence sérieusement à tourner, je me sens partir et je ne peux rien y faire. Je lutte contre un sommeil glacial qui prend possession de mon corps mais mon menton tombe malgré moi sur ma poitrine. Le Matt en question me coupe au cutter juste sous l'œil avant de me relever brutalement, ce qui m'arrache un nouveau gémissement.

— Arrêtez, bordel !! Je sais où il cache les stocks ! Laissez-le !

C'est Nathan.

— Qu'est-ce que t'attends, alors ? Va les chercher.

— Nathan, fais pas ça ! parviens-je à dire avant de recevoir un ultime coup de poing au visage.

Je crois que mon nez est cassé. Je voudrais chialer. Matt ordonne aux autres de suivre Nathan. Ils me relâchent aussi sec pour filer avec Nat dans la salle de bains. Je tombe sur les genoux en poussant un cri.

— Tiens, on dirait Anna au lit.

Le déclic est instantané. Je me relève avec le peu d'énergie qu'il me reste et fonce sur lui. Je le plaque contre le mur en mitraillant de coups maladroits son visage. Mais il est plus rapide. Il contre mon poing et me fait une clé de bras. En me frappant du pied dans la colonne, il me terrasse en moins de deux. Et il ne s'arrête pas là. Il me redresse d'une main et me colle au mur, à son tour. Ses larges doigts viennent écraser ma pomme d'Adam qu'il serre de toutes ses forces.

— Matt, on a tout, on bouge ! lance Chris en se précipitant vers la sortie.

Le regard de mon bourreau s'inscrit dans le mien.

— On n'en a pas fini, toi et moi. La prochaine fois, *t'es mort*.

« Nan, pars pas », voudrais-je crier. Mais il me lâche, se retourne, se penche, attrape le vase en opaline derrière lui et l'explose sur mon front.

Trou noir.

***

— Stan ?

La lumière… Elle bouge.

— Stan, tu m'entends ?

De l'eau… J'ai soif.

— Stan, ouvre les yeux, s'il te plaît.

J'ai froid… J'ai chaud.

— Stan, c'est moi.

J'émerge d'un seul coup. C'est comme si je remontais à la surface après avoir retenu ma respiration pendant une minute. J'émerge et la clarté m'aveugle. L'air remplit subitement mes poumons, mon sang se met à circuler à nouveau, je respire, j'entends, mais surtout je vois. Je vois à nouveau.

Je vois Anna au-dessus de moi, du sang sur les mains et de l'eau dans les yeux.

Chapitre 48

ANNA

J – 2

Mes mains tremblent.

Je presse un peu plus la serviette humide contre ses bleus, dans l'espoir que ses yeux s'ouvrent et puissent me rassurer. Il est brûlant de fièvre. Je n'avais jamais eu à faire ça avant et le plus dur est bien l'attente, l'attente d'un réveil qui sera houleux et décisif.

— Stan, tu m'entends ?

Je murmure au plus près de son visage, mais il reste immobile, éteint.

— Stan, c'est moi…

J'ai la voix cassée par le trop-plein d'émotions qui m'envahit d'un coup. *Ouvre les yeux, bon sang.* Je ne veux pas être seule dans ce chaos monstrueux. J'ai bien trop peur maintenant.

Et puis il réagit miraculeusement. Ses paupières frémissent. Mon cœur en oublie de battre. Il est bien là. Il se réveille. Il revient à lui.

— Stan, ouvre les yeux, s'il te plaît.

Je ne parle plus, j'implore, je le presse. Ses jambes répondent à mes paroles en se soulevant brusquement avant de s'enfoncer à nouveau dans le cuir du canapé. Ses poings se resserrent et lui aussi tremble désormais.

— Stan ?

D'un claquement de doigts, deux sphères rouge sang apparaissent. Elles sont dirigées vers la lumière du plafonnier en cristal. Ses pupilles se rétrécissent alors instantanément sous la vive clarté. Tout se passe en une fraction de seconde à peine. La suivante, une moue d'horreur déforme ses traits. Il ignore ma main sur son visage et se redresse sur les coudes en poussant un gémissement grave.

— Doucement…

Je tente de le stabiliser en empoignant ses épaules tandis qu'il me dévisage. Je ne peux me résoudre à croiser son regard.

— Anna ?

Aïe. Sa colère me tord l'estomac.

Très vite, tout semble lui revenir. Il grimace à nouveau, posant les doigts sur le bandage que je lui ai posé sur la cuisse, avant de tourner les yeux sur ce qui l'environne. Il trébuche sur les mots, il n'arrive à rien sortir de clair. Toutes les émotions se lisent sur son visage, de la peur à la colère en passant par l'incompréhension la plus totale. Je suis complètement désemparée face à ce spectacle muet.

Il attrape subitement mon poignet.

— Nathan ?

— Nathan ? répété-je sans comprendre. Oh ! Euh… oui, il va bien ! Il est…

— Le stock ! hurle-t-il à nouveau en m'interrompant.

Il tente de se relever sur ses jambes mais le fait bien trop vite et s'écroule aussitôt sur le canapé, cognant son crâne violemment contre l'accoudoir. Il tourne de l'œil. Je panique. Sa main, rigide et inanimée, serre toujours mon poignet sans qu'il semble le remarquer. Il marmonne quelque chose d'incompréhensible avant de fermer les yeux. Il perd de nouveau connaissance. Je suis en train de le perdre, aussi bien physiquement que mentalement.

— Stan, regarde-moi !

Il me lâche. Son corps mou s'enfonce dans le sofa. Je me penche immédiatement au-dessus de lui, tapotant son visage et lui écarquillant les yeux de mes doigts pour le forcer à les rouvrir.

Tu ne vas pas m'abandonner maintenant !

Je plonge la serviette dans la bassine d'eau fraîche et la lui pose sur le front. Je relève les manches de ma chemise jusqu'aux coudes et prends son visage dans mes mains. C'est tout bête, mais ce genre de geste m'aurait rendue fébrile dans n'importe quelle autre situation. Là, maintenant, je ne pense qu'à une chose : le ranimer.

Je me redresse alors et cours jusqu'à l'escalier, que je monte quatre à quatre, le sang palpitant dans mes veines. Nathan m'a dit de ne pas le laisser perdre conscience. Je me précipite dans la salle de bains, que je reconnais immédiatement, envoyant valser la porte avec fracas avant de me jeter sur le placard le plus proche. Je fouille toutes les étagères, faisant tomber la moitié des produits dans la vasque, sans avoir la moindre idée de ce que je cherche. Un calmant, un truc pour la tête, à effet immédiat. Mais rien ne va, deux pauvres aspirines ne feront certainement pas l'affaire !

Je suis rouge écarlate, le souffle malmené par mes gestes maladroits. *Concentre-toi, Anna !* Je grogne de désespoir en réalisant que je reviendrai les mains vides. Mon cœur est ballotté, mon esprit s'échauffe. Je quitte finalement la salle de bains pour aller dans sa chambre. J'ignore le lit qui m'a une fois accueillie et me concentre plutôt sur les tiroirs de sa commode. Des livres, des cadres photo, des lampes, mais rien qui puisse m'aider. C'est totalement inutile. Je suis en nage. Je suis très mauvaise pour gérer le stress.

Le dressing est mon dernier espoir. Et pourtant, quand je m'en approche, plus rien n'a de sens. Les vêtements sont en tas sur le sol, pour la plupart en lambeaux. Il y a là les restes d'une lampe de chevet brisée ainsi que des papiers jetés en vrac. Parmi cet amas, une boîte en carton d'une taille conséquente retient mon attention. Elle est ouverte, vide, dénuée d'intérêt, mais pourtant au cœur du réduit.

On lui a volé la drogue.

La stupeur me paralyse. Quelqu'un s'est introduit ici, a passé Stan à tabac avant de s'enfuir avec la marchandise. C'est évident.

Je referme la porte de la chambre et descends au rez-de-chaussée. Quand je m'approche du canapé, Stan n'est plus là. Il a disparu. Je commence à ressentir le contrecoup de ma soirée, fatigue et colère se mettant à bouillir en moi à la vitesse grand V. Je tourne sur moi-même comme une furie, à la recherche de sa trace. Soudain, un grand fracas se fait entendre depuis la cuisine, où je me précipite, de peur que les voleurs ne soient de retour pour s'en prendre encore à Stan.

Mais c'est lui. Juste lui.

Il tremble comme un pantin désarticulé, dos à moi, et boite légèrement en se déplaçant. Ses bras se balancent de droite à gauche en renversant absolument tout sur leur passage. Bouteilles, machines, couverts, récipients, tout vole en éclats en désynchronisation avec ses cris enragés.

— BORDEL ! PUTAIN DE MERDE !

— Stan !

Rien n'y fait. Il hurle. Le voyant s'approcher d'un tableau suspendu au mur, je m'élance vers lui, faisant une barrière de mon corps. Il me repousse sans effort, me balançant au sol comme une vulgaire assiette que l'on fracasse.

Mon cri de douleur le ramène à une brève réalité. Il tourne les yeux vers moi, animé d'une force diabolique, et reste ainsi plusieurs secondes, récupérant son souffle. Il me fixe sans me venir en aide, un mélange de haine et de douleur dans le regard.

Sans le savoir, il continue de me briser en mille morceaux.

Je réussis à me hisser sur mes bras et me relève avant d'esquisser un pas en avant, les mains en bouclier. Je suis prête à me défendre, mais il ne réagit pas. Au contraire, il ferme les yeux et serre les dents. Je devine qu'il se mord la langue pour se taire.

Il est comme un volcan en sommeil, dans l'attente de la grande explosion.

— Pars, s'il te plaît.

Je suis écorchée vive. La puissance de ses mots…

— Qu'est-ce que…

— J'ai dit « Pars ».

— Laisse-moi t'aider…

— Non ! Va-t'en, Anna, tu n'as rien à faire là.

Dos à moi, il plaque ses mains de part et d'autre du comptoir, baissant la nuque pour la rentrer complètement dans ses épaules. Son souffle est bref, le mien, inexistant. Inconsciemment, je me frotte les bras comme si j'étais frigorifiée. En réalité, c'est la peur qui prend possession de mon corps.

— Il faut que tu ailles à l'hôpital. Tu as beaucoup saigné.

— Ne me parle pas comme si j'étais un gosse.

— Alors arrête d'agir comme tel !

D'une main, je le retourne et l'oblige à me faire face, mon cœur tambourinant toujours plus fort dans ma poitrine.

— Qu'est-ce que tu fais là, de toute manière ?!

Il me rejette déjà. Ou il me rejette encore, je ne sais plus.

— Tu n'étais pas censée être là ce soir, reprend-il en avançant à nouveau.

Si son regard me blesse par son hostilité, les dégâts sur son visage me laissent sans voix. Il est recouvert d'entailles – sur les pommettes, le front, le menton, les lèvres. Je ne compte même plus le nombre de bleus qui lui colorent la figure, ni ne me préoccupe du sang séché qui forme une croûte sur son sourcil.

— Je… J'étais venue te voir.

— Le soir de mes dernières ventes ?

— Comment voulais-tu que je le sache ?!

— Oh arrête, c'est Nathan qui t'en a parlé, j'imagine.

Là, ça m'agace.

— Oui, c'est Nathan qui m'a ouvert la porte quand je suis arrivée. C'est aussi Nathan qui s'est précipité pour s'enfuir en me disant qu'il valait mieux que j'appelle la police. Je n'avais aucune idée de ce qui se tramait ce soir, je ne le sais toujours pas ! Je pensais qu'on se faisait confiance tous les deux, je pensais qu'on s'était tout dit. Mais, dès qu'il s'agit de ta drogue, plus rien d'autre n'existe !

— Tu veux que je te dise, Anna ? Tu n'es qu'une petite égoïste naïve qui ne regarde pas plus loin que le bout de son nez. Tu n'as rien à faire ici !

OK. Très bien. J'encaisse. Je me tais.

— Ouvre les yeux, bon sang ! Je devais avoir l'argent manquant ce soir ! J'étais à deux doigts d'en avoir fini pour de bon !

— Et j'en suis désolée ! Mais je suis venue ici pour t'aider, Stan, pas pour que tu me reproches ce qu'il s'est passé. Je n'ai rien à voir avec tout cela !

Et il se marre.

J'ai l'impression de revivre le soir de notre rencontre. Moi perdue, lui hilare.

— Ne fais pas semblant. Absolument *tout* tourne autour de toi, Anna, et ce, depuis le début.

À nouveau, j'ignore les allusions. Je ramasse le peu de dignité qu'il me reste et lui adresse un dernier regard lourd de sens. Je traverse le salon pour me diriger vers la véranda afin d'y prendre l'air.

— Attends.

Mais c'est trop tard, je m'apprête à sortir. Et je sors. Ou du moins j'essaye car il m'en empêche. Il m'a couru après et se met à me tirer par la main. En tentant de me défaire de son emprise, je perds l'équilibre et me retrouve à nouveau par terre, glissant sur le flanc et me tordant le bras. Mon corps se crispe sous ce deuxième acte violent de la soirée.

Lui se penche pour m'aider, mais je hurle :

— Reste où tu es. Ne. Me. Touche. Pas.

Les cheveux collés au front, je me redresse, mes jambes ployant sous moi. Je tente de reprendre mon souffle la main sur le cœur, tandis qu'il m'observe durement, les bras croisés.

C'est en me retournant pour m'en aller que je les vois. Elles sont deux, sous mes yeux, dans le cagibi dont la porte bâille en face de nous.

— C'est quoi, ça ? sifflé-je entre mes dents.

Il n'a même pas besoin de faire d'effort pour comprendre. Mes mots sont froids et durs, comme les siens. L'élève surpasse désormais le maître.

— Stan ?! crié-je en m'approchant de lui, le doigt tendu vers l'objet de mes remontrances.

— Mes valises.

— Comment ça, tes valises ?

Il m'écarte et va refermer la porte comme pour instaurer une barrière entre elles et nous. Il cogne le battant de son poing avec violence et reste ainsi quelques secondes, le front écrasé sur le bois.

— Je comptais partir dès la fin de cette soirée, fait-il tout bas.

— Partir où ?

— J'en sais rien, simplement partir, mettre un point final à tout ça.

Je ne pourrais pas exprimer exactement ce qui se passe dans mon corps lorsqu'il prononce ces mots. Mais cela ressemble à l'anéantissement de toutes mes émotions. *Je pensais l'avoir convaincu de rester…* Une boule se forme dans ma gorge et j'ai du mal à la contenir.

J'ai l'impression qu'on m'a mise dans une machine à laver et qu'on a appuyé sur le bouton « programme d'une vie » au lieu d'une demi-heure. Le cycle infernal entraîne mon corps sans que mon esprit se décide à suivre.

— Tu comptais nous le dire quand ?

Il se retourne mais n'ose même plus me regarder dans les yeux.

Non… Ne me dis pas que tu aurais fait ça, Stan.

— Tu n'allais pas… Même pas… ?

J'ai la gorge sèche et la langue paralysée. Je rêve. Il allait partir sans laisser de trace, disparaître pour ne jamais revenir. Il s'apprêtait à nous laisser, à me laisser moi. Après tout ce qui s'est passé, tout ce qui a été dit…

— Mettez-vous à ma place, dit-il finalement.

— Nous mettre à ta place ? Et toi, Stan, quand te mettras-tu à la nôtre ?

— J'ai fait trop de sacrifices pour tout ça, tu ne comprends pas.

— Mais qu'est-ce que tu racontes ? demandé-je en m'approchant à mon tour, cherchant à tout prix à attraper son regard. Ne me repousse pas maintenant, Stan. Pas quand le plus dur a déjà été fait. Pas après tous les efforts qu'on a fournis, que *j'ai* fournis pour toi.

— Quels efforts ? Vas-y, je t'écoute. Dis-moi.

Il me défie à nouveau, menton relevé cette fois, bras croisés sur le torse.

— Je t'écoute, me presse-t-il.

— Tu m'en as fait voir de toutes les couleurs, depuis le début ! Et moi j'ai été patiente, la preuve, je suis toujours là aujourd'hui. Mais dans une relation il faut que ça aille dans les deux sens !

— De quelle relation parles-tu, au juste ? grogne-t-il en rapprochant son corps du mien, me faisant reculer jusqu'au mur. Il n'y a jamais eu la moindre relation, Anna ! Regarde-moi ! Regarde-nous ! Ça n'a aucun sens !

— Ne t'avise pas de me dire ce qui a du sens maintenant ! Depuis que je te fréquente tu joues un rôle, tu joues le caïd au cœur de pierre qui me fait tourner en bourrique ! Tu me dis oui puis tu me dis merde. Tu joues avec mes nerfs. Alors, OK, très bien ! Très bien ! J'ai compris ! Maintenant, jouons cartes sur table. (Je hausse le ton en poussant son torse de ma main.) J'en ai marre de te subir. Je ne te laisserai pas prendre cette décision, pas cette fois !

— Vois les choses en face, Anna. Je ne t'aurais jamais emmenée avec moi ! Je ne peux pas faire ça à Léo, à Allie. Tu as pensé à eux ?!

— Ah, j'hallucine ! Depuis quand est-ce qu'ils t'importent ? Depuis quand est-ce que quelqu'un d'autre que toi t'importe, au juste ?

Je me mets à crier en approchant mon visage du sien.

— Maintenant, je veux que tu m'écoutes ! Je me contrefiche de ta drogue, je me contrefiche des autres ! Tu aurais pu être un schizophrène, un assassin, un connard fini, que ça n'aurait rien changé ! Tu ne peux pas prétendre vouloir me repousser maintenant... Pas maintenant, Stan. Pas alors que j'ai balancé mon cœur à tes pieds.

Ses yeux n'ont jamais été aussi froids. Ce n'est que lorsqu'il les ferme brièvement puis secoue la tête que je me rends compte que je suis en train de le perdre.

J'ai perdu. Je le sens, je le sais cette fois. Je l'ai perdu.

— On ne pourra jamais être ensemble, Anna. Je l'ai réalisé ce soir.

Ces mots ouvrent la valve de mon cœur et des larmes se déversent sur mon visage. « Je l'ai réalisé ce soir. » Alors quoi, je suis arrivée trop tard ? Une minute plus tôt et c'était bon ?

— Je regrette de t'avoir connue, en fait. Je regrette de t'avoir parlé le soir de mon anniversaire, reprend-il. Je suis désolé, Anna. Je ne pensais pas que ça irait aussi loin. Je n'aurais jamais dû commencer ce que je ne pouvais finir.

Je pleure sans retenue, à moitié aveuglée par l'eau salée qui me coule des yeux mais aussi par la peine qui me dévore.

— Tu as été très gentille avec moi mais je ne pourrai jamais te rendre la pareille, insiste-t-il à nouveau. On n'est pas du même monde. Je sais que c'est un cliché, mais c'est la vérité. On est incompatibles et cruellement différents. Je ne m'intéresse en rien à ce que tu vis, toi. Le trafic m'a bouffé la vie. Tu n'as jamais rien connu de tel. Et, maintenant qu'ils sont partis avec l'argent, je suis fichu.

J'aimerais lui répondre. Je lutte avec moi-même pour trouver les bons arguments afin de l'inciter à rester, de le convaincre de m'aimer. Mais rien ne sort, je reste plantée là, les joues trempées, l'estomac retourné. Je voudrais qu'il me prenne dans ses bras et me dise de tout oublier, je voudrais qu'il me rassure et s'excuse. Mais à l'inverse il me regarde comme si tout cela n'était pas réel. Comme si je n'avais pas existé pour lui. *Comme si je n'avais pas compté.*

Le silence qui suit est terrible. C'est un vide sans fin que ni lui ni moi ne pouvons remplir. Cette fois, il attend que je parte. Il ne va pas me retenir. Je le sens. Si je fais un pas de plus vers la sortie, il l'acceptera. C'est ce qu'il attend, en réalité. C'est ce que je devrais faire. Mais j'en suis incapable.

Alors c'est lui qui le fait. Il se retourne et sort dans le jardin, sous une pluie que je n'avais jusque-là pas entendue. C'est la première du mois d'août et elle est torrentielle, abondante, glaciale. La scène est ridicule. Il est dehors, dos à moi, dégoulinant de toutes parts, le visage enfoui dans ses mains. Et moi je ne peux toujours pas avancer.

Ce qui ne dure qu'une minute en réalité semble durer des heures. Et puis une ultime fissure fend mon cœur et mes larmes se tarissent. Lui reste immobile sous le déluge, lavant ses blessures, tandis que je fais marche arrière. Un pas. Puis deux. Puis trois, quatre, cinq, et il disparaît de mon champ de vision. Je m'en vais pour de bon, je ne le reverrai plus jamais. Il m'a larguée avant même de m'avoir laissé une chance. Il m'a tout donné puis tout repris. C'est fini.

Mon chagrin ne laisse pour toute trace qu'une migraine infernale dans mes tempes. Je tourne la poignée et ouvre grand la porte, me trouvant face à l'averse de l'autre côté de la maison. La rue est noire. Mon cœur est noir. Je ferme une dernière fois les yeux pour me donner du courage, mais une nouvelle image surgit dans mon esprit.

— *On fait un jeu ?*

— *Je te demande pardon ?*

— *Un jeu. Tu sais, pour détendre l'atmosphère, rire un peu...*

Il me fait un clin d'œil, et cette fois je peine moi aussi à dissimuler l'ombre d'un sourire.

— *Allez, un petit Action ou vérité. C'est bien pour apprendre à se connaître.*

— *Euh... d'accord.*

— *Super. Alors, tu choisis quoi pour commencer ?*

— *Vérité.*

— *La sécurité avant tout... Bon. La brune, c'est ta copine ?*

Il désigne l'étage de son index, comme pour m'indiquer de qui il parle.

— *Oui, ma meilleure amie. À moi. Action ou vérité ?*

— *Vérité.*

— *Tiens, tiens.*

Il sourit.

— *Tu es quelqu'un de très étrange.*

— *Ce n'est pas une question, ça...*

— *Non. Ma question est : comment ça se fait ?*

— *J'aime sortir de l'ordinaire, si tu veux tout savoir. Action ou vérité ?*

— *Vérité.*

— *Encore ? Tu n'es pas très marrante.*

— *Désolée de te décevoir. La réponse est* oui, encore. *À mon tour.*

— *Eh, ce n'était pas ma question !*

— Tant pis pour toi ! Action ou vérité ?

Je souris franchement maintenant… Il n'est pas si détestable, finalement.

— Je t'accorde une vérité, parce que tu sembles en raffoler. Quel est ton plus grand secret ?

Il fait moins le fier, tout d'un coup. Ses yeux dérivent vers le sol, où il semble chercher sa réponse pendant de longues secondes. Et puis, son regard se pose à nouveau sur moi.

— Je te l'ai déjà dit. Je suis un gentil.

— Non, ça ne compte pas, ça.

— Pourtant personne ne le sait.

Son regard s'assombrit.

— Action ou vérité ?

— Action.

— Dis-moi si ta copine est célibataire.

— C'est plus proche d'une vérité que d'une action, ça ne compte pas.

Il glisse une mèche de ses cheveux derrière son oreille et fait craquer ses doigts un à un.

— Allez ! De toute façon, tu t'attendais à quoi comme action ? « Lèche le sol » ?

J'ouvre grand les yeux. La pluie est en train de se calmer. Sans plus attendre, je rembobine et rentre dans le salon. Je marche, déterminée, et reviens sur mes pas. Lui est rentré. Il lève les yeux. On se toise. Je m'approche.

— Action ou vérité ?

— Quoi ?

— Action ou vérité ?

— Anna, je ne…

— Réponds à la question, bon sang !

Il hésite quelques secondes.

— Action.

— Je m'en doutais. Si je te dis « lèche le sol », tu le fais ?

— Bien sûr que non.

— Très bien. Alors embrasse-moi.

Chapitre 49

ANNA

On s'observe dans le blanc des yeux, prêts à sortir les griffes s'il le faut. Pourtant, je n'ai plus peur maintenant. Je ne crains pas la nuit qui plonge la maison dans la pénombre. Je ne crains pas non plus son corps heurté. Je ne crains pas la force de ses bras, ni l'intelligence de ses mots. Je ne crains rien puisque c'est exactement ça que je veux, que je voulais depuis le début.

Combien de temps encore cela va-t-il durer ? Je n'en sais rien. Ce n'est pas ce qui m'importe.

À vrai dire, ce qui m'importe, c'est l'éclat dans ses yeux quand il me regarde, la douceur de sa voix quand il s'adresse à moi, le sourire qui éclaire ses traits lorsqu'il me voit, la chaleur de ses mains sur mon visage, sa manière de faire voler mon cœur. Ce qui m'importe, c'est la façon dont il prononce mon nom comme s'il le redécouvrait chaque fois, son envie de me protéger quoi qu'il arrive, sa manière d'être toujours là quand il le faut, son emprise dont je ne veux plus me défaire. Ce sont des petites choses qui forment un tout. Un ensemble de qualités comme de défauts qui étayent mon choix.

Je n'apprécie pas Stan pour son franc-parler, ses mèches rebelles ou sa vulgarité. Je ne l'apprécie pas non plus pour son impulsivité et sa colère, ni pour sa manière d'agir. Tout comme je ne l'apprécie pas seulement pour son charisme, sa fragilité dissimulée, sa douceur.

J'apprécie Stan pour le tout qu'il constitue, parce que ces choses font de lui ce qu'il est et ce que je suis y succombe. C'est lui et c'est moi, comme cela pourrait être d'autres. Mais ce soir, je veux que ça soit nous de tout mon cœur. Je veux qu'on ait notre chance nous aussi, on la mérite.

Notre histoire n'a pas été une course de vitesse mais une course de fond. On a tenu sur toute la distance, on y est presque. L'arrivée nous tend les bras. Mais ce n'est pas si simple. On est tous les deux fatigués des obstacles qui nous ont barré la route. On a soif de récompense, tout en ayant peur de ne jamais franchir la ligne.

J'aimerais le lui dire, mais il est le seul capable de faire basculer les choses maintenant. J'ai avancé mes pions, c'est à son tour. Qu'il dise oui ou qu'il dise non, j'ai joué mon rôle. Et, comme à tout jeu auquel on s'adonne, il y aura un gagnant et un perdant. Quelquefois c'est joué d'avance. J'aimerais que ce soit le cas. Mais il n'en est rien. S'il veut de moi, il n'a qu'à faire un pas en avant et je ferai le reste. Dans le cas contraire, un pas en arrière et je comprendrai. Je n'aurai rien à regretter.

Le problème c'est qu'il ne bouge pas. Il n'adresse aucun signal qui puisse me faciliter la tâche.

J'aimerais tellement m'immiscer dans sa tête, voir ce qu'il y cache. J'aimerais pouvoir entendre tout ce qu'il ne dit pas, qu'il garde pour lui. J'aimerais voir à travers ses yeux pour comprendre sa vision des choses. J'aimerais me voir moi à travers lui. Voir ce qu'il me trouve, ce qu'il décèle au-delà de tous ces artifices que nous nous imposons. J'aimerais réussir à comprendre exactement comment il fonctionne, quelle mécanique s'opère dans son être. J'aimerais avant tout ressentir les vibrations de son cœur et savoir enfin la raison de ce silence.

— Je t'ai dit un jour que si l'on s'interdisait de faire ce que l'on voulait faire, c'était pour que les autres comprennent qu'on en avait envie.

Il me parle vraiment, je ne le rêve pas.

— Mais c'est stupide.

Je n'ose rien répondre, de peur de gâcher le moment, de l'arrêter dans son élan.

— Quand on s'interdit de faire des choses, c'est simplement parce qu'on a peur du regard des autres. On a peur de ce qu'ils pourraient penser, de ce qu'ils pourraient croire. On a peur qu'ils ne voient en nous cette faiblesse indistincte mais pourtant bien réelle. Je sais que ça n'a aucun sens, mais c'est comme ça que je le ressens.

Il tourne le visage vers la baie vitrée et reste un moment pensif avant de reprendre :

— C'est tellement plus simple de faire semblant.

Il baisse les yeux.

— Être sérieux, c'est pour les gens qui sont sûrs d'eux.

Il s'arrête là et continue d'observer son jardin dans la nuit. Ses respirations soulèvent ses épaules de plus en plus doucement et me rassurent. Quelque part, je sais qu'il est en train de se calmer. Peut-être même de changer d'avis.

— Quand ma mère m'a annoncé que j'avais un petit frère, reprend-il, j'ai su que j'allais devoir être sérieux à mon tour. Car s'occuper de soi-même est une chose, mais s'occuper de son frère en est une autre.

Cette révélation brise quelque chose dans mon cœur – comme si deux tuyaux s'étaient déboîtés. Je me décide enfin à m'avancer. Je tends les doigts et parviens à poser ma main sur son épaule. Il ne réagit pas, me laisse faire.

— J'ai tout ignoré. J'ai préféré oublier cette vie parallèle parce que c'était plus facile. Je voulais jouer au grand, mais tout seul. Je voulais faire ce que mon père ne pouvait pas faire, quitte à enchaîner bêtise sur bêtise. Et, quand je me suis rendu compte que j'y arrivais, que je changeais la donne, j'ai été fier. Je pensais n'avoir besoin de personne. C'est jouissif d'être le seul maître à bord, de n'avoir aucune limite. D'où ma motivation pour arrêter l'école. Je n'avais ni le temps ni l'envie, je pensais que ça ne me servait à rien. Je me suffisais à moi-même, ça a toujours été comme ça. Et je sais ce que la plupart des gens pensent en me voyant : *petit morveux sans attache et sans cœur, riche et grincheux, Casanova, tête brûlée*. Quand on cultive pour nous une telle image, il est difficile de s'en détacher.

Il se redresse et me regarde dans le reflet de la vitre.

— Je sais que tu as perdu ton père et que tu chercheras à combler ce manque toute ta vie, même si tu ne t'en rends pas compte certaines fois. Mais je n'ai pas la carrure d'un père. Encore moins celle d'un petit ami. Je n'arrive même pas à être un frère. Admettons que mes soucis n'existent plus, mettons-les de côté un moment. C'est du pareil au même. Je suis ce que je suis, je ne pense pas pouvoir te donner ce que tu veux. Je ne dis pas que je n'ai pas voulu essayer. Je te jure que j'ai essayé, Anna. Tu en vaux la peine. Moi non.

Le deux tuyaux déboîtés se sont raccordés pour que mon cœur se remette miraculeusement à battre dans ma poitrine. Mes poumons se remplissent à nouveau d'air et je peux respirer. Si les mots me manquent encore, mes gestes seront certainement plus clairs. Je lui intime de se retourner et attrape sa main pour la poser sur moi.

— Tu entends ça ? C'est mon cœur qui bat. Je n'ai pas d'explication rationnelle à te donner.

Je pose alors la main sur son torse.

— Et ça… Ça, c'est le tien. Est-ce que tu sens la moindre différence ? Moi je n'en vois aucune.

Il fronce les sourcils et s'apprête à me contredire, mais je poursuis :

— Tu rends les choses compliquées parce que tu as peur. Mais je te promets que ce que tu ressens n'a rien d'effrayant. Ça nous appartient, après tout. On peut en faire ce qu'on veut. Et, crois-moi, je n'ai pas peur de toi, je n'ai pas peur de souffrir. Je n'ai pas peur que l'on se brise le cœur, je n'ai même pas peur d'être jalouse. J'ai déjà vécu ces situations avant, toutes autant qu'elles sont. Je sais ce que c'est d'être avec quelqu'un, tu le sais aussi. Mais ça n'a rien à voir avec nous deux. Nous, on est différents, pas vrai ?

Je marque une pause et soutiens son regard, avant de conclure :

— Si je t'aime aujourd'hui, je t'aimerai davantage demain et un peu plus les jours suivants... Et, au fond, je pense que c'est ça qui t'effraye... Ma certitude à ton sujet, ma confiance en toi. Tu as peur de tout l'amour que je pourrai te porter. Mais devine quoi ? C'est trop tard pour avoir peur. Le processus est déjà enclenché, tu ne pourras pas l'arrêter. Au contraire, tu peux l'aider à aller plus vite, plus loin, plus fort. Un mot, un geste, et tous ces obstacles que tu t'imposes disparaîtront. Tout ce qu'il te reste à faire, Stan, c'est m'embrasser.

Son torse se soulève légèrement plus vite, tandis que tout palpite en moi. Il plonge dans mes yeux, cherchant le moindre petit signe de faiblesse. Mais il n'en trouvera pas.

Je ne sais pas vraiment s'il hésite, mais ça semble se bousculer dans sa tête. Je lève alors le menton pour lui montrer ma détermination. Je n'ai pas dit mon dernier mot et je ne compte pas abandonner sans m'être battue une dernière fois.

Ça martèle dans ma poitrine, ça fourmille dans mes jambes, ça s'échauffe dans mon cerveau. C'est infernal et ça me ronge, mais je veux lui montrer ma patience. Il faut qu'il sache, qu'il comprenne, que le déclic se fasse. Je ne crains rien avec lui, il ne craint rien avec moi. Nous sommes deux enfants. Le monde des adultes attendra, on passe notre tour et on le passe ensemble.

Je me mets à lorgner sur ses lèvres. La torture de son silence n'a pas de goût, mais les siennes doivent sûrement en avoir un et je me damnerais bien pour savoir lequel... Dans un mouvement brusque et maladroit, il referme alors ses doigts sur les miens et les écarte de son torse pour les accompagner le long de mon corps.

J'entrouvre la bouche malgré moi, prise d'un désir insatiable. Lui s'avance et ne quitte pas mon regard, tentant probablement de m'avertir une dernière fois.

« On va le regretter », « on ne devrait pas », « ce n'est pas bien »… Tout cela passe probablement en boucle dans sa tête mais ma voix intérieure lui crie de la fermer.

Ses yeux passent soudain des miens à mes lèvres.

Ma respiration se suspend et mes jambes s'alourdissent. J'aimerais tant qu'il fasse le premier pas, que mes sentiments soient réciproques et du même degré d'intensité. Mais je refuse de lui forcer la main, je me retrouve à l'attendre, encore une fois.

Je voudrais qu'il ressente, comme moi, ce besoin de chaleur. Je voudrais qu'il me désire comme je le désire. Je voudrais qu'il me dise que tout ira bien, qu'il ne reculera plus jamais devant rien.

Et, d'une manière que je n'explique pas, il entend cette petite voix dans ma tête et pose son front contre le mien. C'est tout son corps qui brûle. Il transmet sa chaleur à mon être d'un seul jet. Il ferme un instant les yeux, mais je ne peux me résoudre à faire de même. C'est le moment, j'en suis sûre. Je veux être consciente de tout ce qui se passe.

Il abandonne alors ma main pour glisser son bras dans mon dos et me colle à son torse. Ça y est, nous respirons le même air désormais, son parfum a envahi tous mes sens.

Il rouvre les yeux.

Il est si proche.

— Pardonne-moi, dit-il.

Et il franchit enfin ce pas.

Sa bouche se mêle à la mienne avec violence, ses doigts viennent trouver mon visage, j'explose tout entière. Un feu se propage dans mon corps, j'ai l'impression de décoller du sol. Il écarte les lèvres et partage mon souffle, caresse de son pouce mes pommettes, glisse sa langue sur la mienne. C'est une vague tempétueuse qui m'entraîne avec elle et m'écrase sur les rochers. C'est la démonstration du désir à l'état brut, sauvage.

C'est une évidence.

Il intensifie le baiser en se rapprochant toujours plus de moi tandis que je pousse un gémissement. Je pourrais pleurer de le sentir si proche, je pourrais ne jamais le quitter et défaillir dans ses bras. Je m'accroche plus fort encore à lui et passe la main sous son T-shirt, sentant sa peau sur la mienne.

Tout se passe très vite.

Mes doigts le pressent, grimpent dans son dos. Et sa bouche abandonne la mienne pour mon cou. Le sentiment d'absence ne dure qu'un instant et mes bras se rigidifient autour de lui. Les siens m'enlacent la taille et me soutiennent tandis que mon dos se cambre dangereusement.

Je lui appartiens.

Son nez frôle la ligne de ma mâchoire et ses lèvres plongent dans mon décolleté. Il m'embrasse vraiment. Il me prouve enfin que notre course n'a pas été vaine.

Il caresse mon visage et s'y perd, je caresse le sien et me retrouve.

Sa langue se met à chercher la mienne et le baiser se fait plus dense, plus fort encore. On est tous les deux affamés du corps de l'autre, de ce sentiment de bien-être qui naît dans le bas du ventre, du foyer ardent qui nous redonne force, de ce souffle magique qui nous soulève.

La fougue laisse progressivement la place à la tendresse et mon visage s'illumine d'un sourire auquel il répond en multipliant les baisers rapides sur ma bouche. Quand je prends un peu de recul pour l'observer, lui me dévisage intensément, perdu une fois de plus dans ses pensées.

— Action ou vérité, Anna ? murmure-t-il, essoufflé.

Je ne peux m'empêcher de sourire encore.

— Vérité.

— C'est vraiment ce que tu veux ? Tout ça… moi… nous ?

Son air inquiet ne m'attendrit que davantage.

— Mille fois oui.

Et il sourit enfin à son tour.

C'est ce même inlassable sourire.

Celui du premier jour.

— Merci d'être revenue…

À ces mots, il frôle mon nez du sien, l'écrase un peu, joue avec, et pose ensuite un baiser sur mon front. Il fait de même sur ma paupière droite, puis sur la gauche, attire mes lèvres en les mordillant gentiment, glisse ses mains sur mes hanches et relève ma chemise blanche.

Tout chez lui est douceur.

Je le savais.

J'avais vu juste.

— Je suis désolé pour tout ce que j'ai dit ou fait.

Je presse aussitôt ma main sur sa bouche pour le faire taire.

— Tu n'as pas besoin de dire ça.

Je pose ensuite mes doigts sur sa joue.

— Non, mais je veux que tu le saches. Je n'arrive pas à dire tout ce qu'il y a dans ma tête… dans mon cœur.

— Alors ne dis rien.

Il acquiesce timidement et caresse mes lèvres des siennes.

Ce baiser-là est plus doux, il porte en lui tous les sentiments que nous éprouvons. Il n'a pas besoin d'être plus fort puisqu'il exprime bien plus de choses.

— Laisse-moi au moins te dire ceci : c'est toi que je voulais depuis le début. Ça a toujours été toi, personne d'autre.

Il parle de plus en plus vite, comme animé du besoin de me dire la vérité à tout prix.

— J'ai cru te tenir à l'abri de mes excès en te repoussant. J'ai cru bien faire en te laissant me haïr. Mais, en fin de compte, je ne désirais plus qu'une chose chaque soir en me couchant : que les rôles s'inversent, que je prenne la place de Léo, que je sois celui qui te serre dans ses bras, celui qui t'embrasse, celui qui te dit des choses tendres et te fait sourire…

Sans s'en rendre compte, c'est exactement ce qu'il est en train de faire…

— Il n'est pas trop tard.

Encore une fois, il cherche une faille dans mon regard, qu'il ne trouvera jamais. Il se demande si je réalise la conséquence de nos actes, ce qu'impliquerait une relation pareille. Pourtant c'est simple et plutôt clair, je m'en contrefiche.

— Action ou vérité, Anna ?

Ma réponse est fulgurante :

— Vérité… Tu sais que je préfère la facilité.

Il sourit immédiatement à mon petit clin d'œil et attrape mon visage dans ses mains.

— Est-ce que tu te sens prête pour tout ça ? Et je veux dire tout, absolument tout…

— Combien de fois faudra-t-il que je te dise oui ?

Il éclate d'un rire vif qui me sert de poussière de fée.

L'effet est immédiat. Il me soulève dans les airs et me plaque contre le mur. J'entoure sa taille de mes jambes et il m'embrasse à nouveau. Ce n'est qu'à ce moment que je réalise à quel point ça me manquait déjà.

Ses mains glissent le long de mes bras tandis que les miennes trouvent leur chemin jusqu'à ses cheveux. Nos gestes sont terriblement gourmands. Malgré notre désir d'apprendre à s'apprivoiser l'un l'autre, la passion prend le dessus et son corps contre le mien éveille un tas de sensations nouvelles. Sa langue électrise la mienne. D'un geste, il nous écarte du mur et avance dans le salon, me portant toujours contre lui.

Je ne fais pas attention aux choses qui nous entourent, ni au nombre de ses pas. Je ne prétends même pas faire attention à la manière dont il tente de me maintenir en équilibre d'un seul bras, tandis que l'autre empoigne la rampe d'escalier.

Ses doigts s'enfoncent dans ma chair à mesure que l'on grimpe et je soupire contre ses lèvres. D'un coup de pied, il pousse la porte de sa chambre. Il y fait noir et nos corps commencent vivement à monter en température. C'est grisant de se sentir portée de la sorte par l'homme qu'on aime. Dans cette posture, j'ai l'impression d'être au-dessus du monde, au-dessus de tout.

Lorsqu'il me dépose sur son lit, le contact se brise et je remarque qu'il est bien plus essoufflé que moi. Je suis assise et lui toujours debout, ses mains entourant mon visage. Il prend une minute pour tracer de ses pouces le contour de mes yeux, effaçant toutes les larmes qui en ont coulé et qui ne reviendront plus désormais.

— Tu as dit que tu n'avais pas peur de moi… chuchote-t-il en se penchant à mon oreille.

— C'est la vérité.

— Mais est-ce que tu me fais confiance ?

Ma fréquence cardiaque s'accélère malgré moi et mes jambes tressaillent. Je sais très bien la réponse à sa question. Je l'ai toujours sue.

— Les yeux fermés.

D'un seul geste, je soulève son T-shirt marqué de coupures profondes et il m'aide à le passer au-dessus de sa tête. Mes mains plongent aussitôt sur son ventre chaud et glissent sur ses pectoraux, mon regard ancré dans le sien. Je fais mine de ne pas voir les traces de sang sur son torse, tandis que je dépose un baiser sur son flanc.

Mes lèvres tracent ainsi une ligne sur son corps, désireuses d'en découvrir la saveur.

Il attrape alors mes mains et les approche de son visage, embrassant du bout des lèvres chacune de mes phalanges. Lorsqu'il caresse mes cheveux, je me redresse pour lui voler un baiser. Son visage s'inscrit parfaitement dans les courbes du mien, laissant à nos gestes la possibilité de s'exprimer pleinement.

Et puis, sa main s'aventure dans le bas de mon dos et glisse sur mes fesses, m'attirant davantage à lui. J'ai l'impression d'avoir ma place ici, contre son corps.

Mon souffle s'accorde au sien, suit son rythme qui accélère. À vrai dire, j'épouse jusqu'à ses formes lorsqu'il déboutonne un à un les boutons de ma chemise blanche. Ses lèvres retrouvant rapidement leur route jusqu'aux miennes, il écarte le vêtement de mes épaules et le laisse tomber au sol.

Dans un élan avide, il se penche et embrasse mon cou avec douceur. Puis il se baisse encore pour atteindre mon ventre, marquant ainsi son territoire jusqu'à mon nombril. Et puis il y a ce regard, lorsqu'il se redresse face à moi ; ce regard qui nous lie et dénonce notre désir commun, ce regard qui crie au plaisir et à l'union des corps. Stan s'autorise à venir caresser ma poitrine avec la plus grande délicatesse, pendant que mes bras entourent sa nuque. D'une main, il dégrafe mon soutien-gorge et le fait lui aussi glisser par terre, liant nos corps un peu plus encore.

Sa peau est si brûlante… mais divinement lisse. Je ne me lasse pas de parcourir son corps du bout des doigts, en découvrant chaque parcelle, prenant soin d'éviter ses blessures. Il est incroyablement beau et j'en perds tous mes moyens.

Sa jambe se place alors entre les miennes et mon être tout entier vacille. Il tourne autour de moi, sans jamais me lâcher, glisse ses bras sur mes hanches, son torse se plaquant contre mon dos, ses lèvres contre ma nuque, et je ne peux m'empêcher de tirer un peu sur ses cheveux.

Ses lèvres remontent ainsi jusqu'à ma tempe et je sens sa langue humecter ma peau. Mes yeux se ferment d'eux-mêmes. Partout où il passe, partout où il est, je voudrais qu'il s'attarde. Quand je me retourne enfin face à lui, il colle son corps au mien et nous fait tomber tous les deux sur le lit. Sa main trouve la mienne et nos doigts se lient avec force.

Il n'y a plus de place pour le doute ni les remords. Je suis infiniment bien, ici, maintenant, avec lui.

— Je ne veux pas aller trop vite… me glisse-t-il à l'oreille.

— Moi non plus…

Il me regarde et je me mords la lèvre inférieure, que je sens gonflée de plaisir.

— Mais tu me rends complètement…

Je le fais taire à nouveau en lui arrachant un baiser et en attirant son corps sur le mien. Alors qu'il s'apprête à me rendre mon étreinte, il s'arrête dans son élan, les joues rouges, et se décide à passer ses doigts sur mon front pour en écarter mes cheveux.

— Profitons de cette nuit pour faire semblant, chuchote-t-il. Faisons semblant de n'avoir rien à craindre des autres, d'être seuls au monde, juste tous les deux.

J'acquiesce simplement, saisie par l'explosion de joie qui s'empare de mon corps. Et il replonge sur moi, liant d'un centième baiser nos bouches qui se réclament sans cesse. Il fait tomber mon jean et je lui ôte le sien. Ses ongles survolent la peau de mes cuisses tandis que mes jambes s'enroulent autour de lui. Ses lèvres sont partout sur moi, à chaque recoin, sur chaque centimètre dénudé. Il est étonnamment doux et attentif, délicat dans le moindre geste.

Je suis vivante avec lui. Je suis moi.

Il m'appartient. Cette nuit et à jamais.

— Anna ?

Je le couvre de baisers et l'empêche d'en dire davantage. Il a posé assez de questions. Notre intimité est la seule chose qui compte maintenant.

— Anna…

Tais-toi et laisse-moi profiter…

— Anna !

— Quoi ?

Il se redresse sur les coudes, décollant seulement son visage du mien pour mieux me voir.

Est-il en train de changer d'avis ?

— Tu sais *quoi* ?

— Euh… Non ?

— Mais si tu sais !

Je le regarde, complètement incrédule.

— Anna, dit-il en glissant son doigt sur ma joue, ne quittant pas mon regard. Tu sais.

Je sais quoi ?!

Non… Ce n'est pas… Il n'est pas en train de me dire… Si ? Il semble sérieux et totalement sincère. Il en tremble presque. Lorsqu'il pose à nouveau son front contre le mien, je pense comprendre.

Après tout, pour moi, c'était une évidence depuis un moment.

— Moi aussi… je lui réponds. Moi aussi, Stan.

Et, sur la magie que créent des mots si simples, nos corps ne font plus qu'un.

Chapitre 50

STAN

J – 1

Il fait tout à fait jour. Je le sais parce que la lumière transperce les volets d'une manière habituelle, venant glisser ses rayons sur la fin des draps.

Il y a pourtant quelque chose qui n'a rien d'habituel ce matin, quelque chose de rare qui participe à la légèreté que je ressens subitement. Ce quelque chose, c'est elle, cette jeune femme recroquevillée contre mon torse, aux cheveux blonds incandescents tombant sur son visage.

C'est Anna.

Malgré la douleur insupportable qui me lance dans la cuisse et cette sensation de brûlure au niveau de ma lèvre, c'est comme si je n'avais plus mal. Je ne prête plus attention au coquard qui encercle mon œil, ni même à mon ventre qui a été roué de coups. Plus rien n'a de sens.

Plus rien, sauf elle.

À vrai dire, je ne sens rien d'autre que cette balle de ping-pong bondissant dans mon cœur. Un martèlement tonique et nouveau. Une drôle de sensation, je dois dire. Je n'y étais pas vraiment préparé. Pourtant, cette nuit, on m'a accordé une place spéciale. J'ai incarné mon propre rôle et non celui que l'on m'assignait. J'étais là où je voulais être et non là où je devais être.

C'était pour moi la première fois.

Avec un soupir, je m'autorise enfin à me coller à elle, encerclant sa taille de mon bras et posant mes lèvres sur sa nuque. Mes quelques heures de sommeil à rêver d'elle ne valent pas ce sentiment-là. Elle est brûlante et douce à la fois, me rappelant les vapeurs légères qui ont encerclé nos corps la veille. Et de temps en temps elle marmonne des mots incompréhensibles, perdue dans un rêve agité.

Sa peau sent la crème. Une odeur qui s'étend sur tout son être, l'enveloppant, la caressant tandis que j'inhale ses cheveux. Ce n'est pas un parfum artificiel ou surfait, c'est comme s'il faisait partie d'elle. Et désormais j'y reconnais un détail en plus, quelque chose qui m'appartient, une trace masculine laissée dans la nuit.

Je crois que, au fond, cette idée me plaît.

Je murmure quelques mots à son oreille, dans l'espoir de la rassurer un peu. Alors qu'ils sont très bas, très faibles, presque imperceptibles, Anna se met à gigoter dans tous les sens. Son sommeil se fait plus léger à mesure que je tente de la serrer dans mes bras. Mais elle se retourne et me flanque subitement un coup dans l'abdomen, hurlant silencieusement quelque chose contre elle-même. Je m'empare alors de son corps pour la ramener à moi.

Elle est tremblante, perdue dans l'entre-deux du rêve et du réel, luttant contre des démons qui me sont invisibles.

— Anna…

Ses yeux papillotent un moment et finissent par s'ouvrir en grand. Tout signe d'inquiétude a désormais quitté son visage. Elle reste blottie contre mon torse, les mains sur mon ventre. Son regard est perdu vers le plafond. Elle ne semble pas comprendre tout de suite où elle se trouve.

Je me penche alors et l'embrasse sur le front. Ça me démangeait.

Je crois qu'elle réalise enfin, elle se rappelle pourquoi elle est là et surtout avec qui. Je suis heureux de la tenir dans mes bras, comme si je portais un enfant. Un sourire timide étire ses traits et fait ainsi écho au mien.

— Stan ?

Juste ça. Son visage illuminé, mon nom prononcé de cette manière et je suis fichu pour le reste de la journée.

— Bonjour…

Un bâillement lui échappe et je souris comme un con.

— J'espère que ce n'était pas moi dans ton cauchemar… Tu n'as le droit de me voir que dans tes rêves.

Merde. Plus sirupeux encore, ça existe ? Non, sûrement pas.

Et pourtant, ses lèvres s'étirent davantage et un petit rire mutin s'immisce entre nous. Elle se balance d'avant en arrière et se redresse face à moi. Elle hésite un moment, je le vois dans ses yeux, avant de finalement poser ses doigts sur mon visage.

— Ce n'était pas toi…

— Raconte-moi.

Je la presse un peu trop vite mais elle ne s'en offusque pas.

— Tu as mal ? fait-elle en me caressant la joue.

— Non. Raconte-moi ton cauchemar.

Elle fronce les sourcils et plonge le visage dans ses mains.

— C'est stupide. Et c'est nul, je ne veux pas en parler.

— De quoi veux-tu parler, alors ? lui demandé-je en attrapant ses doigts.

— De toi par exemple…

— Moi ?

Elle me fait ce petit sourire malicieux qui me donne envie de l'embrasser dans le creux du cou, juste là. Mais je me retiens. Je me retiens difficilement d'ailleurs, puisque mon regard s'y perd volontiers.

— Décris-moi plutôt ton rêve, insisté-je.

— Pas envie.

— S'il te plaît.

Elle explose de rire, basculant la tête en arrière et se repliant sur elle-même. Ça me fascine. On passe des cris aux larmes, des larmes aux cris, des cris au sexe, et maintenant de son rêve étrange à un fou rire. Et moi je suis en train de devenir dingue…

— Où est passé le vrai Stan ? fait-elle en posant son nez sur le mien.

Ce simple geste me colle un sourire niais sur le visage et m'empêche de répondre quoi que ce soit. Je ne pensais pas qu'elle me ferait autant de bien. Et je n'ai plus besoin de le cacher, je peux même le claironner à qui voudra l'entendre et le voir, je m'en fous des autres tant qu'elle est là.

— Il y avait juste moi, reprend-elle finalement. J'étais toute seule sur une grande route. Je conduisais. Il y a eu une sorte de cri, un gémissement très long qui m'a fait sursauter… Et, la minute d'après, une voiture m'a percutée.

Je la regarde se triturer les doigts un moment puis glisser une mèche de cheveux derrière son oreille.

— Ah, ça va alors.

Elle fronce les sourcils.

— Comment ça, « ça va » ? demande-t-elle en me pinçant le bras.

— Tu n'as pas le permis. Tu ne risques pas de prendre la voiture. Et en plus… je ne laisserai personne faire ça.

Elle sourit immédiatement à mes mots et s'empresse de poser ses lèvres sur les miennes. Je ne me lasserai jamais de ce que je ressens quand je suis avec elle.

Jamais.

— C'est très agréable, chuchote-t-elle en lisant dans mes pensées.

Ses doigts se lient aux miens et sa joue se pose contre mon cou.

— Quoi donc ?

— Nous deux. Toi. Je suis juste… contente.

— Vu ce qui s'est passé hier soir, ça ne m'étonne pas…

Je laisse un petit rire m'échapper tandis qu'elle me lance un regard faussement méprisant, les joues roses.

— Non, fait-elle en insistant sur le mot pour mieux s'en convaincre. C'est plus le fait de pouvoir te parler comme ça… sans prise de tête… et dans tes bras.

Elle a une expression plus sérieuse sur le visage, son côté enfantin s'est envolé.

— Je pensais ne pas en avoir envie avant, réponds-je honnêtement. Je pensais que ce genre de chose ne m'intéressait pas.

— Mais… ?

Je l'attrape par les hanches pour l'embrasser. Ses lèvres sont douces contre les miennes qui sont éreintées. Plus besoin de pansement après ce baiser.

— Mais… Tu sais très bien.

Elle passe ses bras sur ma nuque et m'attire contre elle. Sans nous quitter des yeux, nous tombons sur l'oreiller et restons un moment ainsi, sans rien dire. Pourtant, les souvenirs de cette nuit sont présents et je frissonne contre elle. Front contre front.

J'aimerais lui enlever le T-shirt qu'elle a enfilé avant de s'endormir et glisser mes doigts sur son ventre. Sa peau lisse contre ma joue, il y a quelques heures, m'a rendu malade.

J'aimerais aussi lui retirer tous ces petits défauts qu'elle s'invente et lui montrer ce qu'il reste, ce qui me plaît le plus, ce qu'elle est réellement. Je lui enlèverais volontiers son anxiété constante pour la remplacer par une forte dose de confiance.

Et, bien sûr, je lui confierais mon cœur.

— J'avais peur que tu ne sois plus là ce matin, dit-elle brusquement.

— Pourquoi aurais-je eu envie de partir ?

— Je ne sais pas…

Elle glisse son pouce sur mes lèvres et n'ose plus lever le regard.

— Tu as plus de raisons que moi de partir d'ici, Anna.

Ses traits se durcissent l'espace d'un instant, mais elle fait mine de ne pas comprendre.

— Tu as ta rentrée à la fac à préparer, tu as ta mère à voir, tu as…

Elle secoue la tête en glissant une jambe entre les miennes et je m'arrête de parler.

— Je suis là, murmure-t-elle, avec toi… Je t'appartiens.

Je tique sur ses mots, contractant mes abdos comme lorsqu'on s'apprête à prendre un coup. Ils ont l'effet d'une claque s'écrasant sur mon visage. Et elle se décompose devant moi, regrettant l'impact de sa phrase.

— Je veux simplement dire que je resterai ici avec toi aujourd'hui si tu me le demandes.

— Dans mon lit ?

Elle rit.

— C'est ça.

— Dans ce cas…

Je me penche et l'embrasse, avec un léger coup de bassin auquel elle réagit très distinctement en dégageant ses jambes pour les enrouler ma taille.

— Dans ce cas, on va parler ! rit-elle à moitié. J'ai plein de choses à savoir encore.

Je lève les yeux au ciel et l'embrasse, avec fougue cette fois, emprisonnant sa langue entre mes dents. Pour lui montrer ma détermination, je glisse même ma main dans le bas de son dos et la presse contre moi, lui arrachant un gémissement grave.

— Tu es sûre ?

Je prends son absence de réponse pour un non et l'enlace, replongeant dans son cou à en perdre tout mon souffle.

— Stop… Stan ! Stop, stop, stop. On a tout le temps de faire ça plus tard… dit-elle en tournant finalement le visage, un sourire gêné au coin de la bouche.

— OK, très bien.

À mon tour, je m'amuse d'elle et m'éloigne vivement de son corps. J'ai eu de nombreuses occasions de pratiquer mon self-control ces cinq derniers mois. Je suis plutôt résistant. Mais bien vite son bras agrippe le mien et me ramène vers elle sans le moindre effort. À nouveau, elle mêle ses jambes aux miennes et s'approche un peu plus de mon visage.

— Là c'est mieux, chuchote-t-elle.

— Alors, quelle est ta question ?

Elle inspire et plonge dans mon cou pour cacher son visage, caressant ma peau de ses lèvres. De là, elle ne me voit pas frissonner.

— Je voudrais que tu me parles de ton frère.

Cette mention me retourne l'estomac. Pas comme une nausée, plutôt comme un manque. Elle finit par me regarder patiemment, analysant ma réaction et renforçant son étreinte, mais je prends mon temps pour trouver les mots. C'est difficile, quand la situation est toujours inscrite au fer rouge dans un coin de ma mémoire.

— Il s'appelle Jules.

Elle prend cet air très concentré tout d'un coup, buvant chacune de mes paroles et attendant les suivantes.

— Il a huit ans… Il vit avec ma mère.

Elle acquiesce et me signifie de continuer.

— Je ne l'ai jamais vu en vrai, seulement en photo, parce que je n'ai pas revu ma mère depuis… depuis longtemps. Je préfère ne pas interférer dans leur vie. C'est bien comme ça.

— Et il sait que tu existes ?

— J'ai téléphoné un soir à ma mère, mais c'est sur lui que je suis tombé. Je crois qu'il a deviné qui j'étais.

Mon corps se pose finalement sur le sien et je me laisse aller à mon récit, oubliant ce qui m'entoure.

— Il ne me ressemble pas. Il a hérité de son père, je suppose. Comme moi du mien. Il avait l'air… bien. Normal. En même temps, c'est encore un enfant.

— Tu ne ressembles pas à ton père, Stan.

Je m'esclaffe involontairement.

— Tu dis ça parce que tu ne le connais pas pour de vrai.

— Est-ce qu'il mériterait que je le connaisse vraiment ?

— Je ne sais pas… Parfois j'ai l'impression qu'il sait tout…

Elle fronce à nouveau les sourcils.

— … mais qu'il en a peur. Il a peur de devoir affronter le fait que son fils unique deale de la drogue dure pour régler ses dettes. Peur que je sois indépendant et que je le haïsse. Peur que je n'aie plus besoin de lui dans ma vie.

Elle me regarde toujours, mais moi je suis ailleurs.

— J'avais hâte que tout soit fini… Vraiment. Qu'une fois pour toutes, je puisse me poser et ne plus y penser. Ne pas penser aux blessures de Naomi, ni au danger qui fait partie de ma vie de tous les jours, à la garde à vue, à Léo qui m'en veut, à ma mère… Mais maintenant qu'on m'a volé la drogue… c'est juste que… ça me paraît compliqué.

— Tu pourrais leur expliquer ? Leur dire la vérité ?

— Aux Radicaux ? Non, tu ne comprends pas. Ils s'en foutent, ils veulent leur argent depuis trop longtemps déjà.

— Et ton père ? suggère-t-elle en posant sa main sur l'arrière de ma tête.

— Quoi, mon père ?

— S'il sait, c'est maintenant qu'il doit t'aider.

Je ne dis rien et ferme les yeux. Je me concentre sur ses respirations longues et régulières. C'est elle qui me prend dans ses bras comme si j'étais un gosse désormais. Mais je ne m'en plains pas, c'est agréable.

J'aime être avec elle comme s'il n'y avait que nous deux. *Rien que nous deux…*

Soudain, une pensée jaillit dans mon esprit, comme une urgence.

— J'ai un truc à faire.

— Quoi ?

Je me redresse et me projette hors du lit, attrapant un T-shirt noir traînant au sol.

— Stan ?

Il y a de l'inquiétude dans sa voix, je le sens. J'enfile un caleçon et je reviens vers elle, me penchant sur le lit pour l'embrasser sur le front.

— Tout va bien, j'en ai pas pour longtemps.

— Où tu vas ?

— Pas loin.

— Mais…

Je prends un jean et mon blouson en cuir dans le dressing. Quand je me retourne vers la chambre, elle s'est redressée sur le lit et me regarde les sourcils froncés.

— Je croyais qu'on resterait ici tous les deux aujourd'hui…

Mon cœur se déchire quand je la vois se mordiller les lèvres. Je m'approche et m'assois sur le lit pour prendre son visage dans mes mains.

— Je vais faire une petite course, j'en ai pour vingt minutes. Si c'est plus long, je t'appelle.

— Je n'ai plus de batterie.

— Dans ce cas, ça ne sera pas long.

Mes lèvres attirent les siennes immédiatement et je m'y perds quelques secondes. Sa langue glisse sur la mienne et m'intime de rester tandis que ses bras autour de moi me l'ordonnent.

— Je reviens vite, je te le promets.

Mais je n'ai déjà plus envie de partir. Sa bouche tombe sur la ligne de ma mâchoire puis dans mon cou et je grogne en tentant de me défaire d'elle. Elle attrape mon encolure et me tire un peu plus vers le lit, m'envoûtant du regard.

— Anna...

— Stan... ? dit-elle en m'imitant et en m'embrassant du bout des lèvres.

— Fais-moi confiance.

Elle s'immobilise et plonge son regard dans le mien. Il y a quelques heures de cela, sa confiance m'appartenait pleinement. Mais, ce matin, il y a quelque chose dans sa manière de me retenir qui m'indique qu'elle a peur à nouveau.

Pourtant elle cède. Elle écarte sa main, sa bouche, son visage et hoche la tête lentement. J'esquisse un sourire qui se veut rassurant malgré la tempête dans mon esprit et je l'embrasse sur le haut du crâne avant de me relever.

Alors que je suis devant la porte, sa voix m'arrête, m'électrise :

— Je t'attends.

Je ne me retourne pas. Mon sourire niais a refait surface et je préfère le lui cacher par dignité. Je ferme derrière moi et dévale l'escalier avec cet air satisfait.

J'enfile une paire de baskets, attrape mes clés qui traînent sur la table dans l'entrée et je sors. Il est bien plus tard que je ne l'aurais imaginé. L'horloge digitale sur mon téléphone indique 12 h 13 lorsque je grimpe dans ma voiture.

J'ai le ventre noué et les mains agitées. J'ai envie de faire demi-tour quand je pense à son corps allongé dans mes draps... Mais il faut que je mette un terme à cette histoire.

Pour Anna.

Moteur allumé, je fais marche arrière et m'élance, vitres baissées et radio éteinte, profitant du vent qui s'engouffre pour respirer pleinement. Il fait particulièrement beau et je me sens bien. Il me reste un jour pour rembourser le reste de ma dette, mais je vais faire en sorte que tout se termine aujourd'hui.

***

Arrêté à un feu rouge, à quelques mètres du centre-ville d'Emoria, j'attrape mon smartphone sur le siège passager et je tape un numéro que je connais désormais par cœur.

« Vous êtes bien sur la messagerie d'Anna ! Je ne suis pas disponible pour le moment, alors laissez-moi un message après le signal sonore et je vous rappellerai… Enfin… peut-être ! »

Le bip résonne dans mon oreille et je manque d'éclater de rire. Je me reprends très vite, en comprenant que c'est à moi de parler, et m'éclaircis la voix.

— C'est moi. Stan. Je suis arrêté à un feu et, même si tu n'as pas de batterie, je voulais tenter le coup simplement pour entendre ta voix sur cette messagerie… Plutôt simple comme enregistrement, mais drôle quand même, je te l'accorde… Je souhaitais aussi te dire que je me sentais con d'être parti comme ça. Je suis vraiment le con le plus chanceux du monde. J'ai passé une nuit magique. Je… hum… Bon, retiens pas forcément ça, j'ai l'impression de parler comme un con… Ah… faudrait aussi que j'arrête avec ce mot… Bref, tout ça pour te dire que… j'aurais dû me rendre compte bien plus tôt que tout ce que je voulais depuis le début était sous mes yeux. J'aurais dû me battre pour t'avoir avant Léo. Je n'aurais jamais dû faire toutes ces conneries avec Allison… J'aurais dû te consacrer tout ce temps… Et surtout, j'aurais dû te dire ça tout à l'heure. D'habitude je parle jamais comme ça, je te jure. Mais là, je ne sais pas, c'est la route vide devant moi, c'est le souvenir de ce que j'ai ressenti toute la nuit… Je veux que tu saches que maintenant je vais profiter à fond. Tu ne pourras pas m'échapper. Pour ça, il va falloir que tu me fasses confiance. Je m'apprête à régler tous mes problèmes. Je prends les choses en main pour qu'on soit tranquilles tous les deux. J'ai besoin de savoir que je t'aurai pour moi seul cette fois et que je n'aurai pas à me soucier des emmerdes de mon père. Il y a aussi cette chose, Anna... cette chose que tu sais... Ben voilà, je... Enfin, tu as compris... Bon, euh... n'enregistre surtout pas ce message, hein ! Je te connais ! Allez, à tout à l'heure...

Le feu passe au vert juste quand je raccroche. Je longe le bistrot de Léo et contourne la forêt de pins. Ensuite, je m'engage sur une route que je n'ai prise que rarement.

Il va falloir que je fasse le plein d'essence. Mais, pour le moment, je file. J'arrive rapidement à ce carrefour dangereux où j'ai déjà eu deux ou trois accrochages dans le passé avant de m'engager.

Une voiture apparaît alors au loin derrière moi et me fait des appels de phares. Je ne comprends pas. Qu'est-ce qu'elle me veut ?

C'est une berline noire aux vitres teintées qui prend de la vitesse et vient se positionner le long de ma voiture. On roule sur une voie déserte sur quelques dizaines de mètres comme ça, sans que je puisse distinguer le conducteur, et puis on s'arrête tous les deux à un feu rouge. Je scrute en vain la vitre teintée, jusqu'au moment où j'entends un bruit électrique.

La vitre s'abaisse.

Mon sang se glace.

— Tu te souviens de ce que j't'ai dit, p'tit merdeux ?

Matt.

Seul sur la route.

Mon crâne me martèle et mes poings se resserrent. Un instant. Un souvenir. Une image. Son regard noir. Mes blessures.

— T'es un homme mort.

Et j'appuie sur la pédale.

Le sang circule plus vite dans mon système et ma lèvre me brûle. Elle me brûle et me rappelle cet âpre goût qui a dansé sur ma langue. Elle me brûle et me renvoie à cet instant fatidique. À ce moment d'impact. Au choc de ce poing contre mes dents. Ma lèvre me brûle lentement. Elle me brûle. Elle me brûle.

Je n'ai pas peur.

La musique ne m'a jamais empêché de me concentrer sur la route. Alors je roule. Je roule vite et vois défiler ces lumières qui frappent les vitres de faisceaux jaunes. Je roule et ne pense à rien d'autre. Pas de père, pas de mère, pas de Léo, pas de Naomi. Je roule sans compter la vitesse et les kilomètres. Je dépasse une centaine d'autres voitures et continue. Je roule encore plus loin, m'échappant de ce lit blanc, m'échappant de cette voix accusatrice, m'échappant de leurs étreintes étrangères, m'échappant de ces yeux bleus lancinants. Je m'échappe, je m'épuise. Je roule.

Je n'ai besoin de personne.

Ils ont peur, mais pas moi. Je refuse d'avoir peur. Je me l'interdis. Pour elle. Pour lui. Pour moi. Pour ce connard de paternel. Je continue, je trace ma route. C'est un sillon. Il est sinueux, il est impraticable, mais je le dessine sans me retourner. J'accélère et le vent s'engouffre dans la bagnole. Je ne sais pas comment, je ne sais pas pourquoi. Le vent m'écrase, m'empêche de respirer, m'obstrue la vue. Je lève les bras en l'air. J'abandonne le contrôle, la dépendance, les limites. Je roule.

Je n'ai pas peur.

Je ne crains pas les appels de phares. Ce que redoutent les autres. La sonnerie incessante de mon téléphone portable. Je me détache. Je ne crains pas la vitesse. Je ne crains pas la route. J'ai confiance. Confiance en ma voiture. J'ai confiance en moi. Confiance en la mort. Je n'ai pas peur de la mort. Je n'ai pas peur du danger. Je roule.

Je n'ai besoin de personne.

Il doit s'agir du vent. Ou peut-être des lumières. Ce n'est pas moi, c'est autre chose. Je ne contrôle pas. Je ne contrôle plus. Je ne suis pas à l'origine de cette larme. Je ne suis pas l'auteur de ce cri. Je ne suis pas maître de ce frein. Je ne contrôle plus.

J'ai peur.

Ma tête me lance et me rappelle sans cesse mes conneries. Je ne veux plus savoir pourquoi. Je ne veux plus savoir qui. Je ne veux plus être le responsable. Le coupable. Je ne veux pas. J'ai peur. Oui, je crains, comme tous les autres. Je crains la mort des autres. Je crains l'énième perte. Je crains qu'elle ne parte. Je crains qu'elle ne reste qu'un souvenir. J'ai les jetons. Je suis trouillard, froussard, pétochard, lâche, dégonflé, petit joueur. Je suis un crétin sans limites.

Et j'ai besoin des autres.

J'ai besoin qu'on m'arrête, qu'on me dise stop. J'ai besoin d'appuis, de soutiens, de force. J'ai besoin de la limite des autres. J'ai besoin de ce coup de pied au cul. J'ai besoin d'un but, d'une ligne, d'un tracé. Sans quoi je ne suis rien. Avant déjà, je n'étais rien. J'ai besoin de toi. De toi, Léo, mon frère. J'ai besoin de toi.

J'ai peur.

Peur de tout gâcher, peur de tout foirer, d'envoyer tout balader. J'ai peur qu'elle ne m'en veuille indéfiniment, peur qu'elle ne me pense réellement fautif. J'ai peur de mes bêtises, de leurs conséquences. J'ai peur de m'être arrêté sur ce bas-côté, de ne jamais pouvoir reprendre la route.

Et si c'était fini ? Si je n'avais plus les moyens ? Si je perdais ma place ?

Ma lèvre me brûle.

C'est un feu qui se propage. Un incendie qui me traverse. Une flamme qui danse. Je dois reprendre le contrôle. Je dois reprendre la route. Alors, je roule. Je m'attache. Je remonte les vitres. Je roule et je respecte les règles. Je suis le sillon d'un autre, la trace perceptible, compréhensible. Je ne cherche pas les emmerdes. Je roule.

Pourquoi je n'y arrive plus aujourd'hui ?

— Pourquoi tu fais ça bordel ?! lui hurlé-je par la vitre baissée.

Il ne répond pas, me lançant juste un regard assassin. Je roule plus vite, cramponné à mon volant. Il remonte sa vitre et je panique. Sa voiture se colle à la mienne. Il est en train de me déporter, ce con. Tout va très vite. On arrive à la falaise. Il n'y a plus qu'une voie. Nous sommes toujours les seuls sur la route.

J'accélère et je passe devant. Il me percute par l'arrière et mon corps tape contre le volant. La voiture tremble mais suit la voie. Je m'accroche. Il va plus vite, il cherche à me dépasser. Je ne peux pas le laisser faire, j'accélère encore. Il n'y a pas de place pour deux voitures côte à côte.

C'est ça qu'il veut. Qu'il n'en reste plus qu'un.

J'ai peur.

Je flippe totalement.

Je tremble.

Retiens mes larmes.

Me concentre sur la route.

Il me cogne à nouveau. C'est plus violent. La carrosserie se cambre. Mon front saigne. Il me colle au cul. On est sur la route qui longe le bord de la falaise. Encore quelques kilomètres et on retrouve une deux-voies. Encore quelques minutes à tenir. Bon sang…

Un nouveau coup et la voiture dévie. Je me cramponne. J'arrive à peine à redresser la direction. J'accélère mais la voiture, elle, stagne. Non. Merde. Putain. L'essence.

Je regarde dans le rétroviseur.

Ce connard est entièrement caché par son pare-brise teinté, impossible de lui signifier que, s'il continue de me percuter alors que je dois m'arrêter, on court de gros risques. On va y passer tous les deux.

— Arrête ça, putain. Arrête !! hurlé-je.

Mais c'est moi qui ralentis, impuissant, tandis que lui accélère.

Les larmes coulent sur mes joues. Mon corps entier se met à trembler. Je n'ai pas le temps de jeter un dernier coup d'œil dans le rétro qu'un ultime coup projette la voiture vers le vide.

Et le temps se suspend.

Un froid glacial me vrille l'estomac. Je lâche le volant. Je lâche les pédales. Je perds le contrôle pour de bon cette fois. La voiture dévale une pente sans fin. Je me sens tomber. La chute m'attire. Je crois que mon corps traverse le pare-brise. Tout s'arrête. Je ferme les yeux. Je revois Anna dans mes bras. Je repense à ma promesse de revenir, à ce qui devient progressivement un mensonge. Il y a un choc d'une violence inouïe.

Et puis soudain, il fait tout à fait noir.

À SUIVRE…

Remerciements

C'est la première fois que je crée un univers comme celui de *Nos Interdits*. La première fois que j'arrive à aller au bout d'une aventure, à mettre le point (presque) final sur une histoire sans vouloir glisser le fichier dans ma corbeille juste après l'avoir (re)lu.

Tout ceci, je le dois à un groupe d'inconnus qui a cru en moi, en ma plume et mon histoire, qui m'a donné la confiance nécessaire pour donner vie à Anna et tous les autres. Ce sont donc eux que j'aimerais remercier en premier. Sans vous, *mes chers lecteurs du web*, sans vos nombreux commentaires, je n'aurais jamais eu le courage d'arriver jusque-là. Votre soutien a été si précieux, que j'ai le sentiment que ce roman est un peu votre bébé à vous aussi. Et je suis ravie d'en partager la garde avec vous.

À Isabel, mon éditrice si compréhensive et patiente, à Louise, qui a éclairci mon texte de ses remarques pertinentes, ainsi qu'à toute l'équipe chez Hachette Romans qui a travaillé sur cette histoire : merci *infiniment* de m'avoir donné la chance d'être publiée et d'avoir permis à Anna d'exister. Si cette aventure est un véritable concentré d'émotions, c'est grâce à vous. Je vous en suis très reconnaissante !

Aux deux personnes les plus incroyables que je connaisse : mes parents, les piliers de ma vie, dont l'amour et la confiance ont été les premières inspirations de ce roman. Maman (qui a corrigé la première version bancale de mon histoire), Papa (qui m'a aidé à y voir plus clair dans le dénouement), bien que la langue française soit riche, aucun mot n'arrivera jamais à décrire toute l'estime que je vous porte. Je vais donc faire simple : merci de me démontrer sans cesse votre fierté. Merci d'avoir supporté mes doutes et mon stress au cours de cette aventure. Et avant toute chose, merci de m'aimer comme vous le faites. Vous êtes ce que j'ai de plus précieux au monde.

À Vladou, Sachatouille et Gregounet : sachez tous les trois que ma plus grande fierté n'est pas d'avoir écrit ce livre mais d'être votre sœur. Vous m'avez toujours poussée à être la meilleure version de moi-même et incarnez pour moi de véritables modèles. Merci de me soutenir dans cette folle aventure et de me donner envie d'aller toujours plus loin, toujours plus haut, toujours plus fort. Je vous aime (très) fort.

À mon impératrice préférée, de qui je tiens mon troisième prénom et probablement mon goût pour l'écriture : je suis sincèrement touchée et honorée de te compter parmi mes lectrices. Ton soutien n'a jamais failli depuis que tu as appris que j'écrivais et pour ça, je te remercie du fond du cœur. J'espère que tu prendras autant de plaisir à découvrir la suite de mes écrits que moi à te les faire lire en avant-première !

À mes poules (où que vous soyez actuellement dans le monde) : votre amitié compte énormément à mes yeux et j'espère que vous le savez. J'ai adoré grandir à vos côtés ces trois dernières années, que ce soit sur les bancs insalubres de notre classe préparatoire, pendant le tournage de notre premier film ou au cours de nos quelques voyages mémorables. Pour votre amitié et pour avoir (presque) toujours supporté mes blagues les plus douteuses : merci du fond du cœur.

À Helena, qui me fait mourir de rire depuis les premiers cours d'arts plastiques du lycée : je suis vraiment heureuse de te compter parmi mes proches. J'espère que notre *hawaiian roller coaster ride of emotions* sur cette planète est loin d'être fini. Merci de m'avoir soutenue alors même que je t'ai caché que j'écrivais pendant des mois.

À Alex, un ami comme il en existe peu : merci d'être l'oreille attentive dont j'ai toujours besoin.

À tous mes proches à qui je n'ai pas parlé de cette aventure : *mea culpa*. J'appréhendais votre jugement et préférais d'abord me confronter à celui de parfaits inconnus. J'espère que vous le comprendrez et me le pardonnerez !

À Cindy et Marine, deux auteures découvertes sur le web que j'ai eu la chance de rencontrer lors d'une après-midi remplie de rires et de sucreries : merci pour votre soutien inébranlable et votre amitié. Vous êtes de très belles personnes et je suis ravie que nous soyons toutes les trois arrivées à ce stade. Que l'aventure continue !

À vous aussi, Cindy Lia dont j'admire tant la plume, Samantha dont la passion pour l'écriture est véritablement inspirante, Rukia pour son soutien, Marie-Amélie, Candis, Ophélie et Anne, pour avoir toujours cru en mon histoire, Ell-05, nana_loove, Plluume, Cam079, Ever Gryne, CrazyPlaymobil, GwladysDawnson, Liyahnaa, LilineLove, Serinde33, Diridisia, Clem-Math, MaellePoo, Alys-la, BeMyCoffeeHot, 1douxnuage, JeromesophieFrancois, MirNajCat, Rebekah_Styles02, Mademoiselle-x, anamorphoseeee, HaneneHino, lightdelicacy, frenchwriteuz, pxssionately, uneadorablee, Esdehaire, Owlygirl, pewineee_, pizzaddict, notawritterforsure,

Daloriia, BadJoWrites, Saraffany, Amani84, Emmaawa, Jobi-Joba, WeirdlyWitchy, Mirambella, IsabelleCharette, La_French, Romanna2410, aslgt2 (et tant d'autres) qui m'avez inondée d'amour et de messages d'encouragements sur Internet : ce n'est pas passé inaperçu et je tenais à ce que vous apparaissiez clairement dans ces remerciements car vous y avez une place toute particulière !

Et enfin, à toutes les personnes qui, comme moi, n'osent pas rêver trop grand de peur de tomber de haut : par pitié, arrêtez. Lancez-vous dans le domaine qui vous plaît et faites-vous confiance. Tant qu'il y a de la passion et de la détermination derrière vos idées, vous pourrez faire tout ce que vous voudrez.

Pour l'éditeur, le principe est d'utiliser des papiers composés de fibres naturelles, renouvelables, recyclables et fabriquées à partir de bois issus de forêts qui adoptent un système d'aménagement durable. En outre, l'éditeur attend de ses fournisseurs de papier qu'ils s'inscrivent dans une démarche de certification environnementale reconnue.

Composition et mise en pages : Nord Compo

PAPIER À BASE DE FIBRES CERTIFIÉES

hachette s'engage pour l'environnement en réduisant l'empreinte carbone de ses livres. Celle de cet exemplaire est de : 500 g éq. CO_2
Rendez-vous sur www.hachette-durable.fr

Achevé d'imprimer en France par CPI (Brodard et Taupin)
Dépôt légal 1re publication : janvier 2018
69.9665.1 – ISBN : 978-2-01-702839-0
Édition : 01 – Dépôt légal : janvier 2018
N° d' impression : 3025974